イギリス
イギリス海峡
アルト
ピカルディー
ノルマンディー
パリ
ブルターニュ
ベリー
大西洋
ポワトゥー
マルシュ
フランス
リムーザン
メドック
ギュイエンヌ
ランド
ラングドック
バスク
アンドラ
スペイン

中央大学人文科学研究所
翻訳叢書
14

フランス民話集Ⅳ

「比較神話学研究」チーム
金光仁三郎　渡邉浩司
本田貴久　林　健太郎
山辺雅彦
訳

Le conte populaire français IV

中央大学出版部

目　次

目次

目　次

第四部　アルデンヌ地方の民話
―アルベール・メラック編（渡邉浩司訳）……………… 311

目　次

目次

目　次

第一部　バスク地方の民話

——ジャン・フランソワ・セルカン編（本田貴久訳）

第一章　魔術と迷信

魂を売った城主夫人

ある母親が一人娘と暮らしていました。その娘の美しさは星のようです。ただし、美しさと同じぐらい怠け者でした。ある日、洗濯を手伝わなかったので、母親は娘を激しくたたきました。美しい娘は、洗濯石に座って泣き出してしまいました。このとき、通りがかった城主が母親に言いました。

「このかわいいお嬢さんが泣いているではないか。あなたはなにをしたのですか？」

「領主さま、娘はわたしと洗濯をしたがったのですが、わたしは認めなかったのです。なぜなら、美しすぎる娘には、辛い仕事は堪えられないからです。」

「お嬢さんは裁縫はできるかね？」

「お裁縫ですか？　男性用のシャツなら日に七人分は縫えますよ」と、母親は答えました。

うら若い乙女の美しさと、その評判に驚いた城主は、城に来るよう命じました。そして一日で七人分の男性用のシャツを縫うことができたら、彼女と結婚すると約束されたのです。こんな次第で、ある朝、城の一部屋に乙女を閉じこめて、裁縫に必要な布を渡しました。七人分のシャツは、日没までに仕上がっていなくてはなりません。けれども、ずっと怠け者だったこの娘は、針に糸を通すことさえできなかったのです。日没の時間が近づいて来ました。彼女は仕事にとりかかってさえいません。なにをしていいのかもわからず、悲しくなって、途方に暮れていました。

するると突然、老婆が窓に現われて、こう尋ねました。

「おまえはなにをしているのかね？　どうしてそんなに悲しんでいるのかね？」

娘は答えました。

「今日、日暮れまでに七人分のシャツを縫わなければなりません。でもどうすればいいのかわかりません。針に糸を通すこともできないのです。」

魔法使いの老婆はこう言いました。

洗濯女たち

「一瞬にしてその仕事を肩代わりしてほしいかい？　ただし一年たってもわたしの名前を忘れないと誓えるかい？　それができなかったら、おまえはわたしの言うことをなんでも聞くのじゃぞ。」

「あなたの名前はなんですか？」

「マリア・キリキトゥーン、イーレ、イセナス、ネアール、オライトゥコ、エストゥン。要するに、《マリア・キリキトゥーン、だれもわたしの名前を覚えられない》という意味じゃ。」

「あなたのおっしゃるとおりにいたします。お約束します」と、娘は言いました。

こうして、娘はすばらしい仕上がりのシャツ七人分を、約束どおり納めることができました。城主は約束を守らなくてはなりません。ところで、彼女はまったくの無知でした。城主は彼女を修道院に入れ、しばらくそこで修行させ、その後結婚しました。結婚したての頃は、娘は喜びに包まれて城主と暮らしていました。けれども、一年の終わりが近づいてくると、忘れてしまった魔女の名前のこと、そして魔女との約束を考えずにはいられなくなってきました。そういうわけで、奥方は悲しみに沈んでいたのです。一年はもうすぐ終わり、約束の日はすぐそこです。城主は、奥方の気晴らしのために、毎日のように彼女の友だちを呼び集め、城で華やかな宴会を開いてくれました。

約束の日がやって来ました。城門の前に、物もらいの老婆が現われて、侍女に宴会が開かれている理由を尋ねました。侍女が言うには、悲しみにうちひしがれている城主夫人の気晴らしのために、城主が宴会を開いているそうです。さらに、夫人を笑顔にした者には、相応の金額を城主が支払うということになっていると言いました。すると老婆は言いました。

「今日、わらわが見たことをご夫人が知ったなら、きっとお喜びになるはずじゃが。」

ほどなくして老婆は城内に招き入れられ、城主夫人の前に通されると、その日見たものを尋ねられました。

「老婆が一人、小川の岸辺から反対側に飛んでこう叫んだのじゃ。《エーパ！　マリア・キリキトゥーン、エーネ、イセナス、ネアール、オライトゥコ、エストゥン。エーリ、フンクタコ、アンドレック、エデレーナ、ガウル、エネタコ、グン。》これはこういうことじゃ。《ああ！　マリア・キリキトゥーン！　だれもわたしの名前を覚えていることができない。村一番の美女は今夜わたしのものとなろう》」

うら若き城主夫人は、忘れていた名前が発せられるのを聞くと、急いで書き取って、物もらいの老婆に報酬を与えました。そしてその晩に約束を果たしにやって来た魔女に、幸運にも名前を告げることができましたとさ。

オレーグ在住のマリー・カンドゥレによるバスク語のナヴァール＝ラブール方言で語った話をボルダベリー氏が記録した。

火の灯された腕

人里離れた森の屋敷に、年老いた夫婦が暮らしていました。二人は若い女中を一人雇っていました。ある事情で、夫婦は町に行くことになり、女中は一人で留守番をすることになりました。女中はちょっと臆病で、夜が来ると、一晩を過ごそうと暖炉わきに座っていました。暖炉の火が消え、暗闇が深くなるにつれ、怖さも大きくなり、女中は眠りにつくことができません。

真夜中頃、台所の窓の下からささやき声が聞こえて来ました。女中はすぐにそれが泥棒たちの相談する声なのだと思い至りました。それは確かに泥棒たちでした。しばらくして泥棒たちの声は静まりました。すると台所の流しの穴から、火の灯された子どもの腕が現われて来るのが見えるではありませんか。

言っておかなくてはなりませんが、このようにして家に現われた光は、寝ている人々の目覚めを妨げたり、眠れない人々が眠るのを妨げる効力があるのです。こうやって泥棒たちは、眠ることなく粛々とそれを実行したわけです。

腕の効力で興奮してしまった女中が玄関に近づくと、泥棒たちの相談する声が聞こえます。泥棒たちは、火の灯された腕の精霊が台所から、家へと入りこめなかったと考えたようです。というわけで、納屋の換気口から、火の灯された腕を入れることにしました。

女中は台所のかまどのわきにあった斧を手にして、納屋に行きました。火の灯された腕とそれをつかむ泥棒の手が見えると、斧を一振り、彼女は泥棒の腕を切り落としたのです。泥棒は大きな叫び声をあげました。女中には騒ぐ音が聞こえました。泥棒たちは、けが人を連れて逃げて行きました。女中は腕を拾って、灰に入れて火を消しました。

翌日、夫婦が帰宅しました。女中は前夜の顚末を夫婦に語り、子どもの腕と彼女が切り取った手を見せると、泥棒たちが復讐をしに来るのが怖いので仕事を辞めたいと伝えました。夫婦も怖くなって屋敷を手放すことにしました。

女中はというと、その屋敷から遠く離れた別の屋敷で働くことになりました。そこで耕作の技術に十分に精通した雇い人と結婚しました。若夫婦が農村に家を構えると、一年後、娘に恵まれました。

女の子が七歳になったとき、母親ははじめて夫に、火の灯された腕にまつわる出来事を語りました。ところがなんと、夫は泥棒の一味で、腕を切断された男の兄弟だったのです。夫は素知らぬふりをしましたが、自分が知ったこと、そして復讐のために妻を見限ることを、弟に宛てて書き送りました。

数日後、マントにすっぽりと身を包んだ腕のない男が、その雇い人の耕作している畑にやって来ました。娘は、ときどきしているように、父親の後をつけていました。父親は、女の子に余計なことを聞かれないよう、向こうに遊びに行くよう追い払いました。二人の極悪人は、声を潜めて話し始めたのですが、過去の憎しみのせいか、次第に声を荒げていきます。こうして娘には彼らの企みが聞こえてしまったのです。

父親は娘に命じて、母親に、訪ねて来た友人を迎えるためにご馳走を用意するよう頼みました。女の子は母親に伝言を告げると、こう付け加えました。

「おっかあ、だれかの手を切り落としたことがあるべさ？　おっとうと知らんおっちゃんがしゃべってて、おまんま食べ終わった後さ、おっかあを切り刻んで油で煮えたぎる鍋で茹でて、復讐をするべとさっき言ってたべさ。」

かわいそうに女は落胆しました。しかし、かつてやってのけたように女の決断は早かったのです。

憲兵隊に泥棒の話を伝えに行き、帰るとご馳走の準備をしました。

夕食は豪勢なもので、二人の兄弟はたらふく食べました。食べ終わると、客は自分の切り落とされた腕があることに気付きました。

「奥さん、この手を切り落とした夜のことを覚えているかい？　俺はそれを忘れやしない。今からその復讐をしてやる。そら、飯を食え[1]、そして最後のお祈りでもするんだな。」

さて、音を立てずにやって来た憲兵隊が、玄関扉の前で機会をうかがっていました。極悪人が正体をさらすと、憲兵隊は突如家に侵入し、兄弟を逮捕しました。裁判は短く、彼らは処刑されたということです。

マンディーヴ在住のマリー・サガルダの話を、ルストー氏が記録した。

原注

（1）バスクの古い習慣では、都市であっても、妻はまず主人に食事を出す。妻が食事をするのは主人が食べた後である。だから腕を切り落とされた男が「飯を食え」と、言うのである。

だまされた悪魔

　むかし、むかし、マネックという名前の貧しい男がおりました。数えられないほど子どもがいたそうです。その上、妻のカタランは、病弱ときています。昼夜なく一日中働いても、生活が立ちゆきません。つぎはぎだらけの服を着て、おなか一杯食べることができない子どもたちを見て、男はとても落胆しました。

　この苦境からどうやって抜け出そうか？　貧しい男はそればかり考えていました。

　そんなときに思い出したのです。子どもの頃、魔法使いたちや魔女たちがオリー山〔タルデ郡にある標高二〇〇七メートルの山〕に集まると聞いたことを。

「アクラール[1]に行けば、魔法使いのだれかがこの苦境から助けてくれるかもしれない」と、貧しい男は独り言をこぼしました。

　考えはじめると、もはやこれ以外の方法はないとまで思い詰めるようになりました。ある日、妻に向かって、スペインとの国境近くに住む裕福な親戚の家を訪ね、土曜日の夜にはアクラールに行くと告げました。夜の十一時半に森の外れに着くと、ブナの木に登ってその時を待ちました。

真夜中ちょうど、地平線のいたるところから大きなざわめきが湧き上がりました。マネックは、月明かりのおかげで、そのざわめきがアクラールにやって来る魔法使いや魔女の群れが立てる音だとわかりました。最後に片足を引いた年老いた魔女が箒の柄に馬乗りになってやって来ました。

魔法使いたちは、前の集会以来、やってのけた悪事を語りはじめました。それぞれ自分の番になると、群集を見下ろす岩の上に登りました。すると参加者たちは歌いながら輪になって踊ります。

落ちろ！　落ちろ！　行け、マリエット
家じゃ年寄り、野じゃ若返る

岩に腰かけた首領が合図をすると、踊りは終わりました。彼は土曜日に行われる次の集会の開催を告げ、集会をお開きにしました。

魔法使いたちがいなくなると、マネックは木から下りてきて、魔法使いの首領のいる岩に近づきました。そして家族の窮乏を思いのかぎり訴え、なにかしら楽にしてもらえるという期待を持ってここに来たのだと言いました。

魔法使いの首領は彼に答えました。「確かにわしはおまえを助けることができるぞ。ただし助けるには一つ条件がある。この小さい鞄をごらん。ここには金が入っているが、おまえが必要に応じてどれだけ使おうと、いつでも同じだけの量が入っているんだ。死ぬまでには子どもたちの相続金とおまえの妻に十分なだけの年金とを貯めることができる。またおまえの妻の病気も治すことができるぞ。帰りしなに洞窟の近くを通るはずだ。どんな音が聞こえようとなにを見ようと怖がらずにそこに近づいて、端に生えている草を何本か抜いてくるんだ。三日間その草を煮出して、コップ一杯分の量を食前におまえの妻に飲ませるんだ。四日目の朝には女の病気も治っているだろう。

お金と健康があれば、おまえは好きなだけ食べられるし、好きなだけ散歩ができるし、あらゆる喜びを手に入れられるだろう。そのかわり、おまえの魂は二十年後にはわしのものとなるんだ。」

マネックはそれに対してこう言いました。「あなたはいったいどなたですか？　取り引き相手のことぐらいは知りたいものです。」

「わしは魔法使いたちの王、バルゼビュットだ。地獄の大悪魔七人衆の一人だ。地獄ではだれもが豊かで、地上よりもよい生活をしていることがわかるだろう。」

契約についてマネックは少し考えました。呪われた悪魔に魂をゆだねることは辛いことですから。しかし、目を閉じて、病気に苦しむ妻と、やせ細った姿の子どもたち、いつまでも抜け出せない貧しさを思い浮かべると、すぐに気持ちを固め、鞄を受け取ろうと手を差し出しました。

すると、悪魔はヤギに変身し、オリー山の頂上に向けて駆け上がって行きました。

悪魔が言ったことはすべて実現しました。カタランの病気は治り、マネックの家では、病気にかかる人はなく、困ることはなくなりました。こうして二十年が過ぎたのです。

マネックは、自分が交わした取り引きのことを思い出し、心配しはじめました。カタランは、その様子に気づき、理由を知りたがりました。「なんでもないよ」と、すぐにマネックは答えました。しかし秘密に苦しんだ彼は、数日後、妻にこう告白したのです。

「覚えているかい。二十年前に、裕福な親戚が金の入った鞄と薬草をくれたと、おまえに言ったことを。こうも言ったね。親戚が家族に必要なだけの金額を送り続けてくれていると。それはまったくの嘘だよ。鞄と薬草をくれ、二十年間お金を送り続けてくれたのは、悪魔だったんだ。わしは悪魔と取り引きをしてしまったんだ。悪魔にわしの魂を譲り渡す期日が近づいているんだ。だから、明るい表情なんてできないんだ。」

約束の日時に悪魔がやって来ました。「ご主人、そなたの魂をもらいに来たぞ。」

すると妻が立ち上がって言いました。「おまえがバルゼビュットかい？　マネックが主人だというなら、わたしがこの家の女主人だということを弁えなさい！　わたしの許可なくして、マネックはおまえと契約なんてできませんよ。だって、結婚の契りによって、夫はわたしのものとなり、わたしは夫のものとなったのですから。わたしは主人に対して天の主であるジョンゴワコワからゆだねられた権利を有するのです。」

悪魔が反論しました。「わし以外のだれがおまえの病気を治せると思っているんだ？　二十年もの間、おまえが贅沢に暮らせるだけのお金は、わしのでなければだれのものなんだ？　おまえは、夫と同じように契約から十分なものを受け取ったはずだ。おまえが今さら要求できるものなんかなんにもないんだ。」

「契約についてはおまえの言うとおりだけどね。なので、おまえがマネックの魂を奪う邪魔はしないよ。だって、それは約束の対価なんだから。ただし、おまえだって、わたしに、夫と一緒にいつもしているお祈りをするだけの時間を猶予してくれてもいいだろう。その間、家事もしなくてはならないから、おまえが代わりにやっておくれ。ここに新しく刈ったばかりの羊毛があるだろう。白いのと黒いのが。これを小川で入念に洗っておいで。どちらも同じ色になるまで洗ったら、マネックの魂を奪いなさい。そのときには夫も覚悟ができているから。」

悪魔は羊毛を手にすると、小川まで行きました。すぐに作業は終わると思っていました。ところが洗えば洗うほど、白い羊毛はどんどん白くなり、黒い羊毛はますます黒くなります。思いっきり力をこめても無駄でした。疲れて、しまいには怒りがこみ上げてきます。悪魔は羊毛をとって妻の足もとに投げ捨てると、こう言いました。

「カタランよ。この羊毛は返してやる。おまえの夫の魂もだ。おまえに約束を守らせるために羊毛を洗っている間に、何千人分もの魂を奪うことができたんだ。」

その日以来、マネックもカタランも悪魔に悩まされることはなくなりました。神は、その家族愛によってマネックをお許しになったのです。

伝承者の言及なし

原注

（１）バスク語でヤギの牧草地を意味する。魔法使いや魔女が集まって集会を行う場所とされている。

悪　魔

第二章　いろいろなお話

夫婦の話

嘘かまことかこんな話があります。

ある日、頭陀袋を背負った男が、杖をついて、人里離れた一軒家へと入って行きました。

家にいた女性は炉辺で糸を紡いでいました。男はパイプに火を貸してくれるよう頼みました。

「いいわよ」と、女は言いました。

二人の間で会話が始まりました。女は男にどこから来たのか尋ねました。

「あの世からさ」と、男は答えました。

すでに再婚していましたが、少し前まで未亡人だった女は、こう叫んでしまいました。

「ああ！　それならひょっとしてわたしの死んだ夫のピエールをご存知では？」

「ああ、知っているとも。調子は悪くないようだが、着るものとお金に困っていたよ。だからワインの一杯も飲めないし、パイプも吸えないんだ」と、男は答えました。

「かわいそうなひと！　よろしければあのひとに小包一つとちょっとしたお金をわたしからの言付けとして渡していただけないかしら？」と、女は頼みました。

「もちろん喜んでやらせていただきまっせ」と、男は言いました。

それを聞くと、善良な女は、シャツと着るものを白い布で包みました。さらに五フラン相当の硬貨を何枚か入れました。男は杖[1]に小包をひっかけると、別れ際にこう言いました。

「近いうちに、これは旦那に渡しておきまっせ。」

このインチキな男が出て行くとほどなくして、出かけていた新しい夫が家に戻って来ました。妻は彼に言いました。

「あなた、聞いて下さい。前の夫のピエールの消息がわかったのです。」

「なにを言っているんだ。頭がおかしくなってしまったのかい？」

「気は確かよ」と、妻は言いました。「あの世から来たという男がここに立ち寄ったの。そして教えてくれたのよ。なのでお金と小包を彼に預けたのよ。」

頭に来た夫は叫びました。「なんてバカな女だ！」

彼はすぐに馬小屋に行って、雌ウマにまたがり、近道をして泥棒を追いかけました。

遠くからウマに乗った男が駆けて来るのが旅人には見えました。

なぜだかわからないけれども旅人は怖くなりました。すばやく小包を道端に隠すと、疲れたふりして道端に座り込みました。

ウマに乗った夫は近づくとこう尋ねました。

「すみませんが、白い小包を背負った男を見かけませんでしたか?」

「はい。さきほど見かけましたでさ。」

「どちらのほうに行きましたか?」

「この街道をはずれて、あの峡谷づたいに歩いて行きましたでさ。」

「ちょっとこのウマを見ていてくれませんか?」

「もちろんでさ。」

夫は、泥棒の手にウマを預け、森めがけて一目散に走って行きました。亡霊だと偽った男は、小包を取り出すと、ウマにまたがり、駆け足でその場を離れました。哀れな夫は、そこかしこを駆け回ったあげく、すっかり疲れてしまい、ウマを預けた場所に戻って来ました。ところが、そこには男もウマもいませんでした。夫は頭をかきむしってこう言いました。

「あんにゃろう! あいつにまんまとだまされたわい。このわしまでだまされるとは。」

夫は家路につきました。夫が帰って来るのを遠くに見つけた妻は大声で尋ねました。

「どうでした？」

夫はこう答えました。

「あの世に早く戻れるように、ウマをあげてしまったよ。」

エチェベリ氏がラブール方言で語った話を、アルデュド小学校教師のピュイヤッド氏が記録。

原注

（1）バスク地方で使われる杖は、非常にしなやかなセイヨウカリンという樹木から作られている。先端には鉛が付いている。また、伝統的な装飾の施された十センチほどの銅の石突きが付けられている。柄は組み合わせ模様の施された銅で覆われている。バスクの杖には常にひもが付いている。場合によっては、はめ込み式になった柄に、錐や短刀が仕込まれることもある。この杖は、逆さまにするとまさに小さな棍棒となる。使い勝手がよくとても危険な武器である。

訳注

本書第二部にある『再婚した寡婦と兵士』（オーヴェルニュ地方）が類話なので参照のこと。

正直な女が悪口によって追放された話

ある大領主が結婚しようと思い立ち、妻には領内で最も美しい女を迎えようと思いました。花嫁選びを首尾よく進めるために、周囲に住む娘たちを全員、村の広場に集めました。約束の日の約束の時間になると、広場は、みごとな出で立ちの裕福な大領主に見初められるのを期待する若い娘たちで、いっぱいになりました。娘たちは着飾り、美しく化粧をしています。若い大領主は、娘たちの並ぶなかを歩き、入念に見回りましたが、気に入る美しい娘を見つけることはできませんでした。

期待がはずれてしまった若い領主は言いました。

「これがわが領地にいる娘のすべてなのか。招集に応じなかった者はいないのか?」

「ご主人さま。一人だけ来なかった者がおりまする。靴職人の娘です。とてもおとなしい娘で、このなかにあえて加わろうとはしませんし、とても貧しいですから、着飾って来ることができなかったのでしょう」と、だれかが答えました。

「なら、わたしをその靴職人のところに案内してくれ」と、領主は言いました。

靴職人のみすぼらしい家に入ると、領主は父親のかたわらで働く若い娘の姿に気づきます。娘は顔を上げようとはしませんでした。たとえ着ているペチコートが安物でも、星のように美しいことは一目でわかります。しばらく彼女を見つめていた領主は、想像をはるかに超えた、完璧な美しさに驚いて、こう言いました。

「美しき娘よ、そなたは謙虚で貧しいゆえに村の広場に来られなかったと聞いている。そしてそなたはだれもがパーティーでくつろいでいるときに、けなげにもここで働いている。そなたこそわたしが探している女性だ。ここにわたしはそなたを妻として迎えることを宣言する。」

ほどなくして結婚式が行われることになりましたが、靴職人の娘に異議はありませんでした。ものわかりのよい人々は、結婚しても、彼女が賢く謙虚なままでいるのを見て、領主は良き妻を迎えたと思いました。一方で、そう思わないひとびともおりました。

領主の執事も奥方を妬む一人でした。おそらく、倹約家の彼女が、家計に目を光らせることになるのがめざわりだったのでしょう。執事は奥方を追い出してやろうと考えました。という次第で、貧しい家に生まれた夫人は、その卑しい根性が抜けきらず、不貞を働いているのだと領主に信じさせることにまんまと成功したのです。怒りに度を失った領主は、確かめもせず妻を殺してしまおうと決めたのです。

ある日、領主は、妻に散歩に出ようと誘い、彼女に婚礼の身なりをさせた上で、浜辺まで連れ出し、小舟に乗せました。しかし、一緒に乗らず、小舟を押し出すと、小舟はすばやい潮の流れに乗って沖に流されてしまいました。

遭難してしまった奥方は神にすがりました。すると風が吹いて、古い塔が建つ崖のふもとまで小舟を押し流したのです。夜が来ましたが、崖のあたりをさまようのを怖れた奥方は、小舟に残って夜を明かすことにしました。

夜も更けた頃、塔のてっぺんでは、三本のたいまつに次々と火が灯され、三人の声が次々に聞こえて来ました。

最初の声が言いました。

「そなたはわらわが今夜したことをご存知か？　村の泉を満たす水をすべて涸らして来たのだよ。泉を再び満たすためには、多大なお金と苦労が必要となろう。しかしそれでも満たすことはできまい。なぜなら、どうすればいいか方法がわからないからじゃ。とはいえ、十一人の人夫が朝の七時から十一時まで酒を一滴も飲まずに働きさえすればよいのじゃ。」

第二の声が言いました。

「わしは裕福な男の目を見えなくして来たところじゃが。治療のためにその男は全財産をつぎ込むことになろう。じゃが、その男が視力を取り戻すことは決してないのじゃ。なぜなら、医者は唯一の治療法を知ってるほど賢くないからじゃ。とはいえ、彼の目を治すには、この塔に生えている草のエキスを三滴、目に注ぎさえすればよいのじゃ。」

第三の声が言いました。

「俺はある奥方を麻痺させてやって来たぞ。その女は死ぬ日までベッドから離れることはできないぞ。だが、手足を動かせるようになるには、寝ているベッドを、近くの十字路で燃やしさえすればよいのだぞ。」

こう言った後、声は絶え、たいまつは消えてしまいました。

夜が明けると、奥方は小舟を出て崖をよじ登り、効能があるという草を摘みました。そして再び小舟に乗り込むと力のかぎり漕ぎだし、浜辺に戻って来ることができたのです。

土地の人に聞くと、泉が涸れた村の場所を教えてくれたので、奥方はそこに向かいました。村の有力者を見つけると、自分の言うとおりに仕事をさせてくれれば、元通りの泉に戻ると約束し、十一人の人夫を雇いました。

村の有力者たちはその申し出を喜んで受け入れました。それというのも、村人たちは、指導者たちの無能のせいだと噂していたからです。報酬額にも同意すると、有力者たちは、奥方が好きなように仕事をやってよいと言いました。奥方は、酒飲みではなく、素直だと判断した十一人の人夫を雇い、翌日の朝の七時から仕事にとりかからせ、水を飲まないようにずっと目を光らせました。十一時きっかりになると、泉から水が湧きはじめました。

その仕事に感激した有力者たちが申し出た約束の報酬のうち、奥方はウマと医者の着る服を買えるだけのお金しか受け取りませんでした。こうして医者の姿に変装すると、ウマに乗って農村へと向かいました。治る見込みのない病人がいるかどうかを尋ねながら、自分の治療法で必ず治すと触れ回りました。まもなく、視力を失った男と体中が麻痺した女のところに案内されました。奥方は、古い塔から聞こえた声が教えてくれた秘密の治療法で病人を治療しました。

ついに奥方は、生まれた村に戻って来ました。医者の姿のまま、治る見込みのない病人がいるかどうかを尋ねながら、自分の治療法で必ず治すと触れ回りました。すると、この土地の大領主が、しばらく前から無気力の病にとりつかれ、どんな治療法でも治すことができないということが耳に入ってきました。奥方から会いに行く必要はありませんでした。というのも名医が来たという話を聞きつけた領主が、館に来てくれるよう頼んで来たからです。

館に招き入れられた奥方は、かつて自分の部屋だった部屋で、妻だと気づかない夫の前に来ると、できるかぎりの機転をきかして病状を尋ねました。容態を確認すると彼女は言いました。

「医者というのは司祭と同じようなもので、病人は罪を悔いた告白者と同じようなものです。病気を治してほしいなら、あなたがその原因をわたしに教えてくれないといけません。見たところ、あなたは大きな心痛を抱えていらっしゃいます。しかし、わたしとしては原因を知らなければなりません。怖がらずにすべてを打ち明けて下さい。秘密は決してもらしませんから。」

すると領主は、罪を犯したことを告白しました。それで命を危うくするほど後悔していると言いました。悪賢い執事の悪口を信じこんでしまい、妻に対する後悔の念から衰弱してしまったのだ、と。

「あなたは奥方を小舟に乗せて追い出しましたね。そのとき彼女はなにかわかるようなものを持っていませんでしたか？」と、奥方は尋ねました。

「おそらく持っていたはずです。わたしが贈った金のネックレスです。それならわたしはネックレスが何千あっても見分けることができます」と、病人は答えました。

「ご覧なさい。わたしの首から下がっているものを。あなたがおっしゃるネックレスに似ていませんか？」と、医者の姿の奥方は言いました。

領主は奥方の姿をそこに認め、ひどい仕打ちをしたことをひどく後悔したとのことでした。


オレーグ在住のマリー・アンドリウの語った話を、セルヴァベリ氏が記録した。

賢い妻

むかし、むかし、五十歳にもなろうというのに、いまだに結婚相手を決められないお金持ちの領主がおりました。愛想のよいこの領主は、小作人を軽蔑せず、気さくに話しかける人物でした。そういうわけで、ある小作人は、領主に独身である理由を思い切って尋ねてみたのです。領主はこう答えたのです。

「結婚してたった数ヶ月で家をほったらかしにした奥さんがいたんじゃよ。夫はほとほと愛想が尽きてしまったという、そんな話を知っているんじゃ。じゃが、わしの場合、気が利く娘さんがおったら、ためらうことなく結婚するつもりじゃよ。」

これに対して小作人は「教区に住む靴直しの親方の娘が、この世で最も気が利く娘でさあ。その娘のことをわしは知ってますがね。ただどんなに賢くても家柄がちがいまさあ。そんな娘では旦那さまとの釣り合いがとれませんがな」と、領主に言いました。

領主は「血筋よりも賢さが大切なんじゃよ」と言うと、靴直しの親方の住所を聞き、直ちにそこに行って、こう言いました。

「わが隣人よ。そなたの娘は賢さで評判になっておる。わしは賢さこそ最も評価すべきことじゃと考えておる。なので、そなたの娘の婿になろうと思う。ただし、そなたの娘がわしの屋敷に、夜でも昼でもない時間に来ること、そして服を着ているのでも、脱いでいるのでもない状態で来ること、また歩いて来るのでもなく、ウマで来るのでもないこと。この三つを満たしたらの話じゃ。」

それからほどなくして、薪を取りに出ていた娘が戻って来ました。職人は娘に言いました。

「旦那さまがさっき訪ねて来たぞ。まれにみるほどおまえが賢い、そんな噂を聞いたようだ。たぶん本当かどうか確かめるためじゃろう。旦那さまの屋敷へおまえが、夜でも昼でもない時間に行くこと、そして服を着ているのでも、脱いでいるのでもない状態で行くこと、また歩いて行くのでもなく、ウマで行くのでもないこと、この三つを条件にした。こんな不可能なことを要求されたらたまったもんじゃない。そうわしは思うよ。」

「それだけですね？　ご心配なく。そんなお父さまの心配はすぐに消えるでしょう。そのためには、ヤギ一匹と、もう一匹分の毛皮が必要です」と、娘は答えました。

職人は娘の要求するものを支度しました。最もきれいなヤギを一匹と、もう一匹分のヤギから剝いだ皮を与えたのです。娘はその毛皮をまとい、ヤギにまたがりました。そして、時計がまさに真夜中の刻を鳴らすと同時に領主の屋敷の前に現われました。案内されて領主のもとに行くと、彼は、自分が課したすべての条件を娘が満たしたことを認めざるをえませんでした。彼は付け加えて言いました。

「したがって、わしはそなたと結婚する用意がある。ただし、そなたの知恵を人のために役立てないという誓いを立てたらの話じゃ。」

ほどなくして二人は結婚し、娘は父親の家を出て、屋敷の豪華な部屋に移り住むことになりました。夫となった領主は妻のことをたえず気にかけ、妻と一緒にいて飽くことがありませんでした。しかし、こうした幸せも乱されることになります。

夏のある天気のよい日のことです。領主と夫人が、窓から、領民たちが仕事に精を出すのを眺めていました。一人の小作人が犂で畑を耕しています。そのまわりで、一人の羊飼いが群れに草を食べさせています。すると、一匹の雌ヒツジが農民の荷車のなかで子どもを産んだのです。そのことで、二人の男の間で激しい口論が始まったのです。

小作人が言います。

「子ヒツジはおいらのもんだ。おいらの荷車のおかげで生まれたんじゃから。」

羊飼いも言い返します。

「そんなことはない。子ヒツジは母親があってこそ生まれるもんじゃ。とはいえ、これは旦那の判断にお任せするのがええ。」

さて、小作人は、領主にバターや新鮮な卵をしょっちゅう納めていました。一方、財産のない羊飼いは、領主に納めるものなど持っていませんでした。そのせいでしょう、領主の判断は、子ヒツジは荷車のおかげで生まれたということで、小作人に与える、というものでした。夫人はなにも言いませんでしたが、明らかに公正を欠く判断に不満を抱いたのです。

それからしばらくたって、夫人は羊飼いに尋ねました。

「荷車のおかげで生まれたそなたの子ヒツジはどうなっておりますか？」

「奥方さま。旦那さまへの尊敬は持ち続けております。それでもあのときの判断はおかしい。おかげで大損です。」

「そなたがわたくしの助言に従えば、損失をすべて取り戻すことができるはずです。よくお聞きなさい。主人は毎日ミサに出ております。明朝、主人が教会に入るのを見張っていなさい。そして、主人の後について行きなさい。そのとき、漁師の網を持って行きなさい。川でするように聖歌隊席の上に網を広げなさい。そしてそなたに向けられる質問に対しては、わたくしの指示どおり答えなさい。」

こうして羊飼いは、領主夫人の指示にくまなく従いました。翌朝、網を背負って領主の後について教会に入り、大まじめに聖歌隊席の左右に網を張りました。すると即座に領主が怒ってこう叫んだのです。

「いったいこの常軌を逸した行動はなんなんじゃ！　どうしてこんな網を張っておるんじゃ、この馬鹿者めが！」

「旦那さま、ちょうどよい時機だと思いましたので、魚を何匹か釣ろうと思ったのですよ。」

「教会で魚を釣るとはどういうことじゃ！　それに地上で魚を釣るなんて聞いたこともない！」

「それなら、子ヒツジが荷車から生まれたなんてことを聞いたことがある人がいるのですか？　どちらも常軌を逸した話ではありませんか？」

領主は混乱しましたが、仕返しをしてやろうと心に決めました。羊飼いを呼んで、問い詰めました。羊飼いは領主夫人の助言に従っていたにすぎないことが分かりました。怒りに身を震わせながら、領主は夫人の部屋に行き、言いました。

「わが妻よ、わしがそなたを妻に迎えたとき、そなたの知恵を他人のために役立てないと誓わせたはずじゃ。この誓いは破られたということか。それなら結婚の条件も同時に破られたことになる。父親である靴直し職人の家に戻り、これからは父親と暮らすのじゃ。しかしじゃ。そなたがこれからも十分な暮らしができるよう、家具や食器、金は与えよう。これは約束する。そして四人の下男にそれらを運ばせるんじゃ。面倒なことにならないよう、今夜までにそなたは出発するんじゃぞ。」

夫人はなにも口答えはしませんでしたが、悲しむ様子もありませんでした。むしろ、屋敷の調度品のどれを持って行くかを思案しているようでした。夜が来ると、夫人は頑強な体つきをした四人の下男を選び、贅沢な夕食を用意してやりました。これから重たいものを運ぶことになるのだから、たくさん飲み食いさせてあげようという配慮からです。食事が終わると、夫人は夫がすでに引き下がって眠っている部屋に彼らを連れて行きました。夫人の指示に従って、男たちはそれぞれベッドの四隅に位置しました。そして領主を起こさないようベッドをそっと持ち上げました。部屋を出て、館を出ると、冷たい外気が領主をとらえました。領主は目覚め、驚いて、そこにいるのはだれか、ここはどこなのだと尋ねました。領主の枕元にずっと付き添っていた夫人が答えました。

「わが善良なる旦那さま、あなたはわたしが最も必要とする調度品のなかから、四人の下男が運べるものを持ち出すことを許可されました。ここにいる四人の下男がまさにあなたの寝ているベッドを運んでいます。というのも、お屋敷でわたしに最もいとしいものはあなただからです。そして、あなたのなさったお約束どおり、いまやあなたはこのベッドとともにわたしのものとなったのです。」

「またそなたに一杯食わされたな、わが妻よ。これからは常にわしはそなたのものじゃし、そなたはわしのものじゃ。さあ、屋敷に戻ることにしよう。今後、したいだけの助言をするがよい。」

オレーグ在住のマリー・アンドリウの語った話を、セルヴァベリ氏が記録した。

第三章　守られる弱者

賢い兄と愚かな弟

ある女に二人の息子がおりました。一人は賢く、もう一人は愚か者でした。母親が病気になってしまったので、賢い兄が家事のすべてを仕切ることになりました。痛みを癒やすために、母親は兄が焚いたお風呂につかります。さてある日のことでした。賢い兄が出かけていたので、愚かな弟がお風呂を焚くことになりました。この仕事を任せられたことを誇らしく思った弟は、兄よりもずっと上手にお風呂を焚こうと自分なりに考えました。母親に風呂に入ってもらうと、その上から大鍋で沸かしたお湯をかけてしまいました。かわいそうな母親は直ちに大やけどを負って死んでしまいました。

こうして家には二人の兄弟だけが残されました。ある日、ブタを買いに二人は市場に出向きました。買い物が終わると、市場で用事が残っていた兄は、ひもでつないで家まで連れ帰るようブタを弟にゆだねました。道すがら、ブタはブタの言葉で話しかけてきました。聞き飽きた愚か者の弟はこう言いました。

「家にどちらが先に着くか、賭けをしよう。」

ブタからひもをはずすと、弟は走り出しました。日が暮れて兄が戻ると、ブタの所在を尋ねました。愚かな弟は、事の次第を話しました。

「これからは、市場で買ったものには、必ずひもでつないで持ち帰るんだぞ」と賢い兄は命じ、弟は「はい」と返事をしました。

次に市が開かれたとき、兄弟は壺を買いに出かけて行きました。弟は壺を持ち帰る仕事を任されました。兄の言いつけを覚えていた弟は、壺にひもをつけて、引きずって帰ろうとしました。壺は粉々になって壊れてしまいました。

賢い兄は、二人でなにをやってもうまくいかないし、お金も尽きてしまったので、もはや物もらいをするほかはないと弟に言い聞かせ、二人で物もらいに出ることにしました。最初に家を出た兄は、弟にドアを《引っ張る》よう命じました。その後、兄は弟の前を歩きました。

愚かな弟は、ドアをかついでいかなくてはいけないのだと考え、ちょうつがいからドアをはずして運ぶことにしました。どんなに兄が、そんなことをしても意味がないと言い聞かせても、弟は聞き入れません。晩になって二人は森にやって来ました。地べたに寝るのはいやだったので、木に登ることにしました。弟は相変わらずドアを持ち歩いていました。夜中になったときです。十人ほどの泥棒が、袋に入った金貨を分けるために木の下にやって来ました。泥棒たちがお金を数えているとき、愚か者の弟が兄に言いました。

「重すぎてもうドアを持っていられないよ。」

そしてドアを下に落としてしまいました。驚いた泥棒たちは、神さまが天のかけらを彼らに向けて落としたのだ思いこんで、慌てて逃げ出してしまいました。賢い兄は、なにも怖れることなく金貨を手に入れました。二人は立派な館を建てて、何不自由なく暮らしたそうです。

当時四十歳であったピエール・エチェバルヌが祖母から聞いた話をイスプール小学校教師のコンスタンタン氏が記録した。

訳注

この話の結末に出て来る、木からドアを落とすという内容は、本書第五部第二章Bの「盗難にあった泥棒たち」(ノルマンディーの民話)にも認められる。

間抜《ペック》けのギレン

ある男が死に際に三人の息子を呼び出し、言いました。

「息子たちよ。わしはそろそろ死ぬ。わしには二頭の雄ウシと一頭の雌ウシという財産がある。年上の二人には雄ウシを一頭ずつ残し、末っ子である《間抜けのギレン》(1)には雌ウシを与えることにする。」

父親が亡くなると、息子たちは父親の言うとおりに財産を分けました。《間抜けのギレン》はまもなく退屈しはじめてしまいました。そこで外に出て、一財産を築こうと思い、二人の兄に言いました。

「さてさて、ほんのちょっとの牛乳のために、来る日も来る日も雌ウシの世話をするのはうんざりだよ。ウシを絞めて、皮をはいで売ればお金になると思うんだ。」

二人の兄はこう答えました。「無駄口をたたくな。こんなことはもう言うもんじゃないし、実行したらだめだぞ。愚か者だと思われるからな。いったいその皮でなにができるというのだ。」

《間抜けのギレン》は二人の兄の言葉を聞き入れません。雌ウシを殺して、皮をかつぐと、革職人である伯父のもとに出かけて行きました。扉をたたいても返答がありません。扉をたたき続けながら、鍵穴からのぞきこむと、だれかが古い衣装箱のなかに隠れようとするのが見えました。ようやく、女が出て来て、《間抜けのギレン》を家に入れてくれました。女は、《間抜けのギレン》に訪ねて来た理由を尋ねました。

「おじさんは家にいますか？　おじさんにウシの皮を売りに来たのです。」

「出かけているけど、まもなく戻って来ますよ。しばらく待っていなさい。その間、お腹もすいているだろうから、なにか食べなさい。」

「お腹はすいていないので、結構です。家で食べて来ましたから。でもちょっと疲れたので、しばらく座らせて下さい。」

こう言うと、彼は古い衣装箱に腰かけました。

家の主人が戻って来ました。ギレンを見て喜んだ伯父は、彼に言いました。

「おお、ギレン、調子はどうかね。いい知らせでもあったのかい。それとも悪い知らせかね。」

《間抜けのギレン》は父親が死んだことを伝え、遺産として雌ウシをもらったので、そのウシの皮を売りに来たのだと答えました。

「おまえが売りたいならその皮を買おう。いくらで売りたいんだい」と、伯父は聞きました。

「言い値でいいですよ、おじさん。ぼくにはそれで十分ですから。」

伯父が十フランを渡すと、《間抜けのギレン》はすっかり満足してしまいました。

「お金や必要なものがあったらなんでも言うんだぞ。あげるからな」と、伯父は言いました。

「おじさん、ほんとうにありがとう。お金はあまり必要ないのです。でもぼくが腰かけている衣装箱をいただけますか。ぼくの衣装箱にしたいのです。」

伯父は親切にもこの衣装箱を譲ってあげました。《間抜けのギレン》は、お礼の言葉を言って、衣装箱を担いで出て行きました。家路の途中で、急な坂を《間抜けのギレン》が下っていると、つまずいてしまい、衣装箱を放してしまいました。箱は小川まで転がって行きました。衣装箱に入っていた男が叫びました。

「痛い、痛い！　死んでしまうよ。」

「おやおや、箱のなかにだれかいるのかな。どこからやって来たのですか？」と、《間抜けのギレン》が尋ねました。

「しっ、声を立てないで。だれにも言わないでくれ。そのかわり、百エキュをおまえにやる」と、男は言いました。

《間抜けのギレン》は百エキュをもらうと、そのまま小川に男と箱を残し家に戻りました。《間抜けのギレン》はポケットに入れた百エキュの硬貨で、じゃらじゃら音を立てました。二人の兄はどこでそのお金を手に入れたのか、そしてだれがウシの皮にそれほどお金を払ったのかを、弟に聞き、最後にこう言いました。

「おまえが出て行ってから、お母さんは死んでしまったよ。お母さんを埋葬するお金もなかった。だからおまえがその金を出すんだ。」

「もちろんだよ。お金はあるからね。兄さんたちは、そのお金をぼくに返してくれるなんて考えなくていいからね。ぼくがお母さんを埋葬するんだ。」

翌朝早く、白い布で遺体を包んで担ぐと、《間抜けのギレン》は教会に行って、告解場に遺体を安置し、聖具室にいる司祭のところまで行ってから、こう言いました。

「司祭さま、告解場で待っている母のために告白を聞いていただけないでしょうか。母は耳が不自由なので、少し大きな声で話してあげていただけますか。」

「参りましょう」と司祭は言って、悔い改める者のところに向かいました。

「長い間、告白をしていないのですか?」と聞きましたが、返事がありません。司祭はもう一度大きい声で聞きました。「長い間、告白をしていないのですか?」と、繰り返し聞いても返事がありません。司祭は腹を立てましたが、もう一度聞きました。「長い間、告白をしていないのですか?」

司祭が、遺体をゆすぶると倒れてしまい、大きな音を立てました。《間抜けのギレン》が駆け寄ります。

「よくも母を殺したな。よくも母を殺したな」と叫び、「この代償は支払ってもらうぞ。さもなければ裁判を起こすぞ」と、言いました。

「お願いですから落ち着いて下さい。わざとではなかったんです。彼女が長い間告白していなかったか尋ねてみたのですが、返事はありませんでした。寝ているのだと思って、ちょっと押してみたところ、倒れてしまったのです。いずれにしても、このことはだれにも言わないで下さい。ここは示談にしましょう。いくらお支払いすればよいでしょうか？」

「六百フランだな。」

「三百フランで手を打っていただけませんか。」

「だめだ。六百フランでないと、訴えるぞ。」

かわいそうな司祭は、変な噂が立つのを怖れて、六百フランを取ってくると《間抜けのギレン》に手渡しました。《間抜けのギレン》はだれにも見られないよう、遺体を墓地にまで運ぶと、穴を掘ってそこに遺体を埋めました。

その後、《間抜けのギレン》は家に戻りました。二人の兄が聞きました。

「お母さんを埋葬して来たかい。」

「いや。売って来てしまったよ。」

「なんだと？　お母さんを売った？　いくらでだい？」

「六百フランでね」と、《間抜けのギレン》は言いました。

兄は二人とも結婚していました。そこで自分たちも嫁を殺して売ってしまおうと考えました。嫁を殺して、遺体をかつぐと、街から街へ、村から村へと、買い手を探してさまよいました。しかしだれもそんなものをほしがらないので、仕方なく遺体とともに家に戻りました。こうして二人とも妻を失ってしまいました。ウシは差し押さえられ、食べるものもありません。二人の兄は相談しました。

「弟は金持ちだ。あいつを捕まえて殺しちまおう。その後で財産を分けることにしよう。」

さて、《間抜けのギレン》はヤギをたくさん買って、となりの共有地で草を食べさせていました。ある晩、二人の兄は共有地に行きました。《間抜けのギレン》が宿にしている旅籠屋に偶然を装って泊まることにしました。二人の兄は、やさしく弟をなでると、なにも疑わないよう弟をそっと馬小屋まで連れて行きました。そこで弟を捕まえると、袋のなかに閉じこめました。喜んで二人の兄は食事をしました。明日になれば、自分たちがヤギの群れの持ち主になれると考えて。不安になった《間抜けのギレン》は、袋から出ようと動き回っていましたが、しっかりと閉まっていたので無駄でした。そのとき、馬小屋に宿の使用人がやって来ました。なにやら袋が動いているのに気がつきました。するとこう言う声が聞こえて来たのです。

「なるようになるさ。でも俺にはそのチャンスがない。俺にはそのチャンスがない。俺にはそのチャンスがない。」

使用人は、彼がなにをやっているのか、そしてなにを持っているのか聞いてみました。ギレンはこう返事をしました。

「友よ。ここの宿で飯を食っている二人の男がわたしから千フランを奪おうとしているのだ。それを拒否したら、このなかにわたしを閉じこめてしまったんだ。これが真相さ。」

使用人は彼に言いました。「その金が必要ないなら、おらがもらおう。その代わり袋に入ってやろう。」

すぐに話はまとまり、《間抜けのギレン》は袋から解放され、使用人は袋に入りました。《間抜けのギレン》は、ぐずぐずせずに扉を開けて、ヤギを連れて、間道をつたって逃げ出しました。翌朝、二人の兄が目覚めて、群れを見に行くと、そこにはなにもいませんでした。彼らには宿代もありませんでした。宿の主人はベレー帽を取り上げてしまいました。

二人の兄は怒って、《間抜けのギレン》を追いかけました。《間抜けのギレン》は海辺でヤギに草を食べさせていました。追いついた二人の兄は彼に言いました。

「どこでこのヤギを見つけたんだ？」

「海水浴をしているときに、大潮が来たんだよ。ヤギもろともね。」

「まだなにかそこにあるのか？　ほかになにがあったんだ？」

「ここに来たがっているけど来られないヒツジがいたよ。助けに行ったらいいよ。」

一人の兄が海に浸かって、少し沖へと歩いて行きました。もう一人の兄が聞きました。

「あそこで兄が手を振っているけど、なにをしているんだ?」

「仕事だよ。一番立派なヒツジを探しているんだよ。」

これを聞くやいなや、長男も次男のところに行こうと海に入って行きました。二人とも沖の向こうまで行ってしまい、溺れ死んでしまいました。

《間抜けのギレン》は群れとともに家に戻り、その後は幸せに暮らしました。間抜け呼ばわりされていたギレンは、家族で一番抜け目ないところを自ら示したのです。


ビュスタンスに住む七十五歳のマリー・エリッサルドの話を、ビュスタンスの小学校教師のジョレギー氏が採取した。

原注

(1) ペックは「間抜け」とか「おめでたい」を意味するベアルン語。この話はベアルン地方に伝わっている。

イスプールに伝わる二人のこぶ男

むかし、むかし、魔法使いの集会に通う一人の魔女がおりました。同じ村には、彼女が魔女ではないかと疑う二人のこぶ男がおりました。ある日、男の一人が彼女にこう言いました。

「もうだまされませんよ。あなたは魔女なのでしょう。一度、ご一緒したいものですな。」

年老いた女は、はじめは隠していましたが、とうとう自分が魔女であることを白状してしまい、魔法使いの集会に男を連れて行くことを約束させられてしまいました。

「一つだけ次のことを覚えておいて下さい。集会の長が、曜日の名前をみなに言わせる儀式がありますが、こう言って下さい。月曜日、火曜日、水曜日、木曜日、金曜日、土曜日、と。決して日曜日の言葉は口に出さないで下さいね。」

「おやすいご用さ」と、こぶ男は言いました。

魔法使いの集会の日が来ると、魔法使いたちは全員整列して、次々と曜日の名前を口に出しました。こぶ男の順番が来ると彼は「月曜日、火曜日、水曜日、木曜日、金曜日、土曜日、日曜日」と、言いました。

「日曜日と言ったやつはだれだ?」と、集会の長が叫びました。

「閣下、このこぶ男です」と、他の魔法使いたちが答えました。

「こやつからこぶを取り上げてしまえ!」

こうして、こぶ男は、大満足で家に戻ることができたのです。その姿を見て、もう一人の男が驚いて尋ねました。

「いったいぜんたい、どんな奇跡のせいで、こんなにいい男になってしまったんだい?」

こぶがなくなった男が事の次第を語ると、もう一人もその気になりました。こぶ男は、魔女の家に行って、同じことを言って、魔法使いの集会に一緒に行く約束をとりつけました。彼の番になったので、彼は「月曜日、火曜日、水曜日、木曜日、金曜日、土曜日、日曜日」と言いました。

「日曜日と言ったやつはだれだ?」と、集会の長が叫びました。

「閣下、このこぶ男です」と、他の魔法使いたちが答えました。

「こやつに、もう一人から取り上げたこぶをつけてしまえ」と、集会の長が言いました。

かわいそうにこのこぶ男は、二つのこぶをつけて家に戻らなくてはならなかったそうです。


イプスールに住むピエール・エリッサルドの話をコンスタンタン氏が記録した。

サン＝ジャン＝ル＝ヴィユの土地に伝わる二人のこぶ男

サン＝ジャンに、背中にこぶのついた若者がいました。彼は隣村の若い娘に恋をし、結婚することになりました。ところが、婚約者の娘は彼に土曜日の晩に会いに来るのを禁止してしまいました。そもそも土曜日の夜というのは恋人たちが逢い引きする時間であるにもかかわらずです。こぶ男は悲しみ、恋仇《こいがたき》がいるのではないかと疑い、たいそう心配になりました。ある日、約束を破って、婚約者の家に行くと、彼女は家におりませんでした。長い間待ったあげく、あれこれ疑念を抱いたまま、家に戻りました。翌日恋人の家に行くと、前夜の行き先を尋ねました。長い間迷ったあげく、真相を言わなくてはならないと考えた恋人は、魔女の会合に出ていたのだと言いました。

「それではあなたは魔女なのですか？」と、若者は聞きました。

「たぶんそうなのです。そうであるかないかはあなたにかかっているのです。」

「どうすればいいのでしょうか？」

「あなたを集会に連れて行きましょう。集会の長があなたに合い言葉を求めて来ます。次のように言って下さい。一、月曜日、二、火曜日、三、水曜日、四、木曜日、五、金曜日、六、土曜日、と。ここで止めて下さいね。日曜日という言葉を口にしてはいけません。」

こぶ男は言いつけどおりにすると約束しました。さて魔女集会が行われる場所に着くと、新参者は隅っこに連れて行かれました。彼の恋人が集会の長を連れて来ると、合い言葉を言うようにと命じられました。

「一、月曜日、二、火曜日、三、水曜日、四、木曜日、五、金曜日、六、土曜日、七、日曜日」と、彼は言いました。

日曜日という言葉に、集会場は大騒ぎとなり、若者は軽はずみに言ってしまったことを激しく後悔しました。

集会の長は彼を足もとに呼び出し、背中にこぶがついているのを見て、こう叫びました。

「この男からこぶを取りあげ、それを串刺しにしろ。」

こぶが背中から取り出されましたが、傷はすぐに治りました。こうして若者はこの冒険に満足して戻って来たのです。翌日は日曜日でしたが、人々は背中がのびたすらっとした男の姿を見たのです。

この事件は近隣の村々で噂になりました。こぶつきの男たちはこぞってどうやってこぶを治したのか、そして彼らも奇形の姿を治すことができるのか、聞きにやって来たのです。

若者はこう言いました。「治すのは可能ですよ。ただし、千エキュかかりますよ。」

この金額を聞いて、貧しい人々は怖じ気づきました。ある男が一人、この条件に応じました。彼は、どうすればいいのかを聞き出して、魔女集会に呼ばれることになりました。そこで合い言葉を言うように命じられました。彼は、最初の若者がやったように、週の六の曜日の名を言った後、日曜日という言葉を口にしました。すると同じように大騒ぎになりました。彼は集会の長に呼ばれ、まだ槍の先にささっていた最初の若者のこぶを持って行くように言われました。こうして彼は、体の前と後ろの両側にこぶがつくことになってしまいましたとさ。

ビダール氏の記憶による。

訳注
本書第六部第一章の「魔法使い」（プロヴァンス地方の民話）は類話なので参照。

第四章　取り替えっ子

取り替えっ子

むかし、むかし、貧しい夫婦に一人の息子がおりました。隣には、お金持ちではありますが、子どものいない夫婦がおりました。

貧しい夫婦が話していました。「わたしたちならもっと子どもが授かるでしょう。お隣さんには子どもがいないことだし、息子はお隣さんに預けることにしよう。」

こうして息子を隣の夫婦に預けると、彼らは国を出て行きました。

翌朝、隣の家では、女中たちが玄関に捨てられた子どもを発見し、奥方に伝えました。奥方は急いで子どもを見に行き、子どもを抱きかかえると、夫のところに連れて行きました。

「神さまがわたしたちの子どもとして引き取って育てるよう、慈悲深くもこの子を遣わして下さったのですよ」と、言いました。

夫も奥方と同じようにとても喜びました。

子どもは成長しました。学校では、二人に喜んでもらいたくて懸命に勉強しました。

この子を妬んだ子どもたちがある日、彼に言いました。

「おまえは、お父さんとお母さんの息子だと思っているみたいだけど、まったくの他人なんだぞ。おまえは家の前に捨てられていた捨て子なんだ。」

これを聞いて、息子は悲しみました。家に帰って言われたことを両親に伝えました。奥方は、そんなのは単なる悪口だと言いました。そして先生に、二度とこのようなことを子どもたちに言わせないよう頼みました。それでも子どもたちが悪口をやめることはありませんでした。

こんな事情から、少年は聖職者になりたいと思うようになり、義理の両親に伝えました。こうして彼は、聖職者養成学校に入学することになったのです。ほんの数年で、少年は学ぶべき事柄をすべて学んでしまいました。ところがここでも、捨て子だったことで辱めを受けたのです。こうして彼は学校をやめてしまい、家に戻りました。そして世の中を見るため旅に出る決心を両親に伝えました。家族が悲しむのをよそに、彼はほんとうに旅立って行ったのです。

故郷から遠く離れて、ある村にたどり着きました。村人たちが広場に集まって、嘆いていたところでした。なにが起こったかを尋ねました。

「ここには一人の死刑囚がいます。殺人罪で訴えられたのです。でも彼は無実なんです。」

聖職者となっていた息子は、死刑囚のところまで行って、尋ねました。

「この人を殺したのですか?」

死刑囚の答えは「いいえ」でした。

次に死者のところに行って、本を開いて言いました。

「この男がおまえを殺したのかい?」

「いいえ」と、死者は答えました。

これで、死刑囚は解放されることになったのです。そして息子はこの男の家までついて行き、大いに祝ったのです。

次に聖職者は男とその妻に聞きました。

「なにか心配事でもあるのですか?」

「はい、実は子どもがいるのですが、二十年たった今でも生まれたままの姿なのです。」

「その子はどこですか?」

彼らは子ども部屋まで聖職者を連れて行き、ベッドで寝ている子どもを見せました。

「少しの間この部屋に一人にしていただけませんか?」と、聖職者が頼むと、両親は言われたとおり、扉を閉めました。聖職者は本を開き、ゆりかごにいる子どもに言いました。

「子どもの姿をした大人よ、座りなさい。」

するとと子どもは座ったのです。

「立ち上がりなさい」と言うと、子どもは立ち上がりました。

「窓から飛び降り、二度と戻らなくてもよい。」

子どもは、恐ろしい叫び声をあげて、窓から飛び立って行きました。

聖職者は部屋から出て来ると、両親に言いました。

「あなたたちは二十二年前に子どもを捨てましたね。善き神が、その子どもの代わりに悪霊を遣わして、あなたがたを罰したのですよ。そしてあなたがたが捨てたのが、このわたしだったのですよ。」

シャリット＝ドゥ＝バ在住のマリアンヌ・エチェバルヌの話を、マレー氏が記録したもの。

第五章　妖精ラミーニャ

オシュリュックに伝わる盲目のラミーニャ

今から五百年前のことです。オシュリュックのエレーゲ家の奥方のところに、一人のラミーニャが、夫がいない時間帯に毎日現われては、油で揚げたパンの残りをねだり、断ったら殴ると脅しておりました。

エレーゲの奥方は、毎日せびられるのにうんざりして、夫にこれまでの出来事を話しました。

「ラミーニャがもう家に来たくないようにしてやるぞ。」

夫はこう言うと、妻の服をまとって、暖炉のわきに座り、糸を紡ぐふりをしました。

いつもの時間にラミーニャがやって来て、糸を紡ぐ人物をじっくりと観察してこう言いました。

「どうなっているんだい？　昨日はとても細かく糸を紡いでいたのに、今日の仕事といったら、なんとも雑じゃな。」

「おっしゃるとおりです。わたしがやっているのですから。」

よくわからなくなったラミーニャは怪しんで、「おまえの名前はなんというんだい？」と、尋ねました。

「わたしは、《わたし自身》という名前ですよ」と、妻に扮した夫が答えました。

ラミーニャは、はいていたスカートをまくりあげると、暖炉の前にしゃがみこみ、毎日もらっているものをねだりました。夫は、糸巻き棒を置くと、油を入れた鍋を火にかけました。油が煮えるのをみはからって、突然、ラミーニャのスカートの下の部分に油をかけてやりました。

ラミーニャは大声をあげて、痛々しい姿で立ち上がりましたが、もう逃げることはできません。仲間のラミーニャたちが近寄って来ました。

「だれがおまえにこんなひどい意地悪をしたんだい？」

「わたしよ、《わたし自身》よ。」

「おまえが《おまえ自身》を傷つけたのなら、苦しむのもおまえ自身じゃないか。」

彼らはラミーニャをすみかに連れ帰りましたが、彼女は洞窟のなかで死んでしまいました。オシュリュックでは彼女のことを《まばたきのラミーニャ》と呼んでいます。


ジャン・サラベールの話を、オシュリュックの小学校教師であるイリゴワイヤン氏が記録。

第六章　怪物タルタルの伝説

タルタルと二人の兵士

同じ村出身の二人の兵士は、兵役が終わったので、陽気にわが家へと帰って行きました。広大な森のただなかで、とっぷりと日が暮れてしまいました。遠くに煙が上がっているのが見えたので、そちらに向かうことにしました。ようやく一軒のわらぶき屋根の家にたどり着きました。ドアをノックすると、なかからこう叫ぶのが聞こえました。

「だれですか?」

「二人の友人ですよ」と、兵士たちは言いました。

「なにかご用ですか?」と、聞かれました。

「一晩泊めていただけませんか?」

主人がドアを開けてくれたので、兵士たちはなかに入り、ドアを閉めました。

さて、主人は怪物タルタルだったのです。人間の姿をしていますが、毛むくじゃらで、一つの目がひたいの真ん中についているのです。勇敢な兵士たちも、さすがに怖じ気づいてしまいました。

タルタルは二人に食事をさせてやり、彼らの体重を量るとこう言いました。

「軽い方のおまえは明日だ。重い方のおまえは今夜だ。」

すると、大きな串を出して、服を脱がせることもなく、体重の重い兵士を串刺しにし、ニワトリの手足を胴にくくりつけるようにひもでくくり、炭焼きにして食べてしまいました。こうしてお腹いっぱいになると、ぐうぐうと寝てしまいました。

生き残った兵士はといえば、恐怖と驚きでいっぱいでしたが、生き延びるために知恵を絞りはじめました。よく考えた後、兵士は大串をつかむと、火にくべて真っ赤に焼き、先端でタルタルの目を突き刺しました。タルタルは、恐ろしい叫び声をあげて起き上がると、羊小屋にいるヒツジの群れのなかに隠れた兵士をつかまえようと、探しはじめました。

翌日、タルタルはドアを開けると、その場所に仁王立ちになって、一匹ずつヒツジを外に出しました。一頭ずつ背中を用心深く触って確認しています。兵士はそうすることを予想していたので、夜のうちに一頭のヒツジの皮をはぎ、その皮をかぶったのです。兵士がタルタルの下を通ろうとしたとき、タルタルが皮をつかむと、その皮はとれてしまいました。

兵士は、逃げ出しました。タルタルはつまずきながらも、彼をつかまえようと追いかけました。

「この指輪を持って行け。おまえの手柄の証拠になるぞ」と、タルタルは大声で叫んで、指輪を投げました。

兵士はそれを拾うと指にはめました。

「ぼくはここだよ。ぼくはここだよ！」と、指輪が叫びました。

声を頼りにタルタルは、全速力で逃げていく兵士を追跡しました。ところが指輪を抜き取ることができません。あと少しでつかまってしまうところで、兵士は指を切り取って、指ごと川のなかに投げたのです。

「ぼくはここだよ！　ぼくはここだよ！」と、相変わらず指輪は声をあげています。声を頼りにしていたタルタルも水に飛びこみました。そして溺れてしまったのです。

こうして兵士は、近くの橋を渡って、無事に家に生還したそうです。


ジャン・サラベールの話を、オシュリュックのイリゴワイヤン氏が記録した。

貴族と利口な召使い

ある貧しい夫婦のところに二人の息子がおりました。さほど賢くない長男は、ある日地方の貴族の屋敷に奉公のお願いをしに行きました。

「召使いとして召し抱えよう。だが一つ条件がある。そなたの奉公にわたしが満足できない場合、そなたの背中の皮をはぎ、それでわたしのブーツを作る、というのはどうじゃ。その後、やめてよろしい。もしそなたの仕事に満足できたら、十分な金をやろう」と、貴族は言いました。

「承知しました」と、長男は答えました。取り引きは成立したのです。

貴族は召使いに森へ行って、荷車一台分の薪をとって来るよう言いつけました。どの薪のどの部分も曲がっていなくてはならず、まっすぐな部分があってはいけません。これが最初の試練でした。

召使いは森へ行って、木をすべて一本ずつ、根元からてっぺんまで調べましたが、どの部分も曲がっている薪を見つけることはできませんでした。

次に、貴族は召使いに大きな丸いパンと、栓をしたワインをひと瓶与えました。ただし、丸パンははしっこから食べてはならず、ワインは栓を取って飲んではならないという条件です。これが第二の試練です。

召使いはそのパンを上も下もじっくり調べましたが、はしっこを食べないで食べる方法はわかりませんでした。次にワインの瓶を手に取りましたが、やはり栓を抜かないまま飲み干す方法は思いつきませんでした。まる一日召使いは食事をすることができませんでした。

第三に、貴族はウシの群れを、牧場の囲いのなかに入れるという試練を課しました。もちろん、囲いの扉を開けたり、囲いを破壊したりしてはいけないという条件です。

召使いは牧場を調べ回り、いたるところに囲いがあることがわかりました。というわけでウシの群れを囲いのなかに入れることができませんでした。

四番目の試練として、貴族は召使いに、朝から晩までのあいだに荷車一台分の小麦の種を植えるだけの土地を耕すよう命じました。

長い間思案したあげく召使いは、「まったくご主人さまをなに一つ満足させることができませんでした。皮をはいで下さい!」と、言いました。貴族は、ほんとうに約束したことを実行し、召使いの背中の皮をはいでブーツを作ってしまったのです。ついで両親のもとに召使いを送り返しました。かわいそうな召使いは、一部始終を家族に語りました。

兄より利口な弟は、この話を注意深く聞くと、この残酷な貴族に仕返しをしてやろうと決心しました。そしてすぐに貴族の屋敷に赴き、奉公をお願いしました。もちろん自分が何者であるかは言いません。

　長男にしたように、貴族は最初の試練として、どこをとってもまっすぐなところのない薪を荷車一台分集めるよう命じました。

　召使いはすぐ主人のブドウ畑に行きました。そしてブドウの木を全部ひっこ抜いてしまい、荷車一台分詰め込んで、すべて主人のところに運びました。

　主人は、次の試練として、森から荷車一台分のまっすぐな薪を取ってくるよう命じました。

　召使いは、新しく植えられた果樹園に行きました。そこではリンゴの苗がまっすぐに伸びていたので、見えていたものをすべてちょん切りました。そして荷車一台分詰めこんで、すべて主人のところに運びました。

　貴族は召使いに、三番目の試練として、昼食に、大きな丸いパンをはしっこから食べずに食べ、ワインの栓を抜かずに飲むよう命じました。

　召使いはパンを粉々にして、パンくずを食べてしまい、ワイン瓶の底に穴を開けて、栓に触れることなくワインを飲み干してしまいました。

　貴族は召使いに、四番目の試練として、囲いのされた牧場に、囲いの扉や囲いを壊すことなく、ウシの群れを入れるよう命じました。

召使いは、切れ味の鋭い斧を手にすると、ウシを切り刻んで四分割にしました。そしてその肉片を、囲い越しに牧場のなかに投げ入れました。

貴族は召使いに、五番目の試練として、一日のうちに荷車一台分の小麦の種をまけるほどの土地を耕すように命じました。

召使いは犂を使って、一筋だけ畝を耕しました。そして荷車一台分の小麦の種をそこにまるごとまきました。こうしてみごとに仕事をやってのけると、召使いは主人の屋敷に戻りました。五つの試練を終えたからには、主人がそれに納得するかどうかは別として、なんの文句も言われる筋合いはないと思っていました。

「まったく、こいつの仕事ときたら、期待はずれにもほどがある」と、今度は主人が言う番でした。

貴族は奥方に相談することにしました。その後、召使いに七頭のブタを連れて、タルタルのいる森に行ってドングリを食べさせてくるよう使いに出すことにしました。タルタルというのは巨人で、その森で出会ったものはなんであれ、殺して食べてしまうという怪物でした。これは大きな試練となります。

召使いは、七頭のブタを連れて出発しました。途中、ヤマウズラを生きたまま市場に売りに行く女に出会いました。女は彼にどこに行くのか尋ねました。

「タルタルの森に行くんですよ」と、若者は言いました。

女は驚いて言いました。

「そんなところに行ってはだめ。タルタルは必ずあなたを食い殺してしまうから。」

「もしヤマウズラを一羽下さるなら、ぼくはタルタルなんか怖くはありません」と若者が言ったので、女はヤマウズラを一羽、彼にあげました。

召使いが歩いてしばらくすると、糸玉を市場に売りに行く女に出会いました。

女は彼にどこに行くのか尋ねました。

「タルタルの森に行くんですよ」と、若者は言いました。

女は言いました。

「おやおや、タルタルの森に足を踏み入れるなんてばかな考えはおよしなさい。タルタルはキリスト教徒を食ってしまうのだから。」

「もし糸玉を一つ下さるなら、ぼくはタルタルなんか怖れません」と若者が答えると、女は糸玉を一つ若者に与えました。

召使いはさらに歩きます。するとチーズを市場に売りに行く女に出会いました。女は、これまで出会った女たちが尋ねたのと同じように、彼に行き先を尋ねました。

「タルタルの森ですよ」と、若者は言いました。

「そんなところに行ってはなりません。あなたのためになりませんから」と、女は言いました。

「チーズを一切れぼくに下さいな。そうしたらタルタルはぼくを食べることなんてありませんよ。」女は、まよわず、チーズを若者に与えました。

こうして、ようやく召使いは森にやって来ました。チーズと、糸玉とヤマウズラ以外にタルタルに対抗する武器は持っていませんが、やる気は満々です。そうこうするうちにキリスト教徒のにおいに気づいたタルタルが、まっすぐに彼のところにやって来ました。この日、タルタルは上機嫌でした。「おい、力比べをしないか。この木をおまえが引っこ抜いたら、俺はおまえを食べないって約束するよ」と、タルタルは若者に言いました。

タルタルは大きなカシの木を抱きかかえて、一息でその木を根こそぎ引っこ抜いてしまいました。まったく驚いた様子のない若者は、糸玉を取り出すと、その糸で森を囲みました。

「その糸でなにをするつもりだい?」と、タルタルは尋ねました。

「一本ずつ木を引っこ抜いていくなんて面倒なことをぼくがするとでも思っているのかい。そうじゃないよ。一気に全部の木を引っこ抜くんだよ」と、若者は答えました。

「やめてくれ、これは俺の森だ。これが俺の全財産なんだ。別の遊びをしよう。そうだ。どちらが遠くに岩を投げられるか賭けをしよう。」

こう言うと、タルタルはあたりにあった岩をとって、はるか遠くに投げてしまいました。

召使いの番です。彼はポケットから巧みにヤマウズラを取り出すと、それを空に投げました。ヤマウズラは飛び立ち、そのまま飛んで行ってしまいました。

「またおまえの勝ちだな。今度こそ俺がやることを見ていろよ。これでおまえに挑戦だ」とタルタルは言い、石を拾ってかたく握りしめると、石はまっぷたつに割れてしまいました。

召使いはポケットからチーズを取り出し、それを粉々に砕きました。

「またおまえの勝ちか。じゃ最後の勝負だ。」

と言うやいなや、タルタルは鉄の棒を出して来て、それを遠くに投げました。

召使いはこの棒を持ち上げることさえできませんでした。しかし、彼は木々のふもとにタルタルのすみかがあるのに気がつきました。

「あそこにあるおまえのすみかを、鉄の棒で破壊してやるからな」と、召使いは言いました。

「後生だからやめておくれよ。俺の母ちゃんがそこにいるんだから、壊したら困るだろう。おまえの勝ちとしよう。おまえが俺より強いことは認めよう。うちで飯を食わしてやるぞ」と、負けを認めたタルタルは言いました。

二人で家に入り、たらふく食事をした後、寝ることにしました。

しかしタルタルがなにか仕掛けてくるのではないかと思って、若者は寝つくことができません。結局、彼は眠らずに、部屋の隅々まで調べてみることにしました。ベッドの下には食べられたキリスト教徒のしゃれこうべが積み重なっていました。そこから一つ取り出し、枕元に置くと、彼自身はベッドの下に隠れました。

夜も深くなると、オオカミのようにこっそりとタルタルが忍びこんできました。手には大きな剣を持っています。じっくり時間をかけてみきわめると、タルタルは剣を枕元の頭めがけて一息で振り下ろしました。頭をちょん切ったと思ったタルタルは寝床へと戻って行きました。台所を通るときに、鉄の大串をあぶって真っ赤にするよう母親に頼みました。

若者はベッドの下から出て来て、年老いたタルタルの母親から串を奪うと、タルタルの寝室に忍びこんで、額の真ん中にある一つ目をめがけて串を刺したのです。

うなり声をあげて目を覚ましたタルタルは、目が見えなくなっていました。

若者はぐずぐずすることなく、外に逃げ出しました。途中でヤギの毛皮とはらわたを見つけると、走りながらもそれをつかみました。タルタルもまた、目が見えないにもかかわらず、駆け出して召使いを追いかけました。すぐに追いつきました。若者は、毛皮をかぶって四つんばいになりました。タルタルは彼に触れたのですが、ヤギだと勘違いしてそのまま行かせてしまいました。

若者は逆の方向に逃げ出しました。シダを刈っていた農民たちのところにやって来ると、彼はヤギのはらわたを捨てて、森のほうに急いで向かいました。まもなくタルタルがやって来て、村人たちにキリスト教徒を見かけたかと尋ねました。

「はい、見かけましたよ。より速く走るために、自分の内臓を捨てて行きました」と、農民たちは答えました。

自分も軽くなろうとタルタルも自分の内臓を抜き出しました。ところが、遅くなってしまいました。キリスト教徒がいる森にたどり着いたときには、ほとんど力尽きていました。彼は若者に言いました。

「負けたよ。ブタと一緒に帰ってしまえ。」

若者はタルタルに同じことを二度も言わせることなく、タルタルの飼っていたたくさんのブタと自分のブタを連れて行きました。

その足で彼は市場まで行って、すべてのブタを売り払いましたが、尻尾だけは自分用に取っておき、貴族の主人の屋敷に向かいました。屋敷の近くには泥沼があったので、そこにブタの尻尾をさしこみ、大声でこう叫びました。

「ご主人さま、助けて下さい！　ブタがぬかるみにはまってしまいました。」

聞いたことのある叫び声が聞こえたので、主人が近づいて来ました。なんと驚くことに、タルタルに食べられて厄介払いしたと思っていた召使いが、そこにいるではありませんか。泥沼の表面にブタの尻尾が見えたので、主人はまだブタがそこにいるのだと考えました。主人は召使いに言いました。

「屋敷からつるはしとシャベルを持ってこい。ブタどもを取り返すぞ。」

召使いは屋敷に戻ると奥方に、「奥方さま、ご主人さまから金貨が詰まった壺を二つ持って行くよう命令されました」と、言いました。

驚いた奥方は言いました。

「なんですと？　主人がほんとうにおまえに二つ持ってくるよう言ったのかい？」

「おそらくそう言ったと思います。二つ必要なのです。ご主人さまに聞いてみましょう。」

こう言うと、召使いは外に向かって遠くにいる主人に向かって聞きました。

「旦那さま、必要なのは一つでしたか二つでしたか？」

「二つだよ。二つだよ」と、貴族は答えました。つるはしとシャベルで二つだと思ったからです。だまされた奥方は金の壺を二つ渡しました。召使いは、つるはしとシャベルを持ってぬかるみまで走って行きました。主人はブタの尻尾をつかもうとしていました。しかし彼が力のかぎりを尽くしてブタの尻尾をつかんだ途端、抜けてしまい、逆に主人が泥沼に落っこちてしまいました。これをチャンスとばかり、召使いはつるはしで二回主人の頭を殴りつけました。こうして彼は金貨の入った壺を二つ抱えて両親の家まで逃げ帰って来たのです。兄の復讐を果たしたうえに、お金持ちになったのです。

それ以来、彼のみならず彼の家族まで、不自由することなく暮らしたそうです。


エステランシュビーに住むアランティィー氏が記録した話。

十四人力のアマローの話

むかし、むかし、とても丈夫な若者がおりました。食欲があまりにもすごいので、十四人を意味するアマローという名前で呼ばれていました。両親にとっては困りものでした。結局彼を満腹にさせることができず、ある朝、彼に向かって、もう食べさせるものがないので出て行くよう頼みました。神の思し召しにしたがって、自分で生活するようにと。

このようなわけで、アマローは自分の前の道をまっすぐに歩いて行くことにしました。外をたっぷり歩いたおかげですっかりお腹がすいてしまったので、農家らしき家に行って、ドアを激しくたたきました。女が窓から顔を出しました。

「だれだね？」と、女が尋ねます。

「十四人《アマロー》と言います」と、彼は答えました。

女はあたりを見渡しましたが一人しかいません。

女がおりて来て、ドアを開くと、無遠慮にアマローが入って来ました。女は彼になにを望んでいるか尋ねました。

「雇い人が必要かお尋ねしようと思って参りました。ぼくならお手伝いができますよ。」

「そうね。収穫の時期だからお手伝いがほしいと思っていたのよ。大きな畑があって、そこではちょうど小麦があって収穫するのが明日なの。大変な仕事だから、一日で終えるなら十四人の人手が必要なのよ。」

「十四人の労働者ですか？　それならぼくにうってつけですよ。これ以上人を探す必要はありません。一日あれば、ぼく一人で全部やってしまいますよ。そのかわり、十四人分の朝ご飯を準備しておいてほしいのです。」

女は、ちょっと驚きましたが、それでも倹約になると考えて、夫が帰る前に、アマローを雇う決心をしました。

翌朝、アマローは鎌を一つ持って、畑へと出かけて行きました。女は約束だったので、十四人分の朝食をこしらえ、七時になるとアマローのところまでお弁当を運んで行きました。ところが彼は鎌を放ったまま、草の上で寝っ転がっているではありませんか。まったく仕事は進んでいません。女は、少し責めるような口調でこう言いました。

「あんたはこうやって働くのかい？　なにもしないあんたをわたしが雇ったとでも思っているのかい？　ほら朝食だよ。でもよくお聞き。もし昼までにある程度の仕事ができていなかったら、あんたとわたしで話し合わなくちゃならないね。」

「ちょっとちょっと、怒らないで下さいよ。ここにお弁当を置いておいて下さい。食べたら、いくらでもお話ししますから。」

こう言うと、アマローは朝食を十四人分平らげ、正午きっかりに十四人分の昼食を持って来るよう頼みました。女はなにか言いたげでしたが、そのまま家に戻りました。

アマローは再び草の上に横になって、十一時ぐらいまで寝ていました。ついで、目覚めると鎌を持ち出し、正午まで精を出して働きました。畑の半分がすでに刈り取られていました。

女が正午きっかりに昼食を持ってやって来ましたが、終わった仕事を見て、満足したようでした。アマローは十四人分の昼食を食べると、五時に十四人分の夕食を持って来るよう頼み、再び草の上に横になりました。

女が予定どおり夕食を持ってやって来ました。アマローは横になったままで、仕事はお昼からまったく進んでいませんでした。彼女はまた怒り出してしまいました。

「ただでこれだけの食事をあんたに食べさせているとでも思っているのかい？　もう日が暮れちまうじゃないか。これだけの畑仕事をそれまでにどうやって終えるつもりだい？」

「時間どおりに終わりますよ。心配しないで下さい。晩ご飯を食べさせて下さい。おなかがぺこぺこで死んでしまいそうです。」

こうして十四人分の夕食を終えると、怒っている女の文句など気にすることなく、また横になってしまいました。七時になると彼は仕事を再開し、八時にはすべての仕事を終えていました。

アマローは女に夜食を作ってくれるようお願いしました。彼女は、仕事が約束どおり終わっていたことにすっかり満足したので、喜んで食事を彼に与えてやりました。

そうこうするうちに、夫が帰って来たので、妻はアマローの食欲とみごとな仕事ぶりを夫に話しました。翌朝早く、夫と雇い人はともにシダ刈りをしに出かけて行きました。アマローのがんばりのおかげで、晩にはすべてのシダを刈り終わっていました。こうして毎日が過ぎて行きました。アマロー一人でどんな仕事もやってのけます。畑を耕し、種をまき、収穫をして、片付けもします。ただし、彼は十四人分の食事をするので、倹約をしたくなった雇い主は、彼に暇を出すことにしました。ところが、どんなに言い含めてもアマローは、こう言うだけでした。

「ぼくはここにいたいのです。旦那さまも奥さまもとてもよくしてくれます。どうかぼくを見捨てないで下さい。」

農場から遠く離れた場所に、オオカミやクマが出没する森があります。雇い主の二人は、彼に次のように命じました。

「それでは、雌ウシを荷車につないで、森に行って、荷台にいっぱいの薪をとって来なさい。」

アマローは数頭の雌ウシを荷車につなぐと、森まで連れて行きました。それは暑い日のことでした。アマローはウシを一本の木にくくりつけ、自分は草の上で寝転ぶと、そのまま眠ってしまいました。起きると、ウシが一頭しかいないことに気づきました。アマローは考えました。

「クマがウシを食ってしまったにちがいない」と、

アマローはクマ探しに出ると、まもなく眠っているクマを見つけました。クマの耳をつかむと、荷車のところまで連れて行き、車につなぎました。そしていやいや薪で荷車をいっぱいにし、家に帰って来ました。車につないだ動物を見て、人々は仰天しました。この獰猛な動物を逃がすようにと彼に頼みました。

「いいえ心配ありません。このクマがウシを食べてしまったのです。クマを調教して、ウシの代わりに働かせようと思っています。」

翌日、今度はクマとウシを車につないで、アマローは再び森へと向かいました。前の日と同じように、動物たちを木につなぐと、アマローは草の上にごろんと横になってそのまま寝入ってしまいました。起きると、一頭のウシがいなくなっていました。クマたちが食べてしまったのです。再びアマローはクマを探して、一頭のクマの耳を引っ張って連れて来ました。もう一頭とともに車につないで、森中の木を薪にして荷車をいっぱいにしました。二頭のクマが取っ組み合う様子を想像して下さい。二頭のクマは、畑を野蛮な雄叫びで満たします。荷車には薪をたくさん積んでいましたが、二頭のクマにとっては、まるで空気を運ぶかのようでした。こうして二頭のクマと戻って来たのですが、雇い主の夫婦は大いに驚いて言いました。

「なんて男だ！　ほんとうに怖いもの知らずだ。まるで小鳥を扱うようにクマを扱っている。アマローがその気になれば、いつの日かわしらを殴り殺すかもしれないな。」

森のはずれには、地方で最も立派な雌ウシを飼っている金持ちのタルタルが住んでいました。タルタルはキリスト教徒を嫌っていて、出会えば食い殺していたそうです。このことを思い出した雇い主の夫婦は、アマローにこう頼みました。

「おまえが連れて来たクマはちゃんと荷車を引くことができたね。じゃが、わしらは雌ウシの乳が必要なんじゃ。タルタルのところまで行って、雌ウシを二頭買って来てくれないかね？」

アマローは口答えすることなく、ウシを買いに出かけて行きました。タルタルはアマローに言いました。

「どれでもおまえがほしいと思う雌ウシを二頭持って行っていいぞ。金もいらないぞ。ただし、おまえが棒投げの勝負で俺に勝ったらの話だ。」

タルタルがこう言うのは十分に勝算があるからです。というのも、最も力持ちの人間でさえ、彼にとってはハエのようなものでしかなかったからです。アマローは受けて立ちました。タルタルがどんなに鉄の棒を遠くに投げても、アマローのほうが棒を遠くに投げてしまうのでした。

びっくりしていまいましく思ったのはタルタルの方でした。最も立派な雌ウシを二頭も奪われた上に、負けを認めなくてはならなかったからです。仕返しをするために、タルタルは力比べをアマローに申し込みました。アマローは受けて立ちました。二人は組み合うと、もんどりうって倒れました。下にいたのはタルタルで、上にいたのはアマローでした。もはや戦うことができないタルタルは負けを認め、アマローに命乞いをしました。アマローは彼を許し、二頭のすばらしい雌ウシを家に連れ帰りました。

「どうですか。立派な雌ウシがほしいと言っていたでしょう。これのことですか？　よくご覧になって下さい」と、アマローは夫婦に言いました。しかし、雇い主たちはアマローがタルタルを倒してしまったのを知って、喜ぶよりも怖くなってしまいました。それでもその気持ちは隠して、主人はこう言いました。

「この世で、どんな動物も人間もおまえにかなうやつはいないようだな。だがおまえはひょっとして悪魔は怖いんじゃないか？　悪魔のところにお遣いしてもらいたいんだよ。」

「どうぞ、どうぞ、おっしゃって下さい。悪魔がどれほど、年老いてずる賢いやつでも、お遣いに行って来ますよ。怖くなんかありませんよ。」

悪魔のすみかに行くために、アマローは鍛冶屋に頼んで、鉄製の靴と鉄製のやっとこと鉄製の棒を作ってもらいました。こうして武装したアマローは、悪魔のすみかに着くと、とんとんとドアをたたきました。アマローを見つけた少年が彼に言いました。

「すぐに逃げて下さい。年老いた悪魔が戻ってあなたを見つけたら、ぼくたちのように閉じ込めてしまいますよ。ぼくたちは迷ってここに来てしまったのです。もう逃げられないのです。」

ほとんど同じときに、年老いた悪魔が戻って来て、アマローの姿をみとめると、こう叫びました。

「アマローよ、ついに来たな。おまえの噂はよく聞いている。ずっとおまえに会いたいと思っていたんじゃ。おまえもわしと知り合いになれたな。こうして会えたなら、わしがだれだか思い知らせてやろう。もうだれとも会えないぞ！」

言い終わると、悪魔はアマローに飛びかかりましたが、アマローは動きを予想していました。やっとこで悪魔の鼻をはさんでその動きを止めました。鉄の棒で悪魔の足の骨をへし折ってやりました。こうして悪魔に勝ったアマローは、無事家に戻って来ました。

雇い主の夫婦は、最も困難な試練をこなしたのだから、これ以上の試練を課すのは無駄だと悟りました。彼らには子どもがなかったので、彼を養子にして、遺産相続者にしました。こうして家族は幸せに暮らしたそうです。

当時八十歳のピエール・イチュルビッドが語った話を、ラルスボーの小学校教師のジョレギー氏が記録した。

第七章　冒　険　譚

漁師と息子たち

むかし、むかし、貧しい漁師がおりました。妻と三人の息子を養う糧は、漁の収獲だけでした。何日もの間、小魚しかとれなかったのですが、ある日、網に《魚の王さま》がかかっていました。

《魚の王さま》は彼に言いました。

「命を勘弁してくれれば、そなたの生活はよくなるぞ。今後は網をあげるごとに、たくさんの魚がかかっているはずじゃ。」

漁師はこの条件をのみ、《魚の王さま》を逃がしてやりました。あらためて川に網を投げこむと、大量の魚が網にかかったので、これ以上漁をする必要はありませんでした。喜び勇んで帰宅すると、妻に起こったことを夢中で語りました。妻は、漁師の夫が、だまされたのだと思いました。

《魚の王さま》の代わりに、漁師が持ち帰ったのはせいぜい川ハゼではないか。これが取り引きで得た代償か？　かわいそうに夫はぐうの音も出ませんでした。彼は妻の愚かしいまでの貪欲を悟りました。

次の日、彼が川の同じ場所で網を投げると、一回目で《魚の王さま》がかかりました。前日同様、《魚の王さま》は言いました。

「命を勘弁してくれれば、網いっぱいの魚がとれるようにしてやるぞ。」

妻にまた叱られると予想はしましたが、このときもまた漁師は取り引きに応じました。《魚の王さま》を逃がして漁を続けると、すぐに網いっぱいの魚がかかりました。

起こった出来事を妻に話すと、ここぞとばかりに妻は非常に腹を立てました。そして、漁師のへまをさんざんに侮辱したあげく、夫に二度と同じ過ちは繰り返さないことを約束させました。

次の日もまた漁師は川に戻って網を投げると、最初に《魚の王さま》がかかりました。

このときばかりは、《魚の王さま》の願いも無駄になりました。漁師は聞く耳を持ちません。

「いや、だめだよ。これ以上、おまえのためだからといって、妻の悪口にさらされるわけにはいかないんだよ。今日こそ、おまえは我が家の鍋に入ることになるんだ。」

《魚の王さま》は言いました。「おまえは二度も命を助けてくれた。もし少しでもおまえが妻の非難に耐えられたら、おまえはわしを逃がしてくれただろう。わしはおまえに報いたいのじゃ。おまえがわたしを食ったら、その骨を埋めるんじゃ。一年もたてば、そこから三頭のウマと三匹のイヌと三本の剣が生えてくる。ウマとイヌと剣を一つずつ、息子たちに与えるのじゃ。おまえの家の前には三本のポプラの木が生えてくるはずじゃ。息子たちが無事であれば、それはいきいきと緑の葉っぱを茂らせるじゃろう。息子たちが危ない目に遭うとき、それは枯れてしまうじゃろう。」

漁師は、《魚の王さま》の言うとおり、魚を家の庭に埋めたのです。一年もたつと、そこから、すでに馬具がついた三頭の立派なウマが現われ、三匹のイヌと三本の剣も現われました。三本のポプラの木も家の前に生え、元気に育っていました。

時がたち、漁師の長男は、旅に出て一旗上げようという思いにかられました。剣を腰に差し、ウマにまたがると、イヌを口笛で呼びました。こうして長男は遠くへと旅立って行き、ある都市にたどり着きました。市民たちはだれもが、喪に服しているのか、悲しみで引きこもっているようでした。長男が聞くと、毎年この時期になると、エレン・シュゲという龍に、一人の娘を捧げることになっているのだと市民たちが言いました。さらに、今年は、だれも見たことがないほど、美しくて、愛嬌があって、快活な、王さまの姫君がくじびきにあたってしまったというのです。

漁師の長男は、この話に興味を持ち、これから起こることを見きわめようと、しばらく都市に残ることにしました。その晩、旅籠屋の窓から外を見てみると、はるか遠く森に覆われた山に、まばゆいほどの光が灯っているのに気づきました。長男は、旅籠屋の主人を部屋に呼び、光の正体を尋ねました。

「それについてはだれもなにも知りませんよ。その光の源を見るために森に入った者は、だれも戻って来ていないからです」と、旅籠屋の主人は答えました。

「その冒険には興味があるな」と、漁師の長男は言いました。

こうして長男は剣を腰に差し、口笛でイヌを呼ぶと、夜のうちに出発しました。次第に輝きを増す光を頼りに森に入ると、豪華な城の前にたどり着きました。どの窓からも光があふれています。

年老いた女が彼の前に現われました。

「すみませんが、わたしは夜闇にみごとに輝くこの城に入ってみたいと思っているのですが、許可をいただけないでしょうか」と、長男は老婆に尋ねました。

「入るのを妨げる者などだれもおりませんが、イヌだけは入口につないでおいて下さい。ここにつないだら、わたくしめについて来て下さい」と、老女は言いました。

漁師の長男はイヌをつなぎました。老女が城に彼を入れると、玄関の扉は閉められました。

まさにそのとき、漁師の家の前では、ポプラの木が一本枯れてしまったのです。

木が枯れたのに気づいた次男坊は、兄が大きな危険にさらされていることに気づき、助けに行こうと心を決めました。二本ある剣から一本をとって腰に差し、二頭いるウマの一頭にまたがると、二匹いるイヌの一匹を口笛で呼びました。次男は悲しみに沈んでいる都市を目指して進んで行きました。

そして旅籠屋の窓から遠くに見える光に気づくと、城を目指して出発し、そのまま消息を絶ってしまいました。

まさにそのとき、漁師の家のかたわらに生えているポプラの三本の木のうちの一本が枯れてしまいました。

枯れたのに気づいた三男坊は、心配になり、兄たちを救いに行こうと心を決めました。三本目の剣を腰に差し、三頭目のウマにまたがると、三匹目のイヌを口笛で呼びました。悲しみに暮れる都市に着くと宿をとり、旅籠屋の窓から外を眺めると、森の奥からまばゆいばかりの光が発しているのに気づきました。彼は旅籠屋の主人を呼んで尋ねました。

「いったいあの光はなんですか?」

さて三人兄弟はとてもよく似ていたので、旅籠屋の主人は同一人物だと勘違いしてこう答えました。

「すでに二回も同じ質問をして、二度とも同じ答えを言ったじゃありませんか。なんにも知らないのです。この光を近くで見ようとした者で、見たものをわたしたちに教えてくれた者はいないのです。」

若者は、二人の兄が消息を絶ったのはまさにその場所であり、彼らを連れ帰るにはそこに行かなくてはならないのだ、と悟りました。彼は剣を腰に差すと、口笛でイヌを呼び、夜のうちに出発しました。光が目印になり、森のなかでも迷うことはありませんでした。ようやく城にたどり着くと、年老いた女が彼を出迎えました。漁師の三男は彼女に尋ねました。

「すみませんが、わたしは夜闇にみごとに輝くこの城に入ってみたいと思っているのですが、許可をいただけないでしょうか。」

「入るのを妨げる者などだれもおりませんが、イヌだけは入口につないでおいて下さい。ここにつないだら、わたしの後にどうぞついて来て下さい」と、老女は言いました。

「剣を持ってイヌと一緒に入りたいのです。」

老女は彼を追い出そうとします。

「わがイヌ、タイヨーよ飛びかかれ！」と、若者が叫びました。

従順なイヌは老女に飛びかかり、その鋭い牙で噛みつきました。

こうして邪魔する者もなく若者は城内に入ることができました。地下の部屋には、二人の兄と五人の女性が、魔法にかけられて動くことができないでいたのでした。その魔法を解くには、剣で彼らの体に触れるだけで十分でした。三男は彼らを連れて都市に戻って来ました。

さて、その城は夜中は光で輝いていますが、朝になると消えてしまい、その代わりに、巨岩が現われ、その下はエレン・シュゲという龍が住む洞窟となっていました。

王さまの姫君が龍に引き渡される日がやって来ました。だれも彼女に付き添おうとしなかったので、彼女はたった一人で洞窟までの暗い道を歩いて行くことになりました。ところで彼女は知らなかったのですが、彼女の前にすでに、ウマにまたがった漁師の三男坊が、イヌを引き連れてその道を歩いていたのです。

イヌに気づくとエレン・シュゲは洞窟へ逃げようとしました。

「行け！　タイヨーよ！」と、漁師の息子は叫び、剣を抜きます。イヌはエレン・シュゲに飛びかかり、牙でひっかきます。若き騎士は、正面から勝負を挑みかかりました。剣を二振りすると、龍の七つある頭のうち六つを切り落としました。

「勘弁してくれ。戦いを再開する前にほんの少し休みをくれ！」と、頭が一つだけ残った龍は言いました。

若者は同意しました。しかし敵から目を離しませんでした。そして切り取られた六つの頭が少し成長しているのに気がつきました。これ以上待てないと、剣を一振りして七番目の頭を切り落とすと、エレン・シュゲは死にました。

そうこうするうちに姫君が到着し、怪獣が死んでいるのを見て、救ってくれた若者に礼を言いに来ました。

漁師の息子は、「見返りにほしいのは、あなたのハンカチとその美しい指にはまっている指輪だけです」と、言いました。

姫君はハンカチと最も気に入っている指輪を若者に与えました。漁師の息子は小指に指輪をはめ、エレン・シュゲの七つの頭から切り取った七つの舌を、そのハンカチに包みました。

姫君に挨拶をすると、若者は旅籠屋へと戻って行きました。

姫君は一人で城までの道を帰りました。途中で屑屋の男に出会うと、姫君は起こった出来事を話しました。事情を理解した屑屋の男は、龍の七つの頭を拾い、王さまのところに持ちこんで、われこそが姫君を救ったのだとうそぶきました。結果として、王さまは、国中に布告した姫君を嫁に出すという約束を実行に移すことになりました。娘が屑屋は嘘つきだと主張していましたが、誓いにしばられた王さまは結婚式の準備を命じました。

結婚式の日がやって来ると、漁師の三男も都にやって来ました。都では喪が明け、市民全員が世界一の上機嫌ぶりで結婚のお祭りに参加していました。

「いったいぜんたいなにが起こっているんだい？　この喜びはいったいどうしてなんだい？」と、若者は疑問をぶつけました。

「王さまの姫君が勇気ある屑屋によって怪物から解放されたのです。王は姫君を妻として彼に与えることにしたのです。彼にはその価値はありますよ。」

若者は城の入口近くにあるベンチに座り込むと、口笛でイヌを呼びました。

「行って王さまの席から最高の食事をここに持って来るんだ！」

矢のようにイヌは飛び出して、宴席に飛びこんで一瞬のうちに最高のロースト肉の皿を運んできました。

「今度は最高のワインを取って来るんだ」と言い終わらないうちに、イヌは戻って来ました。

「いったいぜんたいなんだって、このイヌはわたしから最高の食事と最高のワインを持って行ってしまうのだ?」

このイヌは城の前にいる若者のものだと人々は言いました。

「その若者をここまで連れて参るのじゃ」と、王さまは言いました。

こうして漁師の息子は、王さまの食卓に連れて来られたのでした。王の姫君は彼の姿を見るやいなや席を立って彼のところまで駆け寄り、首に抱きついてこう言いました。「ほらわたしを助けてくれたひとよ。このひとがエレン・シュゲを退治したひとなのよ。わたしが結婚したいのはこのひとだけなの。」

「殿下、彼女の言葉は信じないで下さい」と、かたわらで屑屋の男が言いました。「悪い怪物を倒したのはなにをかくそうこのわたしです。怪獣の七つの頭を持って来たのはわたしではありませんか。」

「どっちを信じればよいのだ?」と、王さまは言いました。

漁師の息子は屑屋の男に向かって言いました。

「それでは七つの頭についているはずの舌を見せてもらおう。」

口を開いてみると舌がありません。王さまは屑屋を疑い深いまなざしでにらみつけました。

「ここに姫君のハンカチで包んだ怪物の七つの舌がございます。そしてこれが戦いの後、姫君がお礼にとわたしに賜った指輪でございます。舌を先に切った者こそが、先に頭を切り落とした者ではございませんでしょうか！」

あっけにとられた屑屋の男は、いんちきをしたことを白状しました。しかしこれだけではすみませんでした。彼は窯のなかに投げこまれてしまったのです。

こうして姫君はその美しい手を漁師の息子の手にゆだねたのです。


サント＝アングラース在住のジャン＝ポール・ラランド氏の語った話を、コンスタンタン氏が記録した。

訳注
この話は、『フランス民話集Ｉ』所収の「美しい星の騎士」（第九章、ブルターニュ地方）、『フランス民話集Ⅱ』所収の「七つ首の獣」、「魚の王さま」（第一部第一章、ドーフィネ地方）の類話である。その他の地方にも類似した話が多数散見できる。本書第七部の「三匹のヒキガエル」（コルシカ島）にも七つ頭の龍が登場する。

赤ひげの話

ある日のことでした。一人の少年が、一旗上げようと家を出て行きました。両親は貧しく、自分がいなくなればさぞかし生活もましになるだろうと考えたのです。たくさん歩いたあげく、《緑山》と呼ばれている山にやって来ました。そのときに赤いひげを生やした男と出会ったのです。赤ひげの男は言いました。

「どこへ行くつもりだ?」

「一財産を築くまでは、自分の前を歩くだけさ」と、少年は答えました。

「それじゃその財産というものに出会ったじゃないか。おまえに金をたっぷりやろう。ただし、一年と一日がたったらここに戻って来ると誓うのだ。」

こんなうまい取り引きを断る理由は少年にはありませんでした。彼は約束の時間に必ず戻って来ることを誓い、お金のたっぷり入った袋をかついで家路につきました。その後、両親にとっては人生で初めてとなる安らぎと休息の時間がおとずれ、少年は一年という時間を家族と一緒に楽しく過ごしたのでした。しかし、他の年と同じように、一年はすぐさま過ぎ去ってしまいました。少年は、この古い家から出て行かなくてはならないことを考えると、少し悲しくなりました。しかし誓った以上、善良な少年は、約束を守らないといけません。こうしてためらうことなく、少年は旅立ったのです。

しばらく歩いて行くと、少年は迷ってしまいました。左に行けばいいのか、右に行けばいいのか？通りすがりの人々に道を尋ねましたが、だれも緑山の場所を知りません。あげくの果てに、少年は森外れの小屋にたどり着きました。背中の曲がった老婆が入り口におりました。

「おばあちゃん、緑山への道をわたしに教えてくれませんか？」と、旅人は尋ねました。

「緑山かえ？ ここに住んで三百年になるがのう。緑山なんて山は聞いたことがないのう。じゃがちょいとお待ち。この近くには、このあたりのことは隅々まで知っている、さまざまな動物たちがおってのう。わしが動物たちに緑山のことを聞いてみるじゃが。」

老婆はそう言って、口笛を吹くと、ありとあらゆる動物たちが森から出て来て、彼女のもとに集まって来ました。だれもその山まで行ったことはないそうです。最後にトンビが現われて、山を知っていてどう行けばいいのか知っていると言いました。

老女はトンビに言いました。「この若者が用事があるという緑山まで案内するんじゃ。この若者が一人で行けるまでは、決してそばを離れるんじゃないぞ。」

トンビは背中に若者を乗せて、空に飛び立ちました。長い距離を一瞬で飛び越えると、若者を緑山に降ろしました。トンビは近くの池を見てこう言いました。「赤ひげの娘たちがまもなく水浴びをしにここにやって来るでしょう。三人います。上の二人は赤いドレスを身にまとっています。一番下の娘は白いドレスで身を包んでいます。娘らが水浴びをはじめたら、服を脱いだ場所に忍び込むのです。盗むのは白いドレスだけです。そしてその持ち主がそなたに愛と誠を約束したら、それを返してあげなさい。」

このような助言をすると、トンビは森へと戻って行きました。若者が隠れてからしばらくすると、赤ひげの三人の娘たちがやって来ました。ドレスを脱ぎ、水際の草の上に置くと、水に浸かりはじめました。若者はこそこそ忍び寄って、白い服を盗むと、隠れていた場所に戻りました。水浴びを終えた上の二人の娘は、ドレスを身につけると、妹のことを考えもせず帰って行きました。末娘は、水浴びを終えて戻って来ましたが、白いドレスが見つかりません。末娘は悲しみ嘆き、泥棒にお願いしました。すると若者は言いました。「わたしに愛と誠を約束してくれなければ、白いドレスは戻って来ませんよ。」末娘は折れざるをえません。白いドレスと引きかえに若者に約束をしたのです。

理解者を得て勢いづいた若者は、思い切って赤ひげの前に姿を現わしました。

赤ひげは彼に言いました。「おまえにやったお金を稼いでもらうときが来たようだ。今日の仕事として、おまえはこの斧で、家の前に広がる森の木を伐採するんだ。そして晩までに屑一つないようこをきれいにしておくんだぞ。」

赤ひげの斧は木製でした。若者は絶望しましたが、斧を持ち出して、森のなかに入って行きました。森の木は立派で大きく、葉は茂り、たくさんの枝が分かれ、たがいに絡み合っていました。持ち主にとってはまさに宝物のような森でした。それを木の斧で伐採できるとは考えられません。若者に課された仕事は、まさにできないことだったのです。それがわかると、ばかばかしくなってきました。若者は負けたと思い、座ってしまいました。そして地面に横になり眠ってしまいました。正午になって赤ひげが娘に聞きました。

「だれが森にいるあの少年に昼食を持って行くんだ?」

白いドレスの娘が言いました。「わたしはいやです。」

「ならおまえが行くんだ。いやがっているからな」と、赤ひげは命じました。

それはまさに白いドレスの娘が望んでいたことだったのです。彼女はお弁当を持って、軽やかな足取りで出て行きました。若者は眠っていました。若者を起こすと、励ましてお弁当を食べさせました。食べ終わると、彼女は若者の手に一本の棒を渡しました。

「命令するだけでよいのですよ。そうするとあなたの手にある間はこの棒の力によって、命令したことが実現するのですよ」と、末娘は言いました。

若者は立ち上がって、棒を手にしました。まず、すべての木を根こそぎ伐採するよう命じました。するると木々はすべて伐採されました。次に、木の幹、根、枝を薪の大きさに切り、細かい枝は束ねるように棒に命じました。すると、薪や薪の束ができました。そして薪をすべて運ぶよう命じました。すると、薪はすべて運ばれてしまいました。その場所はきれいになり、屑一つ残っていませんでした。様子を見に来た赤ひげは、あっけにとられました。翌日、赤ひげは若者を石ころだらけの丘に連れて行きました。そこは草一本生えていません。赤ひげは若者に言いました。

「この丘は不毛な丘だ。今日のおまえの仕事は、ここに、芝を植え、池を作り、花を咲かせ、陰を作る木を植えて、この地を魅力的な庭へと変えることだ。」

「難しいですが、いつもどおりやってみるだけです。」

魔法の棒があれば、こんなことは難しくありません。地面から芝が生え、くぼみができて池ができ、花が咲き、林が陰を作りました。不毛な丘が気持ちのいい庭へと変わったのです。庭の姿に赤ひげはひどく動揺しました。案内はさせず、なにも言わないまま立ち去って行きました。三日目、赤ひげは若者を呼び出して言いました。

「今日のおまえの仕事はそれほど難しくない。そこに鳥かごがぶら下がっているのが見えるだろう。そこから小鳥を持って来るんだ。」

赤ひげが指さした鳥かごは、雲からぶら下がっていました。それをおろすのは、魔法の棒の力さえあれば、児戯にも等しいことでした。若者は赤ひげに小鳥を手渡しました。これには赤ひげも唖然としてしまいました。「おまえはわしほどにものを知っているようじゃな。おまえに娘を嫁としてやろうと思う。三人のなかから一人を選ぶんだ。だれが一番おまえの気に入ったか言いなさい。」

「わたしの気に入ったのはただ一人、白いドレスのお嬢さんです。」

こうして若者は、彼に愛と誠を約束した娘を妻に迎えました。翌日、白いドレスの妻は夫に言いました。

「父はあなたの知恵を妬んでいるわ。わたしの知るかぎり、父はわたしたち二人を殺そうとしているの。助かるために、わたしたちに残された手段は一つだけ。ここから逃げること。早ければ早いほどいいから、すぐに馬小屋に行ってちょうだい。そこには二頭のウマがいて、一頭は血筋のいい駿馬で、もう一頭は駄馬に見えるけど、ほんとうはこのウマのほうがすぐれているの。そのウマに乗って、一刻も早くここから逃げ出しましょう。」

若者は馬小屋に行くと、そこには二頭のウマがおりました。駄馬に見えるウマは、弱々しく元気がなさそうな様子だったので、若者はこのウマは十歩も行かないうちにつまずくだろうと思いました。こうしてこのウマを置いたままにして、さっそうとしたたたずまいの駿馬にまたがりました。これが失敗のもとだったのです。この駿馬が一里進む間に、駄馬は十里も進むのです。しかし時間が迫っていたので、もはや手の施しようがありませんでした。若い夫婦は駿馬に乗って勢いよく逃げ出して行きました。緑山から十分遠くまで逃げて来ました。そのとき、たっ、たっ、たっ、と駆けて来るウマの足音が後ろから聞こえて来ました。

「あれは父よ。馬小屋にあなたが置いて来た速いウマに乗って来たのよ。まもなくわたしたちに追いつくわ。でもまだ時間があるわ」と、白いドレスの妻が言いました。すると魔法の棒の力によって、ウマが池へと、夫は魚へと、妻は漁師へと変わりました。風のような速さでやって来た赤ひげが漁師に尋ねました。

「つい今しがたここを若者と娘が駿馬に乗って通ったのをご存知か？」

「朝からだれもここを通りませんよ」と、漁師は答えました。

これ以上遠くまで追っても無駄だと考えた赤ひげは、無念な思いでウマに半回転を命じました。帰宅して追跡が無駄になったことを娘たちに語ると、娘たちは鼻で笑って軽蔑して、父親のことを《底抜けのバカ》と呼びました。

「自分の娘が漁師に化けていたことに気づかなかったの？　お婿さんは魚に化けていたのよ。」

自分の失態に気づいた赤ひげは、ウマにまたがると怒り狂って駆け出して行きました。二人の逃亡者は遠くからウマの駆け足の音が聞こえて来るのに気づきました。すると魔法の棒の力によって、ウマは聖堂へと、夫は祭壇へと、妻は司祭へと変わりました。嵐のような勢いでやって来た赤ひげが司祭に尋ねました。

「つい今しがたここを若者と娘が駿馬に乗って通ったのをご存知か？」

「朝からだれもここを通りませんよ」と、司祭は答えました。

赤ひげは、無念な思いできびすを返すと、二度目の追跡も失敗だったことを娘に語りました。これにも同情はありませんでした。娘たちは罵倒のかぎりを父親に浴びせかけました。「もうよぼよぼのおばかさんね！　十分に注意したのに！　自分の娘が司祭に化けていたことがなぜわからないの？お婿さんは祭壇に化けていたのよ。」

赤ひげの怒りといったらありませんでした。三たびウマにまたがると、頭のなかで思考が駆けめぐるよりも速く駆けて行きました。二人の逃亡者は遠くからウマの駆け足の音が聞こえて来るのに気づきましたが、もう怖れてはいませんでした。ほんの数歩歩けば境界だったのです。赤ひげはそれ以上入って来られないのです。

若者は白いドレスの娘を両親に紹介し、魔法の棒のおかげで、なに一つ不自由なく古い家で暮らすことができたそうです。

ビュニュス在住のアメリー・バランの話を、コンスタンタン氏が記録した。

訳注

この話は『フランス民話集Ⅰ』所収の「ピピ・ムヌーと空飛ぶ乙女たち」（ブルターニュ地方）、『フランス民話集Ⅱ』所収の「黒い山」（ドーフィネ地方）、「緑の鳥」（ロレーヌ地方）、『フランス民話集Ⅲ』所収の「黒い山または悪魔の娘たち」（ピカルディー地方）、本書第二部の「赤い山」（オーヴェルニュ地方）の類話である。この話には羽衣伝説が混入している場合が多い。また、ロワール川流域地方（ブリエール）にも、「緑山」という類話があり、ジュヌヴィエーヴ・マシニョンが採取している。

どの話も筋書きはほぼ共通している。赤い山、黒い山、緑の山と山が三色に色分けされており、色の違いによって話の細部に多少の違いがある。例えば、黒い山には悪魔が住み、赤い山には太陽の国、赤い国が出現する。

第八章　寓　話

悪賢いキツネ

動物たちが話をしていた時代のことです。キツネとオオカミとクマが一緒に旅をしていました。丘の上でヤギが新芽を食んでいました。ヤギの姿を目にして、三頭の旅する獣は、新鮮なヤギの乳でできたチーズが食べたくなりました。一番賢いキツネがその作業をやることになりました。まず手でヤギの乳を搾り、クリーム分を分け、チーズとなる絞りかすはすべて飲みこみました。その後、チーズを作る壺にフンを入れて、クリーム分を注ぎ、みなを呼んでキツネは言いました。

「昼食ができたよ。後は取り分けるだけさ。承知のとおりぼくが一番働いたんで、ぼくが最初に食べるよ。」

「ぼくは君の後に食べるよ」と、クマが言いました。

「ぼくは残ったのでいいよ」と、オオカミが言いました。

キツネはクリーム分を大急ぎで飲むと、クマがその後に続きました。しかし一口飲んだだけでクマは飲むのを止めてしまいました。

「このチーズはまずいぞ。ヤギのチーズじゃないよ。チーズがないじゃないか。これは君のせいか、キツネ君、それともオオカミ君か、それともぼくか。犯人がだれであっても、そいつは罰を受けなくちゃ。だれが犯人かは、こうやって決めよう。この大きな溝をみんなで飛び降りるんだ。そして飛び降りるときに一番風をなびかせたのが、当然泥棒というわけさ。そいつは悪ふざけの報いを受けることになるんだ。」

この立派な演説が終わると、クマは溝に飛びこみました。なにも聞こえませんでした。オオカミが次に飛び込みました。なんの音もしません。ところがキツネが飛び降りると、太鼓腹から大きな音がして、悪だくみがばれてしまいました。

「ぼくたちのチーズを食べたのはおまえだな。おまえを石打ちの刑に処す」と、オオカミとクマが同時に叫びました。

しかしキツネはこの罰を受けたくなかったので逃げ出しました。二頭の獣はがっかりしましたが、このすばしこい仲間を捕まえようとはせず旅路を続けました。遠く離れたところまで歩いてくると、群れからはぐれた数頭のヤギを発見しました。

クマとオオカミは、「おまえたちを食べてしまうぞ」と、言いました。この言葉を聞いてヤギは泣き出してしまいました。つけてきたキツネが、ヤギに泣いている理由を尋ねました。「理不尽なこと。悪いオオカミが来て、食べるぞと脅すんです」と、ヤギは答えました。キツネが言いました。

「子ヤギを一頭ぼくにくれたら、悪いオオカミの牙から守ってあげるよ。」

交渉は成立し、子ヤギがキツネに与えられました。キツネはコケを取って来て、それを固まりにして、ヤギの角の間に載せました。一頭の頭にはなにも載せませんでした。キツネは木の幹の陰に隠れました。しばらくすると、ひどくお腹をすかせたオオカミがやって来ました。コケの固まりを見ると、驚いてこう言いました。「頭の上にあるのはなんなんだ?」

隠れている木の陰からキツネが小さな声で言いました。

「オオカミの頭だよ。」

「ならこの動物の頭の上にはなぜなにもないんだ?」

「おまえの頭を載せるために空けてあるんだ。」

オオカミはすぐに頭を抱えて逃げて行きました。さて、昼食をたらふく食べ、夕食もお腹いっぱい食べたキツネは満足して、夜食を探しに行きました。農家の近くまで来ると立ち止まりました。メンドリが餌をついばんでいる間、オンドリは、塀の上で《コクリコの歌》を歌っていました。キツネはオンドリに言いました。

「おまえの死んだ父親は、歌うときには目をつぶって歌っていたよ。それは聞いてて気持ちのよい歌だったよ。」

父親を真似たくなってオンドリは、目をつぶって《コクリコの歌》の続きを歌いました。しかし歌い終わる前に、キツネは塀に飛び上がり、間抜けのオンドリをくわえると逃げ出しました。それを見て女たちが叫びました。

「キツネにメンドリを盗られてしまった！　キツネにメンドリを盗られてしまった！」

哀れなオンドリはキツネにこう言いました。

「女たちに、おまえが盗ったのはメンドリではなく、オンドリだと言ってくれよ。」

それを聞いて得意になったキツネは、大声で話そうとして口を緩めた途端、オンドリが塀の上へと飛び立って、《コクリコの歌》を美しい歌声で歌いました。オンドリはキツネに言いました。

「これからは、いくらお父さんができるからといっても、ぼくは目をつぶって歌うことなんてしないぞ。」

キツネは言いました。「ぼくは必要なときだけ口を緩めることにするさ。」

マンディーヴ在住のカトリーヌ・ビカン夫人の伝えた話をプラト氏が記録した。

オオカミの災難

一頭のオオカミが森のなかで三頭のロバと出会いました。

「やあ友だちさん。今日はパーティーになるな。ちょうどよいところにおまえたちがやって来たからな。新鮮な肉が手に入るぞ。」

一番年上のロバが答えました。

「ご主人さま。あなたはなんでも思いつきでできるでしょう。というのもわしらは最もか弱い動物ですからな。とはいえ、お情けをお願いします。わしらは何週間も行けなかったミサを聴きに教会に行くところなのです。それを聞きに行かせて下さい。ミサが終わったら、言うことを聞きますがな。」

オオカミは三頭のロバの気持ちに応えてあげることにし、教会の入口までついて行きました。なかに入ると、ロバはオオカミの鼻先で扉を閉めてしまいました。

長い時間がたちました。オオカミはロバたちが出て来ないので、イライラして叫びました。

「なんてこのミサは長いんだ！　今日は枝の主日〔復活祭直前の日曜日〕とでもいうのか？」

扉の向こうからロバが返事をしました。

「違います。今日は枝の主日ではございません。今日はだまされる人々の日ですよ。神よ、ほめ讃えられるべし。今日はおまえさんの顔がわしらの血で真っ赤になることはありませんよ。」

オオカミがどんなに罵っても脅しても無駄でした。オオカミは手ぶらで帰らざるをえませんでした。

近くの野原では、雌ウマが雄ウマと一緒に草を食べていました。オオカミは挨拶をしました。

「やあ友だちさん。パーティーをするのにちょうどよいところでおまえさんたちを見つけたよ。」

雌ウマが答えました。

「あなたは最強です。どんなことでもかなえることができます。けれどもかつてあなたは優しい方でしたよ。わたしの足にトゲが刺さって動けなくなったとき、ご親切にも抜いて下さいましたよ。」

愛想のよいオオカミは、トゲを抜いてあげようと近づいて行きました。雌ウマは脚を上げました。オオカミが十分に近づいたのを確認すると、一蹴り。するとオオカミは十歩先に転がってしまい、気絶してしまいました。

雌ウマは雄ウマと連れだって、駆け足で行ってしまいました。

オオカミが正気を取り戻すまでしばらくかかりました。お腹が空いて我に返ったのです。そしてどうにかこうにか旅路を続けました。井戸の近くの沼地で、母ブタと九匹の乳飲みブタが幸せそうに寝転がっていました。柔らかそうな肌を見てオオカミは喜び、しゃべりはじめました。

「やあ友だちさん！　パーティーをするのにちょうどよいところでおまえさんたちを見つけたよ。」

母ブタが答えました。

「わたしたちはみんなあなたのものですよ。わたしたちにはなにもできないのですから。けれども育ちの悪いこの子たちは泥で汚れています。あなたさまにきちんと渡すためには、尻尾から顔まできれいにしてやらないと。すぐ終わるよう、あなたさまも手伝って下さいませんか。」

オオカミは自分のためにも掃除が必要だと考えたので、大急ぎで一匹の子ブタの汚れをとってやろうとしました。オオカミが一心不乱に仕事をしているのを確認した母ブタは、密かにオオカミの背後に回り、鼻面を押しつけて、一気にオオカミを井戸に落としてやりました。

そして九匹の子ブタと一緒に、ブーブーうなりながら逃げ出して行きました。

オオカミは井戸のなかでしばらく難渋しましたが、ようやく這い上がると、ひどく空腹なまま、狩りを続けました。

教会の近くでヤギに出会ったので、オオカミは懲りずに挨拶をしました。

「やあ友だちさん！　パーティーをするのにちょうどよいところでおまえさんたちを見つけたよ。だって、ひどくお腹がすいているし、今日は収穫がなかったんだよ。」

ヤギの群れは言いました。「旦那、われわれはあなたさまのつましい従僕で、あなたさまを心地よくするための存在でございます。ただ、今はじめたお祈りをやり遂げさせて下さい。教区には長い間、聖歌隊長がいなかったのです。なので、祝日の今日のためにわれわれは合唱を担当しております。あなたさまの守護聖人の祝日ですよ。われわれはあなたさまの空腹が長らく続くようお祈り申し上げます。」

善良な気持ちに心を打たれたオオカミは、ヤギたちが教会に入ることを許可しました。そして美しい吠え声でヤギの鳴き声の合唱に和したのです。

オオカミの存在にこうして気づいた村のイヌたちが、群れになって八方から駆けて来ました。そして一気にオオカミの旦那をずたずたにかみ殺したのです。

アランシュ在住のマリー・エイエラガレの語った話をジョレギー氏が記録した。

第二部　オーヴェルニュ地方の民話

——マリー・エーメ・メラヴィル編（金光仁三郎訳）

黄金の髪の美女

むかし、森で枯れ木を集めている女がおりました。このあわれな女はもう若くないのに、また妊娠してしまい、気苦労が絶えませんでした。家には子どもたちがたくさんいて、群れをなしていました。あわれな夫は子どもたちの糊口を凌ぐことさえできませんでした。

「腹が減ったら　パン種に鼻を突っ込め」という諺があります。でも、冗談で世のなかや時代の空気を養えるものではありません。その頃、あわれな女は心のなかで自分は幸せとは無縁と思っていました。また気丈なので、幸せに見切りをつけてもいました。

彼女が黒味のスープ——黒味のパンを入れているのでクリームの乳色はほとんどなくなっている——を作り始めていると、目の前に巨人がいるではありませんか。もうこれまでの不幸を案じていても仕方がありません。それに怖いとも思いませんでした。巨人は脅す様子もなく、それどころか女が金に不自由していることを承知していたのです。巨人は機を逸せず、裏取引をしようと企んでいました。あわれな女が貧困生活を隠そうとしなかったからです。

「今度生まれてくるのは女の子にちがいない」と、巨人が言いました。「その子を生まれたときにくれるなら、おまえさん、金に困っているんだろうから、金なら恵んであげると約束しよう。今から言っておくが、娘は別嬪だぞ。黄金の髪をなびかせて生まれて来るんだからな。おまえが育てようものなら、娘は兄姉と同じ貧乏暮らし。わしのそばにおれば、黄金の髪の美女になるぞ。」

あわれな女は産まれてくる子どもを手放すのかと思うと、とても悲しかったのですが、先々の貧乏生活を考え、巨人の申し出をあえて断る気にはなれなかったのです。

家は子どもたちであふれかえっていました。それに両親はとても貧乏でしたから、黄金の髪の子は生まれるとすぐに巨人に預けられ、約束どおり巨人に育てられました。両親は巨人が何者なのか、このあわれむべき世のなかがどうなっているのか、たとえそれを知りたいと思ったにせよ、どうやって知るようになったのでしょう？

そうです、黄金の髪の美女は美しい衣装や召使い、ジャムやビスケット、香水や極上のワイン、指輪や首飾り——その他もろもろ——に取り囲まれた生活を送るようになったのです。ところが巨人はトラのように嫉妬深く、娘は巨人が同行しないかぎり外出することさえできません。自分の部屋に閉じこもっていたほうがよっぽどまし、貧乏なまま自由を満喫していたほうが良かったにちがいありません。

毎朝、巨人は黄金の髪の美女の髪の毛を自分の手で梳いてあげ、自分以外のだれにも、この世にふたつとないこの髪に触らせようとはしませんでした。そして毎朝、黄金の髪の美女の髪の毛を数えていました。一本でも抜け落ちるのが心配だったのです。この作業は巨人といえども長時間に及び、美女にとっては苦痛の時間でした。狂人さながらの巨人のかたわらで娘は悲運を嘆き、どうやって脱出したらいいものか、それもわからないでいました。

けれども、巨人は黄金の髪の美女をたいへん誇りに思っていましたから、娘を人前から隠したいのに隠せないでいました。それにあわれな女と巨人とが森で取り引きを成立させてからというもの、この地方では噂の種になることも多かったのです。

若い勇敢な狩人がおりました。この狩りの男は自分がどこまで成長したか知りたくなって、慎重さなぞなんのその、城の周辺へ冒険に出かけ、黄金の髪の美女の部屋がどんなものか、調べに行きました。あわれな小娘はよく窓辺にたたずみ、鳥の飛ぶさまにみとれていました。狩りの男は思い切って近づいてみました。若い娘がそれはそれはきれいだったので、黄金の髪の毛を一本だけ下さいと、熱心に頼んでみました。すると美女は、髪の毛を一本譲ってくれました。

翌朝、巨人は黄金の髪の美女の髪を梳かし、毎日そうするように髪の毛を数え始めました。

「髪の毛が一本足りんぞ！」と、巨人が若い娘に言いました。

娘は狼狽した様子、でも自分のしたことを告白する気にはなれませんでした。

「もう二度と起こらんでほしいな！」と、巨人が言いました。「さもないと、後悔しなければならなくなるぞ。」

翌日、またウマに乗った騎士がやって来ました。男は若い娘がすっかり気に入り、とてもきれいで愛らしかったので、髪の毛を一本だけ下さいとまた頼んでみました。黄金の髪の美女はとても怖かったのですが、断り切れず、巨人に脅迫されていることも話せませんでした。

翌日、巨人は黄金の髪の美女の髪を梳かし、髪の毛を数え始めました。

「髪の毛が二本足りんぞ！」と、巨人が言いました。「その理由を見つけ出してやるからな。おまえが決して忘れんようにお仕置きをしてやる。」

それから巨人は城の周りの歩哨に立ちました。

次の日、これで三度目ですが、若い狩人がやって来るのが黄金の髪の美女の目に留まりました。先日そうしたように、狩りの男は髪の毛を一本だけ

下さいと頼みました。黄金の髪の美女はいやですとは言えませんでした。

またもや巨人は黄金の髪の美女の髪を梳かし、髪の毛を何度も数えていました。それから大地が揺れるほど、激しく怒り出したのです。

「わしの目は飾りじゃないぞ」と、巨人がわめきました。「よくもわしをだましてくれたな。おまえは、どこぞの騎士に髪の毛を三本あげたな。わしがこの手で奴を絞め殺してやる。わし以外のだれも、黄金の髪の毛に触れてはならんのだ。」

若者があれこれ工面をしてうまい具合に戻って来ました。若い娘が巨人の囚われ女になっていたのはわかっていたので、若者は救い出してあげたいと思っていました。黄金の髪の美女には心配の種が尽きなかったのですが、騎士がなんとかしてくれると思い、全幅の信頼を寄せていました。二人は巨人より抜け目がありません。若者が手を差し伸べると、黄金の髪の美女は難なく窓から飛び降りました。狩りの男は美女をウマに乗せ、連れ去りました。

ところが、巨人も自分のウマで騎士と黄金の髪の美女を追いかけました。巨人が二人に近づいて来ます。若い娘は会ったこともない母のことや、自分があげた三本の髪の毛のことを考えていました。自分を救うか破滅させるか、命運を握っているのはこの髪の毛だったからです。娘はどうすれば捕まらないですむのか、わからなかったものですから、黄金の髪の毛をまた一本抜いて、狩人のウマと背後の巨人のウマの間にそれを投げ捨てました。間髪を入れず、広く深い溝ができ、巨人は溝を跳び越えるのに手間取っていました。しかし、巨人のウマはとても大きかったので、またもや近づいて来ました。黄金の髪の美女は、髪の毛をもう一本投げ捨てました。彼女のことですから、喜んで髪の毛を全部抜いてしまったかもしれませんね。すると、川ができ、道をふさいでしまいました。巨人のウマは水のなかをギャロップで走り、草地に泥水を跳ね飛ばし、川を渡りました。若者と黄金の髪の美女もこれで万事休すに見えましたが、狩りの男はずっとウマに拍車を入れ続けていました。黄金の髪の美女が、三本目の髪を投げ捨てました。防火用シャッターが、高く赤々とせり上がってきました。今度こそ、巨人も通り抜けることができません。以後、二度と巨人と会うこともありませんでした。騎士と黄金の髪の美女はさらに遠くまで行き、もう怖いものなどなくなりました。美女の黄金の髪が二人の命を救ったのです。

そして夜になり、
この話も終わりを迎えました。

原注

ピエール・ポンス夫人、旧姓マリー・クディィ（サン・フルール、ベルヴュ街）が語った話。夫人は父のエドゥアール・クディィからこの話を聞いている。父のエドゥアールは、リュイーヌの元小学校校長で、一八六四年にナルンアックで生まれ、一九四四年にサン・フルールで死去している。方言の原稿とリュイーヌ小郡に関する特殊論文を残した。

この話は以下の三つの話素から成り立っている。一、CT三一〇「ペルシネット」（CTは話型を意味するConte Type の略記、フランス民話の話型を示す。以下CTを使用）（P・ドラリュ『フランスの体系的な類話目録』[*1]）、二、国際話型分類番号AT三一〇「塔のなかの乙女」（アールネ＝トンプソン）、三、CT三一三（ドラリュ）「悪魔の娘」にある《魔法の逃走》の素材。

話型CT三一〇の主な話素は、塔に閉じ込められた王女の魔法の髪を王子が梯子として使い、王女を解放するところだが、オーヴェルニュ地方の話にはこの話素が入っていない。黄金の髪の美女は妖精への道を歩まず、巨人に身をゆだねる。髪は梯子として使われず、美女は三度続けて、黄金の髪の毛を狩人にあげる。

この話の《魔法の逃走》には、このテーマの基本的な話素である逃走者の変身譚は含まれていない。しかし、物を投げ捨て、それが障害物になるという素材は挿入されている。ここで投げ捨てられる物とは三回とも同じ、髪の毛である。

『黄金の髪の美女』というタイトルで、ウジェニー・ベルテュイ夫人は王女の物語を語っていた。王女は意地の悪い祖母によって筏に捨てられる。祖母は義理の娘の若い王妃に嫉妬してそうしたのである。王女は粉屋の夫婦に拾われる。粉屋の子どもたちは焼きもちを焼いて、王女を《河水の子》と呼んでいた。狩りの試合中、王さまが子どもたちの声を聞きつけ、自分の娘と再会する。粉屋の家族は、王女の黄金の髪の毛を売りさばいていた。

訳注

＊１　正式の名称は、ポール・ドラリュ『フランス民話　フランス本国ならびに海外フランス語圏諸国――カナダ、ルイジアナ、合衆国フランス語圏小群島、フランス領アンティル諸島、ハイチ、モーリシャス島、レユニオン島――の体系的な類話目録』、美術・民間伝承国際委員会、ならびに国立科学研究センター賛助のもと、美術・民間伝承国立博物館の後援で出版。エラスム版、パリ、一九五七年。

笛と王女と黄金のリンゴ

むかし、一人の王さまがおりました。王さまには太陽のように美しい娘がおりました。ところが王女は結婚の決断がなかなかつきませんでした。それでも領主や伯爵、男爵や公爵や侯爵など――わたしも加えてそのほかいろいろな人たち――には事欠きません。こういうお歴々が王さまのお城へ足繁く参上しては、姫君に求婚していたらしいのです。まさしく求婚者はありあまるほどいました。娘が二十一歳になろうとしたとき、父王が夫を選ぶよう娘におそらく命じたからです。やれやれこのお姫さまにはちょっぴりお茶目なところがありました。また、たいがいの求婚者は自分の地位や財産がお目当てと承知していました。そこで、いたずら心が王女に芽生えたのです。つまり、王女たちだけが黄金のリンゴを持ち合わせている。そう思いついたわけです！

王女は王国中に婚礼の近いことを布告させました。王女の求婚者たちが豪華な四輪馬車に乗り、華美な服装に身を包んで王さまのお城へ集まって来ました。もちろん、臣下も山ほどついて来ていました！

隣村から抜け目のない羊飼いも来ていました。上品な物腰で、美しい容姿の若者でした。貧しい男でしたから、王さまの娘と結婚しようと思っていたわけではありません。しかし、この機会を利用して美女の噂が高い王女に一目会いたいと思っていました。

「こんなにたくさん人が集まっているのだから、お城に入らせてもらえそうだ。」羊飼いはそう考えていました。

羊飼いは、必要なことしか考えないようにしていましたので、前に一歩踏み出すことも、後ろに一歩退くこともしませんでした。彼はなににでも興味を持つ、ツグミのように晴朗な好青年でした。

羊飼いは、王さまのお城のそばまで来ました。――そこはお城というより王宮と言うべきでしょう。――晴れ着を着、手入れの行き届いた木底靴を履いてそばまで来たとき、腰の曲がった老婆に会いました。老婆はとても重い柴の束を背負っていました。若者は、もちろん手にまめを作ることなど意に介しません、柴の束の重さも承知の上でした。

「かわいそうにおばあさん、その木をわたしによこしなさい。お宅まで運んであげましょう。」

気持ちが通じる近道は話をすることです。老婆と羊飼いは、しっかり話を交わしたにちがいありません。老婆は勇敢な若者がどこに行こうとしているのかわかっていたのに、素知らぬ顔をしていました。別れる前に老婆は若者に礼を言い、幸運を祈ってくれました。羊飼いは感じの良い親切な少年でした。老婆はこう言って、操作の簡単な木製の笛を羊飼いに渡してくれました。

「お若いの、この笛を大事にするんだよ。役に立つときがあるからね。」

そうです。羊飼いにとって、笛はイヌやヒツジの群れを呼び寄せるのに欠かせぬものでした。でも、到底自分の最高の笛、最高の刃継ぎの呼び子とはいえません。――だって、木製の笛くらいなら作ることができたはずでしょう。――けれども、羊飼いは老婆からの贈り物を軽んじる風もなく、「お大事に!」と、親切に別れの挨拶をしました。

ああ! お城――王宮――の中庭や散歩道には求婚者がたくさん集まっていました! 優に百人。とんでもない! おそらく二百人はいました。

太陽のように美しい王女は玉座に登り、黄金のリンゴを籠から取ると、広間でリンゴを高々と投げました。取れるでしょうか、取れないでしょうか!…… 黄金のリンゴは重いのです。だから、求婚者たちはリンゴを頭上で受け止めようとはあまり思いませんでした。王女の目の前で、羽付き帽子を台無しにしかねませんからね。帽子は通路にかけておくべきだったのです! そうです、王女は三度、黄金のリンゴを投げました。たんこぶを作るのだけは真っ平ごめん、殿方たちはそう思っていました。ですから、明日までがんばり通せるはずもありません。それに殿方たちは、レース飾りの衣装を着て身動きが取れなくなっていました。多分、かつらだって曲がっていたでしょう。羊飼いが隅で笑っていました。でも三番目のリンゴをめがけて、ぱちぱちはねる火薬みたいに突進、黄金のリンゴをいとも簡単に空中で鷲づかみにしたのです。まるで自分のハンカチを一方の手から他方の手へ渡すようにあっさりとね。

この田舎者は、めかしこんだ殿方たちより器用でした。それで王女は田舎者にみとれていたのです。でも、王女はなんといっても王女、羊飼いは羊飼いにすぎません。これは王さまの意見です。娘は黄金のリンゴに無我夢中なんだとはこれっぽっちも王さまは言っていません。言ってはいないのですが、そう考えていたにちがいないのです。

王さまは玉座の前に羊飼いを呼んで、言葉をかけました。声の様子からすると、あまり優しそうではありません。

「そこの羊飼い、まだわしの娘婿などと思い上がっては困る。娘と結婚する前に、三つの試練をくぐり抜けてもらわんとな。」

もちろん、王さまの娘は本当に美しいかたでした。羊飼いは飛んできた黄金のリンゴを捕ってからというもの、王女と結婚できるという思いが脳裏から離れませんでした。

「森にわしの野ウサギが百匹[*1]おる。まずはその世話をしてもらおう。今晩、一匹残らずわしのところへ連れて来るんだぞ。」そう王さまが言いました。

「王さま、仰せのとおりにいたしましょう。」羊飼いが答えました。

そこで、召使いとして位の高い王さまのウシ飼いが、野ウサギの家畜小屋の扉を開けました。最後の野ウサギが飛び出した頃には、もう遠くの彼方へ最初の野ウサギは消えていました。しかし、羊飼いは老婆からもらった笛のことを思い出し、その笛を吹いてみました。たちまち百匹の野ウサギが周りに集まって来ました。ヒツジだって同じようにそうしますよね。

宰相は眼鏡をかけ、木こりの身なりで、どうなったか覗きに来ました。王さまは、百匹の野ウサギが羊飼いのそばで静かに草をはんでいるのを知って、とても驚いていました。

王女は姫君にしてはとても抜け目のない方です。そこで百姓女に変装し、自分の体型に合ったカラコ〔むかし婦人が着ていた腰丈の上着〕を着、木靴を履きました。それから、ロバに乗り、三角形の肩掛けを羽織って、たった一人で森へ出かけて行きました。でも、いくら抜け目がなくても所詮は無理、まもなく羊飼いに見破られてしまいました。貧しい若者は王女と見抜いていたのです。

「羊飼いさん、野ウサギを一匹売っていただけない?」と、百姓女が尋ねました。

「だめです、美しいお姫さま、世界中の金貨を全部積まれても、一匹だって売れません。わたしの野ウサギは、売り物じゃないんです。手に入れるものなのです。」

「一匹でいいから手に入れたいの。どうしたらいいかしら?」

「たやすい御用です、お姫さま。ロバから降りて、わたしと一緒に十五分間、草の上に座っていて下さい。」

百姓女は、王女のときよりもっと自分のことを抜け目がないと思っていました。十五分後に――二人にしてみれば、そんなに長い時間には感じられませんでした――羊飼いは百姓女に丁寧に会釈をし、籠に入れた野ウサギを一匹、彼女に持たせて別れました。けれども、百姓女がお城――王宮――の扉口を通ろうとしたときのことです。羊飼いが笛を吹くと、その野ウサギがほかの野ウサギたちと一緒に全速力で戻って来てしまいました。

王さまは王女より怒って、野ウサギの放牧地へ出かけて行き、百姓のようなみすぼらしい出で立ちでロバに乗り、王女と同じ頼みごとをどうやら羊飼いにしてみたらしいのです。

「羊飼いよ、野ウサギを一匹売ってくれんかな?」

羊飼いは王女をしげしげ見つめていたあのときより、王さまに視線を注いだわけではありません。経験を積めば、一人だって二人分の力量は持てるものです。

「世界中の金貨を全部積まれても、わたしは一匹だって野ウサギを売れません。でも、一匹でしたら手に入れられますよ。」

「どうしたらいいんだ？」と、王さまが尋ねました。

「難しくもなんともありません」と、羊飼いが言いました。「ロバの尻尾の下に三度、キスをしていただくだけでよろしいんです。」

王たるもの、そんないたずらをするわけにはまいりません！　ところが王とはいえ、この王さまは従ったのです。王さまは、その後、野ウサギを持ってロバに乗りこみました。しかし、野ウサギは王さまの籠のなかに長いこと留まってはいなかったのです。

王さまは降参しようとは思いませんでした。ロバにキスをする――どんな場所かおわかりでしょう――それもロバに三度もキスをするなんて、王さまには苦痛でした。それに百姓に身をやつした王さまは、自分の素性は見破られていないとまだ思っていたのです！

「今夜」と、王さまが若者に言いました。「わしの穀物倉へ行くがよい。エンドウマメ百ボワソー〔穀量の単位、一ボワソー＝約一二、七リットル〕とレンズマメ百ボワソーが混ぜこぜに置いてあるからな。日が昇る前にそいつを二つの山に選り分けておくんだ。」

「おいらは頑丈にできているんだ！」と、羊飼いは思いました。本音はベッドのなかで眠っていたかったんでしょうけれどね。

でも、羊飼いは意気消沈したりはしませんでした。よくよく考えてみると、黄金のリンゴをなにがなんでも捕りたいともあのときは思っていなかったからです。老婆からもらった笛のことが脳裏をよぎったので、もう一度、使ってみることにしました。するとアリさんたちが助けに来てくれました。笛を吹いたのが功を奏して、アリさんたちが立派に仕事をしてくれました。*2 羊飼いは働き者のアリさんたちに礼を言い、朝まで眠りました。

かわいそうに王さまは、あやうく高いところから転がり落ちるところでした。今度も羊飼いは、王さまをお義父さまとは呼べませんでした。また、そんなときでもなかったのです！　王さまには、この羊飼いが並みの人間でないことがわかりました。そこで初めて、できっこないことを要求してみようと考えたわけです。

「わしは王宮にあるパン製造工房におまえを閉じこめてやる。まだわしの娘と結婚したいのなら、そこの窯で焼かれたパンを全部平らげなければならんぞ。」

一晩で平らげなければならない大きな田舎風のパンと丸い黒パンの山を見て、羊飼いは手をつける気になれませんでした。これまで笛がとても役に立っていたので、勢いよくポケットから笛を引っ張り出しました。笛を吹くと、四隅からハツカネズミやクマネズミ、小さいのやら大きいのまで、国中のネズミというネズミが飛び出して来て、もりもり食べ始め、夜が更ける前にパンは残らず食い尽くされてしまいました。

まだ笑う者がいたとしての話ですが、朝、苦笑したのは王さまでした。でも、王女は喜色満面でした。太陽のように美しいお茶目な娘でしたからね。

「娘を嫁にやらんとはもう言えなくなった」と、王さまが羊飼いに弱音を吐きました。「それでも、これからちょっとした務めを果たしてもらおう。われわれ二人の和解のためにな。」

試練は三度と言った王さまのことですから、四度目の試練をいたずら半分に課そうとしたわけではなかったのです……

「袋に嘘八百を詰めこむんじゃ。袋がいっぱいになったとわしが言ったら、おまえはわしの娘を嫁にしてもいいぞ。」

羊飼いの立場に立ったとして、あなたがたならどうします？　羊飼いは、袋に嘘八百を詰めこむ前に、口ごもってしまうのではないかと心配していました。でも、いたずら心が湧いてきました。そのときもっともらしい考えが浮かんで、どの程度それが重要か、天秤にかけてみようと思ったのです。

「わたしが森で野ウサギの世話をしている間に、殿下、お姫さまが百姓女の身なりでおいでになりました。草の上に座って、十五分間、わたしと一緒に過ごすようにお願いしました。お姫さまはお座りになり、わたしにキスをして下さいました。」

「ああ！」と、王さまが言いました。「大嘘じゃ。これで袋の半分は嘘で埋まったぞ。」

「それだけではありません」と、羊飼いが言い添えました。「王さまも百姓に変装しておいでになりました。そして野ウサギを一匹、買いたいと申されました。わたしは三匹、お渡ししなければならなくなりました……」

「やめろ、やめるんだ！」と、王さまが口を挟みました。「もう十分言った。袋は満杯だ。」羊飼いと王女の結婚を挙行しなければならなくなりました。二人に異論はありませんでした。おそらくそれには羊飼いの笛が大いに役立ったのでしょう。わたしも羊飼いが持っているような笛を一つ買ったのですが、間抜けもいいとこ失くしてしまいました。

原注

サン・フルールの少女が一九三〇年に採取した話。彼女はこの話を祖母から聞いた。語り手である少女は自身の思い出を復元し、（王さまが提示するさまざまな条件や羊飼いのずる賢さなどについて）確認しながらこの文にいたった。CT五七〇「ウサギの群れ、または三つの真実の袋」に属する。この話型は、ポール・ドラリュ『ニヴェルネとモルヴァンの民話』所収の「注釈」（第三話「五月の三つのモモ」、注釈版二六三頁）で検討されている。

訳注

＊1　フランス語で「野ウサギ」は男性名詞（le lièvre）。しかし、方言ではもっぱら女性名詞（la lièvre）で使われる。

＊2　フランス語で「仕事」は男性名詞（un ouvrage）。しかし、方言では古語と同じように常に女性名詞で使われる。例、「良い仕事」（la belle ouvrage）。

再婚した寡婦と兵士

むかし、夫を亡くした女がおりました。かわいそうな夫は妻によくしてあげていたのに、あらぬことから命を落としてしまいました。妻は申し分のないほど泣き明かしました。お皿に夫への心残りを盛ってみたところで、食べられるわけではありません。若い妻でしたから、近くに住む男から声をかけられました。女はかわいそうな亡夫の喪を済ませると、再婚しました。まあ、二番目の夫も非の打ちどころのない人でした。人間、死なない場合には、年は取っていきます。年月を重ね、時が経つにつれて、死んだ夫が生きている夫にちょっかいを出すようになりました。あの世で死んだ夫はどうなっているのかしら、女はふと思いました。ある日、だれとも面識のない兵士が村を通り過ぎました。村人は、しょっちゅう兵士を見かけるわけではありません。女も人並みの好奇心を持ち合わせていました。そこで、兵士の話を聞いてみたいと思ったのです。

「かわいそうに、どこからいらしたの?」と、女が声をかけました。

「ああ! 遠方から」と、兵士が答えました。「天から降りて来たとでも思っておいて下さい。」

愚直すぎるくらいの女でしたから、すぐには信じられませんでした。しかし天から降りて来た兵士と知って心が浮き浮きしてきました。兵士の方も、それ以上よい答えは浮かんで来ませんでした。

「ねえ、わたしのかわいそうな死んだ夫と会わなかった？　この世からいなくなってもう二十年も経つんだけど。別れてから、さっぱりあの人から音沙汰がないのよ。」

「多分、近況ぐらいならお伝えできそうですけど」と、兵士が申し出ました。

「ああ！　かわいそうなあの人、それで今どうしているかしら？」

「まあまあです。でも、噂では着るものをそれほど持っていないようです。」

「あの世で苦労しているようね……」と、女が言いました。「ねえ、見てくれない。あの人、シャツを十二枚と百エキュ金貨を残していったんだけど、死んでから、わたし、そばに置いといたのよ。あの人のためにお金と小包を持って行ってくれない？」

「ああ！　いいです、いいですとも」と、兵士が答えました。

女はすばやく小包を造りました。二度目の夫は野良仕事をしていましたが、夫が帰宅しないうちに、兵士は出て行ってしまいました。彼は奇跡をもたらすより、下劣なことを仕出かすやからだったのです。

道中、兵士は森を横切ることになりました。シャツの小包を茂みに隠し、百エキュ金貨をポケットにねじこみました。運良く木の根元に[*1]鍬と古いチョッキが見つかりました。兵士は古いチョッキを着て、地面を掘り始めました。律気な男に見えました。するだけのことはちゃんとしたわ、かわいそうに女はそう思っていたのに、兵士がずらかってからというもの、いろいろな想いが頭のなかを駆け回るようになりました。彼女は単純な女でしたが、あけっぴろげなところもあったので、夫にこれまでの経緯を話してみました。兵士の話は信用できません。夫は雌ウマに乗ると、全速力で家を後にしました。夫は妻より自分のほうが機転が利くと思っていました。自分が捜しているのは兵士であって、古着を着た百姓ではない。だから、森で働いている例の男に警戒心も抱かず声をかけたのです。

「ねえ、尋問しているわけじゃないんだけど、兵士が通るのを見かけなかった？」

「ああ！　見かけたよ。遠くまでは行っていないはずさ。今さっき、近道をして通って行ったばかりだよ。」

その近道はまさに断崖絶壁、そこを通れるのは悪魔しかいないはずです。

「この道は、俺の雌ウマでは無理。ウマの足を折るのは嫌なんでねえ。あんた、このウマをちょっぴり見ていてくれんかな？」

「ああ！　置いていってもいいぜ。面倒ぐらい見といてやるから。」

二番目の夫は雌ウマを枝につなぎ、急いで出発しました。しかし、兵士はおろか、シャツや百エキュ金貨をまた目にするチャンスなんて、まるっきりなかったわけです。今度は兵士のほうが雌ウマに乗りました。それからずっとずっと走り続けました。夫は近道でつまずいてしまいました。そのとき不信感が湧いてきました。とはいえ、不信感も遅すぎては後の祭り。彼が雌ウマも連れず家に戻ると、皮肉たっぷりの言葉が待っていました。

「それで？」遠くから妻の大きな声が返ってきました。

「なあ、かわいそうなおまえ、雌ウマもシャツも百エキュ金貨もみんななくしちまったよ。」

こんな亭主と女房が口喧嘩をしたからといって、仕方のないことでしょう？　どっちもどっちですからね。それにしても、ほらあの兵士だって、脱兎のごとく逃げおおせたわけではなかったのです。

原注

レイモン・サラ氏（一九一五年生まれ）が一九五五年六月に語った話。サラ氏はティエザック（カンタル山塊）村に近いサリールの農夫。国際話型分類番号ＡＴ一五四〇「天国（パラダイスまたはパリ）から来た学生」〔学生はパリ Paris から来たと打ち明けるが、傷心の女房は天国 Paradis から来たと聞き間違える〕に属する。アールネは小論をこのテーマに割いている。以下が小論の題名『文学と地方語に見られる《天国から来た男》』（F・F・G、二十二、ハミナ、一九一五年）。この話はいろいろな古いフランス笑話選集に収録されている。Ａ・ティロン編『笑話選集』、一五九一年、一五二番「天国から来た学生」、デュ・ムーリネ編『閑談と笑話』、一六一二年、「貧しい学生、自称天国からの来訪者」、「おかしな目覚まし時計」、一六五四年など。アールネは、十編の類話をフランスで見つけている（五八頁）。大部分はブルターニュとロレーヌ地方の類話である。

訳注

＊1　鍬。原文では方言の un fesoul が使われている。鍬（une houe）のこと。なお、本書第一部第二章「夫婦の話」（バスク地方）も類話である。

ちびのジャン、または人を強くする魔法の羽根

むかし、それはそれは貧しい少年と母親がおりました。ときに貧困から悪に落ちていく人がいますが、初めから悪者なんてだれもいません。母親と息子は、別天地を求めて国を離れました。二人はそれぞれ包みを背負い、あちこちの近道や街道に沿って歩き続けました。こう言ってはあなたがた読者に失礼になるかもしれませんが、とうとう子どものほうが木の下で足をとめ、用便をすませました。少年はかなりのおちびさんだったので、《ちびのジャン》と呼ばれていました。鳥が木にとまって鳴いていました。子どもは鳥の鳴き声を聞いてすっかり嬉しくなり、鳥に向かって呼びかけました。

「歌の上手な小鳥さん、羽根を一本、恵んでくれると嬉しいなあ。」

子どもは押しつけがましい性格ではありませんでした。きれいな羽根が一本、木から落ちて来たので、《ちびのジャン》は上着のポケットにそれを大切にしまいました。それから包みを背負ってまた歩き続けました。長い道のりでした。最後に幸運に巡り会える確信なんか、とんと持てませんでした。けれども、肩に背負った荷物が重荷にならないほど、とてもとても軽くなっていきます。歩行も

楽に感じられました。

そのとき、《ちびのジャン》が母親に声をかけました。

「疲れたでしょう。足が痛むんですね。かわいそうに、母さん、ぼくと母さんの荷物を一緒にして、ぼくが持ちましょうか?」

「でもねえ、息子や、おまえはそんなに強くないでしょう。」

「母さん、大丈夫。荷物を二つ持ったって、全然重くはありません。なにも背負っていない感じなんです。」

二人は歩き続けました。そして、母親はますます足が痛くなってきました。

「かわいそうに、母さん、もう歩けないのでしょう。ぼくの背中にお乗りなさい。おんぶをしてあげましょう。」

《ちびのジャン》は母親を背負って、また足取りも軽く進んで行きました。不思議ですねえ。小鳥を、いや一本の羽根をおんぶしている感じなのです。

しかし、《ちびのジャン》といえども太陽の運行までとめることはできません。夜も更けてきました。左右には一軒の家もありません。前方を見ても一軒の家さえないのです。《ちびのジャン》が木の上に登ると、遠くに青い明かりと赤い明かりが見えました。そこで母親と息子は、赤い明かりのほうへ進んで行きました。かわいそうに二人は選択を誤ったのです。いつだって選択は誤るものです。

赤い明かりの家には、大変悪い男が住んでいました。母親を召使いにして、《ちびのジャン》を厄介払いしようと企んでいる悪い男でした。それに、もしも貧しい《ちびのジャン》が街路を駆け回っている間に力をつけ、貧しい母親がそこで正気を失ってしまったら、物語はどうなってしまうか、おわかりになりますね。好みや考えは各人各様でよいのですが、それでも悪者は登場したほうがよいでしょう。

物語を読めば、例の悪い男が《ちびのジャン》にしようとしている悪行の種は母親が撒いているのです。母親は仮病を使いました。それで《ちびのジャン》はすっかり落ちこんでしまいました。母親の病を治したかったら、悪魔の髭を探して来いと例の男が命じたからです。

「悪魔の髭ですって。いいでしょう」と、《ちびのジャン》は答えました。

勇敢な少年は鍛冶屋のところへ行って、七キンタル〔一キンタル＝百キログラム〕の棍棒を造ってもらうことにしました。七キンタルの棍棒なんて、毎日注文があるわけがありません。過剰なものは害なのです。でも、みんなが物語で気晴らしをするようになった近頃では、七キンタルの棍棒を造ってもらうよりもっと悪いことが起きるのです。戸口の背後でことによると悪魔が聞き耳を立てているかもしれませんぞ！

わたしはあの男を家に入れさせなかったんです。そう、鍛冶屋のことです——あの男は無分別な奴なんです——その鍛冶屋が悪魔とトランプの勝負をすることを承諾しちゃったんです。勝負をするたびに、鍛冶屋は負けていました。奴は自分の首まで賭けて負けていたんです！　かわいそうに奴は自分の娘も賭けたんです。悪魔がまさにそれを望んでいましたからね。悪魔は鍛冶屋の娘を連れ去りました。《ちびのジャン》も鍛冶屋のところから七キンタルの棍棒を持ち去りました。

翌朝早々に、《ちびのジャン》が悪魔の家にやって来ました。そして、ぱん、ぱーんと魔法の扉を、悪魔の家の扉をとうとう叩いたのです。悪魔は窓から《ちびのジャン》がやって来るのを見ながらつぶやいていました。

「ふてぶてしい若造だわい！」

悪魔は扉を開けに行きました。《ちびのジャン》は、悪魔にきびすを返す間も与えませんでした。ばしっ！　七キンタルの棍棒を振り下ろし、悪魔の片足をへし折ってしまったのです……魔性の悪魔よ、今こそ医者を呼ぶがよい……悪魔は《ちびのジャン》に鍛冶屋の娘を渡せと要求され、断ることができませんでした。さらに、もう一方の丈夫な片足を守るために、自分の髭をプレゼントすると、悪魔は申し出たのです。《ちびのジャン》にとって、棍棒はもう一本の藁ほどの重さもありませんでした。

《ちびのジャン》と若い娘は、二人そろってそこを立ち去ることになりました。鍛冶屋の娘は心ばえのよい女の子でしたから、道々、《ちびのジャン》に言いました。

「わたし、異常な体型の男やこぶ男になったり、目が見えなくなったりしたあなたと再会しても、必ず夫にあなたを選ぶつもりよ。」

いつだって物事にはすべて潮時があります。《ちびのジャン》は悪魔の髭を母親と悪い男のところへ持ち帰らなければなりませんでした。ジャンの苦労は終わっていなかったのです。母親はいつも仮病を使っていました。

《ちびのジャン》は、赤いリンゴを探しに行くように送り出されました。リンゴは四頭のライオンに守られた庭園にあるとのことでした。赤いリンゴは決して腐らず、万病に効く良薬として大変な評判を取っていました。この世に赤いリンゴが一つしかないのであれば、しっかり守っていくようにしなければだめでしょう。七キンタルの棍棒も一本しかないのです。ならばその使い手として、《ちびのジャン》は必要不可欠の人でした。いくらライオンがいると言われても、悪のほうが怖いものです。最初の三頭のライオンは撲殺され、四頭目のライオンが《ちびのジャン》にリンゴを提供しました。

今度という今度は、《ちびのジャン》も艱難を乗り越えられまいと、例の悪い男は思っていました。よくよく考えた末に――嗅覚を鋭くさせれば、嗅ぎ当てられるものです。いつも善人が予測を的中させるとはかぎりませんからね――この悪い男は、《ちびのジャン》の力の根源は、衣服のなかにあると考え始めたのです。知ってのとおり、《ちびのジャン》はポケットに羽根を、小鳥の羽根をしのばせていました。毎日、ジャンが上着を取り変えるはずはありませんし、そうでないとすると、もしや羽根までも取り替えるのが習慣になっていたのでしょうか。

悪い男と母親は、《ちびのジャン》を水浴びに送り出しました。羽根は《ちびのジャン》の脱いだ衣服のなかに残っていました。《ちびのジャン》には、もう同じ年齢の少年ほどの力もありません。家に戻ると、《ちびのジャン》は悪い男に殴られて半死半生の体たらく、その後、窓から投げ捨てられました。もちろん《ちびのジャン》は、小鳥の羽根について一言たりとも口にしたことはなかったのですけれど。

《ちびのジャン》は七キンタルの棍棒のおかげで、鍛冶屋の娘を悪魔に譲り渡すことができました。純朴な若い娘はその辺を散歩するようになりました。《ちびのジャン》の家の近辺にも喜んで足を延ばすようになったのですが、節度は十分わきまえていました。でも、近くを通ったときに、あわれな少年とめぐり会ったのです。娘は少年を父の家に連れ帰り、かくまいました。そして看病の甲斐あって体力も回復しました。度重なる艱難にもめげず、鳥の羽根のおかげで、またおそらく時が過ぎていったからでしょう、ジャンは成長し、大人になりました。

二人の悪者はジャンを死んだと思い、赤い明かりの家で暮らしていました。ジャンはこっそり戻って、羽根の入った衣服と七キンタルの棍棒を取り戻しました。彼が悪い男と悪い母親を殺したという噂もあります。仕方がありません。ジャンは若い娘を悪魔から救い、結婚しました。二人は仲良くとても幸せに暮らしたとのことです。これでわたしのお話も終わりです。

原注

ウジェーヌ・ベルテュイ夫人（サン・フルール出身）が一九四九年に語った話。ベルテュイ夫人は一八七一年に生まれた。

ＣＴ五九〇「不実な母または人を強くするリボン」に属する。（また国際話型分類番号ＡＴ五九〇「王子と腕バンド」に属する。）メヤンで蒐集した話にＰ・ドラリュが加えた注釈を参照（アリアヌ・フェリス編『オート・ブルターニュの民話』注釈版、二七四〜二七六頁）。

この話型では、羽根の代わりに腕バンドが威力を発揮する。さらにオーヴェルニュ地方の民話では、「クマのジャン」（ＣＴ三〇一「地下の世界から解放された王女」）、とくに「五百リーヴルの杖」（既訳、『フランス民話集Ⅱ』第三部第一章所収を参照）のテーマから話素を借用し、ＣＴ四六一「悪魔の三本の頭髪」から《悪魔の髭》という別の話素も借用している。

ポルティ・ポリフカ共著『グリム兄弟の子供と家庭のための童話集注解』に注釈付き書誌がある。

酢の木に埋もれた聖レジェ

むかし、シェイラードでは、聖レジェ[*1]がたいへん敬われておりました。人名には、その人に相応の名前が付けられているものです。聖人の場合ですら、これがぴったりあてはまります。ですから、この方がそれほど重々しい聖人のはずもありませんでした。とはいえ、初めから話をそんなに急いで進めすぎてはいけません。方言で《酢の木》がどういうものか、あなたがたがご存知ないのなら、申し上げましょう。われわれの地方では酢の木（Les airelles エレル）のことをこう（Les aïres アイル）言っています。聖レジェは田野の聖人、山の聖人でした。シェイラードの出身ではありませんが、そこで祭りが行われ、石像も立っていました。シェイラードはこの聖人の小教区、聖レジェは気さくで善良な聖人でした。雨と晴天の主、ライムギと干し草の主、絹の晴れ着やフルム[*2]、子ウシの主でした。天国に隠遁した農夫のようなお方でした。聖レジェが人々から愛されている証としては、祭りの日にまるで誕生日のようにこの聖人がいろいろなプレゼントをもらうことです。ラードやチーズ、ソーセージやハム、バターや卵などです。こうした贈り物は、だれかの役には立っているのです。聖具室係がこれで肉汁煮のキャベツを作っていました。供物を台無しにするなんて、言うなれば罰当たりなことにちがいありませんからね！　一方、この聖人だって恩知らずな方ではありません。信者たちの祈りに耳をふさがず、雨や晴天を、まちがいなく信者たちに送り届けていたのです。けれども、なにもかもが裏目に出た一年もありました。春にこの聖人がたっぷり雨を降らせなかったために、草が新芽を出さなかったのです。また、刈った干し草を濡らして腐らせてしまいました。やるべきことはやらなければいけません。「なんてこった！」と口ぐちにみんな言っていました。神さまが善良なお方なら、天候をもっとしっかり管理してくれていたにちがいありません。みんなはあわれな聖レジェを変わり者とか気が触れたと言って非難していました。そんなわけで、恨みや反抗心も重なって、小教区の信者たちは聖レジェの石像の足もとに供物を捧げなくなったのです。石像なら、餓死するはずがないからです。聖レジェのことは大目に見ましょう。聖人の場合、罪は許されるものです。でも、聖具室係は別の噂を耳にしました。聖レジェがはるかに悪知恵にたけた聖人だというのです。鐘突き係は知的障害の男でした。鐘突き係は、翌日の祭りをカリヨン〔一組の鐘〕で告げるために教会に入りました。聖具室係は聖水盤の後ろに隠れることにしました。イヌとオオカミの見分けもつかない夕暮れでした。石像の足もとにはなにも、まるっきりなにも、一本の牛乳瓶さえありません。聖具室係が澄んだ優しい声で言いました。天国から降りて来たような声でした。

「ねえ、鐘突き係さん、いい人だから、わたしをボワ・グラン〔「大きな森」の意の地名〕に連れて行

オーヴェルニュ地方の風景

ってくれないか。そこなら祭りの日にせめて《酢の木》ぐらい食べられるし。わたしはねえ、小教区の信者たちから見放されてしまったんだよ。」

あわれな鐘突き係は取り乱して、足もとが震えていました。この鐘突き係は愚直な男でしたから、聖人のような人徳の厚い人たちの命令に逆らわなかったのです。男は闇夜のなかを教会へ戻り、盗人のように聖レジェを背負ってボワ・グランへ連れて行き、横に寝かせました。それから自宅へ帰り、もちろんだれにもなに一つ口外しませんでした。翌日、聖体行列の準備をしなければならなくなったときのことです。聖レジェが行方不明になっているのに気づいたときの司祭や小教区の信者たちの驚きといったら！　みんな、やきもきしていました。

「おそらくサン＝シポーグ[*3]へでも出かけたんだろう。」

シェイラードの住民とサン＝シポーグの住民は、犬猿の仲にありました。シェイラードの住民は、国中の笑い物になるほど食いしん坊ではなかったのです。

「われわれの聖人がいなくなったのだから、捜しに行かなきゃだめだ」と、聖具室係が適切な助言をしました。「雲隠れしたいとしたら、どこへ行くだろう？　森へ行くだろう。それならボワ・グランへ聖体行列をしよう。」

司祭さまとしても、自分のところの聖具室係が愚か者でないのを確認したかったわけです。ご推察のとおり、聖レジェはボワ・グランで放置されたままの状態で発見されました。あわれな聖人は顔を地面に押しつけたまま、唇や頬が《酢の木》の汁で青くべったりねばついていました。人々の冷酷な仕打ちで聖レジェはこうなってしまったのです！

「みなさん、ひざまずいて」と、司祭が言いました。「教会へ運ぶ前に、聖レジェに感謝の祈りを唱えましょう。」

ご想像のとおり、次の年、たくさんの供物が奉納されました。聖レジェは自分につれなくした人たちにも恨みを持たず、以前のように雨と晴天を分け与えました。鐘突き係も、いわば神の摂理の道具になれてご満悦でした。シェイラードで万事がうまくいかなくなったとしても、それは事態が悪化したからそうなっただけのことでしょう。

原注

アンリ・デュリフの生誕一〇〇周年の著作『カンタル県旅行案内記――歴史・考古学・統計調査・図版入り』オーリヤック、一八六一年、四〇一～四〇三頁の類話より。この話は、石像の後ろに隠れた男が聖人の名を騙って話をする民話の範疇に入る。この話素は、スティス・トンプソン『民間説話―世界の民話とその分類』では、K一九七一「男の像の後に隠れていて神さまのふりをする」に属する。ボッグス（スペイン）一三七五、アールネ＝トンプソン国際話型分類番号AT一三八〇「不貞な女房」とAT一四七六「夫祈願」、アンドレーエフ（ロシア）一三八〇と一五七五、ド・メイエ（フランドル）一三二四と一三八八、ド・フリース（インドネシア）二七二。

訳注

＊1　聖レジェ Saint Léger　レジェ（Léger）は「軽い」を意味する形容詞。その意味を前提に物語は進んでいる。

＊2　フルム　カンタルの大型チーズ。四十キロの重さになることもある。アンベール産のフルムは製造が異なるチーズで、もっとはるかに小さい。

＊3　サン＝シポーグ　この地方の人たちがかつてサン＝イッポリートに付けた古名。シェイラードとサン＝イッポリートは、リュガルドに近い山地の田舎町。

フィアンセと四十人の盗賊

むかし、申し分のないお嬢さまと若者がおりました。若者は結婚しようと、いわば足繁くお嬢さまを訪れていたのですが、この地方ではよそ者でした。わたしは住みこみの女中をしていました。お嬢さまの母親も良い方でした。かわいそうな人たち！　世の中には山のように苦労があるものですが、新参者を信用してはいけません。甘く愛をささやく者の言葉に耳を傾けてはいけません。《もし青年に知があり、老人に力があったなら！》という諺があります。失礼、老人のように話が少しくどくなりました。話の順序を逆にしましょう。

要するに、この若者は戻って来なかったのです。風采の良い若者でしたが、優しそうには見えませんでした。よくしゃべりましたが、すべてを話すような男ではありませんでした。冗談は言いましたが、誠実さに欠けるところがありました。

お母さまとわたしだったら、この手の若者と結婚しようなんて考えなかった。あなたがたはもうそんな若い年ではないでしょうと、わたしに言うかもしれません。しかし、わたしたちはこの求婚者についてもっと詳しく知りたいと思ったのです。

若者はどこやらにお城を持っていました。もう見たことがないほどの部屋また部屋があり、家具や召使いや宝石のぎっしり詰まった箱などが、要するに必要以上にたくさんあふれているとのことでした。もっとも、その裕福な暮らしぶりを見た者はおりませんでした。わたしのご主人がたも若者の家族とは面識がなく、若者の方も自分のお城へご主人がたを招待した話など、ついぞしたことがありませんでした。

そんなわけでとうとうお嬢さまは、頭が空っぽなわけではなかったので――理屈っぽいお子さんでした――かわいそうにそれなりに気をもんで、心中こうつぶやいていたのです。

「わたしも靴を履き、求婚者のお国へ行って、あの方のお城や財産や家族がどうなっているのか見て来ます。」

もちろん、世界は広いのです。いやはや、若い身空でそんな遠くまで歩いて行けるはずがありません。お嬢さまは、お城がどこにあるのか例の若者に尋ねてみたことがありました。若者としてもお嬢さまと結婚しなければと考えるなら、またそういう素振りをし続けるなら、すべてを隠し通すことなんてできるはずがありません。

ともあれお嬢さまは、たった一人でお城へ出かけて行きました。そこで灰色の物寂しい巨大な建物を発見したのです。古い大きな階段や穀物倉のような広く奥行きのある台所がありました。台所には四十人分の食器が並べられていました。

「いったいだれがテーブルに座るのかしら？」と、お嬢さまは思いました。お嬢さまは、城主や招待客が姿を現わすのが怖かったのです。それで急いで部屋の大きな階段を上って行きました。そして、かわいそうに――お嬢さまの見たものを決して見ないよう、神さま、どうかあなたがたをお守り下さい！――お嬢さまはある部屋に入ったのです。その部屋は老若、男女を問わず、首をくくられた不幸な人たち、それも顎の下を鉤で吊された人たちであふれかえっていたのです。恐ろしさのあまり命を落とすところでした！　かわいそうな女が一人生き残っておりました。まだこう言うだけの余力がありました。

「ああ！　お嬢さま、目の前の道を切り開かねば。そう思ったら、早く下りて行くことです。わたしと同じように、あなたにも死が迫っています。」

それで、お嬢さまは逃げ出したわけです。階段のところまで来た途端に、家中に響き渡る大きな足音と悲鳴が聞こえてきました。この娘は勇気がありましたから、まだ死ぬときではないと固く信じていたはずです。階段の下に古板が破損した場所があり、そこの穴に間一髪で体を滑りこませました。求婚者が首をくくられた人たちの部屋に、かわいそうな男の髪を引きずって上って来ました。男は抵抗していました。娘は階段のステップの下で震えていました。そのときです、お嬢さまの求婚者が剣か肉切り包丁のようなものを取り出して、一刀両断、あわれな男の腕を切り落としたのです。あわれな男の腕が穴から転がり落ちてきました。娘はその腕をエプロンで受け止めました。

この娘はどうなるのでしょう！　娘は震え上がって逃げ出し、家に帰りました。まだ食べたり眠ったりはできましたが、そうするだけでも勇気を奮い立たせなければなりません。しかも、求婚者が日参し、甘い言葉やら嘘八百やら約束の数々を並べ立てていきます。男は結婚の日取りを早めたがっていました。

「まずはあなたのお友だちを紹介して下さいな」と、お嬢さまが言いました。「婚約式の晩餐会にお友だちを招待しましょう。みなさんを連れて来て下さいね。」

「四十人はいます」と、求婚者が答えました。

「こちらも女の子を四十人、招待しますわ」と、お嬢さまが応じました。

お嬢さまは、完全武装した四十人の憲兵まで招待し、隣の部屋に忍ばせました。その部屋は、猫の額ほどの広さしかありません！　婚約式の食事は素敵でした。「悪党どものために多額の出費をしたことよ」と、あなたがただったら言うかもしれません……デザートのときに数人の女の子が歌を披露したいと申し出たのですが、盗賊たちの首領が将来、自分の妻になるお嬢さまに歌を一曲、所望しました。

「歌えませんの」と、お嬢さまが断りました。「でも、わたしが見た夢を披露しましょう。夜、あなたのお城でわたしは夢でも見ているようでした。とても広い台所に四十人分の食器が並べられていました。それなのに男の料理人も女の料理人もおりません。」

「お嬢さん、なにをたわごとを！」と、盗賊が言い返しました。「わたしの城に召使いがいないわけがないでしょう。」

「夢は幻」と、娘が応じました。「わたしは木製の大きな階段を上り、広い部屋に入りました。その部屋は、首をくくられた死体であふれかえっていました……。息も絶え絶えのかわいそうな女がわたしに言いました。《お嬢さま、あなたのために道が開かれているのなら、お逃げなさい。あなたにもわたしと同じように死が迫っています》。」

「お嬢さん、なにをたわごとを？」と、盗賊が言葉を返しました。「それにしてもぞっとしますねえ！」

「その後、あなたがやって来るのが聞こえました」と、娘は続けました。「あなたは抵抗するかわいそうな男の髪を引きずって来ました。そして、男の腕を切り落としたのです。わたしは穴から体を滑りこませて、階段の下に隠れていました。その同じ穴から腕が転がり落ちて来たのです。わたしはその腕をエプロンに包んで持ってまいりました。これがそうです。」

すべてを聞いていた憲兵たちは、自分たちの出番が来たと思い、隣の部屋から飛び出して来ました。そして間髪を入れず、四十人の盗賊を取り押さえました。盗賊どもの首を切り落とすときが訪れたのです。それにしてもわたしは女中の身、これで食器を洗わなくてもよくなりました。食器を全部、たたき割ってやりました。これでわたしの話も終わりです。

原注

この話は、前掲の「ちびのジャン、または人を強くする魔法の羽根」と同じくウジェーヌ・ベルテュイ夫人（サン・フルール出身）のいきいきした口述のもとに作成された。

国際話型分類番号AT九五五「盗賊の女婿」に属する。このテーマはあまり研究されていなかった。ボルティ・ポリフカ共著（『グリム兄弟の子供と家庭のための童話集注解』一巻、三七〇～三七五頁）の調査目録によれば、地中海諸国を除いたヨーロッパ諸国に類話が百編ほどある。

この恐ろしい求婚者は《青髭》（ペロー作）を想起させる。また、アンリ・プーラが編纂したオーヴェルニュ地方の『民話集』に「山のガスパール」と呼ばれている物語群があり、そこにアンヌ・マリー・グランジュと結婚する盗賊ロベールが出てくる。本書の求婚者はこの盗賊の登場を告げている。

プランプニ

むかし、一人の男と一人の女がいて、夫婦の間には、息子が一人おりました。大きさが拳ぐらいの息子は、プランプニと呼ばれていました。かわいそうにプランプニはたくましい男ではないので、大きな仕事ができません。それで父親のウシの世話をしていました。でも、なにやら事件が起きてしまったのです。

雨の降るある日のこと、プランプニはカブの葉の下で雨宿りをしていました。パリーズという食いしん坊のウシがカブ畑にやって来て、舌でぺろりとひと舐め、おいしそうなカブの葉を食べてしまいました。葉の下にはかわいそうなプランプニがいました。

「かわいそうなプランプニ、どこにいるの?」

みんなで四方八方、捜して回りました。捜せるだけ捜すんだ……

その後、夕方になって牛小屋でプランプニの叫ぶ声が聞こえました。

「ここだよ! パリーズのお腹のなかだよ。」

両親がパリーズを殺すことになりました。ウシを不憫に思ったものの、息子と再会したかったのです。あいにく両親はプランプニに気づきませんでした。女たちが川でウシの内臓を洗っていましたが、おそらく気にも留めなかったのでしょう。プランプニはくねくねした太い腸に絡まれたまま、川に流されて行きました。

夕方、いつもの時間にオオカミが水を飲みに来ました。オオカミはためらわずプランプニをカエルのように呑みこみ、森のなかに姿を消しました。

翌朝、オオカミはずっと空きっ腹を抱えたままだったので、ヒツジの群れに近づいて、丸々肥えた雄ヒツジを一匹、奪い取ろうとしていました。でも、その前にプランプニを相手にしなければなりません。プランプニは、オオカミの腹のなかから羊飼いに向かってこう叫び始めていたからです。

「小さな牧人さん[*1]、注意して。オオカミがあんたのヒツジを狙っていますよ。」

すると、イヌたちがオオカミを追いかけ始めたので、オオカミは命からがら逃げ出しました。

「どうしてそんなに大声で叫ぶんだい？」と、オオカミがプランプニに尋ねました。

「オオカミさん、ご不満なら、ぼくを外に出して下さいよ！」

オオカミがヒツジの群れに近づくたびに、プランプニが力いっぱい叫んで、羊飼いに知らせようとします。それでオオカミは尻尾を切られたイヌのように恥ずかしくなって、逃げ出してしまいました。

「狂人野郎が、そんなに大声で叫ぶんじゃない！」

「やれやれ、ご不満なら、外に出して下さいよ！」

オオカミは、もう骨と皮ばかりになっていました。そこでプランプニを追い出してやろうと決めました。オオカミは毎日、用便をするわけではありません。

オオカミはほとんど重なるように生えている二本の木々を捜し出し、見つけるや、とても窮屈でしたが、木々の間に入りこみました。かわいそうにオオカミは、体を押しこむだけ押しこんだのです！手足を伸ばし、無理をし、我慢し、強情にやり続けたおかげで、プランプニが尻尾のほうから外に飛び出して来ました。プランプニとオオカミは、互いにお礼も言わず別れました。

短足のプランプニが草叢を進んで行くと、ウサギがやって来てそばを通り過ぎようとしました。プランプニは鈍いほうではなく、敏捷な方です。そこでウサギの背中に飛び乗り、両耳を手綱代わりにしました。自分の家にすぐに連れて行ってもらえると思ったからです。

ウサギに乗ってプランプニが速く進んで行くと、ロバに乗った男に会いました。仏頂面をした狩人でした。獲物にありつけなかったからでしょう。

「わしと乗り物の交換をしないか？」と、狩人が言いました。「わしのロバをおまえにあげるから、おまえのウサギをわしにくれんか。」

「いいですよ」と、一筋縄では行かないプランプニが答えました。

狩人はウサギをもぎとり、してやったりと立ち去りました。プランプニはロバに乗りました——できるだけのことはしたのですが、乗ることにしたのです。——こうして家に帰って行きました。

プランプニは、これで難所を抜け出したわけではありません。森を横切っていると、罵声が聞こえてきました。

「喧嘩*2をしている奴がいるぞ」と思いました。

慎重になっていたので、ロバを枝につなぎ、木に登って葉叢のなかに隠れました。

二人の泥棒が木の下にやって来て、盗むには手頃なロバだと思ったようです。しばらく地面に座りこんでいましたが、盗んだ金を数えながら、また口喧嘩を始めました。木の上からプランプニは、一部始終を見聞していました。少し待って、叫び始めました。

「あんたらの小金をとくと数えておくんだな。どうせプランプニの小さな籠*3に納まる小金だろうさ。」

泥棒たちは憲兵が自分たちを捕まえに来たと思い、四方を見回したものの、だれもいません。怖くなって、金とロバを放り出し、まるで悪魔につきまとわれているかのように逃げて行きました。

プランプニとしては、もう木から降りるだけです。金をかき集めると、ロバに乗りその場を立ち去りました。

家に着くと、両親としてはロバに乗り金を持った息子と再会できたわけですから、大喜びです。プランプニより大きい別のまともな人間だったら、これほどみごとなことはできなかったにちがいありません。

原注

この話はエドゥアール・クディの方言の多い説話にできるだけ沿って作られた。エドゥアールは、次女のマルグリット・クディ夫人に一九五四年七月、この説話を丁寧に伝えた。次女はパリ、リュシアン゠サンペ通り三八番地に住み、休暇をサン・フルールで過ごしていた。

ＣＴ七〇〇「親指太郎」（ＡＴも同じ分類番号）に属する。また、『プランプニ』はペローとはまったく別の「親指太郎」で、ＣＴ三二七Ｂに属する。

オーヴェルニュ地方にあるこの類話の以下の話素は、ＣＴ七〇〇に固有のものである。ウシに呑みこまれ、続いてオオカミに呑みこまれ、オオカミの腹のなかで大声をあげて、羊飼いに居場所を教えるくだり。

この類話の別の話素は、別の題材から取られている。ロバとウサギの交換はＡＴ一四一五「幸運なハンス」、また、木の下にいる泥棒たちとの出来事はＡＴ一六五三「木の下の盗賊」に属する話素である。

訳注

＊1　小さな牧人さん（Petit pâtre）。原文では方言の pastrissou が使われている。
＊2　喧嘩（une querelle）。原文では方言の gargaille が使われている。
＊3　小さな篭（petit panier）。原文では方言の panirou が使われている。

鍛冶屋の聖エロワ

知ってのとおり、聖エロワ[*1]の職業は鍛冶屋でした。彼は有名な鍛冶屋で、おそらくこの地方では最も腕が良かったのですが、冷酷で高慢ちきな男でした。もちろん、生まれながらの聖人というわけではありません。《親方のなかの親方》を自称するほど高慢ちきな男だったということです。口で言うだけでは満足できず、そう書いていたほどです。

聖エロワは鍛冶場の入口に看板を造っていました。看板を見れば、だれでも《親方のなかの親方》と読むことができました。《親方のなかの親方とは！》。君たち、こんな男の真似をしてはいけません。本当だとしても、男のほうでそう思っているようではどうにもなりません。鼻にかけるあまり、ほかの人たちをおとしめてもよいということにはならないのです。

この鍛冶屋の親方は良心的で、器用な上に頑健な人でしたが、職工たちは親方が高慢ちきなので怖がっていました。ほんのちょっとした過ちにも目くじら立てて職工たちを叱りつけ、どんな口答えも認めませんでした。《親方のなかの親方とは！》。

エロワはこの世で暮らしを立てている人々のなかで一番手先が器用なわけでもなし、永遠の男でもありません。ほかの人たちと同じように、彼だってあれこれ弁明しなければならないことがあったはずなのです。

ある日、この地方を通りかかった一人の職工が、仕事を求めて鍛冶場を訪れました。外見からすると、がっしりした体格の男には見えず、鍛冶師の風情もありません。けれども、エロワはその職工を雇いました。見かけで男を判断し、そんなに高い給金は出しませんでした。この若者がお金にうるさい男ではなかったので、若くもなく頑健でもないもう一人の職人に比べ、御しやすいとエロワは考えたわけです。この頃、職工のことは職人と呼ばれていました。彼らは仕事の秘伝を逐一会得しようとして、フランス中を駆け回っていました。職人という単語は、下層の言葉ではなかったのです。

エロワはこの職工がミスをしたら、いの一番に雷を落とすつもりでいました。でも、杞憂に終わっていました。職工を軽視しようとしても、驚かされてばかりいたのです。若者は器用な上に沈着でした。鍛冶場での細かい作業や重労働もうまくこなしていました。親方がこみ入った錠前を造っていると、翌日、彼はもっと立派な錠前をもっと早く仕上げていました。エロワはやっとこを使って、火のなかから鉄板をつまみ出すのに、職工は火傷もせず、素手で鉄板を取り出していました。

職工は鍛冶師として親方と同じように仕事をしっかりやっていました。いつも出来栄えは上でした。しかも、この変わった若者は鼻にかけることもなく、口数の少ない男だったのです。性格といい器用さといい、エロワはすっかり若者に満足していたのです。ほかになにも起こりさえしなければ、エロワもこのような職人を長く慰留しておくようなことはしなかったにちがいありません。

ある日、四頭のウマ（もしかしたら六頭だったかもしれません）に曳かれた四輪馬車が全速力でこの地方を駆け抜けて行きました。街路の舗石から火花が飛び散っていました。御者からでしょうか副御者からでしょうか、即刻ウマに蹄鉄を付けてほしいという注文が入りました。まだ旅は長かったからです。エロワは新しい客を満足させ、金持ちで権勢家の旅人に自分の腕前を見せられるのでご満悦でした。

「ウマに蹄鉄を付けるまでどのくらいの時間がかかるかね？」と、四輪馬車のなかにいた男が尋ねました。

「ほかの店より短い時間ですみます」と、エロワが答えました。「うちの看板を見ませんでしたか？」

それからエロワは職工を呼び寄せ、ウマの足を押さえつけるように命じました。

「もう少し早く終えられます」と、職工が冷静な口調で言いました。

それから口を開くまもなく、職工は最初のウマの足にメスを入れました。しかし、血は一滴も流れません。だれもそのときは口を利こうとしませんでした。エロワはもう大口をたたかなくなりました。

あっという間に馬蹄が削り直され、新しい鉄具が釘付けされ、足が修復されました。

職人がしたことをエロワもやってみようとしました。親方は別のウマの足から蹄鉄を念入りに外し始めました。蹄《ひづめ》をすばやく切って、鉄具を固定させようとしたのですが、うまく足を修復させることができません。職工が助けに来ました。尊大な振る舞いはかけらも見せませんでした。痛そうにしているウマなど一頭もおらず、一滴も血は流れませんでした。

今度こそエロワは理解しました。親方はひざまずき、職工に赦しを乞いました。

「親方のなかの親方は神しかいません。わたしは、あなたがだれだか知りません。でも、わたしは高慢ちきな、あわれな男にすぎません。」

優しい神さまが、鍛冶屋のエロワのもとへ天使を遣わされたにちがいありません。理由はわかりません。おそらく鍛冶屋はきちんと仕事をこなすのが好きだったからでしょう。

優しい神さまが降りて来られて天使を助け、エロワの魂を救ってあげたのでしょう。エロワは聖人になろうと、すっかり心を入れ替えました。王さまは彼を大臣に取り立てました。そして、以後ずっと鍛冶屋の保護者であり続けたということです。

原注

編者マリー・エーメ・メラヴィルの母方の祖母の姉妹で、修道女であった大おばが語った話。大おばは一八四二年にコンダで生まれ、一九二二年にサン・フルールにある聖ジョゼフ修道院で死去した。

アールネ＝トンプソンの国際話型分類番号によれば、AT七五三「キリストと鍛冶屋」に属する。この話型はちぐはぐな次の二つの話素で構成されている。1.切られた両足の伝承。2.火と鉄で若返った女の伝承。

後の伝承は起源民話の型にも見出せる（アールネ著『フィンランドの起源神話とその変種の目録』、話型六八）。H・ゲドスは聖エロワといわゆる医神アスクレピオスの手術に関する調査を『メリュジーヌ』誌（Ⅶ、七七：Ⅷ、三〇：一二二、一五三、二〇八、二〇九：Ⅹ、二四一：Ⅺ、八九、四四六）に発表。M・ムーレはこの問題に関してすぐれた総論を『フランス医学史協会公報』パリ、一九一〇年に載せた。豊富な図像集もある。アントニオ・メディン著『聖エリギウスの民間伝承と図像集』ヴェネチア、一九一一年を参照。

訳注

＊1　聖エロワ　別名はノワヨンの聖エリギウス（五五〇頃～六六〇年）。鍛冶屋、金銀細工師の守護聖人。リモージュで金工術を学び、鍛冶屋として活躍、後に北フランス・ノワヨンの司教になった。

ラメー

むかし、一人の男と一人の女がおりました。結婚したものの、いずれは食い詰めざるをえない暮らしぶりでした。二人は村から離れた一軒家に住んでいました。年の頃、十歳ほどの小さな娘がいて、娘を一人残して出かけて行くのがとても気がかりでした。ところが娘のほうは両親に心配しないように言って、学校の友だちに泊まりに来てもらいました。大人のように一人で切り盛りするのは、子どもには心が躍ることなのです。招かれた女の子はジャンヌという名前でした。一軒家の小さな娘はマリーという名前でした。二人はよく遊び、ニワトリやウサギやブタに餌をあげ、ミルクに浸したパン屑[*1]を食べて夕食にしました。夜になると、二人はランプに火を灯し、寝ないといけない時間ねと言い合いました。

ジャンヌが先に服を脱ぎ、横になりました。マリーは外に出ました。[*2]突然、ジャンヌの目に仮面をつけた男が入って来て、大急ぎでベッドの下にもぐりこむ姿が映りました。男はマリーだけが家にいると思ったのです。マリーはすぐに戻って来ると、戸を閉め、差し錠をかけ、ランプを吹き消し、横になりました。ジャンヌは怖くて震えていましたが、一言も口が利けません。男がベッドの下でなにもかも聞いている感じがしたからです。

しばらくして二人の小娘が眠ったようなので、男はろうそくに火を点け、子どもたちの目のそばにろうそくを近づけました。二人の小娘は泣かないで身動き一つせず、まばたきもしないで我慢していました。男は二人がすっかり眠りこんだと思い、家の戸を開け、中庭に出て、三度口笛を吹きました。

そのときです、小さなマリーがベッドから飛び出し、戸を閉め、頑丈な差し錠をかけてしまいました。男が外で叫び始めました。

「ああ！　眠っていなかったんだな、あばずれの小娘が。戸を開けろ！」

でも、小さな娘たちは、こわくて戸を開けるつもりなどありません。建て付けのよい家でしたし、家畜小屋も納屋もしっかり戸締りされていました。

「戸を開けたくないなら、テーブルに置いといた包丁を渡してくれ。」

テーブルの上には大きな肉切り包丁とろうそくが載っていました。

「はい包丁よ。もしも包丁を取りたかったら、戸の下から手を出してみて。」

男は戸の下から指を少し出してみました。マリーは恐怖と怒りで震えていました。その指が目に入った途端、大きな包丁を力いっぱい振り上げ、男の指を切り落としました。

男は大声で悪態をつき始めました。

「そのうち思い知らせてやる！　ララメーを忘れるな。」

その夜、かわいそうに娘たちは眠れるはずがありません。翌日、両親が帰って来ました。なにが起きたのかを知り、戸の下にべったり血が付いているのを見てしまいました。おわかりですよね、両親はもう一人で留守番なんかさせないからねと、小さなマリーに約束しました。そして、相変わらずこの貧しい世のなかをよくすることができると信じていたのです。

＊　＊　＊

時が過ぎて行きました。マリーは美しい年頃の娘になりました。ある日、舞踏会で一人の青年と知り合いになりました。よく言うように、とても目立つ若者で、弁が立ち、立派な衣装を身に着けていました。両親は、なによりもマリーの結婚を望んでいました。あの善良な男が娘を大事にしてくれるかもしれない。それに、両親は老齢になっていました。求婚者がマリーの家を訪れ、結婚を申しこみました。男は片手にはめた手袋を外そうとしません。マリーの父親が男に手をどうかしたのか尋ねてみました。男は若いときにある事件に巻きこまれてしまったのだと答えました。

マリーは男と結婚しました。夕方、花婿は、立派なウマと美しい四輪馬車に乗って花嫁と一緒に旅に出ました。《今におまえは、悪妻に後悔するぞ！》諺もそう言っています。しばらく馬車は走り続け、大きな森を横切りました。そのとき、花婿がウマを止めました。

「ねえ、マリー、ぼくの手を今、見せてあげよう。」

花婿は手袋を外しました。そして、四本の指が切り落とされているのをマリーは目の当たりにしたのです。

「この手を覚えているね？　ララメーを忘れるなと、君に言ったことがあったね。」

花婿はかわいそうなマリーを捕まえ、彼女を馬車から降ろすと、服を脱がせ、足から木に吊しました。それからウマに鞭を入れ、姿を消しました。

かわいそうなマリー！　不運な女は不安と寒さと恥辱で体を震わせていました。彼女は一晩、そうやって過ごし、神に憐れみを下さい、でなければ死なせて下さいと祈りました。

ところが、そのとき屑鉄の音と馬車の近づく音が聞こえてきました。錫引き工がこの地方を通りかかったのです。幸い律義な男でした。マリーは力いっぱい悲鳴を上げました。でも、錫引き工はあたりを探してみたのですが徒労でした。といって、木の上を見上げてみようとは思いつきませんでした。

とうとうかわいそうなマリーを見つけました。錫引き工はマリーの縄をほどき、自分の上着をかけてやると、できるだけ彼女を隠すようにして馬車で連れ去りました。こうして彼は脱兎のごとく家に帰ったのです。

マリーは不運の一部始終を話しました。錫引き工には小さな子どもが二人いました。女房は死んでいました。かわいそうなマリーは人目を避けるように暮らしていました。片親のいない二人の子どもたちは、マリーを母親のように慕い、マリーのほうも子どもたちの世話をしながら、母親のように二人が好きになりました。

時がまた過ぎて行きました。マリーと錫引き工は結婚しました。かわいそうなマリーも今度は夫に導かれ、とても幸せでした。

ある日、マリーは体調が思わしくないので、早々に横になりました。日暮れどきに、商人が大きな二輪馬車に乗ってやって来ました。商人は、油と砂糖のいっぱい入った大きなガラス瓶をいくつか明日の朝まで納屋に置かせてもらえないか、錫引き工に頼んでいました。錫引き工は用心する様子も見せず、商人を家に招き入れ、パンとチーズにワインを一杯、恵んであげました。

父親と商人は、子どもたちに目をやることもありませんでした。その間、砂糖の話を聞いていた二人の子どもたちは、ガラス瓶の蓋を外すことができないものか試してみようと、納屋に上って行きました。静かに近づいて行ったのですが、ガラス瓶から声が聞こえ、こう尋ねて来たのです。

「あんたはララメーかい?」

二人の子どもたちは、家に逃げ帰りました。商人は、ずっと父親と一緒にテーブルに座っていました。そこで子どもたちは母親が寝ている居間*3に行き、今、聞いたことを小声で母親に話したのです。かわいそうなマリーがどんなに怖がったか、考えてもみて下さい。マリーが子どもたちに言いました。

「商人が立ち上がって外に出て行ったら、お父さんにわたしのところへ来るように伝えてちょうだい。」

夫は間髪を入れず、銃を持った男を納屋の入口に、別の男を家畜小屋に立たせ、召使いに憲兵たちを探しに行かせました。ララメーが眠っているとでも思っていたとしたら、あるいは家の人たちが寝こんでいてほしいと期待していたとしたら、夫は間違っていたのです。まもなく憲兵たちが到着し、ガラス瓶を開いてみると、瓶のなかに泥棒が一人入っていました。ララメーは中庭に引き出されました。それから立派な杭につながれ、生きたまま焼かれました。そして、今度こそララメーは永遠に解放されたのです。

原注

カンダ（カンタル県）に近いマルヴォーで小学校の教師をしていたキュルティ＝モニエ夫人が一九五四年に語った話。この話は国際話型分類番号AT九五六B「一人で盗賊を殺した賢い娘」やAT九五四「四〇人の盗賊」と関連がある。アンリ・プーラの民話集にある《山のガスパール》の主題も認められる。著者は伝説を背景にこのような農民の叙事詩を作った。

切られた手の物語は田舎で広まっていた。子どもたちは危険なごろつきの話を信じていた。ごろつきが窓の格子や扉の下に手を入れようとした途端、勇敢な子どもたちがそのむかし、指に金槌を振り下ろしたという物語である。

訳注

＊1　原文ではBrisouneという方言が使われている。「パンの小さなかけら」の意。パン屑のこと。

＊2　原文ではaller dehors（外に行く、出る）。婉曲語法が使われており、農民によくある遠慮深さが表れている。普通の用法はfaire ses besoins（用便をする）やtomber de l'eau（おしっこをする）。もちろん、その当時は外に出なければ用便はできなかった。

＊3　居間（le salon）。山地の小集落では、居間は大広間（la grande salle commune）より少し装飾が施され、手入れも少し行き届いていた。

『フランス民話集Ⅲ』第四部第一章の「娘と泥棒」（ドーフィネ地方）は類語なので参照。

罪を赦された娘

むかし、小教区の主任司祭が支聖堂付き司祭と呼ばれていた頃、とても若くて美しい孤児がいて、この女の子は叔父の老神父と一緒に暮らしていました。叔父はオーリヤック〔オーヴェルニュ地方中央山地西部にあるカンタル県の県庁所在地〕から一里半ほど離れたノーセル〔中央山地南西部にあるアヴェロン県にある小郡〕の小教区で主任司祭をしていました。

若い娘は美しいというより敬虔な子でしたから、老いた叔父は、娘の面倒を大変だとはおそらく思っていなかったようです。娘の洗礼名はリュスと言いましたが、この頃、修道女はモンジュとかノンヌ*1と言われていましたので、娘はよくモンジェット〔モンジュの指小語〕と呼ばれていました。もちろん、モンジェットは修道の誓いを立てたわけではありません。教会の祭壇をきれいに維持し、花輪や新鮮な花で飾りつけるのがモンジェットの仕事になっていました。とくに聖母マリアの祭壇には気を配っていました。差し迫った仕事がないときは、この祭壇の前でひざまずいていました。聖母マリアにひときわ熱心に祈りを捧げ、花々を奉納していたのが彼女でした。

この娘はほかの女の子たちよりきれいで、村では一番教養があり、優秀でしたが、飛び切り内気で控えめな性格でもありました。みんなは、いつも彼女のことを神父である叔父の聖具係、信仰心ゆえに恋愛とは縁遠い、結婚とは無縁の天と地の間の娘として見るようになっていました。

モンジェットがノーセルで暮らしていた頃、うんざりするほど恐ろしい戦争が起きました。百年戦争[*2]にちがいありません。サン＝ジェロ大修道院[*3]から輩出した特筆に値する生徒は、ジェルベール法王[*4]ですが、当時、ここはとても名の通った、力のある大修道院で、大修道院長は司教の職階を持ち、オーリヤック伯爵の称号を持っていました。したがって、大修道院長は軍事と宗教の最高責任者であり、そのような地位にあるものとして、院長はこの地方の防衛を確保しなければならなかったのです。

オーリヤック地方は危機に瀕していました。攻撃されたら、伯爵と軍隊に必ず通報することになっていました。守備隊長たちは、慎重を期して都市の近郊にとても高い櫓を造り、兵士たちは常住して、緊急の防衛と警報を発する任務を担っていました。ノーセルの小規模な守備隊を指揮していたのは、若い勇敢な騎士でした。威風堂々としたこの騎士は大修道院長の信任も厚く、兵士たちの称賛の的になっていました。フランスの王太子や大貴族ではなかったものの、騎士が武装した姿は凛々しく見えました。噂では大富豪の人たちは、馬上試合のために金や宝石をはめこんだ甲冑を持っているそうです！

モンジェットは、叔父のうんちくに富んだ話や信心の講話を聞いて育った娘でした。日曜日のミサや晩課の席で村人たちは、品の良い守備隊長を見てうっとりしていました。それに村の娘たちは、いつも村の若者たちと一緒のときは鼻っ柱が強いくせに、このすばらしい隊長には目を上げて見るのもやっとだったのです。もちろん、騎士のほうも目ざとく支聖堂付き司祭の上品な姪を参列者のなかから見つけ出していました。ほかの女の子たちより優雅で控え目な娘に映ったからです。

　モンジェットにしても、叔父からロランの武勲[*5]や聖杯探索[*6]の話を聞いていたでしょうし、また、なんらかの騎士道伝説を糸巻きの仕事と献花作りの合間に読んでいたでしょうから、――モンジェットは若い友だちより利発な想像力と繊細な心の持ち主でした――どうして若い騎士の存在にまったく無関心のままでいられましょう。この騎士こそ聖ゲオルギウス[*7]の勇気と寛大さをモンジェットのためにいとも完璧に体現した人だったからです。モンジェットは仕掛けられた罠がわずかに口を開けていただけでは、それが見破れません。彼女のなかで悪への意志が芽生えていなかったからです。

この気高い守備隊長は、ユーグという名前でした。領主然とした容貌をしていましたが、その心情も貴族的でした。モンジェットが決して一兵卒に言い寄られるような娘でないことを、ユーグは百も承知していました。ユーグが戦争の来襲と災禍をモンジェットのために悲しいことと思っていなかったら、彼は当時の慣例に沿って、喜んで彼女を選び、自分の妻にしたはずです。だから、ユーグはモンジェットに愛を打ち明けるようなまねはしませんでした。二人の若者は目でやり取りをするだけでしたが、おそらく双方で目の対話を交わしていたのです。

善をもたらすか、悪をもたらすかは偶然によります。事件の流れを急き立てるのも偶然なら、断ち切るのも偶然です。たまたまオーリヤック伯爵の大修道院長がノーセルの守備隊長をぜひとも近衛にしようと呼び寄せたのは偶然によります。それで、モンジェットがどうなったか当ててみてごらんなさい。とても信仰厚い小さなモンジェットは、よく献花をしていた聖母マリアの祭壇の前に行ってひざまずき、お祈りをすると、泣きじゃくっていました。お祈りの言葉より涙のほうがずっとあふれ出てきてしまいます。

その後、教会を出ると、だれにもなに一つ言わず、オーリヤックへ向かいました。モンジェットはどうやって夜を過ごし、街道の追いはぎたちから逃れられたのでしょう？　起きることには、予兆があるのではないでしょうか？　彼女はすぐに気高い守備隊長と再会することができました。たちまちもう恐いものなどなくなり、天にも昇る気持ちになりました。よくもまあ恥も外聞も捨てることができたこと！　初めから時間には制約がありましたし、考えたり悔いたりする余裕などなかったのです。モンジェットの幸せは、一ヶ月しか続きませんでした。彼女は生涯、それを悔いることになりました。ずっと石を持ち続ける腕のことを考えてみて下さい！

路上で悪党の一味と兵士たちとの間で争いが起きました。ユーグは暴動を鎮圧しに駆けつけました。しかし、取るに足らないことだったので、鎧兜を身に着けるひまもなく、ベルベットの帽子だけをかぶって飛び出して行きました。暴徒の一人に鉄棒で殴られ、強打されたので、かわいそうな騎士は頭蓋骨を割られてしまったのです。そして、騎士はモンジェットの名前を繰り返し呼びながら、死んで行きました。

モンジェットの絶望をどう言い表したらよいのでしょう。彼女は恋人を戦争中の厳しい軍規から逸脱させ、死へ追いやったので自分を責めていました。モンジェットは泣いては悲嘆に暮れ、騎士が頭を割られたのと同じくらい心に深手を負っていました。あまり泣き明かしたので、病気になって死んでしまうのではと思ったほどです。それにしても、彼女は愛することをやめられるのでしょうか。一縷の望みを託していた天国での逢瀬をあきらめることができるのでしょうか？

信仰厚い人々がモンジェットを病院に入れました。そこで病人の看護をしていた善良な修道僧が、この若い娘の異常にまもなく気づきました。過ちを犯したから精神がおかしくなったのではなく、後悔の念があまりに強くてそうなったように見えました。どうかモンジェットが治りますように。それにしても、ノーセルにどうして帰れましょう？ そこではみんなからモンジェットは軽蔑され、叔父も彼女を憎んでいるにちがいないからです。修道僧がモンジェットに仕事を与えました。彼女は大修道院のために聖画を描き、教理問答書に絵付けをし、ミサ典書や詩篇集の写本に装飾を施すようになりました。彼女はますます内省的に、器用になっていきました。聖母マリアの祭壇に足を運ばなくなっても、聖母をいつまでも愛し続けていました。

秋になりました。ノーセルに帰れという声が、抗いがたい力が自分を呼んでいるようにモンジェットには思えました。郷里に帰るのはつらいはずですが、やらなければなりません。これまで歩いてきた二本の道程は、あまりに違いすぎました！ けれども、モンジェットの心は、今でも愛にあふれていました。恥ずかしさや不安な気持ちはありましたが、見えない手が彼女を前へ引っ張って行ってくれたのです。ノーセルの高い塔の下で最初に会った人は、叔父の聖具室係でした。この人は叔父の畑で働いていました。かわいそうな男は近視だったので、モンジェットのほうから思い切って話しかけてみました。

「ノーセルに住んでいた若い娘を知りませんか？ 名前はモンジェットというんですけど。」

「その娘なら、ここにずっと住んでいますよ。教会に入ってごらんなさい。聖母マリアの祭壇の前でおそらくお祈りをしていると思いますよ。」

「あの人、耄碌しているのかもしれない」と、モンジェットは思いました。

けれども、小川に水が流れているように、また、ほかのこともできないので、モンジェットはまっすぐ教会へ行きました。そこが安全な場所だったからです。彼女は聖母マリアの祭壇に近づいて行きました。数ヶ月前に泣き明かした場所でした。祭壇のそばへ行ってみると……驚いたことに、モンジェットがあんなにもよくひざまずいていたあの同じ場所に、彼女とまさに瓜二つの別のモンジェットがいるではありませんか！　別のモンジェットは春の頃のモンジェット、無辜な顔をした、その頃着ていた同じ衣装をそのまま身に着けているモンジェットでした！　本物のモンジェットは、なんのことかわからず、泣き出してしまいました。別のモンジェットは振り向くや、優しく声をかけてきました。

「モンジェット、帰って来たのね。待っていたのよ。」

「あなたはどなたさまですか?」と、体をぶるぶる震わせリュス〔モンジェットの洗礼名〕が言いました。

「わたしは聖母マリアです。あなたはいつも聖母の加護を祈っていましたね。自分の悲しみを聖母に打ち明けていましたね。病院で聖母の絵を描いていましたね。わたしがずっとあなたの席を守っておきました。その席を返してあげます。だれ一人、あなたがこの村を出て行ったことなど知りませんよ。」

モンジェットは、聖母マリアに感謝して直ちにひれ伏したのですが、聖母はすでに姿を消していました。小さなモンジェットは、また支聖堂付き司祭の敬虔な姪、かつての信心深い娘に戻りました。控え目なモンジェットが死ぬ前に人前で告白さえしなければ、だれ一人、苦しみであり宝でもあった彼女の秘密、苦悩であり安らぎでもあった彼女の秘密を知るよしもなかったでしょう。そんな次第でノーセル村の小さな墓場には、《罪を赦された娘、ここに眠る》という碑銘がずっと前から墓石に刻まれているのが読めました。

原注

デュリフ著『カンタル県旅行案内書―歴史・考古学・統計調査・図版入り』（一八六一年、五六四～五七四頁）より。この本は編者マリー・エーメ・メラヴィルの持っていたささやかな古典的著作の一冊だった。

話の主題はアールネ゠トンプソンの話型目録では分類できない。この伝承をラテン語で書き留めた最古のものは十三世紀初頭、その主題はハイステルバハのカエサリウス（一一八〇頃～一二四〇年頃）によって「用心深いベアトリーチェ」という題名で彼の作品『奇跡に関する対話』に組み込まれた。

一人の修道女が誘惑され、七年近く、修道院をやむなく離れざるをなくなった。修道院に復帰するまで、これまでの善行ゆえに聖母マリアは修道女の元の居場所を守り続けたという。フランスで最も古い類話は、一四五六年に出版された『ノートルダムの生涯と奇跡』（B.N.9199、fol.60）に現われる（R・ギィエット著『聖具室係の修道女の伝説—比較文学研究』、パリ、一九二七年を参照。）ノディエ（一七八〇〜一八四四年）は『修道女ベアトリクス』を書いた。

訳注

＊1　モンジュ monges　ギリシア語の monos が語源で、修道女の意味を持つ古語。十九世紀になってもいくつかの県で使われていた。

＊2　百年戦争　一三三七〜一四五三年の間に英仏両国は断続的に戦争を繰り返した。当初、英国が優勢だったが、ジャンヌ＝ダルクが登場して形勢が逆転した。

＊3　サン＝ジェロ大修道院　サン＝ジェロ（八五五〜九〇九年）は、八九四年にオーリヤックにベネディクト会の大修道院を創設し、農奴を解放した。

＊4　ジェルベール法王　オーリヤックのジェルベール（九三八〜一〇〇三年）、またはアキテーヌのジェルベールともいう。法王在位中はシルヴェストル二世を名乗った。

＊5　ロランの武勲　ロランは中世フランス最古の武勲詩『ロランの歌』の主人公。スペインに遠征したシャルル大帝はイスラーム教徒軍と対決するが、その戦争を素材にした物語。

＊6　聖杯探索　クレティアン・ド・トロワ（一一三〇頃〜一一八五年頃）がフランス語散文で書いた『ペルスヴァルあるいは聖杯の物語』では、騎士となるための旅に出た主人公がアーサー王に騎士にしてもらった後、漁夫王の館で聖杯の行列と出会う。この神秘的なテーマから幾多の聖杯探索伝説が生まれた。十三世紀前半

にフランス語散文で書かれた『聖杯の探索』によると、ランスロの息子ガラアドが聖杯にたどり着き、ガラアドが世を去ると、聖杯もまた世界から姿を消す。

*7　聖ゲオルギウス（?～一三〇三年頃）　イングランドの守護聖人。ヤコブス・デ・ウォラギネの『黄金伝説』（十三世紀）によれば、カッパドキアの出身。悪龍を退治して王女を救い、住民をキリスト教へ導いた。

ジャノとジャネット　馬車と白馬

むかし、貧しい夫婦がおりました。それも、今さら言ってもせんかたないほど貧乏だったのです。夫婦にはジャノとジャネットという二人の子どもがおりました。もはやテーブルの引き出しのなかもパン櫃のなかも納屋にある麦入れの大箱[*1]のなかも空っぽで、母親には子どもたちに食べさせるものがありません。この貧しい人たちはすっかりふさぎこんでいました。夫婦はいっそのことわが子を手放しさえすれば、子どもたちの餓死するところを見ないですむと思ったほどです。

母親は残っていたわずかな小麦粉でポンペット[*2]を二枚作り、子どもたちに一枚ずつ与え、森に連れて行きました。それから柴の束をこれから集めて来るので、その間、遊んでいなさいと子どもたちに言いました。子どもたちはあちこち走りまわってから、母親と別れた場所へ戻ったところ、母親はもう姿を消していました。子どもたちはなにかのまちがいだろうと思い、ポンペットを食べてしまいました。いろいろ探したり、考えたりしたせいで、また運にも恵まれたからでしょう、家までの帰り道も見つかりました。

夜になりました。子どもたちは、窓の前でうずくまったまま、なかなかなかに入れません。父親の声が聞こえて来ました。父親は、このいまいましい生活、子どもたちさえ養えない極貧さに泣き言を言っていました。母親は袋の奥底に黒麦粉のわずかな残り屑を見つけ、おいしいガレットを作りました。これで子どもたちも飢え死にせずにすむかもしれません。貧しい母親は泣きながら言いました。

「ああ！　わたしのジャノとジャネットがいてくれたら、黒麦のガレットが食べられて、さぞや喜んだろうね。あの子たちはガレットがとっても好きなの。子どもたちは森でオオカミに食べられちゃったのかしら。」

「パパとママ、わたしたちはここにいるわ！」二人のおちびさんが声を張り上げました。

そこで両親は二人をなかに入れ、ガレットのわずかな残りをあげました。子どもたちは、安心してベッドに寝に行きました。明日になったらもうなにもないでしょう。両親はひそひそ話し合っていました。

翌朝、母親は灰で二枚のポンペットを作り、森に子どもたちを連れて行き、ポンペットを一枚ずつ与えました。それからお母さんはこれから柴の束の準備をするので、その間、遊んでいなさいと子どもたちに言いました。おそらく二人はとても遠くまで行ったのでしょう。母親のところへ戻ろうとしたとき、母親はもういませんでした。ポンペットといっても、灰のポンペットにすぎません。子どもたちは心配して、お腹を空かせていました。夜になり、オオカミの吠え声が聞こえたような気がしました。ジャノは年の割になかなか勇気がありましたが、貧しかったのでとても痩せていました！ ジャノがジャネットに言いました。

「ジャネット、これから木に登るからね。多分、パパとママの家が見えるはずさ。」

ぼんやり遠方の明かりがジャノの目に映りました。暗い夜でした。子どもたちはますます怖くなってきました。手を取り合って進んで行くと、見知らぬ家に到着しました。小さな暗いランプと老婆の姿しか見えません。老婆は悪魔の女房でした。そんなこととはつゆ知らず、戸を叩いてみました。

「おばさん、ぼくたち道に迷ってしまいました。お腹がとても空いているんです。どこで夜を過ごしたらよいか途方に暮れています。」

「あんたたち、お名前は?」と、老婆が尋ねてきました。

「ジャノとジャネットといいます。それに両親にはもう食べ物がないんです。」

「一度ぐらいスープを作って、泊めてあげてもいいのだけど」と、女房が言いました。「ここは悪魔の家だよ。夫が戻ったら、なにを言い出すかわからんのでねえ。」

女房は夫より性悪ではありません。しかし、男を自分のものにしたからと言って、《縛られる》のは嫌いな女でした。子どもたちがスープを食べ終わらないうちに――貧しい子どもたちにはおいしいスープでした――悪魔が戻って来ました。腹黒い、性悪な、怪物のような男でした。

「どうしておまえはこの二人を家に入れたんだ?」

「かわいそうにこの迷子の二人はお腹を空かせて、どこで夜を過ごしてよいか途方に暮れていたのよ。」

「それじゃ、家畜小屋へ連れて行け。明日、わしがどうするかいずれわかるさ。」

もちろんかわいそうな子どもたちは、森のなかより藁の上のほうが快適でした! しかし、朝早く、悪魔が起こしに来ました。

「おまえたち二人、こっちに来るんだ。」

悪魔は二人を一瞥してから、じっくり吟味していました。あわれなあのジャノは、姉よりちょっぴり若そうだが、あんなに痩せこけておったら片手で一つかみにしかならんわい。

「差し当たり、あんな小僧じゃ、一文にもならん。まったく棒に着物を着せたようなもんじゃ。今年はブタがいないから、あいつを豚小屋に放りこんで太らせよう。」

さらに悪魔は女房に言いました。

「おまえは年を取ったのに仕事が多すぎると泣き言を言っておるから、あの小娘をあげる。女中にしていいぞ。小娘に弟の餌を作らせるんだな。」

豚小屋は小さかったので、悪魔はなかに入れません。悪魔は小屋の入口に小さな丸い穴を開けました。ジャノは、ときどき、穴のなかに小指を通さなければならなくなりました。それでジャノが食べ頃かどうかを悪魔は決めようとしていたのです。ただし、ろくなものを食べていない子どもたちには、餌とはいえおいしそうに見えました。かわいそうなジャノが《ぼく、太っちゃうから、もう食べない》と、思ってもどうにもなりません。ジャノはがつがつ食べて、太っていきました。ジャネットは気が気じゃありません。ときどき、悪魔の外出中に、姉は弟をちょっぴり外に出し、脚のしびれを直してあげました。老婆は素知らぬ風をしているのか、なにも言いませんでした。そんなとき、ジャネットはあることを思いつきました。弟にネズミの尻尾をあげることにしたのです。ネズミの尻尾じゃ太くなりません。悪魔が帰って来て、ジャノに小指を見せてみろと要求しました。そのときジャノはネズミの尻尾を入り口の穴から出してみせました。

「あいつは太っちゃおらん」と、悪魔が言いました。

「お腹を空かせていないのです。弟はなにも食べません」と、ジャネットが答えました。ところが、ある日、人食い鬼が怒り出したのです。

「あいつに餌をやっても、どうにもならん。太りたくないようなら、奴をやはり殺してしまおう。」

そこで、悪魔は豚小屋の入口を開けてみました。ジャノは丸々と太っていました。

夜の一時、悪魔はギャロップでウマを飛ばしました。この連中は昼も夜も旅をします。悪魔の仕事は山ほどあるのです！　ジャネットは泣いて、泣いて、泣き明かしました。それから弟のところへ行って、慰めてあげようとしました。そのとき、馬小屋で物音がしました。

「なにか聞こえる？」と、ジャノが尋ねました。

「多分、白馬に曳かれた悪魔の馬車の音よ。悪魔が帰って来るんだわ！」

「ウマをつながなかったんだね？」と、ジャノが訊きました。

かわいそうにジャネットはこれまで一度もウマを、とりわけ悪魔のウマをつないだことがありません。でも、がんばって、がんばって、やっとできるようになったと、ジャノに報告しに戻りました。悪魔は疲れて眠っていました。それに悪魔の女房も耳ざといほうではありません。ジャノとジャネットは馬車と白馬を引っ張り出し、他人に聞かれないように逃げ出したのです。しばらくして悪魔が目を覚ましました。

「ああ！　例のブタを取りに行かんといかんな。そろそろ殺してやるか。」

悪魔は女房とジャネットを大声で呼びました。ジャネットのベッドが乱れていないではありませんか。悪魔は馬車と白馬に乗ろうと走り出しました。けれども、悪態をついています。出立しようにも歩いていかざるをえず、子どもたちのほうが先回りをしていたからです。

悪魔は小川の前を通りました。洗濯女たちが下着をごしごし洗いながら歌っていました。

洗いなさい！　洗いましょう！

下着が白くなりますように。

「そんなことは訊いちゃおらん」と、悪魔が応じました。「男の子と女の子が馬車と白馬に乗ってここを通るのを見なかったか、それを訊いておるんだ。」

「ああ！　旦那さんは、わたしたちの洗濯が上手じゃないとおっしゃるんですか？」

「いいや、男の子と女の子が馬車と白馬に乗ってここを通るのを見なかったか、それを訊いておるんだ。」

「ええ、ええ」と、洗濯女たちが答えました。「見ましたよ。でも、遠くへ、遠くへ行っちゃいました。」

それから洗濯女たちは子どもたちが通って来た道と反対方向の道を悪魔に指示しました。

悪魔は言われたことをそのまま信じ、羊飼いの前を通りました。羊飼いが歌っていました。

見張りなさい、見張りましょう

ぼくたちのすばらしいヒツジだもん！

「そんなことは訊いちゃおらん」と、悪魔が応じました。「男の子と女の子が馬車と白馬に乗ってここを通るのを見なかったか、それを訊いておるんだ。」

「ああ！　旦那さんはわたしの見張りが上手じゃないとおっしゃるんですか？」

「いいや、男の子と女の子、それに馬車と白馬がここを通るのを見なかったか、それを訊いておるんだ。」

「いや」と、羊飼いが答えました。「わたしが見かけたのはウサギ一匹だけですかね、それと猟犬が一匹、ウサギの後を追いかけて行きました。」

悪魔がもと来た道を引き返してきました。さきほど洗濯女たちに一杯食わされたからです。あいにく最初に会った同じ顔ぶれの洗濯女たちはもういません。ひどくおしゃべりな女が一人残っていました。

「わたしたち、だれにも会わなかったわよ。でも、変な馬車が風車小屋のあたりを通ったみたい。」

悪魔は風車小屋へ行ってみました。風車が回っていました。

「ここへなにしに来たのさ？」と、粉屋の女房が声をかけました。「邪悪な連中にわたしらの家まで押しかけてもらいたいとは思わんからね。」

「今朝、あなたがたは変な馬車を見かけたそうで。わたしにそう言う人がいました。」

「男の子と女の子、馬車と白馬なら見ましたよ。でもねえ、捕まえられりゃしませんよ。ずっと先の《赤い岩》[*3]に今頃いるんじゃないのかねえ。」

悪魔が走って行くと、子どもたち、それに白馬と馬車が見えてきました。ジャノが泣いていました。白馬もそれほど早く走れなくなっていたのです。毎日、悪魔が白馬の手入れをしているわけではないからです。ジャノにも邪悪な悪魔が近づいて来るのがわかりました。

「泣いちゃだめ、ジャノ」と、ジャネットが言いました。「ほら、白馬が走り出したわよ。もう少し尻をたたいてやりましょう。」

白馬と馬車が風のようにスピードをあげました。それで、ジャノとジャネットは《赤い岩》にたどり着けたのです。二人が向こう側の《赤い岩》へ行ってしまうと、悪魔の力も失せてしまいました。どこでも悪魔が力を発揮できるわけではないのです。

原注

『ジャノとジャネット』のこの説話は、フリッペ・ド・ヴァリュエジョル（カンタル県）に住むセルー夫人が一九五四年に語った話。ＣＴ三二七「人食い鬼と迷子になった子どもたち」に属する。

ポール・ドラリュは、Ｇ・マシニョン編『西フランスの民話』でこのテーマに関して留保付きの注釈を行っている（ヴァンデ県の類話『親指太郎』、Ｃ．三〇、二六八〜二七〇頁、注釈版）。ドラリュはフランスのこの話型研究から別の問題が提起されたので、それを調査すると発表した。その問題とは、ヴィクトル・スミスがヴレ地方〔中央山地東部〕とフォレ地方〔中央山地北東部〕で採取した美しい三篇の類話に関するものである。スミスはこの問題を取り上げ、『リヨン方言の民話』という表題で目下、刊行を準備している。

編者マリー・エーメ・メラヴィルはこの話型の三篇の類話を抜き書きさせてもらった。細部に違いはあるが、人食い鬼が子どもたちを追って、いろいろな場面に遭遇する話である。最も完成された類話がセルー夫人のものだった。

訳注

＊1　引き出し（panetière）　農家にあるテーブルの奥の引き出し。ここにパンを入れた。パン櫃（maie）　おおむねテーブルの形をしており、蓋がこね桶の上を覆っている。この蓋は取り外せる。麦入れの大箱（arche）　arche は通常「櫃」、「保管箱」の意。よく「麦入れの大箱」の意味で使われた。もっとも、家具として小型の椅子にもされた。

＊2　ポンペット（pompette）　とても堅い生地のガレット（丸く平たいケーキ）。いわば質素な、堅いガレットのこと。

＊3　赤い岩（Roches rouges）　「赤い岩」は「赤い大地」の一部で、おそらく古い時代の「自由村」の名残がここにはちらついている。「自由村」とは、教会の主導で創設された避難地のことで、農奴たちは厳しい領主を逃れてこの境界内に保護を求めた。罪人ですらここに入れば追跡されることがなかった。

赤い山

粉屋にはすでに十三人の男の子と、産まれたばかりの十四番目の子どもがおりました。息子だけで十四人とは前代未聞のことです。粉屋は十四番目の息子の代父を見つけることができないでいました。そこで田舎へ行って、代父としてうまいこと白羽の矢を立てられそうな人を探しに行きました。道中、白キツネに会いました。

「粉屋さん、どこへお出かけ？」と、キツネが訊いてきました。

「十四番目の息子の代父を探しているんだ」と、粉屋が答えました。「わしの友人たちが、代父になるのはうんざりというんでね。」

「わたしが代父になりましょう」と、白キツネが応じました。「でも、一つだけ条件があります。息子さんが二十歳になったら、《赤い山》にいるわたしのもとへ息子さんを送り届けてほしいのです。」

洗礼式が行われました。それから白キツネはその山へ戻って行きました。この地方ではだれも知らない山でした。

年が過ぎて行きました。若者が二十歳になると、大柄で立派な成人になりました。母親が息子に言いました。――この女性が若いはずがありません。おそらく息子の出立を見るのがとても辛かったのでしょう。――母親が息子に言いました。

「荷物の準備はしておいたからね。《赤い山》にいるおまえの代父に会いに行かないといけないよ。」

息子は包みを肩に担いで出発しました。

若者の名前はジャンと言いました。ジャンは一日中、朝日の方へ歩き続けました。白キツネは、かつて貧しい父親にいろいろ指図をしたはずなのです。この白キツネは並みのキツネではなく、多分まったくキツネではないのかもしれません。それなら何者なのかみなさんわかります？　旅の途中で会わないほうがよい連中の一人かもしれませんね。貧しい父親は実に軽率な男でした。でも、物語を進めないといけません。話を続けますと……

若者は一日中、朝日の方へ歩き続けました。それからまた別の日も上ったり下りたりしながらまっすぐ歩き続けました。この少年はこれからどうなるのか、旅のあとに自分を待ち受けているものがなんなのかを見届けたいと思い、くよくよ考えないようにしていました。

とうとう赤い国に着きました。そこは空も赤、石も大地も赤、牧場も野原も多分赤いところでした。でも、やはり赤いはずがありません。でなければ、若者は赤い夜に着いたと錯覚したのかもしれません。

若者が丘の麓に《赤いお城》を発見したのは、夜ではありません。彼を出迎えたのは、オオカミのような赤い大きなイヌたちでした。こんな赤いイヌなど、これからはもう見たくもありません。もちろん、白キツネと同様、付き合いたいとも思いません。イヌたちは、若者に害を加えるようなまねはしませんでした。おそらく彼を待っていたのは、イヌたちのほうだったのでしょう。

若者が門をたたくと、恐ろしいほど醜い娘が門を開けに来てくれました。赤毛の娘で、睫毛も眉毛も赤く、色白の顔には赤いあざがありました。若い娘はご機嫌斜め、不快な声で尋ねました。

「なにか御用？」

「代父にお会いしたいと思ってまいりました」と、ジャンが答えました。「二十歳になったら、ここへ会いに来るように言われていたのです。」

「ああ！　あなたがジャンね？」と、娘が言いました。「代父さんなら、お待ち下さいな。」

娘はもう若者のことなど忘れたように、外に若者を置き去りにして姿を消しました。若者は長旅で疲れ果てていたので、門の枠にそのままずっともたれかかっていました。やがて別の赤毛の娘がやって来ました。足の不自由な、最初の娘より醜い無愛想な女でした。

「なにか御用？」と、娘が若者に尋ねました。

「代父にお会いしたいと思ってまいりました。でも、面識がありません」と、若者が答えました。「二十歳になったら、ぼくをここへ送り届けるように実父が代父に約束していたのです。ぼくが生まれたときにそうしたようです。」

「おやおや、代父さんなら、お待ち下さい！」と、無愛想な女が応じました。

最後に日の光のように美しい娘がやって来ました。娘は門前にずっと立ち止まっていた若者に近づき、優しく声をかけました。

「ねえ、そこでなにをしておられるの？」

「ぼくは二十歳になります」と、若者が答えました。「代父にお会いしたいと思ってまいりました。ぼくが洗礼を受けたときに、実父が代父にそう約束したからです。」

そこで、日の光のように美しい娘は若者を客間に通し、座るように言ってから、親切に飲み物と食べ物を出してくれました。娘の名前はオーロル〔「夜明け」の意〕と言いました。オーロルは、「赤いお城」の三女の名前でした。若者が食事を終えると、すぐさま扉が荒々しく開けられ、赤毛の巨人が客間に入って来ました。卑しい二人の赤毛の娘たちと同じくらい醜い無愛想な巨人でした。ジャンはこの巨人こそ娘たちの父親で、自分の代父だと直感しました。白キツネにお目にかかったことがこれまで一度もなかったからです。

「ぼくは二十歳になります」と、若者が言いました。「実父があなたに約束したとおり、ここへやってまいりました。」

「よし、おまえは粉屋の息子だな」と、巨人が言いました。「働く前から食いやがって。ウマの世話でもして来るんだな。」

巨人は若者に命じてウマに櫛をかけさせ、体をこすらせせました。それから、ベッド用の藁布団を指さしました。布団は馬小屋から納屋に通じる階段の下にありました。

翌日、まだ日も昇らぬというのに、荒々しい声が聞こえてきました。若者は目をこすりながら起床し、家畜の世話をしました。もちろん、粉屋の息子ですから、馬小屋の仕事はお手の物です。けれども、代父の遇し方は冷淡だと思っていました……巨人は髭の下で笑っていました。その髭の色も赤でした。

「仕事を終えたら」と、巨人がジャンに言いました。「木製のこの斧とのこぎりを持って、川の向こう岸へ行き、暗くならないうちにわしの木々を全部切り倒して、そいつを束にして来い。」

ジャンは道具を手に取りました。でも、こう考えていました。

「木の下にずっと座っていたほうがよっぽどましさ。」

森は広いし、木々は太いのです。斧とのこぎりは、使いだした途端に壊れてしまいました。実父は白キツネと不利な取り引きをしたもんだ。若者の頭のなかはそんな悲痛な考えで一杯になりました。しかし、悲しいからといって、不幸を取り除くことなどできません。

正午に美しいオーロルが籠にお弁当を入れて来てくれました。若者が不安を抱えているのが、彼女には手に取るようにわかりました。

「食べてちょうだい」と、彼女が言いました。「あなたの道具を貸して。お父さんが来る前に急いでしなくちゃ。姉も森に来るはずなの。」

オーロルが壊れた斧とのこぎりを十回も使わないうちに、森全体が切り倒されて、束にされました。それから若い娘は早々と立ち去り、ジャンも夜更けに家に戻りました。

「ふむ、ふむ!」と、巨人がつぶやきました。「明日もおまえがうまくやれるかどうか、見てみるとしよう。」

翌日、巨人はヤナギの編み籠とこし器をかわいそうな若者に渡し、夕方までに川の水をすくい取って空にするように命じました。

「川岸に座っていたほうがよっぽどましさ。」ジャンはそう思いました。

未来は実に暗澹たるものと、ジャンには映りました。試練を乗り越えるたびに、赤毛の巨人がもっと難しい別の試練を課してくるにちがいないからです。

オーロルは気立てのよい娘でしたから、前日と同じように食事を運んで来てくれました。さらに、前日と同じように若者のために大変な仕事をこなし、前日と同じように早々と立ち去りました。次女が来ることになっていたからです。

「ふむ、ふむ!」と、巨人が夕方につぶやきました。「どうじゃ、すばらしい代父だろう。だが、これで終わりじゃないぞ。」

三日目、巨人は帽子と鍋をジャンに渡し、ガラスの山の頂上にワシの巣があるから、その巣を今夜までに壊して来いと命じました。いくら勇敢な若者とはいえ、一介の人間がそんな山を登って行けるものか、考えてもみて下さい。それに鍋がなんの役に立つというのです！　鍋にしたところで、一匹のハエ、でなければ一羽の鳥以上にさえならんでしょう。だからといって、ワシの巣を壊せるどんな鳥がおりますか！　その頃は銃さえ知らない時代でした……。若者はガラスの山のふもとに座っていました。ガラスの山を粉砕することはおろか、登ることさえできないでいたのです。若者が若い娘のオーロルを心待ちにしていなかったと言ったら、嘘になりましょう。

正午にオーロルは、また弁当を持ってやって来ました。今度は彼女の出番です。

「これからお話しすることは、あなたには大変なことかもしれません。でも、気を落とさないで」と、美しい若い娘が言いました。「いっぱい枯れ木を集めて、鍋でお湯を沸かしておいて下さい。それと――心配しないで、言うことをしっかり聞いてね――わたしはこれから服を脱ぎます。あなたはわたしの体を細切れにして熱湯で煮て下さい。怖がってはだめ。これであなたはわたしの命をよみがえらせ、わたしを救い出すことができるのです。それからわたしの骨を一本残らず拾い、帽子のなかに入れておいて下さい。山に登るには、進路の前に一本一本骨を置いて行くだけで十分、その骨が階段になって、苦もなく頂上まで登ることができるようになります。ワシの巣も壊せます。下山するときはわたしの骨を残らず全部回収して下さい。骨はすべて鍋のなかに入れておいて下さい。言うことをしっかり聞いてね。」彼女はそう同じ言葉を繰り返しました。

若者は悲嘆に暮れていましたが、若い娘の決めたことを実行することにしました。そこでガラスの壁面に沿って、まるで羽根でも生えたかのように登って行きました。ワシの巣だって十個は壊せたにちがいありません。美しいオーロルのよみがえりは、その分遅れたかもしれませんがね。それから帽子のなかに大小の骨を拾い集め、しっかり数えて、一本もなくしていないと確信できました。さらに鍋のなかにその骨を戻した途端——火が消える間もありませんでした——そうです、熱湯のなかにその骨を戻した途端、若い娘が鍋のなかから、煮る前よりもっと美しい姿で現われたのです。

しかし、一つだけ粗相がありました。下山を急ぎすぎたというか、急いて事に当たりすぎたために、ジャンは若い娘の一番小さな骨、足の小指の一番小さな骨を失くしてしまったのです。でも、若い娘は不自由な足で歩行するようなことはなく、その歩き方はこれまでにも増して優雅でした。

「ふむ、ふむ」と、巨人がつぶやきました。「おまえは性悪な名付け子ではなさそうだ。ところで、わしには年頃の娘が三人おる。そのなかの一人を選んで、嫁にしてもいいぞ。」

ああ！　ジャンからすれば、選ぶのは難しいことではありません。でも、性急に話しすぎないようにしましょう。巨人の思惑は、必ずしもジャンの意図するところではないからです！　それに、三人の娘たちはなにも言わないようにしていました。だって、二人は余分なわけですから。

父親は三人の娘たちを真っ暗な部屋に入れました。若者はそこで赤毛の気難しい二人と優しく美しいオーロルの三人姉妹から一人を選ばなければならないのです。《醜い二人の娘たちが選ばれるチャンスは三分の二だ》と、父親は考えました。《どうやってあの名付け子はオーロルを指名するかな！》でも、名付け子は三人姉妹の足もとを見るだけでよかったのです。小さな骨を失くしたのは、若者にしてみれば実に幸運でした。

「選びました」と、若者は即座に赤い巨人に答えました。

父親は激怒しました。オーロルを結婚させるというのは、まやかしにすぎません。でも、二人の姉たちからすれば、それはつらいことでした。名付け子が毎日、訪れることもなくなりますからね。

オーロルとジャンは、《嵐》という名のウマに乗って逃げなければならなかったようです。ジャンはウマの世話をしていましたから、巨人のウマのことなら知り抜いていました。巨人は《ハリケーン》というウマに乗って、二人を追いかけました。でも、捕まえることはできませんでした……

わたしには物語をもう終わりにさせてもいいように思います。名付け子と巨人の娘だけで話を独占させるわけにはいきませんし、他の物語の冒険譚も残しておく必要があります。巨人は二人の上の娘たちと、《赤い山》で暮らし続ける運命にありました。娘たちがそれほど性悪でなかったら、そんなに醜い女にならなくてもすんだでしょう。白キツネは巨人の悪だくみ、でなければ、白キツネと巨人は悪魔の悪だくみだったのです。巨人がジャンとオーロルを追いかけたとき、若い娘が十字架を木にぶら下げたので、赤い巨人はそれ以上先に進めなくなったということです。

作り話は作り話にすぎないとはよくいわれることです。実父たるもの、代父を選ぶときには、もっと慎重になるべきです。

名付け子が粉屋の息子で、巨人の娘が王妃のように美しいことに変わりはありません。二人は貴族ではなかったものの、王侯のように幸せでした。粉屋の息子は旅行したことを悔いてはいませんでしたが、代父に礼を言うべき筋合いでもなかったのです。

原注

セルー夫人が語った話。

国際話型分類番号AT三一三「魔法の逃走」に属する。結末は簡略化され不完全。G・マシニョン編『西フランスの民話』でP・ドラリュが扱ったテーマ（「緑山」、C. 一、二四五～二四八頁、注釈版）。ドラリュは『フランス民話の体系的な類話目録』でこの話型に入る一一八篇のフランスの類話を調査している。そのうち三〇篇はフランス語を使う海外の諸国で採取された。

訳注

『フランス民話集Ⅱ』第一部第七章の「黒い山」（ドーフィネ地方）は類話である。本書第一部第七章「赤ひげの話」の訳注も参照。

コーコッコーおいらの財布だい

むかし、堆肥の山を引っ掻き回すメンドリがいました。メンドリは堆肥のなかにミミズや種子を探し回って、仕事をせっせとしていました。起きるべきことは、まさに起きるものです。メンドリがいつものようにくちばしや肢で引っ掻き回していたときのことです。堆肥から、乾いた堆肥のなかから、わらの混じった堆肥のなかから、なんだか当ててごらんなさい？　百エキュ金貨の入った財布を引っ張り出して来たのです。メンドリは目を丸くして財布の中味を数えていました。それから財布をくちばしでくわえ（羽根の下に財布を隠した方がもっと良かったと思いますよ）、まるで気でもおかしくなったかのように、目の前をまっしぐら、旅に出たのです。

「ほいきた！《コーコッコーおいらの財布だい》！《コーコッコッコーおいらの財布だい》！」

そう、例のメンドリは鼻高々だったんです。慢心しきっていたんです。《コーコッコーおいらの財布だい》！　ほいきた、《コーコッコッコーおいらの財布だい》！　メンドリがどう振る舞ったのかは知りません。でも、金持ちになったことだけはみんなにもわかり、噂がその地方で広まってしまいました。

みんなに騒がれたところで、大したことではありません。そう、いいことなんかまったくありゃしないんです。

この地方にうだつの上がらぬ男がいました。多分、善良な男じゃないからそうなったのでしょう。要するに、男は金をほしがっていました。そこで《コーコッコーおいらの財布だい》を探しに出かけたのです。善意のない男でしたが、それを隠していました。

「メンドリさん、わたしに百エキュ貸してくれませんか？　三ヶ月後のちょうどその日にお金は返しますから。」

まるで銀行で話しかけられたみたいで、メンドリは嬉しくなってしまいました。そこで警戒もせず、百エキュを貸してしまったのです。もちろん、メンドリは餌を探して堆肥の上や中庭のなかを今までよりもっと好き勝手にくちばしでつついていました。《コーコッコー、おいらの財布だい》！《コーコッコッコー、おいらの財布だい》！　と、できそこないのもったいぶった女のかぼそい声の調子で相変わらず鳴き続けながらね。だから、百エキュを忘れるなんてまずありえなかったのです。

やがて三ヶ月が過ぎました。三ヶ月ですもの、そんなに長い期間ではありません。そこでメンドリは《コーコッコー、おいらの財布だい》！《コーコッコッコー、おいらの財布だい》！　と鳴きながら、くちばしを前に突き出して出かけることにしたのです。道中、ずっと《コーコッコー、おいらの財布だい》と、鳴き続けていました。農家の中庭を執達吏のように頭をぴんと伸ばして横切りました。それから、ちゃんとお金を払ってくれないお百姓の前までやって来ると言いました。

「ほいきた、《コーコッコー、おいらの財布だい》！　三ヶ月経ちましたから、おいらの百エキュを返してもらいに来ましたよ。」

「まだ返せないんだ」と、お百姓が答えました。「三ヶ月後に取りに来てくれれば、まちがいなくお金は渡せるから。」

「ううむ、そういう心積もりなら結構でしょう。三ヶ月後のちょうど今日と同じ日にまた来ます。」

メンドリは悔しそうに出て行きました。不満たらたらの人間がそうするように頭を小突きながらね。

お百姓は、あんなメンドリは三ヶ月前に鍋に放りこんでおけばよかったと、思っていたくらいですから、百エキュを返そうなどとはこれっぽっちも頭のなかにありません。人間は身辺整理が苦手ですが、《コーコッコーおいらの財布だい》は、それが得意なんです。三ヶ月後、メンドリは決然とお百姓のところへ戻って来ました。このメンドリ、なかなか勇気がありますよね。

「ほいきた、《コーコッコーおいらの財布だい》！　もう三ヶ月過ぎましたから、これで六ヶ月になりますよ。おいらの百エキュをもらいに来ました。」

「ああ！」と、お百姓が言いました。「そんなに急ぐことはないさ。今はお金がないから、払えないね。三ヶ月後に返してあげるから。」

「ううむ」と、《コーコッコーおいらの財布だい》が応じました。「おいらはあんたを信用していないんだ。約束は守った方がいいですよ。」

メンドリは帰って行きました。かわいそうに《コーコッコーおいらの財布だい》はすっかりだまされていたのです。いまやだれを相手にしなければならないかがよくわかりました。メンドリはみんなから金持ちと思われて鼻高々だったものですから、お百姓に一筆でも書証を書いてほしいといった要求はしませんでした。裁判官や弁護士はスモモを食べるために仕事を中断するようなことはしませんが、メンドリのためにそうすることもありません。それにメンドリはもう一銭も持っていません。メンドリの分際ではどうあがいたって、稼げるものではありません。かわいそうな《コーコッコーおいらの財布だい》は、卵を産むことだけを考えていればよかったのです。

また三ヶ月が過ぎていきました。三ヶ月なんてすぐ経ってしまいます。かわいそうなメンドリは、まだ財布を取り戻そうと考えていました。——あなただってそれを期待しているんでしょう。——それなのにメンドリは、以前よりもっと冷たいあしらいを受けたのでした。

「ほいきた、《コーコッコーおいらの財布だい》!」と、メンドリは農家の中庭を横切りながら(でも、それ以上のことはしませんでした)、奥歯に物の挟まった口調で言いました。「おいらの百エキュをもらいに来ました。もう九ヶ月も滞納しているんですよ。」

「なんでまたそんな厚かましい要求を?」と、ニワトリを見るなり、一向に払おうとしないお百姓が言いました。「おまえさんに返すお金なんかないさ。退散するんだな。借金なんかまったくしておらんぞ。」

「どうしたらよろしいので……」と、《コーコッコーおいらの財布だい》が答えました。ニワトリは息を切らしていました。

気分を変えなきゃだめだ。かわいそうな動物はそう思いました。じっくり考えて、これからどうしたらよいか検討するんだ。それからメンドリは――ああ! なんてこった、《コーコッコーおいらの財布だい》! 《コーコッコーおいらの財布だい》!――メンドリは旅に出たのです。野原を横切り、その地方を走り抜けて行ったのです。心配の種は尽きません。《コーコッコーおいらの財布だい》! 《おいらの財布だい》!……

最初に出会ったのは、草原を流れる小川でした。でも、小川ですから場所を変えることはできません。そんなわけで小川が旅人に話しかけて来たのです。

「ぼくも君のように好きなところへ行きたいなあ。ぼくを連れて行ってくれないか?」

メンドリはあれこれ心配して思い悩んでいたものの、根は善良でした。

わたしの羽根毛の房のなかにお入りなさい

　ちょっぴり休憩できますよ

小川は羽根毛の房（どっちの側に入ったのかはご推察下さい）のなかに入りました。メンドリはあっちへ行ったりこっちへ行ったりして、考え続けていました。これは並みのメンドリじゃないんです。お金を貸したメンドリなんです。そして、お百姓は約束を守ってくれなかったんです。

もう少し先でキツネに会いました。キツネが話しかけてきました。

「君はこの地方を旅行しているんでしょう。ぼくを連れて行ってくれないか?」

　わたしの羽根毛の房のなかにお入りなさい
　ちょっぴり休憩できますよ

メンドリはそう答えました。おそらくキツネが外より懐のなかにいてくれたほうがメンドリには好都合だったのでしょう。

もう少し先でオオカミに会いました。

「メンドリさん、お散歩ですか。ぼくを連れて行ってくれないか?」

わたしの羽根毛の房のなかにお入りなさい
ちょっぴり休憩できますよ

ああ！　このメンドリといったら！　お百姓は正直者じゃないんだから、注意しなけりゃだめでしょう。コーコッコー！　メンドリは百エキュのことを忘れてはいませんでした。さらに歩き続けていると、《コーコッコーおいらの財布だい》はミツバチの群れに会いました。ミツバチの群れが話しかけてきました。

「メンドリさん、わたしたちを連れて行ってくれませんか？」

わたしの羽根毛の房のなかにお入りなさい
ちょっぴり休憩できますよ

メンドリはあれこれ考えざるをえませんでした。それでもまた出かけようと決めて、くちばしを前方へ突き出し、とっととまた農場へやって来ました。《コーコッコーおいらの財布だい》！

農場の連中は竈を暖めていました。

「コーコッコー、コーコー！　おいらは待ちくたびれたよ」と、メンドリがうんざりした口調で声を上げました。「おいらは財布がほしいんだ。財布がほしいんだ！」

「またかい！　また来たぞ！　この厚かましい奴をひっ捕らえろ」と、お百姓が息子に言いました。「奴を竈に放りこめ。もう奴のたわごとなど聞きたくもないわ！」

メンドリには逃げ出す時間もありません。それに、かわいそうな動物はちょっぴり重くなっていました。

ああ！　こんな竈のなかでどうやって抵抗すればよいのでしょう！　ところが、小川がそのときメンドリに声をかけてくれたのです。

「わたしを外に出して下さい。さもないとあなたは竈で丸焼けにされてしまいますよ。」

まもなく竈は水で冷やされました。メンドリは命拾いをしました。そして、羽根毛の房もふんわりまた膨らみました。

お百姓が驚いたのか、喜んだのか、あなたがたも予測がつきますよね。

「あの汚い家畜を鶏小屋へ放りこんでおけ」と、お百姓が息子に言いました。「ほかの家畜が奴の調教をちゃんとしてくれるわ。」

メンドリは小屋のなかで四方八方から一斉にほかのニワトリやガチョウにくちばしやけづめで攻撃され、砂礫まで投げつけられました。とても耐えられそうにないことがよくわかりました。それでも相変わらず《コーコッコー》！　と鳴いています。でも、いつものように《おいらの財布だい》とは付け加えなくなりました……

「わたしを外に出して下さい」と、キツネが言いました。「これからご馳走にありつきに行くんです。」

このキツネがまたたくまに家畜小屋をきれいに一掃してくれました。生き残ったのは、《コーコッコーおいらの財布だい》と羽根毛の房のなかに入っているものしかもういません。

このような殺戮を目の当たりにしたお百姓たちがどんなに、どんなに怒ったか！　また、小さなメンドリには、どんな力が秘められているのでしょう！　汚い家畜も今度こそお陀仏になるのでしょうか！　メンドリは羊小屋へ押しこまれることになりました。そこは家畜たちが肢から背中まで折り重なった、ぎゅうぎゅう詰めの家畜小屋でした。かわいそうなメンドリは今にも窒息しそうで、どこに身を置いてよいやらわかりませんでした。

「わたしを外に出して下さい」と、オオカミが言いました。「すぐに奴らをひどい目に遭わせてやります。」

オオカミだってそんな修羅場に遭遇したことはなかったのです。残ったものといえば、ヒツジの毛だけでした。必要なら、お百姓の女房はそれで糸を紡ぐこともできたでしょう。お百姓は気がちがったかと思いました。

「あの悪魔をひっ捕らえろ」と、お百姓が息子に言いました。「斧を取れ。それから首切り台に悪魔の頭を載せるんだ。」

そのときミツバチの群れが羽根毛の房から現われました。

「わたしたちミツバチを外に出して下さい。わたしたちの出番です。」

それからミツバチたちはたっぷり、十分すぎるほどぶんぶん羽音を立て、刺して回っていました。仮にたっぷりじゃないにしても、確かに十分すぎるほどでした。果敢に近づいては男や女のまわりを飛び回っていたのです。ミツバチたちは長い間、刺し続ける必要もありませんでした。まずまずの礼儀や礼節くらいわきまえていましたからね。

「おまえさんにあれは返す、財布は返すよ。」と、お百姓がわめき立てていました。

メンドリは百エキュを取り戻しました。《コーコッコッコーおいらの財布だい》！　メンドリは支払われてしかるべき金銭を請求しただけなんですから。

お百姓にはよい教訓になりました。小川もミツバチの群れもオオカミもキツネも、それぞれ自分たちのところへ戻って行きました。メンドリも、百エキュを持って家に帰って行きました。おそらくお金で幸せにはなりません。運も切り開けません。うまく言いたいのですが、どう言ったらよいものやらわたしにはわかりません……

原注

フリッペ・ド・ヴァリュエジョル（カンタル県）に住むセルー夫人が一九四九年に方言で語った話。

ＣＴ七一五「半分のオンドリ」に属する。この話はフランスでは比較的古い時代に言及されており、『ロバの皮』と並んで、デトゥーシュ（一六八〇〜一七五四年）の喜劇『偽のアニェス』（三幕六場、一七五九年）で列挙されている寓話や民話に名を連ねる。

レチフ・ド・ラ・ブルトンヌ（一七三四〜一八〇六年）は『新しいアベラール』（一七七八年）にこの類話を入れている。その類話からいろいろな事件や考えを取り払ってみると、一九世紀の民間伝承から採取された類話に大筋沿ったものになっている（『民間伝承』誌、ＸＸⅡ、28）。「半分のオンドリ」の主題はヨーロッパ、とくに地中海諸国に伝播しており、数篇の類話が南アメリカでも採取されている。オーヴェルニュ地方の一小郡にもいくつかの類話が残っている。

訳注

『フランス民話集Ⅱ』第一部第八章「半分のメンドリ」（ドーフィネ地方）は類話なので参照。また本書第四部第四章「半分のひな鶏」（アルデンヌ地方）も同じ説話群に入る。

第三部　ブルゴーニュ地方の民話
——ポール・ドラリュ、アシル・ミリアン、ウジェーヌ・ボーヴォワ他編（金光仁三郎訳）

第一章　魔法民話

七人兄弟

むかし、子どもが七人いる小作人夫婦がおりました。全員男の子でした。

まもなく八人目の子どもが生まれて来るので、七人の子どもたちが集まりました。

「妹だったら、どうしよう?」と、長男が言いました。

「家に女の子はいらないさ。」ほかの兄弟はそう決めていました。「どうなるか知りたいから、堆肥に糸巻き棒を突き刺し、納屋に竿を立てておこう。竿が音を立てたら男の子、糸巻き棒が糸を引いたら女の子にちがいない。」

そのとおりに行われました。毎晩、畑仕事から戻る途中、家に帰る前に、男の子たちは糸巻き棒が糸を引いているかを目で確かめ、竿が音を立てているかを耳で確認するようにしていました。

ある晩、男の子たちは糸巻き棒が糸を引いているのを目にしました。激怒した兄弟は、遠くの森へ行ってしまいました。

こうして女の赤ちゃんが生まれ、娘はお兄さんたちを知らずに成長しました。

ある日、娘が同じ年頃の子どもたちと遊んでいたときのことです。こんなことを言っているのを聞いてしまいました。

「あのちびさん、七人のお兄さんたちを追い出したんだって。」

娘は子どもたちがなにを言おうとしているのか、母親に尋ねてみました。

「冗談を言っているのさ」と、母親が答えました。

別の日、娘は洗濯女たちの前を通りかかると、丁寧にお辞儀をしました。女たちが答えました。

「こんにちは、七人のお兄さんたちを追い出したおちびさん！」

娘は洗濯女たちがなにを言おうとしているのか、母親にまた尋ねてみました。

「あの女《ひと》たちも冗談を言っているのさ。」

ある日、娘がヒツジの番をしている女のそばを通ろうとすると、イヌが娘のそばに近寄って来て噛みつこうとしたので、羊飼いの女がイヌを呼んで注意しました。

「あのおちびさんに触っちゃだめ。七人のお兄さんを追い出した娘だよ。」

それで娘は一目散で家に帰り、自分が生まれた日になにが起きたのか、母親に教えてくれるように迫りました。

「ママ」と、おちびさんが言いました。「わたし、七人のお兄さんたちに会いに行きたいの。」

「代母に相談してからじゃないと、行っちゃだめ。」

ところで代母は魔女でした。

「おまえは若すぎるよ」と、代母が言いました。

可愛い娘にせがまれると、「それじゃ！」と、代母が応じました。「おまえにドレスを買ってあげよう。それがすり切れたら、行ってもいいよ。」

魔女はブリキのドレスを買ってあげました。

ところがおちびさんは石でドレスに穴を開けてから、代母に会いに戻りました。

「ドレスが破れてしまったの、行かせてちょうだい。」

「まあいいわ」と、魔女が答えました。

魔女は娘にドレスを着せ、前掛けをたくし上げさせ、そのなかにオレンジを入れてあげました。

「大切に取っておくのよ。オレンジを持っているかぎり、おまえはわたしと一心同体。用事があったら、呼んどくれ。でも、途中で水を飲むんじゃないよ。とくに《銀の泉》では立ち止まらないようにするんだよ。」

こうして娘は出立しました。これまで行ったこともない森を横切ったので、とても怖くなることがしばしばでした。そんなときは、こう呼んでみました。

「代母《かあ》さん、代母さん、道に迷ってしまいました。」

ところがオレンジから声がして、娘に答えてくれました。

「娘や、歩くのよ、歩くのよ、
大地が、大地があるかぎり、
娘や、歩くのよ、歩くのよ、
大地がおまえを支えてくれるかぎり。」

もう少し遠くへ行ったところで、また呼んでみました。

「代母さん、代母さん、道に迷ってしまいました。」

するとオレンジから声がして、娘に同じ答えが返って来ました。

でも暑かったので、喉が渇いてしまいました。娘は《銀の泉》に到着しました。あまりに喉が渇いていたので、唇を泉に浸したところ、オレンジが水のなかに落ちてしまいました。オレンジは水面を漂っていましたが、少女は取ることができません。

すっかり意気消沈した少女は、行き先もわからぬまま、再び出発しました。またもやこう言ってしまいました。

「代母さん、代母さん、道に迷ってしまいました。」

オレンジはまだ水面に浮かんでいたので、とても弱々しい声が聞こえて来て、こう答えてくれました。

「娘や、歩くのよ、歩くのよ、
大地が、大地があるかぎり、
娘や、歩くのよ、歩くのよ、
大地がおまえを支えてくれるかぎり。」

もう少し遠くへ行ったところで、娘は繰り返しました。

「代母さん、代母さん、道に迷ってしまいました。」

ところがもう答えがありません。娘はとても怖くなりました。

よく歩いたおかげで、かたまった家々の近くに着きました。脱穀人たちが働いていました。脱穀場から六本の殻竿を打つ音が聞こえ、七本目の殻竿が戸口の近くに置いてありました。

「あそこにわたしのお兄さんたちが七人、いるんじゃないかしら?」と、娘は思いました。「とにかくへとへと、旅を続けるなんて無理だわ。」

戸を開け、なかに入りました。テーブルの上にスープの入ったどんぶりが七つ、そばにスプーンが七本置いてありました。とてもお腹が空いていたので、どんぶりを一杯平らげ、それからベッドの下に隠れました。

七人兄弟の脱穀人たちが、食事を取りに戻って来ました。兄弟は順番にスープを作っていたのですが、スープをどんぶりに注ぎ終わると、作った男がほかの兄弟を呼びに行きました。

「俺のどんぶりがどうして空っぽなんだ?」と、兄弟の一人が家に残っていた男に尋ねました。「俺のことを忘れたのか?」

「そんなことはない。これからまたあんたの分を作るから。」

翌日、別の脱穀人がスープを作ることになりました。男が兄弟を呼びに外へ出た隙に、娘は前日と同じようにどんぶりを一杯平らげてしまいました。

「今度は俺の分がない!」と、兄弟の一人が言いました。「どういうことだ?」

「これからまたあんたの分を作るから。」

六日間、同じことが連続して起きま

した。

七日目に末っ子に順番が回ってくると、こう言いました。

「どうなっているのか調べないとだめだ。」

そこで、兄弟を探しに外へ出る代わりに、末っ子は外に片足、家のなかにもう一方の片足を残したまま、呼んでみました。すばやく戻ると、少女がどんぶりを抱えているではありませんか。少女の腕をつかみました。

「そら！　泥棒を捕まえたぞ。」

「お願いです。なにも言わないで下さい。わたしはあなたの妹です。」

「どこから来たんだ？　あんたの名前は？」

末っ子は、自分の妹と知ってとても驚いていました。スープの入ったどんぶりをそのまま妹に食べさせ、さっそく隠れ場所を用意してあげると、また次の食べ物の支度にかかりました。

「ああ！　わが家に一人でも女がいてくれたら、七人全員が働けるのに。」

「そのとおり」と、ほかの兄弟が言いました。

「それなら、ここに一人いるさ。俺たちの妹だ。スープを食べていたのは、妹だったんだ。」

兄弟は少女がとても愛らしくきれいだったので、たいへん喜びました。

「わが家にずっといてくれるね」と、兄弟が言いました。「食事を作ったり、下着を洗ったりするんだよ。繊維束や糸車も買ってあげるから、ぼくたちのために糸を紡いでくれるね。でも、隣人には用心しないといけない。オオカミ・ブルーという奴だ。おまえの火を奴に消させてはだめだよ。奴に火を点けてと、頼まなければならなくなるからね。そうなると高くつくぞ。」

少女は兄弟に会えたので幸せでした。よく働き、すくすくと成長し、美しい若い娘になりました。ある日、娘が洗濯をしていると[1]、自在鉤《かぎ》に掛かっていた大鍋があふれ、熱湯が火の上に流れて、火が消えてしまいました。そこで、オオカミ・ブルーに火を点けてと、頼みに行かなければならなくなりました。

「火がほしけりゃ、窓から渡してあげるぜ」と、オオカミ・ブルーが言いました。「だが、条件がある。毎朝、あんたの可愛い指をしゃぶらせてくれるな。穴石から指を出すんだぞ。」

少女は受け入れざるをえませんでした。ところが、数日後、オオカミ・ブルーが血を吸いすぎたせいで、少女は蒼白くやせ細り、お兄さんたちは心配になってきました。当初、少女は口を閉ざしていたのですが、せがまれて、泣きながらお兄さんたちに背いてしまったと、打ち明けてくれました。

「わたし、火を消してしまったの。それでオオカミ・ブルーのところへ行かざるをえなくなったのよ。」

「わかった！」と、長男が答えました。「明日、奴のところへ一緒に行こう。俺の言うとおりにするんだぞ。」

翌日、長男は妹と一緒に出かけました。斧を持参していました。

「指をしゃぶらせてあげてもいいけど」と、少女が言いました。「もう指を差し出す元気がないの。穴石からあなたの頭を出して下さいな。」

オオカミ・ブルーが穴から頭を出した途端、びしっ！　若者は斧でばっさり頭を切り落とし、頭を持ち帰って庭に埋めました。

数日後、埋めた場所から美しく、華やかな、かぐわしい花々がいっぱい芽を出しました。

「ねえ、きれいな花々を見に来てちょうだい」と、少女がお兄さんたちに言いました。「わたし、これで花束を作るわ。」

「用心しなよ！　その花々には毒が盛られているぞ。オオカミ・ブルーが仕掛けたはずだ。触るんじゃない。」

しかし、花々はとてもきれいで、よい匂いがするものですから、少女は何本か摘み取って箪笥に入れ、お兄さんたちの下着に香りをつけてあげました。次の日曜日、兄弟が白いシャツを着ていたときのことです。袖を通すにつれ、兄弟は鳥に変身し、あれよあれよという間に暖炉を通り抜け、飛んで行ってしまいました。末っ子だけが兄弟になにが起きたか気がついて、途中まで着ていたシャツを脱ぎ捨てようとしたところ、家畜のウシに変身してしまったのです。

少女は悲嘆に暮れていました。娘にとって別の生活が始まりました。毎日、少女はウシに化けた兄を山中のやせた牧場や森に連れて行き、牧草を食べさせていました。ある日、この地方へ狩りに来た王さまが少女を見て、その美貌に心を打たれました。

「おまえはたったの一匹しかウシの世話をしないのかい！」

「はい、このウシはわたしの兄です。七人の兄のうち一人だけわたしのところに残されたのです。」

王さまは事の次第を少女に話してもらい、それからは娘によく会いに来るようになりました。そしてある日、娘にこう言ったのです。

「わしと一緒に来なさい。妃になってもらおう。」

「まあ、わたしは美男の兄を棄てるわけにはまいりません。」

「お兄さんを連れて来なさい。厚いもてなしを受けるはず。それに毎日、あなたはお兄さんに会えますよ。」

少女は美男の兄とともに王宮へ参上し、王さまの妃になりました。ところが、この成婚は王さまの義母には不快きわまりないものでした。義母には娘が一人おり、その娘を義理の息子に嫁がせようとしていたからです。義母は新しい妃を憎悪し、妃をいじめる機会を狙っていました。

ほどなく戦争が布告されました。王さまは、待ち望んでいた子どもが生まれる前に、軍隊を率いて出立せざるをえなくなりました。

「妃を頼みます」と、王さまが義母に言いました。「子どもが生まれたら知らせて下さい。」

見目麗しい男の子が誕生しました。しかし、義母は王さまに伝令を送り、息子ではなく、大きなイヌが生まれたと伝えたのです。

「古井戸に投げこんでしまえ」と、王さまが命じました。「もうそのことは二度と口にするな。」

しばらくして王さまは帰国し、妃と再会できてご満悦でした。そして、二番目の子どもが生まれる前に、また戦争に出かけて行きました。今度も見目麗しい男の子が誕生しました。底意地の悪い義母は、息子ではなくオオカミが生まれたと王さまに伝言しました。

「前と同じく井戸に投げこんでしまえ」と、王さまは命じました。

しかし、義母は子どもと一緒にかわいそうな母親までも井戸に投げこんでしまったのです。それ以来、ウシは悲しそうに井戸のそばにずっとへばりついたまま離れず、なにも口にしようとはしませんでした。

戦争が終わると、王さまは国へ帰ると伝えてきました。すると義母は自分の娘を亡き妃のベッドに忍びこませました。顔を布団で半分隠し、王さまには娘とわからぬようにさせたのです。

「おお！　本当に変わったのう、おまえは！」王さまは娘を見て言いました。

「王さまの留守がとても苦しくて！」

「声が違うぞ！」

「病気をしていて力が出ないのです。」

「必要なことがあれば言うがよい。」

「今日はございません。」

翌日、娘が王さまに言いました。

「あそこの井戸のそばにいるウシを食べれば、治るかもしれません。」

「なんだと？　おまえは美男の兄を食べてしまいたいのか？　でもなあ、兄を苦しめないようにと、おまえはわしに約束させたじゃないか。」

娘は答えられませんでした。ところがその後、すぐに病気がもっとひどくなっていると明言したのです。

「ああ！　あのウシが食べられなければ、死んでしまうんじゃないかしら。」

「よし、そんなに必要なら、ウシを屠殺しよう。ジャン」と、王さまは召使いを呼びました。「鈍器を持って、ウシを殺して来い。」

しかし、ジャンが井戸に近づくと、ウシが井戸のへり石に頭を乗り出し、悲しそうな声で鳴いていました。

妹よ、可愛い妹よ、
ジャンが手に鈍器を持って
やって来た、

おいらの心臓を一突きしようと、
可愛い妹よ。

すると井戸の奥から答える声が聞こえてきました。

兄さん、親愛なる兄さん、
森で狩りをしながら、美男の兄さん、
王さまはわたしたちに約束して下さった
おまえは兄さんほど
悪い事態にはおちいらんと。
わたしは今井戸のなかにいるの。

ジャンは恐怖におののき、王さまのもとへ馳せ参じました。「あのウシを殺すくらいなら、死んだほうがましです。ウシがなにを言っているか、聞きに行ってみて下さい。」ジャンはそう報告しました。

すると、王さまはピエールという別の召使いを送りました。ウシが鳴いていました。

妹よ、可愛い妹よ、
ピエールが手に鈍器を持って
やって来た、

おいらの心臓を一突きしようと、
可愛い妹よ！
するると、井戸の奥から答える声が聞こえて来ました。ピエールは走って帰りました。恐怖で歯ががちがち音を立てていました。
「わたしにはできません、できません」と、ピエールが報告しました。
「それなら自分で行かなければなるまい」と、王さまが叫びました。
ところが王さまが近づいたとき、今度もウシの鳴き声が聞こえて来ました。
妹よ、可愛い妹よ、
王さまが手に鈍器を持って
やって来た、
おいらの心臓を一突きしようと、
可愛い妹よ。
すると、井戸の奥から答える声が聞こえて来ました。
兄さん、親愛なる兄さん、
森で狩りをしながら、美男の兄さん、
王さまはわたしたちに約束して下さった

おまえは兄さんほど
悪い事態にはおちいらんと。

わたしは今井戸のなかにいるの！

王さまは動転して召使いを呼びました。

「井戸のなかにだれかおるぞ。早く降りて行かんと。」

召使いたちが奥まで降りて行くと叫びました。

「鉄の扉を見つけましたが、開けることができません。」

今度は王さまが降りて行きました。錠前に指を置いただけで、扉が開きました。そしてきれいな部屋には、妃と二人の子どもたちの姿がありました。若々しい王子たちは代母の魔女に守られ、すくすくと育っていました。再会した王さまと王妃と子どもたちが、喜色満面で地上に上って来ると、六羽の鳥たちも井戸のへり石に止まりに来ました。そしてウシと六羽の鳥たちが、突然人間の姿に戻りました。毒の花のおかげで、動物として生きなければならなかった七年間も、これで終止符が打たれ、王妃はむかしと変わらぬ七人のお兄さんたちと再会できたのです。義母とその娘を除けば、みんなそれこそ有頂天。義母はイバラの荷車に乗せられて火刑に処せられ、娘は城から追放されました。

原注

（1）原文で使われている la buie（洗濯）は古語 la buée の方言。むかしはたらいに灰を入れて洗濯をした。

訳注

アシル・ミリアン（一八三八〜一九二七年）の手稿。『パリ・サントル』誌（一九〇九年）に掲載された。ミリアンは詩人、民俗学者。一八七七年からブルゴーニュ地方のニヴェルネ、モルヴァンで多様な民話や伝説の蒐集を行った。大部分は手稿のままで終わったが、一部はポール・ドラリュによって紹介、出版されている。また、一八九六年に『ニヴェルネ』誌を発刊、雑誌は一九一〇年まで続いた。

なお、この話は『フランス民話集Ⅲ』所収の「九人兄弟」（ギュイエンヌ地方）の類話。本書のオオカミ・ブルーは「九人兄弟」では青髭に代わっている。

大きな鼻のパパ

むかし、二人の王さまがおりました。二人は隣国どうしなのに妬み合い、双方で宣戦を布告することになりました。幾度か交戦した結果、一方の旗色が悪くなりました。合戦中、橋のないくねくねした大河に妨げられ、思いどおり自分の軍隊を指揮することができなかったからです。敵の動静を偵察しようと、ある日、士官の一人が大森林にそそり立つナラの木の梢に登りました。四方を眺め回していると、空き地で火を焚き、その周りで遊んでいる子どもたちの一団がとても近くに見えました。ほとんど間髪を入れず、子どもたちのほうへやって来る男の姿も目に留まりました。長い鼻の男で、もう果てしがないほど長い鼻の持ち主でした。

「ああ！」と、子どもたちが遊びをやめて叫びました。「長い鼻のパパが来たよ。」

そしてみんなは、パパを出迎えに走り寄って行きました。

「子どもたち、こんにちは。」

「大きな鼻のパパ、なにか知らせを持って来た？」

「ああ！　子どもたち、持って来たぞ。」

「大きな鼻のパパ、教えて、教えてよ。」

「教えてやるよ。でも口外するんじゃないぞ。二人の王さまが戦争をしておる。ところがいつも決まって片方が負けてしまう。橋のない河を渡れないからだ……でもこの森のそれほど遠くないところに、《赤い木》が生えている。その木の枝を切って河水の上に架けるだけで、またたくまに立派な橋ができあがる。でも他人に言うんじゃないぞ。


めりめりがちゃん！

これを話すと

石になるぞ

士官がしっかり聞いていました。展望台にしていた木から降りると、士官は《赤い木》を探しに出かけ、苦労の甲斐あって探し当てました。枝を切り落とし、それを持って王さまに会いに行きました。

「殿さま、明日の夜までに橋を河に架けてみせます。王さまの軍隊も渡れるようになれましょう。それ以上のことは要求なさらないで下さい。」

「今口にしたことをやり遂げたら、褒美を取らせよう。」王さまが答えました。

士官は枝を河水の上に架けました。それだけしかしなかったのに枝が橋の形に広がり、伸びて行きました。軍隊が橋を渡り、敵に奇襲をかけ、勝利を得ました。しかし、なかなか引き下がらない敵もほかにいて、この敵は数日間で劣勢をくつがえしてしまいました。

士官はまたナラの木に戻ろうと思い立ちました。一番高い枝に登り、すぐさま空き地の方を眺めると、火の周りに集まっている子どもたちの姿が見えました。ほどなく大きな鼻の男がやって来ました。

「大きな鼻のパパが来たよ」と、子どもたちが叫びました。「こんにちは、こんにちは、長い鼻のパパ！」

「こんにちは、子どもたち。」

「大きな鼻のパパ、なにか知らせを持って来た？」

「ああ！　持って来たぞ……」

「大きな鼻のパパ！　早く教えて。」

「教えてやるよ、でも口外するんじゃないぞ。王さまは河に橋を架ける方法を見つけたんだ。だが王さまの軍隊は負けてしまうだろう……しかし、この森のここからそれほど遠くないところに、《木の洞》がある。洞のなかにごくわずかな粉末がたまっているから、その粉末を敵の目に投げつけてやれば、眼が見えなくなって窒息死してしまうだろう。でも他人に言うんじゃないぞ。」

めりめりがちゃん！

これを話すと
石になるぞ

士官はこの秘密を知ってすっかり嬉しくなり、ナラの木を離れ、急いで《木の洞》を探しに出かけました。やっと探し当て、洞のなかの粉末をポケットに詰めこみました。それから王さまのところへ進言に行きました。

「殿さま、心配ご無用です、敵を攻撃して下さい。明日戦いの火ぶたを切りましょう。小生を最前線に配置し、あなたがたに有利なように風を吹かせて下さい。小生も当日はがんばります。」

「おまえの好きなようにするがよい」と、王さまが言いました。「成功したあかつきには、褒美を取らせよう。」

翌日、戦いが始まりました。士官が《木の洞》の粉末を風に向かって撒くと、入道雲ができ、敵の兵士たちはこの雲で呼吸困難におちいりました。多くの兵士が雷に打たれたように倒れ、ほかの兵士は逃げようとしても、士官やその部下たちに押さえこまれてしまいました。もう千人に一人も残っていません。だから敵の王さまは降伏せざるをえなくなりました。平和条約が締結されました。

当日、英雄になった士官は王さまに呼ばれ、手厚いもてなしを受けました。

「そちに褒美を取らせよう」と、王さまが言いました。「わしの娘を嫁にあげよう。それに越したことはあるまい。」

王女は日の光のように美しい方でした！　……士官はすっかりのぼせ上がっていました。結婚式の頃まで、士官は宮殿で婚約者と散歩や気晴らしをして過ごしました。一度だけ王女が士官に言いました。

「どうやって河に橋をお架けになったの？　戦争中、あれほど上手にお使いになったあの粉末はなんなの？」

「ああ！　お姫さま、なにもかも申し上げます。敵を偵察しようと、わたしは森の一番高い木に登ったのです。そのとき、そばの空き地でたき火が燃えているのが見えました。火の周りで子どもたちの一団が遊んでいました。まもなく長い鼻の男が子どもたちのところに来るのが見えました。話し声が聞こえてきました。」

「どんな話をしていたの？」

「こんなことです、お姫さま……」

そこで士官は自分の見聞した秘め事を打ち明けたのです。ところが、話し終えた途端に、士官は石〔フランス語で石を《ピエール》という〕になってしまいました。王女は怖くなって助けを呼びました。宮廷の人たちが全員駆けつけ、士官の叔父が大声をあげました。

「ああ！　甥っ子になにが降りかかって来たのじゃ！」

王女は見たこと、聞いたことを語り始めました。たちまち彼女も石像に変身してしまいました。

宮廷は悲しみのどん底に突き落とされました。王さまは教会の主祭壇の両側に二人の犠牲者を安置するよう命じ、王国中が喪に服すことになりました。

けれども、士官の叔父は王女の風変わりな話が頭から離れませんでした。叔父はあの大きな鼻の男に会いたくて仕方がなかったのです。いたたまれず叔父は森に出かけ、一番高いナラの木の下にやって来ると、枝から枝へよじ登り、王女の話に嘘偽りがこれっぽっちもないことがわかったのです。だって、空き地ではたき火が燃え、子どもたちがその周りで遊び、大きな鼻の男がほどなく現われたからです。

「大きな鼻のパパ、こんにちは。」子どもたちが叫びました。

「子どもたち、こんにちは。」

「大きな鼻のパパ、今日はなにか知らせはある？」

「あるさ、子どもたち。」

「教えて、教えてったら。」

「教えてやるよ。でも、二度と言うんじゃないぞ。河に橋を架けられず、勝利を得られなかった王さまの話をしたことがあったな。あのとき、士官の一人が近くの木に登って、わしの話を聞いておった。おかげで橋を架け、《木の洞》にあった粉末で敵を倒すことができた。王さまは、お礼に娘を嫁にやると約束した。だが、士官はわしの秘密を守れず、王女になにもかも言ってしまった。それで士官は石に変えられた。口外した王女も、同じように処罰された。王国中が喪に服すことになった……。でもなあ、森のなかに氷が張った泉がある。氷を持ち上げて泉の水を少量すくい取り、その水を石にさせられた二人の許嫁に注ぐだけでよい。それで元どおり命を取り戻す。でも、他人に言うんじゃないぞ。」

めりめりがちゃん！

これを話すと

石になるぞ

士官の叔父は長い間、木の上に留まってはいませんでした。急いで泉を探しに出かけ、たった数時間で泉を探し当ててしまったのです。それから日没前に貴重な水を持参して教会に入り、すぐにその水を試してみようとしました。叔父が数滴水を甥に注いだ途端、士官の甥が叔父の首に飛びついて感謝の言葉を浴びせました。王女もすぐに同じことをしました。

みんな大喜び、結婚式の支度がまた始まりました。

王さまは娘の命をこれほどうまく取り戻せた方法を何度も士官の叔父に尋ねました。しかし、叔父の方は打ち明ければ、とても恐ろしいことになるので拒否していました。ところが毎日質問されるので、もしや秘密が漏れてしまうのではと感じたほどです。

「ナラの大木に戻れば」と、士官の叔父は考えました。「おそらく別の打ち明け話を聞けるかもしれんぞ。そいつをうまく役立てることができるかもわからん。」

そこである日、士官の叔父はまた木に登り、空き地のほうへ目をやりました。ちょうどそのとき、たき火のまわりに集まった子どもたちが、近づいて来る大きな鼻の男に挨拶をしていました。

「こんにちは、大きな鼻のパパ！」

「こんにちは、子どもたち」

「なにかまたニュースある？」

「あるさ、子どもたち。教えてやるよ。でも、口外するんじゃないぞ。士官と王女が石に変身したのを知っているな。わしはこの件でおまえたちに話をしたことがあった。木の上に隠れていた士官の叔父がその話を聞いて、泉に水を取りに行ったんだ。おかげで甥の士官と王女は、以前のように今では肉と骨をそなえた生身の人間になれた。だが叔父は、どうなったか言いたくなるだろうから、秘密を守ることができそうにないな。そのうち秘密を洩らし、石に変身するだろう……。ところで、河岸にオレンジの木が生えておる。そこからオレンジを一個取って食べるだけでいい。それから木の幹に穴を開け、わしが言ったことを小声でつぶやくだけでいいんじゃ。その言葉が幹を伝い、根から下って、河のなかへ消えていく。石に変身させられることを恐れず、大声で繰り返せばいいんじゃ。でも、他人に言うんじゃないぞ。」

めりめりがちゃん！

これを話すと
石になるぞ

叔父が耳をそばだてて聞いていました。そして一目散で河へ走って行きました。オレンジの木を見つけ、大きな鼻の男の指示どおり、正確にやってみました。その後宮殿に行き、これまでのことを報告しましたが、とがめられるようなことはありませんでした。翌週、結婚式が挙行されました。その折の祝賀行事をすべてお話ししなければならないとしたら、これから明日までかかる長い話になりましょう。今申し上げられることは、花婿と花嫁は幸せそうで、この国では平和と繁栄が長い間続いたということです。

訳注

アシル・ミリアンの手稿。『パリ・サントル』誌（一九〇九年）に掲載された。話の結末はブルゴーニュ人の豪放磊落さでハッピー・エンドに終わっている。クロード・セニョル編『ブルゴーニュ地方の民話と伝説』、アシェット版、一九七七年、ミシェル・エリュベル編『ブルゴーニュ地方の民話』、ウェスト・フランス版、二〇〇〇年にも再録されている。

インゲンマメのジャン

むかし、古い時代に善良な老人と善良な老婆がおりました。老人の年齢は確か百歳にはなっていたでしょう。老婆の方もほとんど同じくらいの年齢でした。それに二人は雪のように白髪、夜のように悲しそうにしていました。なぜだかわかります？　子どもがいなかったからです。そばで笑ったり歌ったりしてくれる子どもたち、年取った自分たちの仕事を手伝ってくれる子どもたち、膝に乗って、パパ、ママと言ってキスをしてくれる子どもたちがいなかったからです。

冬の夕暮れ、夫婦は翌日の夕食のためにインゲンマメの莢《さや》をむいていました。二人はそれぞれテーブルの両側に座り、莢をむいてはインゲンマメの粒をどんぶりに投げ入れていました。少し経って、老婆がどんぶりの方へ身をかがめ、なかの分量を調べていました。

「ああ！」と、老婆がため息交じりに言いました。「このインゲンマメが全部子どもたちだったらねえ。」

たちまちすべてのインゲンマメが小さな子どもたちになりました。白いインゲンマメは小さな男の子に、色の付いたインゲンマメは小さな女の子に変わりました。そして、子どもたちが全員どんぶりから飛び出して来て、テーブルの上を駆け回り、ロンドを踊ったり，宙返りをしたり、遊んだり、取っ組み合ったりしていました。テーブルの脚を伝って降りて来て、窓ガラスの上を飛び回る子どもたちもいました。四方八方から呼びあう声が聞こえて来ます。

「ママ、お腹が空いた。パン切れをちょうだい。」

「パパ、喉が渇いた。飲み物をちょうだい。」

「お兄ちゃんがぼくの髪の毛を引っ張るんだよー。」

「お姉ちゃんがぼくを打ったの。」

「ぼくのはなをかんで。鼻が汚れているから。」

「お水を一杯ちょうだい。」

「これがほしいの。あれもほしいの。」

ああ！　本当にうるさいこと……

善良な老夫婦は呆然としていました。

「この子どもたちを全員どうしましょう？」と、二人が言いました。「またインゲンマメになってくれたらねえ。」

たちまちテーブルにいた小さな子どもたちが全員、どんぶりに飛び移り、またインゲンマメに戻ってしまいました。でも、窓ガラスの上にいた子どもたちは、もうテーブルに上ってきません。まったくその気がなかったからだと、言わざるをえません。というのも、インゲンマメになって煮られるより、小さな子どものまま遊んでいた方がよっぽど楽しいと思ったからです。それでどうしたでしょう？　小さな子どもたちは、四隅のベッドや戸棚の下、木靴や短靴のなかに隠れました。しかし、老夫妻は、四つんばいになって家具の下まで羽箒で掃いたり、靴のなかから子どもたちを拾い集めたりしていました。二人が小さな子どもたちを捕まえた途端、それっ、どん

ぶりのなかに放りこむと、子どもたちはまたインゲンマメになってしまいました。ほどなく老夫婦はもう子どもたちの姿を見ることもなくなりました。

そこで夫婦は翌日の食事のためにまたインゲンマメの莢をむき始めました。二人はそれぞれテーブルの両側に座り、莢をむいてはインゲンマメの粒をどんぶりに投げ入れていました。少し経って、老婆がまた身をかがめ、なかの分量を調べていました。

そのとき、とても小さな声が聞こえてきました。

「ママ、心配しないで。まだ一人残っているよ。」

「いったい、どこにいるの？」

「教えてあげたいんだけど、最初にどんぶりのなかにぼくを投げ入れないと約束してくれるね。」

「約束するわ。」

「あのねえ、壁の下にネズミの穴があるでしょう、ぼく、そこにいるんだ。」

男の子が隠れ場から出て来て、姿を現わしました。そこで善良な老夫婦はすっかり満足して、二人の間にあるテーブルの上に男の子を載せました。すると、男の子はたちまちインゲンマメの莢をむいて、どんぶりのなかにすばやく粒を投げ入れたのです。電光石火、あまり早くやってのけるものですから、粒が雹のように降ってきます。パン！　パン！　パン！　パン！　パン！　パン！　またたく間にどんぶりはいっぱいになり、仕事は終わってしまいました。

善良な老夫妻はそんな男の子を見てすっかりご満悦、この子を《インゲンマメのジャン》と呼ぶようになりました。

《インゲンマメのジャン》は、インゲンマメのように丸々とした少年で、じっとしていられず、一日中、動き回っていました。遊んでいないときには、決まって忙しく立ち回っていました。残された冬の日々、少年は善良な老夫妻のために仕事をこなし、木をのこぎりで切ったり、火を燃やしたり、野菜を料理したり、ウシの世話をしたりしていました。

そして、雪が解けると、お使いに出かけました。初めてパン屋さんへ行ったときには、こう言って小銭を差し出しました。

「おかみさん、丸パンを三つ下さい。」

「ちゃんと声は聞こえるんだけど」と、パン屋のおかみさんは、目を皿にして言いました。「差し出された小銭もちゃんと見えるんだけど、だれもいないじゃない。」

おかみさんはとうとうジャンを見つけ、丸パンを三つ渡してあげました。《インゲンマメのジャン》は、機会さえあればいたずら小僧になろうとしていましたから、三つの丸パンを数珠つなぎに車輪のように転がして家まで運んで行きました。村の人々は、驚いて自問したものです。

「あのパンもどうなることやら。善良な老夫婦の家までずっとああやって転がして行くんだろうかなあ。」

晴れた日々が訪れました。老人がきっぱり言いました。

「さてと、わしも畑を耕しに行かんと。」

《インゲンマメのジャン》が代わりに行きましょうと申し出たのですが、老人は反対しました。

「森や川を通らにゃならんぞ」と、老人が言い添えました。「おまえなんぞ、獣の餌食になってしまうわ。でなければ、川で溺れ死んでしまうわ。」

とはいえ、《インゲンマメのジャン》としても、このままじっとしているわけにはいきません。老婆が夫のところへ持って行く昼食の準備をしていたとき、ジャンは代わりにどうしてもお弁当を持って行きたくなったのです。

ジャンは両手にバスケットを持って、家を出ました。川辺に到着しました。どうやって渡ればいいのでしょう？　近くで羊飼いの男がヒツジの番をしていたので、呼んでみました。

「おーい、羊飼いさん、川を渡るんだけど、手伝ってよ。」

羊飼いが近づいて来ました。

「どいつの声だ？　だれも見えんぞ。」

「ぼくがわからないの？」小さな体を伸ばして、《インゲンマメのジャン》が言いました。

しかし、背伸びをしてもどうにもなりません。相変わらず羊飼いは、気がついてくれません。

「バスケットは二つ見えるけど、だれが持っているか、わからんぞ。」

そこで《インゲンマメのジャン》は気づいてもらおうとして、バスケットの上に乗ってみました。羊飼いは、それでやっと全部見抜くことができたのです。

畑の境界に着いた《インゲンマメのジャン》は、食事ですよと、父親に声をかけました。父親がやって来て、小さな木の下の離れた場所に腰を下ろしました。

「父さんの食事中」と、《インゲンマメのジャン》が言いました。「ぼくが仕事を続けましょう。ウマの耳のなかにぼくを入れ、鞭も下さい。」

そこでジャンが「そら、ハーイ、ドー、ドー」と叫んで、鞭を鳴らすと、ウマは進み始め、勝手に動きだしました。近くの道を歩いていた泥棒どもがウマに眼をとめました。自分で号令をかけ、自力で鞭を使っていたウマだったからです。

「ああ！　こいつは極上のウマだ」と、泥棒どもが言葉を交わしていました。「いただくことにしよう。」

泥棒どもはウマをちょうだいしようと、近づいて来ました。ジャンがそのとき大声をあげました。

「近寄るな、おまえたちのがん首を鞭で切り落とすぞ。」

そして父親を呼びました。

「パパ！　パパ！　泥棒だ！……」

父親が駆けつけました。泥棒どもは目を白黒させ、あのように話しているのはいったいだれなのか、問いただしました。父親は、《インゲンマメのジャン》と白状してしまいました。いつも鞭を振り回し、拳で泥棒どもを威嚇していたからです。

「息子さんを数日間、お借りするぜ」と、泥棒どもが言いました。「われわれのために尽くしてくれそうだからな。」

父親のほうは気が進まないのに、泥棒どもが言い張ります。奴らときたら途方もなく力が強いのです。

「泥棒たちと一緒に行ってもいいよ」と、やんちゃな《インゲンマメのジャン》が言いました。「あいつらにいたずらを仕掛けてやるから。」

泥棒どもはジャンを連れて行ってしまいました。そして、なにをジャンから期待しているか、腹を割って話してくれたのです。

「次の夜、われわれは豪農の家へ泥棒に入る。おまえはチビ助だから、鍵穴から家のなかに入るんだ。なかに入ったら、極上の貴重品を選んで、窓からそいつを投げてくれ。」

「わかりました」と、ジャンが答えました。

夜になると、泥棒どもはすっかり寝静まった農場へそっと近づき、《インゲンマメのジャン》を鍵穴から家のなかへ忍びこませました。そのときです。ジャンは窓を細めに開けて……《泥棒だ!》と、大声でどなったのです。

「金も銀も宝石もあるけど、ねえ、泥棒さん、どれがほしい？」

「大声を出すな！　大声を出すな！」と、泥棒どもが応じました。「おまえ、俺たちを捕まえさせる気か？」

するとジャンは、もっと大声でまた叫びました。

「金も銀も宝石もあるけど、ねえ、泥棒さん、どれがほしい？」

あまり大声で叫ぶので、農場の人たちがみんな目を覚ましてしまいました。農場主も《泥棒だ！》と、叫び始めました。召使いたちが干し草用のフォークを持って駆けつけたので、泥棒どもは一目散にずらかりました。でも、ジャンは心中、こう考えていました。

「これからどうなっちゃうんだろう？　見つかれば、泥棒扱いされて、縛り首だ。」

外へ抜け出すと、納屋に逃げこみ、干し草用の長靴のなかに隠れました。丸一日、休む暇もなかったのですっかり疲れ、ぐっすり寝こんでしまいました。

朝、農場で働いている小娘がウシに餌をあげに来ました。彼女は納屋にあった干し草用の長靴を秣棚《まぐさだな》に置いていきました。もちろんウシは干し草と一緒に《インゲンマメのジャン》を食べてしまいました。ウシの胃のなかで目を覚ましたときには、とてもじゃないが居心地がよいはずもありません。

「このウシにまた干し草をやったら、ぼくは餌のなかで窒息死してしまうぞ。」

そこでジャンは大声で叫びました。

「もう干し草を放りこむな。ぼくは腹ペコじゃないんだ。」

「ウシが口をきいた！」と、下女の小娘が仰天してつぶやきました。

でも、その後はなにも聞こえて来なかったので、小娘はほっとしていました。

「それじゃ、飲み物でもあげようかしら」と、小娘がつぶやきました。

娘はバケツで水を汲みに井戸へ行きました。《インゲンマメのジャン》が、娘が戻って来るのを察知してつぶやきました。

「ウシがこの水を全部飲んだら、ぼくは溺れちまうぞ。」

そこでジャンは大声で叫びました。

「水なんか飲みたくない。たくさんだよ。」

下女の小娘はまたまた驚いて、尻もちをつき、バケツをひっくり返してしまいました。その後、小娘は脱兎のごとく走って行って農場主に教えました。

「ウシが口をきいたわ！　ウシが口をきいたわ！」

それから小娘はなにからなにまで話してあげました。農場主がやって来て、いろいろ見たり、というより聞いたりして、ウシにも干し草をあげようとしました。するとこんな声が聞こえてきました。

「もう干し草を放りこむな。ぼくは腹ペコじゃないんだ。」

「本当だ、ウシが口をきいておるぞ」と、農場主が言いました。「あのウシは呪いをかけられているんだ。殺してしまおう。」

その日のうちに屠殺されました。腸が取り出されました。体内にいた《インゲンマメのジャン》も一緒に外へ出て来ました。

さて、ひどく腹を空かせたオオカミが農場の周辺をうろつき回っていました。腸を見つけるや、オオカミはがつがつ食べてしまいました。それで、《インゲンマメのジャン》もいまやオオカミの腹のなか。ウシの腹のなかより居心地はよろしくありません。

「オオカミがまだ食べるなら、ぼくは窒息死してしまう」と、ジャンはつぶやきました。「もちろん、妨害してやるぞ。」

オオカミがヒツジを盗もうとして群れのほうへ忍び寄るたびに、《インゲンマメのジャン》は大声を上げました。

「羊飼いさん、羊飼いさん、イヌを放すんだ。大きなオオカミがやって来るぞ。」

すぐさま羊飼いはイヌを放し、武器の準備もしました。オオカミはもう脱兎のごとく逃げるしかありません。

オオカミが農場に近づいて、若鶏やガチョウに襲いかかろうとしたときです。《インゲンマメのジャン》が大声を上げました。

「農場主さん、農場主さん、イヌを放すんだ。大きなオオカミがやって来るぞ。」

オオカミはもうなにも盗めません。なにも食べられません。そしてどんどん痩せていったのです。

オオカミは友人のキツネに会いに行き、助言を求めました。

「森の二股木のところへ行ってみな。二股木の二股の間に、体を押しこむんだ。体が締めつけられそうになるけどね。坊やが出て来るぞ。」

オオカミは二股木のところへ行ってみました。無理やり、二股の間に体を押し込み、えいっ！　やっ！　いきなり《インゲンマメのジャン》が飛び出して来て、地面に落ちました。

そうなんです、ジャンの体はちょっぴり汚れていました。ジャンは水溜まりで体を洗い、足音を聞いたので、一握りの小枝の束のなかに隠れました。

ちょうどそのとき籠を背負った老婆がやって来ました。体を温める焚き木を探しに来たのです。老婆は、《インゲンマメのジャン》がなかに隠れている小枝をかき集め、それを丸ごと籠のなかに放りこみました。

籠がいっぱいになると、老婆は家路につきました。小穴から覗いていた《インゲンマメのジャン》には、老婆が自分の家のそばを通ったのがわかりました。

そこでジャンは叫び声を上げました。

「優しいお婆さん、トン！　トン！　トン！　籠のなかに悪魔がいるよ。」

優しい老婆は、確かに悪魔の声を聞いたように思い、怖くなって籠を地面に放り出し、急いで逃げて行きました。

そこで《インゲンマメのジャン》は、隠れ場所からそっと抜け出し、両親の家に戻りました。

両親はジャンを行方不明と思いこんでいましたから、息子と再会できてとても喜んでいました。

《インゲンマメのジャン》は、死ぬまで優しく両親の面倒を見続けました。

その後、ジャンがどうなったかわかります？　わかりませんか？　わたしもわかりません。

「ぼくらのうち最初にそれを知った人が、
ほかの人にそれを言うだろうさ。」

訳注
この民話の主題はドイツにもある。そこでは変身した主人公が動物たちに呑みこまれる。ヨナの主題。この物語は哲学的な感じの童歌で終わる。ポール・ドラリュ『三つのオレンジの愛』、一九四七年より。『フランス民話集Ⅱ』第一部第六章の「コジラミのジャン」（ドーフィネ地方）は類話なので参照。

三つのオレンジの愛

むかし、一人息子のいる王さまと王妃がおりました。この息子はとても体が器用な上に、なにをやらせても才知にたけた子どもでした。ある日、王子がボール遊びをしていたときのこと、老婆が油の小瓶を手に持って通りかかります。若者の投げたボールが老婆の瓶に当たり、瓶が壊れてしまいます。若者が前に出て謝ったのですが、老婆が怒ってこう言ったのです。

「王子さま、あなたは三つのオレンジの愛を見つけ出さないかぎり、幸せになれませんよ。」

これで王子は悲しくなってもはや口もきけず、食べ物も喉を通らなくなります。何日も何日も、王子の考えることといったら、三つのオレンジの愛を探しに行くことだけです。両親は息子の出立を望んでいません。しかし、わが子が病に臥せるのかと思うとそれが気がかりで、とうとう両親は譲歩せざるをえなくなったのです。

王子は二人の忠実な召使いを連れ、まずは南をめざして出発します。三人は数ヶ月、数年間歩き続け、人里離れた田舎にたどり着いたのです。飢えと渇き、それにありとあらゆる貧窮生活でへとへとになっています。やっと粗末な小屋を見つけ、一夜の宿を乞いに近づき、長いこと戸をたたき続けます。とうとう老婆が戸を開け、どうされたのかと尋ねてくれました。

「お願いします、泊めて下さい！　ぼくたち、三つのオレンジの愛を探しているのです。」

「かわいそうに！」と、老婆が応じます。「おまえさんたち、わしの息子の《南の風》に見つかったら、命はないよ。」

そこで老婆は三人をなかに通し、大きな洗濯桶に隠します。すると、大きな音が聞こえて来ます。《南の風》が帰って来たのです。《風》は目の前にもうもうと雲を吹き散らし、通り道にあったすべてのものを干乾しにして行きます。扉を開けるや、《南の風》が熱風もろとも闖入して来ます。

「母さん」と、《南の風》が声をかけます。「生肉の匂いがするけど。」

「そうよ」と、老婆が答えます。「夕食にヒツジを焼いているの。」

「持って来て」と、息子が言います。

するると息子はむしゃむしゃ食べ始めます。食べ終わったところで、母親が尋ねます。

「坊や、いっぱい夕食を食べたかい？　腹ペコは納まったかい？」

「うん、母さん、いっぱい食べたよ！」

「それじゃ」と、老婆が応じます。「ここに三つのオレンジの愛を探しに来た旅人が三人いるんだけどねえ。」

「ああ！　運の悪い奴らだ！　連れて来てよ。」

老婆が三人を隠した場所から引き出すと、王子がことの顚末を語り始めます。

「軽率な奴らだ」と、《南の風》がくさします。「おまえらは、どんな状態にさらされているか、わかっておらんのだ。やれやれ……一つ、助言だけはしといてやる。油とラードを持って行け。」

「どうして？」と、王子が尋ねます。

「いずれわかるさ。」

こうして《南の風》は寝に行きます。

翌日、たっぷり休んだ三人の旅人は、また東をめざして出発します。三人は数ヶ月、数年間歩き続け、森で迷ってしまいます。疲れてへとへと、一夜の宿を探していたところ、粗末な小屋を見つけます。戸をたたくと、老婆が開けに来てくれました。

「なにか御用かな？」と、老婆が尋ねます。

「泊めて下さい。ぼくたち、とても疲れているんです。」

「ここでなにをお探しかな？」

「三つのオレンジの愛を探しています。」

「軽率なこと」と、老婆が答えます。「おまえさんたち、わしの息子の《東の風》に見つかったら、命はないよ。息子にむしゃむしゃ食べられちまうからね。」

王子は自分たちをなかに入れてくれるように頼みます。老婆は腹を決め、炉のなかに三人を隠します。大きな音が聞こえて来ます。《東の風》が渦巻きに囲まれて帰って来たのです。この渦巻きはすべてのものを壊し、通り道にあったすべてのものをなぎ倒して行きます。扉を開けるや、《東の風》が一陣の風もろとも闖入し、暖炉の灰を吹き飛ばしてしまいます。

「母さん」と、《東の風》が声をかけます。「生肉の匂いがするけど。」

「そうよ、坊や、夕食に子ウシの準備をしているの。」

「持って来て」と、息子が言います。「お腹がペコペコだもん！」

そこで息子は子ウシをむしゃむしゃ食べ始めます。食べ終わったところで、母親が尋ねます。

「坊や、まだお腹が空いているのかい？」

「いや」と、息子が答えます。「いっぱい食べたもん！」

「それじゃ、ここに三つのオレンジの愛を探しに来た旅人が三人いるんだけどねえ。とても疲れているんだよ。」

「ああ！　運の悪い奴らだ！」と、息子が応じます。「連れて来てよ。」

老婆が三人を炉のなかから引き出すと、王子がことの顚末を語り始めます。そこで《東の風》が口を出します。

「パンとドングリを持って行け。」

「どうして?」と、王子が尋ねます。

「いずれわかるさ。」

こうして《東の風》は寝に行きます。翌朝、たっぷり休んだ王子と連れの者たちは、また北をめざして出発します。三人は数ヶ月、数年間歩き続け雪のなかで迷ったあげく、とうとう腰まで雪に埋もれてしまいます。すっかり疲れ、寒さで死にそうになった三人は、やっと粗末な小屋を見つけ、戸をたたきます。最初の二人よりもっと年取った老婆が開けに来てくれました。

「なにか御用かな?」

「泊めてほしいのです。」

「この国になにしに来たのだい?」

「ぼくたち、三つのオレンジの愛を探しているんです。」

「運の悪い奴らだ! おまえさんたち、わしの息子の《北の風》に見つかったら、命はないよ。息子にむしゃむしゃ食べられちまうからね。」

「ぼくたちへとへとで、これ以上遠くへ行けないんです。どこでも結構ですからかくまって下さい。」

とうとう老婆は腹を決め、三人を地下に隠します。大きな音が聞こえてきます。《北の風》が激しい吹雪のなかを帰って来たのです。この吹雪は、通り道にあったすべてのものを凍らせて行きます。

戸を開けるや、《北の風》が吹雪もろとも闖入し、小屋の窓ガラスがたちまち霜の厚い層で覆われてしまいます。

「母さん」と、《北の風》が声をかけます。「生肉の匂いがするけど。」

「そうよ、坊や、夕食にウシを大串に刺して焼いているの。」

「持って来て、お腹がペコペコだもん！」

そこで息子はウシをむしゃむしゃ食べ始めます。食べ終わったところで、母親が尋ねます。

「坊や、まだお腹が空いているのかい？」

「いや」と、息子が答えます。「いっぱい食べたもん！」

「それじゃ、三つのオレンジの愛を探しに来た旅人が三人いるんだけどねえ。とても疲れているんだよ。」

「ああ、運の悪い奴らだ！　まちがいなく命はないさ。連れて来てよ。」

老婆が地下から三人を引き出すと、王子がことの顛末を語り始めます。《北の風》が口を出します。

「それじゃ、綱と箒を持って行け。とくに櫛を忘れるなよ。」

「どうして？」と、王子が尋ねます。

「いずれわかるさ。」

こうして《北の風》は寝に行きます。翌日、たっぷり休んだ王子と二人の召使いは、西をめざして出発します。三人は数ヶ月、数年間歩き続けます。ある晩、彼らはこれ以上遠くへ行けず、倒れてしまいます。死んだほうがましと思ったのです。でも遠くに煌々と明かりのついた古い城が見えました。

「日が昇ったら」と、王子が口を開きます。「お城まで行ってみよう。おそらくこれで苦労ともおさらばできるさ。」

朝、三人は出発します。いろいろ迂回し、回り道を重ねたあげく、とうとうがっしりした古い城の前に到着します。一回りしてみましたが、門が一つしか見当たりません。しかし、とても古く、腐っていて開けることができません。王子は、そのとき《南の風》が言ったことを思い出します。錠前に油を、肘金物にラードを塗り始めると、数時間後に門がひとりでに開いたのです。三人は城の中庭に入ってみます。すると大きな数匹のイヌが彼らを食べてしまおうと飛びかかって来たのです。三人がパンを投げたので、イヌはパンの方へ突進して行きました。もっと先へ行くと、太ったブタやらウシが襲いかかって来て、彼らを食べようとします。三人がドングリを投げると、ブタは目新しい食べ物に飛びついて行きました。

三人は別の中庭に入ってみます。そこに女の巨人たちがいて髪の毛で水を引っ張り上げています。女たちは三人を井戸に投げこもうとします。でも三人は綱をあげ、女たちがその綱でバケツを引っ張り上げる仕事を続けている間に、出発してしまいます。

もっと先へ行くと、自分の手で炉から消し炭を引っ張り出している女たちに会います。女たちは三人を炉のなかに投げこもうとします。でも三人が箒をあげたところ、女たちはその箒を使って炉を掃き続けていました。それから古い階段にたどり着きます。あまり汚れて埃だらけだったので、階段の段さえもう見えません。三人は階段を掃き始め、きれいになったので登って行きました。

上の戸を開けると、老婆がいました。白髪が床まで垂れ下がり、シラミがいっぱいたかっています。三人は櫛を出し、老婆の髪の乱れを直してから、髪を梳かしてあげます。老婆は数年間眠っていなかったので、すっかり気持ちがなごんで、眠り始めます。そのとき王子は四方を見渡し、戸棚の上に極上のオレンジを三つ見つけます。すかさず王子はつかみ取り、二人の召使いと一緒に走って逃げ出します。でも、老婆はまどろんでいただけでしたから、叫び声をあげます。

「階段よ、階段よ、あいつらを地面に投げ捨てておやり！」

でも、階段が答えます。

「あんたは、おいらをまったく箒で掃いてくれなかったぜ。あの連中はきれいに掃いてくれたのに。みなさん、降りて行きなさい！」

さらに老婆は叫び続けます。

「自分の手で炉を掃除しているそこの女たちよ、あいつらを炉に投げ入れておやり！」

「あんたは、わたしたちをまったく箒で掃いてくれなかったじゃない。あの連中は掃いてくれたのに。みなさん、通って行きなさい！」

「髪の毛で水を引っ張り上げていたそこの女たちよ、あいつらを井戸に投げこんでおやり！」

「あんたはわたしたちに綱をくれなかったじゃない。あの連中は綱をくれたのに。みなさん、通って行きなさい！」

「ブタよ、あいつらの腹を引き裂いておやり！」

「あんたはわたしたちにドングリをくれなかったじゃない。あの連中はくれたのに。みなさん、通って行きなさい！」

「イヌよ、あいつらを食べておやり！」

「あんたはわたしたちにパンをくれなかったじゃない。あの連中はくれたのに。みなさん、通って行きなさい！」

「門よ、門を閉めなさい！」

「あんたはわたしにラードも油も塗らなかったじゃない。あの連中はそうしてくれたのに。みなさん、出て行きなさい！」

そこで王子と二人の召使いは城に別れを告げ、帰路につきます。長いこと歩いた末に、王子は、オレンジの中味がわからなかったので、剝いてみることにします。するとすぐにとても美しい女性が出て来ました！　王子はこれまでにこれほど美しい女性を見たことがありません。

「愛よ、愛よ、わたしに飲み物を下さいな！」女性が言います。

「愛よ、愛よ、手もとに水がないのです。」王子が答えます。

「愛よ、愛よ、死にそうだわ！」王女が言います。

そして、王女は王子の足もとで死に絶えてしまいます。すると王子はすっかり悲嘆に暮れ、何度も王女を抱きしめます。それから王女を埋葬し、旅を続けます。長いこと歩いた末に、二個目のオレンジを剝いてみたくなります。しかし、最初の女性が飲み物を頼んだように、今度の女性もおそらく食べ物を頼んでくるだろうと考え、必要なものを用意します。オレンジを剝いてみると、最初のよりもっと美しい女性が出てきました。

「愛よ、愛よ、わたしに飲み物を下さいな！」女性が言います。

「愛よ、愛よ、手もとに水がないのです。」

「愛よ、愛よ、死にそうだわ！」

そして、彼女も王子の足もとで死に絶えてしまいます。すると王子は絶望し、何度も何度も彼女を抱きしめます。それから彼女を埋葬し、旅を続けます。しかし、泉のほとりに着いたときに、三個目のオレンジを剝くことにしました。オレンジを見つけ、兜に水を入れてから三個目のオレンジを剝いてみます。すぐに前の二人よりもっと美しい女性が出てきました。

「愛よ、愛よ、わたしに飲み物を下さいな！」

「愛よ、愛よ、水をどうぞ。」

「愛よ、愛よ、わたしを連れて行って下さいな！」

王子は大喜びで彼女をウマの尻に乗せ、旅を続けます。数ヶ月歩き、海を渡り、父君の友が王さまをしている国に入ります。王さまに謁見しに行き、ことの顚末を語り始めます。しかし、この王さまには娘が一人いて、前々から王子と結婚してもらいたいと考えています。王さまは人前から娘を隠したまま、王子に向かって将来、妻になる女性をこんな貧しい身なりのまま自分の国に連れて来るのはよろしくないと苦言を呈したのです。そこで王子はひとまず自国へ帰り、花嫁にふさわしい宝石と衣装を持参して戻り、その間、王さまが《三つのオレンジの愛》の世話をすることになりました。王子は後ろ髪を引かれる思いで、一人旅立つことを承諾します。

そこで王さまは娘を《三つのオレンジの愛》のそばに置き、いずれ取って代われるようにしっかり観察しておくことを命じたのです。

ある日、王さまの娘が連れの美しい髪を梳いていたときに、頭に長い留針を突き刺し、こう言います。

「愛よ、愛よ、ハトに変われ！」

またたくまに《三つのオレンジの愛》はハトに変わり、飛んで行ってしまいます。そして王子が帰って来たときには、王さまの娘は王子が残して行った美しい女性と思われていたのです。ところが髪は赤毛、肌はそばかすだらけです。王子はこうした変化に納得がいきません。

「わたし、変わったでしょう。お日さまや風、雨や旅のせいなの」と、王さまの娘が王子に言います。「でも、結婚式が終われば、すぐにまた以前と同じように美しくなれるわ。」

王子はさまざまな国に娘を連れて行きます。しかし、父王と友だちは、王子が長年にわたって数多くの経験を積んで来たというのに、これほど醜い女性を連れて帰ったことに驚いています。結婚式の日取りも決まり、その準備が始まります。そんなある夜、料理人の耳に二度、三度と繰り返されるこんな声が入ってきます。

「料理人さん！

ロースト肉を回して、回して！

だって、肉が焦げたら

王さまは食べたがらないわ！」

料理人が暖炉から覗いてみると、ハトが話しているのが見えます。王さまに知らせたところ、鳥を捕えろとの命令、でも、ハトを捕まえることができません。そこで王さまが窓辺に寄ってみると、ハトが自分から腕に留まりに来てくれます。王さまがハトを撫で、頭をさすっていると、小さな玉のようなものに触れたので、はがし取ろうとします。それが留針の先端だとわかって、急いで引き抜こうとします。するとハトは見る見るうちにこれまで会ったこともない最も美しい乙女にまた戻ったのです。王子は乙女が《三つのオレンジの愛》だと気がつきます。乙女がことの顚末を語ります。すると、王子の父王はたいへん怒って、婚約者を自称する娘に死罪を言い渡し、娘は王子の結婚式の当日、火刑にされます。けれども、死罪に問われた娘の父王は、王子の父王に宣戦を布告します。この戦争はもう百年以上続きました。これからもフランク人の歴代の王たちとノルマン人の王たちとの間で戦争はずっと続いて行くにちがいありません。

訳注

ポール・ドラリュ『三つのオレンジの愛』、一九四七年より。この話は国際話型分類番号AT四〇八「三個のオレンジ」に属する。類話としては『フランス民話集Ⅱ』所収の「三個のレモン」（ドーフィネ地方）、『フランス民話集Ⅲ』所収の「三つのリンゴ」（ギュイエンヌ地方）、バジーレ『ペンタメローネ』（五日物語）五日目第九話「三つのシトロン」、グリム童話集「ガチョウ番の娘」（KHM八九）などがある。また、イタリアでは、『ペンタメローネ』の話を素材にしてゴッツィが一七六一年に寓話劇「三つのオレンジの愛」を発表、さらにプロコフィエフが一九二一年にこれをオペラ化している。

カエルの娘コアシーヌ

トワネットは森を眺めています。結婚してからというもの夫のトワノがほとんど毎朝、手に斧を持って森に入り、黄昏にはほとんど毎晩、森から出て来るからです。

トワネットは森を眺めています。村のはずれにしゃがみこみ、人食い鬼のように森を見ています。人食い鬼は人間を食べたり、日々人間をこき使い、体力を搾り取り、心を暗くさせたりするでしょう。あれと同じです。

今晩、トワノが一日の仕事を終えていつもより少し疲れ、むっつりと家に帰れば、十一人の子どもたちがいる妻のかたわらに、十二番目の小さな赤子を見ることになるでしょう。これから育て、しつけていかなければならない十二番目の子どもです。トワネットのお腹からその赤子が出て来ようとしています。おかげで人食い鬼の妻は前より大食漢になりました。

今朝、森を見ながら、トワネットはそんなことを考えていたのです。日が暮れてトワノが藁ぶきの家の扉を押して家に入って来た途端、夫は新生児の前で叫んでしまいました。

「女の子だ！　名前はクロディーヌにしよう！　神さまに認めてもらうには、どうしても代母がいるぞ！」

代母ですって！　こうして難題を背負いこむことになったのです。というのも、十二番目の子どものために十二番目の代母をどうやって見つけたらいいのでしょう？　一族の叔母さんという叔母さん、相談できる隣人という隣人にはもう相談しているのです。トワネットとトワノは、ひどい目に遭わないように子どもたちを頑健に育てています。子どもたちは一人も死んではいなかったので、名付け子を失くした代母をクロディーヌの代母に再度なってもらうわけにはいかないからです。

どうすればいいのでしょう？

風さんに質問してみなさい。風さんが答えを持って来るでしょうよ。

翌朝、夜明けに一人の女が現われます。

「おまえさんがたは代母を探しているようだね。ちょうどいい。わしも名付け子を探しているところさ。」

トワノと戸口のところで一緒になったトワネットはこの言葉を聞きながら、クロディーヌに乳房を含ませたまま、腰の曲がった老婆の方を見ています。垢だらけの短いひだスカートをはいた老婆の体からはコケの臭い、腐った木や野獣の洞穴の臭いがして来ます。

木こり夫婦は、なにも言わずあっけにとられています。二人は娘の代母に王女を期待していたわけ

ではむろんないのです。しかし、まさか娘を物もらい女に守ってもらおうとは！……

「代母だって、よく言うよ！　浮浪者はだめだ！」と、トワノが叫びます。

「ここから出てお行き」と、トワネットが赤子を抱きしめ金切声をあげます。「どうせ下賤な暮らしをして来たんだろう！」

老婆は不敵な笑いを浮かべ、首を左右に振ります。

「あの子はおまえさんがたには不似合いな赤ん坊さ！　わたしに預けるのがいやだというんだね。それなら、おまえさんがたの同意なんぞいらないよ。あの子はもらって行くからね。」

そこで老婆は魔法の棒の先端でクロディーヌに触れ、こう言います。

「木こりの娘よ、この家を棄てて、ぬかるみのなかを歩き回る生活を送れ！」

老婆の棒はハシバミの木でできています。この木は魔女や魔術師や妖術師の木です。突風が不意に家の周りの葉をたわめ、藁ぶき屋根のわらをまくりあげて、クロディーヌを母親の腕からさらって行きます。その後、風がまた不意に止み、悪臭を放つ泥土から小さな鳴き声が聞こえてきます。木こりの女房は、その泥土によく放尿をするのです。

「ケロ……ケロ……ケロ……」

金色の眼をしたカエルの子がぬかるみのなかを歩き、ケロケロ鳴きながら人の注意を惹きつけようとしています。トワネットとトワノは呆気にとられてカエルの子を眺めています。わが娘《こ》じゃないか！　二人は老婆が普通の老婆ではないことを悟ります。でもあとの祭りです。あの老婆はがみがみ屋の魔女のソヴァジーヌ〔「水鳥」の意〕だったのです！　ソヴァジーヌは、自分の嫌な性格のご機嫌取りをしてくれそうな人や、怒りを爆発させる機会をいつも狙っているのです。

「ソヴァジーヌ！　赦して下さい」と、トワネットは魔女の足もとに身を投げ出して嘆願します。

「わたしたちは、あなたを怒らせたくはありません。でも、わかって下さい。初対面の人を信用するわけにはいきません！」

「とくにわたしのようなだらしない身なりの女が初対面ときたら、そうだろうさ！　でも、木こりの娘のために、わたしも礼儀正しくならないといけない……」

「ソヴァジーヌさん、どうか思いやりの心を！」と、トワノが力をこめて言います。「娘を返して下さい。ぬかるみのなかを歩き回る暮らしをやめるように娘に言って下さい！」

「決めたことは、蒸し返すもんじゃない！　済んだことは、仕方がないさ！」と、魔女が話に割って入ります。「前言を取り消すことも、破棄することもできやしないのさ！　でも、おまえさんたちは娘を愛しているようだから、あの子の運命をよくすることならわたしにもできる。願いごとを三つ唱えてみるんだね。」

「ああ！　悪臭のするあの泥土からどうぞ娘を出して下さい！」と、トワネットが息せき切って言います。

「よろしい。娘は池のなかで暮らすことになろう。」

「娘に人間の声を与えて下さい！」と、トワノはケロケロ鳴く娘の声に耐えられず頼みます。

「わかった。おまえたちは話ができるようになろう。」

「年頃になったら、娘に素敵なフィアンセが見つかりますように！」到着したばかりの長男がそう言い添えます。魔女は同意します。

「素敵な若者よ、現われよ！　一、二、三、ほら娘の夢は叶えられた。」

ところがトワノが間に入り、若者に罵詈雑言を浴びせます。

「大馬鹿野郎が！　カエルの娘にフィアンセだと！　娘になにをしてもらいたいというんだ？　ソ

ヴァジーヌさん、この間抜け野郎の願いごとなんぞ、帳消しにしてくれ！　カエルの娘には、池の王女になってもらいたいんだ。でなければ、小さな女王になってもらいたいんだ……」

「だめ！　一度許可したものを、破棄なぞできない。」魔女はそう断言して、姿を消します。

クロディーヌは池のきれいな水に潜った途端、たちまち心地よい気分になります。ほかのカエルたちから歓待され、すぐさま一緒にケロケロ鳴き出します。その歌声は自分たちよりよっぽど深みがあって美しく、みんなが目をとめます。

今度は新たに加わったカエルの娘の独唱です。古手のカエルたちは、黙ったまま聴き入っています。まるで池の住民が村の住民のなかに加わって、お話をしている具合なんです。それも微妙な細いところは理解できない一風変わったお話です。あまり変わったお話なので、もしや異人種なのかもと、薄々思わせるほどです。

「コアシーヌや、やめちゃだめ、まだ歌っていてね。」

クロディーヌはコアシーヌという新しい名前をもらい、仲間の求めに応じて日中は雨の降っているときに、夜間は月の光のなかで歌い続けます。最初は家族が会いに来てくれました。みんなはいろいろな情報をかき集め、カエルの娘が小さな人間の娘に戻るかもしれないと、ひそかに期待していたようです。クロディーヌも土手に飛び移って、生涯の話を始めます。腕白小僧狩りや水面すれすれに頭を出した話、トンボの羽根の話やそのなかにもぐりこむと、気持ちがよい壺のなかのやわらかい感触の話、迷宮のような草叢やイグサの話などです。もちろん歌も忘れません。そんな話や歌で仲間を魅了させていたのです。

ところが、腕白小僧やスイレンなどの愚にもつかない同じような話を何度も聞かされたおかげで、両親は起こりそうもないことを期待するのにうんざりしてしまいます。そして会いに行くのも間を置くようになり、とうとう最後にクロディーヌ・コアシーヌを忘れてしまいます。

それからずいぶん年月を経た夏のある日、コアシーヌは水から上がって、近くの草原へ冒険に出かけます。人々が草を刈っています。人間が話をするのを聞いていると、その声で遠い過去がよみがえってきます。じっと聞き入っていると、三人います。若者が二人ともう一人は年上です。一方の若者が体を拭くのを止めて上空に目をやり、それから花を一輪摘み取って、牧草の生温い湿気を嗅いでいます。正午頃、ヤナギの木陰に吊されたミュゼット〔小風笛〕と池で冷やした酒瓶を取りに来るのは、この若者です。コアシーヌはサルビアの新芽を口に含んで、若者がやって来るのを見ています。間髪を入れず、それっ、それっ、それっ！　と跳び上がり、通路に出ます。若者が自分の方を見ています。

「なんて君は美しいんだ！」しゃがみこんだまま、若者は感嘆の声をあげます。

若者は手を差し伸べます。コアシーヌは動きません。男が捕まえようとします。少し震えていますが、怖いからではありません。若者はカエルをじっと眺め、手で頭をそっと撫でてきます。

「君のようなカエルはお目にかかったことがない。君は……君は……」

若者は言葉を探しています。

「生きた人間みたいだ！」と、笑って付け足します。

でも、向こうの方で若者を呼ぶ声がします。

「ねえ！　ジャン＝ジャン、今日にする、それとも明日にする？」

ジャン＝ジャン！

「これがあの人の名前なのね」コアシーヌはそう考え、金色の眼を閉じます。

コアシーヌをさっきはそっと手が捕えたように、今度はそっと手が離れて行きます。その後、こう言う声が続きます。

「ヤナギのそばにいて下さい。今晩まいります。」

やがて日が暮れます。約束どおりジャン＝ジャンが戻って来て、呼んでみます。

「きれいなカエルの娘さん、どこにいるの？」

「ここよ、ジャン＝ジャン、ヤナギのそばよ、そうあなたが言ったじゃない。」

声を聞くと同時に、姿を目にします。

「それにしても……君、話せるの！」若者が大声で言います。

「ええ、話せるわ」彼女が謙虚に答えます。

「どうして君が生きた人間に見えたか、これでわかったよ。」

若者は草叢に座り、カエルを膝の上に載せます。とても親切な上にまめまめしい性格なのです。

「いったいどうやって人間の言葉を習ったの？」

そこでカエルの娘は、自分の生い立ちから始まって木こりの家族のこと、魔女のソヴァジーヌのこと、三つの願いごとなどを話して聞かせます……でも、三番目の願いごとだけは打ち明けないように気を遣います。というのも、結婚の約束をした素敵なフィアンセがあの若者だとしたら、話をしている今の自分の気持ちを左右しかねない、そう思ったからです。あの若者を愛さずにはいられなくなる日が来るとしたら、それは偽りの恋愛ではなく、真面目な恋愛であってほしいのです。そうであってこそ予言は現実のものとなるはずです。

ジャン＝ジャンは娘の話にすっかり心を打たれ、最後にこう言います。

「コアシーヌ、あなたの住む場所は、池のなかではありません。あなたはカエルなんかじゃない。さあ早くわたしの家においでなさい！」

コアシーヌは喜んで応じます。カエルの娘はジャン＝ジャンの膝から肩の上に飛び移り、こうして新しい生活が始まります。

ジャン＝ジャンは娘が動揺しては困るので、カエルの部屋を兄弟の部屋から離れた穀物倉に整えてあげました。倉の屋根窓の下に大きな水桶を置き、そのなかに愛するカエルの子とスイレンの葉を数枚、入れてあげたのです。

ジャン＝ジャンが仕事に出かけるときは、貯えておいたハエとパン屑をたっぷり用意してからでないと、家から出ることはありません。

むろん、コアシーヌは大半の時間を一人で過ごします。ジャン＝ジャンがいくら細心の注意を払ったところで、所詮、水桶が池にかなうはずはありません。しかし、最愛の人と会えたときには、それこそ天にも昇る気持ちになります！　長い夕べ、二人はおしゃべりをして過ごします。ジャン＝ジャンは、農場で働く男の一日を語ります。コアシーヌは、代わりにカエルたちの話をします。夕暮れに月が天に昇る頃には、カエルの歌が始まります。ジャン＝ジャンは、こうしてすばらしい時間を過ごすのです。

「変わっているよ、君の声って」と、ある晩、ジャン＝ジャンが娘に打ち明けます。「君の声を聞いていると、人間とカエルが一堂に会したように思えてくる。人間とカエルが一緒に暮らし、一つの種族を形成している感じなんだ。君は笑うかもしれないけど、ぼくだって人間になる前は、むかしカエルだったんじゃないかなあ……」

コアシーヌは答えません。愛の昂まりを感じた娘は、幸せに輝く瞳を閉じて愛をさとられないようにします。ジャン＝ジャンはそんな彼女にずっとみとれています。

ある日、ジャン＝ジャンの父親はすでに歳も取っていたので、二人の息子に財産の分与をしようと決心します。細分するほど土地は広くありません。そこでこう決めたのです。一方の息子には農地を与える。もう片方の息子には町に住まわせて、職人仕事を学ばせる。みごとな決断です！　後はだれがなにを所有するか、それを知ることです。慣例どおり、長男を優遇することもできます。くじを引くこともできます……それは父親として気乗りがしません。将来、農地を所有する息子が、本当に農地をほしがっているのか、その点の確信が得たいからです。二人に戦ってもらわなければなりません……いやはや！……平和裏の戦いですか。どちらが頭を使っているか、立ち回りがうまいか、その戦いですね。賢明な発想です！

「わしはなあ、長い布地を見つけてきた息子のほうに農地を譲ろうと思う。農地を七周するほど長い布地だぞ。」父親は、そう二人の息子に言い渡します。「おまえたち、一週間以内に探してくるんだ。」

戦いの火ぶたが切られました。

ジャン＝ジャンの兄弟のミランは、寸暇を惜しんで荷車にウシをつなぎ、いち早く町に出かけて行きます。ラシャの販売店をくまなく歩き回ろうという魂胆です。ジャン＝ジャンのほうは物思いにふけるコアシーヌのもとへ戻ります。

「ぼくは町に住みたくないんだ。土が好きなんだ。それに畑にいるときが一番幸せなんだ。」

ジャン＝ジャンが途方に暮れている、コアシーヌはそう感じます。

「わたし、考えていることがあるの」と、コアシーヌが言い始めます。「誕生日のプレゼントを別にすれば、代母に甘やかされたことなんか、わたし、一度もない。代母が自分の名付け娘《こ》を思い出してくれるかどうか、それを試してみるいい機会だわ。わたし、代母に会いに行って来る。」

「まさか」と、ジャン＝ジャンが抗議します。「道中は長いし、とても危険だよ。」

「まさかじゃない、その反対だわ！　ねえ、わたしを路上に降ろして下さいな！」

そこでカエルの娘はジャン＝ジャンの肩に飛び乗ります。ジャン＝ジャンは娘に従わざるをえません。

「注意するんだよ」と、ジャン＝ジャンは釘を刺し、娘を斜面の草叢に放してあげます。「辛すぎたら、帰っておいで。農地なんかどうでもいい、君のほうが大切なんだ。ぼくは君を失いたくないんだ……」

「心配しないで」と、娘が答えます。「わたしだってあなたを失いたくないの。」

こうして日々が流れて行きます。ジャン＝ジャンにとっては長い待機の日々、コアシーヌにとっては辛い努力の日々が続きます。

カエルの娘は、自分のいた池のすぐそばを通り過ぎて行きます。生まれ故郷のファシャン村です。代母が住んでいるグラヴェルの森へ着いたので、代母を呼んだところ、なんとやって来たのはソヴァジーヌではありませんか。

「おまえがどこに住んでいるか、わしは知っとるよ」と、ソヴァジーヌが告げます。「鳥が教えてくれたんだ。おまえがなにを探しに来たかも、知っとるよ。ウサギとノロが知らせてくれたんだ。」コアシーヌが一言、口をはさむ前に、ソヴァジーヌは指ぬきほどのとても小さな箱を差し出します。

「これはジャン＝ジャンがほしがっている箱じゃ。この箱には極上の布地の小振りな巻き物が入っておる。これさえあれば、おまえの愛する人は農地を持てる。ただし、試合の前に箱は開けないように」と、ソヴァジーヌは言い添えます。「わしを信頼するんだね！　同時に自分のことも信頼しないと。信頼なしには成功もなし！　さあ、早くお行き。」

「こんな小さな箱のなかにそんな大きな布地の巻き物が入っているのかしら！」

コアシーヌは、帰り道にふとそんな考えが脳裏をよぎります。いずれにせよ、カエルにとって運ぶに越したことはありません。

ついでに言えば、代母は自分のことを忘れていなかった、カエルの娘はそう気付かされてもいたのです。

コアシーヌは試合の前日に農場へ到着します。ミランはすでに現場に来ています。彼は布地の大きな束を買いこみ、その束を滑車に据え付けて、巻かれた布地を広げようとしています。ミランは勝利を確信しています。というのも、兄弟のジャン＝ジャンはあちこち動き回って、布地を見つけてきたわけではないからです。

ミランは思い違いをしています。一方、ジャン＝ジャンのほうもコアシーヌが指ぬきほどのとても小さな箱を自分に差し出したので、びっくりしています。

「こんな小さな箱のなかにそんな大きな布地の巻き物が入っているのかなあ。ぼく、調べてみたくなった。」今度はジャン＝ジャンがそう考えます。

「信頼しなさい！」コアシーヌがジャン＝ジャンに囁きます。ジャン＝ジャンの心のなかを読み取っているのです。

恋人の瞳が疲労のために大きくなり、これまでになくやさしげで、金色に染まっているのを見て、ジャン＝ジャンは恋人を安心させようとします。

「もう無理して歩くことなんかないんだよ。心配しなくていい。君がそばにいてくれるだけで、ぼくは怖いものなしなんだから。」

翌朝、兄弟二人は父親の前に一緒に現われます。

「ジャン＝ジャン、おまえはなにも持たずに来たのか！」

父親は驚いています。ミランが爆笑します。

「それじゃ、あんたの方さえよければ、始めようじゃないか。すぐ片が付くから。」

ミランはリールの端を握りしめ、家の周りを走って巻物をほどいていきます。父親の前を通るたびに、一周、二周、三周と掛け声をかけるのです。

四周したときに、リールがなくなってしまいました。ミランが七周するのは、ほど遠い感じ。五周ならできるでしょうか？　ええ、そこまでなら行けます。でも、それ以上は無理です。

「五周半だってとても無理だ」と、父親が判定を下します。「ジャン＝ジャン、おまえならもっとうまくやれるか？」

そこでジャン＝ジャンはポケットからとても小さな箱を取り出し、胸をドキドキさせながら箱を開いて、布地の巻き物を握りしめます。なじみのないものですが、極上なので透けて見える布地です。それから彼は回り始めます。

どんどん回って、巻き物はないに等しいほど細くなってしまいます。一周、二周、三周、四周。ミランはしぶい顔をしています。追いつかれたと見る間に、どんどん追い抜かれていくからです。六周。そして巻き物は七周で終わりです。まさにギリギリでした！　農場はすっかりリボンで飾り立てられています。

「いやはや、うまいことおまえはやりおおせたぞ！」と、父親はこの織物のすばらしい織り目にうっとりして、感嘆の声をあげます。「勝ったのはおまえだ。だからこれからはおまえが農場主だ。あとはもうおまえを助けてくれる丈夫でしっかりした嫁さんを見つけるだけだ。わしの地位はおまえに譲ろう。」

この最後の条件を聞いて、ジャン＝ジャンは蒼ざめます。そして口ごもりながらこう言います。

「でも、それは試合のなかに組みこまれていなかったはずです。」

「それとはなんだ？」

「丈夫でしっかりした嫁さんのことです……」

「もちろん、それは試合の一部に組みこまれておらんさ。明々白々だったからさ。おまえじゃ精一杯働いても、農場の切り盛りはできないかもしれんな。」

これ以上くどくど言っても仕方がないと、ジャン＝ジャンは悟ります。折れたふりを装い、悲痛な思いで納屋に戻ります。

「それで？」と、コアシーヌが訊いてきます。

「それで、勝ったさ。でも、負けたほうがよかったかもしれない。」

ジャン＝ジャンは頭を垂れ、黙りこんでしまいます。コアシーヌは肩に飛び乗り、ジャン＝ジャンの耳元で囁きます。

「話して、ジャン＝ジャン。苦しみは分かち合うものよ。思い悩むことなんてないわ。」

「農場を守るために、ぼくは結婚しなければならないんだ。さもないと……」

これでコアシーヌもすべてを理解します。苦しみを分かち合いたいと望んでいたからこそ、それを分かち合うことになったのです。引き裂かれる苦しみに心は焼けるようです。そこから逃れるつもりはさらさらなく、黙って身をゆだねようとしています。コアシーヌの脳裏に三番目の願いごとがよぎります。幸いだれにも願いごとを打ち明けたことがありません。予言というのは、人が期待するようには実現したためしがないのです。だから、幻滅と失望が重なり、苦渋は深まっていきます。今は別れのときと、コアシーヌは観念します。でも去る前に、ジャン＝ジャンには理由を言って、穏やかな別れにしたいのです。

「わたしはカエルなの」と、コアシーヌは口火を切ります。「あなたは助けてもらえるお嫁さんがほしいのね。お父さんのおっしゃることは、もっともだわ。人間はカエルとは共存できない。わたしたちはそれを無視してきました。でも、現実は避けて通れません。ジャン＝ジャン、受け入れるしかないのよ。新しい人生へ向かって邁進して。わたしのことなんか忘れてくれればいいの。」

その言葉を聞いて、ジャン＝ジャンは頭を上げます。コアシーヌのかくも熱い、深い声が奇跡をもたらしたのです。ジャン＝ジャンの頭のなかでコアシーヌは燦然と輝いています。悲痛の闇を吹き飛ばしてしまいます。答えは出たのです。実に単純明快な答えです。なんて馬鹿だったのでしょう！ジャン＝ジャンは父親の威厳に面食らわされていたのです。抵抗することも防御することもできないままでいたのです。ジャン＝ジャンはコアシーヌを腕に抱き、笑みを浮かべて見つめます。

「コアシーヌ、ぼくは君を愛している。君と一緒に暮らしたいんだ……。しっ！　なにも言わないで。黙ってぼくの話を聞いて……ここでは若者が結婚適齢期になると、村長さんがたくさん相手を紹介してくれる。どれもこれもお仕着せばかりだけどね。おかしなことさ。たいがいはいつも男が決め、女は従う。いつか仲良く分かち合える日が来るのだろうか？　おそらくね。そうあってほしいよ。おそらく、そのときは女がほとんどすべてを決め、男は従う……そういう日が来るのかどうか知らないけど、もう待つのは御免さ。女に戻る気が君には、今、まったくない以上、ぼくのほうから池に入って、君について行こう。君と同じ姿になって、いつまでも連れ添っていたいんだ。」

今度はコアシーヌのほうが感動のあまり、ジャン＝ジャンの前で黙ってしまいます。彼は自分の計画に自信を持っています。断固としてそれをやり抜こうとしています。

「代母は君のことを忘れなかったんだってね。そう君はぼくに言ったことがあったじゃない。それなら、代母を呼ぼう！」

そこでジャン＝ジャンは叫びます。

「ソヴァジーヌ！　来てくれないか、君が必要なんだ！　ソヴァジーヌ！」

間髪を入れずソヴァジーヌがやって来ます。なぜ呼ばれたのか承知しているのです。

「よく考えたのかい？」と、魔女がジャン＝ジャンに尋ねます。三番目の願いごとが叶えられるので浮き浮きしているのです。「わかっているね。決めたことは、蒸し返すもんじゃない！　済んだことは、仕方がない！　前言を取り消すことも、破棄することもできやしないからね。」

「ぼくはコアシーヌを愛しています。だからコアシーヌと一緒に暮らしたいのです」と、ジャン＝ジャンは執拗に懇願します。「池に入ってコアシーヌのそばで泳いでいたい。月に感謝し、一緒に歌っていたいのです。二人はカエル、カエルのわたしたちを結婚させて下さい。農場のことなんか、全然悔いていません。農場なら、わたしより兄弟のミランのほうがうまくやれます。ミランはとても苦労して布地を探して来ましたが、わたしなんか話になりません。さあ、早く、覚悟はできています。」

そのとき突風が巻き起こり、納屋の屋根を揺らします。わらが飛び、骨組みがぎしぎしいっています。ソヴァジーヌはハシバミの木の棒を振り上げて、こう言います。

「自然の与えた体を棄てよ。おまえの最愛の人とすみやかに合体せよ！」

風がやみます。牧場の静かな草叢のなか、二匹のカエルは水辺へ急ぎます。新しい生活のスタートです。

訳注

コアシーヌ（Coassine）は、動詞 coasser「《カエルが鳴く》の意」から作られた娘の名前。表題ではカエルの娘コアシーヌとした。『フランス民俗学誌』一九三一年より。なお、この話はミシェル・エリュベル編『ブルゴーニュ地方の民話』、ウェスト・フランス版、二〇〇〇年にも再録されている。

第二章　幽霊の話

ロイマと騎士

可憐でかわいいニンフでした。すでにキリスト紀元のずっと前から、われわれの祖先のケルト人はニンフのことを知っていて、全幅の崇拝を寄せていました。彼女はさる泉に出没して、泉を守るニンフでした。泉の直径はわずかなものでしたが、深い静かな豊かな泉でした。むかしの人たちはこの狭い谷間に小屋を建て、ヒツジの群れを連れ、このニンフをロイマ、ことによるとロイシマ(1)と呼んでいたようです。《水と木の女神》という意味です。泉も村も同じ名称でした。〔いずれもルエスム〕この村は数世紀にわたる最初の文明の時代に、初期の教会のまわりに荒壁土と藁ぶき屋根の農家が集まって造られたものでした。

ニンフのロイマは、泉と美しさと優雅さを競っていました。身体はほっそりとしてしなやか、そば

の小川へ流れ出る澄みきった水のように波打っていました。髪の毛はシモツケ草の糸巻き棒のように薄茶色に近いブロンドでした。乳白色の顔は、唇のいきいきした深虹の色で引き立ち、この深虹の色は川床で隆起している小石のようでした。眼は水辺の草叢のあちこちできら星のごとく花を咲かせるワスレナグサのえもいわれぬ青色をしていました。これがロイマでした。ロイマの住む場所は、ブランランの周辺に清流を導く曲がりくねった渓谷でした。優しい女神は緑の草原で戯れ、グラジオラスの金の矛槍のなかに突然身を隠したり、大きなクワイの槍刃の下や広い花托のスイレンの下にもぐったりしていました。でも、女神のお茶目な気晴らしといえば、地下の長い水路をたどって泉の上流を訪れることでした。この水路は地上の明かりを浴びてよみがえる前に、女神をそこから一里先の場所

へ連れて行ってくれました。その場所は激しい水の流れが絶え間ない逆流を繰り返した後、鬱蒼としたナラとモミの木々の間でゆったりと広がる水面が、秘境の峡谷に消えて行くところなのです。このような田園風景を背景にしてこの物語が設定された時代には、小さな城がありました。城の堀は静かにあふれる水をたたえ、四隅にはつましい櫓を構え、木製の橋はぎしぎし音をたてる太い鎖に引っ張られて上がり下がりをしていましたが、銃眼を施された低い防塁は、橋の上で開くように作られていました。ロイマが生まれてから、すでにどのくらいの世紀が過ぎて行ったことでしょう！　けれども、ニンフの幸せな特権を享受していたロイマは、子どもの頃のようにずっと若々しく美しい乙女のままでした！

ある日、ロイマは近くに水面の葦が生い茂る赤褐色の砂上で、陽を浴びてくつろいでいました。二十歳ぐらいの若者が城館(2)の橋を渡ってやって来るのが見えました。若者は漁網を引きずって、ゆっくりと川辺に近づいて来ました。ロイマは数分間、若者を観察していました。すらりとして、とてもしなやかな身体に、茶褐色の髪。若者はぴったりした中世の衣装を着ていました。なんと若い娘には、たちまち素敵な男に映りました！　娘は若者から眼を離すことができません。ロイマはわずかに驚きの仕草を見せました。新参者は逆巻く水のひたひたいう音に耳をそばだてていました。娘が逃げようとすると、若者の黒い瞳が一瞬、驚くほど優しくなったので、娘は催眠剤でも飲まされたように動けなくなりました……ロベールが娘の近く、二歩のところに立っていたのです。

その日、若い二人の間に恋が芽生えました。魔力を秘めた官能の恋、それに清純な恋でもありました。最初はそうと知らずに愛し合い、やがて会わずにいられなくなり、同じ愛の言葉を繰り返し言い合うまさに新鮮な恋。この愛の言葉は、あらゆる世代の人々があらゆる国々でこれまで使い、今なお使っているものと変わらぬものです！　二人は、本当に自分たちが何者だか知ろうとしたのでしょうか？　そんなことはどうでもよかったのです！　二人の脳裏にあったのは、恍惚とした時の流れと次の逢瀬への期待だけでした。小さな湖畔、湖を包み囲む森の長い小道、それだけが金髪のロイマと美男の近習の純愛を知る物言わぬ目撃者でした。この至上の幸福に最初の暗雲がたちこめたのです！ある晩、ロベールは、ここから遠くない宗主の城へ数日間出かけなければならないと恋人に告げました。城で騎士勲章を受けるためでした。ロベールは、なんとも誇らしげにこれを伝えたのです！　ロイマは、誉れ高い騎士のこの言葉はおろか、恋人が情熱的に語ってくれた絢爛豪華な式典さえ大したこととは思いませんでした。しかしながら、この最初の別れ、この祭典は二人の懊悩の前触れかもしれないと薄々感じてはいたのです。ケルトの女神がキリスト教の騎士にこのように夢中になるということ（女神は軽い懊悩と考えていたようです）が許されてよいものでしょうか？

新たに騎士に昇進した若者が短い滞在から戻って来たときには、様相も少し変わったように見えました。茶色の細い髭は手入れが行き届き、柔らかだった眼差しは、眼光鋭くなっていて、ロイマにはどう説明してよいのかわかりません。ひどく不安でした。永遠の純愛と思い定めた心には、今、自分を驚づかみにしている不安のおののきを説明することなどできるものではありません。ロベールも恋にのめりこんで行くにつれ、ますますこの恥ずかしそうな遠慮深さ、この繊細な当惑に気がつき始めていました。ほかのどんな女も、ロイマ以上にこれほど自分を好きにはなれまい。ロベールはそう思っていました。

夏の数ヶ月が過ぎて行きました。愛し合う二人にとって至福の数ヶ月でした。大きなナラの木々の下、キヅタが這い、厚いコケに覆われた場所で、ロベールとロイマは甘美な時を摘み取っていました。不確かな未来やかなうはずもない安定した結婚などには目もくれず、お互いどうしのこと、お互いのためになることしか考えないようにしていました。

ほどなく初秋になりました。ああ悲しいかな！　ロベールは胸が張り裂けるような悲痛な別れを告げざるをえなかったのです。午後、鉄の帷子を着けた四人の騎士が暗い道から現われました。四人の吹くホルンは、力強い哀愁を帯びた曲を奏でていました。直ちに出立するよう友に告げる曲でした。恋人の足もとで横になっていたロベールは、その曲を耳にするや飛び上がり、悟ったのです。けれども……騎士のなかに女々しさは微塵もありません！　悲しみを毅然とした自尊心で押し隠し、清々しい、しかし情熱あふれる別れの挨拶をして、だれよりも愛する恋人から身を切るように離れて行ったのです……勇気と義務を示したのは、言うまでもありません。すばやく新しい甲冑に身を包むと、騎士は両親の接吻を受け、ウマにまたがり、敵であるイギリス人との戦いに出発しました。五人の騎士は道を曲がり、いち早く姿を消しました。苦悩にうちひしがれたロイマに向かって遠くから優しい仕草を繰り返しながら。まるで捨て子さながらロイマは、泉に数ヶ月ぶりに戻って来ました！　しばらくほっておいた泉です。日を重ねた末に狭い地下を通り、思い切って泉に帰って来たのです。泉は二人が共有する幸せの目撃者でした。周りの木々は黄ばんで葉を落とし、もうろうとした一面の靄が、二人の愛の場所でまるで忘却の布地を織っているように映りました……。数ヶ月、また数ヶ月が過ぎて行きました。小さな城館は、痛ましいほどの静けさに凍りついていました。ある晩、ロイマはその地方の貴婦人と会いました。淀んだ堀に沿って腰を曲げ、こちらに近づいて来たのです。黒いスカーフで眼を隠していました。最愛の息子の死に打ちのめされた末に、母親の顔に刻まれた深い皺、ロイマにはこのヴェールがその皺を隠しているのがわかりました。村の藁ぶき屋根の農家の入口で荒っぽい兵士が一時の休息を取りながら、おびえた農民たちに戦争の恐怖の話を、また守り抜いた大地の上に若者たちの胸から流れ落ちる死にいたる血の話を、繰り返し語るのを聞いていただけに、一人ぼっちの小娘には、いっそうよくわかったのです。

「ここに住むのがわたしの定め」と、ロイマは考えました。「一瞬でもわたしがあなたを裏切ったことがあったかしら？　ニンフとして生まれた以上、わたしはニンフとして生き、この場所にずっと留まるつもりよ！　ロベールはわたしにとって最高の、でも束の間の通り道、甘い夢物語にすぎないの。大地から湧き出た水が流れ去り、消えて行く。そんな水のようなものにすぎないのよ。」

少し気持ちが落ち着くと、ロイマはまたケルトの神が定めた自分の聖地を歩いてまわりました。暗い小道を通って、源泉へと本当に消えて行ったロイマの姿は、二度と戻って来ることがありませんでした。また数世紀が流れて行きました……平和な日々！ ああ、それ以上に数多くの戦争の日々！ 幸い、ほとんどひっそりとしたたたずまいのなか、この場所は平穏でした。度し難い《人間の狂気》がもたらす衝撃も、ここまではほとんど届きませんでした。ときどき濃霧が少し消え、月光が射しているときに、せせらぎの音でそれとわかる小川の水辺を、かぼそい無口な影がさまよっているのを、帰りの遅い羊飼いが目にすることがありました。

この伝説は、小さな集落に住む老婆たちの口伝で生き残りました。ある人たちの断言するところでは、ルエスム村の古い教会の聖歌隊で働いていたピュイゼ地方〔パリ盆地南部の森林地帯〕出身の彫刻家が、あなたがたにお伝えした二人の主人公から着想を得て彫像を残したとのことです。可愛い乙女の石像はケルトの処女で、ロイマの優美さ、清純さをすべてそなえていました。またロック〔小教区の保護者〕のほうは茶色の髭を大仰にたくわえているわけでもなく、開いた傷口を膝に残しているわけでもないのに、十五世紀の衣服を身にまとい、二度とお目にかかることがない優雅な近習をほうふつとさせるものでした。神聖な場所なのでしょうか？ ああ、残念ながら！ 泉は本当にもう神聖な場所ではないのです。今では分厚い灰色のセメントが泉を覆っています。強力な給水ポンプが丘[3]にそびえるばか高い貯水槽に女神の清らかな水を送りこんでいるのです。それでも最後に言い添えておけば、レオエッツ村(4)へ水が吸いこまれ、強力に水が吸い上げられて行くのですが、それでもなお豊かにあふれる水は、ときにハッカとサルビアの香りを放って、きらめく小川へ、ロイマの最初の生命を宿したブランランの地へ今でも流れこんでいるのです。

原注

（１）ブルジュ神父『地名学研究』。
（２）メジーユとヴィリエ゠サン゠ブノワの間、ラ・ブリュイエールにある小さな城。
（３）ここの泉の水は、いろいろな村の水資源になっている。とくにシャンピニェル、タネール、ルエスム、ヴィルヌーヴ゠レ゠ジュネなどの村。
（４）この小村に給水ポンプを備えた大事な城がある。

訳注

愛と魔法を主調にした変身譚で、ピュイゼ地方のファンタジーに類話がある。『ブルゴーニュ』誌より。なお、この話はミシェル・エリュベル編『ブルゴーニュ地方の民話』、ウェスト・フランス版、二〇〇〇年に再録されている。

《モット゠デュ゠キュイーヴル川》の白い貴婦人

わたしがこれからお話ししようとするのは、幽霊の物語です。もうずいぶん前になりますが、イルドゴンド・Gさんが大広場の一本の木の下で、木陰になった丸いベンチに座り、この物語をわたしにしてくれました。一九一二年以前ならあなたがたもよく見かけたことがある背が高くてやせぎすの独身の老人です。変わり者と言われ、まったく無口な人でした！……しかし、その日は青い仕事着の前を念入りにピンと伸ばし、黒い絹製の高い帽子を整え、やはり黒いヤナギ細工の大きなバスケットをそばに置くと、非の打ちどころのない鑑定人の儀礼的な仕草を四度繰り返してから、イルドゴンド・Gさんはおもむろに話し始めたのです。

「坊や、これは亡霊の話じゃ。笑うんじゃないぞ。亡霊は信じられない不可思議な生き物だが、存在しておるんじゃ。たいがいの連中はおまえに正反対のことを言っておるんだろうけどな。わかるな、その証拠にこの奇想天外な出来事は、十八世紀の終わりにおまえの身近にあった話なんだ。同郷人のアンリ・バスティエ、またの名を《ヒツジの毛を刈るリトン》と言うんだが、その男がこの出来事の主人公だ。それじゃ、聞いてくれ。」

パルク゠ヴィエユの丘とパルク゠ヌフのもっと高い丘（いずれもわれわれの家の近くにある高い二つの丘陵）の間に峡谷があり、そこが水源となって、細い水の流れが勢いよく糸をひくように蛇行しています。この小川は《キュイーヴル川》〔「銅」の意〕と呼ばれています。話者の老人は、小川の名称の語源さえ知らなそうな控え目な人でした。流れは二十キロメートルにもなりません。小川はマルシェ゠ブトンとフォントゥヌイーユの下流地域で浮かれ騒いだ後、ドゥーシ村に近い曲がりくねったウアンヌ川の木陰でまったく死んだようになります。水源から数百メートルのところで、キュイーヴル川は川幅を広げるものの、緩やかな甘美な流れになって、今ではみすぼらしい沼地になってしまった小さな湖沼に入りこんで行きます。

この浅瀬、この湖沼には歴史があります。ここに最初の封建領主が要塞を造りました。静かな水の流れ、《モット゠デュ゠キュイーヴル川》〔「丘のような銅の要塞」の意〕に囲まれた要塞です。この浅瀬、この湖沼には戦士たちの喧騒や恋歌、ホルンの強い響き、トルヴェール〔北仏の叙情詩人〕が奏でるヴィオラの音色が聞こえてきました。ここで強くて、おそらく美男、おそらく非情な、傲岸不遜なやから、あるいは不忠の男たちが生まれ、生活し、死んで行ったのです！　今ではもう草地と悪臭を放つ沼地しか見えませんが、かつてここは要塞だったのです。その後、領主はこの要塞を捨て、立地条件のよいもっと高地のパルク゠ヌフにはるかに堅牢な要塞を造りました。そのパルク゠ヌフもモット゠デュ゠キュイーヴル川と同じく、今では跡形もありません。

前々世紀の終わり頃、ここから近いあばら屋にこの地方では《ヒツジの毛を刈るリトン》の名で知られた正直な少年が暮らしていました。

リトンは、湖沼に沿ったひどくやせたわずかばかりの畑をどうにかこうにか利用していました。畑を耕し、種をまき、草を刈り、白い家々が建ち並ぶ集落の、さんさんと日を浴びた斜面にブドウの木を植え、細心の手入れをしていました。時期が来ると、早朝、重い袋を小脇に抱え、点在する農場の畜舎に行って、ヒツジたちの毛を刈ることもありました。谷底にぽつんと建つ小さな家には、とても遅くならないと帰れません。日曜日の午後は家に残り、毛を刈った見返りにもらった二、三匹の雄ヒツジをときには追い立て、アスニエールやグランジュ゠ルージュの大農場まで連れて行くこともありました。そこの大農場にはヒツジたちがいっぱいいたからです。こうして隣の大きな森の外れまでゆっくり歩き、夕方には湖沼に近い崩れ落ちた要塞の小さな壁石まで帰って座りました。ポケットから葦の笛を取り出し、暮れなずむ頃、一人笛を吹きました。

五月の晴れた日曜日のことです。谷の斜面、ペリオーの森の向こうに日が落ちました。

《ヒツジの毛を刈る少年》は陽気な間奏曲リトルネッロを吹いていています。突然、同じ曲を歌っている小さな、とても小さな声が聞こえたように思いました。驚いて吹くのをやめると……歌声もとまります……また優しい子守唄を吹き始めました。乳児がいらいらしているときとか、乳歯が生え出してやきもきしているときに、年老いた乳母が繰り返し小声で乳児に歌って聞かせる哀歌です。歌声がまた始まり、それから声が震え出し、その後静かになりました……

少年は茶褐色のオオガモたちの足もとをぬかるみに沿って、近くまで進んで行きます。木靴がゆるんだ泥にはまり、木靴のまわりで水泡がぶくぶく音を立てています。盛り上がった塚の上に立ち眼を上げると、女性の姿が見えました。家の小さな庭に咲くユリの花よりもっと白い、類なく美しい女性でした。貴婦人が自分の方を見ています。リトンは驚いて、少しこわくなり口もきけません。でも、貴婦人が笑ってくれたので、安心して深々とお辞儀をし、もぐもぐとこう切り出したのです。

「美しい奥方さま、お会いしたことはございませんが……歌がとてもお上手ですねえ。もうこちらに近寄らないで下さい。お願いします！　ほら、ここの湖沼の水は汚れていますよ。だから、あなたのきれいな白い衣装が汚れてしまいます！」

「あら！」と、貴婦人が答えます。「わたしの衣装が汚れるなんて、金輪際もうありません……」

《ヒツジの毛を刈る少年》は、憂いを帯びた声の響きとひどく悲しそうな眼に心を打たれます。

その後、美しい亡霊は黄昏で暗くなった川のほうへずっと進んで行きます。

「奥さま、もう川に近づかないで、近づかないで下さい。後ろの塚に上って下さい。川底は緑色の粘性の泥土になっていて、見えないはずです。そこに足を踏み入れた人たちは、身動きが取れなくなります。その後、這い上がれた者は皆無です！　お願いです、奥さま、戻って来て下さい。」

ところがとても驚いたことに、貴婦人はまた数歩歩いて行きます。そのとき、少年は貴婦人の足が白いのに気づきます。衣装の白さと同じ色です。貴婦人は水に触れず、灰色の水面をまるで滑っているようです。

「ねえ、わたし、泥のなかにはまりこんでしまう！　はまりこんで死んでしまうわ！　どうしたらいいかしら？」と、貴婦人が悲しそうな声で言葉を続けます。「どうして死ねましょう？　だって、わたしは死んだ女、二度死ぬなんて、ありえませんもの。」

リトンは、彼女の眼に涙があふれているのに気づきます。ちょうどそのとき、《パルヴィエ》丘の上方の明るい空に蒼いまん丸い月が昇り、涙にむせぶ美しい貴婦人の姿が斜めに差す月光を浴びていっそう白く映ります。驚い

たことに、銀色の月光が彼女の身体を突き抜け、沼の青緑色の水面にその影を背後に落とすこともありません。

「わたしは死んだ女！　そうです、本当に死んだ女なのです！　四世紀前から、わたしはここのハシバミの茂みに近い墓場で土に埋もれていました。そこには小さな教会があって、教会は要塞の騎士や気高い奥方たちの墓場に使われていました。」

そこで《ヒツジの毛を刈る少年》がハシバミのほうへ眼をやったときです。

「見てはなりません。この最後の安住の地も今は草とコケに覆われています。わたしはこの場所で冷酷な口の悪い城主の奥方でした。寡婦や孤児に対して不遜きわまりない無情の女でした。たくさんの農奴や自由農民を棒で打っていました。不運な人たちは、餓死しないように天守閣を囲むこの湖沼で釣り糸を垂れていました……神の逆鱗に触れてしまったのです……もっともなことです！　わたしは、こうして月夜の日にかつてのわが領地、栄光に包まれたこの地を、でも、今となっては苦痛の極みであるこの地を徘徊しなければならなくなったのです！」

バスティエはひどく心をゆすぶられ、少し怖くなって押し黙ってしまいます。しかし、貴婦人が言葉を続けます。

「この苦痛に終止符を打てそうな解決策といえば、一つしかありません。どなたかがわたしを憐れみ、ともに泣いて下されば、そのときわたしは赦しが得られましょう！　あなたは一介の平民ですが、素直な心と寛大な魂をお持ちの方です。そのあなたにこれまでの傲慢で冷酷な生き様をわたしがどれほど悔やんでいるかを知ってもらえるなら！　ああ！　わたしが生き返りたいとこれほど願うのは、庶民であるあなたがたの間に入り、善良な優しい、みなさんから愛される人になって、わかりますか、これまでの悪行と同じくらい多くの善行を積みたいと思うからです！……神の呪いがようやく終わり、墓のなかで安らかに休むことができますように！」

大粒の涙が眼からあふれ、蒼白い頬を伝って流れ落ちていきます。呪われた城主の奥方は後悔の深い悲しみで胸はいっぱいになり、絶望で胸が張り裂けそうになります！

優しいリトンはびっくりして奥方をじっと見つめています。心底動転した彼が叫びます。

「奥さま、あなたがどんな人か、またなにをされたか存じませんが、真摯に悔いておられます！あなたに同情します！　不憫に思います！……」

少年が嘘をついていないのは、涙に曇った眼からもはっきりわかります。

この実直で、しかも、自然と出た寛大な言葉に、白い貴婦人は微笑します。この優しい微笑と美しい顔が、すでに上空高く上った月光に照らし出されて、見る見るうちに姿を変えて行きます。月光にきらめく水面を薄い靄がすれすれに漂い、もつれた糸のように盛り上がったり、おそらくそよ風に引きずられて波打ったりしています。少年は黙ったまま、微風のなかで静かに揺れる甘い声、優美な声に耳を傾けます。一言、「ありがとう」という声が聞こえました。

貴婦人は後ずさり、遠ざかり、この世のものとは思えぬ透明さのなかに溶けていくように映ります。ほどなく貴婦人はスカーフのような靄に包まれ、靄と一つになってしまいます。靄のスカーフは、環状に銀が巻かれた高級なシラカバの木にずっとかかっていましたが、朝露が真珠のようにきらきら輝く時間、草叢に隠れていた墳墓のほうへ長く伸びて行きます。とうとう貴婦人は赦しをもらえたのです！

アンリ・バスティエ（実名で呼ぶことにしましょう）は、もう二度と白い貴婦人と会うことがありませんでした。彼女がハシバミの木陰にある領主の墓場に眠っている以上、二度と会うことはできなかったのです。歌の上手なアンリは、その後、長い間、物思わしげにふさぎこんでいました。おそらく白い貴婦人、美しい亡霊への想いが募っていたのでしょう。あの白い貴婦人は、自分のような貧しい《ヒツジの毛を刈る》少年に城主の奥方として生涯の重大な秘密を打ち明けてくれました。眼の前にいた美しい亡霊は、キュイーヴル川の湖沼に広がる銀色の靄のなかに少し消えて行きました。アンリは、もう二度と笛を吹かなくなりました……集落の人たちは、アンリが妻を娶らないのは、五月の夕暮れになにかを見てしまったせいだと噂していました。

アンリは自分のあばら屋と小さな土地から離れることにしました。シャンパニェル村に住んでから数年が経ちました。この村は小さな丘の上に密集した低いちっぽけな家々からできていました。家々は、前世紀に廃墟と化した教会の後陣、古い城の付属建物、木造の古い市場の間に建っていました。

この小さな丘は《カイエンヌ》と呼ばれていました。どうしてそう呼ばれるようになったのでしょうかね！……それからというもの、リトンはもう泥沼もハシバミの茂みも見ていません！《モット＝デュ＝キュイーヴル》の白い貴婦人のことも考えないようにしてきました。

ドゴンドさんは話し終えると立ち上がり、その場を離れるついでにこう言い添えました。その方がよいと思ったようです。

「坊や、わしの話を信じたくないなら、ドラルシュおばさんに訊いてみな。白いボンネットをかぶって、あそこを歩いているあのおばあさんだよ。リトンはわしの父親とは近縁だが、あのおばあさんの父親とも近縁なんじゃ！……」

訳注

『白い貴婦人』はヨーロッパに頻出するテーマ。とくにスコットランドやノルマンディー地方でよく知られた話である。本書第五部ノルマンディー地方の民話第一章にある「亡霊のミサ」にも白い貴婦人が登場する。

第三章　笑い話

水差し小僧

むかし、一人息子のいる病弱なやもめがおりました。息子は太って力持ち、いたって丈夫でしたが、頭のほうは空っぽでした。友だちに付けられたあだなからもそれがよくわかります。息子はこれまで友だちから《水差し小僧》としか呼ばれていなかったからです。間抜けで愚鈍な男でした。しかし適齢期に達する頃には素行もだいぶ改まり、ある日、母親がこう言いました。

「息子や、おまえはもうすぐ二十五歳になるんだよ。まさかとは思うけど、家事をしてくれる嫁を見つけないとねえ。おまえは家事もできないし、母さんはどんどん弱っていく。おまえにはかみさんが必要だよ！」

「でも、どうすればお嫁さんがもらえるの？」

「いいからちょっとお聞き。隣の家にこの頃、お針子さんたちがいるね。あの娘たちをからかってごらん。足を踏んづけたり、つねったり、困らせたりして、自分のほうに注意を向けさせてみたら。」

そこで小僧は隣の家を覗いてみました。

「みなさん、こんにちは！」

「こんにちは、小僧さん、こんにちは！　そばへどうぞ、お座りなさい！」

おわかりでしょう、娘たちは《水差し小僧》をからかうのが好きなのです。平気で冷やかしてみたり、いたずらをしたり、駄じゃれを言ったりしていました。わたしなんかは、心配ご無用と思っていました。だれにも悪意はなかったのですから！

小僧は、一番きれいな娘のそばへ座りに行きました。その娘をつねったり、体に触ったり、高笑いをしながら暴れまわっていました。でも、かわいそうに娘としてはこうふてぶてしくされた以上、もう笑うわけにはいきません。粗野な男は親指がつぶれるほどひっきりなしに足を踏んづけたり、腕に青あざができるほど強くつねったりしてきます。娘はそんな男を挑発するような高慢ちきな性格ではなかったのです。

「あらまあ、小僧さん、じっとして、じっとしていてくれない、野蛮な人ねえ。わたしのこと、ほっといてくれない、乱暴なんだから。」

小僧はもっとひどい、派手なことをまたおっぱじめました。ひっひっ、ひひひ！　ところが娘に平

手打ちをくらってしまったのです。それでも娘は小僧を追い払うことができなかったものですから、爪で小僧を容赦なく引っ掻き始めました。

小僧は、笑っている場合じゃないと痛いほど感じたわけです。すっかりしょげかえった彼は、母親のところへ行って自分の災難を話してみました。

「どうせおまえのことだ、うまくやれなかったんだろう。指先ときたら愛らしくもないし、軽快な足取りとはほど遠い、それじゃ娘っ子なんか愛撫できやしない。

いさ。女の子は手荒に扱っちゃだめ……せめて秋波を送るだけで、やめておかなくちゃ。」

「秋波！　それって何さ？」

「まったく間抜けなんだから！　若い娘を誘惑したけりゃ、ウインクをしなくちゃ、わかるだろう。おまえはあんまりおめでたくて、話もしたくなくなる。あれこれおまえに説明したって仕方がないわ！」

こうして母親は、息子の馬鹿さかげんにうんざりして冷たく追い払ってしまいました。

しかし、小僧はきれいなお針子にぞっこんでした。なにがなんでもものにしようと、秋波を送りウインクをして、相手をなびかせるにはどうしたらよいか、あれこれ思い悩んでいたのです。

さて、ヒツジの群れを放牧する時期になりました。そこで小僧は羊小屋へ出かけて行きました。木戸の番をしていたからです。もちろん、それ以外のことなど小僧にできるはずがありません！

「よし、子ヒツジの目玉をもぎとってやればいいのさ。その目玉をお針子に投げてあげる。《秋波を送る》とは、そういうことなんだ。ウインクを何回もして、あの娘《こ》を必ずものにしてみせるぞ。」

思っていたとおり実行されました。《水差し小僧》は、子ヒツジを六匹殺した後、その目玉を両脇のポケットに入れ、隣の家の扉をそっと押して、隙間から覗いてみました。でも、お入りなさいとは言ってくれません。

答えがありません。

「みなさん、こんにちは！……こんにちは！」

「ああ！　そうなんですか、お嬢さんがた、みなさんは気ぐらいが高いひとたちですからね。これからはもう少し優しいところをあなたがたにお見せしましょう。みなさんはわたしに全幅の期待を寄せているんでしょう。でも、わたしの可愛いお針子さん以外、あなたがたなんか眼中に入れていませんからね。」

娘たちは、あっけにとられた大きな目をして小僧をじっと観察していました。やにわに小僧は赤、白、黄色の玉のようなものをポケットから取り出し、娘たちの顔をめがけて投げつけました。

「じっとしていなさい、ろくでなしのイヌ畜生が。シャツを縫っているのよ、汚しちゃだめ」と、娘たちの一人が大声をあげました。

小僧は犬小屋へ逃げこみ、一日中ふてくされていました。けれどもお腹が空いたので、母親のところへ戻らざるをえませんでした。母親は息子を許し、二人は仲直りをしました。

母子は生きるためにお互いを必要としていたのです。

「息子や、おまえが馬鹿だから、わたしたちは嫌な目に遭うんだ。でも、やっちまったことは、やっちまったこと。もう言うんじゃないよ。あのかわいそうな子ヒツジの肉からできるだけたっぷりと儲けを出すようにするんだ。子ヒツジを手押し車に載せて町まで売りに行って来な。稼いだお金はちゃんと財布にしまっておくんだよ。別のヒツジの群れを買うからね。手を付けちゃだめ。でもねえ、壺とピンが二十五本、必要なの。ついでにこの若鶏も売って来て。それとこれだけは忘れないで。子ヒツジを一匹一エキュ以下で売るんじゃないよ。子ヒツジの毛も十二スー以下で売っちゃだめ。」

「ああ、なるほど、そのとおり！　ちゃんと覚えておくよ。」

道中、小僧は《子ヒツジは一エキュ、若鶏は十二スー》と、忘れないように繰り返していました。しかし、小川の流れで道が切れてしまいました。歩くのをやめて一息入れ、手押し車をしっかり押して浅瀬を渡ろうとしました。一エキュと言ったところで、お決まりの繰り返しがとまってしまいました。向こう岸へ渡ると、《子ヒツジは十二スー、若鶏は一エキュ》と、反復を続けました……以後同様に言い続けました……。なにもかもが永遠にこんがらがってしまったのです。町に着くと、博労が近づいてきて、尋ねました。

「やあ、おまえさん、そこでなにをぶつぶつ言っているんだい？」

「子ヒツジは十二スー、子ヒツジの毛は一エキュ。」

「子ヒツジを六匹もらうぜ。若鶏の方はいらねえよ。従軍商人にでも売るんだな。」

博労は十二スーを六回数えました。子ヒツジの毛は一エキュと続けて叫んだところでどうにもなりません。だれもこの値段には無関心、小僧は十二スーしかもらえませんでした。小僧は子ヒツジを手放すのをためらっていました。母親の言いつけどおりにしたかったからです。でも、それ以上のお金は出してくれそうにないので、小僧もとうとうこれがおそらく妥当な値段と考えることにしました。

「確かにおいらはとても素直なのさ。家から出ない老いた母親の意見に従おうとしているんだから。若鶏が子ヒツジより安いのはみんな知っている。それなのに若鶏に高い値を付けてくれているんだ。十五スーならただよりましさ。うまい話に乗り遅れるぞ！　その手は食わん！」

小僧は若鶏を十五スーの値段で承諾し、二十五本のピンを買いに出かけました。買い終わるとピンを小ポケットに押しこみ、壺を荷車に載せました。しかし、壺が左右に滑るので、割れるのが心配でした……実際、車輪が轍にはまり、荷車は大きく傾いてバラバラ。壺の取っ手が荷枠にぶつかって壊れてしまったのです。

「静かにしておれんのか」と、怒った小僧が壺に向かって叫びました。「よし、おまえがそんなに揺れるなら、暴れまわる機会を作ってやる。おまえは三本足、おいらは二本足にすぎん。おまえのほうがよっぽどおいらより歩くのがうまいはずだ！」

そう言うと、小僧は道の中央に壺を置き、旅を続けました。まもなく干し草を積んだ車がやって来て、車輪が壺をひいて行きました。壺は粉々に砕けてしまいました。車が《水差し小僧》に追いつき、追い越して行くと、《水差し小僧》は、行き来するほかの車の邪魔にならないように後ろへ下がりました。道中、ピンが上着の裏地からチクチク肌に当たるのが感じ取れました。一度、二度、三度と我慢したのですが……車が揺れるたびに、ピンが背中の肉に痛いほどくいこんできます。罵倒しながら抜き取ってやりました。そのピンを、前を走っている車のわら束の上に投げ捨てました。前の車が荷を下ろすときに、ピンを取り戻せるようにそうしたわけです。だから、前の車が道を逸れてもついて行き、その日ずっと藁束のなかを探し続けたのですが徒労でした。針は見つかりません。小僧は空手で家に戻りました。

息子が会計報告をしに来たときも、母親は満足してくれません。馬鹿を相手にどうすればいいというのですか！　最も賢明なのは、忍耐強く小僧の愚かさを矯正していくことです。

「おまえが市場から持ち帰ったお金だけじゃ、せいぜい雄ヒツジ一匹ぐらいしか買えないよ。家で飼っているヒツジたちを補充して必要な頭数だけそろえるには、おまえが家庭を作るときのために、敷布用に保存しておいた布地の大きな一巻きまで当てにしないといけないんだ。残念だけど仕方がないね！　おまえが馬鹿だから、我が家も半ば破産状態。だから、当てにされても困るのよ！　布地も売らなきゃなんないわ。甘い言葉に乗せられる性質だから、おしゃべりな奴とは付き合っちゃだめだよ！　でも、その前にわが家のけちな布地が高く売れるように、漂白しておかなくちゃ。いい機会だ、家の汚れものを全部洗っておきな。手伝うのはごめんだよ。わたしは疲れているんだ。家のなかをしっかり点検して、汚れた垢だらけのものをたらいに入れて置くんだよ。」

《水差し小僧》は金輪際その言葉を忘れませんと約束し、煤のように真っ黒な鍋を洗濯桶に入れました。それから、母親のシーツがきれいかどうか調べに行きました。

「ああ、確かにどれもこれも汚れていない。でも、母さんは年取っているから、汚れていないはずはない！　へえ、それじゃ少し母さんも洗濯しなけりゃ。多分もっと若々しくなるぞ。」

小僧は寝ている母親を抱きかかえ、洗濯桶に入れました。ところが母親は目を覚まし、もがいた末に馬鹿者を引き下がらせました。

「いったい、なにをおっぱじめようというんだい、大馬鹿者が？」

「母さんもちょっぴり洗濯しなくちゃ。そう思ったんです。」

「ああ！　情けないったらないよ！　母さんを溺れさせる気かい？　どれもこれもできるはずがな

いだろう。そんならうっちゃっておきな。おまえには手助けするより母さんを溺れさせるほうが、よっぽど向いているんだねえ。さあ、とっとと消え失せて寝に行きなさい！」

小僧は二度と言われないように、脱兎のごとく逃げ出しました。扉をあまり強く引っ張ったので、扉の間に腕が挟まれてしまいました。そのまま扉を持って、納屋まで引きずって行き、そこで横になって、当然のことながら——まあ！——ぐっすり寝こんでしまったわけです。

泥棒が二人町に盗品を売りに来て、深夜、そこを通りかかりました。扉のない家を見つけると、千載一遇の好機とばかり、なかに入り、パイプに火を点けたところ、老婆が一人眠っているのが見えました。泥棒どもはエキュ貨幣の入った袋を置いて一息入れ、それから部屋の中央に散らばっていた洗濯物の束を荷造りしました。

一方の泥棒は戸口に陣取って荷物を詰めこみ、もう一人の泥棒は古着をかき集めていました。が、鍋につまずいて、床にばったり倒れてしまったのです。大きな音をたてたので、泥棒は肝をつぶしていました。荷物を詰めこんでいた泥棒の方は、なにも聞こえなかったので、しびれを切らして相棒に向かってこう叫びました。

「戸口へ出るんだ、出るんだぞ！」

鍋の音で目を覚ました《水差し小僧》は、納屋の屋根窓から鼻を突き出して、下で何が起きたのか覗いてみました。半睡状態だったので、泥棒だとは気づかず、戸口へ出るんだと叫ぶ何者かの声が聞こえたように思いました。

「そら、おまえさんの戸のお出ましだぞ！　おまえさんが一生懸命頼んだから、戸が来てくれたんだ！」

小僧は高いところから戸を突き落としました。落ちたときの戸の音で泥棒どもは震え上がり、エキュ貨幣の袋を置いて、全速力で逃げて行きました。

《水差し小僧》は下へ降り、袋を拾って納屋に隠し、母親に言葉をかけられないうちに布地を売りに町へ出かけました。かわいそうに目を覚ました母親は、敷布にくるまって隠れていました。戻って来た泥棒に殺されては元も子もないと、貨幣の袋をだまし取れないでいたのです。

《水差し小僧》は、市場でお得意さんをたくさん見つけました。布地が上質なので、みんなが買おうとしていたからです。しかし、値段を訊かれると、そのたびにこう答えていました。

「こんなもの、なんの得になるんだい？　おまえさんにはあげないよ、あんた、おしゃべりなんだもん！」

小僧は無口なお客か、ブルゴーニュ方言に通じていて、無駄口をたたかないようにしているお客にしか自分の商品を売りたくなかったのです。だから、お客に布地を見せても無駄でした。

小僧は町に行ったおかげで疲れていました。教会に入り、ちょっぴりお祈りをしました。休んでいる人がたくさんいました。聖人像の前でひざまずき、この聖人は一緒にいても口を開いたことが一度もなかったんだと気がついて、こう言ってみました。

「あんたはおしゃべりじゃないから、おいらの布地を売ってあげてもいいぜ。」

そこで壁龕《へきがん》のところに布地を置き、支払いを待っていました。石膏像は自分のポケットを探る素振りも見せません。小僧が聖像に言いました。

「慌てることはないさ。おいらは急いじゃいないよ。まだ昼飯を食べていないんだ。おっつけ十二時になるぞ。もう五分待つから、払ってくれるね。もうすぐおいらが馬鹿にされていないことがあんたにもわかるよ！」

五分が過ぎ、さらに六分経ちました。七分経つと、《水差し小僧》はじりじりしてきました。八分経つと、堪忍袋の緒が切れて、椅子を持ち上げ、ばしっ、ばしっ、聖像が粉々に砕けてしまいました。

けれども、台座の隙間に宝物が隠されていたのです。その宝物から音色が響くのが聞こえ、ほどなく聖人の肖像が入ったルイ金貨がキラキラ輝くのが《水差し小僧》には見えました。小僧は金貨をポケットにしまうと、そっと教会を抜け出しました。教会にはきちんとお金を支払ってくれる人がいたわけです。

家に帰ると、小僧は目を丸くしている母親の前にルイ金貨を出して見せ、泥棒どもが残していったエキュ貨幣の袋も一緒に並べました。

「母さん、これで子ヒツジが買えるね……いとしい若いきれいなあの娘にも気に入ってもらえるよ。」
「そうだね、息子よ、おまえはまったく機転はきかないが、なんとか切り抜けられたじゃないか！やれやれ、ありがたいこと！　これでわたしたちもおいしい白パンにありつけそうだわ。」

訳注

ウジェーヌ・ボーヴォワ編『ノルウェー、フィンランド、ブルゴーニュの民話』（一八六二年）所収。なおこの話はクロード・セニョル編『ブルゴーニュ地方の民話と伝説』（一九七七年）、ミシェル・エリュベル編『ブルゴーニュ地方の民話』（二〇〇〇年）にも再録されている。エリュベルはこんな注を付けている。「純情なために少年がよくいじめられるテーマ。この話では、主人公は純情さをはるかに通り越して、馬鹿げた世界に足を踏み入れている。少年は水差しになっているが、最初は母親の善意に、さらに神の恵みに救われる。わたしはこの話を口伝で聞いた。書き言葉による類話も数篇ある。」

『フランス民話集Ⅲ』第四部第四章の「バカのジャン」（ドーフィネ地方）は類話なので参照。

オオカミの尻尾を持った少年

むかし、ダン゠レ゠プラース〔ブルゴーニュ東部モルヴァン地方のニヴェルネ川沿いの村〕にほど近い村に怠け者の三人の子どもを持つ夫婦がいました。

長男が十五歳になると、父親がこう言いました。

「家にはもう食べる物がない。おまえは三人のなかで一番年長で、力も強い。家を出て仕事を探し、家族を助けてくれんとなあ。」

そこで長男はカレ゠レ゠トンブ〔モルヴァン地方北部ヨンヌ川沿いの小郡〕の方へ向かいました。ポケットには小銭もなく、新しい半そでシャツを羽織り、靴がすり減らないように、棒の先端に靴を吊して肩にかつぎ、裸足で出かけたのです。

長男は歩いて、歩いて、さらに歩き続けました。夜が近づき、お腹が減ってきました。

道路のそばに大きな階段の付いた小さな家を見つけました。階段は居住する部屋とつながっています。階段を上っていくと、戸口の敷居から黒麦のお粥を作っている女の姿が見えました。

「ああ！　奥さん、お粥を一皿頂戴できれば！」

「坊や。賭けに勝たんと、もらえんよ。階段を一回で跳んだら、分け前にありつけるけどね。」

二十四段も跳ばなければなりません。少年は靴と半そでシャツをその場に置いて身軽になり、それっ！　と跳んで、下に落ちました。ところが女は戸を閉めると、差し錠をかけてしまったのです。少年が戸をたたいて叫んでみてもどうにもなりません。

「半そでシャツと靴を返して！　半そでシャツと靴を返してよ！」

「そこのちび助さん、どうせ道をうろつきまわっている浮浪者だろう、一人暮らしのかわいそうな女をいじめるんじゃないよ、遠くに行っちまいな。」

そこで少年はまた出発しました。しかし、夜になって来ました。十字路で道を間違えてしまったのです。少年は歩いて、歩いて、さらに歩き続けました。そして、森のなかにどんどん入りこみ、道に迷ってしまったのです。

とうとう火を見つけました。暖を取っている人たちがいました。炭焼きの人たちだろうと思って近寄ってみると、泥棒でした。

「お若いの、どこに行くんだい？」

「仕事を探しているんです。でも、道に迷ってしまいました。お腹がペコペコなんです。」

「近くの囲い地にヒツジがいるから、一匹、連れて来な。肉を食べれば、空きっ腹に沁みわたるぜ。」

少年は泥棒たちが殺したヒツジを受け取り、皮をはいで、棒を突き通しました。それから、地面に突き刺した二本の農業用の草かきで棒を両側から支え、ヒツジを火にかけました。

「さあ、ヒツジが焼けるまで、大串を回すんだ。」

ほどよく焼けると、泥棒たちは輪になって座り、食べている間じゅう、周りが明るくなるように、溶けるまでろうそくを少年に持たせました。食事が終わると、泥棒たちが少年に声をかけました。

「やい、若僧、朝日が昇れば、お上に俺たちを売ることだってできるんだ。俺たちの出かける先がわからんように、おまえを閉じこめておくぞ。」

泥棒たちは空の樽の底を抜いて、少年をなかに押しこみ、また底をふさいで、坂道の下まで樽を転がしました。

少年はずっと閉じこめられていましたが、だんだん心配になってきて、まだ夜なのか、それとも朝日がもう昇ったのか、脳裏をよぎったのはそのことでした。

突然、樽のまわりをうろつきまわって、くんくん鼻を鳴らし、ぜいぜいいう吐息が聞こえてきました。ナイ

フの尖端で樽の出し口をこじ開けたところ、立派なオオカミが樽を引っ掻いて、樽底を持ち上げようとしています。そこで少年はそっと、そっと、出し口から手を出して、オオカミの尻尾を捕まえ、力いっぱい尻尾を引っ張りました。オオカミは驚いて、樽を引きずったまま脱兎のごとく逃げて行きました。長いこと走り続けていました。とうとう樽が標石に当たって壊れ、路上に放り出された少年は、また自由になりました。

新築の家が見えました。結婚式の参列者が婚礼のご馳走を食べようとその家に入って行きます。若者はふと思いました。

「あの連中にまぎれこんでみよう。空腹を癒やせるかもしれないぞ。」

けれども家の内部は、完全に仕上がっていたわけではありません。座りたいと思った場所に床がないのです。板を探しに屋根裏部屋に上ってみました。取ろうとした天上板が釘付けにされておらず、端に足を載せた途端、天井板が傾いて、バタン！　少年は宴のテーブルの上に転がり落ちてしまいました。

「悪魔だ！　逃げよう！」驚いた人々は、そう叫んで、脱兎のごとく逃げ出しました。

そこで少年は豪勢なテーブルの前に一人で陣取り、やっと飲み

食いが思う存分できたのです。

たらふく食べると、前夜、思いがけない出来事に巻きこまれた後だったので、休息と睡眠が必要になりました。それで畑のはずれの草がいっぱい生えた溝に寝そべることにしました。夜になり、眠ってしまいました。足音と荷車の音で目を覚ましました。泥棒が前日、まきあげた盗品を取りに来たのです。盗品を積み終わると、出立する前に、泥棒はしばらく少年のそばの溝の淵に座って一息ついていました。立ち上がろうとしたときに、泥棒は少年の髪にひっかかってしまいました。夜でしたから、髪の毛を草の束と勘違いしていました。そのとき溝の奥から叫び声が聞こえてきました。

「干し草を盗るだけでは足りないのか！　ぼくの髪の毛を引っこ抜かなくちゃなんないの？」

大地から湧き上がる声を聞いた泥棒は走って、走って……

少年は荷車とウマに乗り、心穏やかに家に戻りました。朝日が昇り始めていました。泥棒の財産で家族が裕福になったので、家ではみんながご満悦でした。

訳注

アシル・ミリアンの手稿。この話は、『パリ・サントル』誌、一九〇九年、『ブルゴーニュ年報』に掲載された。また、クロード・セニョル編『ブルゴーニュ地方の民話と伝説』アシェット版、一九七七年、ミシェル・エリュベル編『ブルゴーニュ地方の民話』ウェスト・フランス版、二〇〇〇年にも再録されている。

第四部　アルデンヌ地方の民話

――アルベール・メラック編（渡邉浩司訳）

第一章　伝説の痕跡

アルデンヌの森の赤い男

アルデンヌの森に、むかし、《赤い男》と呼ばれた人食い鬼がいました。これも今からずいぶん前のことになりますが、マリー・デュフールという名の娘がいました。驚くほど美しい娘でしたが、可愛そうに、疥癬の痕が顔にいくつかくっきりと残っていました。マリーはアティニーへ出かけて聖メアンに加護を求める決意を固め、仲良しの友だちラ・ガロットとともに出発しました。

森を通り過ぎるうちに、二人は道に迷いました。とても不安になって道を探すうちに、赤ずくめの服の男が二人の方へ向かって来るのがわかりました。男は《文字のない本》を読んでいました。

「お嬢さんがた、道に迷ったのだね」と、男は言いました。「わたしについて来なさい。」

そこで、赤い男の後を追って二時間歩くと、二人はようやく一軒の家にたどり着きました。大きな岩山と、生い茂る樹木に隠された家でした。二人が家のなかに入ると、高い暖炉の前で、もう一人の赤い男が巨大な鍋を使って、人間の男女の足、手、腕、脚を煮ているのが目に入りました。二人は逃げ出したいと思いましたが、扉が再び閉められ、外へ出ることはできませんでした。

「そもそも、どこへ出かけると言うのかね」と、赤い男が言いました。「外は暗いし、雨が降っているから、森のなかでまた道に迷ってしまうだろう。部屋に上がって眠りなさい。」

二人はそのとおりにしましたが、寝つくことができず、皿やナイフの音のほか話し声や笑い声が、ベッドにいながらもかすかに聞こえました。それから、食事が終わると、ナイフを研ぐ音が響きました。幸いなことに、マリー・デュフールとラ・ガロットは、赤い男が二人を殺そうとしてちょうど部屋のなかに入って来たときに、小窓から逃げ出すことができました。二人はそれぞれの両親の家に戻り、二度とアティニー参詣を考えることはありませんでした。

また、その日から、森の赤い男の姿は二度と見かけなくなりました。

ティボーの跳躍

スモワ川〔北フランスに発するムーズ川の右支流〕のほとりに、《ティボーの跳躍》と呼ばれる平たい大きな石があります。言い伝えによると、ティボーという名の領主が、仇敵の一人に追いかけられていました。ティボーはウマで逃げながら、スモワ川のほとりにある、まさにこの石のある場所にやって来ると、ウマに拍車を入れました。あまりにも力強く拍車を入れたため、ウマは驚異的な跳躍でスモワ川を飛び越え、この石の上に蹄鉄の跡を残していったのです。

訳注
跳躍したウマが飛び降りたときに、蹄鉄の跡を石に残したとされる話は、次の伝説「バヤール馬」にも出てくる。

バヤール馬

地元に伝わる話によると、バヤール馬は、七年ごとにアルデンヌの森へ戻って来ると、ある岩の上で数分じっとしていると言われます。それはかつてバヤールが四本足で踏みつけ、蹄鉄の跡をくっきりと残した岩です。バヤールはとても力強くいななくと、姿を消します。しかし、いななきを耳にすることはできても、その姿を目にすることはとても難しいのです。なぜなら、バヤールの姿を見かけたと自慢することはだれにもできないからです。バヤールが好んで姿を見せるとすれば、ルノー城周辺や、《エモンの四人息子の岬》の間、さらには《モージスのテーブル》だったとされる場所です。

訳注

バヤールは、『ルノー・ド・モントーバン』（十二世紀末か十三世紀初頭の作）という武勲詩に登場するウマの名である。この作品によると、エモン・ド・ドルドンヌの四人息子（ルノー、アラール、ギシャール、リシャール）は成長してシャルルマーニュ（シャルル大帝）に仕える。ところが将棋遊びの最中に三男ギシャールが大帝の子を殺害したことを契機に、四人兄弟は大帝と敵対関係になる。長男ルノーは、魔法使いモージスと名馬バヤールに助けられ、大帝軍を苦しめる。最後には和解が成立し、名馬バヤールは大帝に引き渡される。大帝は、首に石をつけてバヤールを溺死させようとするが、バヤールは石を砕いて水中から逃げ出し、アルデンヌの森へ向かったという。

バヤールは人間の言葉が理解できるばかりか、複数の人間を乗せるときには臀部が伸びるという不思議なウマである。ここに紹介した話に出てくる《エモンの四人息子の岬》は、ある岩だらけの尾根の頂上付近、《モージスのテーブル》は、ドルメンのように水平に置かれ、三つの釘で支えられた平らな岩につけられた名前である。

聖ベルトーの伝説

口伝では、ル・ポルシアンの布教者として知られる聖ベルトーは、シャトーからショーモン＝ポルシアンへ向かう旅の出発前に、シャトーの人々から罵られました。嘲りの言葉や、冷やかしの言葉を容赦なく浴びせられました。聖ベルトーは言いました。

「シャトーのみなさん、不親切なみなさん、あなたがたのなかにはいつも無分別な人たちがおりましたが、これからもずっとそんな人たちが出て来るでしょう。」

それから出発したのです。しかし彼は、ずいぶん前からなにも食べていませんでした。そのため、今ではサン・ベルトー〔聖ベルトー〕と呼ばれる場所にある、ルモクールの領地に入るとすぐに、倒れこんで気を失いました。それほど空腹のせいで衰弱していたのです。旅仲間の聖アマンが、彼のために助けを求めに行きました。しかし聖ベルトーは、食べ物をいくらか口にすると、農夫たちが熱心に休憩を勧めていたにもかかわらず、フレ（今もこの名で呼ばれています）の農場へ入ろうとはしませんでした。

「みなさんの手厚いもてなしに感謝していることには変わりありませんが」と、聖ベルトーは言いました。「神さまがわたしに旅を続けるよう命じているのです。それでも、全能の神の名において、みなさんの大地がこの世の終わりまで肥沃であり続けることをお約束します。」

こう述べると、再び出立した聖ベルトーは、ショーモン山に行って独居房を建てたのです。

原注

「シャトーの無分別な人たち」という呼び名は、アルデンヌ地方では、かつては実際に広く使われていたが、今でもなお使われている。スコットランド王テオデュルの息子、聖ベルトーは、ル・ポルシアンへやって来たとき、ブリテン島の北方からまっすぐに出て来たのだった。旅の友だった親友アマン――オモンと呼ぶ人もいる――も、同じく列聖に加えられた。スコットランドを出たとき、一頭のライオンが二人の前を進み、フランスのショーモンまでの案内役をした。聖ベルトーが居を定めたこの場所は当時、驚くほど荒涼としたところだった。

聖女オリヴリと聖女リベレット

伝説によると、オート゠ヴィルの名門の出である姉妹、オリヴリとリベレットは毎晩、父の館を出て、ショーモンの森へ向かい、聖ベルトーの話す霊的な講和を聞きに行くのが常でした。出発前に二人は、仕事を始めるときのように、糸巻きをちゃんと部屋に置いておきましたが、帰宅すると、二人が留守にしなかったときより多くの糸が巻き取られているのでした。

さらに伝説によれば、二人がシャップの小川を渡るのを手助けしようとして、一本のヤナギの木が自ら傾き、橋代わりになったそうです。

ある晩、雨のなかを、二人姉妹が森へ向かう途中、小川をうまく渡ろうとして、それぞれがブドウ畑からブドウの添え木を一本ずつ引き抜きました。ところが二人が小川のほとりへやって来ると、ヤナギの木がいつものように傾きませんでした。姉妹の一人は、添え木を抜いたところまで引き返して植え直し、もう一人は小川を渡りました。しかしこのときを境に、二人は二度と顔をあわせることがありませんでした。ショーモンの森で、互いに近いところにいながらも、別々に暮らしたのです。

原注

ジャン・ユベール『アルデンヌ地誌』には、次の一節が見つかる。

「この二人の聖女、オリーヴとリベレットは、ショーモンから二里のところにある、オート＝ヴィルの村で生まれました。二人は聖ベルトーを霊的指導者とみなし、その教えをもっと近くで受けられるように、ショーモンから四分の一里の森のなかに、それぞれが別個に小さな独居房を自分で建てました。この二つの独居房の近くには、二つの泉がありましたが、今日でも泉には二人の聖女の名がつけられています。この地方の住人はいつも、信仰心から、この二つの泉へ水を汲みにやって来ます。泉の水は、熱の出やすい人によく効くと信じられています。」

聖ロジェの聖務日課書

ある日のこと、エラン大修道院の院長、聖ロジェは、自分の畑や草地を歩いて回り、エーヌ川沿いに進んだ後、アティニーの領地を訪ね、道端に腰かけてしばらく休憩しました。再び立ち上がると、聖務日課書を読む時間になりました。そこでカバンから日課書を取り出しましたが、ぞんざいに読んだためか、足を滑らせたためか、本は両手をすり抜けて、川のなかへ落ちてしまいました。ロジェは川の表面を本が漂い、流されて行くのを見ました。そこで本を返してくれるよう神に祈りを捧げると、神はその願いを叶えました。すぐさま天使が川から聖務日課書を引き上げてくれたからです。本は濡れることもなく、天使から聖ロジェに返されたのです。

原注

聖ロジェはアルデンヌ地方でとても人気があり多くの奇蹟を起こしている。聖務日課書の一件は、最も有名である。聖ロジェのほかの奇蹟については、ユベール『アルデンヌ史雑録』所収「エラン大修道院」を参照。

聖ワストの奇蹟

トルビアックの戦いに勝利したとき、クローヴィス王は「クロティルドの神」に対して行っていた誓約を果たそうとして、キリスト教に改宗する決意を固めました。聖レミが洗礼を授けてくれることになっていたランス〔パリ北東の町〕へ行くため、王はロレーヌ地方のトゥール〔ナンシー東方、モーゼル川に臨む町〕を通り抜けました。その折に、この町に住んでいた聖ワストの大いなる信仰心の噂を耳にしたため、クローヴィスはワストにランスまでの同行を求めました。聖ワストは快くこれに応えました。

エーヌ川のほとりに着くと、旅の一行はリリとヴォンクを隔てる橋を渡らなければなりませんでした。すると、一行の方へ施しを求めて、目の見えない人が進んで来ました。聖ワストが王のお供に加わっているとわかると、その男は目が見えるようにしてほしいと聖人に頼みました。聖ワストは求めに応え、両手で男の両目に十字のしるしを描きました。クローヴィス王とお供の人々はみな、すっかりみとれてしまいました。すぐさま、その男の目に光が戻ったからです。

訳注

メロヴィング朝フランク王国の初代国王（在位四八一〜五一一年）であったクローヴィスは、妻の一人だった王妃クロティルドの影響で、三千人の従者とともにランス司教レミ（ラテン語名レミギウス）から洗礼を受け、ローマ・カトリックに改宗した。当時、ゲルマン部族の多くはアリウス派を信奉していた。四九六年に起きた《トルビアックの戦い》では、クローヴィスがアレマン族（ゲルマン部族連合）に勝利した（トルビアックは古代ガリアの都市であり、ケルン近郊のツルピッヒに相当する）。

第二章　歴史・宗教伝説

なぜユダヤ人はブタを食べないのか

　ある日のこと、聖ユベールがエルサレムを散策中、その姿を四人のユダヤ人が見かけました。四人は共同のかまどの前で動かずにいました。

「あの人がこちらへ向かって来るよ」と、四人のうちの一人が言いました。「あの人が自分で認めるほどの立派な預言者なのか、本当に神の霊感を受けているのか、確かめてみよう。」

　こう話したラビ〔ユダヤ教の正式指導者〕のジャン・ド・ランセンヌは、付け加えて言いました。「君たち三人は、このかまどのなかに入ってくれ。なかになにが隠れているか言い当てるよう、聖人に尋ねてみるから。」ちょうどそこへ聖ユベールがやって来ました。

「立派な聖人さま」と、ジャン・ド・ランセンヌが尋ねました。「このかまどのなかに、なにが入っているかわかりますか?」

「三匹のブタです」と、ユベールが答えました。

「あなたは嘘つきで、偽預言者ですな」と、ジャンは叫び、すぐにかまどの蓋を開け、なかから三人の仲間を引き出そうとしました。ところが、実際には、三匹のブタが飛び出して来たため、この騒ぎを聞きつけて来たユダヤ教徒たちは、唖然としてしまいました。さらに不運なことに、そのとき、ブタの群れが通りかかったため、ブタの姿になった三人のユダヤ人がなかに混ざりあってしまい、見分けることができなくなったのです。このときを境にユダヤ人は、仲間を誤って食べてしまわぬよう、ブタを食べなくなっているのです。

原注

元憲兵隊指揮官ウォティエ氏が、現在のエテニェール村で語ってくれたこの伝説は、聖ユベールが僧院を構えたアルデンヌ地方のベルギー側でとりわけ流布しているように思われる。一方で、聖ユベール崇敬が盛んなアルデンヌ地方のフランス側との境でも、当時からこの伝説は語られていたので、この伝説は厳密には、アルデンヌ地方の《フォークロア》に含めることができる。「なぜユダヤ人はブタを食べないのか」というユダヤの伝承と比較していただきたい。この伝承によると、イエス＝キリストがある日、パン入れのなかに隠れたユダヤ人に会い、「そこにいるのはだれか?」と尋ねた。イエスを欺こうとして相手は「ブタだよ!」と答えた。「それは結構なことです! あなたはブタと答えたのだから、ブタになるでしょう。」

聖マルタンの旅

聖マルタンがアルデンヌ地方を旅していたときのことです。ある日、エーブで足を止めました。ところが、そこで休憩しようとすると、すぐにこう言われたのです――それも、なぜだかよくわかりませんでした。

「シャルルヴィルへ瓶とクルミを探しに行って下さい。」

そこで聖マルタンは、なにも入っていない二台の大きな荷車とともに出発します。荷車の一つには空の瓶を、もう一つにはクルミを入れなければなりませんでした。

積荷を終えると、エーブへ向けて再び出発します。ところで、聖マルタンは荷車をひくウシたちとともに、村を防御するかのように聳える多くの支脈にも似た、丘の一つの天辺まですでに来ていたのですが、到着目前になって、恐るべき雷雨が荒れ狂ったのです。あたりは曇り、真っ暗になると、稲光りが空を走り、雷がとどろき、雨が滝のように降り注ぎます。おびえたウシたちは、最初は前へ進もうとしなかったのに、次には動転して全速力で動き出し、山の上から転げ落ち、クルミも瓶もことごとく撒き散らしながら、豪雨が掘り削った深い峡谷へと沈んで行きます。

粉々に砕けた瓶の山は砂になり、波が遠くへ運んだクルミの山はクルミの木の森へと変わりました。この森は、今ではなくなってしまいましたが、何世紀にもわたり、聖マルタンを称える巡礼地でした。

この大惨事は全能の神からの戒めだと考えた聖マルタンは、ある石の上にひざまずき、七年もの間、そこで神に祈り、ウシと瓶とクルミのことを悲しみました。

そのため今日でもなお、エーブ地方にあるこの石の上には、聖人の膝と肘の跡のみならず、小さな穴が見つかります。七年にわたり日夜、聖人の流し続けた涙が、石に穴をあけたのです。

カリュエル夫人（寡婦、エーブ゠シュル゠ムーズ出身）が語った伝説。こうした伝説の石については、『伝承誌』第四巻・二一四頁を特に参照されたい。

シャルルマーニュの浅瀬

ラ・クロワ＝オ＝ボワからヴージエ〔北フランスのシャルルヴィル＝メジエール南方の町〕に向かう途上に、小高い山がそびえています。その麓にあるアルゴンヌ丘陵〔シャンパーニュ地方とロレーヌ地方の境界をなす丘陵地帯〕の真ん中には、鬱蒼としたヤナギの木々に隠された小さな湖があり、静かで澄みきった水が眠っています。

そこは《シャルルマーニュの浅瀬》と呼ばれています。名前の由来は次のとおりです。

事の起こりは、八〇五年まで遡ります。この年にシャルルマーニュ大帝の娘たちが、武装兵に伴われて、当時アティニーの宮殿にいた父に会いに行こうとして、アルデンヌ地方を通り抜けました。娘たちのなかではエジルドが一番の美女でした。常に見張りを怠らない小姓を従え、おとなしい白馬にまたがって現われたエジルドの姿はまさに驚異でした。

ところで、ある日のこと、彼らは森のなかで道に迷ってしまい、旅の仲間たちの後を追う気力もなくしてしまいました。疲れ果てたエジルドは、この湖のほとりで足を止めました。湖の水はとても瑞々しく澄みきっていたので、彼女を水浴びに誘っているように見えました。エジルドは服を脱ぎ、腰のまわりにまばゆい絹のショールを巻いただけで、足を水のなかに入れます。大理石よりもつやがあり、雪花石膏よりも白い足でした。ところが悪寒に襲われたエジルドは、引き下がろうとして足を滑らせてしまい、湖の底へ落ちて行きます。湖の水は、一瞬わずかに開くと、エジルドの上で閉じてしまいます。

美男子の小姓はエジルドを見ていました。取り乱したまま、角笛を吹き、自ら湖のなかに飛びこみます。白い手が水面に現われたので、それをつかみます！　エジルドは助けられたのです！

小姓が吹いた角笛を聞きつけてやって来たのは、年老いた木こり一人だけでした。

二人は苔でこしらえたベッドの上に、相変わらず気を失ったままの、シャルルマーニュの娘を寝かせます。そして蘇生を試みます。

エジルドはようやく目を開きます。

「ゴントラン！　ゴントラン！　わたしのハンサムな小姓よ」と、彼女はつぶやきました。「ゴントラン！　わたしを助けてくれたのね、感謝するわ！　わたしの小姓よ、あなたを愛していたわ。生き長らえることができていたら、わたしを妻に迎えてくれていたかしら？」

涙にくれる美男子の小姓は、返事ができませんでした。それほど、いまわの際にあるエジルドの姿を前にして苦しみが大きかったからです。心の奥底では小姓もまたエジルドを愛していましたが、恋心をあえて口に出すことは一度もありませんでした。

「ああ！　ゴントラン！　ゴントラン！　わたしのハンサムな小姓よ」と、エジルドはなおもつぶやきました。「わたしが死んだら、一緒に死んで下さる？」

それがシャルルマーニュの娘の発した最後の言葉でした。

するとエジルドを両腕で抱きかかえ、長い間、愛をこめて抱擁したゴントランは、最後のお別れの言葉を木こりに残し、フィアンセと一緒に湖のなかへ下りて行ったのです。

こうして二人は死のなかで結ばれたのです！

ラ・クロワ゠オ゠ボワで採集された話。

聖ルマークルとオオカミ

七世紀のアルデンヌ地方北部――今日、アルデンヌ地方のベルギー側に相当する部分――は、未開の荒涼とした地で、盗賊や野獣の巣窟となっていました。掘っ建て小屋がごくわずかに何軒か、開墾されていない土地のところどころに建っているだけでした。掘っ建て小屋に住む気の毒な農奴たちは、狩りや釣りで得た食糧で苦しい生活を送っていました。

ところで、こうした農奴たちを教化しに――なぜなら彼らは野人同然だったからですが――、なんとかもう少しましな生活を送ってもらうために、聖ルマークルの高徳の噂を聞いていたシギベルト二世王は、エルブーモン近郊に、修道院を建てる許可を与えました。ルマークルに与えられた三里の土地は、スモワ川から流れ出る、いつも澄みきった水で潤されていました。

まもなく、この地と近隣では、あたりの様子が変わり、快適な藁葺き家が何軒か修道院のまわりに建てられました。すがる思いで保護を求めて駆けつけた農奴たちに修道士たちは、それまで不毛だった土壌を、労働と忍耐により、どうすれば肥沃で生産的な畑に変えることができるか教えました。

また、ほど遠からぬところに、ふもとをスモワ川が流れる険しい山が聳えており、キツネやイノシシやオオカミのほかには棲むものがいなかったので、聖ルマークルはそこに洞穴を作り、苦行のつもりで引きこもり、祈りを捧げながら暮らしたいと思いました。それから、自分の洞穴の横に、唯一の仲間であったロバのために、洞穴をもう一つ作りました。ルマークルが修道院へその月のわずかな食べ物を求めに行くと、ロバがこれを運んでくれたのです。

聖ルマークルの名声は、その地で直ちに広まりました。いたるところからやって来て彼のもとを訪ね、賢明な忠告を求めたり、祝別を懇願したりした人々は、帰るときには癒やされて、より強い気持ちになっていました。ところが、悪霊が嫉妬し、これほどに偉大な聖人を決して意のままにできぬと悟ると、聖人がこの世で最も大切にしていたロバを標的にすることで、聖人を攻撃する決意を固めました。

このロバはジャックと呼ばれていました。どうしてこの名がつけられたのでしょうか？　伝説はその理由について黙していています。伝説が明らかにしてくれるのはただ、このロバがとても穏やかな性質であり、一緒に遊ぶ子どもたちが、両耳や尻尾をつかんで引っ張っても、決して後脚で蹴ったりはしなかったということです。それどころか、ロバは子どもたちの顔や手を、愛情をこめて舐めていました。

ところが、ある日のこと、夜が更ける頃、修道院から独りきりで聖ルマークルの洞穴へ戻る途中、ロバは突然、巨大なオオカミと鉢合わせになったのです。かわいそうなジャックは、あまりの恐怖ゆえに急に立ち止まり、麻痺したかのようになり、逃げようとして一歩も踏み出すことができず、助けを呼ぼうとして鳴くこともできなくなりました。そこでオオカミが飛びかかり、ジャックをむさぼり食ってしまったのです。

ちょうどそこへ、聖ルマークルがやって来ました。

「オオカミよ！　おまえはオオカミなのか？　それとも悪魔なのか？」

オオカミは、ぞっとするような作り笑いを浮かべ、牙を見せつけました。

「そうだ！　おまえは確かに悪魔だ」と、聖ルマークルは言いました。

すると、すばやく、オオカミの首のまわりに、数珠を捕獲網のように投げつけました。数珠の玉の一つは、本物の十字架の木でできていました。体中を震わせながら、オオカミは聖人の前にひざまずきました。

「歩きなさい！　歩くのだ！」

聖ルマークルは、ジャックが常日頃運んでくれていた二つの籠をオオカミの背中に載せ、杖で何度もたたいて、厩舎として使っていた洞穴までオオカミを追い立てて行きました。オオカミが洞穴に入るとすぐに、

「オオカミ、あるいは悪魔よ」と、彼は言いました。「動かないように命ずるぞ。」

それから聖人は、いつも以上に熱心に祈りを捧げた後、自分の洞穴に戻り、乾いた葉で作ったベッドの上で休みました。ところが、午前零時になり、悪霊の群れが仲間を助けにやって来て、ぞっとするような叫び声をあげたので、聖ルマークルは目を覚まし、聖水を悪霊たちに振りかけました。すると、悪霊たちはことごとく退散しました。

翌日、熱意を新たにして——そんなことが可能であればの話ですが——、またしても神へ祈りを捧げると、ルマークルはオオカミに会いに行きました。

「オオカミ、あるいは悪魔よ、これはジャックの籠だ。食べ物を探しに向かってくれ。」

命令に従って、オオカミは修道院までの道を進み、到着すると、修道士たちは皆そろって唖然としました。しかし、聖人がこう言ったとき、修道士たちはルマークルの偉大な力に敬服しながら、なお一層驚いたのです。

「このオオカミはサタンにほかならない。かわいそうなジャックをむさぼり食ってしまったので、神はジャックが行っていた仕事をサタンに行うよう命じておられるのだ。」

そこで、二年もの間、オオカミは聖人の従順な奴隷となり、洞穴から修道院へ、修道院から洞穴へと謙虚に往復したのです。子ヒツジのように臆病に、反抗しようともせず、オオカミは背中に載せられた荷物をすべて運びました。首のまわりに巻かれたままだった数珠のせいで、オオカミは神の支配下にありました。

ところが、ある日のこと、ひもが切れて、数珠の玉がすべて落ちてしまいました。悪魔はそこで本来の姿に戻り、逃げて行きました。棲んでいた洞穴に悪魔が、汚くて悪臭を放つオオカミの毛皮を残して行ったため、聖人はこれを祝別した後で焼き払い、悪霊たちを永遠に遠ざけたのです。

数日後、聖ルマークルは亡くなりました。六七五年頃のことです。ルマークルは、ルクセンブルクのベルギー側にある、スタヴロ修道院の初代院長を務めました。『諸聖人の伝記』には、「彼の死はさまざまな輝かしい奇跡に包まれていた」と書かれています。

偉大なる聖ユベールの伝説

これから紹介するのは、アルデンヌ地方の守護聖人、偉大なる聖ユベールをめぐるアルデンヌの伝説です。

ユベールの父はベルトランという名で、アキテーヌ公でした〔フランス南西部にあるアキテーヌは、古くは公国として栄えた〕。賢明で見識のあった公爵で、ファラモン〔フランク族の伝説の王〕とクロタール一世〔メロヴィング朝フランク国王、五六一年没〕の直系にあたる、同時代の名門の一つの出身でした。クロタール一世の父クローヴィス〔メロヴィング朝初代フランク国王、五一一年没〕は、キリスト教を奉じた最初の王だった人です。ユベールの母は、高貴で高潔な貴婦人で、ユグベルヌという名でした。彼女もまた、祖父にあたるクロタールの直系の子孫で、姉妹には聖女オードがいました。フランスの殉教録のなかでオードに割かれた一節は、栄誉に包まれています。

フランスの王政は当時、さらにはその後もずっと、ローマ帝国が残した巨大な遺産を礎にしようと試みました。ネウストリアとアウストラシア〔それぞれメロヴィング朝フランク王国の西部と東部の分国〕

は戦争状態にあり、フレデグンド〔ネウストリア王キルペリク一世の妃、五九七年没〕とブルンヒルド〔アウストラシア王シギベルト一世の妃、六一三年没〕との敵対関係をめぐる血なまぐさい思い出が、なおも人々の心から離れないでいました。

当時の男子は長ずると戦士になったため、ユベールも幼年期から軍職につくことができるよう育てられ、十五歳になると、宰相たちとの戦いに父とともに参戦しました。

ところが、ある日のこと、ベルトラン公の軍隊がエブロアン〔ネウストリア王国の宮宰〕の軍隊と干戈を交えようとしたとき、戦闘態勢に入ったアキテーヌ公〔ベルトラン〕は、呪術と妖術にかかって身体が麻痺し、前に進むことも軍隊を指揮することもできぬほどになりました。すると、若きユベールは、まさにそのとき、熱烈に神へ祈りを捧げたため、父のベルトラン公は身体の自由を取り戻し、敵軍に勝利したのです。

長じて知恵と勇気を備えたユベールの名声は、まもなくフランク族の国中に伝わりました。テウデリク一世王の宮廷に呼び寄せられたユベールは、宮廷伯に任じられました。エブロアンと敵対する、腐敗した取り巻きのなかでの生活に耐えられなくなったユベールは、メッス〔現在のフランス北東部の町〕を首府とするアウストラシアに移りました。

ユベールを呼び寄せたピピンは、エリスタル公で、宰相の地位にあり、ランデンのピピン〔または大ピピン〕の孫にあたりました。エリスタルのピピンはユベールを最大級の敬意と名誉をもって迎え入れ、一門の大侍従にしました。しばらくしてユベールは、アウストラシア王ダゴベルト二世の娘、フルールバーヌと結婚しました。

ある日のこと――それは聖金曜日でした――、ユベールは供回りの貴族たちとともに、ベルギーにまで広がるアウストラシアの広大な森で狩りをし、今日のアルデンヌ地方に相当する地域を通り抜けていました。

大好きな狩猟に入れこみすぎて、仲間たちからはぐれてしまったユベールは、雄シカが自分の方へ向かって来るのを目にしました。並外れた背丈で、すばらしく美しい雄シカでした。投槍を射かけようと身構えたユベールは、雄シカが逃げるどころか、ゆっくりと威厳を保ちながら、相変わらずまっすぐに歩いて来るのを目の当たりにして驚きました。雄シカが高く掲げる枝角のなかには、金の十字架が絡んでいました。唖然としたユベールは、ウマから下り、雄シカの前にひざまずきました。

「神さま」と、彼は謙虚に、両手をあわせて言いました。「神さま、お心積もりをお教え下さい。」

すると、雄シカがこう話しました。

「ユベールよ！　ユベールよ！　そなたは森の獣たちをこれからもずっと追い続けるのか？　罪深くも狩猟に熱中するあまり、そなたは自分の救済のことを忘れてしまうのか？　心を入れ替えないのなら、そなたは地獄の炎で永遠に焼かれることになるぞ。」

「神さま！　神さま！」と、ユベールは答えました。「お命じ下されば、あなたの僕は従います。」

「こうするがよい」と、雄シカは言いました。「マーストリヒト〔現在のオランダ南端の町〕へ出かけ、聖なる司教ランベールがそなたに命じることを行うのだ。」

こう述べると、雄シカは姿を消しました。

ユベールはそこで、ランベール司教の待つマーストリヒトへ出かけました。

「よく来てくれたな、息子よ」と、ランベールは言いました。「そなたの到着は前もって知らされていたぞ。」

「賢明なる司教さま、ぼくはこの世から身を引き、生涯を神に捧げ、祈りを唱えながら慎ましい生活を送ることで、さまざまな罪の償いをしたいのです。」

「ユベールよ、神さまが地上で結びつけたものは、地上では神さまにしかほどくことはできない。だから、そなたは妻のフルールバーヌのことも考えてやらねばならんぞ。神さまがそなたに伴侶として授けた人を、そなたが捨てることになれば、神さまもそなたから離れていくことになるからじゃ。そなたは妻から子どもをもうけたのであり、子どもはそなたの血肉を分けた存在なのじゃ。神さまを称え、熱烈に祈りを捧げなさい。そして、死すべき人間にはうかがい知れない神さまのご意志を、ゆめゆめ知ろうとしてはいけないぞ。」

ところが二年後に、フルールバーヌは、息子のフロリベールを残して亡くなりました。フロリベールもまた、神さまに認められて立派になり、父が受け持っていたリエージュ〔現在のベルギー東部の町〕の司教区を受け継ぎました。

またフルールバーヌが亡くなったため、ユベールは同じアルデンヌの森を隠遁の地に選び——そこには後に、聖ユベール修道院が建てられました——、野獣たちに囲まれ、祈りを捧げながら慎ましい生活を送ろうとしました。ギュイエンヌ地方〔フランス南西部〕の統治については、これを断念して、兄弟のウードに任せていました。

ユベールはその頃、四十歳でした。

体に張りつく重くてごつごつした鎖かたびらをまとい続け、草の根しか食べず、水しか飲まぬまま、ユベールは森の端から端まで進み、偶像を見かけるたびにひっくり返して破壊しました。なぜなら、当時、アルデンヌ地方には異教がはびこり、ドルイド信仰がいまだに幅を利かせていたからです。ユベールはこうして七年間、森のなかで暮らし、森を離れたのはローマ行きが決まってからのことでした。ランベール司教から、ローマ巡礼を命じられていたからです。

ところが、ユベールが《永遠の町》〔=ローマ〕に入ったまさにその日、ランベールは司教館で殉教したのです。

法王も夢で、この殉教を目にしていました。さらに、神がこう述べるのも耳にしたのです。

「ユベールを探しに行きなさい。たった今、ローマに到着したところです。ユベールには、リエージュに戻るよう命じなさい。そこで私の司教になってもらうために、彼を選んだからです。」

ユベールは、そのような計らいを受けるのに自分は相応しくないと慎ましく述べて辞退したものの、法王を介して語る神に従うほかありませんでした。法王は地上における神の代理だからです。

リエージュの司教区で、ユベールは善行をなし、貧者たちを助け、万人に平等と正義を望み、安全をすべての人に保証する規則を定め、免税や特権を認め、度量衡を一律にし、裁判を行えるよう町長と十四人の助役を定めました。こうしたすべての善行を偲んで、リエージュは偉大なる聖ユベールを守護聖人にしたいと考え、常にそうして来たのです。

司教の刻印には、

「リエージュ、ローマ教会の娘」という銘句が刻まれていました。

ところで、ユベールの聖性はとても大きかったので、存命中も、神が彼に奇跡を起こす力を授けたほどでした。

たとえばユベールは、召使いたちの一人を海難事故から救いました。それ以来、その召使いは最も愛すべき、最も従順な弟子の一人となり、同時にユベールの修史官になったのです。

ある時のこと、それは豊作祈願祭〔キリスト昇天祭前の三日間〕の行列の最中でしたが、ユベールは聖遺物を厳かに抱えていました。すると、悪霊にとりつかれた女が、ユベールに飛びかかり、殺すぞと言って脅しました。ユベールはこの女の額に、贖罪のしるしを描くと、すぐさま、悪霊はとりついて離れまいとしていた女の身体から追い払われたのです。

ある日のこと、ユベールが教会で説教をしていると、狂犬病にかかった男が突然、なかに入って来ました。そして信者たちに襲いかかり、追い散らしました。それほど信者たちは恐怖に襲われたのです。しかしユベールに見つめられると、男は足を止めました。そこでユベールが祝福すると、男はすっかり狂犬病から癒やされたのです。

「兄弟よ」と、司教は男に言いました。「追い散らしてしまったあの信者たちのところへ、あなた自身が出向いて、もう恐れる必要はなく、神さまの言葉を聞きに戻るよう伝えて下さい。」

しかし、全員が戻って来たわけではありません。いまだに恐怖が消えていなかったからです。その後に戻って来た人たちは、神から報いを受け、祝福されました。なぜなら、彼らとその子孫は、狂犬病を治す力を手にしたからです。

そのため、今日では、リエージュ地方には、ルクセンブルクからアルデンヌ地方にかけて、当時の信者たちの子孫を自認する人たちがいるのです。それは、信仰が厚く、恐れずに教会へ戻ることのできた信者たちのことです。その子孫を自認する人たちは、少なくとも、聖ユベールが持っていたのと同じ、狂犬病を癒やす力を持っていると言い張るのですが、それでも一度も証明できたわけではありません。

片手に怪我をしたユベールは、ある日の晩、耐えられぬ痛みに襲われ、恍惚として軽い眠りに落ちました。すると、彼の前に、光輝く天使が姿を見せました。

「ユベールよ！　ユベールよ！」と、天使は言いました。「そなたはこれまで一度たりとも神さまに望みを捨てず、苦難のときも神さまに加護を祈っていた。だから、神さまはまもなく、そなたを救いに来て下さるだろう。」

そして片手を空に向けて挙げながら、天使はこう付け加えました。

「ご覧なさい！」

そこで、ユベールが空を眺めると、えも言われぬほど壮大な、みごとな宮殿を目にしました。

「あれは」と、天使は続けました。「そなたが永遠に住めるよう、神さまが準備して下さった住まいです。」

そして、天使は姿を消しました。

最期が迫っているのを感じたユベールは、信仰心をいっそう強く持ちました。そして、ある日のこと、十二使徒の筆頭〔ペテロ〕のために彼が奉献した教会を訪ね、聖アルバンの祭壇の前にひざまずた。

き、長い間祈りました。それから身を起こすと、彼の熱意に敬服していた人々に向かって言いました。

「義人は、悪霊にどんな罠を仕掛けられても、必ず神さまに導かれて守られるのです。ですから、義人の遺得は永遠に残るのです。」

それから、しばし黙想した後、自分の墓の大切さに思い至ると、こう言いました。

「友たちよ、ここにわたしの墓を掘って下さい。また、差し迫ったこの大いなる出発のときに、わたしを見守って下さい。どうか神さまがわたしの魂を受け取って下さいますように！」

こうして、自らが予告したとおり、ユベールは数日後に亡くなりました――それは七二八年十一月三日のことでした。リエージュのみならず、アルデンヌ地方ではどこでも、喪の悲しみに包まれ、大きな嘆きとなりました。それほどユベールは敬われ、愛されていたのです。

彼の亡骸は、まずは聖ペテロ参事会教会に安置されました。そこから八一七年には、アンドー（またはアンダン）修道院へ移されました。この場所は、アルデンヌ地方のフランス側との境、ルクセンブルクのベルギー側に位置する、今日のサン＝テュベール（聖ユベール）村に相当します。

第三章　笑い話

三つの願いごと

むかし、空の下をすべて見渡しても、これほど貧しい人を見つけるのは難しいというほど貧しい農夫がいました。農夫は森のなかのむさ苦しい小屋で暮らしており、彼もその家族もみな常に餓死寸前でした。

ある日、いつにもまして悲しげな様子でさまよっていると、道の途中で老人に出会いました。老人は白いひげを生やし、髪が真っ白で、農夫とほとんど同じほどに腰が曲がり、やつれ果てていました。農夫は老人を呼び止めました。

「やあ、友よ。あなたはわたしと同じように、幸運のそばを通り過ぎてしまったにちがいない。あなたには、ひとかけらのパンさえも差し上げることができない。手もとにないからだ。だが今晩、泊まるところがないのなら、わたしの家の扉をたたきに来るといい。わたしよりも施しが必要な男を、野外に放っておいたと言われることのないように。」

「よろしい、お受けしましょう。そなたは一体どこへ行くんじゃ？　夜になったら、どこでそなたを見つけたらよいのじゃ？」

「わたしは、妻と子どもたちが凍え死にすることのないよう、乾いた枝を何本か集めに行って来る。あとで、向こうの森の真ん中にある小屋へ戻って行くよ。」

「それなら、すぐに小屋へ戻って、願いごとを三つするのじゃ。そなたが願ったことは叶えられるじゃろう。」

するど、白いひげを生やした白髪の老人は、農夫をひどく当惑させたまま、道を進んで行きました。

「ひょっとして、あの人はわたしをからかったのだろうか？」と、農夫は考えました。「いずれにしても、帰るとしよう。大した危険はないからな。せいぜい、枝を取りに戻るのに、もう一度家を出る苦労をするだけだから。」

農夫はそこで道を引き返しました。妻は扉口で待っていました。夫が手ぶらで帰って来たのを見ると、

「ああ、帰って来たのね、のろまさん。柴の束はどうしたの？　今晩わたしたちが凍え死ぬのを、

望んでいるということなのね。」

「落ち着け、落ち着くんだ、妻よ。道の途中で老人に出会ったんだ。すっかり腰が曲がり、やつれきって、白いひげを生やした白髪の老人だったが、わたしに『願いごとを三つするのじゃ。そうすれば、そなたが願ったことは叶えられるじゃろう』と言ったんじゃ。」

「気がおかしくなったのね、かわいそうなあなた。貧しすぎて、頭がおかしくなってしまったのね。それでも、物は試しよ。なにを願い出てみるの？」

「まずは、わたしとおまえと、子どもたちに天国を。」

「おばかさんね！　今、天国ですって！　天国行きを考える時間はたっぷりあるじゃない！　飢え死にしそうなときに、本当に結構なお願いだこと。」

農夫は肩をすくめて、こう続けました。

「わたしたちがすっかり満足できるまで食べ、食べ続けられるように、わたしは今、パンとワインとお肉がのった立派なテーブルがほしい。」

農夫がこう話すとすぐに、テーブルが一挙に立ち上がりました。テーブルを賑わせていたのは、極上のワインで満たされた瓶や、出来たてのパンや、料理でした。料理の数はあまりにも多く、互いに押し合うように並んでいました。

二十四時間前からなにも口にしていなかった、かわいそうな人たちは、これまでの人生で一度も経験したことがないほどに飲み食いしました。それから食事が終わると、農夫は、丸々と膨らんだ自分のお腹を満足げにたたきながら、こう叫びました。

「それでは今から、三つ目の願いごとだ！　隣りの部屋が、床から天井まで、金貨でいっぱいになってもらいたいものだ。」

農夫は、自分の願いごとが叶ったかどうか確かめるために、すぐさま扉を開けようと思いました。ところが扉を押してみても、妻と子どもたちに助けを呼んでみても無駄でした。どうしても無理でした。なぜなら扉は内側に開くようになっていて、部屋は床から天井まで、金貨でいっぱいになっていたからです。扉を突き破り、斧で力強くたたいて壊さなければなりませんでした。すると金貨の山が、もつれあって転がりながら、農夫とその家族の膝、お腹、肩まで上って来ました。

考えてもみて下さい、これまでの人生で、この一家はこれほど多くの金貨を一度も見たことがありませんでした。こんなに多くの金貨を一度に目にすることができるとは、思ってもみなかったことでしょう。ところが、驚きと喜びから我に返ると、彼らはこれほどの大金を勘定しようと考えました。

「金貨を一枚ずつ数えるのは、わたしたちにはできない」と、父は言いました。「おそらく一生かけても終わらないだろう。麦の粒と同じように、ボワソー升〔容積約十二・八リットルの升〕を使って測ろうじゃないか。」

すると父は息子に言いました。

「急いで叔母さんの家まで走って行って、少なくとも明日まで、わたしたちにボワソー升を貸してくれるよう頼んでくれ。」

息子はひとっ飛びで、叔母の家に行きました。叔母は、国中で一番の欲張りな女でした。

「おまえは今度も、パンをひとかけら、ねだりに来たんだろう」と、甥が遠くからやって来るのを見ながら、叔母は疑い深い様子で、大声で言いました。「パンはないから、また急いで家に帰るんだな！」

「確かにパンは大事ですよ！」と、子どもは言い返しました。「叔母さんがパンをお望みなら、ぼくたちが毎日、叔母さんが亡くなる日まで、パンを差し上げますとも。なんなら、お肉も一緒にね！ぼくたちは今では、シャベルでお金をかき分けられるほどの大金持ちになったんです。ボワソー升でお金を測れるほどの大金持ちにね。」

「わたしをからかいに来たのね、この悪ガキが。」

叔母はきつい平手を食らわそうとしたところで、折よく、こう考えてみる気になったのです。たまたま子どもが本当のことを言っているのなら、念のために、ボワソー升を貸すのが自分のためになると。そのため叔母は、渋りながらも升を貸したのです。それは、先に述べたとおり、彼女がひどく欲張りだったからです。それでも彼女は、升の内側にしっかりと脂を塗るのを忘れませんでした。

叔母はこうぶつぶつ言いました。「少なくとも金貨が一枚もくっついて残らないとしたら、驚きだね。そうなったらどうすべきか、よく考えてみないとね。」

ところが、まさしく思ったとおりになったのです。なぜなら翌日、子どもがボワソー升を返しに行くと、叔母は升の底に、立派な金貨が一枚くっついているのを見つけたからです。

「おまえさん！　おまえさん！」と、叔母は叫びました。「おまえさんの兄さんが、升でお金を数えられるほどの大金持ちになったわよ。だから、そんな大金がどこから来たのか、急いで聞きに行きなさいよ。兄さんはだれを殺したんでしょうか？　わたしたちが知らない親戚から財産を相続したのなら、わたしたちの取り分をいただくのは当然のことよ。わたしたちの親戚でもあったわけだから。」

農夫の弟は、妻に同じことを二度と言わせることなく、急ぎに急いで、兄の家まで走って行きました。だれも妬むことのない農夫は弟に、自分の身に起きた出来事をなにからなにまで、さらには部屋じゅうが床から屋根まで金貨でいっぱいになった顚末を、弟に語って聞かせました。弟はすぐに帰宅し、事の次第を妻に伝えました。

「おやまあ！　それなら」と、男が話し終えると、妻が言いました。「これほど簡単なことはないわ。一番古くて、一番破れのひどい服を着て、足を引きずりながら、大通りを進むのよ。話に聞いた、白いひげを生やした白髪のご老人に必ず会うから、施し物を願い出るのよ。そこでもし、兄さんにしたように、ご老人がおまえさんに、自宅へ帰って願いごとを三つするように言ったら、必ずすぐに戻って来るんだよ。」

そこで男は出かけました。数歩進むとすぐに、老人に会いました。

「施しを求める必要はない。そなたが望むものはわかっておるから、授けよう。そなたが兄と同じ扱いを受けるのは当然だからじゃ。だから自宅へ戻って、願いごとを三つするのじゃ。叶えられるだろうから。」

すっかり嬉しくなって、男はひとっ飛びで家に戻りました。

「それで？」

「そうなんだ！　ご老人に会ったよ。わたしが願いごとを三つするだけで、叶えられるというんだ。だが、急ぐ必要はない。ゆっくり時間をかけよう。軽々しく願いごとを口にしてはいかん。まずは妻よ、わたしの体をちょっと温めさせておくれよ。外はひどく寒かったからな！」

男は腰を下ろすと、燃えるように熱い薪載せ台の上に両足をおきました。

「薪載せ台なんかくたばれ！」と、男は叫び、すばやく両足をひっこめました。「薪載せ台には、ねじ曲がってもらいたいものだ。」

その瞬間に、薪載せ台はドリルのようにねじ曲がりました。

「情けない人ね」と、妻はどなりました。「今みたいな願いごとをもう一つしたら、わたしたちは進退窮まってしまうわよ！」

「おまえは勝手なことを言っておるな！　わたしみたいに火傷してないじゃないか！　薪載せ台が

耳にのったら、おまえがどうしていたか、わたしは知りたいもんだよ。」

するとまもなく、薪載せ台が飛び跳ね、妻の方へ向かい、その両耳にくっつきました。妻はすさまじい叫び声をあげました。薪載せ台は相変わらず、燃えるように熱かったからです。

「ほら、気の毒な妻よ」と、男は悲しげに言いました。「わたしたちには今の時点で、できる願いごとがもう一つしか許されておらん。それは薪載せ台に、暖炉のなかの元の位置へ戻ってもらうことだ。」

男がそう言い終わらぬうちに、薪載せ台はひとりでに元の場所へ戻って行きました。こうして、願いごとを三つとも使い果たした夫婦は、これまでにやりすぎた物惜しみとごまかしへの罰を受けたのです。

盗みの名人

むかし、女中のいる領主がいました。その女中は、この世で一番の盗みの名人の母親でした。そのうえ、女中はそれを自慢し、朝も晩もこう繰り返し言っていました。

「ええ！　わたしの息子ほどの盗みの名人はおりません！」

「よろしい！」と、ある日、領主は答えました。「だが、わしを納得させてもらいたいのじゃ。だから、おまえの息子を連れて来なさい。」

母親は息子を連れて行きました。

「こんにちは、領主さま。」

「こんにちは、少年よ。おまえはなんという名前じゃ？」

「ぼくは《盗みの名人》と呼ばれています。」

「それは結構なことじゃ！　おまえが自慢するほどの《盗みの名人》かどうか、これから確かめようじゃないか。嘘をついていたのなら、おまえに災いが降りかかると思え。」

「なにをすればいいのでしょうか?」

「それはこうだ。わしは明朝、二人の牛飼いとともにウシの群れを定期市へ送り出す。おまえは牛飼いたちからウシの群れを盗み、牛飼いたちに気づかれぬまま、ウシの群れをここへ連れ戻さねばならん。それができなければ、おまえは縛り首じゃ。」

「領主さま、お望みどおりにいたしましょう。牛飼いたちからウシの群れを盗み、牛飼いたちに気づかれぬまま、ウシの群れを連れ戻してみせましょう。これができなければ、ぼくは縛り首です。」

翌日、朝早くから、《盗みの名人》は起床し、牛飼いたちとウシの群れが通ることになっていた森の一角に行き、陣取りました。一行を見かけるとすぐに少年は、すばやく枝の一つで首を吊りました。通り過ぎた牛飼いたちは、首を吊った人を見かけました。それでも、彼らはことさら驚きはしませんでした。当時は、領主たちが見せしめに、村民を縛り首にするのが習わしだったからです。

ところが、牛飼いたちが背を向けるとすぐに、《盗みの名人》は枝から首を外し、すぐに小道を駆け抜け、牛飼いたちとウシの群れが出て行くことになっていた森の一方のはずれに行きました。一行がそこへたどり着く頃には、《盗みの名人》はすでに高い枝の一つで、またしても首を吊っていました。

「悪魔だ! 悪魔だ!」と、牛飼いの一人が言いました。「この国では、警察は犯罪者に寛容ではないみたいだ。絞首刑の人はこれで二人目だよ。」

「絞首刑にあった二人目というのは君のことだよ！　そこにいるのが、さっき見かけた縛り首の男だというのが、君にはわからないのか？」と、もう一人の牛飼いが答えました。

「ばか者め！　さっきの男は首を吊られて死んでいたんだから、どうやってここまで来て、もう一度首を吊ったっていうんだい？」

「ばか者は君の方だろ。このウシの群れが俺のものなら、この縛り首の男がさっきの男と同じという方に、ウシを全部賭けようじゃないか。」

「違う男に決まってるだろ！」

「同じ男に決まってるだろ！」

「確かめに行ってみようじゃないか。」

そこで牛飼いたちは、ウシの群れをそのままにして、走りながら森の入口まで戻って行きました。その間に、《盗みの名人》はウシたちを追い立て、別の道を選び、二つの垣根を通って、領主の城まで連れ戻したのです。

「なるほど」と、領主は言いました。「おまえは《盗みの名人》にちがいない。だが、さきほどおまえが行ったことは、まだ大した証明にはなっておらん。牛飼いたちは、酒を飲んだ後、道中で眠りこんでしまったのかもしれんからじゃ。だから、おまえの腕前を示す別の証拠をわしに見せるのじゃ。

今晩、おまえはわしの妻と床をともにし、わしらのベッドのシーツを盗み、わしの長靴にウンチをしなければならん。それができなければ、おまえは縛り首じゃ。それから、あらかじめ言っておかねばならんが、おまえはわしの武装兵たちから監視され、わし自身がその指揮をとるのじゃ。」

「領主さま、お望みどおりにいたしましょう。ぼくは王さまの奥さまと床をともにし、お二人のベッドのシーツを盗み、王さまの長靴にウンチします。これができなければ、ぼくは縛り首です。」

《盗みの名人》は、引き下がると、その日の残りを全部使って、彼と区別がつかないほどよく似た人形を作りました。夜になると、領主の妻が眠る部屋の窓まで人形を引っ張りあげました。まさにそのとき、武装兵たち全員が発砲したため、人形は中庭に落ちました。その間に《盗みの名人》は走り去り、扉の後ろに身を潜めました。

「とうとう命を落としたな、あの《盗みの名人》は」と、領主は言いました。「それでも、あいつを埋葬してやらねばならん。」

そこで武装兵たちと領主、みんなが《盗みの名人》の埋葬へ向かいました。ところが、みんなが人形を埋めるための穴を一生懸命掘っているのを見届けるとすぐに、《盗みの名人》は領主の妻が眠る部屋に入り、領主の声をまねて言いました。

「妻よ！　妻よ！　凍てつくような寒さで、わしも体が冷え切っておる。だから、おまえの横に、暖かい場所をちょっと作っておくれ。」

「ああ！　あなたなのね！　《盗みの名人》はどうなったの？」

「《盗みの名人》だって？」と、少年は領主の妻の隣りで横になりながら、答えました。「わしらはあいつを殺めたよ。だから武装兵たちが今、埋葬しているよ。」

「ああ、それほど残念なことではないわね。」

「確かにそのとおりだ。あいつには大した価値はなかった。それでもキリスト教徒だった。同じキリスト教徒が経帷子も着せてもらえず、穴のなかへイヌみたいに埋葬されたら恥ずべきことになろう。妻よ、おまえのシーツをくれ。あいつが土で覆われてしまう前に、わしが急いで出かけて行って包んでやれるようにな。」

《盗みの名人》は起き上がり、領主の妻が自ら渡してくれたシーツを手にしました。それから、差し迫っていてこれ以上我慢できないことを口実にして、彼が先に言っていたとおり、領主の長靴のなかにウンチをすると、急いで外へ出て行きました。予定通りです！　ところが、《盗みの名人》が寝室から外へ出るとすぐに、領主がなかへ入って来ました。

「妻よ！　妻よ！　凍てつくような寒さで、わしも体が冷え切っておる。だから、おまえの横に、暖かい場所をちょっと作っておくれ。」

「なんですって？　わたしの横に暖かい場所を作ってって！　あなたは気がおかしくなったのだわ！　《盗みの名人》の埋葬をしに、たった今ご自分で、シーツを持って出かけたところじゃないの。」

「まさか、冗談だろう!」と、領主は言いました。ベッドにはもうシーツがなくなっているのがわかり、おまけに長靴を鼻に近づけてみると、《盗みの名人》がそこへ糞をたれたことを納得せざるをえなかったからです。「まさか、冗談だろう! 今に思い知らせてやるからな!」

そのため王さまは激怒し、大きな叫び声をあげて、家臣を全員呼び集めました。

「今から《盗みの名人》を探しに行き、あいつを袋のなかに入れたら、外へ出られないように、袋をしっかり縛るのじゃ。それから袋を橋のうえまで運んで行きなさい。わしも橋で合流するからな。《盗みの名人》を川のなかへ投げこむ喜びを、わし自身も味わいたいからじゃ。今回も、わしから逃げおおせたら、あいつは本当に抜け目のない奴ということだ。」

こうして《盗みの名人》は、袋のなかに閉じ込められ、橋のうえまで運ばれました。ところが、領主の到着を待つうちに、武装兵たちは酒を飲みに行き、少年を一人ぼっちにしてしまいました。袋の底から、少年は嘆き続けました。

「ぼくはちっともほしくないんだ! ぼくはちっともほしくないんだ!」

「一体、君はなにがほしくないのかね?」と、そのとき不意にやって来た通行人が尋ねました。

「ぼくがちっともほしくないのは、領主の娘さ。領主は無理やり、娘をぼくと結婚させようと言ってるんだ。領主の話では、娘と結婚しなければ、ぼくはこの川で溺死させられるというんだ。ぼくには考える余裕がわずかに十五分しかないが、やっぱりちっともほしくない！　ちっともほしくないんだ！」

「領主の娘がちっともほしくないのは、娘の背中にこぶがあるか、片目がないか、脚が曲がっているためなのかい？」

「ぼくのお酒にかけて、そんなことはない！　娘さんは輝くばかりに美しい。それでも、やっぱりぼくはちっともほしくない。ほかに愛してる人がいるからさ。」

「それなら」と、ジャノという名の通行人が言いました。「ぼくなら、それでよしとするんだけどなあ、君の場所をぼくに譲ってくれるのなら。」「構わないよ！　ぼくを自由にしてくれ。」

そこでジャノが袋のなかに入りこむと、《盗みの名人》はできるだけうまく袋をひもで縛り、それから全速力で逃げて行きました。すんでのところでした。まさにその時、家臣たちに囲まれて領主がやって来たからです。

「ぼくはそれがほしい！　ぼくはそれがほしい！」と、袋の底からジャノが叫びました。

「ああ！　おまえはそれがほしいのだな！　わしもじゃよ」と、領主が言いました。

そこで王さまは足でひと蹴りし、ジャノを閉じ込めていた袋を川のなかへ突き落としたのでした。

《盗みの名人》の方は、今も逃げまわっています。

第四章　動物民話

半分のひな鶏

むかし、《半分のひな鶏》がおりました。堆肥のうえで餌をあさっていました。すると金貨のいっぱい入った財布が見つかりました。ところが、ちょうどそこへ、王さまが通りかかりました。王さまは、お金がすっかりなくなっていたので、《半分のひな鶏》に言いました。

「おまえの財布をわしに貸してくれないか？」

「承知しました」と、《半分のひな鶏》は答えました。「でも、利子を払っていただく条件つきですよ。」

王さまはそこで財布を手にしました。《半分のひな鶏》はずいぶん長い間待ち続けましたが、なにもやって来る気配がありませんでした。そのため、前に貸したお金のことと、利子をつけて返してもらう約束を思い出してもらうため、王さまに手紙を書きました。それでも王さまは、忘れてしまったためか、悪しき債務者だったためか、返事をしませんでした。ほかにも催促の手紙を何通か出しましたが、返事がないままだったため、《半分のひな鶏》はある朝、こう考えました。

「自分から出向いて、支払われるべきものを要求してやろう。」

《半分のひな鶏》はそこで出立しました。すると道の途中で、友だちのオオカミに会いました。

「どこへ行くんだい、《半分のひな鶏》さん。」

「王さまのもとへ行くのさ、

百エキュ〔むかしの金貨の名〕返してもらうのさ。」

「ぼくを一緒に連れて行ってくれないかい？」

「もちろんさ、オオカミさん。ぼくの首の上に乗りなよ。」

すると今度は、少し先で、彼らはキツネに会いました。

「どこへ行くんだい、《半分のひな鶏》さん。」

「王さまのもとへ行くのさ、

百エキュ返してもらうのさ。」

「ぼくを一緒に連れて行ってくれないかい？」

「もちろんさ、キツネさん。ぼくの首の上に乗りなよ、友だちのオオカミさんの隣りに。」

ところが、目的地の直前で、彼らは川に止められてしまいました。

「どこへ行くの、《半分のひな鶏》さん。」

「王さまのもとへ行くのさ、
百エキュ返してもらうのさ。」

「わたしを一緒に連れて行って下さらない？」

「乗せられる場所がぼくにはもうないよ、川さん。」

「ああ！　わたしはとっても小さく、とっても小さくなるから。」

「それならぼくの首の上に乗って、友だちのキツネさんと友だちのオオカミさんのあいだへ、なんとか入りこんでね。」

彼らはこうして王宮にたどり着きました。

「トン、トン」と、扉をノックしました。

「そこにいるのはだれじゃ？」

「ぼくです、《半分のひな鶏》です。貸したお金と利子を返してもらいに来ました。」

王さまは《半分のひな鶏》をなかに入れました。ところが、しっかりともてなしたり、借りていたお金や利子を支払ったりする代わりに、鶏小屋へ行かせました。

「ああ！　王さまはぼくをこんな扱いにするのか」と、《半分のひな鶏》は激怒して言いました。

「キツネさん！　ぼくの首から出ておいで。」

キツネは《半分のひな鶏》の首から飛び出すと、鶏小屋にいたひな鶏を全部食べてしまいました。

すると王さまは《半分のひな鶏》を羊小屋へ行かせました。

「ああ！　王さまはぼくをこんな扱いにするのか。オオカミさん！　ぼくの首から出ておいで。」

オオカミは《半分のひな鶏》の首から飛び出すと、羊小屋にいたヒツジを全部絞め殺してしまいました。

その様子を見ていた王さまは、《半分のひな鶏》を捕まえました。そして、大きな火を焚いていたかまどのなかへ投げ込みました。

「ああ！　王さまはぼくをこんな扱いにするのか。川さん！　ぼくの首から出ておいで。」

すると川は、《半分のひな鶏》の首から飛び出すと、あっという間に王宮を飲みこんでしまいました。そのため今では、王宮のごくわずかな小石さえも残ってはいません。

訳注
『フランス民話集Ⅱ』所収「半分のメンドリ」（第一部「ドーフィネ地方の民話」第八章）や本書第二部の「コーコッコーおいらの財布だい」（オーヴェルニュ地方の民話）は類話なので参照。

オオカミとキツネとオンドリとメンドリ

むかし、フランシュヴァルのオオカミが、カリニャンの定期市へ行くために、朝早くから出立しました。プーリュ＝サン＝レミへ向かう途中で、キツネに会いました。キツネはこう尋ねました。

「オオカミさん、どこへ行くの？」

「カリニャンの定期市へ行くところさ。ぼくと一緒に来ないかい？」

「もちろん喜んで。」

そこで彼らは一緒に道を進みました。しばらくすると、オンドリに会いました。

「君たちは一体どこへ行くの？　オオカミさんとキツネさん」と、オンドリが尋ねました。

「ぼくたちはカリニャンの定期市へ行くところさ。ぼくたちと一緒に来ないかい？」

「もちろん喜んで。」

そこで三匹そろって出発しました。少し先へ進むと、メンドリに会いました。話を端折ると、同じ提案に、同じ答えが返され、四匹はこの世で一番の仲良しみたいに道を進みました。なぜなら、当時はおそらく、キツネはまだメンドリを食べていなかったか、あるいはもう食べなくなっていたからです。村へ入る少し前に、口達者だったキツネは、仲間たちを呼び寄せました。

「カリニャンの定期市へ行くだけではだめだよ。少なくとも、定期市ではなにか買わないといけない。そうしないとぼくたちは、スー貨もマイユ貨も持たない、食うや食わずの貧乏人だと思われてしまうぞ。メンドリさん、君はなにを買うの？」

「一スーの版画を一枚よ」と、メンドリは答えました。

「オンドリさん」と、キツネは続けて言いました。「君はなにを買うの？」

「壺を一個買うよ。」

「オオカミさん、君はなにを買うの？」

「たぶんなんにも」と、オオカミは答えました。「俺が定期市へ行く一番の目的は、散歩するためさ。ところでキツネさん、君自身はなにを買うつもりなんだい？」

「それは秘密だよ！」

こんなふうに打ち解けて話し合いながら、彼らはカリニャンに到着すると、定期市を行きつ戻りつしながら歩き回り、買い物をしました。メンドリは一スーの版画を、オンドリは壺を、キツネは何本かの釘と何枚かの板を買いました。しかしオオカミは、先に宣言していたとおり、まったくなにも買いませんでした。それはオオカミにとって難しいことではありませんでした。なぜなら、ポケットの一番奥に手を突っこんでみても、一リヤール銅貨〔スー貨の四分の一〕さえ見つけられなかったからです。そこで四匹はプーリュ＝サン＝レミへ向かう道を進みました。ところがキツネは、一行のなかでおそらく最も抜け目がなかったためか、オンドリとメンドリに近づくと、小声でこう言いました。

「オオカミには気をつけなよ。なにも買わなかったからね。小さな人形のかたちのパン・デピス〔ライ麦・ハチミツなどで作るアニス入りケーキ〕さえも買わなかった。でもオオカミは空腹で死にそうなはずだ。なにか食べ物がないか探しながら、森のなかをうろつき始めてから、かれこれ二日になるからね。ぼくたちにとって一番いいのは、オオカミを道の途中で放っておくことだよ。こんなにも危険な仲間と一緒にいながら、命の保証がだれにできるものか！」

「君の言うとおりさ、キツネさん。オオカミを道に迷わせないといけないな。」

そこで一行は、回り道をしたり、仲間たちよりも大柄なオオカミには通ることのできない小道を進んだりして、精一杯がんばったため、オオカミを茂みのなかで身動きできないまま放っておき、こうして道に迷わせることができたのです。三匹は満足し、すっかり安心して先を急ぐと、突然、パタ・タ！　パタ・タ！　パタ・タ！　という物音がしました。それは、歯ぎしりをし、怒りで目を真っ赤にして、全速力でやって来たオオカミ殿でした。

「まあ！　オオカミさんは、ずいぶんと横柄な態度を取っているけど、怖くないわ」と、メンドリは言いました。「版画の下に隠れたら、わたしの姿は見えないわ。」

「ぼくはもっと怖くないよ」と、オンドリは言いました。「ぼくは壺の下に隠れるよ。見つけられたら、大した知恵者だよ！」

キツネは、一言も発せず、できるかぎりすばやく、板を使って小さな家を作りました。家にはあちこちに釘を打ちつけ、長くて頑丈で先の細い釘の先端が家の外へ飛び出すように気を配りました。そうこうするうちにオオカミは、メンドリの近くへやって来ていました。ほんのちょっと風が吹くだけで、メンドリを隠している版画が動くには充分だと考えたオオカミは、両脚を広げてじっと構え、お尻を向けると、プル！　プル！　ピュイフ！　ピュイフ！　とおならをしました。

「屁でも透かしっ屁でも来い、屁でも透かしっ屁でも来い、わたしの家は頑丈だから」と、メンドリはにやにや笑って言いました。ところがオオカミが力をこめて屁と透かしっ屁をしたため、版画は吹き飛び、メンドリはオオカミの口のなかへ落ちました。メンドリをぺろりと平らげたオオカミは、オンドリの方へ走って行きました。オオカミは、両脚を広げてじっと構え、お尻を壺に向けると、プル！　プル！　ピュイフ！　ピュイフ！　とおならをしました。

「屁でも透かしっ屁でも来い、屁でも透かしっ屁でも来い、ぼくの家は頑丈だから」と、オンドリは鳴きました。ところがオオカミが力をこめて屁と透かしっ屁をしたため、壺はひっくり返り、オンドリはオオカミの口のなかへ落ちました。オンドリをぺろりと平らげたオオカミは、キツネの方へ走って行きました。

キツネは頑丈な家のなかに隠れ、オオカミを待ち構えていました。オオカミは、メンドリとオンドリにしたように、両脚を広げてじっと構え、お尻を向けると、プル！　プル！　ピュイフ！　ピュイフ！　とおならをしました。しかし家はびくともしませんでした。

そこで激怒したオオカミは、お尻であまりにも猛烈な一撃をお見舞いしたため、すぐさま釘づけになってしまいました。

するとすぐに、キツネ殿が家の外へ出て、オオカミのまわりを回っては引き返し、からかって爆笑したあと、オオカミがうめき声をあげながら助けを求めているのに、そのまま放置して立ち去ったのです。オオカミはしっかりと釘づけされているので、今でもなお、プーリュ＝サン＝レミの丘の天辺で、その姿が見つかることでしょう。みなさんはそれでも、現地へ確かめに行くよりは、わたしの話を信じた方がよいかもしれません。

この話はフランシュヴァルで採集された。

第五章　不思議な冒険

雌ヒツジの妖精

　むかし、ニコラおじさんと呼ばれた貧しい老人がいました。森の奥にある小屋で、同じく年老いた妻、ジャンヌおばさんとともに暮らしていました。二人には五人の息子がおり、それぞれリュカ、シャルロ、シモン、ジョゼフ、ポーランという名でした。彼らはかろうじて日々の稼ぎが得られるほどで、家にパンがないことはよくあり、ないことの方が多かったのです。みんな木こりでした。

　一日中、森で木を切っていたリュカは、ある晩、森から帰る途中で、叫び声や悲しげなうめき声を耳にしました。とても小さな子どもが発する声と似ていました。急いで、その叫び声がする藪の方へ走って行くと、一匹の白い雌ヤギを見かけました。美しく、うっとりするほど可愛らしいその雌ヤギは、とても悲しげに鳴き、石でさえもほろりとさせるほどでした。リュカは雌ヤギを撫で、手でさすり、とても優しい声で話しかけたので、雌ヤギはリュカについて来ました。そこでリュカは、両親と一緒に住んでいた小屋まで、雌ヤギを連れて行きました。

「おや！　息子よ」と、リュカが雌ヤギを連れて扉から入って来るのを見るとすぐに、母が言いました。「おまえは養うべき家族をさらに一人連れ帰ったんだね。雌ヤギを養うための食べ物をどこで見つけたらよいのだろう？　家にはもう、ひとかけらのパンも残っていないというのに！」

「ああ！　それならちょうどよかったじゃないか、お母さん！　この立派な雌ヤギをご覧よ！　これを殺して、そのおいしい肉をご馳走になろうよ。しかも、毛皮を売ったらパンが買えるよ。」

「息子や、この雌ヤギがわたしたちのものなら、そうしてもいっこうに構わないんだろうけど、飼い主が取り戻しにやって来るんじゃないかしら？　だから雌ヤギを売ったり殺したりする権利は、わたしたちにはないわよ。そばに置くことにしましょう。それに、よく考えてみたんだけど、養うのに大したお金はかからないでしょう。どうせ日中は、好きなように、森で草を食べてもらえればよいのだから。夜には、わたしたちのそばにちょっと場所を作ってあげれば、わたしたちを温めてくれるでしょうよ。」

雌ヤギはそのため売られることも、殺されることもありませんでした。そしてその日から、家族の一員になったのです。みんなが雌ヤギを可愛がりました。それほどなついていたからです。余裕があるときには、雌ヤギに自分のパンからひとかけらを、さらには薪を隣り町で売りさばくことができると、日曜日には雌ヤギを喜ばせようとして、一つかみの塩を競ってあげたのです。

ところが、ある日のこと、ニコラおじさんの小屋の前を、森のなかを散歩していた大金持ちの紳士が通りかかりました。紳士は小屋のなかに入って休憩しました。それから、とても小ぎれいで、とても愛くるしいこの雌ヤギを見ると、買い取りたいと考えました。しかしニコラおじさんも、ジャンヌおばさんも、五人の子どもも、紳士が金貨のいっぱい入った財布を差し出したのに、雌ヤギを売るのを拒みました。

「いいえ、旦那さん」と、ジャンヌおばさんが言いました。「この大切な雌ヤギを売ることはありません。第一、雌ヤギがわたしたちのものではないからです。それに、雌ヤギが可愛くて、離れる気にはとてもなれないのです。確かにこの家は貧しいです。それでも必要とあれば、雌ヤギにほしいだけのものをあげ、わたしたちと同じように雌ヤギも食べ物にありつけるよう、もっと働きますから。」

紳士は、休憩を終えると、雌ヤギを買い取ることができぬまま、小屋を出て行きました。しかし、年を重ねるにつれ、年老いてしまった雌ヤギを買い取ろうと申し出る人などいなくなり、小屋のなかではますます困窮を極めるようになっていきました。そこである日のこと、ニコラおじさんとジャンヌおばさんの長男が、こう言いました。

「うちのかわいそうな雌ヤギもすっかり年老いてしまい、おそらくもうすぐ死んでしまうでしょう。

それなら、これまでずっとぼくたちが面倒をみ、一度も不自由をさせてこなかったのだから、雌ヤギを殺してその恩恵にあずかるのは、当然のことではないでしょうか？　確かに、雌ヤギを殺せば、胸が張り裂けるように悲しいでしょうが、それ以外にどうすればよいというのでしょう？　困窮の声は同情の声よりも高くなっているのです。それに、今から数日のうちに、おそらく雌ヤギは死んでしまうでしょう。そうだとすれば、雌ヤギはぼくたちにどんな働きをしたことになるのでしょうか？　それにぼくたちが善意から行ったことへの報いはなんだったのでしょうか？」

「いや！　だめだ！」と、父、母、四人の兄弟がそろって言いました。「だめだ！　絶対だめだ！うちの雌ヤギは殺せないよ！　いつもうちのなかで暮らしてきたじゃないか。うちは今日よりももっと貧しいときだって何度もあったけれど、それでも辛い日々も乗り切ることができたのだから、これからも乗り切ろうじゃないか。それに、雌ヤギを殺せばわたしたちに不幸が降りかかることになるよ。」

雌ヤギはこうして、またしても命を救われました。そのため小屋ではみんなが嬉しく思いました。雌ヤギを殺そうと申し出た長男も同じ気持ちでした。なぜなら、彼もほかの家族と同じように雌ヤギを可愛がっており、追い詰められて困り切ったあげくに、不本意な提案をしたにすぎないからです。

これも言い添えておかねばなりませんが、みんなはこう思いこんでいたのです。リュカが連れ帰ったこのかわいそうな雌ヤギを、こんなにも可愛がったことを後悔する必要のなくなる日が、いずれやって来るだろうと。

ある冬の晩は、大荒れの天気でした。雷が鳴ったと思うと、同時にあられが雨とともに降ってきました。火がなかったため、小屋のなかで身を寄せあって体を温めていたニコラおじさん、ジャンヌおばさんと五人兄弟には、外でだれかが助けを呼んでいるように思われました。

そこでみんなが、小屋から外へ出ました。そして森のなかへ数歩進んで行くとすぐに、かわいそうな老婆に会いました。老婆はわずかにぼろをまとっているだけで、びしょ濡れのまま、地面に横たわり、片足をもう一方の足の前に出して道を続ける力も残ってはいませんでした。みんなは老婆を助け起こし、一緒に帰宅しました。

「あらまあ、おばあさん」と、ジャンヌおばさんが言いました。「うちは冷えた体を温められるほど金持ちではないのよ。そんなことは我慢せねばならぬ贅沢なんです。それでも、あなたのような寄辺ないお年寄りを、凍え死にさせてしまったら、わたしたちはキリスト教徒とは言えません。」

そこで母は暖炉のなかへ、とってあった最後の薪を投げ入れました。それは、翌日隣り町で売るはずだったものです。するとまもなく、薪に火が灯り、みんなが暖かい火で元気を取り戻しました。それから、すっかり体が温まった老婆は、こう言いました。

「ありがとう、親切なみなさん。みなさんがいなければ、わしは凍え死にしていたでしょうよ。だが今度は、わしを蛾死させるおつもりかい？」

どうしたらよいのでしょう？　夕食は食べ尽くし、食糧をしまう棚は空っぽでした。ニコラおじさんはジャンヌおばさんに目をやると、ジャンヌおばさんもニコラおじさんに目で答えました。おそらく二人は互いにわかっていたのです。なぜなら、ニコラおじさんが、最初に切り出して、ジャンヌおばさんにこう言ったからです。

「どうしたらよいというのか、妻よ。覚悟を決めねばならんな！　おまえも知ってのとおり、わしらには一度も手をかけることができなかったが、善良な神さまがわしらのもとに遣わしたこのかわいそうなお年寄りを、飢え死にさせるわけにはいかないだろう。だから雌ヤギを殺しに行くんだ！」

「いや！　だめです！」と、ジャンヌおばさんは、涙が涸れるまで泣きながら答えました。「おまえさんの方が行きなさいよ、わたしにはそんな勇気が絶対持てませんから。」

「それならわしが行こう」と、ニコラおじさんは、少なくとも妻に負けぬほど激しく泣きながら、答えました。

そこで、斧を手にしたニコラは、忍び足で、雌ヤギが眠る片隅へ向かいました。相変わらず泣きながら、ニコラは雌ヤギが目覚めぬよう、そっと優しくつかまえました。斧を振り上げて、雌ヤギの首を切ろうとしたとき、彼が足をつかんでいると思っていた雌ヤギの代わりに、娘の腕をつかんでいたのがわかったときの、彼の驚きはいかばかりだったでしょう。輝くばかりに美しい娘で、体中がダイヤモンドで覆われ、想像できるかぎり最も豪華なドレスをまとっていました。娘はニコラに、ケーキや、出来たてのおいしそうな料理がいっぱい入った大きな籠を差し出しました。そのなかには金貨で満たされた財布も入っていました。

「驚かないで下さい、親切なみなさん」と、日の光に負けぬほど美しいこの娘が言いました。「よき行いは決して無駄にはならないと考えるのが、どんなに正しいかおわかりでしょう。わたしが本物の雌ヤギだったことは一度もありません。わたしは妖精のヴィルテュオーズで、あなたがたの善良な心を試練にかけるため、雌ヤギの姿になっていたのです。あなたがたはこれまでは不幸でしたが、これからは幸せになるのです。まずはこの籠に入っているものをお取りになり、好きなだけ食べて下さい。それから、ニコラおじさんとジャンヌおばさん、お二人ともこの財布を受け取って下さい。これがあれば、あなたがたが亡くなる日まで、働く必要はなくなりますから。」

するとと妖精は、リュカ、シャルロ、シモン、ジョゼフ、ポーランを次々に呼び、それぞれに金貨がいっぱい入った財布を授けると、姿を消しました。そのとき妖精は、おんぼろな小屋に杖で触れるのを忘れませんでした。すると小屋はまもなく、立派な宮殿に変わりました。ニコラおじさん、ジャンヌおばさん、五人息子は金持ちになり、幸せで、何不自由なく宮殿で暮らしました。

この話は、ラ・リショルで、ヴァタン氏の学校の生徒が語ってくれたものである。

訳注

ポール・セビヨ『大地と海の民話、オート゠ブルターニュの伝説』所収「白いヤギ」（『フランス民話集Ⅰ』第九章E）は類話なので参照。雌ヤギに変身していた妖精の名ヴィルテュオーズ（Virtuose）は、音楽やそれ以外の「名手」「達人」の意。

恐いもの知らずのジャン

むかし、アルデンヌ地方のある村に、機織り工がいました。二十歳ぐらいの息子と一緒に暮らしていました。息子はジャンという名でしたが、《恐いもの知らずのジャン》というあだながつけられていました。空の下をくまなく見渡してみても、これほど果敢で、これほど大胆で、われわれの土地の言葉で言えば、これほど「無鉄砲な」若者を見つけるのが難しかったからです。ある日のこと、学校の先生を嫌っていた村の何人かの悪童が《恐いもの知らずのジャン》のところへやって来て、こう言いました。

「《恐いもの知らずのジャン》、学校の先生が今晩九時に、教会の鐘楼へ上って、消灯の合図の鐘を鳴らすんだけど、そのときに君が先生を鐘楼から突き落としてくれたら、大金をあげるだけでなく、告げ口もしないぞ。」

《恐いもの知らずのジャン》は引き受けました。そこで夜の九時に、ジャンは鐘楼の天辺に行き、学校の先生の到着をうかがっていました。先生の姿を見かけると、消灯の合図の鐘を鳴らす暇さえ与えず、ジャンは先生を両腕でがっしりと捕まえ、出入口まで引きずっていき、突き落としました。学校の先生は落下して、即死しました。

翌日、《恐いもの知らずのジャン》は、取り決めどおり、定められていた額の報酬を受け取りました。それでも憲兵たちのことを気にかけ、大変な勇気の持ち主でしたが、森のなかへ逃げて行きました。そこで出会った山賊たちから、大声でこう言われました。「財布か命を差し出すんだ！」

「財布か命かだと、おまえたちがそうしなよ」と、ジャンは言い返しました。「俺が《恐いもの知らずのジャン》だってことと、おまえたちが恐くないことを知るがいいさ。」

「ああ！　そうか、本当におまえが《恐いもの知らずのジャン》なら」と、山賊たちは答えました。「おまえは俺たちの仲間だ。今晩俺たちがつかまえた捕虜たちがここにいるから、俺たちが運試しを続けている間に、見張りをしてもらいたい。」

「承知したよ、山賊たちよ。」

《恐いもの知らずのジャン》は、約束どおりに捕虜たちの見張りをする代わりに、大きな火を焚き、まるで腸詰めのように、捕虜たちを火の上に置いて焼いてしまいました。それから再び出立し、まっすぐに前を歩いて行きました。しかし旅の最中には、とかく噂を耳にするものです。《恐いもの知らずのジャン》は、遠く、はるか遠く離れたところにある悪魔と幽霊たちがとりついた城に、魔法をかけられた王女が住んでいると知りました。王女は、その城で三晩続けて眠ることができるほど勇気ある男と結婚することに決めていました。なぜなら、そうなれば、いやそうなってようやく、王女の魔法が解除されるからです。

「よし」と、ジャンは考えました。「その城へ出かけ、三晩続けて眠り、王女にかけられた魔法を解いてやろう。俺が思うとおり、王女に二言がないなら、俺と結婚してくれるはずさ。」

長い間歩き続け、ジャンはようやく噂に聞く城にたどり着きました。そして見張り番たちに、三晩続けて城で眠ると宣言しました。するとジャンには、最も立派な部屋が与えられました。そこでジャンは辛抱強く、午前零時を待ちました。午前零時になるまで決して、悪魔も幽霊たちも姿を見せなかったからです。

それでもジャンはひどく退屈したため、あくびをして大の字に寝そべりながら、こう口にするほかありませんでした。

「ああ！　九柱戯〔ボーリングに似たゲーム〕をひと試合、できたらやってみたいものだ。」

するとたちまち、煙突から片腕に続いてもう一つの腕が、片脚に続いてもう一つの脚が、さらには胴体まで落ちて来ました。そこでジャンはこれらを使って《九柱戯をし》ました。最後に落ちて来た頭は、ボール代わりに使いました。こうして午前零時の鐘がなるまで、九柱戯を楽しみました。

「一！　二！　三！」と、ジャンは十二まで数えました。ところが悪魔も幽霊たちも姿を見せなかったため、驚きました。「なんということだ！　やつらが来ないのだから、俺は床に向かうぞ。おやすみ、みなさん！」

そこでジャンは床に就きました。ところが床に就いて五分も経たぬうちに、ベッドが飛び跳ね、激しく揺れ、びっくりするほどに跳ね回り、《恐いもの知らずのジャン》をスモモの木のように揺り動かしました。それからジャンとベッドは一緒に階段を転げ落ち、ベッドがジャンの上になったり、ジャンがベッドの上になったりしながら、下まで転がって行きました。

「なんて柔らかいんだ！　なんて快適なんだ！」と、ジャンは繰り返し言い続けました。「今までこれほど快適に揺らしてもらったことはないぞ！」

階段の下まで落ち、すっかり足を痛め、打ちのめされながらも、これほど快適な時を過ごしたことは一度もないと、ジャンは相変わらず言い続けました。そしてベッドに再びカバーをかけ、上に寝ると、まもなくベッドはひとりでに、階段を駆け上がりました。それでも揺れることなく、部屋のなかの元の場所へ収まったのです。翌日、城の人たちは《恐いもの知らずのジャン》の姿を見てびっくり仰天しました。この冒険に挑んだ人たちはみな、最初の夜を過ごしたあとで再び姿を見せたことが一度もなかったからです。それほど挑戦者たちはすぐに逃げ出したいと思ったのです。

「こんなによく眠ったことは今までに一度もないよ！　これほど静かな部屋はほかにないさ！　今晩もこのベッドで寝るよ、みなさん！」と、ジャンが言ったときには、城の人々はさらに一層驚きました。

二日目の夜には、午前零時の鐘がなる前に、ジャンは大きな黒ネコが自分の方へやって来るのを目にしました。ネコの目は、燃え盛る炭よりも激しく輝いていました。

「誓って言うが、おまえはちょうどいいところへ来てくれた。俺は退屈していたからね。トランプをひと勝負やってくれないか？」

「もちろんですよ、《恐いもの知らずのジャン》、トランプをひと勝負やりましょう。」

「結構なことだ、ネコさん。でも条件が一つあるぞ、おまえの鉤爪を切らせてくれ。」

するとたちまちネコは、ジャンの話をそれ以上聞こうともせず、姿を消しました。その後、午前零時の鐘がなると、ジャンは床に就きました。ところが、ジャンが眠りこむとすぐに、前の晩と同じく、ベッドが飛び跳ね、激しく揺れ、びっくりするほどに跳ね回り、ジャンをスモモの木のように揺り動かしました。それからジャンとベッドは一緒に階段を転げ落ち、ベッドがジャンの上になったり、ジャンがベッドの上になったりしながら、下まで転がって行きました。

「なんて柔らかいんだ！　なんて快適なんだ！」と、ジャンは繰り返し言い続けました。「今までこれほど快適に揺らしてもらったことはないぞ！」

ジャンが再び上で横になると、ベッドは再び階段を駆け上がりました。それでも揺れることなく、部屋のなかの元の場所へ収まったのです。

三日目の夜、《恐いもの知らずのジャン》は考えました。

「部屋のなかで、午前零時の鐘がなるのを一人ぼっちで待つのは、本当に退屈すぎるよ。この城のなかへちょっと出かけて行って、城で作られているものを見てみたらどうだろう。」そこでジャンはすべての続きの間、すべての酒蔵、すべての地下室を訪ねました。そのなかの一つで、贋金作りたちが贋金を作っているのに出くわすと、ジャンは言いました。

「頑張って下さい、みなさん。そのままどうぞお構いなく！　それに午前零時になったから、俺は床に向かうよ。」

ジャンは床に就きました。すると前の二晩と同じく、ベッドが飛び跳ね、かつてないほど激しく揺れ、ジャンをまるでスモモの木のように揺り動かしました。これで三度目になりますが、ジャンとベッドは、上になったり下になったりして転がりながら、階段を転げ落ちました。そして下に着くと、《恐いもの知らずのジャン》は美しい王女に会い、こう言われました。

「《恐いもの知らずのジャン》、あなたは城の部屋で三晩続けて寝ることができるほど勇気ある人でした。わたしにかけられていた魔法を解いてくれたので、二言はありません。どうか結婚して下さい。」

こうして二人は、翌日にはもう結婚しました。そして悪魔も幽霊たちも二度と戻って来ることがなくなったこの城で、二人は幸せで不自由なく長生きし、多くの子宝に恵まれました。

ド・ポーヴル何某夫人が語った話。

訳注

ポール・セビヨ編『大地と海の民話、オート＝ブルターニュの伝説』所収「恐いもの知らずのジャン」（『フランス民話集Ｉ』第九章Ｃ）は類話なので参照。アルデンヌ地方の民話を集めたアルベール・メラックによると、ここに訳出した民話では、学校の教師がジャンの冒険の発端と関連づけられている点、冒険のなかでジャンが山賊から番を任された捕虜を焼き殺したり、贋金づくりと出会ったりする点がアルデンヌ特有の要素だという。

しらくものジャン

むかし、三人の息子と暮らす寡婦がいました。長男は十四歳、次男は十三歳で、三男は十二歳でした。三男はジャンという名で、しらくもでした。

富裕ではなかったため、母は息子たちを育てるのにとても苦労しました。それでも、三人が彼女のまわりで元気に勉強したり、遊んだりする姿をみると、なによりも嬉しく思うのでした。母はそれでも、「わたしが亡くなったら、だれがわたしの可愛い子どもたちの面倒をみてくれるのだろう？」と考えるたびに、とても辛い気持ちになるのでした。さて、ある日のこと、ハンサムな騎兵が母の方へやって来ました。みすぼらしい家の扉でぴたりと立ち止まると、母にこう言いました。

「おかみさん、お子さんがたのうち、ご長男をいただけないでしょうか？　お金に困っているあなたには、これほど得なことはありませんぞ。ご長男がわしに忠実に仕えてくれるなら、しっかりと育て、幸せにし、金持ちにすると約束しますよ。」

「それなら連れて行って下さいな、騎兵さん」と、母はしばらくためらった後で答えました。「お約束して下さったように、長男があなたのもとで、幸せでお金持ちになりますように。」

そこで騎兵は三兄弟の長男を連れて出発しました。道の途中ではずっと長男に、お世辞を言ったり、ご機嫌を取ったり、甘い言葉をかけたりしました。まる一日歩くと、二人は夜がふける頃、立派な城に到着しました。高々とそびえる城で、跳ね橋から最も高い銃眼にいたるまで、すべて鉄でできていました。ところが二人がなかに入るとすぐに、男はかわいそうな子どもを、真っ暗な大部屋へと引きずって行きました。子どもには、一つの軍隊をまるごと養えるほど大きな肉が入った皿を与えて、こう言いました。

「これがおまえの夕食だ。今から一時間のうちに完食できていなかったら、おまえを殺してやるからな！」

ところが長男は、なにをしてもだめで、急いでもだめ、無理をしてもだめでした。食べることができたのは、皿のなかのごくわずかな肉だけでした。一時間後に、騎兵が入って来ました。

「どうだ！　完食できたのか？」

「いいえ、食べることができたのは、皿のなかのごくわずかだけです。」

するとと騎兵は、約束したとおりにしました。子どもを殺すと、食べてしまったのです。なぜなら、お伝えしておかねばなりませんが、騎兵は人食い鬼だったからです。

翌週に、母は同じ騎兵が扉の前で立ち止まるのを目にしました。

「おかみさん、今日は、三人のお子さんのうち、ご次男をいただけないでしょうか？　あなたには、これほど得なことはありませんぞ。自宅で預かっているご長男は、あなたによろしく伝えてほしいと言っていたよ。彼は釣りや狩りをし、お腹がすけば食事をし、喉が渇けばなにか飲んでいる。要するに、彼は水を得た魚のように喜んでいるよ。だが、弟がいなくて寂しがっておる。だから、わしを遣わして、弟を迎えに来たのさ。」

「それなら次男を連れて行って下さいな、騎兵さん」と、母はしばらくためらった後で答えました。

「次男があなたのもとで、お約束して下さったように喜びますように。」

そこで騎兵は三兄弟の次男を連れて出発し、まっすぐに城まで連れ帰りました。そして、次男を同じ真っ暗な部屋へ案内しました。次男には、一つの軍隊をまるごと養えるほど大きな肉が入った皿を与えて、こう言いました。

「これがおまえの夕食だ。今から一時間のうちに完食できていなかったら、おまえを殺してやるからな！」

かわいそうな少年は、なにをしてもだめで、急いでもだめ、無理をしてもだめでした。皿の肉を平らげることができなかったので、人食い鬼に殺され、食べられてしまったのです。

翌週に、同じ騎兵がまたしても、母の家の扉の前で立ち止まりました。

「おかみさん、今日は、ご三男をいただけないでしょうか？　ジャンという名のしらくもを。そうすれば、すっかり肩の荷を下ろせるよ。二人のほかの息子さんは、あなたによろしくと言っていた。二人は釣りや狩りをし、お腹がすけば食事をし、喉が渇けばなにか飲み、水を得た魚のように喜んでいるよ。だが、一番下の弟がいなくて寂しがっておる。だから、わしを遣わして、ご三男を迎えに来たのさ。」

今度かぎりは、母も前ほど簡単には決心がつかず、何度も話をし、質問をしました。なぜなら、三男はしらくもで、しっかりと面倒をみる必要があり、愛情を注いでいたからです。それでも結局は、譲歩してしまいました。それでもジャンは、出発する前に、大好きだったネコを手に取りました。神さまや悪魔と引き換えにしても、ネコと離れたくはなかったからです。

二人は夜がふける頃、城へ到着しました。ジャンが最初にしたのは、兄たちがどこにいるか尋ねることでした。すると人食い鬼は、二人はおそらくまだ散歩から戻って来ていないが、まもなく会えるだろう、と答えました。それから、ジャンを同じ真っ暗な部屋へ連れて行き、同じ皿に入った同じ大量の肉を与えて、こう言いました。

「これがおまえの夕食だ。今から一時間のうちに完食できていなかったら、おまえを殺してやるからな！」

ジャンは絶望し、泣いて嘆き悲しみました。

「どうやったら、この肉を完食できるだろう?」と、ジャンは悲しみながら言いました。「たぶん、兄さんたちを殺したように、やつはぼくも殺すつもりなのだろう。」

ジャンは岩が割れるほど泣きじゃくりました。

「がっかりするなよ」と、ジャンのネコが言いました。「助けてあげるから。一緒に力を合わせれば、きっと簡単に平らげられるさ。」

そこでジャンとネコは仕事に取りかかり、食べに食べ、なおも食べ続けたので、一時間後には、皿にあった肉のうち、ほんの一口分さえも残っていませんでした。

「結構なことだ」と、ジャンとネコが最後の一口を飲みこんだときに、ちょうどなかに入って来た人食い鬼は言いました。「結構なことだ。完食できたのだから、おまえは殺さないでおこう。だが、明日も同じ量を出すから、今日みたいに食べないと、おまえを殺してやるからな!」

それから、人食い鬼は出て行きました。残されたジャンは、なおいっそうおびえていました。行きつ戻りつしながら、壁を触って逃げ出せそうな出口を探しました。そろそろ勇気も萎えかけてきた頃、とても幸いなことに、目を上げると、天井の隅っこの方に天窓が見つかりました。とても狭い天窓でしたが、それでもジャンが通り抜けられるほどの幅はありました。ジャンのお腹は、半キログラムのバターよりもわずかに太いほどだったからです。そこでジャンは、ネコをポケットのなかに突っこみ、天窓までよじ登りました。天窓にはまず頭を、次に体の残りを全部通すと、鎖をたどりながらなんとか、城のふもとにあった美しい庭まで降りることができました。地面に足が触れるとすぐにジャンは、頭を下げて走り、まるで悪魔に追われているかのように逃げ出しました。すると、年老いた雌ラバにぶつかってつまずきました。雌ラバは、両足と首を二本の大きな木につながれていました。

「一体、そんなに急いでどこへ走って行くんだね、少年よ？」と、この雌ラバが言いました。

「このまま行かせてくれよ、雌ラバさん。人食い鬼に捕まったら、食べられてしまうから。」

「それなら、わしの縄を解いて、わしの背中に乗るといい。わしは妖精なんだ。ここから、あっちまで、あっちに見えるあの鉄の橋までのところにいるかぎり、わしはこの人食い鬼の支配下にある。でももし運良くあの橋を渡ることができたら、わしは元の姿に戻れるんだ。急いで一緒に逃げよう。で、本当に急いでくれ。ずいぶん先へ進んでいないと、すぐにも人食い鬼に捕まってしまうから。」

言うが早いか、実行に移されました。ジャンは雌ラバの縄を解き、これにまたがると、三倍の速足で出発しました。一歩進むごとに、ジャンと雌ラバは一緒に振り返り、追っ手がついて来ていないか確かめました。突然、分厚い埃の雲が、風よりも早い速度で近づいて来るのが見えました。しかもその雲の真ん中で、人食い鬼は持ちウマのなかで一番の駿馬にまたがっていました。もう一歩のところで捕まるところでしたが、絶望的な状況で試みた奇跡の跳躍により、雌ラバは鉄の橋を飛び越えたのです。そして、四本足で同時に降り立つと、雌ラバはたちまち年老いた女になり、両肩には小さな騎手がまたがっていたのです。

「おまえのおかげで、わしは魔法を解いてもらった」と、妖精は言いました。「だが、恩は忘れないよ。聞くがいい。王さまが庭師を探しておるから、急いで会いに行くのじゃ。すぐにもお仕えできるはずじゃ。おまえの頭にあるしらくものかさぶたは、美しい金の星に変えてあげよう。だが、それを隠すために、いつもこの帽子を被り、身体を洗うとき以外には帽子を脱がないよう、注意するのじゃぞ。それから、もしわしが必要になれば、足で三回続けて地面を踏みならせば、来てあげるからな。さらばじゃ！」

すると妖精は姿を消し、どこを通って行ったのかわかりませんでした。

ジャンはまっすぐに前を歩いて行きました。一晩と一日が終わる頃、王さまのもとにたどり着くと、妖精が請け合っていたとおり、庭師として雇われました。日が昇るとすぐに、ジャンは庭に行き、花々や芝生に水をやり、並木道を熊手で掃除し、木々の枝をおろし、垣根を刈りこみ、草取りをしました。その仕上がりは上出来で、これほど仕事に精を出す庭師は今までに見つからなかったほどでした。それから、すっかり疲れてしまうと、王さまの領地を貫流する小川のほとりで足を止め、しらくも持ちだと人に思わせながら、決して脱ぐことのなかった帽子を脱ぐと、勢いよく流れる水で頭を洗い、さっぱりしました。ところが、たまたま王女が庭師を気に入り、気づかれずに跡をつけたのですが、庭師が帽子を脱いだとき、頭に美しい金の星がついているのを目にしたのです。まもなく王女はすっかり恋に落ちてしまいました。眠ることもできず、飲食もかなわなくなりました。ついには我慢できなくなり、ある朝、王さまに言ったのです。

「王さまであるお父さま、庭師のジャンと結婚したいのです。」

「おまえは気がおかしくなったのか」と、王さまは唖然として言いました。「わしは怪しげな庭師の少年を婿に迎えるというのかい？　いつも帽子を被らねばならぬほどのしらくもだというのに。」

「王さまであるお父さま」と、王女は言い返しました。「わたしは庭師のジャンと結婚したいのです。」

王さまは再度拒みました。すると王女は泣いて嘆き悲しみ、自分の部屋に閉じこもり、もうだれにも会おうとはせず、わずかな食べ物さえも口にしようとはしませんでした。娘をとても可愛がり、ほかに子どもがいなかった王さまは、娘が死ぬのではないかと心配になり、ついにはこう言いました。

「それなら庭師と結婚するがいいさ、それがおまえの望みなんだから。だが、二度とあいつがわしの目の前に現われることのないようにするんだ。」

ジャンと王女はこうして結婚し、王さまが大庭園の端っこに建ててくれた小さな館で、幸せに不自由なく暮らしました。

ある日のこと、王国中に、トランペットと太鼓を鳴らして《お触れ》が出されました。それによると、権勢を誇る隣国の君主が宣戦布告したため、武具を手に取ることのできるほど壮健で頑丈な数多くの臣下たちに、王さまは助けを求めたのです。妻は思いとどまらせようとしましたが、ジャンは義父にあたる王さまに会いに行き、軍隊に加えてもらう許可を求めました。

「二度とわしの前に姿を見せぬよう、前にちゃんと言っておいたじゃないか！　だが、今日は臣下ならだれもが必要じゃから、おまえにも厩舎へウマを、武器庫へ甲冑を取りに行くのを許してやろう。さあ出かけて、勇敢に戦うのじゃ。」

ところがジャンは、立派なウマを選び、立派な甲冑をまとう代わりに、見つけることのできたなかで一番醜い、歩行が困難な駄馬にまたがったのです。おまけに、錆びついた銃と、刃の欠けた刀を手にし、ぼろぼろの上着を身にまといました。上着はあまりにも汚すぎて、色も落ちていました。こうした装備で、ジャンは軍隊の跡を追いました。

「あの汚い兵士はだれじゃ？」と、王さまはジャンを見かけると、激怒して言いました。

「王さま、あれはお婿さまですぞ！」

「わしの婿だと！」と、王さまはますます激怒して言いました。「わしの婿だと！　あいつはわしをからかっておるのか？　牢屋にぶちこんでやりなさい。」

しかし、王さまにはほかにも、めくじら立てることがたくさんがあったので、それ以上取りあうことなく、攻撃の合図を出しました。王さまとその兵士たちは、驚くべき勇気を見せたにもかかわらず、敗戦が濃厚になりました。王さまが退却の合図を出そうとしたとき、ジャンは駄馬から降りて、足で三回大地を踏みならしました。するとすぐさま、妖精が姿を見せました。

「なにがお望みじゃ？」

「見つかるかぎり一番の駿馬と、最もきらびやかな武具を下さい。」

その瞬間に、ジャンの駄馬はすばらしいウマに変わりました。いきりたち、じれて苛立ち、立派な装備をつけたウマでした。同時に、ジャンの着ていた古い上着と、錆びて刃の欠けた武具は、日の光を浴びて輝く甲冑に早変わりしました。するとー分たりとも暇取ることなく、ジャンは激戦の最前線へと突進して行きました。ちょうど劣勢だった王さまの軍隊は、無秩序に逃げ去るところでしたが、部隊を集結させ、反撃に転じ、再び勇気を奮い起こして、ライオンのように戦い始めていました。その結果、劣勢だった兵士たちは勝者となり、予想外のこの猛烈な反撃に恐れをなした敵軍は、退散してしまったのです。その後、こうして広まった混乱に乗じて、ジャンは姿を消すと、歩行困難な年老いた駄馬に再びまたがり、ぼろをまとい、どうにかこうにか、軍隊の後尾へ戻って行くことができたのです。

宮殿に戻った王さまは、すべての廷臣、すべての将軍、すべての将校、すべての兵士のみならず、すべての民衆にも、戦いを勝利に導いた立派な騎士を知る者がいないかと尋ねました。王さまに返事のできる者はおりませんでした。すると王さまは、世界中にお触れを出したのです。それによると、軍隊を救ってくれた者が、わざわざ宮廷まで出向き、身元を明かしてくれるなら、思いつくかぎり最も豪華な報酬を授けようというのです。それから王さまは待ちましたが、その甲斐はありませんでした。なぜなら、立派な騎士は相変わらず、だれにも知られぬままだったからです。

ところが、それから一年後に、同じ隣国の君主が、喫した敗北への華々しい復讐を望み、王さまに新たな宣戦布告をしました。王さまはすぐさま、武具を手に取ることのできるほど壮健で頑丈な数多くの臣下たちに助けを求めました。すると先回と同じく、王さまのもとへ婿が会いに行き、軍隊に加えてもらう許可を求めました。王さまが認めたので、ジャンは前と同じように、歩行困難な同じ駄馬にまたがり、ぼろぼろの同じ上着をまとい、刃の欠けた同じ刀と、錆びついた同じ銃を持って、軍隊の跡を追いました。王さまが攻撃の合図を出すと、またしても敗戦が濃厚になりました。そこへ突然、激戦の最前線に、立派な騎士が現われました。騎士はその武勇により、またしても戦争の命運を変えたのです。やがて騎士が姿を消そうとすると、

「騎士を追いかけろ！　騎士を追いかけろ！」と、王さまは軍隊に向かって叫びました。「死んでいようが生きていようが、騎士をここへ連れ戻しなさい。とにかく、あの不思議な戦士の身元が知りたいのじゃ。」

そこで、みんなが騎士の跡を追って飛び出して行きました。それでも追いつくことはできませんでした。ところで、ジャンは太ももの真ん中に、激しい槍の一撃を受けたため、槍先が折れて太もものなかに残りました。その後、軍隊は、折れた槍を手にした王さまを先頭に、都に戻りました。軍隊の後尾には、相変わらず歩行困難な同じ駄馬にまたがり、ぼろぼろの同じ上着をまとい、刃こぼれした

同じ刀と錆びた同じ銃を手にしたジャンがいたのです。

王さまはそこで、世界中に次のようなお触れを出しました。

「わしの面識があろうがなかろうが、すべての騎士がわしの宮廷に、槍先を持って来なさい。その槍先がわしの手もとにある折れた槍とぴったり合い、二つあわせてただ一つの同じ槍になるような ら、その穂先の持ち主にわしの王冠とわしの王国をまるごと差し上げようぞ。その騎士こそまぎれもなく、わしの軍隊の救世主だと証明されるからじゃ。」

すると、世界各地から毎日、毎時間、毎分、騎士たちがやってきました。王宮でも町でも、どこに宿泊させるべきかわからぬほど、騎士たちの数は多かったのです。一ヶ月にわたり、騎士たちは王さまの前へ、何百、何千とひっきりなしにやって来ました。王さまは最も豪華な衣装をまとい、黄金や宝石類で輝く王座の上に腰かけていました。来客たちに敬意を払いたかったからです。また、手には穂先の欠けた噂の槍を持っていました。しかし、騎士たちが持参したどの穂先も、それと合わせてただ一つの同じ槍になるほどに、ぴったりとはまりませんでした。そのため、望みをなくした王さまは、毎晩のように嘆き悲しみながら、こう繰り返すのでした。

「つらい！　つらいよ！　わしの軍隊の恩人に、どうしても会えないということなのか？」

さて、ある日のこと、ジャンは妻である王女に言いました。

「ほら、ぼくが庭で見つけた、あの槍の穂先をご覧よ。たまたまこの穂先が王さまの槍にぴったりあうかどうか、ぼくも試しに行かない手はないよね？」

「わかった！　わかったわ！」と、王女は答えました。「死んだふりをしなさいよ。その方がずっと賢明だわ。わざわざ頭ごなしに断られ、ひどいことを言われに出かけるのは、本当に有意義なことかしら？」

それでもジャンは、神さまからも悪魔からも、話を否定されたくなかったため、王宮に出かけ、義父にあたる王さまに会いました。

「またおまえか！」と、ジャンの姿を見かけるとすぐに、王さまは激怒して叫びました。「ここへなにをしに来たんじゃ？　わしの目の前に二度と姿を見せぬよう、命じておいたのではなかったか？」

「王さまは、こう言われたのではなかったでしょうか？『その槍先がわしの手もとにある折れた槍とぴったり合い、二つあわせてただ一つの同じ槍になるようなら、その穂先の持ち主にわしの王冠とわしの王国をまるごと差し上げようぞ。その騎士こそまぎれもなく、わしの軍隊の救世主だと証明されるからじゃ』と。」

「そのとおりじゃ！　王に二言はないわい」と、さげすんで肩をすくめながら、王さまは答えました。「おまえの槍の穂先を見ようじゃないか。」

ジャンはそこでポケットから、錆びついた剣の古い穂先を取り出しました。しかしそれは、ウマの尻尾がイヌのお尻とぴったり合わないのと同じほど、王さまが差し出した折れた槍とはぴったり合いませんでした。

「わしをからかっておるのか？　情けないやつめ」と、王は激怒してうなりました。「あいつを牢屋へぶちこんでやれ。死ぬまで牢屋で腐り果てるがいいさ。」

「この穂先が違うのであれば」と、平静さを失うことなく、ジャンは続けて言いました。「おそらくこっちの穂先です。」

そして、もう一つのポケットから、ジャンは二つ目の穂先を取り出しました。それは折れた槍とみごとにぴったりと合い、二つあわせてようやく、ただ一つの同じ槍になったのです。それから、同時に、王さまと取り巻きの廷臣たちを気にかけることもなく、ジャンはズボンを脱ぎました。そして、太ももの上の方にある傷跡を見せながら、ただこう言ったのです。

「ご覧下さい！」

王さまの驚きぶりは、みなさんのご想像にお任せします。王さまは婿の腕のなかに飛びこんでいき、彼を褒め称えたり、抱擁したりするのを止めませんでした。

「そうだ！　そうだ！　今はっきりしたよ」と、王さまは繰り返しました。「わしの軍隊を救ったのは本当におまえだ。だから、まさにおまえこそがわしの王冠とわしの王国を手にできるのだ。」

そこで、約束が実行に移され、《しらくものジャン》は、すぐさま、義父に代わって王さまになりました。ジャンがまず気にかけたのは、二人の兄を食い、あやうく彼も食われるところだった人食い鬼の城砦へ兵士たちを送り、その城砦を徹底的に破壊することでした。人食い鬼は、戦いのさなかに捕えられると、目にすることのできるなかで最も美しく、最も熱い炎で焼かれました。それから、孝行息子だった《しらくものジャン》は、母を王宮に呼び寄せました。その後、みんなが幸せで不自由なく、長生きしました。

その時になって初めて、王冠を被ることができるように、ジャンは帽子を脱ぐと、それをダイヤモンドでできた箱にしまいました。さらにジャンはその箱を、宮殿で一番立派な広間にある貴賓席へ、目立つように置いたのです。

原注

サン＝マンジュで採集されたこの民話の代表的な類話としては、ポール・セビヨ『船乗りたちの民話』所収「しらくものジャン」や、オルトリ『コルシカの民話』所収「しらくもの少年」を挙げておけば十分であろう。

訳注

『フランス民話集Ⅱ』所収「王子とウマ」（第三部第一章、ロレーヌ地方）も類話なので参照。

鎌とオンドリと白ツグミ

むかし、とても貧しい家族がありました。あまりにも貧しくて、餓死寸前でした。夕方になり床に就く頃には、翌日の食べ物が見つかるかどうかもわかりませんでした。父と母と三人息子の家族でした。ともに年老いた両親の肌は皺だらけで、髪は真っ白でした。両親が寄る年波のせいで醜くなり体が弱くなったのとは逆に、息子たちはハンサムでがっしりしていました。要するに、一家全員が村から村へと走りまわり、行く先々で家の扉をたたいては、「研いでほしいナイフはありませんか？」と尋ねながら、苦労して生計を立てていました。なにを隠そう、一家はそろってナイフ研ぎだったからです。

さて、ある朝のこと、活発で頭のよい長男は、どうしてもこの恐るべき困窮から脱したいと思っていたので、父に会いに行き、こう言いました。

「お父さん！　昨夜ぼくが見たすばらしい夢のことを聞いてほしいのだけど！」

「ああ！　一体どんな夢を見たのじゃ、息子や？」

「それは必ずしも夢ではないかもしれません。眠らずに、考えごとをしていたからです。」

「それなら、どんなことを考えておったのじゃ、息子や？」

「お父さんも知ってのとおり、いつだったか、司祭さんがうちに貸してくれた立派な本のなかで読んだ話によると、どこかの国では大弓を使って刈り入れを行っているそうだよ。」

「大弓じゃと！　どういうことじゃ？」

「話はこうです。麦が実ると、その国の人たちは大弓を手に取って、穂に向かって射かけるんだ。穂が落ちるにつれて、人々はそれをかたまりごと並べ、大きな山ができたら運んで行くのさ。そんなふうに刈り取りは行われるんだ。だから、ぼくは考えたんだ、その国へ鎌を持って出かけたら、ぼくの望む値段で売りさばけるんじゃないかと。そうすれば、わずかな時間で、お金持ちになって、稼いだお金の使い道に困るぐらいお金もちになって、戻って来られるんじゃないかと。」

「それは、よい考えじゃ！　それなら出かけるんじゃ、息子よ。おまえが言うとおりの金持ちになって、戻って来られるとよいのじゃが。」

話が決まり、長男は出かけました。ずいぶん長い間、まっすぐに歩いて行くと、噂の国にたどり着きました。ちょうど刈り入れが行われている時期でした。

さて、ある朝のこと、人々が大弓を手にして畑へ刈り入れに向かうと、まもなく自分たちの知らない道具を使って、ある男が麦の穂を落とすのを見てすっかり驚きました。仕事ぶりは実にすばやかったため、一時間もしないうちに、刈り入れはすべて終わりました。彼らが同じ仕事を終えるには、少なくともまるまる二週間は必要でした。そのため、この男をあやうく妖術師扱いするところでした。それほどびっくり仰天したのです。

「おい！　そこの人」と、人々は驚きから我に返ると言いました。「この道具をどんな名前で呼んでるのかね？」

「鎌です。」

「これをわしらに売ってくれないかい？」

「もちろん！　いいですとも。これと一緒に、ほかにもたくさん売りましょう。みなさんの分がありますから。それでも値が張りますよ。仕事をすぐに終わらせてくれる貴重な道具ですし、ほかの国々では決して見つかりませんからね。」

「ああ！　値切ったりはせんよ。値段はおまえが決めてくれ。」

正午になる頃には、長男は持ってきた鎌を全部、とても高い値段でとっくに売りさばいていました。そして、その日のうちにお金を手にして、年老いた父、年老いた母、二人の弟のもとへ向かっていました。それは、一家が亡くなるまで、豪勢な暮らしができるほどの大金でした。

ところで、これもお伝えせねばなりませんが、長男の出発を見届けた次男は、自分が家族にとってお荷物になることを望まず、同じように父に会いに行って、こう言いました。

「お父さん、お兄さんがうまくいくかどうかはわかりませんが、ぼくにはよい考えが浮かんだんです。」

「ああ！　だったら、それはどんな考えじゃ、息子よ？」

「それはこうです。学校の先生が昨日教えてくれた話によると、半年続いて真っ暗になる国々があって、住人たちはとても困っているんだって。だからぼくは考えたんだ、そんな国へぼくがオンドリを持って行けば、お日さまはオンドリたちが鳴けばすぐに昇るんじゃないかと。そうなれば、その国の日の長さがほかのどの場所とも同じになるよう、オンドリと引きかえにぼくはたくさんのお金をもらえるんじゃないかって。」

「それはよい考えじゃ！　それなら出かけるんじゃ、息子よ。おまえが言うとおりの大金持ちになって、戻って来られるとよいのじゃが。」

話が決まり、次男は出かけました。ずいぶん長い間、まっすぐに歩いて行くと、半年続いて真っ暗になる国へ、オンドリたちと一緒にたどり着きました。すると彼は住民たちに、不思議な鳥を連れて来ていると告げました。その鳥が鳴くだけで、お日さまが昇り、大地を温め、植物や樹木を成長させてくれるというのです。そのため、次男が行った次の提案を聞いた人々は、善良な神さまが地上に降り立ったのだと思いました。

「この立派な鳥をご覧下さい。オンドリと呼ばれています。これが鳴き始めると、お日さまが昇ります。そうなれば、あなたがたには寒さの心配もなくなり、狩りや釣りが一日中できるだけでなく、庭や畑を耕すこともできるようになります。庭からはみごとな果物が採れ、畑の作柄もすばらしいことでしょう。」

「おまえが嘘をついていたら」と、半年続いて真っ暗になる国の人々が答えました。「おまえを殺してやるからな。だが、話が本当なら、連れて来たオンドリたちと引きかえに、運べないほど多くの金を授けよう。」

まもなく――というのも、地球のほかの場所では、お日さまが昇る時間だったからですが――、オンドリのうちの一羽が「ココリコ！　ココリコ！　ココリコ！」と、鳴き始めました。そのため、居合わせた人々はみな、すでに夜がそれほど暗くない感じがしました。それから、別のオンドリが「ココリコ！　ココリコ！　ココリコ！」と答えて鳴くと、すべてのオンドリが我先に、相手よりも甲高い声で「ココリコ」と、鳴き始めました。

オンドリたちがはっきりした声で鳴けば鳴くほど、ますます暗闇が晴れて行きました。やがて、お日さまが少しずつ昇り、まずは巨大な赤い玉のような姿を地平線に見せました。オンドリたちがそろって鳴きやむと、お日さまは美しい銀の板のような姿になり、ついには空で輝きました。

するとあちこちから、喜びの叫び声が上がり、住民一人一人がオンドリを一羽ずつほしがりました。こんなにすばらしいものをもっと高値で買い取れないのを残念に思いながら、有り金を全部渡すのでした。その結果、次男はお金を手にして、年老いた両親のもとへ向かったのです。それは一家が亡くなる日まで、豪勢な暮らしを送るのに必要な額以上の大金でした。

ところで、みなさんもきっとご想像のとおり、自尊心をかきたてられた三男は、二人の兄よりも行動力や積極性に劣ると思われたくありませんでした。そこで日夜、考えて思いを巡らし、一分たりとも休むことなく、どうやったら自分も運試しに出かけられるか自問しました。

そこで、ある朝のこと、三男は父を脇へ呼んで、こう言いました。

「お父さん、兄さん二人が冒険に挑んで成功するかどうかわからないけど、ぼくにはいい考えがあるんだ。」

「ああ！　だったら、それはどんな考えじゃ、息子よ？」

「それはこうです。兄さんたちは運試しに出かけて行きましたが、持ち帰ると約束したお金を兄さんたちが持ち帰るなら、ぼくが同じことをする必要はまったくありません。それでも、やっぱりぼくは出かけたいんです。でもその理由は明かしません。秘密です！　もしぼくが成功したら、お父さんも、年老いたお母さんも嬉しく思うでしょう。」

「それなら出かけなさい、息子よ。戻って来るのは、成功してからにしてほしいものじゃ。」

話が決まり、三男は出かけました。ずいぶん長い間、まっすぐに歩いて行くと、ある立派な城の前にたどり着きました。それは切り立った岩の天辺に建てられた城で、一里以上の高さがありました。城のまわりには、とてつもなく広く、とてつもなく深く、水の溢れる堀がありました。白い大理石で作られた最も高い塔は、日の光を浴びると眩しすぎるため、眺めるのが難しいほどでした。その塔の天辺に住み、さえずっているという噂の白ツグミをそばに置くことのできる人はだれも、鳥のおかげで若返ることができて幸せでした。やがて、三男はこう思いました。

「兄たちが宣言どおりの大金を手にして帰宅したとしても、父と母が富裕になるのになんの意味があるだろう。両親は寄る年波に勝てず、まもなく亡くなってしまうのだから。ぼくは、両親を若返らせてくれる白ツグミを持ち帰りたい。そうすれば、両親には豪勢な暮らしを本当に楽しんでもらえるから。」

それでも、噂に聞くツグミを捕えるのは困難なことでした。ツグミは空にとまっていたに等しく、特にツグミのまわりでは警戒の目が光っていたからです。まずは、広くて深く、水の溢れる堀を通過しなければなりませんでした。

次に、城の最初の石段にたどり着くためだけに、一里以上の高さもある、切り立った岩を登らねばなりませんでした。勇ましい若者は、敢然と堀のなかに飛びこみ、これを泳いで渡ると、まもなく岩のふもとにたどり着きました。岩を登ろうとしましたが、登ろうとするたびに、水のなかに落ちてしまいました。

さらに何度か溺れそうにもなりました。気落ちして、この企てをあきらめようとしていると、すぐ近くで一匹のキツネが彼を見つめているのに気がつきました。それは見た覚えのないキツネでした。四本足の先は、長くて鉤形に曲がった爪になっていたからです。みなさんもきっとご想像どおり、キツネがこう話しかけてきたとき、彼はさらに驚きました。

「君がなにをほしがっているか、ぼくにはわかるよ！　白ツグミを捕まえたいんだね。でも、君はこの冒険の最初の挑戦者ではないよ。これまでに挑んだ者はみな、金持ちになるためだけにツグミをほしがったので、溺れ死んでしまったんだ。君は孝行息子として、年老いた父と年老いた母に若さを授けることだけを望んでいるから、ぼくは君の手助けをする覚悟なんだ。ぼくの尻尾をつかんでくれれば、さえずる白ツグミの住む塔の天辺まで、鉤爪をひっかけながら、岩を登ってあげるよ。くれぐれも、ぼくの尻尾を放してはいけないよ。途中で転げ落ちることになったら、君は地面に落下して見るも無残な姿になるからね。」

こうしてキツネと三男は登り始めました。キツネは鉤爪を岩にひっかけながら、相変わらず、こう繰り返しました。

「放すんじゃないよ！　しっかりと尻尾を握っているんだよ！」

こうして白ツグミのもとまでたどり着きました。ツグミは、このキツネとこの若者が、こんなに高くまで、一方が他方をひきずってくるのを目の当たりにしてすっかり驚いたので、飛び立とうと考えもせず、捕まえられてしまいました。

ツグミは、驚きから我に返ると、ようやく絶望的な叫び声をあげ、城の住人たち全員を動揺させました。それでもキツネと、その尻尾を握り続けていた三男はすでに、再び下に降り、広くて深く水の溢れる堀を再び渡り終えていました。

「キツネさん、ぼくを助けてくれて、どうもありがとう」と、若者は言い、ツグミを握る手の力を強め、逃げて行かぬようにしました。「どうもありがとう、キツネさん！」

「ああ！　ぼくにお礼を言うのはまだ早いよ。君はまだ助かったわけじゃない。銃を手にして君の跡を追っている、城の人たち全員をご覧よ。君もぼくも、あの人たちに殺されてしまうよ。幸い、ぼくはあの人たちよりも走るのが早い。ぼくの尻尾をしっかりと握り続けてくれ、さあ前進だ！」

それからキツネは、いっそう力強く走り続け、垣根や堀を飛び越えたので、あっという間に、キツネと三男は、相変わらず一方が他方を引きずりながら、安全な場所にたどり着きました。

そこは大きな森のなかで、キツネと三男の逃げ足があまりにも早く、空にはごく小さな星さえも見えないほど暗闇がまわりを包んでいたため、城の人々が追いつくのはなおさら難しかったのです。

「ようやく、君は助かったよ」と、キツネは言いました。「さあ、家に戻るんだ。さようなら！」

それから、ずいぶん長い間歩いて行くと、三男は自宅に着きました。相変わらず片手でツグミを握りしめ、逃げて行かぬようにしていました。

三男が家のなかに入るとすぐに、寄る年波のせいで年老いて髪の毛が白く、もうろくして腰の曲がっていた父母は、すぐさま、一方はハンサムで頑健な男に、もう一方は美しい女に、見つかるかぎり最も美しい女になりました。

二人の兄が持ち帰っていたお金をすべて使って建て直した豪華な家で、一家は幸せで満ち足りた豪勢な生活を送りました。また白ツグミには、大きな籠をすべてダイヤモンドで作ってやり、毎日手厚くもてなして可愛がりました。

ラ・リショルで採集された話。

訳注
『フランス民話集Ⅲ』所収「白ツグミ」（第一部第二章四、ピカルディー地方）は類話なので参照。

第五部　ノルマンディー地方の民話

——ジャン・フルリ編（渡邉浩司訳）

第一章　伝　承

妖精たち

マンシュ県の北部では、ソバを収穫するのと同じ畑で、ソバの脱穀が行われます。そして、脱穀がいつもお祭りになるのです。十月の良き日が選ばれると、善意の人たちが呼び出され、畑はまもなく大人の男女と子どもたちで一杯になります。少年と少女が常に多数派です。区画の一角を平らにして、踏み固められた広場を作ります。それから、笑ったり浮かれはしゃいだりしながら、円錐形に並べられた刈り穂や干し草の小さな山をみんなで探しに行き、それを乾かしてから、広場に投げこむのです。殻竿はリズムよく穂をたたきます。半ば乾いた植物が発する香り、体に良い秋の空気、若者たちに特有の陽気さが、それぞれの効果を発揮します。人々は叫び、歌い、けしかけあったりし、子どもたちは捨てられた藁の上を転がり、そのなかでかくれんぼをします。やがて子どもたちから藁がのけられ、藁の上に火がかけられます。赤みがかったこの藁は湿ったままなので、煙はとても分厚くなりますが、空中に消え去って行きます。人々はこれを見て楽しみ、その上、まわりで踊ります。

仕事に疲れると、人々は良い香りのする藁の上に座ります。そこへ真っ白な小麦のガレットが運ばれてきます。かまどから出されたばかりのガレットからは、まだ煙が出ています。そこに新鮮なバターが載せられると、次々に溶けていきます。おいしそうなリンゴ酒で満たされたタンブラーが回され、陽気な話題や、四方山話も一緒に回っていきます。

ある日のこと、わたしはこうしたお祭りに居合わせ、さまざまな会話に耳を傾けて楽しみました。

「なんて白いの、あんたのガレットは、マリー＝ジャンヌよ！　妖精のガレットみたいじゃな。」

「これを作ったのはわたしで、妖精にはなにもしてもらっていないと請け合いますわ。」

「それなら、おばあさんは、妖精のガレットを食べたことがあるのですか？」と、ある娘が話を切り出した老女に尋ねました。

「わしは食べておらん。だが、わしのおばあさんから、妖精のガレットを食べたことのある女の人を知っていたと、聞いたことがあるのじゃ。」

「それならどうして妖精たちは、その女の人にガレットをあげたのかしら？」

「今ではもう妖精たちが噂になることはない」と、老女は質問に答えることなく話を続けました。

「だが、わしの若い頃は、よく噂になったものじゃ。司祭さんたちが聖杯の覆いを使って十字を切ることを思いついてからこのかた、妖精はもういなくなってしまったという話じゃ。むかしはいっぱいおったもんじゃ。」

「姿は見えたのですか?」

「いつも姿が見られたわけではないが、歌ったり、談笑したりするのは耳にしたものだ。ふつうは遠くからじゃったが、ユビランの谷間を流れる小川で、シーツを洗う姿も見られたものだ。月明かりが出ている夜だけだったがね。」

「妖精たちは日中、どうしていたのですか?」

「それはわしにもまったくわからん。だが、断崖の下には《妖精たちの穴》と呼ばれる《洞穴》があり、断崖の上には《妖精たちの庭》と呼ばれる場所があるんじゃ。」

「でも、《妖精たちの洞窟》は、一世帯の家族が住むにはずいぶん小さいし、《妖精たちの庭》には決してなにもありませんよ。」

「妖精というのは、実はとても小さかったという噂じゃ。妖精には男も女もおった。仕事をする姿は見えなかったが、それでも仕事はしておったよ。ときには、夜の間に扉をノックしに来ることもあった。わしらのような田舎言葉はしゃべらず、街中のようにフランス語を話しておったよ。

『わたしたちに梶棒を、轅を、犂を貸して下さいな、

どれもいい働きをしていますから』

と、妖精たちが叫ぶのが聞こえたら、『はい、どうぞ』と、答えねばならなかった。そうしないと、妖精たちがいたずらを仕掛けるきっかけとなったことじゃろう。『いいよ』と答えてもらうと、妖精たちは犂を荷車置き場へ、ウマを馬小屋へ取りに行って、それを使って畑を耕したものじゃ。ときにはまた、ウマを使って買い物に出かけたものじゃ。ところが、妖精はとても小さな生き物じゃから、ウマの鞍の上ではなくて首に乗り、ウマのたてがみを鐙代わりにしたから、たてがみは後から変なもつれかたをして見つかった

左端の女性が妖精

よ。」

「それは今でも起こるよ」と、少年が言いました。「ときどき朝に馬小屋へ入ると、ウマが疲れ切っているのを見たことがあるよ。でもすべてがしっかり整頓されていたんだ。妖精たちはとても気配りがきくので、貸したものがちょっと傷んでいたら、それがよい状態で戻って来たよ。」

「日中にもときどき、妖精たちの声が聞こえたものだ。わしの曽祖父母の姉妹の一人がむかし、『耳の長い奥さま、乳房の長い奥さま、わたしの結婚式にいらして下さい』と、妖精の一人が仲間たちをお祭りに誘うのを聞いたよ。妖精のなかには、乳房が長すぎるあまり、肩の上から後ろへ投げて、背負っていた子どもたちに乳をやっていたのもいることを、是非とも伝えておこう。」

「妖精のガレットのことですが、噂になっていないのですか?」

「お待ちなされ。あれはある夏の日のこと、亜麻を拾い集める人たちがおった。すばらしい日で、ヒバリがさえずり、いつもは昼寝をする人たちも踊っておった。みんなが口を閉ざすと、『かまどが熱いよ』と叫ぶ女の声が聞こえたのじゃ。ある女が笑いながら『ガレットをいただけるのかしら?』と尋ねると、返事はなかった。すると、その女は舌が長くなりすぎているのがわかって、怖くなった。みんなは静かに亜麻拾いを続けた。休憩の時間になると、大きなコナラの木の陰で腰を下ろし、生垣へ行って、パンやバター、シダのなかに冷やしておいたリンゴ酒を探した。並べておいた食べ物の横には、きれいな白いナプキンが見つかり、そのナプキンのなかには、出来たての、真っ白なパンで作った立派なガレットが、小瓶のなかには、塩なしの新鮮なバターが、おまけにガレットを切るためのナイフも見つかったのじゃ。それらを全部運んで来てくれたのは、わしらがガレットを頼んだ妖精だったのじゃ。妖精の贈り物はみんなで分け合い、ガレットにバターをつけ、たっぷりご馳走になったよ。それから、全部食べ終わると、瓶とナイフをきちんとナプキンのなかへ入れ、まとめて全部シダのなかの、それらを見つけた場所に戻したのじゃ。しばらくしてそこへ戻って確かめてみると、もうなにもなかったよ。」

「おいしかったのですか、そのガレットは？」

「上出来じゃった。この話を語ってくれたおばあさんは、あれほどおいしいガレットは一度も食べたことがないと言っておったよ。」

「いずれにせよ、おそらくガレットを口にしていない人がだれか、わたしはよく知っていますわ」と、ある娘が言いました。

「それでも、妖精たちが意地悪だったのも確かです」と、ある人が言いました。

「意地悪だって？　そんなことはない。だが、妖精たちがもっともなことを頼んだのに、もし悪意からそれに応えてあげなければ、妖精たちはそんな親切心に欠ける人たちを罰することも、ときにはあったよ。断崖のふもとには《妖精たちの泉》と呼ばれる泉がある。意地悪な少年がある日、面白半分でそこへゴミを投げ入れに行ったため、泉の水が濁って臭くなってしまった。それから少年は姿を隠し、妖精たちがなんて言うか見届けたのじゃ。

まもなく妖精が一人やって来た。泉の水が汚されているのを見ると、怒りの叫び声をあげた。ほかの妖精たちもおそらく駆けつけたが、少年にはなにも見えなかった。だが少年は、『わたしたちの水を汚した者に、なにを望みますか、妹よ?』と言う、かぼそい声を聞いた。『その人が吃音になって、言葉がはっきり発音できなくなりますように。』『あなたはどう思うの、妹よ?』『その人がいつも口をあけたまま歩き、通りすがりにハエを呑みこみますように。』『あなたはどう思うの、妹よ?』『その人が一歩進むごとに、お姉さんへの敬意をこめて、必ず大砲を一発放ちますように。』

この三つの願いごとが叶ったため、さきほどの少年は吃音になり、いつも口をあけたままになり、走るたびに大砲を響かせることになったのじゃ。

少年は急いでゴミを引き上げに向かった。泉をきれいに整え、妖精たちに謝罪した。妖精たちは少年を許したが、それでもすぐにというわけではなかった。意地悪だからこうしたのだと言えるじゃろうか?」

「妖精たちはときに、揺り籠の子どもたちを取り替えることがあったという話ですね。」

「そんなこともあったよ。だが母親たちが悪かったのじゃ。妖精たちの力が子どもに及ぶのは、母親が離れる前に、揺り籠のなかの子どもに十字を切るのを忘れたときだけだったからじゃ。そんなとき、妖精たちはときに《揺り籠》のなかにいた子どもを奪い、代わりに自分の子どもの一人を置いていくこともあったのじゃ。」

「妖精たちは、誘拐した子どもの面倒を見ていたのですか？」

「それについてはなにもわからんが、たぶんそうじゃろう。だが、食欲が旺盛なのに大きくならないと、妖精の子だとわかったものだ。

ある女がそうやって《妖精の子》を育てたことがあるよ。月日が流れても、子どもは相変わらず小さいままじゃった。それは妖精の息子かもしれず、見た目よりもはるかに年をとっていると思われた。子どもを試すために、カサガイをたくさん拾いに出かけた。カサガイのなかに水を満たし、火のまわりにそれらを並べてみた。水はまもなく沸騰した。子どもはその様子をつぶさに眺めておった。最後にこう叫んだ。『ぼくは七回アルデンヌの森が燃えるのを見たことがある。でも、こんなに多くの小壺が沸騰するのは、一度も見たことがないよ。』

これで、もうまちがいはなかった。子どもはすっかり老けこんでいて、《妖精の子》だったのじゃ。」

「妙な試練を与えたものですね！」

「それは認めるが、話をでっち上げたのではなく、人から聞いた話を繰り返しているだけじゃ。」

「それで、母親は自分の子どもを取り戻したのですか？」

「そうみたいじゃ。だが、わしはこの話の結末を一度も聞いたことがない。家で《妖精の子》を育てると、縁起がよくなると言われておる。今ではすっかり妖精がいなくなってしまって、残念じゃ。」

「どうして残念なのですか？」

「妖精が悪さをするのは、悪さを望む人たちに対してだけであり、妖精たちはいろいろとよく手伝ってくれたからじゃ。かわいそうな女がある日、息子が危篤に陥ったのを見て嘆いておった。すると突然、かまどの石が持ち上がり、一本の手が暖炉に小さな瓶を置いた。『これを飲ませてやりなさい』という声がした。」

「言うとおりにしたのですか？」

「言うとおりにしたら、うまくいったのじゃ。一週間後には、息子の命は救われていたよ。」

「みなさん、仕事を終わらせましょうか？」と、ソバの所有者が言いました。

みんなが立ち上がると、これらの話に興味を示していた子どもたちは、ひどくがっかりしました。

人々はさらにリンゴ酒をひとまわり順番に飲み、仕事を再開したのでした。

原注
バス゠ノルマンディー地方の妖精たちは、ブルターニュ地方の妖精たちと同じである。いずれの地方でも、妖精の仕業とされるものは酷似している。
《妖精の子》の正体を見破るために行われる試練は、細部に違いがあるだけである。ド・ラ・ヴィルマルケ氏の著作が収録するブルターニュの歌によると、ずいぶん前から育てているのに大きくならない子どもが、《妖精の子》だと信じたある女が、たった一個の卵の殻のなかに耕作者十人分の食事を準備するふりをする。「たった一個の卵の殻に十人分だなんて、お母さん！」と、その子どもは叫んだ。「ぼくは白いメンドリを見る前に卵を見たし、木を見る前にどんぐりを見た。ぼくはどんぐりを見たし、どんぐりをたたき落とす竿も見た。ブレザルの森ではコナラの木を見たけど、こんなものは一度も見たことがないよ。」

ボスケ嬢が著書『空想的で不可思議なノルマンディー』で報告している伝承は、ド・ラ・ヴィルマルケ氏の伝承とノルマンディーの伝承の中間に来る。

その伝承によると、女は一ダースの卵を割り、火の前にその殻を並べる。すると子どもが叫ぶ。「ああ！クリームの入った小壺がなんていっぱいなんだ！　ああ！　ミルクのテリーヌがなんていっぱいなんだ！」

以上二つの話では、女は《妖精の子》を激しくたたいている。妖精の母は子どもの叫び声を聞いて駆けつけ、子どもを奪うと、自分が前に誘拐した子どもを女に返していく。

訳注

話のなかには方言として、《揺り籠》（bers）、《妖精の子》（fêtet）が出てくる。

ゴブリンと財宝

今からそれほどむかしのことではありません。城や立派な屋敷には、必ずゴブリン〔小妖精〕や守護霊がいました。ゴブリンも妖精と同じく、キリスト教の体系には属していません。ゴブリンはある面で人間より劣り、ほかの面で人間より勝ります。イエスの宗教はこうした存在にいかなる場所も与えてはいません。ゴブリン信仰には、新しい宗教が定着してもなお存続した、いにしえの諸宗教の痕跡が残っているのです。

ゴブリンはヨーロッパのいたるところで見つかり、ロシアでは《ドモヴォイ》、ドイツやノルウェーでは《トロール》、ブルターニュ地方〔フランス北西部〕では《プールピケ》と呼ばれます。ゴブリンは、ラ・マンシュ県北部では二つの名を持っています。ラ・アーグ岬近くのオーデルヴィルでは、《ドロール》と呼ばれますが、これは《トロール》をフランス語風に呼んだものにほかなりません。同じ地方の別の場所では《ゴブリン》と呼ばれますが、これは英語と同じ単語です。南ヨーロッパでは、ゴブリンはリュタン〔小悪魔〕の仲間です。

ゴブリンは意地悪ではなく、いたずら好きです。昼間は、いろいろな種類の姿をとります。大きなイヌの姿で火の隅っこへやって来て体を温めたり、鉄具をつけた野ウサギの姿で橋の上を散歩したり、白ウマの姿で牧場に現われたり、大きな黒い雄ネコの姿で火のそばで喉をごろごろ鳴らし、ときには体をなでてもらったりします。

グレヴィルに住むル・ヴァル＝フェランのゴブリンは、普通はなじみの野ウサギの姿で現われていました。人々が夕方にジャガイモの鍋料理を準備していると、火のそばへやって来て体を温めていました。パン作りを手伝ってくれるので、焼くたびに、ゴブリンにもガレットが作られ、それは窓の外に置かれました。置き忘れてしまうと、二週間にわたって家のなかで騒音が続きました。それはおよそ六十年前に起きたことです。

オモンヴィル＝ラ＝ローニュの砦のリュタンは、当時はもっと見慣れた存在でしたが、いっそういたずら好きでもありました。ときどき白いヒツジになりましたが、ほかにも小イヌになって、屋敷の娘のスカートの上で寝て、引きずられたりしていました。

夜になると、リュタンが糸車を回したり、皿洗いをしたりする物音が聞こえました。中庭では、子ウシになることが多く、不意に姿を現わすのが見られました。別のときには野ウサギになり、腹の下に火がつくと、突然速足で飛び出して遊んでいました。ときには大きな黒ネコになり、夕方にうなり声を上げながら輪舞をしました。

娘はリュタンと親しくなっていました。リュタンは娘に、いろいろな種類の面白いいたずらをして楽しみました。たとえば、娘が地面に糸玉を見かけると、自分の不注意を責めながらそれを拾いました。すると突然、糸玉が娘の手のなかで爆笑し、地面へ飛び降りるのでした。はしゃぎ回っていたのはゴブリンでした。ジョブールのフルリ家では、普段のゴブリンはなじみの野ウサギの姿をし、ネコのように体をなでられていました。

ゴブリンの存在は普通、財宝が近くにある証拠です。百年前から忘れられていた財宝はどれも、ゴブリンの監視下に置かれています。しかし財宝の有りかは、ほかの手掛かりからわかることもあります。

グレヴィルにあるフルリ小村の近隣の牧草地では、かゆみを覚えたとき獣たちが身体をこすりつけに行けるように、畑の真ん中に置かれた石柱の一つのそばで、ぴかぴか光る鋼の立派な水差しがよく見られましたが、たまたまそこに近づくと、水差しは消え去ったものです。

近隣の十字路では、ある女が座って糸紡ぎをする姿が見られました。そばに行くと、糸車に火がつき、やがて女ともども消え去りました。

グレヴィルのある家では、ベッドで寝ていた女が突然、窓の一つに娘の姿を見かけます。娘は部屋を横切り、音も立てず、なにも壊すことなく、反対側の窓から出て行きます。別のときには、この同じ女が夜間に目を覚ますと、小さな男が部屋の真ん中に座って糸紡ぎをする姿を見かけました。女が

下方にいるのがリュタン（小悪魔）たち

ベッドの上に立ち上がって声をかけると、紡ぎ手も糸車も消え去りました。こうした出来事はどれも、財宝が家のなかに隠されている証拠でした。家では長い間財宝を探しましたが、発見には至りませんでした。

《ゴブリンの住む》家のなかには、真夜中におそるべき騒音でたたき起こされてしまう家もあります。扉がどれも激しく開いたり閉じたりし、重々しい体が階段を転げ落ちてくる音が聞こえます。鍋、フライパン、鋼の水差しが激しくぶつかり合います。台所では、皿やグラスの割れる音が聞こえます。翌朝に確かめに行くと、すべてがいつもの場所にあり、なにも動いていないのです。

普段のゴブリンは物静かです。しかし話をするゴブリンもいます。グレヴィルのフルリ小村にも、話のできるゴブリンが一人いました。彼はガブリエルと呼ばれ、自分の名前をよくわかっていました。さまざまな姿を取りました。人々はその代わる代わるイヌ、ネコ、子ウシになりました。人々はそれでも恐がりませんでした。話しかけられると彼は理解し、ときに返事をすることさえありました。しかし、打ち解けておしゃべりすることは一度もありませんでした。

ある晩、ガブリエルは家の女主人を起こします。

ガブリエルは、かまどの石を持ち上げていました。「ここにお金があるから取りにおいでよ」と、彼は言いました。

女主人は、できれば確かめに行きたいと思いましたが、恐怖に負けてベッドから離れませんでした。それは良い選択だったのです。ガブリエルが後にこう言ったからです。「来なくて正解だったよ。あなたを石の下に置くつもりだったから。」

ガブリエルは、いつも人をだましていたわけではありません。家の息子の一人はデモンという名でした（フルリ・デモンと呼ばれたのは、当時、家の年長者に領地の名が与えられ、末っ子だけが先祖代々の名を持ち続けたからです）。

ある晩、デモンは自分が呼ばれるのを耳にします。「デモン、デモンよ、おまえのリンゴ酒が流れ出しているぞ。」

デモンはガブリエルの声だとわかりましたが、罠を恐れて動きませんでした。それを後悔することになりました。翌日になり、デモンが貯蔵室へ入ると、樽の一つがほとんど空になっていたからです。樽の栓がきちんと閉められていなかったのが原因でした。

ゴブリンは単なるいたずらだけでは満足しなくなると、託された財宝の番をするのに疲れ、財宝が発見されることで仕事から解放されることを願います。それでもゴブリンには、財宝の眠る場所をはっきりと教える権利はありません。いろいろと探してみても実りなきことが多いのは、そのためです。

ガブリエルが守ってきた財宝は、家の人が長い間探してきましたが、無駄骨に終わりました。財宝は家のなかではなく、付属建築物の一つで、使われなくなっていた納屋にあったからです。この納屋を、フルリ家はポリドール家に貸しました。ポリドール家の人々はある壁のなかに財宝を見つけましたが、それを自慢しませんでした。財宝が《取り出される》と、ガブリエルは姿を消しました。

財宝はひとたび発見されても、危険なくそれを手にするには、さらにいくつかの条件を満たさねばなりません。まずは、ゴブリンが財宝をほかの場所へ持って行く気にならぬよう、財宝を堀で囲まなければなりません。

次に、財宝を囲む土を丹念に取り除かねばなりません。そして最後に、《財宝を取り出す》人を見つけねばなりません。その人は、その年のうちに死ぬ羽目になります。この目的のために普通は、使えなくなった老いたウマが一頭選ばれ、快く犠牲に捧げられます。

グレヴィルの、アンリの奥方という人は、家の階段の穴のなかに、千五百フランの金が入った土製の古い壺を見つけ、そこから自分で引き上げたため、その年に亡くなりました。一七七〇年のことでした。それ以来、財宝が発見されたという話はもはや聞かれなくなりました。

巨石建造物、ドルメン、メンヒル、隠された坑道は、財宝を隠していると考えられています。ボーモンでは、いわゆる財宝を探しに荒地へ来ていたシェルブールの人たちが、長い間苦労したものの、なにも発見できなかったと言われています。帰郷の途中に彼らは、一本の木のなかに男の姿を見かけました。《ドブネズミほど太ってはいない》その男は、彼らをからかい、「フアー！　フアー！」と叫んだのです。

原注

こうした民話の大半は、グレヴィルのフルリ小村か、オモンヴィル゠ラ゠ローニュのプップヴィル家で採集された。

ある日の晩、ピエール・アタンがフロットマンヴィルからグレヴィルへ帰る途中のことです。雨は降っていませんでしたが、雲が低くたちこめ、月はまったく見えませんでした。

ピエールがフロットマンヴィルの荒地のふもとにたどり着くと、頂上から大きな物音が聞こえます。いろいろな獣が喧嘩しあっているかのようです。キツネやケナガイタチのほかにも、似たような動物がいました。ウマの速足のような物音が聞こえました。とても怖かったのですが、ピエールは近づきました。物音は突然やみました。ピエールにはもうなにも見えず、なにも聞こえませんでした。

ピエールは下へ降りて行き、先へ《進み続け》ましたが、気持ちはそれほど落ち着きませんでした。荒地の柵ではよく、皮をはがれた雄ウシが火を吐く姿が見られるとの噂だったからです。

それからピエールは、くぼんだ道を通って行かねばなりませんでした。道の上の方で垣根をなしているブナの木々の間には、口から火を吐く子ウシの首がいくつか現われ、恐るべきうなり声を発することもよくあるとの話でした。

ピエールが柵を通ったときには、なにも見えませんでした。中央を流れていた小川のなかを苦労して歩きながら、ピエールはすでにくぼんだ道の一部を通過していました。そこで窮地を脱したと思っていた矢先、ピエールは木々の間から物音を聞いたのです。まるである物体が枝から枝へ落ちて来るかのようでした。

空に晴れ間がのぞいたので、ピエールは少しばかり安心しました。ぶるぶる震えながら、落下したばかりのものへと近づきました。それは素っ裸の男だったのです！

「そこでなにをしてるんですか、友よ？」

「おまえはピエール・アタンだな。ぼくを売り渡すなよ、お願いだから」と、素っ裸の男が言いました。

「こんな真夜中に、そこでなにをしてるんだい？」と、アタンは言いました。声で相手がだれかわかったからです。「君の服はどこだい？」

「お願いだ、ピエール君、ここでぼくを見かけたと、だれにも言わないでくれ。」

「でもどうしてここにいるんだい？　思うに、良いことをしに来たわけではないね？」

「良いことでも悪いことでもないと、請け合って言うよ。でもこのことをだれにも話さないとぼくに誓ってくれ。」

「その前に、なにか悪だくみがあってここへ来たのではないと、誓って言ってくれ。」

「そのとおり誓って言うよ。」

「わかった、君の名前を出したりはしないよ。でも、ぼくたちの最初の祖先アダムみたいな格好をして、木々のなかでなにをしようとしていたのか、教えてくれよ。」

「実は、集会へ行くところだったんだ。隠してはおけないから言うけど、あそこの荒地で行われる妖術師たちの集会さ。君はあっちから来たけど、通りすがりに、なにも聞こえなかったのかい？」

「聞いたさ。盛大な夜会で獣たちが喧嘩しあっているみたいに聞こえたよ。」

「確かに。集会へ行くのに、獣に変身する人たちもいる。なかには、君もよく知っている人たちもいるぞ。名前を挙げたら、とても驚くことだろうよ。」

「ところで、集会ではなにをするんだい？」

「踊ったり、歌ったり、遊んだり、酒を飲んだりするんだ。可愛い娘たちもいるから、いたずらをうまく仕掛けようと知恵を絞るのさ。ぼくは教えてもらったことを繰り返しているだけなんだ。まだ一度も参加したことがないからさ。今日はじめて参加するつもりだったんだ。」

「でも、悪魔もやって来るんだろ？」

「ああ。でも、だれにも悪いことはしないよ。集会はとても楽しいらしいよ。」

「でも、君はどうして素っ裸なんだい？」

「これは制服だよ。素っ裸に、ミミズみたいに素っ裸にならないといけない。そうしないと、空を飛べないんだ。」

「空を飛んでここまで来たのかい？」

「つまり、ぼくは試してみたんだけど、ばかだったんだ。飛ぼうとしたけど、枝のなかに落っこちてしまったんだ。見てのとおり、空を飛ぶには、体に脂を塗らなくちゃいけないんだ。」

「どんな脂を？」

「もちろん、人からもらったんだ。」

「だれからもらったんだ？」

「それは教えられない。口外しないと約束したからね。洗礼を受けずに亡くなった子どもの脂で作ったという噂だよ。でも、ぼくはなにも知らない。森にたどり着いたぼくは、服を脱いで、ここからすぐ近くにある生垣に隠しておいた。一緒に服を探しに行こう。ぼくは裸になってから、体に脂を塗ったんだ。『葉の上に襲いかかれ！』と叫びながら飛び出すように言われていたんだ。」

「それで？」

「それで、ぼくは空中に飛び出した。でも口が滑って、『葉の下に襲いかかれ！』と叫んでしまった。だから、葉叢の上ではなく、葉叢の下に枝から落っこちてしまったんだ。」

「今からでは、もう空を飛べないんだよね？」

「そうさ、もう脂が残っていないからね。脂がなくなってしまえば、それ以上先には進めないんだ。

今晩はもう無理だ。」

「君がさっきやろうとしたのがひどい罪なのは、わかっているのか？　魔術師というのは、ぼくが思うに、奇跡を行う賢者たちのことだ。彼らは自然の秘密に通じているからだ。しかし、妖術師にまで身を落とすのは、ぼくには理解できないよ。君たちは集会で悪魔のお尻にキスをするというんだから。」

「ぼくはなにも知らないよ。」

「良識のある人間に、君のように才気ある人間に、どうしてこんなことができるんだろうか？」

妖術師の見習いは、隠しておいた服を見つけました。ピエール・アタンは彼を自宅へ連れて行き、二人は眠りにつきました。おかしなことに、翌日になると妖術師の見習いは、一晩中眠っていたと言い張り、なに一つ覚えていないと主張したのです。

訳注

話のなかには方言として、《進み続ける》（chasser）が出てくる。

「トンヌヴィルの姫君」は荒地を、「セールの修道士」は海を手にしました。二人が厳かに行った願いごとが叶えられたのです。良いものでも悪いものでも、願いごとはすべてこうなります。なんであれ願いごとをすれば必ず叶えられるのです。存命中に願いごとが叶わなかった場合は、その人の死後に叶うはずです。巡礼に出かけると約束した人々、ミサを行うと約束しながらもそれを果たすことなく亡くなる司祭たちは、生前にした約束を果たす手助けをしてくれる善意の人に出会うまで、地上に戻り続けねばならなくなります。

さきほど名を挙げた恐るべき「姫君」の住むグリュシーの領地からほど遠からぬ、グレヴィルの囲い地に、かつて聖ナゼあるいは聖ナゼールに捧げられた礼拝堂があります。とても壁の厚い、ロマネスク様式の小さな建物です。四隅の一つにある祭壇の上に小さな窓が三つあり、別の一角に鐘楼があります。控え壁はありませんが、四隅で二つの壁の石が角の外側で交差しています。それはロシアの「イスバ」〔手近な木材で作ったロシア農村の校倉式家屋〕を作っている木の柱に似ています。側廊と石灰で白くした壁の上の方に作られたほかのいくつかの窓と、ビザンチン風のロシア教会でしかほとんど見られなくなった円のなかに入れられた十字架の何柱かが、装飾を補っています。屋根はありません。

この礼拝堂が完全に捨て置かれてからずいぶん経ちます。しかし屋根がまだあり、ミサが行われなくなっても内部に備品がいくらか残っていた頃には、夜に通りかかった若者が、礼拝堂に光が灯っているのを見て大変驚いたという話です。

その若者は、宵の間じゅう恐ろしい話ばかり聞かされて家から出てきたため、初めは怖がっていました。通らなければならなかった十字路ではある晩、火を灯された二本の大ロウソクが現われ、「そなたの道を進みなさい！」と、ある声が命じるのをだれかが耳にしています。ところがその若者に

は、なにも見えず、聞こえもしなかったのです。そのため喜んでいたところ、幻に出会ったのです。まさか見間違えるようなことはなく、こんな真夜中にだれかが礼拝堂に明かりを灯す気を起こすとは考えられませんでした。若者の好奇心はそれでも、恐怖心以上に強かったのです。若者はなかに入りました。

火を灯された二本の大ロウソクが、祭壇の両側にありました。下の方では、祭服をまとい肩にカズラ〔袖のない服〕をかけた司祭が、ちょうどミサを始めようとしているように見えました。

若者は、逃げるどころか、まずは興味をそそられたので、司祭に近づきました。そしてミサの手伝いをする人の姿勢を取り、司祭の右側に身を置きました。

司祭は、若者を見つめることなく、ミサを始めました。「神サマノ祭壇ニ向カイマス……」。

若者は幸い、時折口にしなければならない言葉を知っていました。

祭壇の横には、祝福しなければならないワインと水とパンが置かれていました。そこで司祭と若者はそろって、ミサの言葉を口にします。司祭が祈りを唱えると、若者は時宜良く「アーメン」や「マタ汝ノ霊トトモニ」と答えます。

最後の「アーメン」が告げられると、司祭は若者にお礼を述べました。「数ヶ月前に」と、司祭は言いました。「わしはここへ毎晩やって来て、善意の人を待っておった。前に聖ナゼの礼拝堂でミサを行う約束をし、あらかじめその報酬までもらっておったからじゃ。だが亡くなったわしは、この約束を果たせなくなってしまった。今ではわしも自由の身となり、神さまの裁きを受けることができるよ。ありがとう！」

そう述べると、司祭は姿を消し、大ロウソクの火も消えました。礼拝堂は再び暗闇に包まれ、光に幻惑されていた若者は、進むべき道を見つけ出すのにいささか苦労しました。翌日、礼拝堂に戻ってみると、夜の間に目にしたものは何一つ残っていませんでした。

民間信仰によると、亡霊たちが自らの存在を生者に知らせる方法は、なにもありません。亡霊たちは決まった場所に現われ、決まった人たちの跡をついて行きます。それはときに何ヶ月にもわたって続き、亡霊たちは声をかけてもらわねばなりません。そうすると返事をします。彼らが行うのは、生前できなかった返却だったり、果たせなかった約束だったり、報酬をもらいながらも行えなかったミサだったりしました。

もしあなたが幻に出会う機会に恵まれたら、故人がやり残したことを行う約束をしなければなりません。その時からあなたは、いわば、故人のものとなるのです。だから守るべき約束をあなたが忘れそうになると、故人はそのたびに催促するのです。

ミサは普通、願いごとのなかに含まれています。ミサを行っている間に、みなさんは、まるで故人を背負っているかのように、両肩が重荷で痛く感じます。ミサが終わると、その重荷がなくなり、死者がみなさんの前に現われてお礼を言うと、以後はもう現われなくなります。

罰を受けるのに値しながらも、罰を受けぬまま亡くなる子どもたちは、罰を与えてもらうまで、自分の墓の上で手を挙げています。罰を受けると、その手は消え去ります。同じような信仰は、ブルターニュ地方にも残っています。

死後この世へ戻って来る人たちから、他界での生活についての情報を得ることはできません。呪術のせいで地獄へ降り立った人たちにも、それはあてはまります。たとえば、ジョブールの司祭は、他界にいる間、ある部屋に閉じ込められていました。そこでは大時計がかちかちと動くたびに「ずっと！　ずっと！」と、繰り返し言っていました。地獄の道は貴族や司祭で敷き詰められているのだと、その司祭は教えられましたが、司祭自身にはなにも見えませんでした。

友だちどうしでよく行われたのは、最初に死んだ方が、生き残った人のもとへ、死後に起きることを知らせに来るという約束でした。こうした約束が果たされたものの、不完全に終わった例を一つだけ紹介しましょう。

ヴァローニュ出身の二人の若者、ブジュエルとデフォンテーヌは、こうした約束を交わし、自分たちの血で約束にサインをしました。デフォンテーヌはカーン〔バス＝ノルマンディー地方の中心都市〕へ勉強を続けに行きました。ブジュエルは両親のもとに留まりました。六月のある日のこと、干し草刈りの最中に、ブジュエルは気を失いました。意識を取り戻すと、デフォンテーヌが前におり、オルヌ川で水浴中に溺れてしまったと告げました。さらにその出来事についての詳細を長々と語りましたが、亡くなってから身に起きたことについてブジュエルがいろいろ尋ねても、デフォンテーヌはどの質問にも答えませんでした。ブジュエルはその後、デフォンテーヌが本当にオルヌ川で、教えてもらったとおりの状況で溺死したことを知りました。

この事件は当時（一六九七年）、大きな噂になりました。そのため複数の論説が出されました。そのうちの一つは、ラングレ＝デュフレノワが刊行した、似たようなテーマを取りあげた論説集（『幽霊・幻・夢に関する新旧の論説集』、パリ、四巻、十二折版、一七五二年）に見つかります。問題は、幻を見た時点で、友人の身に起きた事件のことをブジュエルがすでに知っていたのではないかということを確かめるところにありました。論説の著者たちはみな、超自然の介入なしで事件を説明する点で意見が一致しています。

一般に流布している信仰によると、煉獄に留まる霊魂は毎年、死者の記念日〔十一月二日〕の時期に二十四時間だけ、苦しみから解放されます。こうした信仰はこの地方だけに特有のものではありません。中世のファブリオ〔韻文による笑話〕にも見つかります。マンシュ県、もっと正確にはクータンス郡のクレアンスにある、この県の司教区の一つに特徴的なのは、死者の記念日の祝い方です。ここでは、親族や友人が眠る墓地へ出かけるときに、花冠ではなく食べ物を持って行くのです。墓に直に腰を下ろして食事をするのは、そこへ愛すべき死者たちが同席すると考えられているからです。

死者たちの墓にリンゴ酒が注がれると、まるで死者たちがその場にいるかのように、「弟よ、乾杯！

父よ、母よ、伯父さんよ、いとこよ、乾杯！」と言って、彼らの健康を祝してリンゴ酒を飲むのです。

死者たちと談笑し、笑うこともあり、冗談を飛ばします。それは家族の食事であり、その最中には悲しみや涙は許されません。死者たちはただその場に居合せないだけなのです。自分たちの眠る大地の下から、彼らは生者たちの話を聞き、一緒に楽しんでいると思われているのです。

こうした風習は明らかに、異教に由来します。それは死後に起こることが、ただ単にそれ以前の生活の続きにすぎないと考えられていた時代のことです。なぜならこうした家族の祭りには、煉獄や地獄という発想はまったく欠落しているからです。

ロシア人もこうした風習を存続させました。それぞれの墓地がその加護のもとに置かれている聖人の祝日になると、墓地に埋葬されている人々の親族や友人は、サモワール〔湯沸かし器〕、ケーキ、ブランデーを持ってやって来ます。人々はお茶がなくなるまで飲み、手に入れることができた分だけブランデーを飲みます。そのため、帰途につく頃にはたいてい千鳥足になり、喧嘩になってしまうのです。クレアンスの住人たちは家族の祭りを、そこまで盛大にはやりません。亡くなった友人たちと一緒にいて、いささか陽気になることがあっても、その陽気さが泥酔にまで至ることはめったにないのです。

訳注

話の冒頭に名前が挙がる「トンヌヴィルの姫君」と「セールの修道士」はいずれも、幽霊のような存在である。「姫君」は、白い服を着た貴婦人の姿で荒地に現われ、通りすがりの人たちを迷わせては楽しむ。一方の「修道士」は、海辺を通りかかる人たちを沖へ呼び寄せて溺死させようとする。

「トンヌヴィルの姫君」は、ペルシー家出身の女性とされる。伝説によると、トンヌヴィル司教区とフロットマンヴィル司教区が、ある荒地の所有権をめぐって係争となったとき、「姫君」は「わたしの死後にもし、片足が天国に、もう一方の足が地獄にあれば、わたしは最初の足を引っこめて、荒地をまるごと自分のものにするわ」と、叫んだという。「姫君」はこの宣言を撤回することなく亡くなり、以後「白い貴婦人」として荒地に姿を見せるようになったという。

「セールの修道士」には、さまざまな伝説がある。その一つによれば、彼はラ・セール周辺に領地を持つ富裕な一族の出身だったという。あるとき不在の父に代わって農夫の一人から納付金を受け取りながらも、勝手に使ってしまう。後に問い質された「修道士」は金の受け取りを否定し、「その金をぼくが受け取ったのなら、悪魔がすぐにでもぼくを海へ連れ去ればいいさ」と、口にした。すると「修道士」は、暖炉から現われた手に引きずられながら姿を消したという。別の伝説によると、レヴィルの領主の執事だった「修道士」は、領主夫人が邸宅で行う散財に手を貸していたという。別の領地で暮らしていた領主が、必要な金を求めて会いに来たとき、「修道士」は魂と引き替えに悪魔と契約し、以後十年にわたり金を工面してもらうことにして、その場をしのぐ。「修道士」は死後、嵐の晩だけ地上に戻ることが許され、人々の命を奪うようになったという。

第二章　民　話

A　魔法民話

獣たちの言葉

とても聡明な息子のいる男がおりました。男は息子にあらゆることを教えようと思い、学校に送りました。三ヶ月後、男は息子に勉強がはかどっているか尋ねました。

「はい」と、息子は言いました。「ぼくはイヌの《言葉》を学んでいるから、十分にそれが理解できます。」

父は激怒します。「イヌの言葉だと！　そんなことのためにおまえを学校に送ったのではないぞ。もっと役に立つことを学んでもらいたいものだ。」

男は息子を別の先生のもとへ送ります。三ヶ月後、男は息子に会いに出かけます。

「どうだ、ちゃんと勉強しているのか?」

「はい、お父さん。きちんと身を入れたので、カエルの《言葉》が理解できます。」

「なんだと！　おまえはそんなことに時間を費やしているのか?」

役に立たぬことにしか専念しないと叱りつけた後で、父は息子を別の先生のもとへ送ります。三ヶ月後、男は再び確かめに行きます。

「どうだ、今はなにを学んでいる?」

「お父さん、きちんと身を入れたので、今では鳥の言葉が理解できます。」

「それはあんまりだ！」と、父は言います。「おまえの話はもう聞きたくない。わしに恥をかかせやがって。おまえはあまりに頑固だから、罰として殺してやるからな。」

息子のために母がとりなしますが、父は意見を曲げません。父は隣人に会いに行きます。貧しい男でした。「ここに千二百フランある」と、男は隣人に言います。「わしに恥をかかせる息子を殺してくれるなら、これをあげよう。息子をはるか遠くへ連れ出し、息子の心臓を持ち帰ってくれたら、このお金はおまえのものだ。」

隣人には、この頼みを引き受ける気はありませんでした。それでも貧しかった彼は、お金が必要だったので、結局は同意してしまいます。隣人は少年を、ちょっとした行楽に出かけると言って、はるか遠くにある森のなかへ連れて行きました。しかし森へ到着すると、隣人には若者を殺す勇気が持てず、すべてを正直に話してしまいました。若者は父がこのような命令を出したことにびっくり仰天し、抗議しました。

「二度と戻って来ないと約束して下さい」と、隣人は言いました。「あなたの父には、あなたを殺したと伝えますから。獣の心臓を持ち帰って、それがあなたの心臓だと言いましょう。だから獣を見つけるだけでいいんです。」

そのとき野ウサギが通りかかります。それを捕まえようとしますが、無理でした。雌シカが見つかったので、捕えて仕留めます。そこで隣人はその心臓を持ち帰り、意地悪な父に見せることにします。

「さあ、できるだけ早くこの国から遠ざかって下さい。そして神さまがあなたを導いて下さいますように！」と、隣人は言いました。

若者は慈悲深い隣人に感謝しました。恩に報いる機会を待ちながら、隣人を決して巻き添えにしないと約束しました。そして森を越え、父の館とは反対方向へ進みました。道の途中で若者は、同じ方向を進んでいた二人の司祭と一緒になりました。そこで会話が始まりました。

「その足で一体どちらに向かうのですか、司祭さまがた？」

「ローマに向かっているのです。あなたは？」

「ぼくの方は、なにもわかりません。神さまがお導き下さる方へ向かっています。」

「ところで、今晩どこで過ごすつもりですか？」

「おそらく森のなかです。この国には知り合いが一人もいませんし、お金もありませんから。」

「この近所にわれわれが知っている家があるから、泊めていただけるでしょう。一緒にいらっしゃい。」

「喜んでお受けします、司祭さまがた。ぼくをお二人の保護のもとに置いていただけるのでしたら。」

もてなし好きの家に到着すると、二人の司祭は仲間を紹介します。

「この人もここに泊めていただけますか？」「もちろんですとも。」

夕食が終わると、若者に寝室が与えられます。若者は、床に就いたらすぐにロウソクの火を吹き消すように言われます。

「わたしは火が怖いのです」と、宿の主人が言います。

すばらしい夕べでした。寝室に入るなり若者は窓辺に行き、かくも大きな危険から彼を救い、立派な宿を与えてもらったことで神に感謝します。そのとき若者は、イヌたちが話しあっているのを耳にします。その会話に関心を持った若者は、ロウソクの火を吹き消すのを忘れてしまいます。

宿の主人は、部屋の光を見届けると、激怒します。

「なんだって！　あの若者は床に就いていていないのか！　部屋のロウソクの火は点いたままではないか！　マリアンヌ、どういうことなのか見て来なさい。」

マリアンヌは、若者の部屋へ上がります。

「ご主人は嬉しく思っておりませんわよ」と、彼女は言います。「あなたが明かりを灯したままにしているのを。なぜ床に就かないのですか？」

「中庭のイヌたちが、とても面白い会話をしているのを聞いているからです。」

マリアンヌは爆笑し、主人のもとへ戻って行きます。

「変な人を相手にしておりますわ」と、彼女は言います。「イヌたちの会話を聞いていて、その会話がとても面白いと、あの人が言い張るからです。」

「イヌたちだと！　それならあいつは気が変なのだ。こちらに来るように言ってくれ。」

若者は降りて来ました。「イヌたちの話を聞いているというのか、若者よ？　それなら、イヌたちはなんと言っているのかね？」

「イヌたちの話によれば、彼らの主人が大きな危険を冒しているものの、自分たちにはそれを阻止するために、どうすることもできないというのです。掘って作った地下道を通って、泥棒たちが酒蔵に入って行くはずです。イヌたちは鎖でつながれているので、泥棒たちには悪事を働き、同じ地下道を通って逃げて行く十分な余裕があるでしょう。」

笑い始めていた宿の主人は、今ではもう笑っていませんでした。念のために、主人は憲兵たちを探しに行かせ、それから酒蔵を確かめに行きます。イヌたちが話していた穴が見つかったので待ち伏せし、明かりを消して待機します。先に掘った穴からまもなく、泥棒たちが姿を現わします。泥棒は四人で、薄暗い手提げランプを持っていました。憲兵たちは泥棒たちが出て行くままにします。泥棒がほかには来ないのを見届けた憲兵たちは、泥棒たちが逃げられないように穴の入口に行き、逮捕して連行します。

若者はお手柄を立て、大いに感謝されます。謝礼を手に持たされた若者は、旅仲間の司祭たちと一緒に出立します。

一日中歩き続けると夜になり、森の入口にやって来ます。

「この森のなかに夜通し留まることはできませんね」と、二人の司祭が若者に言いました。「この近所に一軒知っている家があります。一緒にいらっしゃい、紹介してあげますから。」

「喜んでお受けします、司祭さまがた。」

もてなし好きの家に到着すると、若者が紹介され、温かく迎えられます。夕食が終わると、若者には寝室が与えられます。ロウソクの火は点されたままでしたが、若者は早く床に就いて、すぐにロウソクの火を吹き消すよう言われます。

前の晩と同じように、若者は窓辺に行き、そこに長い間留まっていたため、ロウソクの火を吹き消すのを忘れてしまいます。

「ジェルトリュードよ、なぜあの若者が火を灯したままなのか見て来てくれ」と、宿の主人が召使いの女に言います。

ジェルトリュードは部屋に上がると、若者は窓辺にいました。

「なぜあなたがロウソクの火を吹き消さないのかと、旦那さまが尋ねておられます。」

「堀のなかでカエルたちがしゃべっているのを聞いているからです。」

ジェルトリュードは、前日のマリアンヌと同じように爆笑し、この話を主人に伝えに行きます。若者は下へ降りて来るよう言われます。

「なんだって！」と、宿の主人は言います。「あなたは休もうとしないで、カエルたちの話を聞いて楽しんでいたなんて！　あなたにはもしや、カエルたちの言葉がわかるのですか？」

「わかるのです、本当です」と、若者は真剣に言います。

「それなら、なんと言っているのですか？」

「旦那さまの娘さんは口がきけなくなったと言っております。」

「娘は口がきけない、そのとおりだ。」

「そうだとしても、旦那さまにはその理由がわかりませんが、カエルたちにはわかるのです。」

「わしの娘が口をきけない理由をカエルたちが知っているだなんて！　医者たちでさえ、なにもわからぬというのに。」

「医者たちにどうして理由がわかりましょう？　旦那さまの娘さんが口をきけない理由を、カエルたちはこう話しています。最初の聖体拝領の日に、娘さんは聖体パンのかけらを地面に落としてしまいました。一匹のカエルがそれを拾い、今でも口に入れたままです。カエルにそれを返してもらわぬかぎり、娘さんは口がきけないままなのです。」

「おかしなことを教えて下さるものだ！　ともかく明日、カエルたちを調べてみよう。」

翌日になると、朝からみんなで堀を探し回ります。カエルは一匹残らず外へ出て来ます。そのなかに、ほかのと比べて太ったカエルが一匹見つかります。地面に落ちた聖体パンのかけらを拾ったのは、おそらくこのカエルだとみんなは考えます。司祭たちの一人がそのカエルに近づき、口に入れたままの聖体パンのかけらを返してくれるよう求めます。カエルには聞こえているように見えません。二人目の司祭もカエルに同じことを求めます。カエルはその司祭を大きな目で見つめますが、なにもくれません。居合わせた三人目の司祭も同じ試練に挑みますが、やはりうまくいきません。

次に若者が挑み、カエルが理解できる言葉で話しかけます。カエルは聖体パンのかけらを返してくれます。そのため、娘は口がきけるようになります。

みなさんもご想像のとおり、若者は称えられ、誉めそやされました。みんなが若者を引き留めたいと思いましたが、二人の司祭が旅を続行する気持ちを伝えたので、若者は一緒に出発する決意を固めました。

旅は長く続きましたが、取り上げるに値する出来事は、これといってありませんでした。

ローマに到着すると三人の旅人は、教皇が逝去し、後継者選びが行われていることを知ります。司祭たちは急いで同じ聖職者たちのもとへ駆けつけます。一方の若者は、この選挙にほとんど関心がないため、木々の下を一人で散歩します。木々には多くの鳥がとまっていて、その日の出来事についてしゃべっていました。

その話を聞いて、若者はびっくり仰天しました。それでも、夕方に旅仲間たちと再会したとき、その話にはまったく触れませんでした。

二人の司祭は、いずれかが選ばれる希望を捨ててはいませんでした。

「もしわたしが教皇に選ばれたら」と、司祭の一人が若者に言いました。「そなたをわたしの靴磨きにしてあげよう。」「わたしが選ばれたら、そなたをわたしの《飛脚》にしてあげよう」と、もう一人の司祭が言いました。

若者はなにも答えませんでしたが、どうなるのかは自分でわかっていたのです。

翌日、教皇の候補者たちが庭に集まりました。若者は彼らと一緒になかへ入りました。

イエスさまがご自分の教会を守るために選出したいと思う人の上に、空の一部（原文のママ――おそらく、雲のことでしょうか?）が降りて来ることになっていました。

定められた時刻に、空の一部が本当に降りて来るのが見えました。それは一人目の司祭の頭の上を通過し、二人目の司祭の頭の上を通過し、若者の頭の上にとまったのです。

こうして神さまの意志が認められ、若者が教皇であると宣言されました。

若者が一人で木々の下へ散歩に出かけたとき、彼を待ち受けていた運命について、鳥たちが教えてくれていたのです。

若者の両親の話に戻りましょう。かわいそうな母は、夫が無分別な怒りに任せて一人息子を殺害させてしまったのを知ると、悲しみで亡くなってしまいました。

父自身も、自らが行ったことを深く悔やんでいました。だれからも裁判所に告発されませんでしたが、父は後悔の念にさいなまれていました。そこで父は、ある司祭のもとへ罪を打ち明けに行く決意を固め、告解に向かいました。

聴罪司祭は男に、これほどの大罪を無罪放免にするわけにはいかぬと述べ、司教に話をしに行くよう勧めました。そこで父は司教に会いに行きますが、司教もまた父を無罪放免にすることを拒み、教皇に話をしに行くよう言います。

父はローマに向かう決意を固めます。ある祭日にローマへ到着すると、教皇との面会を願い出ます。しかし教皇さまとの面会はすぐにはできないと言われます。それでも父は粘ります。激しいやり取りを耳にした教皇は、間に入ってきます。相手が父だとはっきりわかりますが、そんな素振りはまったく見せず、父にローマの司祭のもとへ告解に行くよう命じます。父はそのとおり告解室へ赴きます。自分の罪を認め、深く後悔していました。聴罪司祭は、最初の償いとして、息子の殺害を依頼した人に自分の全財産を与えねばならぬと言い、父自身は修道院に引きこもらねばならぬと言いました。父はすべてに同意します。

すると父は、教皇のもとへ話をしに行くよう勧められます。罪の許しを与えられるのは教皇ただ一人だからです。父が教皇の告解室へ赴くと、教皇はあまりにも悲嘆にくれた姿を見て、父を許してしまいます。

「あなたの息子は亡くなってはいません」と、教皇は言います。「彼が高い地位に就いているのは、あなたのおかげでもあるのです。あなたが息子にあれほど残酷でなかったなら、息子は今、ローマ教皇にはなっていなかったからです。抱擁して下さい、お父さん！」

ジョルジュおばさん（七十二歳）が語った話。彼女はシェルブールでアイロンかけを仕事にしていたが、田舎育ちだった。この民話と次に続く複数の民話を聞いて覚えたのは、田舎でのことである。

原注

この民話中の三つの主な出来事は、ほかのさまざまな民話にも現われる。

一　大足のベルト、ジュヌヴィエーヴ・ド・ブラバン、手無し娘など、森に連れて行かれた後で殺されそうになる男女はほかにも多くいるが、殺害を依頼された人たちに、憐れみの気持ちから命を救われる。
二　シグルズを始めとする数多くの人物が、苦境を脱して冒険へと導かれるのは、彼らに動物の言葉が理解できるからである。動物の言葉に備わる知恵は、スラヴ民話で重要な位置を占めている。
三　憂き目にあいながらも高い地位に登りつめ、仇敵を許す人物たちは、「創世記」のヨセフ以来、さらにもっと数が多い。父と息子が互いの身元を知るに至る状況のいくつかは、大教皇グレゴリウスの伝説にも現われる。

この民話の枠組みは、グリム兄弟の「三つの言葉」（ＫＨＭ三三）と同一である。発端と大団円はほぼ同じであるが、若者の旅から先では細部が異なっている。この民話中のさまざまな出来事は、リュゼル氏が採集した二編の民話にも認められる。それは「クリスティーの物語」と「無実の教皇」（『メリュジーヌ』誌、二九九頁および三七四頁）である。「無実の教皇」の最後につけられた、ケーラー氏による注記（三八四頁）も参照されたい。

しかしこの民話に最も類似した話は、セビヨ氏が『農夫と漁師の民話』のなかに、「獣たちの言葉がわかる子ども」というタイトルで挿入した話である。民間伝承では総じて、鳥は現在と未来を知る存在と考えられている。

訳注
話のなかには方言として、《言葉》（parlement）、《飛脚》（trotteur）が出てくる。

マーガレットの国

むかし、子どものいない王さまと王妃さまがいました。それでも二人はどうしても子どもがほしいと思っていました。二人がようやく子どもを授かると、洗礼式がとても厳かに行われました。近隣に住むすべての妖精が招待されました。しかし妖精の一人は、招待されなかったため、仕返しに王子をサル顔にしました。サル顔は、王子が結婚してから二週間後までしか続かないことになっていました。

王さまと王妃さまは悲嘆に暮れ、王子が結婚適齢期を迎えるのを待ち焦がれていました。ようやく、両親にその時がやって来ました。王子はサル顔ゆえに、恋愛対象として相応しくないことがわかっていたため、結婚話に熱意がなかったのです。息子の顔が元どおりになるのを是非とも見たいと思っていた両親は、オレンジを一個渡して言いました。「この国の娘さんたちのなかで、おまえに一番ぴったりの娘さんにこれをあげなさい。」

それから王さまは町の太鼓を鳴らさせてお触れを出し、適齢期にあるすべての娘を王宮の前へ集合させ、王子がそのなかから妻を選べるようにしました。

なかでも金持ちの娘たちは、王子のようなサル顔の男を夫に迎えることを考えると、それほど嬉しいとは思いませんでした。とはいえ、どうすることもできず、従うほかありませんでした。そこで娘たちはみな、宮殿の中庭にやって来ました。王子は娘たちを一人ずつ見て行きました。王子がオレンジも差し出さず前を通過させた娘たちは、うまく切り抜けたことを喜んで、急いで逃げ出しました。王子は、そんな気持ちを娘たちの表情から読み取っていましたから、娘たちのなかからだれを選ぶでもなく、全員帰してしまいました。

それは王さまと王妃さまの望むところではありませんでした。このままでは、息子が一生涯、サル顔のままでいる危険があったからです。両親が王子を戒めていると、二人の軍人が娘を一人連れて来ました。身なりがとてもひどい羊飼いでした。姿を見せないことで、王さまの命令にあえて背きたくはなかったのですが、木の後ろに隠れて見つからないようにしていました。国中の娘全員に出されていた命令に従わなかったとして、娘は告発されました。王子は娘を眺めました。娘の目には、嫌悪も軽蔑も認められませんでした。そこには慎みと憐憫がありました。「わたしは王子に選ばれるには相応しくありませんが、王子に同情し、王子を愛する覚悟はしっかりできています」と、娘の視線は語っているように思えました。王子は娘にオレンジを渡しました。

まずは、娘の身体の垢を落とさなければなりませんでした。娘にはお風呂が用意され、王女に相応しい美しいドレス、首飾り、金の鎖が与えられました。仲間たちにも彼女がだれかわからなかったでしょうが、娘は王子をひと目で魅了したあの善良で優しい視線を持ち続けていました。王子は喜んでこの魅力的な妻を受け入れます。厳かな結婚式が行われました。立派な結婚式でした。王女が通り過ぎる姿をひと目見ようと、扉口へ来ない人はいませんでした。

王女は、夫の顔が醜くなければ、女たちのなかで最も幸せだったことでしょう。王子は愛想がよく、気配りのできる人でした。その上、王女自身も、夫への愛を強く感じていました。それでも、サル顔でなければ、なおいっそう夫のことを愛していたことでしょう。

夜になり暗闇のなかで、隣りで眠っていたとき、夫があの醜い顔ではなくなっているように、妻には思われました。ある夜、王女はこれ以上我慢できなくなり、確かめる決意を固めました。裸足でそっと起き上がり、ロウソクを探しに行き、夫が眠っていることを確かめてから、夫を眺めたのです。

夫はこの世で最もハンサムな王子になっていました。王女は夫がこれほどの美しさや気品を備えてほしいと、厚かましくも考えたことは決してなかったことでしょう。喜びのあまり、王女が体をちょっと動かすと、燃えるロウソクの滴が王子の顔に落ち、王子は目を覚ましてしまいます。

「情けない人だね」と、王子が言いました。「ぼくに残されていた償いは二週間だけだったのに。それが済めば、ぼくはずっと君が今日にしているような姿でいられたのに。君の好奇心のせいで、ぼくたち二人に災いが降りかかったんだ。今からぼくは、どうしても出かけなければいけない。」

「出かけなければいけないって？　一体どこへ行くの？」

「マーガレットの国へさ。さようなら！」

「わたしを連れて行ってはくれないの？」

「だめだ。ぼくの跡をついて来てはいけない。」

王子はそこで出立しましたが、妻は夫なしではもはや生きて行くことができませんでした。そこである日のこと、王女はマーガレットの国へ夫に会いに行くための旅に出たのです。それでも、その国がどちらの方にあるのかわかりませんでした。王女は小柄な老女に出会いました。老女はすっかり腰が曲がり、杖にもたれかかっていました。「奥さま、マーガレットの国がどこにあるのか教えていただけませんか？」と、王女が尋ねました。

「かわいそうな娘さんや、それは遠く、はるか遠くにあるはずじゃ。一度もそんな話を聞いたことがないからじゃ。だが、この三つのハシバミの実をお取りなされ。なにか必要になったら、それを割れば、あんたの助けになるだろうから。」

王女は老女にお礼を言うと、道を進んで行きます。それからなおも長い間歩いて行くと、別の老女に出会います。「マーガレットの国を教えていただけませんか、奥さま？」と、王女は尋ねました。

「娘さんや、そんな国は知らんよ。それは遠く、はるか遠くにあるにちがいない。一度もそんな話を聞いたことがないからじゃ。だが、この三つのクルミをお取りなされ。あんたの助けになるじゃろうから。ただし、割るのは必要なときだけじゃぞ。」

王女は老女にお礼を言うと、道を続けました。それでもずいぶん長い間歩き続けました。やがて王女は疲れを覚え、生垣のほとりで腰を下ろしました。そこを通りかかった女が言いました。「とてもお疲れのようじゃな。遠くからやって来たんじゃろ、きっと？」

「そうなんです！　はるか遠くからです。マーガレットの国へ行きたいのです。道を教えていただけないでしょうか？」

「いいや」と、老女が答えました。「あんたが行きたいと思っておる国がどういうところか、わしにはわからん。だが、この三つの栗をずっと持っておるのじゃ。あんたの助けになってくれるから。」

この老女三人は、王女の守護妖精たちでした。ただ、王女はそれを知りませんでした。王女はこの老女にお礼を言うと、森を通って先へ進もうと思いました。しかし本当にとても疲れていたので、一方の足をもう一方の足の前に踏み出すこともできませんでした。夕方になり、藁葺きの家を見かけます。そこでは火が点されていました。王女はそちらの方へ向かいます。老女が扉の前に座っていました。

「疲れがひどくてもう無理です。お宅で休ませていただき、眠らせていただけないでしょうか？」

「もちろんですとも、奥さま。なかに入って、お休みなさいな。」

王女にはおいしいスープが出され、立派なベッドが用意されます。

「しっかりと寝て、休むのですぞ」と、老女は言いました。「明日の朝になったら、旅を続けるのじゃ。」　かわいそうな王女は眠くて倒れました。すぐに眠りこんでしまいました。翌日、王女は、どこへ行くのかと聞かれました。

「マーガレットの国です。どこにあるかご存知ですか？」

「いいや。だが、わしのブタが知っておる。ブタはよくそこへ出かけていって、いろんな種類の貴重なものを積んで戻って来るのじゃ。ただし、ブタは朝方、連れもないまま出かけてしまう。それは一時だったり、別の時間だったりする。ブタがきっかり何時に旅に出るのか、前もって知ることはできないのじゃ。」

「でしたら、そのブタと一緒に寝させて下さい。ブタが動いたら、わたしも目を覚まして、跡をついて行きますから。」

それは賢明なことではないと、王女は言われます。老女は王女に、翌日には起こしてあげるから、快適なベッドで眠るように言います。それでも旅の途上にある王女は強情を張ります。結局老女は、譲らないわけにはいきませんでした。王女のために新鮮な藁でベッドが作られます。王女は服を脱がないまま横になり、眠りこみましたが、つぶっていたのは片目だけでした。夜遅くに王女は、ブタが目を覚まして体を振り、「トロン！　トロン！」と鳴きながら出て行くのを耳にします。

王女はブタと一緒に外へ出ます。王女が跡をつけて行くと、朝早く、みごとな城の前に一緒にたどり着きました。城では、なにか特別なことでも起こるかのように、多くの人たちが往来していました。王女は羊飼いの娘を見かけると、こう言いました。「娘さん、この城がどういうところで、これから何が行われるのか、教えて下さいませんか？」

「奥さま、ここはマーガレットの城です。姫君がまもなく、若くてハンサムな王子さまと結婚するのです。王子さまがここへ来られたのは、そんなにむかしのことではありません。」

《もし彼がわたしの夫だとしたら？》と、王女は考えました。

「わたしと服を交換してもらえないかしら、娘さん？」

「まあ、奥さま。わたしをからかわないで下さい。」

「からかっているのではありません、真面目な話です。あなたの服をわたしの服と交換して下さらない？」

「あなたのような王女さまが！」

「王女になる前、わたしは羊飼いだったのです。服を交換しようと言ってるのよ。交換して損をするのが心配なの？」

羊飼いの女はすっかり困惑しながら、服を脱ぎます。王女は羊飼いの服を身にまとい、自分の服を相手に譲ります。それから城へ行って姿を見せ、召使い女が入り用ではないかと尋ねます。

「召使いなら十分足りているよ」と、答えが返ってきます。

王女は粘ります。こうした会話が続くうちに、通りかかった姫君が、羊飼いの娘を雇い入れるよう命じます。

「でもあの人は、まだどこでも働いたことがないと言ってますよ！　なにもできないでしょう。」

「串を回すことなら、いつでもできるでしょう。」

こうして王女は串回しとして、台所での仕事を任せられます。王女は城のなかを行き来します。結婚式の準備が続けられます。王女は夫の姿を認めました。それでも、どうやって夫に近づいたらよいのでしょう？　どうやって自分のことを分かってもらえばよいのでしょう？

王女はそのとき、老女たちがくれた贈り物のことを思い出します。三つの栗をむくと、それは金やダイヤモンドや宝石でできた、立派な糸車に変わります。栗の実のうちの一つ目は糸車の本体、二つ目は糸巻き棒、三つ目は回転軸、糸巻き、さらには残りのものが全部そなわった先端部分になります。城の姫君はこの糸車を前にし、うっとりと眺めます。

「だれがこれを持って来たの？」と、城の姫君が言います。

「わたしです」と、串回しの女が答えます。

「これをわたしに売って下さる？」

「売ることはしません。なんとか手に入れてみて下さい。」

「どうしたら、これを譲ってくれるの？」

「今晩、ご新婦の代わりに、王子さまと床をともにしたいのです。」

ちょうちょうはっしのやり合いがどんなものだったかは、みなさんもご察しのとおりです！　雇われた娘は、一度言い出したら聞きません。相談の結果、新婦とその母親も、できればこの糸車をまんまと見過ごす気にはなれません。それでも新婦は、夫が台所で働く娘と床をともにするのを許したくはありません。

「あなたは間違ってるわ」と、母親が言います。「王子さまには、《眠り薬》を飲ませましょう。床に就いたら、王子さまはたちまち眠りこんでしまうから、糸車はわれわれのものになりますよ。」

「それなら、いいでしょう！」と、台所で働く娘に伝えられます。「あなたの糸車を下さい。そしたら、王子さまと床をともにしていいわよ。」

夕食の間に王子は、睡眠薬の入った飲み物を飲まされます。そこで床に就くとすぐに、王子は眠りこみます。雇われた娘は、物音をたてたり、歌ったり、叫んだりします。王子をつねりますが、どうにもならず、王子は朝まで眠り続けます。ただ、すぐ近くで眠っていた人たちは、王子の寝室から聞こえてくる騒音に文句を言い、次はゆっくり眠らせてくれるよう求めます。雇われた娘は悔しがりますが、落胆はせず、自分に与えられた小部屋に引き下がり、そこで二つのハシバミの実を割ります。そこから、金と宝石でできたみごとな《縦型糸繰り機》が出て来ます。ハシバミの実のうち一つ目は糸繰り機の足の部分を、二つ目は四つの腕を、三つ目は糸繰り機を回すためのクランクハンドルを出に行きます。

してくれました。城の姫君にも、このみごとな《縦型糸繰り機》の話が伝わります。姫君はこれを見

「だれがこれを持って来たの？」と、姫君が尋ねます。

「わたしです、奥さま」と、台所の手伝いが答えます。

「これをわたしに売って下さる？」

「売ることはしません。なんとか手に入れてみて下さい。」

「これを手に入れるには、どうしたらいいの？」

「今日もまた、王子さまと床をともにすることを許して下さることです。」

それはばかげた話だと、雇われた娘は反論されます。新婦は、最初に同意してしまったことを後悔していると言います。だから二度目は同意しないというのです。それでも母親がなんとか娘を落ち着かせます。今回もまた王子に《眠り薬》を飲ませれば、《縦型糸繰り機》は手に入るからと言い含めます。

城の姫君はここでもまた譲歩します。その夜は前夜と同じように過ぎていきます。王子は鉛のようにぐっすり眠り、雇われた娘が泣いたり、叫んだり、できるかぎりの物音をたてたりして、王子を目覚めさせようとしますが、徒労に終わります。

召使いたちは、眠りを妨げられたため、大いに不満です。そこで台所の料理長に不平を伝えます。

ます。

すると台所の料理長は、召使いたちの苦情を王子に聞いてもらうことにし、実際に王子に会いに行きます。

「王子さま」と、料理長は言います。「王子さまの寝室では夜中に、実に奇妙なことが起きております。床をともにされているのは、奥さまではなく、台所の手伝いをしている娘です。その娘が毎晩のように騒いで、みんなの眠りを妨げているのです。」

「なるほど」と、王子は考えます。「ぼくは毎晩、床に就くと、とても体が重く感じるから、それにはなにか訳があるはずだ。おそらく、《眠り薬》を飲まされているんだ。だから、次にそれが運ばれて来たら、なにも言わず、ベッドの隙間に投げ捨て、眠ったふりをして、なにが起こるか確かめてみるよ。」

雇われた娘は、三度目も試してみようと思いました。三個の大きなクルミが残っていたからです。これを割ると、彼女の前にみごとな糸繰り機が現われました。それは先の糸車や《縦型糸繰り機》よりもさらに豪華で立派なものでした。クルミのうちの一つ目は糸繰り機の足、二つ目は四つの腕、三つ目は四つの小円柱になりました。糸車も《縦型糸繰り機》も、この糸繰り機と比べればまったく価値がありませんでした。姫君はこれに驚き、またしても串回しの娘に、これを売ってくれるよう提案しました。

「金や銀をいただいても、売ることはしません。」

「それならなにがお望みなの？」

「王子さまと三度目の床をともにすることです。」

「おまえはもう二回も床に就いたのだから、これ以上は無理よ。」

「三度目も試してみたいのです。」

長い間ためらった後で、母と娘は、前の二晩と同じように《眠り薬》を使うことにして、またしても、最後のお願いを認めてしまいました。王子が床に就くとすぐに、睡眠薬の入ったリキュール酒が運ばれて来ました。王子はなにも言わず、これを飲み干したふりをし、酒をベッドの隙間に投げ捨て、眠っているかのように目を閉じました。そのときやって来た前の妻は、王子の隣りに身を置きました。彼女が最初に発した言葉をいくつか聞いてすぐに、王子は相手が妻だとわかりました。それまで王子は、台所の手伝いの服をまとっていた彼女に気がつかなかったのです。

「なんだって、いとしい妻よ、ここへぼくを探しに来たのが君だったとは！　どうやってぼくを見つけ出そうとしたの？」

妻は夫に、これまでの経緯をすべて、マーガレットの国を見つけ出すに至った話を語って聞かせました。王子は、こうした愛の証のみならず、彼女の美しさにも魅了されました。彼女の美しさは、城の姫君の美しさよりも、はるかに優っていると思いました。王子は好意から彼女との結婚に踏み切りましたが、あえて彼女の気持ちを知ろうとしたり、その姿を見つめようとしたりしたことは決してありませんでした。このときから王子は自分の再婚話を二度と聞きたくはありませんでした。それでもどうやったら自由になれるのでしょう？「なにも言わないでくれ」と、夫は妻に言いました。「ぼくがすべてなんとかするから。」

翌日、フィアンセの親族や、結婚式の招待客やそのほかの人たちも含め、全員が集まった時、王子は言いました。「ここにお集まりのみなさん、今日、ぼくは奇妙な出来事を経験しました。書き物机の鍵を前に一本作ってもらいましたが、それをなくしていました。机を開けないわけにはいかなかったので、新しい鍵を作ってもらいました。ところが、新しい鍵をまだ使わぬうちに、たった今、古い鍵を見つけたのです。古い鍵と新しい鍵、どちらを取っておいたほうがよいでしょうか？使い慣れて、よくわかっている古い鍵の方ではないでしょうか？この意見に賛成して下さいませんか？」

「もちろんです」と、みんなが答えました。「使い慣れているばかりか、錠前に一番ぴったり合う、古い鍵を取っておく方がはるかによいでしょう。」

「みなさんの助言に従います。なくしてしまったぼくの古い鍵は、こちらです」と、王子は台所の手伝いをしていた娘を指しながら言いました。「前の妻を見つけ出しましたから、みなさんからいただいた助言にしたがって、連れ帰ることにします。」

ジョルジュおばさんが語った話。

原注

この民話はここで終わっているのだろうか？　マーガレットの城の住人たちの気持ちや振る舞いを説明する後日談はないのだろうか？　語り手の女性はこの先の話をなにも知らない。なぜこの国が「マーガレットの国」と呼ばれるのかも知らない。

いずれにしても、ここで紹介した話は「アモールとプシュケの物語」（失踪した夫を探す妻の物語）の類話のなかでも、特に気品のある版の一つである。貧しい身分から救い出され、高貴な人物の妻になりながらも、生まれつきの好奇心のせいで夫を失い、なんとかして夫を取り戻すに至るのは、違った環境に置かれ、まったく異なる状況をいろいろと経験するプシュケである。コスカン氏の『ロレーヌ地方の民話』には、「プシュケの物語」タイプの民話に関する、詳細な学説が認められる。ここではそれをかいつまんで紹介できないため、読者には直接参照していただきたい。ここで紹介した民話はさらに、その冒頭部分がさまざまな民話（なかでも「美女と野獣」――クルミ、ハシバミの実、栗はそれを割ると奇跡を起こす、など）を想起させながら、独創的な特徴もいくつか見せてくれる。たとえばブタは自分では気づかぬまま、マーガレットの城へ向かう娘にとっての案内役を果たしている。妖精の不可思議な贈り物を差し出すことで、作中人物の一人と三晩続けて床をともにするのが許されるという筋書きは、『ペンタメローネ』所収の民話の一つにも見つかる。ここで紹介した民話に地方色を与えているのは、なんといっても《縦型糸繰り機》（trô）である。少なくともわれわれの知るかぎり、これが使われているのはほぼノルマンディー地方だけである。

手無し娘

ある貴婦人に美しい一人娘がいました。とても美しかったので、通りすがりの人は娘を見かけると、突然立ち止まって娘を眺めたものでした。ところが母親も自らの美貌へのうぬぼれが強かったので、娘のことを妬んでいました。母親は娘に、人前に出ることをかたくなに禁じていました。それでも娘の姿を時折見かけた人々の間で、その美しさがいつも話題になりました。母親は娘を完全に亡き者にする決意を固めました。信頼に足ると考えた二人の男を呼び寄せ、こう言いました。「これからお願いすることをやって下されば、大金を渡し、だれにも言わないことをお約束するわ。お金なら、ここにもう用意できています。わたしの命令を果たして下されば、お金はあなたがたのものですわ。引き受けて下さいますか？」

金額は莫大なものでした。話を持ちかけられた男たちは貧しかったので、承諾しました。

「これからお願いすることをすべて行うと誓いますか？」

「そのとおり誓います。」

「わたしの娘を引き連れ、ここから遠くにある森まで案内したら、そこで娘を殺すのです。わたしの命令を果たした証拠として、娘の心臓はもちろんのこと、あなたがたにだまされるかもしれませんから、娘の両手も持ち帰って下さい。」

男たちは抗議の声をあげました。

「約束したではないですか」と、貴婦人が言いました。「前言を翻すことはもうできませんからね。それに、自分のものになる褒賞をご存知ではないですか。一週間後にお待ちしています。」

そこで二人は娘とともに出立しました。娘は健康のことを考えて、小旅行をするのだと言われました。なるほど娘は、旅の友としてこの二人が選ばれたことに少し驚きました。それでも目新しいものを見る喜びが、こうした事情を忘れさせてしまいました。娘はそこで心配することなく男たちについて行きました。

一方、男たちも、当惑しきっていたわけではありません。娘がいつも親切にしてくれたからです。細かな世話をいろいろとしてくれました。そのため、娘の命を奪わねばならぬことがとてもつらかったのです。

ウマに乗って森のなかをどんどん進んでいきます。するとようやく、まったくひとけのない場所にたどり着きます。ウマを止めると、男たちは娘に母親の命令を知らせます。

「残酷にもわたしを殺すおつもりなんですか？」と、娘は尋ねました。

「そんな勇気はありません。それでもどうしたらよいのでしょう？　お母さまには、あなたの心臓と両手を持ち帰ると誓いを立ててしまったからです。心臓の方は、大した問題ではありません。獣たちの心臓が、人間の心臓に似ていますから。しかしあなたの両手については、お母さまを欺くことができません。」

「それなら、わたしの両手を切って、わたしの命を助けて下さい。」

そこで一匹のイヌが殺され、心臓が取り出されます。それで十分だからです。両手の方は、娘から切断する決意を固めねばなりません。

まずは止血に必要な薬草を調達します。次に、両手が切断されると、二つの傷口をまく包帯代わりに、娘のシャツを使います。男たちは両手を持ち去り、かわいそうな娘は森のなかに捨て置かれます。男たちは帰り際に、母の国へ二度と戻ることのないよう娘に約束させました。

こうして娘は森のなかで一人ぼっちになります。ものを拾ったり、それを口まで運んだりするための両手を失った娘は、どうやって飢えをしのげばよいのでしょう？　娘はできるかぎり、果物をついて飢えをしのぎます。しかし野生の果物にはほとんど栄養がありません。ある城の庭のなかに入った娘は、そこで見つかる果物をつつきますが、自分から姿を見せることはだれにもしません。

庭の果物がつつかれているのが発覚します。一本のナシの木の実は、すでにほとんどまるごと食べられていました。だれの仕業なのかと噂になります。おそらく鳥でしょうが、どんな鳥なのでしょう？

見張りが立てられます。大きな鳥は一羽も姿を見せませんが、娘が一人見つかります。見張られているとは思わなかった娘は、実のなる木々によじ登ります。娘が何をするのかを見届けようと、その動きが目で追われます。娘は果物をつついていたところで取り押さえられます。

「そこでなにをしているんですか、娘さん？」

「わたしを憐れんで下さい」と、娘は両手を失った両腕を見せながら答えます。「わたしを憐れんで、お許し下さい。」

娘を取り押さえたのは、女城主の息子でした。娘は両手を切断されていても、その美しさは変わらぬままでした。苦しむ様子が娘にさらなる魅力を添えてさえいました。

「ぼくと一緒にいらっしゃい」と青年は言い、娘をひそかに館のなかへ入れました。青年は娘を小さな寝室へ案内し、床に就くよう勧めました。それから母に会いに行きました。

「おやまあ、おまえは狩りに出かけていたのね」と、母は言いました。「鳥たちは捕まったのかい？」

「うん、一羽捕まえたよ、とても美しい鳥を。食事を一人分余分に用意して下さい。ぼくの鳥もテーブルで夕食をとるから。」

青年は言ったとおりにしました。娘を両親のもとへ連れて来たのです。娘に両手がないのを見届けたときのみんなの驚きは、大変なものでした。

なぜこんなふうに両手を切断されてしまったのかと、娘は聞かれました。娘はだれも巻き添えにしないように答えました。母親が娘の消息を知ることができぬほど、自宅から遠くに来ているとは思っていなかったからです。事によっては、娘の命を助けた人たちが、情け容赦のない扱いを受けることを知っていたからです。そこで娘は、質問を投げかけてくる人たちに、自分をかくまってくれるよう懇願しました。

しかしそれは青年の望むところではありませんでした。青年は娘にほれこみ、結婚を望んでいたからです。母親はそんな考えに強く反対しました。両手のない継娘を望んではいなかったからです。この嫁はおそらく同じように両手のない孫たちを産むことになるからです！　それでも息子は我を張り続けました。執拗に食い下がったため、とうとう母は言いました。「おまえが望むのなら、あの娘と結婚しなさい。でもわたしは絶対に反対ですからね。」

結婚式が行われ、新郎新婦は本当にとても幸せでした。それでもこの幸福は長くは続きませんでした。まもなく夫が戦争へ出かけなければならなくなりました。妻と離ればなれになるのは本当につらいことでした。そこで近況を頻繁に知らせるよう、夫は頼んでおきました。数ヶ月後、召使いが夫のもとへ行き、妻が二人の男の子を出産したと伝えました。そこで夫は召使いから、できるだけ早く戻るよう勧められました。彼が両手のない女と結婚したことを、家族が不満に思っていたからです。しかし夫には、帰宅が許されませんでした。そこで妻には、大変心のこもった手紙を一通、母にも一通手紙をしたためました。母への手紙では、愛する妻の面倒をしっかりみてくれるよう頼みました。

しかし、妻の面倒をみるどころか、みんなが妻を厄介払いしようとしました。夫への返信の手紙には、妻が二匹の怪物を産んだと書かれました。夫が妻に宛てて書いた複数の手紙はどれも奪われ、すり替えられた手紙のなかでは、夫が妻に忌まわしい非難を投げかけるかたちにされ、神が子どもたちの代わりに二匹の怪物を送って寄越した以上、妻は実に罪深いにちがいないと、夫が書いたことにしました。同じことを繰り返し言われたため、新妻もついには、届いた手紙を読むかぎり、自分を殺しかねない夫の帰りを待つのは無謀であり、このまま姿を消すのが最良の道だと思い至ったのです。

妻は自分の考えに納得します。いくらかのお金が渡され、農婦の服をまとった妻は、頭陀袋に二人の子どもを入れて出立しました。子どもの一人が前に、もう一人が後ろに入っていました。それでも両手がないため、妻は不自由していました。水を汲もうとして身をかがめたとき、妻は泉のなかへ子どもの一人を落としてしまったのです。両手のなかった彼女は、どうやったら子どもを引き上げられたのでしょう？　妻は神に、短いながらも熱烈な祈りを捧げました。それから両腕と、切断された両手の残りの部分を泉のなかへ突っこんで、なんとか子どもを拾い上げようとしました。すると妻は本当に、子どもを拾い上げました。それから子どもの濡れた服を脱がせたとき、両手が再び伸びていたことに気づいたのです。神は母性愛に満ちた祈りを聞き届け、なくしていた両手を彼女に返してあげたのです。

その時から彼女は、両手を使って仕事をし、二人の子どもを養うことができました。こうして十二年もの長い年月を過ごしたのです。戦争から帰郷した夫は、最初に妻のことを気にかけました。これまで妻の不利になることをあれだけ伝えたにもかかわらず、息子が妻のことをいまだに愛しているのを知った母は、あまりにも激怒したため、もう少しで息子に飛びかかって殴りつけるところでした。息子は母が当り散らすままにし、妻を返してくれるよう頼みました。実際には、妻の行方はだれも知りませんでした。それでも妻が亡くなったはずはないと考えた夫は、どこに身を隠していようが、妻を見つけ出す覚悟を決めて、旅に出ました。手掛かりを得ようとして、夫はだれにでも話しかけました。ある日のこと、彼は出会った少年が、利発で聡明だったため、関心を持ちました。そこで少年に、母親はだれかと尋ねました。すると、自分の母は長い間、両手がなかったと、少年は答えました。また同い年の弟がいると答え、弟を見かけると、呼びかけました。

「おいでよ」と、少年が弟に言いました。「ぼくたちとお母さんが気になるという人がここにいるよ。」

弟の方も兄に劣らず、愛想がよくて聡明でした。旅人は子どもたちに、これまでの暮らしについて尋ねます。手掛かりがすべて一致したため、自分の家族を見つけ出したことに疑いがありませんでした。

「おまえたちのお母さんはどこにいるの、子どもたちよ？　急いで探して来てくれ。」

上の階にいた母は、急いで降りて来ました。十二年も離ればなれになっていたのに、夫は相手がすぐに妻だとわかりました。お互いに話をした後、抱擁しあうと、国に戻って、再び城に落ち着きました。大半の人々とは仲直りします。しかし全員とではありませんでした。意地悪な母親は冷酷にも、継娘を亡き者にするよう命じていたため、地下室に閉じ込められ、野獣たちの餌食にされてしまいました。

ジョルジュおばさんが語った話。

原注

この民話は民衆文学の大半に見つかる。セビヨ氏は『オート・ブルターニュの民話』と『農夫と漁師の民話』のなかで、異なる二つの類話を発表した。グリム兄弟の「手無し娘」（KHM三一）には、ここに紹介したノルマンディーの民話に出てくる状況のいくつかが認められる。類話は『ペンタメローネ』のなかにも一編、『セルビアの民話』にもほかの一編が見つかる。アファナシエフは「両腕を切られた娘」の名のもとで、二つの異なる類話を異本とともに紹介している。こうしたさまざまな類話は、身体欠損のモチーフの点で違いを見せる。ブルターニュの二編の民話では、こうした身体欠損は悪魔の仕業である。ロシアの民話の一つでは、嫉妬した義理の姉妹が、さまざまな悪行を働いたと言ってヒロインの娘を責め立てるため、娘は兄から首を切られそうになるが、兄は妹を哀れに思って、妹の両腕だけを切ることにする。ロシアの民話、ブルターニュの民話、ノルマンディーの民話は、結婚後の展開では似通っている。ほかの民話はこうした展開を、まったく異なるかたちで物語っている。セルビアの民話は、冒頭部分ではノルマンディーの民話と一致している。ところが、父親は夢で、娘が身体の一部を切断され、森のなかに置き去りにされたことを知る。父親は娘を探しに向かい、見つけ出す。これらの類話に付け加える必要があるのは、フランシスク・ミシェル氏が刊行した『文学のパンテオン』の「中世演劇」のなかに収められている「聖母の奇跡」である。『マヌキーヌの物語』と、「ロバの皮」の異本の一つである。ハンガリーの王が自分の娘との結婚を望む。なぜなら、娘は母親と寸分違わず似ており、王は瀕死の妻に、妻と生き写しの女としか再婚しないと約束したからである。『マヌキーヌの物語』の冒頭は、家臣たちは王からそうした考えを追い払おうとするが、法王が認めてしまう。しかし娘は拒み、父親から嫌われようとして、自ら左手を切り落とす。王は激怒し、娘を火あぶりにするよう命じる。死刑執行人たちは哀れに思い、娘を小舟に乗せる。その小舟は娘をスコットランドまで運んで行く。この時点から話の枠組みは、ノルマンディーの民話と同一である。スコットランドの王はマヌキーヌと結婚する。継母はこの結婚をよく思わず、息子の不在に乗じて、王妃が怪物を生んだと息子に伝えさせ、王妃と子どもを火あぶりにするよう王が命じた手紙を偽造させる。ここでもまた死刑執行人たちは王妃を哀れに思い、王妃を小舟に乗せる。こうして王妃はローマにたどり着くが、そこへ王妃の夫も父も同じように向かっていた。子どもを介して互いの身元が判明して夫婦が和解し、それに続いて父と娘も和解する。水中に投げ捨てられていた娘の左手が見つかり、法王が祈りを捧げると、娘の欠けた左手の残りの部分の端に、手が元どおりに収まる。「聖母の奇跡」は『マヌキーヌの物語』を踏襲している。

B 笑い話

盗難にあった泥棒たち

むかし――話はいつも「むかし」で始まるものですが――、パン入りスープを作り、少しばかり酒を飲むのが大好きな女がいました。しかし、夫からはそれを禁じられていました。ある朝、夫が畑へ出かけてしまうと、女はパン入りスープを作り始めました。ところが壊れた扉の上の部分を開けっ放しにしておいたので、飼っている雌ウシが垣根の上から女を眺めていました。それは獣に話ができる時代のことでした。女は雌ウシに告げ口されるのではないかと心配しました。そこで雌ウシを追い出そうとしましたが、いつも戻って来てしまいました。女は鉈を雌ウシの頭に投げつけ、一撃で殺してしまいました。

「帰宅したら、旦那はわたしになんて言うかしら」と、女は考えました。「育ててきたかわいそうな雌ウシが死んでいるのがわかったら？　わたしが殴り殺されてしまうわ。それなら《やけくそになって出て行く》ほうがましだわ。」

そこで女は家を後にし、内扉だけを持ち運びました。道の途中で夫に会うと、こう言われました。

「そうやって、どこへ出て行くんだい？」

「やけくそになって出て行くのよ。泥棒たちが家にやって来たの。なにもかも壊されて、残ったのは、ほら、扉の上のところだけなの。」

「なんだって、気の毒な妻よ、わしらになにも残っていないのだから、一緒に出て行こうじゃないか。」

こうして二人はそろって出立し、森にたどり着きました。森のなかに入ると、疲れ果てた二人は、モミの木の下に腰を下ろし、一息つきました。しかし突然、人の群れがやって来ます。夫婦は恐くなりました。そこでモミの木の上に登りましたが、相変わらず内扉も運んで行きました。そして待ち構えたのです。

やって来たのは泥棒たちでした。道の途中で彼らは、女が殺した雌ウシを見つけたので、これを焼く場所を探していました。泥棒たちはちょうどモミの木の下に陣取りました。雌ウシを細切りにすると、石を集めて三脚台を作り、小さな薪で火をつけました。《鋳物フライパン》を持っていたので、その上に細切りにした雌ウシを載せました。

夫婦は木の上から成り行きをすべて見ていました。ところが女は困り果ててしまいました。どうしてもオシッコがしたくなったからです。そこで夫にそうはっきり伝えました。

「できるだけ我慢するんだ」と、夫は言いました。「やつらはそのうち帰って行くから。」

そこで女は我慢しました。しかし泥棒たちはなかなかその場を離れません。しばらく経つと女は、これ以上は無理で我慢も限界だと、夫に言いました。

「それなら、全部出しちゃいな！」と、夫は言いました。

女は夫に二度と同じことを言わせず、全部出しました。それは枝から枝へ流れ、《鋳物フライパン》の上に落ちました。

泥棒たちは頭をあげました。ところがこんもりとした葉叢のせいで、なにも見えませんでした。

「とにかく続けろ」と、肉を焼いていた男に頭目が言いました。「善良な神さまがわしらにソースを送って下さったんだ。」

一分後、女はおなかが痛いと、夫に言いました。

「我慢しろ、我慢しろ」と、夫は言いました。

女はできるだけ我慢しました。しかしとうとう、これ以上我慢できないと、夫に言いました。

「それなら、仕方ない。全部出しちゃいな！」と、夫は言いました。

女は全部出しました。枝から枝へと転がり落ちて行くと、それは最後に《鋳物フライパン》の上に落ちました。

「とにかく続けろ」と、頭目が言いました。「善良な神さまがわしらにマスタードを送って下さったんだ。」

女は相変わらず内扉を手にしていました。しかし支える力がなくなってきました。

「あなた」と、女は言いました。「あなた、もう力が残ってないわ。なにもかも手放しますからね。」

「それなら、なにもかも投げろ！」と、男が言いました。「善良な神さまがわしらを助けて下さいますように！」

女が手を放した内扉は、すさまじい音を立てながら枝から枝へと落ちて行きました。泥棒たちは雷が落ちたのだと思いました。そこで焼いた雌ウシとお金を残して、逃げ出したのです。

泥棒たちが出て行ったのを見届けると、夫婦は木から下りて、雌ウシを食べ始めます。しかし食事中に、泥棒たちが引き返して来ます。そこで夫婦は捕まってしまいます。女は冷静でした。

「ナイフをわたしに貸して」と、女は夫に言います。「さあ、舌を出して。」

すっかり錆びついたナイフを渡した夫は、舌を出しました。女は夫の舌をこすり始めました。

「そこでなにをなさっているんだい、おかみさんよ？」と、泥棒たちの頭目が尋ねました。

「ご覧のとおり、主人の舌をこすっているんですよ。」

「なんのために？」

「主人が死なないようにするためですわ。こうやってしっかりこすったら、旦那さんもまったく死を恐れる必要がなくなりますわよ。」

「わしもこすってもらえないかい?」

「承知しました。舌を出して下さいな。」

頭目が舌を出すと、女は舌を切り落とします。頭目はわめきながら、仲間たちの方へ逃げて行きます。

「どうしたんだい?」

頭目はしゃべろうとしますが、叶いません。

「いったい、どうしたんだい?」

「ル、ル、ル、ル」

泥棒たちは、悪魔が森のなかにいるのだと思いこみます。そこでなにも拾わずに、できるだけ早く逃げ出します。

夫婦はなにもかも拾い上げます。金額はとても莫大でした。二人はこれを使って家を修繕してもらい、雌ウシを新たに一頭買います。それからというもの、夫の留守中にパン入りスープを作りたいと思うと、女は扉の上の部分を閉め忘れないよう細心の注意を払いました。

ジュール・ファトーム（十一歳）がグレヴィルで語った話。ジュールはこの話を母親から教わった。

原注

コスカン氏が採集し、『ロマニア』誌第六巻、五四八頁に発表したロレーヌ地方の民話には、ここで紹介した民話との類似点がいくつか認められる。参考文献については、コスカン氏の労作を参照されたい。

訳注

話のなかには方言として、《やけくそになって出て行く》（s'en aller au débaoud）、《鋳物フライパン》（hêtier）が出てくる。

泥棒のジャック

一人息子のいる女がいました。女は息子をしっかりと育てませんでした。息子は怠け者で、なにもしようとしませんでした。息子が仕事を選ぶべき年齢になると、なにになりたいのかと母は尋ねました。

「ぼくは泥棒になりたい。」

「善良な神さま！　善良なマリアさま！　でもそれは仕事じゃありませんよ！　おまえが泥棒になるのは絶対に許しませんからね。」

「それなら、善良なマリアさまにうかがいを立てて下さい。もしマリアさまがぼくと同じ答えをしたら、お母さんも同意しないといけませんよ。」

「わかったわ、出かけるわ」と、母は言いました。「今すぐにでもね。」

母が教会へ向かうのを見届けたジャックは、抜け道をとおって先回りし、祭壇の後ろへ行って隠れます。母が教会に着く頃にはすでに、ジャックはなかにいました。母は聖母マリアの祭壇の前で祈りを捧げたあと、「善良なマリアさま」と、言いました。「善良な聖母さま、息子のジャックがなにになるべきか、どうか教えて下さい。」

「泥棒です」と、祭壇から響く声が答えました。

「泥棒ですって！」と、お人よしの女は驚いて言いました。「それでも、お考えになってもみて下さい、善良なマリアさま。盗みを働くのは罪ですよ！ さあ、教えて下さい、率直に、わたしのような哀れな女をだまそうとはせず、息子のジャックがなにになるべきかを。」

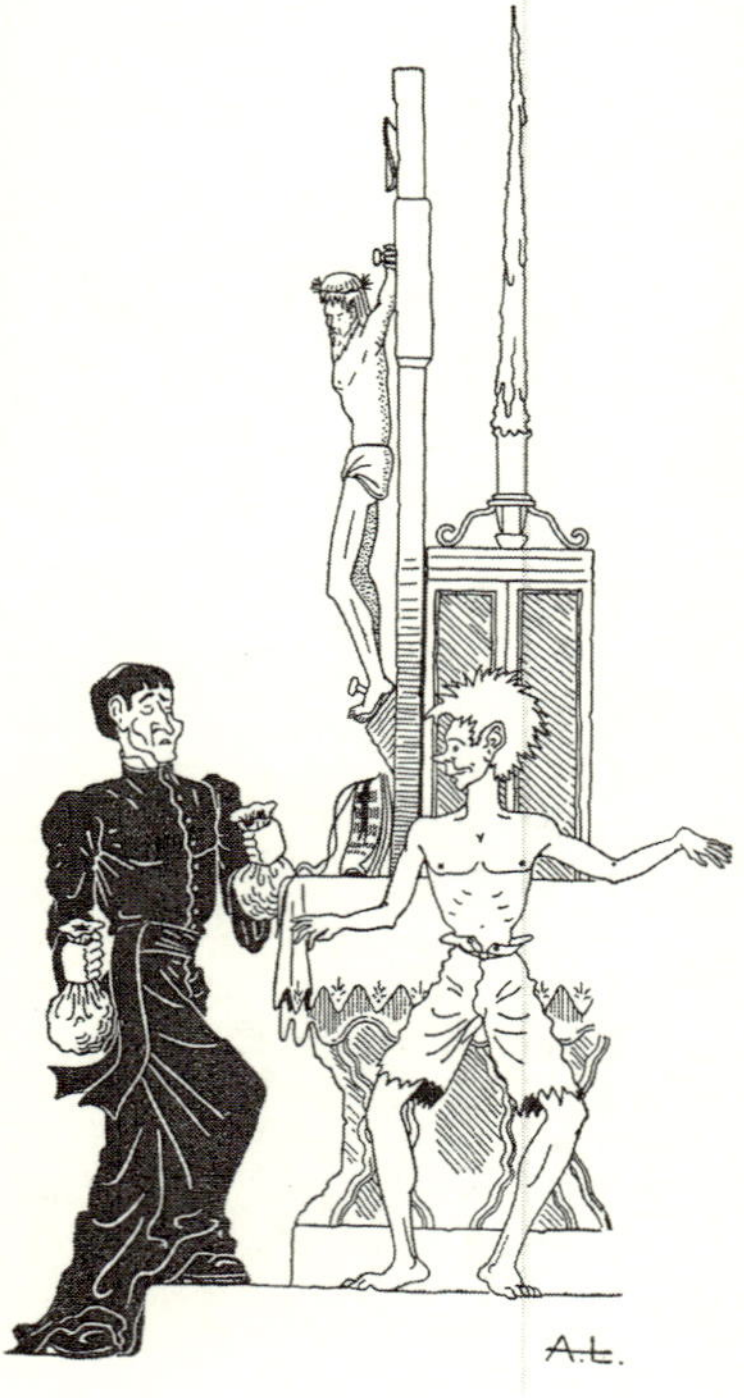

「泥棒です」と、相変わらず隠れていた少年が繰り返しました。

かわいそうな女は、暗然とした気分のまま立ち去りました。女が教会から外へ出るとすぐに、ジャックも隠れていた場所から外へ出て、野原を突っ切って行きました。そのため母が帰宅すると、息子は家にいたのです。

「どうだった、《お母ちゃん》、善良なマリアさまはなんて言ったの？」

「おまえはペテン師になるべきだって。」

「善良なマリアさまがそう言ったからには、ぼくがペテン師にならなきゃいけないのが、お母さんにもはっきりわかりましたね。ぼくは明日出発します。」

一週間後に、ジャックは袋を持って帰って来ます。袋を運ぶにはずいぶんと苦労しました。

「いったいこの袋はなんだい？」

「ぼくが運んで来たのは、いっぱいの金貨だよ。」

「どうやってこの金貨を手に入れたのさ？」

「あとになればわかるよ、《お母ちゃん》。うちにはお金を量る升がないから、隣人たちに頼んで一つ貸してもらわないといけないね。」

母は隣人たちを訪ねます。ジャックは、母を近寄らせないまま、たった一人で金貨を量ります。升の底には、わざわざ鳥もちをつけておきます。そのため隣人たちは、計量に使われた升が返却されると、升の底に金貨が一枚残っているのを見つけます。ジャックがこんなにも早く金持ちになったのを知った隣人たちは、その驚きから我に返ることができずにいました。ジャックは金貨を升で量り、升の底に金貨を一枚忘れてもまったく平気なほどだったからです。この巧妙な男の噂はたちまち広がって行きます。村の領主は、この噂を耳にすると、ジャックを呼び寄せます。

「おまえは腕のいい泥棒だと評判じゃな?」と、領主は言いました。

「もちろんですとも! 仕事は始めたばかりです。これからはもっとうまく行くでしょう。」

「それなら、おまえを試練にかけることにしたい。明日、わしが飼っている雌ウシを一頭、定期市へ運んで、売却してもらうことになっておる。その雌ウシを連れて行く者たちには、あらかじめ話を伝えておくよ。それでも盗むことができたら、おまえに雌ウシをあげよう。」

「ありがとう、領主さま。その雌ウシはぼくのものです。請け合いましょう。」

雌ウシは二人の運搬役に託されます。だれかが雌ウシを盗もうとすることは、あらかじめ二人に伝えられました。

「備えあれば憂いなしと、諺にもありますから」と、運搬役の一人が答えました。「われわれは警戒します。」

一人は雌ウシの角に綱を結んで前を進み、もう一人は雌ウシの尻尾をつかんで後ろを進みます。雌ウシに近づくことさえ困難でした。ジャックは近づきませんでした。運搬役たちは森を通り過ぎなければなりませんでした。ジャックは木々のうちの一つへ行き、首を吊りました。運搬役たちはジャックの姿を見ましたが、木から彼の首を外すことはしませんでした。二人が通り過ぎたとき、ジャックは自ら木から首を外したのです。それからジャックは森をすばやく駆け抜け、雌ウシの運搬役たちが通り過ぎるはずの道にたどり着きました。運搬役たちは少し先へ進んだところで、首を吊った別の人を見つけました。それもまたジャックでした。

「このあたりは《首吊り人たちの小道》ということなのか？　どういうことなんだろう？」と、運搬役の農夫の一人が言いました。

「もっと奇妙なのは」と、もう一人が言いました。「この二人目の男は、さっき見た男とよく似ていることだ。背丈も同じだし、服装も同じだ。われわれは《悪い草》の上を歩いてしまい、気がつかないうちに同じ場所へ戻って来てしまったのだろうか？」

「そんなことはありえないさ。さっきの首吊り人は、後ろの向こうの方にいたからな。」

「いずれにしても変な話だ。それなら、さっきの男が相変わらず同じ場所にいるか確かめに行こうよ。」

二人は雌ウシを一つの木にしっかりと縛りつけ、雌ウシが視界から消えることがないようにして、ゆっくりと確かめに向かいます。ところが首吊り人はもういなかったのです！　二人がもとの場所を探し出そうとしている間に、ジャックは二人の動きを見張り、急いで木から首を外すと、雌ウシを縛っていた縄を切り、雌ウシを連れて逃げ出します。最初の首吊り人がさきほどの場所にはもういないことを確かめてから、引き返した運搬役たちは、二人目の男も同じく姿を消しているのに気がつきました。さらに雌ウシまで姿を消していたのです。

翌日、ジャックは領主に会いに行きます。

「この雌ウシはぼくのものですよね？」と、ジャックは尋ねます。

「もちろんだ。雌ウシをわしから盗み取れるほど、おまえは狡猾だったからな。だが、わしの雌ウマを盗むのは、おまえにもきっとできないだろう。先に言っておくが、雌ウマはしっかりと警護されるからな。」

「もし雌ウマを盗んだら、ぼくに下さいますか？」

「もちろんだ。だが、おまえにはきっと盗めないだろうよ。」

「今にわかるでしょう。」

雌ウマの警護は、三人の男に任されます。一人目は雌ウマに乗り、二人目はたてがみをつかみ、三人目は尻尾をつかみます。雌ウマにまたがっていた男は、弾がこめられた銃で武装しています。物もらいの身なりをし、病弱なようすの男が、三人に近づきます。

「そこでなにをしていらっしゃるのですか、みなさん？」

「今朝からこの雌ウマの番をしておる。だれかがこれを盗みにやって来るはずだと聞いておるが、まだだれも見かけてはおらん。」

「そいつはみなさんを困らせるはずなんですか？」

「もちろんだとも！　あまり楽しい話ではないさ。せめて何か飲み物でもあるといいんだけどな！」

「酒屋さんへリンゴ酒を買いに行って来てあげますよ」と、この野次馬は言いました。「わたしにお金を渡して下さるのであれば。」

「ありがたい話だ、そこの人よ。」

ジャックはお金を受け取ると、しばらくして、買ったリンゴ酒を手にして酒屋から戻って来ます。眠り薬をリンゴ酒に混ぜておきましたが、それは瓶のなかの一つだけでした。三人はジャックに一緒に酒を飲むよう勧めました。ジャックは承諾し、眠り薬の入っていないリンゴ酒を自ら注ぎました。それから遠ざかって行くふりをしました。警護の男たちは二つの瓶を飲み干し、まもなくぐっすりと眠りこんでしまいました。そこへジャックが戻って来ます。地面は柔らかかったので、男たちを持ち上げて、雌ウマにまたがる男を鞍とともに支えられるように、ジャックは何本かの杭を地面に打ちこみます。そこでウマの手綱を切り、尻尾を解き放つと、ウマを走らせ、安全な場所へ確保します。警護の男たちは目を覚ますと、一人はウマなしで手綱を、二人目はたてがみをひとにぎりつかみ、三人目は鞍にまたがったまま空中にいる気がしたのに、雌ウマは姿を消していたので、びっくり仰天しました。翌日、ジャックは領主に会いに行きました。

「雌ウマを手にしました」と、ジャックは言いました。

「みごとな手さばきじゃった。だから、おまえはわしをむきにさせるわい。明日、パンを焼くことになっておる。おまえがかまどからパンを盗み出すことは、よもやあるまい。」

「やってみましょう。」

パンがかまどに入れられると、六人の男がその番をします。二人はパン屋の入口に、次の二人はかまどの口におり、残りの二人は離れたところでどんな不意打ちにも備えます。パンを引き出す時間になり、かまどが開かれます。すべてがもとのままで、だれも自分の持ち場から離れませんでしたが、かまどのなかは空っぽです。ジャックはかまどの奥になんとか穴をあけ、そこから焼きあがったパンを、次から次へと全部引き出していたのです。領主はジャックに賛辞を贈らざるをえませんでしたが、戦いをあきらめたわけではありません。

「これで三度もこてんぱんにされたわい」と、領主は言います。「だが、四度目にはそうはさせんからな。わしが家内と一緒に横になるベッドのシーツを奪ってみるがいい。」

「やってみましょう」と、ジャックは言います。

次の夜、領主は妻とともにベッドで横になります。くるまっているシーツをだれかに奪われることはよもやないだろうと、二人はもちろん考えています。夜も更ける頃、二人は窓辺で響く物音で目を覚まされます。ベッドの上で立ち上がった二人は、庇つきの帽子をかぶった男が、なかに入ろうと苦労しているようにみえます。

「あれは例の奴だ」と、領主は考えます。領主は杖を手にし、窓を開けると、庇つきの帽子をかぶった男を、力いっぱいたたきます。男は叫び声をあげることなく落下し、ひとたび地上に達すると、完全に身動きしなくなります。夜は真っ暗だったわけではありません。星が出ていたので明るく、周囲のものは十分に見分けられました。領主はたじろぎます。

「わしはあいつを殺してしまったのだろうか？」と、領主は思いました。「それが本当なら、やっかいなことになるな。あれほど強くたたくべきではなかった。」

領主は成り行きを確かめようと降りて行き、しばらくして部屋に戻ります。男はすっかり息絶えていました。領主は堀の穴のなかへ、男を適当に投げ捨てました。その上には枝を何本か置きました。明日には、男をすっかり始末するつもりでした。ただ、やるべきことをいろいろ考えると、領主は恐ろしくのどが渇きました。ベッドに残って夫を待っていた妻は、ワインとジャムが残っていると夫に伝え、しまってある場所を教えます。領主は言われた場所を探しますが、なにも見つかりません。妻はいらいらして起き上がり、夫が望んでいたものを渡します。二人がベッドへ戻ると、シーツは消え去っていました。窓に姿を見せて泥棒だと思われていたのは、ジャックがこしらえ、杖の端に固定された人形だったのです。領主が跡を追いかけて行く間に、ジャックは忍び足で寝室まで上りました。ロウソクに火が点されていなかったので、ジャックが姿を隠すのは簡単でした。そして奥方がベッドを離れるとすぐに、ジャックはシーツの上に飛び上がり、シーツを手にして姿を消したのです。

「みごとな仕事ぶりだ」と、領主が翌日言いました。「だが、わしは今度こそおまえの腕が役に立たぬようにしてやるからな。実は、わしは明日、人々を夕食に招待する。猟師の団体だ。テーブルに載るものを全部、奪い取ってみるがいい。パン、肉、ワインなど全部だ。」

「やってみましょう」と、ジャックは言いました。

翌日、テーブルが準備されると、会食者たちがそのまわりを囲みます。ジャックはまだ姿を見せませんでした。突然、公園で大きな物音が響きます。イヌたちが吠え、召使いたちが叫びます。野ウサギの群れがそろって、急いで逃げて行きます。だれもも我慢できなくなり、こぞって見に行きます。野ウサギたちとイヌたちを放ったジャックは、広間の入口でうかがっています。みんなが窓の方へ押し寄せている間に、ジャックはすばやくテーブルクロスの四隅をつかみ、なかに入っているものをまるごと持って逃げて行きます。会食者たちがテーブルに戻ろうとすると、もはや夕食はありません。

「ところで」と、ジャックは翌日、領主に尋ねました。「ぼくは勝ったのでしょうか、違うのでしょうか?」

「おまえは腕のいいペテン師だ、確かに。おまえとはさらにもう一回勝負せねばなるまい。これまでよりもっと難しい勝負をな。今度こそ、おまえは無駄骨を折ることになるぞ。」

「話を続けて下さい、領主さま。」

「わしの兄である司祭の持ち金を全部、奪ってみるがいい。わしの兄は、自分の持ち金に驚くほど執着しておる。あらかじめ伝えておくぞ。仕事はきついものになるからな。」

「うまくいけば、ぼくの価値はもっと上がることでしょう。」

ジャックはひそかに天使の格好をし、教会のなかに入りこみます。ちょうど、教会にはだれもいなかったので、祭壇の後ろに隠れます。司祭がやって来ます。管理人も後に続きます。ロウソクに火が点されます。司祭は祭服をまとっています。ジャックは、教会に人がまだ来ていないのに乗じて、司祭の方に進んで行きます。

「司祭さま」と、ジャックは言います。「神さまがあなたをお呼びになり、お迎えにわたしを遣わされました。実は、あなたがこの世で最も大事にしておられるもの、つまり持ち金を運んで来るよう、神さまは望んでおられます。」

司祭はまさしく教会のなかに、お金を隠していました。本人だけが知っているはずの隠し場所のなかでした。司祭は持って来たお金を、天使の姿になっていたジャックの手のなかに預けます。

「それで全部ではありませんね」と、天使が言います。「ほかにも、管理人にお預けになった袋もありますから、それも持って来て下さい。」

司祭はその袋を持って来てもらいます。

「それでは、わたしについて来て下さい」と、天使は言いました。

ジャックは司祭に鐘楼のなかを登らせました。下の方では、階段の幅にかなり余裕がありますが、登って行くにつれて、幅が狭くなり、危険にさえなって行きます。司祭は躊躇します。

「天国へ行くには、苦しみに耐えねばなりません」と、天使が言いました。やがて二人は、司祭が飼っているハトたちが巣をつくる場所にたどり着きます。召使いの女がそこへなにかを探しに来ていました。

「おや、そこにおったのか、マロットよ！」と、司祭が言いました。「おまえは今、どこにいると思っておるのか？」

「鳩小屋のなかですわ。」

「間違っておるぞ、マロットよ。わしらは天国におるのじゃ。」

マロットは司祭の話をまったく信じようとしません。司祭は彼女が間違っていることを証明しようとします。二人が言い合っている間に、天使はそっと抜け出し、お金も天使と一緒にそっと消え去ります。つけていた羽根を外したジャックは、領主のもとへ駆けつけ、袋を見せました。

「今度こそ、ぼくが腕のいい泥棒だということをお認め下さいますか？」と、ジャックは尋ねました。

「腕がとてもいいから」と、領主は言いました。「おまえにはこの国を離れてもらいたい。さもないと、おまえを絞首刑にせねばならなくなり、わしはそれで後悔することになるからじゃ。」

ジャックは領主に二度と同じことを言わせませんでした。国を離れたジャックは、それ以来、世界中を巡っているのです。

ジョルジュおばさんが語った話。

原注

この民話は民衆文学であれば必ず見つかる。セビヨ編『民話』所収「札付きの盗っ人」、『口承文学』所収「札付きの泥棒」、コスカン「札付きの泥棒」（『ロマニア』誌第十巻所収）、グリム兄弟の「泥棒の名人」（KHM一九二）を参照されたい。ここに紹介したノルマンディーの民話に見られる筋書きの大半は、ロシアの民話六編にも登場する。その三編はアファナシエフが採集し、別の三編はダールが採集した（『ロシア民話』第五および第六巻所収）。

訳注

『フランス民話集Ⅱ』所収「札付きの泥棒」（ロレーヌ地方、第三部第四章）、『フランス民話集Ⅲ』所収「盗みの名人」（ドーフィネ地方、第四部第四章）も類話なので参照。この話には方言として《お母ちゃん》（mouméré）が出てくる。

貧者と金持ち

むかし、貧者にずっと前から仕事を与えていた金持ちがいました。

「なにか褒美を、おまえにあげないといかんな」と、ある日金持ちが言いました。「なにがほしいか言ってみな。」

「でしたら、旦那さま、《小さな雌ウシ》を一頭買っていただけますと、とても助かるのですが。」

買ってもらった雌ウシを、貧者が受け取りました。三日後、金持ちは自分の畑を見に行きます。貧者の息子がそこで雌ウシに草を食べさせているのを認めます。金持ちは嬉しいはずがありません。

「おまえの父に雌ウシをやったのは」と、金持ちが言いました。「わしの畑でおまえが雌ウシに草を食べさせるためではないぞ。ここから下がって、二度と戻って来るな。」

一週間後、金持ちは自分の畑で、またしても雌ウシを見つけます。相変わらず同じ少年が番をしています。

「今度こそ」と、金持ちが言いました。「絶対に許してやらないからな。明日になったら、この無礼の罰として、おまえの父を殺しに行くからな。」

翌日、金持ちは、貧者を殺す決意を固め、本当に貧者の家に行きました。しかし貧者はずる賢かったのです。あらかじめブタを殺しておき、それから妻の顔を血で塗りたくり、ベッドに寝かせておいたのです。

金持ちは貧者の家に入ると、血が飛び散っており、ベッドが血まみれになり、女がそこで横になったまま身動きしないのを目の当たりにします。

「これは！」と、金持ちが言いました。「おまえは奥さんを殺してしまったのか？」

「ええ。あいつはとても意地悪だったので、罰を与えようとしたのです。そこで三日間のつもりで殺しました。四日目には生き返ります。」

「生き返るだと？　それなら、わしも家内を三日間のつもりで殺してやろう。こうすれば、わしを怒らせたらどうなるか、家内にもわかるだろう。」

金持ちはためらうことなく決断すると、帰宅して妻を殺します。

三日後、金持ちは再び貧者の家を訪ねます。

「おまえは三日間のつもりで奥さんを殺したとわしに言ったが、なるほど本当に生き返っておるな。わしも三日間のつもりで家内を殺したが、生き返っておらんぞ。」

「それは旦那さんのやり方がまずかったからですよ。奥さまを生き返らせるために、なにをされたのですか?」

「なにもしておらん。眼を覚まさせようとしたが、身動きしないのじゃ。」

「そんなふうになさるべきではなかったのです。わたしは、その目的にうってつけの角《つの》を持ち合わせています。それを使って家内のお尻に息を吹きこんだのです。家内はご覧のとおり、すこぶる元気で、元通りになりました。」

「おまえの角をいくらで売ってくれるのか?」

「百エキュで。」

「ほら、金だ。角をわしにくれ。」

貧者は角を渡します。金持ちは自宅に戻ると、指示された処置を行います。妻は相変わらず動かぬままです。

がっかりした金持ちは貧者の家に戻ると、貧者が鍋を鞭で何度もたたいているのを認めます。鍋は大きな泡をたてて沸騰しています。

「おまえはなにをしておるのじゃ?」

「ご覧のとおり、鍋の水を沸騰させております。」

「鞭でたたくのか?」

「はい。貧しい身ですと、できるだけ節約をするものです。」

「それならおまえの鍋は、火も薪も使わずに、こうやって沸騰するのか?」

「ご覧のとおりです。」

「おまえはこうするのに、たまたま手にした鞭を使うのか?」

「いや、それは違います。こんな力を持っているのは、今ご覧の鞭だけです。」

「いくらで売ってくれるのか、おまえの鞭を?」

「これは売り物ではありません。ですが、どうしてもとおっしゃるのでしたら、旦那さまのために喜んで手放しましょう。百エキュ下されば、鞭をお譲りします。」

「金を受け取れ。鞭をわしにくれ。」

金持ちはこの取り引きに満足でした。めざましいほどの節約が約束されていたからです。自宅に戻ると、召使いたちを呼び、鍋の水を沸騰させるために、薪の代わりに鞭を渡します。

召使いたちは何度も鞭でたたきますが、鍋の水は沸騰しません。

金持ちは貧者の家に引き返します。

「おまえの鞭はなんの役にも立たんぞ」と、金持ちは言いました。「どんなに鞭で鍋をたたいても無駄だ。鍋の水は沸騰せんぞ。」

「どちらの手でたたいたのですか?」と、貧者は尋ねました。

「左手でたたいたよ。」

「それでは、うまくいかなかったとしても不思議ではありません。右手を使ってたたかなければいけなかったのです。そうでないと鞭は効果を発揮しません。」

金持ちは自宅に戻り、再び召使いたちを呼び、指示を与えます。召使いたちは順番に、右手を使ってたたきます。それでも鍋の水はやはり沸騰しません。

金持ちは貧者に激怒します。からかわれたうえに、金まで巻き上げられたからです。金持ちは貧者の殺害を望み、翌日に溺死させるために、貧者を探しに行き、羊小屋に閉じ込めるよう、召使いたちに命じます。

召使いたちは命令に従います。羊飼いが夕方戻ると、かわいそうな男が羊小屋に閉じ込められています。

「おや、そこでなにをしているんだい?」と、羊飼いが言います。

「金持ちがわたしをここへ入れさせたのです。善良な神さまへのお祈りがこの獣たちよりも上手にできないという理由で、わたしをヒツジたちと一緒に閉じこめてしかるべきだと、金持ちは言い張るのです。」

「ぼくはとても上手にお祈りができる。みんなのために、家畜のために、それから君のためにも祈ってあげるよ。ここから出て行っていいよ。」

貧者はその場を後にしましたが、一人ぼっちではありませんでした。羊飼いがお祈りをしている間に、ヒツジを全部横取りしたからです。翌日、定期市が開かれたため、ヒツジたちを売りに出かけ、高値で売りさばきました。なんと毛一本あたり三フランもの値で！　そこで手にしたお金を使って、貧者は立派な城を建ててもらいました。ある日、金持ちがこのあたりへ散歩に来たとき、この立派な城がだれのために建てられ、この立派な大邸宅がだれのものか尋ねました。

「わたしのものですよ、旦那さま」と、貧者が答えました。

「おまえがこんなにも金持ちになるなんて、だれが想像できただろう？」

「旦那さまが召使いたちに命じて、わたしに行ったことを思い出して下さい。」

「おまえを川へ投げこむように命じておいたよ。」

「わたしは、旦那さまがわたしを投げ捨てるようお命じになったところへ出かけ、こうして金持ちになったのです。」

「本当か？　わしも同じ場所へ出かけたいものだ。」

「それは旦那さま次第です。この袋のなかにお入り下さい。」

金持ちは袋のなかに入ります。袋は川のなかに投げ捨てられました。それ以来、二度と金持ちの姿を見かけることはありませんでした。

そこで、わたしはパンの皮を飲み、一ショピーヌ〔約〇・五リットル〕のワインを食べて、戻って来たのです。

ジャン・ルイ・デュレがグレヴィルで語った話。

原注

コスカン氏が採集したロレーヌ地方の民話のなかに、この話の類話が三篇見つかる。それは「ルネとその領主」（『ロマニア』誌第五巻、三五七頁）、「リシュドー」（『ロマニア』誌第六巻、五三三頁）、「ブランピエ」（『ロマニア』誌第八巻、五七〇頁）である。「王さまと王子たち」（『ロマニア』誌第十巻、一七〇頁）も参照のこと。ヨーロッパやアジア諸国の類話を見つけたコスカン氏が、以上の民話について行った注釈を参照されたい。

訳注

この話には方言として、「雌ウシ」（vaque）の指小語である《小さな雌ウシ》（vaquette）が出てくる。話を締めくくる一節に見られる、「パンの皮を飲み」と、「ワインを食べて」は原文のままであり、おそらく語り手の言いまちがいである。

メルリコケ

メルリコケが落ち穂拾いに出かけました。麦穂を三つ拾うと、ある家の扉をノックしに行きました。

「どちらさまですか？」

「メルリコケ親父じゃ。」

「お入りなされ。ご用はなんですかい、友よ？」

「この三つの麦穂を《パンのせ》に置かせてもらえんかね。あとから取りに戻るから。」

麦穂は預けられます。しばらくして、メルリコケが戻って来ます。

「わしの麦穂を返して下され。」

「あんたの麦穂だって？　メンドリが食べてしまったよ。」

「わしの麦穂を返して下され。それが無理なら、メンドリを下され。」

「麦穂はもう残っておらんから、メンドリを持って行かれよ。」

メルリコケはメンドリをもらい、別の家へノックしに向かいます。

「どちらさまですか？」

「メルリコケ親父じゃ。」

「お入りなさい。なにが必要ですかい？」

「このメンドリが邪魔なので、預かってもらえんかね？　あとから連れ戻しに来ますからな。」

「ほかのメンドリたちと一緒に中庭へ置いて下さいな。」

メルリコケはメンドリを放ち、出かけます。数日後に戻って来ます。

「わしのメンドリを返して下され。」

「あんたのメンドリだって？　雌ウマが踏み潰してしまったよ。」

「わしのメンドリを預けたんじゃから、返してもらわねばいけませんな。わしのメンドリが返せないなら、雌ウマを下され。」

「あんたのメンドリは返せなくなったから、雌ウマを持って行きなされ。」

メルリコケは雌ウマを引き連れて、別の家の扉をノックしに行きます。

「どちらさまですか？」

「メルリコケ親父じゃ。」

「お入りなされ。なにか用でもありますかい？」

「二日間、わしの雌ウマを預かってもらえんかね？」

「それで満足ならね。ほかの雌ウマたちと一緒にして下され。」

メルリコケは雌ウマを放ち、数日後に戻って来ます。

「わしの雌ウマを返して下され。」

「あんたの雌ウマだって？　娘が水飲み場に連れて行ったときに、溺死させてしまったよ。」

「それではわしの勘定にあいませんな。わしの雌ウマを返して下され。それが無理なら、娘さんを下され。」

「あんたの雌ウマを返せなくなりましたから、娘を連れて行きなされ。」

メルリコケは娘を頭陀袋のなかに入れます。娘を背中に乗せ、娘の代母の家に行きます。

「しばらくの間、わしの頭陀袋を預かってもらえんかね？」

「よろしいとも。そこに置いて下さいな。」

メルリコケは頭陀袋を置くと、出て行きます。代母はそのとき、自分の小さな子どものために粥を作っていました。粥ができあがると、代母はいつものように、「さじを舐めたいのはだれ？」と聞きます。

「わたしよ、代母さん」と、小さな声が言います。

「おまえなのね、名付け子よ。どこにおるんじゃ？」

「メルリコケの頭陀袋のなかよ。」

代母は頭陀袋から娘をすばやく引き出します。そしてメルリコケが娘の不在に気づかぬよう、娘の代わりにネコを一匹、イヌを一匹、さらにはカップ一杯のミルクを入れます。戻って来たメルリコケは、頭陀袋を背負います。重さがほぼ同じだったため、まったく気がつきません。それでも頭陀袋が自分の背中に乗ると、だれかが体をゆすり、なかで喧嘩しあっているような気がします。実際には、ネコがミルクを飲みたがり、イヌがネコに噛みつき、ミルクがメルリコケの背中に流れて来たのです。

「マロットよ、おしっこしてるのか」と、メルリコケは叫びます。「今から鞭でたたいてやるからな。」

そこで頭陀袋を置き、相変わらずなかにいると思っていた娘をたたくために、生垣で小枝を切り取ります。頭陀袋が開くと、ネコがひと跳びし、イヌがネコを追いかけます。そこでメルリコケは、どうしてこんな奇跡が起きたのか納得しようとして、大きく目を見開いたのです。

マリー・デュヴァル（フルリ小村の召使い女）がグレヴィルで語った話。

原注

ダールが採集したロシア民話の一つは、ここに紹介した民話と同じ考え方に基づいている。主人公はキツネである。キツネは、農夫たちが履く町の靴（ラプティ）を一足見つけた。キツネはある農夫に一晩の宿を求める。キツネの話によると、自分はほとんど場所を取ることはなく、腰かけの下で眠り、尻尾はその下に置くし、靴は鶏小屋のなかに置くという。するとキツネは家のなかに入れてもらう。夜中にキツネは靴を取りに行き、それから朝になると、靴を返すよう求める。ところが靴は見つからない。「それではメンドリを一羽下さい」とキツネが述べ、メンドリを受け取る。キツネはほかの家へ宿を求めに行き、メンドリをガチョウたちと一緒にする。メンドリが姿を消す。キツネはメンドリの代わりにガチョウを一羽もらう。三軒目の家では、キツネはガチョウを雌ヒツジたちと一緒にし、翌日には一頭の雌ヒツジを手に入れる。それから四軒目の家では子ウシを手にする、という具合である。この民話の最後では、キツネが仲良しのクマとオオカミにいたずらを仕掛ける。セビヨの『オート＝ブルターニュの民話』では、話の発端でヴォドワイエが麦粒を預かってもらう。コスカンの『ロレーヌ地方の民話』では、エンドウマメになっている（『ロマニア』誌九巻、四〇六頁）。ロゼール県の民話の一つではシラミが、ドイツの民話の一つではエンドウマメの袋が出てくる、といった具合である。そのほかの類例については、『ロマニア』誌九巻所収「エンドウマメの男」に付けられた注も参照されたい。

訳注

この話には方言として、《パンのせ》（ais）が出てくる。

ランドン

むかし、大きな糸のかたまりを紡いでいた女がいました。女はこの糸から布地を作ることを強く望んでいました。しかし布作りたちは、ただでは働いてくれません。そんなことを女がぼんやり考えていると、ある男が入って来ました。「俺がただで布を織ってやろう」と、その男は言いました。「もし三回で俺の名前を言い当てることができたらな。それができなければ、布は俺のものになるが、それでいいか？」

女は糸を渡しました。しかし男が出て行くと、女は心配になりました。「あの男がプティ・カペ（悪魔）だとしたら！」と、女は考えました。「神さま、聖母マリアさま、どうか男の名前を言い当てるのをお助け下さい！」

すさまじい風が吹き荒れ、木々の枯れ枝に吹きつけていました。女は森へ小さな薪を探しに出かけました。風が落として行った小枝を拾いながら、女は耳をすませました。すると、風のなかで複数の声が話をしている気がしました。聞こえて来たのは、布作りが仕事を行い、笑いながら次のように歌っている様子でした。

　クラン、クラ、クラン、クラ！

　下の方にいる女が、
　俺の名がランドンだとわかれば、
　それほど困ることはないだろうに。

　女はそれがきっと先ほどの織工だと思い、小さな薪の束を手にして帰宅すると、それほど心配することなく待ち受けました。

　夕方近くに男がやって来ます。

「布はできあがっているぞ。さあ俺の名前は？」

「ギヨームではないですか？」

「まったくちがう。」

「ロベールではないですか？」

「まったくちがう。」

「それならランドンですわ。」

「ほら、あばずれよ、これが布だ」と、激怒した小さな男は、その場に布を投げつけて言いました。

　それ以来、男の姿を見かけることはもはやありませんでした。

原注

わたし〔民話集の編者ジャン・フルリ〕が幼少期に何度も耳にしたこの民話は、グリム兄弟の「ルンペルシュティルツヒェン（がたがたの竹馬小僧）」（KHM五五）の縮約版である。このドイツ民話では、訪問者の到着の動機づけがさらに明瞭で、名前は言い当てるのがもっと難しくなっている。『ロマニア』誌第八巻は、カルノワ氏が採集したこの民話のピカルディー版（二二二頁）と、コスカン氏が採集したロレーヌ版（二八番の民話）を刊行している。それは、レリティエ嬢の「真っ暗な塔」（『妖精の部屋』第十二巻）に登場し、実に長い展開を見せるリクダン・リクドンの話、さらにはチョズコ氏が翻訳した『スラヴ民話』所収、スロヴェニアの物語「キンカッチ・マルティンコ」と同じ内容である。そこでは、亜麻を金の糸に紡がなければならない。小さな男はここで紹介した話に出てくるプティ・カペ（悪魔）のように、赤い帽子を被っている。

研ぎ師と獣たち

ある晩、研ぎ師がある家で一晩の宿を求めます。研ぎ師はかなりひどい姿をしていたので、家の人たちは彼を迎える気にはなれませんでした。家はそれほど安全ではなく、獣たちがやって来て食われてしまうかもしれないと、研ぎ師は言われます。

「それでも困りませんから」と研ぎ師は言い、圧搾室のなかへ行って眠ります。

陽光がさし始めた頃、オオカミがやって来ます。

「君はぼくを食べようとしているな」と、研ぎ師は言います。「君から逃れることはできない。だから食われる前に、ちょっとだけ楽しませてはくれないか?」

オオカミはこれに同意します。研ぎ師は研ぎ器で遊び始めます。オオカミには、それがとても楽しそうに見えます。

「おまえだけがすっかり楽しんで、俺にはなにも許されないのは不公平だ」と、オオカミは研ぎ師に言います。「今度は俺にもちょっと遊ばせてくれ。」

研ぎ師はこれに同意します。オオカミは研ぎ器を回転させ、大いに楽しみます。研ぎ師は、オオカミが片足をなかに取られるよう手はずを整え、さらに早く、もっと早く回転させます。オオカミは叫び声をあげますが、身動きがとれなくなり、そのすきに研ぎ師は逃げ出します。

別のオオカミが次に圧搾室のなかへ入って行き、自分の仲間が挟まったままなのを見つけます。

「だれが君をこんな目にあわせたんだ?」

「研ぎ師だよ。あいつは仕事道具を回転させていたが、それが俺には楽しそうに見えた。だからあいつに、『おまえだけがすっかり楽しんで、俺にはなにも許されないのはおかしい』と言った。そしたらあいつが研ぎ器を貸してくれた。ところが道具を回転させるうちに、俺は片足をなかに取られてしまい、そのすきにあいつは逃げ出したんだ。まずは俺を助けてもらい、それから一緒にあいつを見つけ出したら、もちろん食べてしまおう。」

オオカミは仲間に助けてもらい、二匹はそろって研ぎ師の跡を追いかけます。

駆けて行く途中で、二匹は野ウサギに出会います。野ウサギは両耳に鉄の玉を載せていました。

「かわいそうな野ウサギちゃんよ、だれが君をこんな目にあわせたんだい?」

「ここを通りかかった研ぎ師です。わたしはイヌに追いかけられていました。研ぎ師はわたしに、小さな鉄の玉を両耳に乗せれば、もっとうまく走れるようになると言って、わたしに鉄の玉をつけることを申し出てくれたのです。わたしは研ぎ師のなすがままに任せ、そのときから、まったく走れなくなっているのです。助けていただければ、一緒に研ぎ師の跡を追いかけて、食べてしまいましょう。」

野ウサギが鉄の玉を外してもらうと、そろって走り始めます。すると、お尻に棒切れを刺していたキツネに出会います。

「だれが君をこんな目にあわせたんだい、かわいそうなキツネさんよ？」

「研ぎ師です。ぼくがキイチゴの実を取っている最中に、あいつがやって来ました。ぼくがもっと早く走れるようになる秘密を知っていると、あいつは主張しました。そして教えてやろうと申し出たのです。それはぼくのお尻に棒切れを刺すというものでした。ぼくはあいつの話を信じ、あいつのなすがままに任せると、こうしてまったく走れなくなったのです。みなさんがぼくを助けてくれたら、一緒にあいつを追いかけて、食べてしまいましょう。」

キツネが棒切れを外してもらうと、四匹の動物はそろって研ぎ師の跡を追いかけます。そしてとうとう研ぎ師の姿を見かけます。研ぎ師はまた研ぎ器を手にしていました。オオカミを見かけると、研ぎ器を回転させながら見せつけます。するとオオカミは、尻尾を両脚の間にはさんで逃げ出します。研ぎ師は、拾い上げた二つの鉄の玉を動かします。すると野ウサギが逃げ出します。キツネが近づいて行くと、研ぎ師は同じく拾い上げた棒切れを見せつけます。するとキツネも逃げて行きます。

わたしは大きな水車小屋を通り、酒をひと口飲んで、戻って来たのです。

マリー・デュヴァルが語った話。

原注

グリム兄弟の「不思議な楽士」（ＫＨＭ八）と、コスカン氏の『ロレーヌ地方の民話』の十一番「慎重な軍人」（『ロマニア』誌第五巻、九二頁）は、この民話の類話である。コスカン氏によれば、ほかにも複数の類話が存在するという。

第六部　プロヴァンス地方の民話
―フレデリック・ミストラル編（山辺雅彦訳）

第一章　奇　跡

魔法使い

魔法使いがいた時代（むかしいたことは否定できません。だからさんざん火あぶりにしたのです。今日でも未来を予言する人に、「火あぶりにされないように用心しなさい」と言い、また疑わしい者に、「焦げたぼろ切れ、つまり、柴の束の匂いがするよ」と言ったりします）、邪悪な習慣にふける人たち、アグリッパ[*1]の本を読んだことのある者たち、あるいは白いメンドリを利用して大道の四つ辻に悪魔を呼び出したりする連中、呪術師、悪魔祓師、魔術師が、真夜中の十二時を期して、ひとけのない、荒れ果て、人里離れた場所に集まったものです。魔法使いがわが物にした未開の地は、《魔物の出没する場所》と名付けられました。

たとえば、ガダーニュでは、こういう邪悪な集会が、カン＝カベルの高原で開かれ、シャトー＝ヌフ＝デュ＝パプでは、コンブ＝マスクでした。タラスコンではマタゴの小島、マルセイユではタッス＝ダルジャンの袋小路、リュベロンの方ではヴァルマスクといった具合です。

アヴィニョンでは、魔法使いはラ・ロッシュ＝ドン＝ドンに集合し、今でも《魔女の穴》を見ることができます。しかし当時のラ・ロッシュは、険しく草木も生えていませんでした。ただいくつか風車があっただけで、鳴り響く《陸風》によって腕を広げ、きしむ音を立てたのでした。

話によれば、ある夕方、アヴィニョンのこぶ男——フレスケットという名前——が、消灯時刻が過ぎてから、一人で危険を冒してラ・ロッシュの高原に上りました。告解師によって、罪の償いに主の祈りを七回、アヴェ・マリアの祈りを七回唱えるよう命じられたのです。おそらく犯した大罪のせいです。

月夜で、ミストラル〔北風〕が吹いていました。しかし、どうやら寒くはなかったようです。というのは、こぶ男のフレスケットは罪の償いをしている最中に、岩山のくぼみにうずくまり、フクロウの鳴き声に耳を澄ましていたからでした。

ジャックマール[1]が深夜の鐘を最初に打ったとき、眠りこみかけていたほどです。

フレスケットはすぐに起き上がり、山を下ろうとしました。ところが、驚いたのなんの、月明かりの下に、さまざまな形の影がうごめき、音もなく、足を引きずったり這ったりしながら、四方八方からラ・ロッシュによじ登って来ます。どんなにおびえたか、察して下さい。こぶ男の心臓は早鐘のように打ち……すばやく隠れ場所に閉じこもり、息を殺し、耳を澄ませます。

少しずつ影が近寄って来ます。騒々しい声が聞こえ、卑猥な言葉や呪いが風とともに流れて来て、フレスケットはサバト〔魔女集会〕のまっただなかにいることがわかりました……

男や、女や（ほとんど全員が老女）、何人かの子ども……それに離れたところでは、暗闇に亡霊のようなもの、異様な形の人間がいますが、見分けがつきません。

さて、到着するにつれて、魔女や魔法使いが挨拶を交わします。

「こんばんは、いとこのネコ！」

「こんばんは、いとこのイヌ！」

「こんばんは、オオカミさん。」

「お元気？　ナメクジのおかみさん。」

「それであなたは、トカゲのご主人、調子は悪くないですか？」

「悪くない、悪くない、ジャンヌおばさん。」

「カタツムリはちゃんと角をこしらえているの？」

「パセリは丈夫かしらん？」

「ジャン・コシュマール、少し手を貸して……」

「それで、ペドークのおばさん、まだ《葉にオナラ》(2)をしているの？」

「おや、色男さん、あんたなの？　わたしにさわってるのは。」

「老いぼれババア、悪魔にさらわれちまえ！……」などなど。

フレスケットは少しずつ落ち着いて来ます。耳を澄ませ、耳をそばだて、観察するうちに、悪魔に魂を売り渡したとはとても思えない多くのアヴィニョン人がいることがわかりました……　おや、人間でも獣でもない醜い影が《黒ミサ》を唱えます……それから、そいつが逆立ちすると、魔法使いや魔女が次から次へと寄って来て、尻尾に接吻します……その後では白い月の前に大きな黒雲が通ります。はじけるような笑い声や、しっしっという声が聞こえます……黒雲から月が出て来ると、こぶ男には、魔法使いの全員が手を取り合い、跳びはねながらブランル〔十六世紀の民族舞踏〕を踊るのが見えました。ともに次の一節を歌いながら、ステップを踏みます。

月曜、火曜、――そして水曜、三つ！

月曜、火曜、――そして水曜、三つ！

いや、まったく、こぶ男はこのファランドール〔プロヴァンス地方の民族舞踏〕に魅惑され幻惑されて、我慢できなくなり、暗がりを這って行き、群衆に加わると、足を踏みならしながら踊り、みんなと同じように歌いました。

月曜、火曜、――そして水曜、三つ！

しかしなにが行われているのか、なにが歌われているのか、ほとんどわからなかったので、自分で勝手に付け加えます。

　木曜、金曜、――そして土曜、六つ！

「おみごと！　こぶ男君！」と、魔法使いがみんなして叫びます。「第二節を教えてくれた。」

　月曜、火曜、――そして水曜、三つ！

　木曜、金曜、――そして土曜、六つ！

「おみごと！　こぶ男君！　こぶを取ってやろうか？……　うん、こぶを取ってしまおう……」

ポン！　こぶを取りました。それからボールのように、こちらあちらと打ち合い……笑いころげます、魔法使いたちがですよ！……

　さんざん笑ってから、こぶを岩に固定します。暗黒大王（だれのことかおわかりですね）が飲み物を銀のカップに注ぎ、みんなして乾杯します。最後にお駄賃を支払い、金や銀で、さあ、受け取って！……」

　それから、バルトラス[3]で、下の方で、ニワトリが鳴きました。すると魔法使いたちは、すばやくあちこち、法王宮殿の漆黒の闇に姿を消してしまいました。

　翌日、フレスケットがアヴィニョンの街頭に、こぶのない姿で、まるでアルタバン[*2]のように勝ち誇って現われると、これは驚くべき見ものでした。みんな奇跡を眺めに来て、背中を触ってみたり、口をぽかんと開けて見つめたり、じろじろねめ回したりで、こぶ男の連中はみんな感心しきりでした。

しかし抜け目のないフレスケットは、こぶがどこへ消えたのかは、用心して言いません。笑ったり、黙ったり、口ごもったりです。

火のないところに煙は立ちません。ああだ、こうだと、さんざん人を振り回しているうちに、別のこぶ男、フレステルという名の男が、とうとうフレスケットの口を割らせました。洗いざらいしゃべらせたのです。

ああ、それだけ聞けば十分だ。最初の月夜の晩に、フレステルはラ・ロッシュ゠ド゠ドンによじ登り、魔女の穴へ行ってうずくまり、サバトの開始を待ちかまえます。

ちょうどよいときに来合わせました。真夜中の鐘が鳴ると、魔法使いどもの大騒ぎが再び始まりました。

「こんばんは、いとこのネコ！」

「こんばんは、いとこのオオカミ！」

「こんばんは、ジャンヌおばさん。」

前と同じ饗宴が繰り広げられます。

それからみんな輪になって踊り始めました。こぶ男も加わり、合唱になります。

月曜、火曜、——そして水曜、三つ！

木曜、金曜、——そして土曜、六つ！

「そして日曜、七つ！」と、フレステルが付け加えました。自分ではうまく言ったつもりでした。

「この売女のガキはどこのどいつだ？《日曜》なんて言いやがって」と、魔法使いの全員が踊りをやめながら叫びます。

「こいつはこぶ男だ！　こぶ男だぞ！　性悪のこぶ男め！　いまいましいこぶ男め！　さあ、こぶを痛めつけよう！」

さんざん蹴りつけ、ぶん殴り、めった打ちにします。

「こいつにフレスケットのこぶをくっつけようじゃないか。」

「そうだ、フレスケットのこぶだ！」

岩に固定されていたこぶをはがし、パン！と胸に張りつけます。

「前にこぶ、後ろにもこぶ！」

そしてみんなして笑います。

命が助かっただけでも、大喜びしなくては。こぶを二つもくっつけて、不幸な男はアヴィニョンで長い間嘲笑の的になりました。

哀れなフレステルの話を聞いたことのない人がいるでしょうか？

しかし、針を煮立てれば、いつかは魔法が解けるはずです。というのは（おばあさんが教えてくれたのですが）、お湯が沸騰し始めると、呪いをかけた者の体を刺すからです。とにかくこの話は、おばあさんが次のように言ったときの正しさをわからせてくれます。
「この世では、一人にとっていいことが起きれば、もう一人には必ず悪いことが起きる。」

（『プロヴァンス年鑑』一八六九年）

原注

（1）ジャックマール。市庁舎の時計台にある時打ち人形（アヴィニョンで出版されたプロヴァンス語による年鑑の題名にもなった）。

（2）葉にオナラ。魔女がサバトに出かける際に用いたとされる言い回し。葉がついた枝の箒にまたがって、暖炉の穴を通ったと言われる。

（3）バルトラスは、ラ・ロッシュ＝ド＝ドンに面し、ローヌ川の二本の分流のあいだにある島。

訳注

＊1　アグリッパは、十五〜十六世紀に活躍したドイツの人文主義者で魔術師ハインリヒ・コルネリウス・アグリッパのこと。

＊2　アルタバンは、十七世紀の小説家ラ・カルプルネードによる『クレオパトラ』の主人公。極端な威張り屋。

小粒のソラマメ

ある日、実直な貴族が結婚し、双子を七回こしらえました。家族を養うために、次から次へと土地を全部売り払い、涙を流すための眼しか残りませんでした。いや、これはまちがい。ソラマメが一つだけ残っています。繁盛していた時代に厳選しておいたのです。

善良な老貴人は思いついて、このソラマメを蒔くことにします。そこで小さな籠を探し出し、子どもたちが腐食させた堆肥で満たし、ソラマメを入れました。

まる三日経つと、ソラマメが顔を出し、老人は歌います。

　小枝から小枝へ
　上がれ、上がれ、小さなソラマメ！

するとみるみるうちにソラマメは大きくなり、芽や茎や葉を出し小枝を伸ばします。神のご加護です。老人が相変わらず歌います。

　枝から小枝へ

上がれ、上がれ、小さなソラマメ！

そしてソラマメは上がって、上がって、上がって、とうとう天まで行き着きました。

そこで貴族は小さなソラマメに乗り、枝から枝へ、小枝から小枝へと伝って、天国に着き、扉をノックします……

聖ペテロが開けます。

「なにが望みじゃ？」

「神の御名によって御慈悲を。わしの妻のために。飢え死にしそうなわしのかわいそうな子どもたちのために。」

「おーい、ヨハネ」と、聖ペテロが言います。「貧しい男が物もらいに来たぞ……しかし神の家では、だれも飲み食いしない。なにをあげればいいのかな？」

「そうだな。最後の晩餐で使ったテーブルクロスがまだあるから、それでよければやることにしよう。」

そこで聖ペテロが男に言います。

「テーブルクロスがあるぞ。おなかが減ったらこう言うだけでいい。

　テーブルクロス、広がれ！

食べ物が出て来るぞ。それからひもじくなくなったら、こう言いなさい。

テーブルクロス、折り畳め！

「するとテーブルクロスがひとりでに折り畳まれるよ。」

貴族がテーブルクロスを手に取って、三回言います。

縮め、ソラマメ

小枝から小枝へ！

するとたちまち、小さくなっていくソラマメのおかげで、枝から枝へと伝って、地上に下って行き、野原に落ちます。気の毒にくたびれ果て、急激におなかが空いてきました。斜面に腰を下ろし、テーブルクロスを地面に置くと言いました。

テーブルクロス、広がれ！

たちまち、ひとりでにテーブルクロスが広がって、まるで奇跡のように最上の食べ物が姿を現わし、湯気を立てています。スープ、ゆで肉、ロースト肉、魚、ヤマウズラ、子ウサギ、菓子、瓶詰めブドウ酒、あらゆる種類のジャム、ブドウ、まるで結婚披露宴です。

律義な貴族はたらふく食べて、神さまに感謝します。それから満ち足りて、テーブルクロスを畳み、こう言いながら立ち上がります。

「さて雨になりそうだ。子どもたちや妻もたっぷり堪能できるぞ。」

ところが立ち上がりかけると、教会の鐘が鳴るのが聞こえました。

「おや、鐘がミサの開始を告げている。参列すべきだな。」

そこであまり遠くない村へと向かいます。ただ、こう思います。

「このテーブルクロスが邪魔になりそうだ。教会にテーブルクロスを抱えて入ったりしたら、村人はどう思うだろうか？　どこかに置いておくべきだな。」

それで宿屋へ入って言います。

「ご主人、このテーブルクロスを預かってもらいたい。ミサに行かねばならん。帰りに受け取る。ただし、《テーブルクロス、広がれ！》と言ってはならん。」

「そんなこと言うわけがありませんよ。ちゃんとお預かりします。」

しかし貴族が姿を消すとすぐに、詮索好きな宿のおかみさんがテーブルクロスに申します。

テーブルクロス、広がれ！

するとたちまちテーブルクロスがひとりでに広がって、タイムの香りを発散させながら、大量の料理、選り抜きの食料、あらゆる種類のデザートが目の前に現われて叫びます。「食べてちょうだい！」

主人がおかみさんにキスしながら言います。「おまえ、これでひと財産できるぞ。このテーブルクロス——妖精にちがいない——を取っておいて、あの男が戻って来たら、別のを渡そう。分かりやしないよ。」

言葉どおりに実行されます。ミサの後、貴族がテーブルクロスを取りに来ました。別のを渡されますが、疑わずに受け取り、口には出せないほどの喜びを味わいながら家路につきました。

そして四十歩のところで、叫びます。

「さあ、妻よ、さあ、子どもたちよ。わしらにはパンがあるぞ。ブドウ酒があるぞ。今度は神さまがお助け下さった……」

人のよい貴族はテーブルにテーブルクロスを置きます。妻と子どもたちはかわいそうに衰弱し、口をぽかんと開けながらまわりを取り囲みます。

テーブルクロス、広がれ！

しかしテーブルクロスは動こうとしません。

テーブルクロス、広がれ！

ああ、無駄骨折りです。気の毒な男が「テーブルクロス」と叫んでも、動いてくれず、空っぽのままです。

「身上つぶし！　むだづかい！」と、怒り狂った妻がわめきます。「自分の妻と子どもたちを飢え死にさせ、おまけにバカにする気ね……」

ぐっと我慢するほかありません。さいわい、ソラマメはまだ小さな籠のなかで青々としています。

小枝から小枝へ
上がれ、上がれ、小さなソラマメ！

すると再びソラマメが上がって行きます。小麦より高く、樹木より高く、雲よりも高く。

　小枝から小枝へ

　上がれ、上がれ、小さなソラマメ！

そしてソラマメは天まで高く上がります。男がよじ登り、枝から枝へ、小枝から小枝へと伝って、天国に着きました。

ドアまで来て、ドン！、ドン！

聖ペテロが開けに来ます。

「ああ、あんたか。まだなんの望みがあるのかね？」

「神の御名によって、御慈悲を。わしの妻のために。わしのかわいそうな子どもたちのために。」

「おい、ヨハネ」と、聖ペテロが言います。「あの気の毒な男がまた来たぞ。テーブルクロスを取られてしまった。さて、なにをやればいいのかな？」

「そうだな」と、聖ヨハネが申します。「聖ヨセフのロバがいるぞ。日曜だけを勘定しても百歳になる……あれをやったら？」

そこで聖ペテロが老人に言います。

「このロバはな、《硬貨ひり出し》のロバじゃ。《ロバよ、硬貨をひり出せ！》と言うだけでよい。ほしいだけ出してくれるぞ。」

男はロバをつかむと、死んだヤギに乗せ、三回続けて言いました。

小枝から小枝へ

縮め、ソラマメ！

そして枝から小枝へと伝って、地上へ下りて行きます。到着するまで、じれったいったらありません！　地面に足が着くと、ロバを勢いよく下ろし、その後ろにまわり、その次に確かめようとします。

ロバよ、硬貨をひり出せ！

ロバは尻尾を上げ、ブルルルルッ！　と続けざまにオナラを放ち、真新しい硬貨を、純粋の金貨と銀貨をひり出します。チリンチリンと音を立てながら積み上がり、日の光にキラキラ輝きます。

「もういい！　もういい！」と、男が言います。

またミサの鐘が鳴るので、重くなりすぎないように、二枚だけ取ると、村へ向かいます。

また前の宿屋へ入りました。

「ご主人、こんにちは。わしのロバを小屋に入れておいてくれるか？」

「もちろんです。」

「ただし、《ロバよ、硬貨をひり出せ！》と言っちゃいかんぞ。」

「そんなこと、言うわけがありません。干し草をやるだけですよ。」

しかし老人が出て行くとすぐに、主人はおかみさんに言います。

「見てのとおり、あれはテーブルクロスの男だ。ロバの方は、まあ、魔法使いのロバだな。」

そう言うと、主人は実行します。

　ロバよ、硬貨をひり出せ！

ブルルルルッ！　と真新しく美しい硬貨が続けざまに小屋のなかに転がります。欲の深い主人とおかみさんは、目がくらみながら、勢いよく、金貨と銀貨を両手一杯につかんで集めます。それからロバを別の小屋に隠しに行きました。気の毒な老人がミサから戻ると、他のロバを引き渡します。

ソラマメの男はロバにまたがると、まるで王さまのように満足しながら、自分の家へと駆り立てました。

着くと、四十歩先から叫びます。

「おーい、妻よ、さあ、子どもたちよ、元気を出せ。今度はたっぷり金と銀を持って来たからな。」

妻と子どもたちがロバの方へ駆け寄ります。

「後ろへ、尻尾の下で受け取りなさい。」

みんなの準備ができると、貴族が叫びます。

　ロバよ、硬貨をひり出せ！

ブルルルルッ！　続けざまに尻から出たもので、みんなネバネバ、ベトベトになってしまいました。今度のは、なんたること！　金貨でも銀貨でもありませんでした。

「身上つぶし！　むだづかい！　遊び人！」と、妻がわめきます。「自分の妻と子どもたちを飢え死にさせ、さらに侮辱したわね！」

気の毒な男はまたソラマメを相手に、これまでと同じように三回唱えます。

　小枝から小枝へ
　上がれ、上がれ、小さなソラマメ！

するといつものようにソラマメが上がって行き、気の毒な男はまたまた神さまのドアまで来ます。

ドン！ドン！とたたきます。

聖ペテロが開けに来ます。

「また来たのかね？　さぞかしくたびれたろう……さあ、今度はなんの望みかね？」

「神の御名によって御慈悲を。」

「おい、ヨハネ」と、聖ペテロが申します。「またロバを盗まれてしまった。なにをあげられるかな？」

「聖クリストルの棒をやろう」と、聖ヨハネが言います。「ドアの後ろにあるぞ。」

そこで聖ペテロが言いました。

「ほら、間抜けな奴。棒があるぞ。だれかが難癖をつけて来たら、こう言えばいい。《棒よ、棒らしく殴れ！》」

「ありがとう」と老人は言い、ソラマメに向かって唱えます。

　　小枝から小枝へ

　縮め、ソラマメ！

再び、宿屋の村に下りました。

「ご主人、晩課に行っているあいだ、わしの棒を預けるぞ……ただし、こんなことは言わないでくれ。《棒よ、棒らしく殴れ》。」

「何度も言わないで」と、主人が言い返します。

それから相手が出て行くと、妻に言いました。

「あのふざけた老いぼれは、テーブルクロスと硬貨ひり出しの奴だ。あいつの棒にはまたなにかの御利益があるはずだ。少し試して見よう。《棒よ、棒らしく殴れ》アイタッ、痛い、痛い。」

棒が起き上がって、ブルン、ブルン、ゴツン、ゴツン！　こっちをたたいてはあっちを殴ります。

「アイタッ、俺の脚、俺の頭！」主人とおかみさんがわめきながら走り回ります。そして絶え間なく、棒は二人を殴ります。棒らしく！

さいわい、しばらくして老人が晩課から戻りました。すぐに小さな棒に命じてやめさせ、テーブルクロスと硬貨ひり出しを返すよう厳重に言い渡します。

棒よ、もう殴るな！

硬貨ひり出しもテーブルクロスも、全部返してもらいました。善良な貴族はとうとう願いがかない、裕福な有力者となって自分の城に帰り、子だくさんの家族を養い、自分の地所をすべて買い戻しただけでなく、他の不動産も大量に買い入れ、隣人たちを豪華な饗宴に招待しました。このわたしもその場に居合わせ、たらふく飲み食いして、それからここに来たわけでした。

（『プロヴァンス年鑑』一八七四年）

訳注

この話は『フランス民話集Ⅱ』所収の「二十四人の子どもを持つお父さん」（ドーフィネ地方）、「クルミのジャン」および「ローマのエンドウマメ」（ロレーヌ地方）の類話である。また、『フランス民話集Ⅲ』所収の「神さまのソラマメ」（ピカルディー地方）もこの説話群に入る。

正しい人

一

むかし、むかし、ある男が子どもを授かりました。そして名付け親として正しい人を望みました。しかしどこで見つかるのでしょうか？　探せ！　探しなさい！

聖ペテロに会いに行くと、聖ペテロが言いました。

「なにをそんなに懸命に探しているんだね？　君。」

「わたしの子どもの名付け親を探しているのです。」

「よかったら、わしがなってもいい。」

「でも、わたしは正しい人が望みです。」

「これ以上ぴったりした相手はいない」と、聖ペテロが言います。

「どなたですか？　あなたは。」

「聖ペテロじゃ。」

「聖ペテロだって？　鍵を持っているお人か？　あなたは正しくない。罪が少し多いか少ないかで、天国に送ったり地獄に送ったりする。わたしが望む人物ではない。さようなら！」

二

歩け！　歩きなさい！　そして探せ！　探しなさい！　神さまに出会いました。

「なにをそんなに懸命に探しているんだね？　君。」

「わたしの子どもの名付け親を探しているのです。」

「よかったら、お役に立てるぞ」と、神さまが言います。

「でも、わたしは正しい人が望みです。」

「これ以上ぴったりした相手はいない。」

「どなたですか？　あなたは。」

「神じゃ。」

「神さまなんですか！　ああ、いや、いや、あなたはわたしが求める名付け親ではない。」

「なんだって！　情けない罪人め。わしが正しくないと思うのか！」

「あなたが正しいですって？　神さま。あなたは金持ちを地上に送るかと思えば、貧乏人を地上に送る。賢明な人間をつくり、頭のおかしい人をつくる。五体満足な人間を創造するかと思えば、足の悪い人間も創造する。知識を与えるかと思えば、無知を与える。幸福だったり、不幸だったり……いや、あなたはわたしに必要な名付け親ではない。」

三

歩け！　歩きなさい！　そして探せ！　探しなさい！

死神に出会いました。

「なにをそんなに懸命に探しているんだね？　君。」

「わたしの子どもの名付け親を探しているのです。」

「よかったら、お役に立てるぞ」と、死神が言います。

「でも、わたしは正しい人が望みです。」

「これ以上ぴったりした相手はいない。」

「どなたですか？　あなたは。」

「わしは死神だ。」

「死神なんですか！　結構ですな！　ご立派な死神さん、あなたは正しい。あなたの前では、金持ちも貧乏人もいない。貴族も平民もいない。国王も臣下も、学者も愚か者も、若者も老人もいない。ブラヴォー、死神ばんざい。おお、正しい死神、わたしの子どもの名付け親になって下さい。」

四

そこで死神は聖なる泉に子どもを連れて行き、すばらしい洗礼式が行われました。さて食事をする段になって、レンズマメの料理が出ました。すると死神はピンの先でマメを食べます。そこで男が言いました。

「なぜですか？　ピンの先でマメを食べるとは。」

「わしは我慢強い人間でな」と、死神が答えます。「時間ならいくらでもある。若者やら元気者、幸せな人間は、わしを尊重せず、骸骨姿のわしを嘲笑する。しかしわしは墓穴で待っている。だれ一人逃れられない。」

食事が終わると、死神が男に言いました。

「おまえの息子を預かったからには、子どもへのお年玉として秘密を教えてやろう。よく聞け。だれか病気になって、そのベッドの枕もとにわしが立っていれば、おまえは患者が助かると確かに断言できる。しかしベッドの足もとでわしが鎌を持っているのを見たら、助からないと言える。」

まことに結構な情報です。男は医者になりました。患者に呼ばれ、その部屋に入って、骸骨がベッドの枕もとのあたりにいるのを見ると、すぐに水差しの水を少し薬として処方し、患者に言います。

「おびえないで、助かるよ。」

もし逆に、骸骨が鎌を手にベッドの足もとにいるのを見たら、すぐに首を振りながら両親に言います。

「これは重病だ。長くは持たない。急いで公証人と司祭を迎えに行きなさい。」

そして決して間違えなかったので、他のどの医者よりも信頼され、途方もないお金を稼ぎ、億万長者になりました。ときどき、死神が通りすがりに会いに来たりしました。すると裕福な医者は豪勢にもてなし、いつも言ったものです。「正しい人、バンザイ。」

五

しかし男は歳を取り、死神がある日言いました。

「わしはいつも会いに来るが。いつか少しは会いに来てくれるかね、わしの住居に？」

「いつでも、望むときに」と、男が言います。

「それではよかったら、わしと一緒に来てくれ、家を見せてやる。」

「よろしい。」

そこで二人そろって出かけます。歩け！　歩きなさい！　悪路ももともせずに。日が暮れる頃、ぞっとさせる山の麓に着き、暗く恐ろしい谷間を通って行きます。この谷間の奥深くに、洞窟が見つかりました。遠くからだと、点々と明かりが輝いています。

「ここだ、入りなさい」と、死神が言います。

男が入ると、大きな広間が見えます。ランプだらけで、暗闇のなかで、微妙に明るさの異なる光を投げかけています。この部屋を過ぎると、次から次へと別の部屋が無限に現われ、どれも照らされています。

「おお、神さま、光だらけだ！」と、目のくらんだ男が言います。

「あんた方の命のランプだよ」と、死神が言います。

「あのあふれるばかりの光は？」

「生まれた赤ん坊の光さ。」

「あの光はなんてきれいなんだろう！」

「男盛りの光さ。」

「そして、あそこの消えかかった光は？」

「臨終を迎えた人だよ。」

「ああ、自分のランプも少し見たいもんだ。」

「おいで、別の部屋に行こう、見られるよ。」

別の部屋に来ると、男が叫びました。

「ああ、きれいなオイル・ランプだなあ、よく照らし、よく光る。あれがわたしのだったらいいのに！」

「おまえの息子のだよ」と、死神が答えます。

「そしてあれは？　貧相なやつ。もうオイルが一滴しかない。ずいぶん弱々しくて、どうやら消えそうだ。」

「おまえのランプさ！」

「たはっ！　神さま！　そんなことがあっていいものか。財産ができて、少しは楽しめそうというのに！」

「おまえのだよ。友だちとして忠告するが、身辺を整理し、秘密をおまえの子どもに打ち明け、告解しなさい。寿命はもう三日しかないのだから。」

「おお、死神！　おお、善良な死神！　わたしのランプに少しオイルを、あの溢れんばかりのランプ、息子のランプから……」

しかし死神が答えます。

「だめだ。おまえの息子はわしの名付け子だ。それにもう忘れたのか、バカもん、名付け親として正しい人を望んだのだぞ。」

死神は言葉どおり、三日後に迎えに来ました。

（『プロヴァンス年鑑』一八七六年）

ポン・デュ・ガールの野ウサギ

ポン・デュ・ガールはとても高い場所にある三層のアーケードによって、この世で最もみごとな建造物に数えられています。しかし話によれば、悪魔が一晩で造ったのだそうです。そのいきさつはこうです。ガルドン川というのはおよそ油断のならない急流で、いつ頃からかはわかりませんが、浅瀬しか渡れなかったのでした。ある日、沿岸の住民は橋を造ることにします。しかしこの事業を請け負った石工の親方は完成できません。アーケードを川の上に渡すと、たちまち氾濫が起きて、橋が崩れてしまいました。一人きりで特に気の滅入る晩に、荒れ狂うガルドン川によって崩れた工事を岸辺から見ながら、絶望して叫びます。

「三度も試みたんだぞ、俺の人生は呪われている！　これなら悪魔に身売りしたっていいな。」

するとたちまち悪魔が目の前に現われました。「よかったら」と、悪魔が申します。「橋を造ってやってもいいぞ。保証するが、この世界が続くかぎり、ガルドン川によって流されはしない。」

「望むところだ。ところでそれと引き換えに？」

「いや、大したことじゃない。橋を最初に通りかかった者が俺の自由になる。」

「よろしい。」

そこで悪魔はたちまち鉤爪と角を振るって山から巨大な岩の塊をもぎとり、だれも見たことのない雄大な橋を造りました。しかし石工は妻に会いに行き、悪魔との契約について話します。

「橋は明日の夜明けにできあがる。しかしそれだけではない。だれか気の毒な人物が地獄堕ちしなければならない。だれだったらいいのかな？」

「バカね」と、妻が言います。「さきほど雌イヌが子ウサギを生きたまま捕らえたわ。このウサギを明日の夜明けに橋まで持って行き、橋で放せばいい。」

「もっともだ。」

そして子ウサギを手に取り、悪魔が橋を建造し終わったばかりの場所へ行き、お告げの鐘が朝の六時を告げようとして揺れ動き始めた頃合いに、ウサギを橋の上に放ちます。向こう側で待ちかまえていた悪魔はウサギを勢いよく袋のなかに投げこみます。しかしウサギだとわかると、激怒してつかみ、橋にたたきつけました。ちょうどそのとき、お告げの鐘が鳴り始めたので、悪魔はさんざん呪いの言葉をわめき散らしてから、深淵の底に沈んで行きます。その後もウサギは橋のところで姿が見えます。それで、「女が悪魔を欺いた」と言われるようになったのです。


（『プロヴァンス年鑑』一八七六年）

第二章　キリスト教

呼び子

一

むかし、むかし、パスカレという名で、継母のいる男の子がおりました。この継母はブタの世話に行かせ、食事としてはカビの生えた一切れの古いパンしか寄越しません。それでパスカレは朝から晩まで泣いていました。

ある日、泣きながら川沿いでブタの番をしていると、われらの主キリストが聖ヨハネと聖ペテロを伴って通りかかりました。三人が言います。

「かわいそうに、なんで泣いているの？」

「だれだって泣きますよ。継母に一年じゅうブタの世話をさせられ、一日の食事としてカビの生えた一切れのパンしか食べさせてもらえません。」

「向こう岸にわしらを渡してくれたら、なんでもほしいものをあげよう」と、神さまが言いました。

「喜んで」と、子どもが言います。

そこで、聖ヨハネを肩に乗せて運びます。聖ペテロも同じように渡します。最後に神さまの番になり、水のなかに入ろうとしますが……しかしかわいそうに、とても無理でした。

「くそっ！　一番小柄なのにやたら重いのね！　しばらくしたら渡してあげる。肩が痛むから……」

「元気を出して」と、われらの主が答えます。「わしが重いのも不思議ではない。なにしろ神なんだから、手のなかに地球を持っているのだよ。」

とにかく、みんな着きました。

「さて、ご褒美はなにがいいかな?」と神さま。

「継母にダンスさせたいんです。」

「そうか、ほら、パスカレ、呼び子だ。なくさないようにしなさい。」

そして神さまはきれいな小さな呼び子を与えます。それがひどく小さいので、望めば耳のなかに隠せるのです。

二

パスカレは日が暮れる頃に家に帰って来ます。道すがら、三人の狩人がイバラの茂みで獲物を探し回るのに出くわしました。

「呼び子にどんな効き目があるのか、少し見てみよう」と、豚飼いの少年が言います。

パスカレが呼び子を吹くと、たちまちブタが踊り出し、三人の狩人が激しく踊って、イバラで脚にひっかき傷をつけてしまいます。

次にパスカレは陶器屋に出会います。陶器を満載した荷車を定期市へ運んで行く途中でした。

「少し見てみよう」と、豚飼いの少年。

呼び子を鳴らすやいなや、陶器屋が踊り、荷車が踊り、陶器が踊り、皿や、鍋や、どんぶりや、水差しや、壺や、なにもかも割れて粉々になりました。

そして狩人たちは陶器屋とともに呼び子の少年に同行しながら、飛んだり跳ねたりさせられ、それがあまりにも激しいので少年を罵ります。

家に着きました。

「今晩は、母さん、晩飯を食べさせて。」

「ああ、食い意地の張ったガキ！　食べるしか能がないんだね！　いずれボンパ修道院の糧食を全部食べてしまうんだろう。修道院の奴らはいつも腹を空かせてる！……さて、ひもじいのなら、自分の手を食べなよ。」

「自分の手を食べろって？」と、パスカレがやり返します。「ああ、腹黒い継母め！　じゃあ、踊らせてやる！」

呼び子を口にくわえます。アイ！　アイ！　アイ！　継母が踊り始め、飛び上がっては四回足を打ち合わせ、まるで狂ったメンドリのようにいきりたって、頭は天井にまで届きます。

完全に屈服させると、豚飼いの少年は呼び子を耳にしまいます。そして老女は疲労で半ば死んだようになって床に転がりました。

少年の父親が現われます。すると継母が、

「こいつは子どもの魔法使いだ、一スーの値打ちもない子どもの怪物さ。さんざん踊らされたせいで、あたしは死ぬかもしれない。火あぶりにすべきだ！」

三人の狩人がやって来て、陶器屋も来ました。みんな火あぶりにすべきだと口々に言います。逮捕され、魔術を用いたと有罪になり、火刑台に連行されます。

三

広場には火あぶり用の薪が山と積まれ、不気味な感じです。火刑台の周囲には、なんたることか、見物客で黒山の人だかりです。陶器屋、三人の狩人、継母は、呼び子を警戒して、広場のニレの木に身体を縛りつけています。

さて死刑執行人が火をつけようとしたとき、かわいそうな少年が裁判官たちに叫びました。

「ああ、一つだけお願いがあります。もう一度呼び子を吹かせて下さい。」

同情した裁判官たちが許可します。

すぐさま、パスカレは耳から呼び子を取り出し、湿らせて試してから、急に力いっぱい吹きながら、リゴードン〔プロヴァンス地方の二拍子による活発な舞曲〕を開始します。

すると、裁判官、死刑執行人、警官、見物人、みんなが強烈なダンス熱にとりつかれ、踊り始めました。異常な、恐るべき、前代未聞の事態で、終わりそうにありません。継母、狩人たち、陶器屋は身体を木に縛りつけていましたが、まるで悪魔のように踊りまくって、ニレの樹皮で背中の皮を擦りむいてしまいました。とても耐えきれなくなり、みんながもうたくさんと叫んで、かわいそうなパスカレの赦免を求めます。やめることを条件に赦免が約束されました。

パスカレはやめ、赦免を獲得しました。


（『プロヴァンス年鑑』一八六五年）

小麦の穂

わたしたちがパンを食べているのは、イヌのおかげなのだそうです。その理由はこうです。むかしは小麦の穂は茎と同じ長さがありました。ということは、今のように、三十から四十粒でなく、てっぺんから地上まで粒が詰まっていました。そういうわけで、いつも豊作の状態でした。あげくの果てに、ある女など、不敬にも、子どもの尻をパンで拭いてやったものです。

神さまは、われらの祝別された食物が、このように泥を塗られるのを見て憤慨なさり、すぐさま小麦の結実を破壊しようとします。そしてみずからの手で、小麦を根元から引き抜き、穂の全体から粒をこき落とそうとなさったとき、聖ヨハネが止めました。

「お願いです。わたしのイヌのために、少し粒を残して下さい!」

そこで神は哀れに思い、現在のような小さな穂を残されたのです。

しかし、穂の下部には、いくつかの発育不全の粒がいつも見て取れます。これは神さまの指の跡なのです。

(『プロヴァンス年鑑』一八七二年)

ジャン・グロニョン

ジャン・グロニョン[*1]はある日、畑を耕していて汗まみれになり、さらに口から泡が出るほどになりました。絶望して罵る姿を神さまがご覧になります。

「おい、どうした、ジャン」と、われらの主が親しげに問いかけます。

「だれだい——神さまか！——腹を立てるのが気に食わんのですかい！　太陽に照りつけられて耕す、それも一日中、ハエを追い払うしか能のない二匹の獣が相手ですぜ！」

「ゆっくりやりすぎるのがいかんのだよ！　もっと急いでやりなさい。そうすればハエを追ったりしないはずだ。さあ、少しどきなさい。わしがやってあげるから。見ていなさい。」

それ以上は言わないで、われらの主は犁の柄を取り、雌のムレットに命令し、雄のルーバンを駆り立てます。するとこのカップルは飛び跳ね、まるで風のように突進します。土は掘り起こされ、砕かれて、あっというまに耕されました。

「いやはやすごいもんだ」と、ジャンが叫びます。「牛飼いの名人だと名乗れますな。遠い将来まで、賭けの相手になれる者はいませんぜ。しかし、あなた、それだけでは不足だ。種子が必要ですな。今の小麦の値段でだれが買えるもんですか？　小規模農家はほとんど金を貸してもらえないし、一握りの質の悪い種子しか残っていない。」

「そうあっさり落胆しちゃいかんよ。神の摂理は偉大じゃ。天にましますお方がおそらく送って下さる。」

「送って下さる、というのかね？　あなたもお伽話ばかり聞かせて下さるのかね？」

返事をしないで、全能の主は片手を空に伸ばします。するとアルルの美しい小麦が、きれいにならされた畑にまんべんなく降ってきました。

「これは大したもんだ」と、ジャン・グロニョンが申します。「しかし水浸し、霜枯れ、干ばつなんぞをだれが払いのけてくれるのかね？　それに雨は？　だれが降らせてくれる？　また日光は？　だれが保証してくれる？　そんなわけで、悪魔に身売りするほかないのさ。」

「さあ、不平屋」と、神さまが言いました。「ヒョウタンを二つあげる。一本には雨がたっぷり入っていて、もう一本は日光だ。上手に使えよ。」

ジャン・グロニョンはヒョウタンを受け取りますが、お礼も言いません。しかし話をはしょれば、コツを弁えていたので、実に適切に雨と日光を使い分け、みごとな作柄になりました。

小麦が成熟した頃、神さまがまた立ち寄ると、ジャンは畑を見つめていました。

「さて、ジャンよ、今度は満足したかい？　小麦の出来はみごとなようだな。穂はたわわ、茎もまっすぐで強い。豊作になるのはまちがいない。」

「ああ、言わないで」と、ジャンが愚痴ります。「もしミストラル〔北風〕が吹き荒れて、穀粒の半分をまき散らしたら？」

「それでは」と、主が言います。「ぶん殴られるまで、文句を言い続ける気か？　鎌を取りに行け、信仰心のない奴め。穀粒が穂を押し開いているのが見えんのか？」

そして神さまは穂を一本摘み、両手でもむと、たわわに実った金色の穀粒が乾いた音を立てます。しかし豊作に満足したジャン・グロニョンが、最後に神さまの足もとにひれ伏したとお考えですかね？　いや、とんでもない！　ジャン・グロニョンはたえず文句をつけ、小麦が実ってもなんの役にも立たないとこぼしています。

（『プロヴァンス年鑑』一八七五年）

訳注

＊1　グロニョンには「不平ばかり並べる人」の意味がある。

宿屋の腹黒い主人

よく知られているように、神さまは聖ペテロと聖ヨハネを連れて地上を視察し、悪者を罰し、善人にご褒美を与えたものです。ある日のこと、われらの主が二人の福者とともにこの世で移動していましたが、食事のために一軒の宿屋に入りました。食べ終わると、神さまが聖ヨハネに言います。

「払ってくれ、ヨハネ。」

「一スーもありません」と聖ヨハネ。

すると神さまは聖ペテロの方を向いて言います。

「払ってくれ、ペテロ。」

「一スーもありません」と聖ペテロ。

そこで神さまはポケットに手を突っこんで、ルイ金貨がいっぱい詰まった財布を取り出します。主人に一ルイ渡し、立ち上がって出て行きました。

しかし三人が外に出るが早いか、主人はおかみさんに言います。

「あの財布を見たか？　なんという財布だ！　ルイ金貨ばかり！　ルイ金貨だぞ！　あれを頂戴したらどうだい？」

「神さまが見ているよ、しょうのない人ね！」

「バカモン、俺にまかせろ。あのぴかぴかの金が俺の血をたぎらせる。財産ができるんだぞ……あいつらを捕まえよう。」

そこでこのろくでなしは近道を通って待ち伏せし、神さまが連れとともに現われると、ナイフを手に飛びかかって叫びます。「止まれ！　財布か命か！」

しかし口を開いたかと思うと、神さまはその強力な御手で主人に触り、ロバに変えてしまいます。たちまち主人は赤いロバ、毛深い太ったロバ、耳が長く、荷鞍と手綱をつけたロバに変身したのでした。

「ハイドー！」と、神さまがけしかけます。

ロバは前を走り、三人はくたびれると、一人ずつその背中に乗ったものです。

道すがら、しばらくすると、気の毒な粉屋に出くわしました。背中に小麦粉の袋をかつぎ、拳を腰に当てながら大粒の汗を流しています。われらの主が言いました。

「おや、気の毒なお人、そんな風に袋をかつげば、へとへとになるだろうが！　動物を買えないのかな？」

「確かに、おっしゃるとおりですがね。でも金がないんだから、どうしようもない。」

神さまが言います。

「このロバを貸してやろうか？」

粉屋は袋を置き、小型のロバを見て言いました。

「いいですな。あまり高値でなければね。ロバにしちゃあ、少し貧相ですからな。」

そこでわれらの主が言います。

「七年間貸してやろう。毎日、一スーずつ財布に入れ、それから七年後に、なかに溜まったものを支払う。」

「へえ、まことにごもっともな提案ですなあ。」

「ところで、一つだけ言っておこう」と、神さまが付け加えます。「このロバはなにも食べない。空気を摂取するだけだ。鳴いたりしたときには、棍棒でうんと背中を打ちすえるんだ！　元気を出させるのに、ほかの餌は必要ない。」

「わかりましたよ、おまえさん」と、粉屋が答えました。そしてすぐにあごひげから毛を数本引き抜くと、空中に投げ上げ、叫びます。

契約だ！

契約だ！

解約には百エキュ！

そしてロバを水車小屋まで連れて行きます。

ああ、かわいそうなロバ！　たっぷり棍棒で殴られました。七年ものあいだ、ひもじくて鳴けば、粉屋は四角い棍棒を取って、猛烈にぶん殴るのでした！

七年がようやく過ぎると、神さまが水車小屋に立ち寄りました。

「わしのロバをもらい受けに来た。合意した賃料もな。」

「ごもっともで」と、粉屋が答えます。

粉屋は大もうけしていました。空気を糧に、悪魔のように働くロバがいるのですから！　七年間、一スーずつたまった額を即金で支払います。われらの主は金を受け取り、ロバの手綱をつかみ、聖ヨハネと聖ペテロを連れて、以前三人で夕食を食べた宿屋へまっすぐ向かいました。

「こんにちは、おかみさん。もうおそらくわしらのことは覚えていないかな？　七年前に立ち寄った……思い出せないかな？……とりわけ、宿を出てから、十字路で呼び止められた。」

「ああ、あなたがたですか！」と、女主人が叫びます。「お帰りなさい。しかしうちで夕食を召し上がった日から──七年前のはず──不幸続きでしたよ。客が全然来ないし、夫は姿を消すし……」

「ご主人は戸口にいるよ」と神さま。

女主人が出て行って、夫の腕のなかに飛びこみました。われらの主が元の姿に戻してやっていたのです。神さまが前に進み出て、宿の主に言います。

「さて、役に立つかね？　わしの教訓は。まっとうな人間になれるかな？」

「おお、神さま」と、主人はひざまずきながら叫びました。「お許し下さい！　お許し下さい！」

「ほら、この財布だ」と、神さまが言います。「なかに、七年の贖罪で稼いだ金が入っている。有効に使いなさい。お金のむだづかいを防ぐには、盗むのではなく稼がねば。」

そしてたちまち、神さまと聖ペテロ、聖ヨハネは姿を消しました。


（『プロヴァンス年鑑』一八七六年）

のこぎり

聖ヨセフの時代にはまだのこぎりは知られていませんでした。大工が利用したのは、斧とナイフと鑿《のみ》だけでした。

ある日のこと、聖ヨセフが店を出ると、そこらをうろついていた悪魔が、引っかき回して困らせてやろうとなかに入りこみました。さてこの醜悪きわまる生き物は、聖ヨセフが木材を磨くために用いた二本のナイフに気づきます。

このとんでもない悪党はナイフを手に取り、さあやるぞ！　パン！　パン！　刃と刃を打ち合わせて、刃こぼれをこしらえました。このおみごとな作業を終えると、扉の後ろに隠れ、老大工が戻って来て腹を立てたら、あざ笑ってやろうと待ちかまえます。

聖ヨセフが戻り、ナイフが刃こぼれだらけなのを見て取ります。

「だれがやりやがった?」と言います。

それから、「いや、名案が浮かんだぞ！」

ナイフの一本を手に取り、一切れの木材に横に当て、ゴシ！　ゴシ！……　のこぎりが発明されました。聖人は神さまに感謝し、角をはやした不届き者は、穴の開いた籠のように間抜けなありさまで、尻尾を脚のあいだにしまいこんで、地獄に逃げ帰りました。

（『プロヴァンス年鑑』一八七八年）

第三章　動　物

オオカミの熱病

むかし、むかし、ヴァントゥ山に、食べ過ぎで体調が悪くなったオオカミがおりました。それでカルパントラの町まで下りて、すぐれた医者の診断を受けることにします。

「こんにちは、お医者さん。」

「こんにちは、オオカミさん。」

「しばらく前から少し気分が悪く、診ていただきたい。当然お支払いします。」

「少し舌を見せて……」

オオカミが舌を出すと、医者は調べてから、「オオカミ、どこが悪いか、わかるかね？　大食い熱じゃよ。食べ過ぎる病気になったのさ。改めないと、パンクするよ。」

「ではどうすればいいんですかね？　お医者さん。食べ過ぎがわかるようにするには？」

「オオカミくん、食事制限じゃな。」

「どれぐらいですかね？　お医者さん。」

「日に三キロ半の肉だ。」

オオカミは医者に礼を言い、診察費として四スーから一ドゥニエ差し引いた額を渡します。そしてヴァントゥ山に戻ると、モンモワロンの鍛冶屋へ行って、決められた三キロ半の肉を毎日量るための天秤を注文しました。

天秤ができあがると、受け取りに行き、連日狩りに持参し、刻み目に爪をかけて肉を量り、医者の命令に背かないように気をつけます。

きちんと実行したので、一週間も経たないうちにまた元気はつらつになり、カルパントラの医者に診察代として渡した四スーから一ドゥニエ差し引いた

額を惜しいとは思いませんでした。

しばらくしてサン゠クレールの祝日が来ました。その日はアプトで定期市が開かれる日です。オオカミは一般にボヘミアンと同じで、定期市から定期市へとまわります。われらのオオカミは抜け目がなく、どんなボヘミアンよりもよく事情を心得ており、ラバ引きがたどる道や、彼らがアプトの定期市へ行く途中立ち寄る食堂を知っていました。

突然、オオカミは、子ウマやウマやラバの群れが、野原で牧草を食べているのに気づきます。引率者たちは街道の食堂で食事していたのです。

オオカミは稲妻のようにすばやく、群れから少し離れた雌ウマと子ウマに飛びかかります。しかしあいにく、天秤を置き忘れていました。

「フン！　目分量で行こう。雌ウマが二キロ、子ウマは一キロ半。それで三キロ半になる……」

言うが早いか、二頭を絞め殺し、骨までしゃぶりました。しかしその晩、パンクしてしまったのです。


（『プロヴァンス年鑑』一八七二年。）

カンムリヒバリ

一

ある日のこと、カンムリヒバリとキツネが知り合い、親友になりました。

「おいで」と、カンムリヒバリが言います。「わたしの巣を見せてあげる。きれいな巣だよ。野生のニンジンの茂みに隠してある。なかに卵が五つ。」

「見たいな」とキツネ。

そしてともに巣を見に行きます。

「おお、かわいい巣だ！　おお、きれいな巣！　おお、かわいい卵だ！　おお、きれいな卵！」

そうして別れます。しかし晩になり、カンムリヒバリが卵を温めに戻ると、美しい卵は食べられていました。

カンムリヒバリは悲しみに沈みます。

「おお、こんなことをするのはキツネしかいない。わたしの巣のありかを知るのはあいつだけだもの。」

そこで一飛びで、キツネのもとに駆けつけます。

「ああ、キツネの悪党め、わたしの卵を食べたな！」

「いや違う、俺じゃない！」

「いやおまえだ、悪党め、おまえしかいない！」

「カンムリヒバリさんよ、俺じゃないと断言するぜ。」

「おや、おまえじゃないと誓うか？」

「うん、《死んだイヌの頭にかけて》誓うよ。」

二

カンムリヒバリが飛び立って、農家のイヌに会いに行きました。相手は藁の上でうたた寝をしています。

「やあ、イヌ君よ。お願いがあるんだけど。お礼はたっぷりはずむよ。」

「お安い御用だ。なにをすればいいんだね？」

「身を隠して、この古い藁積みの下にもぐってくれないか。キツネがもうすぐやって来て、《誓うよ、カンムリヒバリ、イヌの頭にかけて》と言ったら、飛びかかって絞め殺しておくれ。」

「やるよ、こいつは驚きだけどな。」

カンムリヒバリは立ち去って、キツネに会いに行きます。

「あの古い藁積みの下に、死んだイヌが埋められている。おいで、誓いをまだ守るのか確かめたい。」

「ああ、行くよ、すぐに」と、ずる賢いキツネが答えます。

そこでキツネとカンムリヒバリは、藁積みの上にやって来ました。カンムリヒバリが尋ねます。

「本当のことを言ってくれ。わたしの卵を食べたのはあんただろ？」

「違うよ、カンムリヒバリ、死んだイヌの頭にかけて誓う！」

「それっ」イヌが藁から出てきて、嘘つき野郎に飛びかかり、首に噛みついて殺しました。

三

「さてイヌ君よ、礼をすると約束したからには、たらふく食べさせ、たっぷり飲ませ、それにさんざん笑わせてあげる。」

「結構なことさね。」

向こうの道に女がいて、昼食を入れた籠を夫に届けに行くところです。そこでカンムリヒバリは彼女の前、ほんの数歩のところまで飛んで止まりました。

「おや、きれいなカンムリヒバリだこと」と、女が独り言を言います。「人になついているらしい。

捕まえてやろう。」

そう言うと籠を置き、捕まえにかかりますが、すーっ、トリは少し先へ飛び、女が手に入れたがっても、カンムリヒバリは、そっと、そっと、前へ進みます……もううんざり、そのあいだにイヌは籠を見つけ、ご馳走にありつきました。

「たらふく食べさせてあげたから、イヌ君よ、今度はたっぷり飲ませてあげる。」

一人の男がロバを連れて通りかかりました。このロバにオイルを入れた樽を載せ、売り物にするのです。カンムリヒバリが飛び立って、ロバの耳にとまります。怖くなったロバは後ろ脚で立ち上がり、樽を全部ひっくり返して、オイルを空にしてしまいます。イヌ君がやってきて、好きなだけ飲みました。

「たっぷり飲ませてあげたから」と、次にカンムリヒバリが言います。「今度は思う存分笑わせてあげなきゃね。」

それっと、カンムリヒバリはイヌをミサが執り行われる場所へ案内します。

そこでトリはなにをしたのでしょう?

さっと飛んで、じかに司祭の頭のてっぺんに止まります。司祭は追い払おうと手を伸ばします。カンムリヒバリは飛び立ち、また頭の上に止まりました。それが何度も繰り返されて、みんなどっと笑い、イヌ君も大笑いしたものです。

（『プロヴァンス年鑑』一八七五年）

ニワトリのとさか

ニワトリのとさかはなぜギザギザになっているのか。なんでも知っているムーシュ先生が、次のように教えてくれました。受難の前日、われらの主イエス＝キリストが聖ペテロに言いました。

「ニワトリが鳴く前に、おまえはわたしを三度否認するだろう。」

「たとえ死のうとも、否認したりしません！」

ところが知られているように、カヤパ〔エルサレムの大祭司。キリストをローマ総督ピラトに引き渡した〕のもとまで主に付き従ったペテロは、大祭司の召使いたちの前で三度否認します。すぐにニワトリが三度鳴きました。

すると、ペテロは部屋を出て、ニワトリに駆け寄り――嘘をつかせたのですから――とさか（当時はまるかった）をつかんで、腹立ちまぎれに引き抜いたのです。それ以来、ニワトリのとさかはギザギザになってしまいました。

（『プロヴァンス年鑑』一八七二年）

第四章　笑い話

上着

モンフランの実直な男が闇夜にボーケールからロバを連れて戻る途中です。ロバに積んだ箒を、モンフラン製のみごとな箒を、ボーケールの定期市で売ってきたばかりです。暑苦しい夜で、くつろごうとして、上着を脱ぎ、数歩前を歩く小型のロバの荷鞍に投げかけて置きました。

するとと突然、上着が落ちます。モンフランの男は足を引っかけ、何事かと屈みこみます。

「おや、上着だ。それも上等の、真新しい上着じゃないか！　だれかが定期市から戻るときに落としたんだな……けっこうだ、よし、神さまが下された！　日曜の晴れ着にしよう。」

それっと、ロバの荷鞍に置きます。そして箒の売上高を頭のなかで計算しながら、後ろを歩いて行きます。

おそらく三十分もたった頃、パシャ！　ロバの歩みがまた上着を滑り落としました。モンフランの男が再び足を引っかけ、上着を拾いながら言います。

「またか、しつこいな！　また別の上着だ。不良どもが喧嘩をしてなくしたんだ。どうでもいいか、神さまが下された！　上の子にあげよう。」

それっと、またロバの荷鞍に投げかけます。そして再び箒の売上高を頭のなかで計算しながら、後ろを歩いて行きます。

百歩も行かないうちに、上着がまた地面に落ちました。

「なんてこった！」と、モンフランの男は拾い上げながら叫びます。「また上着なのか？……こんなことをモンフランで言ったら、バカにされるだろうな……上着の販売業者が定期市に行く途中で、ばらまいてしまったのだろう。よし、少し大きいけれど、下の子にやろう。」

それっと、またロバの背に投げます。そして再び後ろを歩き、また頭のなかで箒の売上高を計算します。

「十一ダースか、一つ十五スーで……箒一本が十五スー……だから十フランと……九フランと……また……いや、間違えた。十一ダース。」

ところが、おやおや、また足を引っかけます。

「なんてこった！　また別の上着か？　業者はまだ上着を持ってやがったのか？　さて気づいたけ

ど、それぞれポケットがついていて、ハンカチが入っている。ふん、これは一番下の子用だ。」

さらに独り言を続けます。

「十一ダースだと、九フランと、二十フランと、また……おや、間違えたか！……十三本目を割り引くのを忘れたぞ。それに柄のないのが三本、残りは……」

上着がまた滑り落ち、それにつまずいて、ドスン！　頭から転んでしまいます。

「角をはやした悪魔め、上着を持って行け！　俺は四着拾った。自分のを加えれば五着だ。もういらん！　モンフランに着いても、まだ計算が終わらないぞ……」

悔しまぎれに、その上着を水が流れる溝に投げ込みます。

モンフランに着いて、自宅の入口に来ると、妻に向かって叫びました。

「マルトン、ランプを持って来てくれ。見つけたものを見せてやる！」

マルトンがランプを持って来ました。

モンフランの男は荷鞍の上に上着がないのを見て、自分の愚かさに気づきますが、遅すぎたのでした。

自殺したくなるほどでした。

（『プロヴァンス年鑑』一八六〇年）

ヒヨコマメ

むかし、むかし、ジャノと呼ばれる若者がおりました。ある朝、ジャノが母親に言います。

「母さん、ヒヨコマメを下さい。」

「どうしようというのだね、おまえ?」

「金持ちになるためさ。」

「へえ、おめでたい子だね!」

「母さん、おめでたくなんかないよ! ヒヨコマメをちょうだい。このヒヨコマメで金持ちになってみせるから。」

「じゃあ、一つあげる。」

ジャノがヒヨコマメを持って出発します。日が暮れかかる頃、一軒の農家にやって来ます。

「今晩は、みなさん、一晩の宿を、ぼくとぼくのヒヨコマメにお願いしたいのですが。」

「もちろん、いいさ」と、主人が答えます。「あんたは干し草小屋に、ヒヨコマメはあんたのポケットで寝ればいい。」

「ああ、いや、よかったら、ぼくのヒヨコマメはニワトリと一緒に寝させて下さい。」

「ニワトリとともに寝るがいい。」

ヒヨコマメは鶏小屋へ運ばれ、若者は干し草小屋へ寝に行きます。

翌朝、ジャノが起き上がり、ヒヨコマメを取りに鶏小屋へ行きます。しかし、ヒヨコマメよ、さらば！　もう見つかりません。ジャノは主人に会いに行きます。

「ニワトリたちがぼくのヒヨコマメを食べてしまった。一番立派なニワトリを下さい。さもないと家に火をつけるよ。」

「あくどい私生児め！　あくどい卑怯者め！」

「私生児なんかじゃない。ぼくの望みは言ったよ。よこしなさい、でないと大変なことになるよ。」

農家の主人はおびえて、ニワトリをくれてやります。

ジャノはみごとなニワトリをたずさえて出発します。日が暮れかかる頃、一軒の農家にやって来ます。

「今晩は、みなさん、一晩の宿を、ぼくとぼくのニワトリにお願いしたいのですが。」

「もちろん、いいさ」と、主人が答えます。「あんたは馬小屋に、ニワトリはうちのニワトリと一緒に寝なさい。」

「ああ、いや、よかったら、ぼくのニワトリはブタと一緒に寝させて下さい。」

「ブタとともに寝るがいい。」

ニワトリは豚小屋に運ばれ、若者は馬小屋へ寝に行きます。

翌朝、ジャノが起き上がり、ニワトリを取りに豚小屋へ行きます。しかし、ニワトリはいません！

ジャノは主人に会いに行きます。

「ブタたちがぼくのニワトリを食べてしまった。一番立派なブタを下さい。さもないと、あなたがたに毒を盛るよ！」

「あくどい卑怯者め！　あくどい物もらいめ！」

「卑怯者なんかじゃない！　ぼくの望みは言ったよ。よこしなさい、でないと大変なことになるよ！」

主人はおびえて、ブタをくれてやります。

ジャノはブタをたずさえて出発します。日が暮れかかる頃、一軒の農家にやって来ます。

「今晩は、みなさん、一晩の宿を、ぼくとぼくのブタにお願いしたいのですが。」

「もちろん、いいさ」と、主人が答えます。「あんたは農場の召使いたちと、ブタはわしらのブタと一緒に寝なさい。」

「ああ、いや、よかったら、ぼくのブタはウシと一緒に寝させて下さい。」

「ウシとともに寝るがいい。」

ブタは牛小屋へ連れて行かれ、若者は農場の召使いたちとともに寝に行きます。

翌朝、ジャノが起き上がり、ブタを取りに牛小屋へ行きます。ウシたちは頭突きをして、ブタを殺してしまっていました。ジャノは主人に会いに行きます。

「ウシたちがぼくのブタを角で突いて殺した。ご主人、一番立派なウシを下さい。さもないと、ウシたちに呪いをかけるから、全部死んでしまうよ。」

「あくどい物もらいめ！　あくどいゲスめ！」

「物もらいなんかじゃない！　ぼくの望みは言ったよ。でないと、大変なことになるよ！」

牛飼いはおびえて、ウシをくれてやります。

ジャノはウシを連れて出発します。葬儀人夫と出くわします。亡くなった女性を埋葬しに行くところでした。

「おい、その死人をウシと交換してくれないか？」

「とんでもない罪作り！」と、人夫が答えます。「こういう事柄を茶化しちゃいかんよ！」

「茶化してはいない！　交換するのかしないのか。」

「交換しよう！」

ジャノはすぐに死体を背中にかつぎます。歩け、歩け、また歩け！　お城に着きました。背後には水路が囲むようにあって、満面に水をたたえています。ジャノはどんな行動に出るのでしょうか?　死体を水辺でしゃがみこませ、片手にハンカチ、もう一方に洗濯ベラを置き、膝をつかせます。いかにも洗濯中の女性の格好です。それを済ませると、城へ行きます。

「こんにちは、庭師はまにあってますか?」

「いや、必要だ」と主人。

「ぼくと妻を雇って下さるなら、お役に立てます。」

話がついて、主人は二人とも雇います。おやつの時間になって、若者は仕事をやめ、食堂にやって来てテーブルにつきます。

「しかし奥さんは?」と、主人が言います。「どこにいるんだね?」

「ああ、忘れていました。裏の方、水路で衣類を洗っています。」

「裏の方なの」と、城の令嬢が言います。「呼んで来ます。おなかを空かしているはずですもの。」

「呼んでいらっしゃい。」

令嬢が一走りして水路に行き、洗濯中の女性を見ると、

「洗濯中のお方!　おやつを食べに来ません?」

反応なし。令嬢がジャノのところへ戻って、

「奥さんを呼んだけど、返事がないのよ。」

「ああ、そうだった」と、ジャノが叫びます。「耳が聞こえないのを言い忘れました。お嬢さん、明日まで呼び続けることになりますよ。まるで犁のように耳が聞こえない。聞いてもらおうというのなら、ためらわずに肩をたたいて下さい。」

令嬢は洗濯場に戻り、死人の肩にさわります。すると、ばたん！　死んだ女性は真っ逆さまに水のなかに落ちてしまいました。

「大変、大変！　助けて、ジャノ！　ジャノ！　早く来て。奥さんが溺れる！」

ジャノがやって来て、頭を抱えます。

「ああ、なんて人だ、妻を溺れさせましたね。ぼくはどうなる？　どう言えばいい？　どうすればいいんだろう？　ぼくは破滅だ！」

主人がやって来て、その奥方がやって来て、みんなが集まります。

「ご主人」と、ジャノが叫びます。「ご息女をぼくに下さい。さもないと、警察に訴えますよ。妻は溺死させられたのですから。」

主人はおびえて、急いで令嬢をジャノと結婚させます。そして結婚式に出席してもらうために、ジャノが母親を迎えに行って申します。

「言ったでしょうが、母さん……ヒヨコマメで金持ちになったよ。」

（『プロヴァンス年鑑』一八六一年）

耳

モニユの司祭には変わった癖がありました。お客を呼んで食事をするときには、台所にかかりきりになります。台所というのは適当ではなく、料理の準備というべきでしょう。包丁を研ぎ、焼き串に肉を刺すといったことをやるのです。プチブルでこういう習慣のある人は結構います。

ある日、サン＝ジャンの修道士を夕食に招きました。

「マリアンヌ」と、女中に言います。「今日、パンタレオン修道士が夕食に来る。なにか加えてポトフをこしらえてくれないか。それからこの二羽のヤマシギをローストしてほしい。チュレットの従兄、パスカル・エスコフィエが先日送ってくれた。」

「それで足りますわ。」

マリアンヌが台所に入り、鍋を自在鉤に吊し、ポトフを入れ、従兄のチュレットがくれた獲物をローストします。ところが、焼き串を回転させていると、ヤマシギが一切れ、受け皿に落ちました。マリアンヌが味見してみて、悪くないので、指をなめながら考えます。

「これだと、もう見かけがよくないわね。食べてしまおう!」

そこで、おいしく平らげます。しかし食べれば食欲は増進します。したり顔でもう一羽を見つめながら言います。

「かわいそうなヤマシギ、二羽ならいいんだけど。このままじゃあ、人前に出せないわね……」

むろん、そう言ったからには、噛んで!、食べて! 一口でぺろり。女中にまかせなさい!

そういうことになりました。パンタレオン修道士がやって来ます。

「こんにちは、マリアンヌさん。」

「パンタレオン修道士さん、こんにちは。」

「まだミサを終えていないんですか? 司祭さんは。」

「まだですよ、でもお座りなさい、もうすぐ帰りますから……」

「夕飯のお誘いを受けましてな。聞いているはずだが。」

「ああ、聞こえすぎるほど聞こえましたよ」と、マリアンヌが同情した様子で言います。「お気の毒に! お気の毒に! 両の耳を持て余しておいでで?」

「両耳がなんですって?」

「じゃあ、ご存知ないのですかね? 司祭さまはデザートに耳を食べるんです。信じられないのなら、ご覧なさい。余ったときは、あの上に吊しておくんですよ。」

そこで、マリアンヌは天井に干してある一連のキノコを見せます。

「そんなことがあっていいものか、おお、マリアさま」と、サン＝ジャンの修道士が青ざめて言います。

「あっていいもなにも、司祭館に入ると――今にわかりますよ――入るとすぐ、二本の包丁を手に取り、二つをこすり合わせ、耳を切り落とすのです。だれかれかまわず……病気なんですよ。食べずにはいられない。」

そこへモニユの司祭が入って来ました。

「ああ、おいででしたか、パンタレオンさん……マリアンヌ、包丁を渡してくれ。」

気の毒な修道士は包丁と聞いて逃げ出します。しかし司祭の方は女中に言いました。

「ヤマシギはどこにある？　焼き串にかけなくては。」

マリアンヌが答えます。

「修道士が持って行ったのを見ませんでした？」

「冗談を言うんじゃない、頭が変になったか！」

すぐに司祭は包丁を手にしながら戸口から出て、走り去る修道士を見かけると叫びます。

「パンタレオンさん！　パンタレオンさん！　せめて一つだけでも！」

しかし走りながらパンタレオン修道士が言い返します。

「どちらもダメ！」

（『プロヴァンス年鑑』一八六六年）

ジョルジュ・バネ

むかし、むかし、ジョルジュ・バネという愚か者がおりました。母親が針を購入しに行かせます。ジョルジュ・バネは針を買いに行き、買うと、手に持ったまま、元の小さな農家へと戻ります。しかし藁積み場の近くを通りかかると、ひもに絡まったスズメを見かけました。

「おお、きれいなスズメだ。つかまえなきゃ。」

そして針が邪魔なので、藁のなかに刺します。次に鳥を捕まえると、針を探そうとします。探しても、探しても、見つかりません。

「母さんに叱られるぞ。ああ、中途半端じゃだめだ。どうしても見つけなきゃ！」

そこで愚か者はどうしたのでしょう？　藁積み場に火をつけ、灰のなかから針を見つけ出そうとします。しかし見つかったでしょうか？

「ああ、とんまめ！」と、母親が叫びます。「たった二本の針を見つけ出すために、藁積み場を燃やすとはね！　袖に刺しておけばよいのに……ほら、太っちょの間抜け、スキの刃を研いでもらっておいで。」

ジョルジュ・バネは蹄鉄工の店へ行き、刃を研いでもらうと、次にどうしたでしょうか？　袖に刃を刺したのです。どれほど破けたか、ご想像におまかせします。

「ああ、バカもん！」と、母親が叫びました。「刃を刺したりして、立派な上着を破くとは！　肩にかつげなかったのかい？　お行き、デブの間抜け、休閑地にいるブタを連れて帰りなさい。」

ジョルジュ・バネはブタを探しに行きます。そこで母親の叱責を思い出して、肩にかつぎ、その脚が前後に別れます。しかしブタは――クソッタレ――道すがら、片方の耳を食べてしまいます。

「ああ、とことん、間抜けだねえ」と、母親が叫びます。「ブタに耳を食われるなんて！　引っ張ればよかったのに！　それじゃあ、なにもきちんとできないのね？　肥ったロバ、お隣りへ行って、おかみさんから石鹸用の原液をこしらえる桶を借りといで。」

ジョルジュ・バネはおかみさんの家に駆けつけ、桶を手にすると、ロープをつなぎ、戻りしなずっと桶を引きずりました。デコボコだらけになったのは言うまでもありません。

「ああ、このトンマ！」と、母親が叫びます。「おまえ以上のバカはいないね！　もう全然信用できない。気がおかしくなりそうだよ……悪魔にさらわれてしまえ！」

しかし買い物をしなければならないのに、夜もふけてきました。母親が言います。

「ジョルジュ・バネ、胡椒を一パタック〔プロヴァンス地方の古い小銭〕買いに行くわよ。おまえは原液の番をしなさい。水がなくなったら足すんだよ。」

「わかったよ！　母さん。」

さてジョルジュが原液を濾しにかかります。濾しながら、また火をかき立てながら、沸騰した熱湯を振りかけていると、ジョルジュ・バネはのどの渇きを覚えました。それで水差しをとって、ブドウ酒を樽から取り出しに行きます。しかし、なんたることか！――貯蔵室にいると、桶から湯があふれる音がします。急いで行け！　湯を減らすために駆けつけます。ところが――バカもん！――樽の栓は開けたままでした！　貯蔵室に戻ったら、樽は空になっていました。

「ああ、困った、今度は母さんに殴られるぞ！　いちばん簡単なのは失敗を隠すことさ。」

さっそく実行に移し、小麦粉の袋を取ると、ブドウ酒の海に粉をまき散らします。

しかし卵を抱えた親鶏が、クークー！　クークー！　鳴いています。

「ああ、このおしゃべりめ！」と、ジョルジュ・バネが言います。「母さんに告げ口する気か？　おまえの舌をこうしてくれる！」

それっ！　手当たり次第にナタ鎌を投げつけ、メンドリの首を切り落としてしまいました。

「ヤレ、ヤレ。さてだれが卵を抱くんだ？　やれることは一つだけ。俺が上に乗るのさ。」

そこでジョルジュ・バネ君は卵の上にしゃがみこみます。

母親がやっと帰って来ました。

「ジョルジュ、ジョルジュ、どこにいるの？」

「ここだよ、卵を温めているよ……」

「なんでまた温めるのさ？」

「えーっと、母さん、メンドリを殺したのでね……」

「メンドリを殺した？　なんで殺したのさ？」

「告げ口しそうだったから、小麦粉を無駄使いしたってね。」

「小麦粉を無駄使いした！　化け物め！　なんで無駄使いしたの？」

「母さん、ブドウ酒の海をごまかすためにさ。樽を空にしちまったので……」

「樽を空にしたって？　ああ、どこかの悪魔の私生児め！　強盗！　裏切り者！　脱走徒刑囚！　神さま。なんてこった！　完全に破産だよ！　泣くための目しか残っていない！　頭陀袋を持って、家から家へとパンの物もらいするしか方法がない！　卑怯者！」

そう言うと、逆上した母親は外に出て、頭を両手で抱えながら野原を横切ります。ジョルジュ・バネも頭を垂れながら後をついて行きます。もう夜になっていて、ほとんどなにも見えません。

「せめて扉を引いて閉めなさい、ろくでなし！」

そこでジョルジュは戻って、扉をちょうつがいから引っぺがし、肩に担いで、母親の後を走って追いかけます。

「しかし、聖マリアさま！」と、振り向いた母親が言います。「扉をもぎとったのかい！」

「そうしろと言ったから……」

「ああ、しょうもない子め、鬼にでも食われてしまえ！」

そして、歩いて、歩いて、二人がおそらく一時間も歩いた頃に、前の方で男たちの話し声が聞こえました。

「ジョルジュ」と、おびえた母親が言います。「この木に急いで登ろう。あいつらは泥棒だよ。」

急いで木に登ります。ジョルジュ・バネと母親、それに扉も。

泥棒たち──確かにそうでした──が木の下にいて、金を数え、食べ物を料理しています。火をおこし、鍋を三つの石の上に置き、盗品を分配し始めました。

しかし少し経ってから、ジョルジュ・バネが母親に言います。

「母さん、お！　小便したいよ！　もう我慢できない！」

「こらえなさい、困った子だね、でないと身の破滅だよ。」

「ああ、腹が割ける。もう我慢できない……」

そして尿道をゆるめると、泥棒の鍋に小便をまき散らします。

「ほほう、くそったれ、雨になりやがった。」

《さあさあ、混じれ、混じれ、天から降って来るからには、鍋に悪いわけがない》

しばらくしてジョルジュがまた言います。

「母さん、扉が落ちそうだ！」

「しっかり持って。ダメな子だね、でないと身の破滅だよ。」

「もう持てない！」

突然、扉が下に、泥棒たちのあいだに落ち、みんな空が降って来たと思いこみ、慌てて逃げ出します。すばやくジョルジュは母親とともに下に降り、片手で、両手で、エキュ金貨やらピストール金貨やらルイ金貨をかき集めました。もう運べないほど十分に拾うと、大喜びで家に戻ります。それでわたしはここに戻って来たわけです。


（『プロヴァンス年鑑』一八六六年）

訳注
本書第一部第三章にある「賢い兄と愚かな弟」（バスク地方）および「ばかのジャン」（ドーフィネ地方、『フランス民話集Ⅲ』第四部第三章）が類話なので参照。

ユゼスのツグミ

ある朝のこと、ユゼスの市場で、小鳥売りのおかみさんが鳥籠に詰めたツグミを販売していました。ブルトンさんが——いたずら好き——その前を通りかかります。

「おや！　きれいなツグミだなあ！　いくらで売るのかね？」

「値段ですか？　旦那。まあ、たったの二十スーですよ。」

「二十スーだって？　高くはないね、とりわけもしユゼスのツグミならな。」

「なんですって……ユゼスの！　そりゃあ、ユゼスに決まってますよ。」

「おかみさん、おわかりだろうが、気をつけて言いなさいよ。本当にユゼスかと尋ねているのだよ。」

「旦那さん、確かにユゼスですよ。保証しますが、うちの人が全部この地方で獲ったんです。」

「まあ、ユゼスかそうでないかは、すぐにわかる。一羽買おう。もしそれがわしの望みどおりなら、ユゼスのツグミなら、全部買うよ……ほら二十スー。」

そこでおかみさんは鳥籠を開けます。ブルトンさんは一羽を手に取り、触りながら何食わぬ顔をして巧みに小さな金貨をトリに呑みこませます。

「本当にユゼスのツグミみたいだな。しかしもっとよく見てみないと……」

そこでかわいそうなツグミを地面にたたきつけます。殺してしまうと、ナイフで切り裂き――場面が目に浮かぶでしょう――胃袋のなかに十フラン硬貨を見つけ出します。

「確かにユゼスだな。ルイ金貨がある。」

そしてポケットのなかにしまいます。おかみさんは、ご想像のとおり、たまげています。

「さて、おかみさん、どれもユゼスのようだ……嘘じゃなかった。二十スーずつで全部もらうよ。」

しかし小鳥屋のおかみが、

「いえ、すみません……考えたのですが、これ以上は売れません……だめです、もう一羽も売りません。」

「そう言うのなら仕方がない。しかしいったん取り決めたのだから……」

しかし聞き入れず、取り乱し、欲に目のくらんだおかみさんは、もう鳥籠を手にして、通りの角を曲ってしまいました。袋小路に来て、一人きりになると立ち止まります。

「さあ、少し確かめよう、どれもユゼスなのかな？　うちのろくでなしはまだこのことを知らなかったんだ！」

大急ぎで一羽のツグミをつかむと、勢いよく首を絞め、ハサミで切り裂きました。しかし、金貨は残念！

「おまえはユゼスじゃないのね、バカ！」

ますます興奮しながら、もう一羽の首を絞め、腹に穴を開けます。しかし金貨は見当たりません。

「おまえもユゼスでない、くそっ！」

あくまでがめつく、さらにすばやく！　また別のツグミを絞め、腹を切り……しかし金貨はありません。

「ちくしょう！」

こんな風に、次から次へと、おかみさんは片っ端から最後の一羽までツグミを殺しました。殺し終わり、トリの大量虐殺を哀れっぽく見ると言います。

「いやはや、かわいそうなあたし、籠のなかの全部のトリをひっくるめて、ユゼスは一羽だけなんだ。それを二十スーで売りに出すんだから！」

ブルトンさんが腹を抱えて笑っていました。

（『プロヴァンス年鑑』一八六七年）

ランプをささげ持つネコ

カン――ブリニョルに隣接する小さな村――に、むかし、むかし――少なくとも五十年前――シフランさんという帽子職人（カンではだれもが帽子を作ります）のおやじがいました。シフランさんには子どもが一人いて、その子は年頃になると、商売の道に入りたがります。

「そうか、取り引きをするために家を出たいのなら、ここに百フランある。倍にしたら、帰っておいで。」

息子は立ち去ります。最初の宿泊地に来て、夕食をとろうと宿屋へ行くと、大きなネコが体をすりつけてきます。

「おや、きれいなネコだな」と、若者。

「きれいなだけじゃありませんよ」と、宿の主人が言います。「さらに一つの才能があって、喜ばせてくれます。なんだかわかりますかね？　食事する人を照らすのです。テーブルにいる間じゅう、ずっとロウソクを持っていてくれるんですよ。」

「それは、それは。実際に見てみないとね。」

「確かです。百フラン賭けましょう。」

「よし！　百フランならあります。」

テーブルに食事が準備され、夕食客が席に着きます。ネコがテーブルクロスに上がり、尻をつけて座りました。前足の爪のあいだに、主人が灯を点したロウソクを挟みます。するとネコはユリのようにまっすぐささげ持ち、食事のあいだ、ずっとぴくとも動きませんでした。気の毒な若者は百フラン取られ、さらにお金をもらうために家に戻るほかありません。父親に災難を物語ります。

「そうかい。ちょっとした不運だったな。わしにまかせなさい。おまえの百フランと主人の百フランをせしめに行ってやる。おまえ……商売をやるよりブドウ畑を掘り返すほうが似合ってるようだな。」

そこでシフランさんは必要なものを持って出かけます。つまり、二匹のネズミを入れた小箱を持参します。そして息子に一杯食わせた宿へ泊まりに行きました。夕食が用意されているあいだに、例のネコが寄って来て、いつものように半ズボンに身をすりつけます。

「おや、きれいなネコだな」とシフランさん。

「きれいなだけじゃありませんよ」と、宿の主人が答えます。「さらに一つの才能があって、喜ばせてくれます。なんだかわかりますか？　食事する人を照らすのです。ずっとロウソクを持っていてくれるんですよ。」

「わしをマルティーグの人間(1)と思っているんだな！」と、帽子職人が答えます。

いきさつはともかく、二百フラン賭けることになります。そして食事が用意され、愉快そうに勝ち誇った宿屋の主人の面前で、ネコがロウソクを持ちます。しかし主人が横を向いた隙に、相手はなに食わぬ顔をしながら、ネズミの箱を開けます。二匹のネズミが外に出て来ました。パタン！　ロウソクが大変！　ネコは身体を震わせ、電光石火の早業でネズミに飛びかかります。今度は主人が仇を取られたのでした。

（『プロヴァンス年鑑』一八七二年）

原注

（1）愚鈍の意。なお、この町はマルセイユ北西三五キロに位置し、プロヴァンスのヴェネチアとも称せられる。

夫が死ぬのを見るより自分が死んだほうがましと言うのが口癖の妻がおりました。夫は本当かどうか試してみたくなります。自分の考えを医者と友人たちに伝え、床につきました。急いで医者が呼ばれます。来ると、医者は患者の脈を取ってから、しかめっ面をしながら言います。

「言いづらいのですが、このお方の病状は重い……」

「そんなことがあっていいの?」と、妻が叫びます。「いやはや、なんという不幸! わたしのかわいい人! わたしの立派な連れ合い! こんなに愛してるのに! あんたのためなら命も惜しくない。」

翌日、友人たちが患者に会いに訪れ、医者も来ました。見舞った後、奥方を脇へ呼んで、ひそひそ声で申します。

「お気の毒ながら、ご主人の具合は非常に良くないです。はっきり言って長生きするとは思えません。」

「ああ、神さま、わたしをお召しになって、あの人は残して下さい。あの人が一回死ぬのを見るより、わたしが百回死んだほうがまし、云々。」

するとと医者が言います。

「ですが、道理を弁えなくては。死は必然なのです。それに人が言うほど死は恐ろしくはありません。死は普通《羽をむしられたメンドリ》の格好をして現われます。ベッドのまわりで羽をむしられたメンドリを見たら、ご主人は絶望だと思って下さい。」

そう言うと、みんな立ち去ります。友人たちがメンドリの羽をむしり取り、しばらくしてから寝室に放します。妻は——かわいそうに！——ベッドの下に座り込み、わめいています。

「神さま、わたしをお召しになって、わたしを、云々。」

しかしメンドリが床をうろつくのに気づきました。うへっ！　なんて恐ろしい！　羽をむしり取られたニワトリが近づいて来て、奥方の前で立ち止まるので、いとも優しく申します。

「お行き、おまえ、病人の方へ行きなさい。」

夫がベッドから飛び上がります。

「ああ、わかったぞ、ジプシー女め、俺のために死にたいと言った意味がな！」

それで手厳しく叱りつけ、それがあまりにも猛烈だったので、妻は二度と忘れませんでした。

（『プロヴァンス年鑑』一八七二年）

マノスクとフォルカルキエ

マノスクとフォルカルキエ、この二つの町はいつもお互いに焼きもちを焼いていました。フォルカルキエはマノスクほど豊かではなかったのですが、プロヴァンスの歴史ではずっと大きな役割を演じています。独立国の古都で、山々や城や城塞を誇りとし、大革命前の都市フォルカルキエでは、周辺の国々に当時重くのしかかった税金（十分の一税、売却税など）を免れていました。この恩恵を与えたのは、最後の伯爵ギヨーム六世でした。

逆に、マノスクはずっと活発で人口も多かったのに、マルタ騎士団の支配（専制体制を敷いていた）から脱することができませんでした。さらに、フォルカルキエの司教座参事会に十分の一税を払っていました。

ある日のこと、マノスク人とフォルカルキエ人が、乗り合い馬車で旅をしていました。ごく自然に、それぞれが自分の国について話します。マノスク人がまず話します。

「フォルカルキエでは、小麦を大量に収穫できますか？」

「一年分の備蓄だけ。」

「マノスクでは、備蓄分だけでなく、販売する分もあります。フォルカルキエではブドウ酒が大量に生産されますか?」

「必要な分だけです。それで十分です。」

「わたしらマノスクでは、ガヴォティーヌ〔アルプス地方〕全体をまかなうほどありますよ、それも上等のが! フォルカルキエではオリーヴがとれるのですか?」

「味をつける分だけ。」

「わたしらマノスクでは、タンク何杯分ものオイルがとれます、それも上等のが! おそらくエクスを上回ります……フォルカルキエにはアーモンドがあるのですか?」

「ああ、いや、ありません!」

「わたしらマノスクでは、毎年、木から棒ではたき落として、クリスマス用のヌガーをこしらえます。カイコはどうですか? フォルカルキエでは?」

「ああ、わたしどもは手を出しません。」

「わたしらマノスクでは、自慢じゃありませんが、絹で大もうけしています、云々。」

哀れなフォルカルキエ人は自慢の種が一つもなく、ずいぶん侮辱されて、車室の隅に身を縮めながら、旅が終わるのを待ちます。

マノスク街道が終わり、フォルカルキエ街道が始まる場所へ来ると、フォルカルキエの男は下車し、馬車から離れ際に、捨てぜりふを残しました。

一〇分の一税を払いなさい、マノスクのお人！

そして山へと向かったのでした。

（『プロヴァンス年鑑』一八七二年）

タール

ある日のこと、農民がロバを連れてマルセイユの波止場を通りかかると、作業員たちが船体を熱してタールを塗り付けていました。

「おーい、なんで船にタールを塗るんだ?」

「もっと速く進むようにするのさ」と、一人が答えました。

農民は少し考えこんでから言います。

「俺にはロバがいるが……こいつにもそうする必要があるな。」

「よくあることさ」と、その冗談好きの作業員が付け加えました。「チャンスだからやってみたら。タールの釜は満杯だし、費用はかからんよ。」

「ふざけてるんじゃないだろうな。」

「やってみろ。気がおかしくなったように走り出すから……」

「ただなら、試みてもいいか。」

そこでお人よしのロバ引きは、釜のところへロバを連れて来ます。

「尻尾を上げてやれ」と、作業員たちが言います。

農民が尻尾を上げると、パシャッ、ヒースのブラシで、連中は煮えたぎるタールを尻に塗り付けます。

ロバは――おお、神さま――悪魔みたいに走り出しました。

農民がわめきます。

「おい、止まれったら止まれ！」

しかしロバは見る見るうちに遠ざかります。ロバ引きは見失うのを恐れて、急いで半ズボンを脱ぎ、背中を向けながら叫びました。

「早く！　タールを！　早く！　俺に塗ってくれないと、ロバを捕まえても、俺は悪魔にさらわれる！」

（『プロヴァンス年鑑』一八七三年）

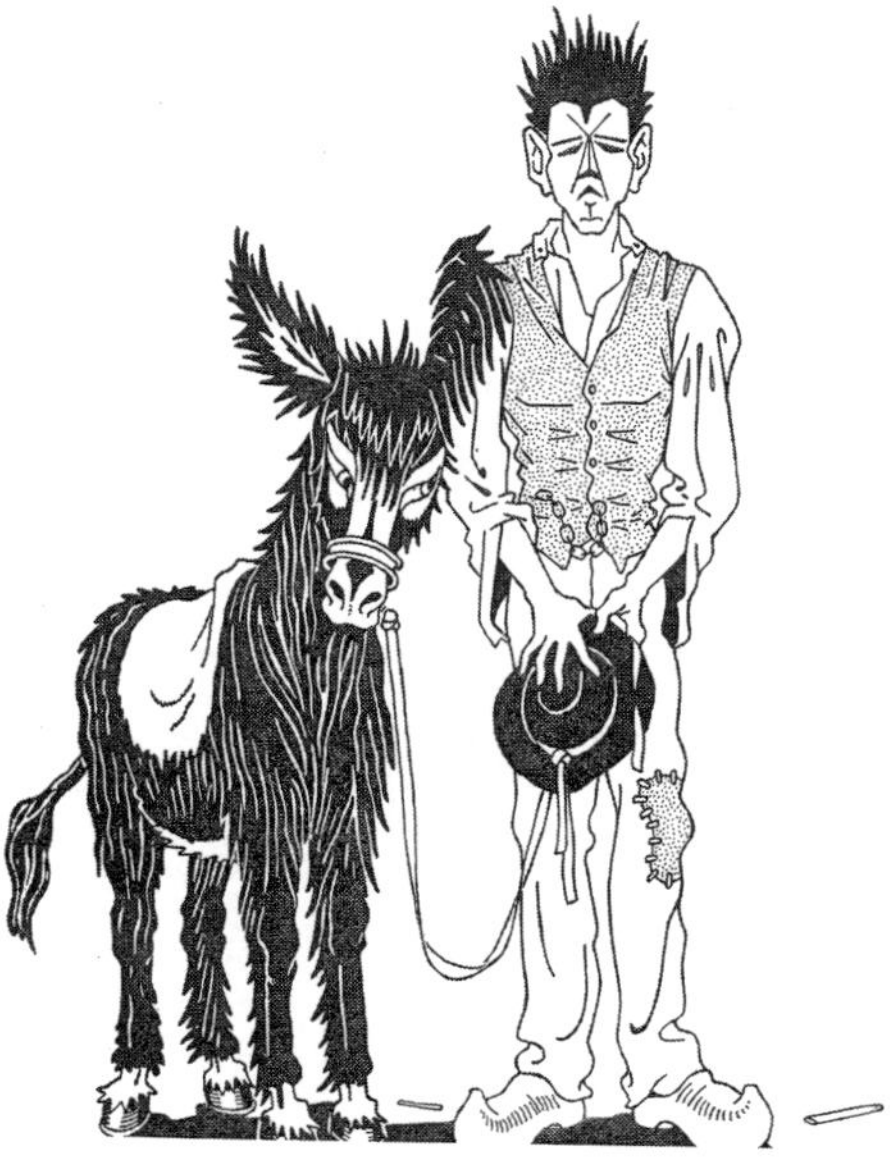

三位一体

『カドルースの包囲』の有名な作者、愉快な神父ファーヴル(1)は、コルヌーヴの教区で、日曜日に三位一体について説教しておりました。農民や素朴な人たちが聴衆なので、この玄義を理解してもらおうとして言います。

「みなさん、三位一体は、ひらったく言えば、三つの突端を備えたわしの帽子に比べられる。三つの突端は三本の角というわけだが、しかし帽子は一つだけだ。三位一体はまたフォークに比べられる。きれいなフォーク、ソーヴで造られるエノキのフォークじゃ。フォークには三本の歯があるが、この三本の歯が一つのフォークになる。三位一体にも同じように三人の人物がいて、同じように、三人の人物が唯一の神になる……」

そしてコルヌーヴの修道院院長は、自分の論理に満足し得意げな様子で、説教がすむと、壇から下りて、晩課を終えます。

ところが、その日はたまたま募金を集める修道士が出席していました。どうやらファーヴル神父の比較に憤慨したらしいのです。そこですぐさま、正しい行いのつもりで、司教に会いに行き、なにもかも報告します。

司教は最初に神父と会った機会に言います。

「さてさて、院長殿、とんでもない話を耳にしましたぞ。神聖な玄義を比較するに事欠いて……三位一体を三つの突端を備えた帽子やらフォークになぞらえましたな！」

「猊下、相手によってくだけた言い方が必要です。わしの信徒——子羊と言ったほうがよろしいが——頭が堅いのです。できるだけわかりやすくしているつもりです。あえて申し述べますれば、われらの主は、福音書のなかで、時として石工、また牧人、また金貸し、さらには泥棒と比べられております……」

「もういい、もういい」と、司教が答えます。「院長殿、慎重にな、魂の平安を！」

尊敬すべき院長は教区に戻りました。次の年、托鉢修道会の習慣にしたがって、寄付金集めの修道士がまたコルヌーヴに立ち寄りました……

「よし」と、ファーヴル神父が言います。「あす、引っかけてやるぞ。」

そして翌日、晩課で、からかい好きの神父は説教壇に上がると申しました。

「みなさん、昨年の同じ日に、神聖な三位一体について行った説教に小さな訂正を加えておきたい。覚えていますかね、わしはこの神聖な玄義を、三つの突端を備えた帽子やらフォークになぞらえた……考えてみて、もっとよい比較をあれから見つけたのじゃ。」

話を続けて、

「ごらんなさい、あの善良なカプチン会修道士を。あの柱の下で聖者として祈っておられる……」

信者の全員が修道士の方を見ます。

「さて、おわかりのように」と、陽気な神父が言います。「雄のヤギのように髭モジャで、ロバのようにに帯ひもで身体を締めつけ、イヌのように裸足じゃ……三つ合わせて、一人のカプチン会修道士になる……」

（『プロヴァンス年鑑』一八六九年）

原注

（1） ファーヴル、またはファーブル神父（一七一八～八八年）は、ドーベ侯爵の司書、ついで田舎司祭であった。大革命前夜に教会のお偉方や修道士を風刺。著作に、『カドルースの包囲』のほか、バ＝ラングドック地方で非常に人気のある糞尿譚『シストル殿下の説教』やオウィディウスを模倣した『エレジトゥンの女』など。

四つの質問

マルセイユ司教、マズノ猊下(1)が、ある朝、教区を巡回なさっていて、サン＝マルセル〔マルセイユの北の地区〕の司祭宅に来られ、夕食を召し上がりました。

デザートになって、ならわしで、教区や鐘塔や鐘が話題になり、サン＝マルセルの司祭はこの機会をとらえて言います。

「鐘のことが話に出ましたので申しますと、ああ、猊下、わたしどもには多大の援助が必要です。大きなひび割れがありまして、溶かし直す費用がないものですから、ミサの合図をするときには、まるで瓦をたたいたような音がします。」

マズノ殿はよきプロヴァンス人で、冗談がお好きでした。

「そうですか、鋳直すためのお金は差し上げますが、司祭殿、一つ条件があります。次の四つの質問に答えて下さい。つまり、《大地の真ん中はどこか？　月の重さはどれぐらいか？　わたしの値打ちはどれぐらいか？　わたしがなにを考えているか？》考える時間を一週間あげます。一週間後にまた来ます。」

気の毒な司祭は四日間ほとんど眠れません。片っ端から本を調べ、頭をたたき、爪を嚙みますが……なにも浮かびません。

庭で働く老親方のメルシオールが言いました。

「どうなさいました、司祭さま、ずいぶん考えこんでおられますな！」

「ああ、メルシオールか、先日、司教さまが難題を出されたのじゃ。」

「わしでお役に立てるなら、遠慮なく言って下さい。目が四つあれば、二つより役に立つし、老いぼれのウシの方が、まっすぐな畝溝をつけますさあ。」

「いやな、無理じゃよ。猊下は極端に面倒な質問をなさったのだ。」

「とにかく、言って下さい。」

「そうか、次の四つに答えねばならん。《一、大地の真ん中はどこか？　二、月の重さはどれぐらいか？　三、わたしの値打ちはどれぐらいか？　四、わたしがなにを考えているか？》」

「おやおや、それだけですかい」と、庭師が言います。「簡単な話ですぜ。まかせて下さい、まかせて、わしに。猊下が戻って来たら、スータン〔聖職者の通常着〕を貸して下さい。わしは司祭の服を着こみ、代わって質問に答えます。それでいいですか？」

「よろしい。」

予定の日に、マルセイユの司教の四輪馬車が、再び司祭館の前に止まりました。メルシオール親方が自ら扉を開けに行きます。僧服を着込み、小さな襟飾りをつけ、お椀形の帽子を被り、片目には眼帯といういでたちで、司教はサン＝マルセルの司祭と取り違えました。

「どうなさった！　お加減が悪いようじゃが。」

「ああ、昨晩、たちの悪いものもらいができまして。」

「それから」と、司教は笑みを浮かべながら続けます。「あの四つの問題は解けましたかな？」

「ふう、苦労しました。しかし、猊下、おかげさまで、答えを得られました。」

「さあさあ、確かめましょう。最初のは、《大地の真ん中はどこか？》」

「大地の真ん中は、猊下、ここ、ちょうどわしの足もとです！……」

「どうして？」

「つまり、自分で測ってみて、見つけたのです。信じられないのなら、ご自分でもう一度測ってごらんになれば……」

「そうか！」と、司教が言います。「次のに行こう。《月の重さはどれぐらいか？》」

「月というのは、猊下、四つの四分の一ずつで一つの周期になるといつも聞かされておりますな。四つの四分の一、または四つの四分の一ポンドで一ポンドになります。だから重さは一ポンドですよ。」

「悪くない答えじゃ。次のはわしだ。《わたしの値打ちはどれぐらいか？》知っているか？」

「神さまは三スー、あるいは三十六ドゥニエ〔一ドゥニエ＝一スーの十二分の一〕と見積もられました。猊下は偉大な司教ですが、神さまではありませんから、半分の六リヤール〔一リヤール＝三ドゥニエ〕なら、当たらずと言えども遠からずでしょう。」

「ブラヴォー」と、司教が叫びます。「最後だ。《わたしがなにを考えているか？》」

「ほぼ確実にわしが司祭だと思っておられるのでしょう。しかし、猊下、その庭師にすぎません……」

メルシオールは片目を覆う眼帯を外しました。そこでマズノ司教はいっぱい食わされたと明言して、鐘を溶かし直すための千フラン紙幣を置き土産にしたのでした。

（『プロヴァンス年鑑』一八七四年）

原注

（1）ウジェーヌ・ド・マズノ（一七八二〜一八六一年）は、一八三七年から亡くなるまでマルセイユの司教であった。貧しい人たちに対する心遣いや、とりわけ日常の会話や説教壇でプロヴァンス方言を用いたことでよく知られていた。一九九五年に列聖された。

ルネ王の雌ウシ

ルネ殿下(1)がアンジュー地方から下って来て、プロヴァンス地方を統治しに来たとき、立派な雌ウシを連れて来ました。子どもを作らせ、新しい王国でその品種を広める意図からでした。国王はマルティーグの人たち(2)を非常に愛していたので、マルティーグの牛飼いにその世話をまかせ、よく面倒を見るようにと命じました。

「考えてもみなさい、よく世話をすれば、年に百エキュ金貨もらえる。雄ウシのところへ連れて行きなさい。繁殖した分はマルティーグの町のものになる。雌ウシが生きているかぎり、ずっと百エキュ金貨をもらえるぞ。警告しておくが、わしはアンジューの雌ウシを非常に大切に思っているから、もし死んだなどと告げに来る者がいれば、宮殿広場のエノキの大木に吊り下げることになる。ウシを連れて行きなさい。」

牛飼いは雌ウシを連れて行きました。しかしあいにく、餌をやりすぎたので、しばらくするとブクブク肥ってしまい、とうとう死んでしまいました。牛飼いが困ったのなんの！　雌ウシの死んだことを、だれが国王に知らせればいいのでしょう？　マルティーグの市参事会員に会いに行き、髪の毛をかきむしりながら不幸な出来事を告げます。すぐに市参事会員は、このニュースをエクスに伝える使者を募ります。しかし《火中の栗を拾う》勇気のある者はいやしません。

「そんなバカじゃないよな、俺たち」と、マルティーグの人たちが言います。「エクスでは吊し首が流行ってる。[3]」

ところがサン＝シャマ[4]の男が名乗りを上げて言いました。

「報酬をたっぷりもらえるなら、この危険な用をやってもいい。」

合意と協定が成立し、この男はエクスに出向き、牛飼いと市参事会員の代理として、国王陛下に面会します。

「さて、わしの雌ウシはどうしているかね？」

「殿下、あの雌ウシは……申し上げますが、なにも飲まなくなりました。」

「そうなのか！」と国王。

「殿下、あの雌ウシは……申し上げますが、なにも食べなくなりました。」

「そうなのか！」とまた国王。

「殿下、あの雌ウシは……申し上げますが、オシッコをしなくなりました。」

「ああ、そうなのか！」とまたまた国王。

「殿下、あの雌ウシは……申し上げたほうがよろしいのですが、もう身体が動かなくなりました。」

「そうか、君、わしの雌ウシはなにも飲まず、なにも食べず、オシッコをせず、身体が動かないのか！　それでは死んだのか？」

「おっしゃいましたな、殿下、おっしゃいました！　このわたしは首を吊られないですみます。」

するとルネ王は笑い始めて、使者に言います。

「マルティーグ人がそんなに利口だとは思わなかったぞ！」

「いえ、いえ！」と、使者が叫びます。「わたしはサン゠シャマの出身です。」

「ああ、いくらでも言いなさい」と、善良なルネがすばやく言い返します。サン゠シャマで、「だめなムール貝がとれたためしはない。(5)」


（『プロヴァンス年鑑』一八七七年）

原注

（1）ルネはアンジューおよびプロヴァンス伯爵。
（2）マルティーグの住民はとりわけ愚鈍で知られていた。
（3）そのむかし、エクスで死刑が頻繁に行われた記憶から生じた周知の表現。
（4）サン゠シャマはベール湖（ブーシュ゠デュ゠ローヌ県）畔の港。
（5）ポピュラーな諺。サン゠シャマのムール貝は有名。

法王ヨハネのヒワ

アヴィニョンで一三一六年から三四年まで君臨した法王ヨハネ二二世——今でもノートルダム・デ・ドン大聖堂で壮麗な墓が見られる——があるときパリへ旅をしました。ヌヴェールを通りかかって、尼僧院に宿泊しに行きます。尼さんたちは、お察しのとおり、できるかぎり最高のもてなしをしました。それで法王は出発前に修道院長に申します。

「院長さん、みなさんの歓待ぶりには非常に満足しています。なにか希望があれば喜んでかなえてあげたいと思います。」

そこで微笑みながら院長が法王に言いました。

「偉大な法王さま、きっとご存知だと思いますが、わたしたち女にとって、男性に告解するのは嫌らしくておぞましく辛いのです……女どうしで告解するのを許して下さるのなら、全女性に歓迎される改革となるでしょう。」

「考えておこう」と、法王が答えました。それから大柄で立派なラバに装具をつけさせると、あぶみに足をかける前に院長に言いました。

「わしはかなり貴重な箱を持っておる。みなさんにお預けするのがよいと思う。旅の最中にはなにが起きるかわからない……帰りに受け取ります。しまっておいて下さい。これがその鍵です。だれも開けてはなりません。」

ヨハネ二二世の姿が曲がり角で見えなくなると、たちまち尼僧たちが箱のまわりに押し寄せました。

「なかになにが入っているんだろう？　ちょっと見てみたら！　さあ、少し見ましょう！」

悪魔にそそのかされ……誘惑が強すぎて――院長は鍵をとり、ぶるぶる震えながら箱を開けます。

「おやっ！」

なかにはヒワがいて、首から小さな紙がぶら下がっています。小鳥は飛んで行ってしまいました。かわいそうな尼さんたちは、死ぬほど面食らいます。

一ヶ月後、法王がパリへの旅から戻って来て、またヌヴェールの修道女のところに宿泊します。着くとすぐに院長に言いました。「さて、わしの箱、取って来て下さい……」

「ああ、法王さま」と、修道女たちはひざまずきながら叫びました。「お許しを！　神の名にかけて！　鳥は飛んで行きました。」

ヨハネ二二世が笑い出して言いました。

「なんだって！　情けない人たちだな！　みなさんはわしが箱に対して行った禁令を守れず、それでいて告解の秘密を守ろうとなさるのか？　さあ、さあ、尼さん方、いつの時代でも男が女の告解を聞いてきたし、今後も聞くでしょうな。」

（『プロヴァンス年鑑』一八八〇年）

雌ウシのジャン

ローヌ河が凍りつき、寒気でなにもかも死に絶えた厳寒の年に、二人の気の毒な人たちが非常に苦しんでいました。農家に住んでいた《雌ウシのジャン》とその母には、食べ物がすっかりなくなってしまったのです。自分たち用もウシ用もです。そこで老母が息子に言います。

「ジャン、雌ウシを売りに行かなくては。」

「母さん、行くよ。どれぐらいの値段がいいのかな?」

「ああ、百エキュ以下で手放さないで。少し痩せているけど、まだいいウシなんだから、それぐらいの値打ちはあるよ。」

《雌ウシのジャン》は農家を出発し、ウシを追い立てながら、運を試しに行きます。歩け。歩いて行きなさい!

道中、フランシスコ会修道院の近くを通りかかると、たまたま神父が戸口の前で聖務日課書を読みながら歩き回っていました。

「神父さま」と、ジャンが呼びかけます。「雌ウシを買って下さいませんか？　百エキュ金貨でお譲りしますが……」

「雌ウシ！　雌ウシだって！」と、修道院長が答えます（とんでもない食わせ者でした）。「ヤギのつもりなんだろう？　ヤギに百エキュ金貨とはね！　少し高すぎる。」

「ヤギとおっしゃる、ヤギとはね？　雌ウシってことがおわかりにならんのですか？」

「これが雌ウシだって？」と、修道士が嗅ぎタバコ入れを取り出しながらやり返します。「笑わせないで。ヤギとしてはみごとなヤギだが、しかし雌ウシとはだれも絶対認めないぞ。」

「ああ、とんでもない話だ、とんでもない」と、ジャンが叫びます。「しかし、こん畜生、俺を間抜けと思ってるのか？　雌ウシってことに、どれぐらい賭けるかね？」

「おまえが好きなだけ賭けてやろう……ところで、これ以上遠くへ行く必要はない。院内の修道士に判定してもらおう。もし雌ウシだと断言するなら、百エキュ払ってやるし、もしヤギだと言うようなら、それが事実だが、ヤギも百エキュ金貨も失う。」

「よろしい」と、ジャンが言います。「くそったれの賭けだぞ、俺が阿呆なのか、阿呆になったのか、見てみないとな。賭けに乗った。」

こう言うと、雌ウシを追い立てながら二人は修道院に入りました。

院長は何食わぬ顔をしながら、仲間の修道士たちに合図をし、一同が集まると次のように話しました。

「みなさん、このお方がこの動物を売ろうとしています。ただ、その種類について意見が分かれているのです。この人は雌ウシと言い、わたしはヤギと主張します。」

「へえ、そんなことがあるものか」と、修道士たちが大笑いしながら言います。「角と乳房を見なさいよ。ヤギとしてはみごとなヤギだけれど……しかし雌ウシと言う人なんか、どこにもいないだろうな。」

「というわけだ、聞こえたかね」と、院長が言います。「修道士たちがあなたはまちがいだと言っているのだから、賭に負けたわけだ。みなさん、ヤギを連れて行って。」

「俺は負けた」と、ジャンが申します。「クソッタレのアホンダラが！　あの立派な雌ウシをなくしちまった！　してやられた！　いやはや、母さんにさんざん叱られるだろうな。しかもそれが当然なんだから！」

かわいそうなジャンは、間抜けもいいところで、雌ウシもお金もないまま、農家へと戻ります。

「修道士の詐欺師、悪党どもめ、雷に打たれてしまえ」と、母親に言います。「俺をかつぎやがって、雌ウシを盗みやがって！」

そしてじだんだを踏み罵りながら、少し出来事を物語ります。

「さあ、さあ、気にしなさんな、あたしの気の毒なジャン」と、老母が言います。「あいつらは天国まで雌ウシを連れて行きはしないよ。何倍もお返しをしてやろうじゃないか。よくお聞き。どうすればいいか教えてあげる。女の服装をするのさ。よくお聞き。ドレスの下にカシの棍棒を隠す。よくお聞き。今晩、院長のところへ行って宿を頼みなさい。よくお聞き。それからさんざんぶん殴って、百エキュ吐き出すまで続けるのだよ。」

「わかった、母さん。」

《雌ウシのジャン》は女装し、ドレスの下に四角の棍棒を隠します。それから日が暮れると、フランシスコ会修道院の入口にやって来ました。

院長はいつものように聖務日課書を読みながら歩き回っています。

「今晩は、神父さま」と、《雌ウシのジャン》が言います。「わたしは貧しい女で、ガリシアのサンティアゴへ巡礼にまいりますが、ご覧のとおり、もう精も根も尽き果てました。神さまに代わって一晩の宿を与えて下さるのなら、大した慈善を施すことになります。」

「おお、喜んで、奥さん」と、院長が申します。「お入りなさい、お入り。わしらは辛い目に遭っている善良な方々をお助けするのが役目じゃ。」

そこで《雌ウシのジャン》は修道院のなかに入りこみます。うまく行った！

修道士たちが夕食を済ませ、お勤めが終わると、みんな寝床に行きました。修道士たちが寝静まった真夜中に、そっと《雌ウシのジャン》は起き上がり、院長殿の寝室に入ると、飛びかかって猿ぐつわをかませ、カシの棍棒を取り出すと――いよいよだ！――それっ！　脇腹だ。「俺の百エキュ金貨をよこせ」と、殴りながら言います。「俺は《雌ウシのジャン》だ。俺の百エキュ金貨、百エキュ金貨だ！　肥ったカプチン会め。さもないと頭をかち割るぞ！」

院長は殴られて目を覚ますと、月明かりのもとで、引き出しを開けるように合図します。《雌ウシのジャン》はお金をつかみ、次に棍棒をかまえながら、修道院の戸口に案内させ、ずらかりました。

「おーい、帰ったよ」と、家に着くと母親に向かって叫びます。「吐き出したよ、百エキュ。さんざん殴ってやった。ヒツジの皮を着せられるほどおとなしくなった。めった打ちにしたから、それで満足しないのなら、分別があるとは言えないな。これで世の中を無視できなくなるはずだ。」

「息子や、これで終わりじゃないよ」と、母親が言います（年寄りのアバズレなのです）。「今夜、あそこに戻りなさい。広場の大道薬売りの服装を――よくお聞き――外套の下にまた棍棒を隠し持ち、あいつら修道士どもに傷を治す膏薬を――よくお聞き――勧めるのさ。なかに入れてくれるだろう。院長の部屋で二人きりになったら、またまたぶん殴って雌ウシを返させるのだよ。」

「母さん、わかった」と、ジャンが答えます。

《雌ウシのジャン》はすぐさまオルヴィエトから来た万能薬売りに変装し、日暮れにフランシスコ会修道院の入り口へとやって来ます。

「膏薬はいらんかね？　傷口をふさぐ上等の膏薬だよ。軟膏、軟膏！」

修道院の門番が扉を急いで開き、そっと近づいて来ました。

「なにを売っているのかね？」

「膏薬売りですよ。痛みを和らげるバルサム。魚の目用の軟膏に、切り傷用の赤チン。痛み止めのマーモット脂、それにとりわけ打ち傷用の軟膏があります。最高の軟膏ですよ、神の手としか言いようのない軟膏！」

「へえ、ありがたや」と、門番が言います。「いいときに来たな。院長殿がお勤めに急いで行こうとして階段で転んでしまわれた。少し体重がおありで、傷だらけになられた。どうしたらああなるのかわかりませんがね。全身に傷ですよ。痛みを軽くできるのなら——上の部屋で悲鳴をあげていますから——すごい治療ということになります。」

「軽くできるのなら、ですって？　転んだだけですか？　おまかせ下さい。すぐにおそばへお連れして。」

《雌ウシのジャン》は院長の部屋に案内されます。

「ただお断りしておきますが」と、連れて来てくれた修道士たちに言います。わたしの軟膏は少しひりひりします。もし院長に塗ったときに大声を出されても、ご心配なく。軟膏が効いている証拠ですから。」

そう言うと、ジャンは患者の部屋に閉じこもります。

「さて院長どの、少し痛いわけですな。」

「ああ、君、痛いのなんの！　朝課を唱えに急いで行ったら、らせん階段で転げ落ちてしまった。」

「そうですか、死にそうになったと。さあ、少し服を脱いで」と、《雌ウシのジャン》が申します。

「打ち傷を見せて下さい。軟膏を塗ってあげます。」

お気の毒な院長は、なんたることか！　僧服を脱ぎ、《雌ウシのジャン》に背を向けます。相手はまたもや四角の棍棒を握って、ぽかぽか殴りつけます。それはまるでロバを打ちすえるようなものでした。

「俺の雌ウシを返せ、この人非人め！　さもないと命がないぜ。俺は《雌ウシのジャン》なのさ。」

「痛い！　皮膚が、痛い！　背中が。みんな助けてくれ」と、院長がわめきます。「皮膚をはがされる、打ちのめされる！」

「よし、よし」と、修道士たちが下の回廊で言いました。「軟膏が効いたようだ。明日には院長さまはすっかり元気になられるだろう。」

「俺の雌ウシ！」と、ジャンが言います。「デブの修道士め。俺のみごとな雌ウシを返すか？」

「お情けを！　返しますよ。お願いだから許してくれ。返します、返します！」

《雌ウシのジャン》は殴り方を弱めました。院長は小さな扉を開き、修道士たちに呼びかけます。

「返してやれ、みなさん、雌ウシを返してやって、行かせなさい。この男は悪魔なんだから、わしら全員を破滅させますぞ。」

というわけで《雌ウシのジャン》は雌ウシを取り返し、牛小屋へ連れて帰りました。

「母さん、雌ウシだよ！」

「よくやった」と、老母が言います。「おまえはいい子だ。しかしこれだけでは十分でない。できるだけ早く女の藁人形をこしらえ、あそこ、台所の奥、天井の梁に吊しなさい。それでもう少ししたら、次にすることを言ってあげる。」

「わかった、母さん。人形はすぐできあがるよ。」

ところが、フランシスコ会修道院でも、策を練っていました。

「いずれにせよ」と、院長が言います。「あれは塗られても仕方のない軟膏だといえる。でもな、あの《雌ウシのジャン》めが、わしらに百エキュ金貨を吐き出させたのは不愉快きわまりない。そこでみなさん、わしが考えついたのだが、修道院の二頭のラバに野菜を積み、庭師にあいつのところへ運ばせ、こう言わせる。

「《雌ウシのジャン》、フランシスコ会修道院の院長さまがこれをお遣わしになった。過ぎたことは過ぎたこと。院長に百エキュ金貨を返し、友好のしるしにこの野菜を受け取りなさい。」

言うが早いか実行され、庭師はラバに荷を積み込み、男の子を連れて《雌ウシのジャン》に会いに行きます。日暮れ時には着きました。

「今晩は、旦那さん」と、庭師が言います。「《雌ウシのジャン》さんですな？」

「そうですよ、なんのご用？」

「フランシスコ会修道院の院長さまのお言いつけで、この野菜を運んできました。」

「ああ、いいお方だ。まことに結構。荷を下ろして、ラバを家畜小屋に入れたら、夕食をとりに来なさい。」

荷を下ろし、ラバを小屋に入れると、庭師は男の子と一緒に台所に来て、席に座ります。突然、男の子が父親に言いました。

「父さん、あれを見て、見てよ！　梁に女の人が吊されてる！」

「本当だ。大変だ、聖母さま！　あれはなんですか？　《雌ウシのジャン》。」

「ほう、気にしないで。母親のジプシー女さ。今朝、吊してやった。いつも寝小便をするんでね。もうたくさん、うんざりだ。」

気の毒に庭師はおびえながら夕食を終えます。百エキュの話を切り出すどころではありません。

「こんな悪辣な奴」と、秘かに考えます。「寝小便したからと母親を吊すような奴なら、なんだってやるだろう。とんでもないところに泊まったもんだ、神さま！」

夕食後、《雌ウシのジャン》がベッドに案内し、出て行ってから、庭師は男の子に言います。

「おい、小僧！　せめて今夜だけはベッドでオシッコしないよう十分注意しろよ！　あの物もらい野郎はそんな理由で実の母親の首を吊った。俺たちが相手だったら、なにをするかわからんぞ。」

「父さん、安心して。気をつけるよ。」

お祈りを済ませると、二人は床につき眠りこみます。しかしろくでなしのジャンは様子をうかがっていて、いびきを聞きつけるとすぐにドアをそっと開け、水差しの生暖かいお湯をベッドにかけ、それから姿を消します。現場を見つけたぞ！　というわけです。

気の毒な庭師が目を覚ますと、なにやら体が濡れています。

「ああ、とんでもない小僧め」と、男の子を怒鳴りつけます。「わしらは破滅だ！　ちゃんと言い聞かせておいたはずだぞ！　またオネショをしたな！　破滅だ、破滅だ！　一番の近道は窓から飛び降りるんだ。」

さいわい、窓は高くありませんでした。気の毒な二人はすっかりおびえて、ラバも野菜の積み荷も放ったまま、修道院に逃げ帰りました。

そのようにして《雌ウシのジャン》は雌ウシを取り返し、百エキュせしめ、おまけに二頭の立派なラバまで手に入れたのでした。


（『プロヴァンス年鑑』一八八〇年）

どちらかが身を引くべし

一

シャント＝グルヌイユの粉屋が、告解に行きました。

「どんな罪を認めるのかね？」と、司祭が尋ねます。

「それがですな。わしらの仕事では普通みんながやらかす罪でさあ。お客の小麦から自分の取り分をさっ引くときに、本来の二倍か三倍にしたりしますんでね。」

「同じ袋から三倍も？」

「同じ袋でさあ、司祭さん、どうしようもない。悪い年が続くし、小麦は売れないし、賃貸料は高いしで、少しはヘソクリをしないと、払えませんや。」

「しかしわからんのか、困った奴だな。まるで大道で泥棒を働くようなものじゃ。」

「へえ、同じようによくわかります。しかしどうしようもない。自分を抑えられんのですわ。あの美しい小麦が、黄金のように赤褐色になった美しい小麦が製粉機のホッパーを落ちて来るのを見ると、思わず言ってしまう。異教徒の悪党め、もう少しかっぱらってもいいだろう。」

「わかるじゃろ、悪いことはすぐやめねば、盗めば地獄落ちだからな。こうしなさい。十字架を持ってきて、ホッパーの上にかける。そうすれば、袋の中身を流しこむたびに小麦に目がくらんでも、あんたのために十字架に架けられたキリストの姿が見えて、手が止まるじゃろ。かくあれかし！」

二

粉屋は言われたとおりにします。ホッパーの上に石膏の十字架を吊し、正当な分量以上の小麦を取りたくなると、神さまを見つめます。それでこらえることができ、正直者になりました。

しかし数ヶ月たつと、粉屋のおかみさんが夫に言います。

「さきほど屋根裏の小麦置き場に上がってみたわ。でもどう言ったらいいんでしょう。小麦の山はあまり大きく見えない。あれっぽっちじゃ、三ヶ月分を払えそうにない。」（製粉所は三ヶ月ごとに賃貸料を払います。）

「ほほう、そうか」と、夫が言います。「だいじょうぶ、ちゃんと払える。神さまが助けて下さるよ。」

実際に、払えました。しかし、困った！　なにも残りませんでした。

次の三ヶ月のあいだ、夫婦はまだ完全に正直で、本来の分だけ取りました。しかし小麦の山はさらに小さくなり、賃貸料を納める段になっても払えませんでした。勝手にしやがれ！

「ねえ、わかったよね」と、おかみさんが言います。「おばかさん、司祭を信用したばっかりに、ひどいことになっちゃった！」

「ああ、わかりすぎるほどわかったよ。でも任せてくれ……」

粉屋はすっかり憂うつになって、ホッパーの方へ来ると、キリストに言いました。

「おわかりでしょう、これはわたしのせいじゃないし、そんなことをわざわざ言わなければならないのは残念です。しかしお好きなようになさって下さい。どちらかが身を引くべきで、あなたがここにいると、わたしは払えないので、身を引くことになります。」

そう言うと、夫婦はホッパーからキリストを外し、なんたる卑怯者！　次に取り分を二倍、三倍にします。そして期日が来ると、現金で支払いました。

それ以来、粉屋、またはみんなが言うように間引き屋は、説教されようが、復活祭が来ようが、いつも取り分をいっそう増やしましたとさ。


（『プロヴァンス年鑑』一八八八年）

ラ・マナールの尼さん

ラ・マナールというのはイエールの海岸地帯にある地区ですが、むかし、むかし、若い修道女たちの尼僧院がありました。

このラ・マナール修道院はすこぶる裕福で、満足感から憂うつが生じたりしませんから、イエールの修道女はみんな朗らかで、無邪気に陽気な気晴らしを少々したものです。

それで、ある夜、最後のお勤めを済ませてから、まだ若くて気立ての良い院長は、興奮した少女のように急に笑い出して、聖具係に言いました。

「急いで！　シスター・タルタヴェル[1]、急いで！　鐘まで走って行って、早鐘を鳴らしてちょうだい！」

それっと、シスター・タルタヴェルは鐘にぶら下がり、全力で鳴らします。すると院長はほかの尼さんともども、笑って、笑って、大笑いです。

そしてイエールの町では、鐘の音が聞こえて、まるで火事でもあったみたいに、人びとが起き出し、真夜中の野原をみんな半裸体のまま、ラ・マナールの海岸の方へ走って行きます。しかし修道女のところに着き、扉を開けてもらい、なにがあったのかと尋ねると、陽気な院長が親切に出迎えてくれ、愛嬌を振りまきながら言います。

「どうも、みなさんの熱意に感謝します。鐘の音でこんなに大勢来て下さった。でも、ご安心下さい、これはわたしどもを助けに来て下さるかどうか、確かめるためでした。夜間に、油断のならないサラセン人が攻撃しに来るかもしれないのです。さあ、血を鎮めるために、クレレット〔ボルドーの白ワイン〕で乾杯して下さい、面会室に壺が置いてあります。お休み、みなさん方。」

当時の人びとは今ほど怒りっぽくなく、腹も立てずにイエールの住民は、笑いながら飲み、尼僧たちのために乾杯し、それから家に戻って寝ました。

しかし、あろうことか、半年後だったでしょうか、サラセンのムーア人が真夜中に上陸したのです。さあ、困った！　すさまじい勢いで棍棒と斧を振り回し、ラ・マナール修道院の扉をたたき壊しにかかります。

「大変だ！　偉大な聖母マリアさま」と、院長が叫びます。「サラセン人だわ！　走って！　それっ！　鐘を鳴らして……」

しかし鳴らしてもだれも来ません。今度は住民は家のなかで慌てず騒がず、こう言い合ったのでした。

「おや、ラ・マナールの尼さんたちがまた鳴らしている。一つの巣に野ウサギは二匹もいないよ。」
そこでサラセン人は修道院を破壊し、略奪し、燃やします。若い尼さんたちは真っ赤な炭火の上のネコのような思いをしました。
というわけで、それ以後イエールでは、だれかがほかの人たちにいっぱい食わせようとして、自分がかつがれた場合に、《あの人はラ・マナールの尼さんみたいなことをした》と、笑いながら言われてしまうのです。

（『プロヴァンス年鑑』一八九〇年）

原注

（1） タルタヴェル――おっちょこちょい。

コオロギの学校で

ある朝、狩りに出かけた紳士が、のどが渇いて、なにか飲ませてもらおうと一軒の農家に入ります。なかにいたのは少年で、鍋の後ろでは、暖炉の火が、そっと、そっと、燃えていました。

「こんにちは、坊や。」

「こんにちは。」

「そこで、一人で、なにをしているんだね？」

「ぼくは行く人、来る人を見つめて……いつもだれかを囚人にする。」

「囚人だって？　さて……お母さんはどこにいるんだね？」

「母さん？　オーブンのところへ行って、パンを焼いた。ぼくたちが、先週……食べたのをね」

「それでお父さんは？」

「父さん？　ああ！　なんてこった！　一人の悪魔を、二人にしに行ったよ。」

「ますます冴えてきたな！　しかし姉さんは？」

「姉さん？　ああ！　かわいそう！　去年の笑いを泣いてるよ。」

紳士が目をまん丸にします。

「冗談好きだなあ。それでも説明してくれないか？　全部。」

「ほんとに簡単なことだよ。《ぼくは行く人、来る人を見つめて……いつもだれかを囚人にする》と言ったよね。煮られる魚の様子を見張ってるのさ。沸騰した鍋のなかで上がったり下がったりするからね。そしていつもだれかを食べるのさ。」

「ブラヴォー。」

「ぼくが言ったのは、《母さんはオーブンのところへ行って、ぼくたちが、先週食べたパンを焼いた》同じように言いませんか？　先週うちの小麦粉ができていなかったので、パンを借りに行くほかなかった。それで今日、母さんはお返しをするためにオーブンへ焼きに行った。」

「よろしい！」

「《父さんについては、なんてこった！　一人の悪魔を、二人にしに行った》と言いました。じつはお隣りから五十フラン借りていたんです。それを返すために新たに二十五フランを別々のところから借りに行きました。一人の悪魔につきまとわれるかわりに、二人になってしまうんですよ。」

「ますます冴えてきたな。」

「ぼくの姉さん——全部知りたいというので、説明するけど——去年結婚して式を挙げ、踊って、笑いました。そして今はうめき声を上げているよ。子どもを産むのでね。本当でしょう？　去年の笑いを泣いてるよ。」

「君は頭のいいお調子者だな」と、紳士がたまげて言います。「こんなことをどこで習ったのかね？」

「コオロギと、トカゲの学校だよ。」

（『アイヨリ』紙、一八九一年三月七日号）

第五章　無駄話と教訓

小　石

マルティーグの薬剤師がある日、病気になって召使い女に言います。

「テラゾン！　わしがベッドで横になったら、小石を一つ温めて、足につけてくれないか。効き目があるはずだ。」

「旦那さま、ご安心下さい。おっしゃるとおりにします。」

人のよいテラゾンは一つでなく二つ温めます。それから用意ができると、主人の部屋へ勢いこんで持って上がり、こう言います。

「そら、二つ温めました。これを足につけて下さい。冷えたら、もう一つを置くといいです。すぐそばのナイトテーブルに置いておきますから。」

（『プロヴァンス年鑑』一八六〇年）

フクロウの巣

ニームの円形闘技場が、高い建物であることはよく知られています。イギリス女王が、数百万の持参金付きでその娘をくれると言っても、闘技場の頂上に登り、ファランドール〔プロヴァンス地方の民族舞踏〕を踊ってみせることなんかできやしない！　考えただけで、めまいがして、真っ逆さまに、下の方、舗道に落ちる気がします。

詩人のルブールが語ってくれましたが、若い頃、わたしより勇気のあるわんぱく坊主に出会ったことがあるそうです。

この悪童は——まったく子どもと言ったら！——闘技場のてっぺんによじ登り、周囲を駆け回り、逆立ちやら、とんぼ返りをぎりぎりの端でやってのけたものです。父親は——少しは想像してごらんなさい！——そんなありさまを見て、生きた心地がしませんでした。

叱責やら殴打はなんの役にも立たず、週に十回は、小悪魔は高い場所に上がっては、死神の毒牙にかけられそうになりながら、はしゃぎ回るのでした。

ある日、我慢できなくなった父親は、その後ろを走って追いかけ、断崖の縁まで登って、子どもの両足をつかむと、深淵の上で逆さにして振り回し、怒り狂いながら叫びます。

「また闘技場へ来るのか？　また来るか？」

突然、子どもが反り返り、平然として言います。

「もう少し下げてよ、父さん、綿毛の生えたフクロウの巣が見える……」

スパルタの歴史でも、これ以上無鉄砲な話は見たことがありません。

（『プロヴァンス年鑑』一八六二年）

ソーセージの薄切り

召使いを連れて旅行中の紳士が、ある日、テーブルが一つしかない料理屋——なんてものがあるとして——に入る羽目になり、やむを得ず、主人は召使いと同じテーブルに座ります。ソーセージが出て来たので、紳士はナイフを手に取り、とてつもなく薄く一片を切り、裏の方が透けて見えるほどでした。召使いに言います。

「ほら、ジョゼフ、よく見なさい。上等のソーセージを食べたいと思ったら、こんな風に切るんだ。まるで冗談みたいだが、このやり方が断然よろしい。まず、薄く切れば、肉がよくスライスされる。次に、胡椒の粒がよく香る、ずっとよく香る。」

そう言うと、紳士はソーセージを召使いに渡します。召使いの方はナイフをつかむと、たっぷり時間をかけて厚さを測り、切り落としたのがまるで手押し車の車輪ほどもありました。

「なんだ、なんだ、どうした、なんて間抜けな！」と主人。「教えてやったのだから、こんな厚さに切るとは、おまえ、薄のろじゃないのか？」

「へえっ！」と、ジョゼフがやり返します。「旦那は正直すぎますぜ。気になさらないで。召使いが主人と同じようにうまいものを食べるわけにいきませんや。」

（『プロヴァンス年鑑』一八六四年）

リムーザン人の請願

リムーザン地方の住民はいつの時代でも旺盛な食欲で知られています。《あまりよくない、もう少し多く》がモットーなのです。リムーザンの土地が痩せていて、小麦がよく取れないので、パンがとりわけむかしは特別のご馳走でした。だから《まるでリムーザン人のようにパンを食べる》と言われたものです。

ある時、リモージュで、石工の下働きが、パンの耳を軟らかくするために、モルタルの桶につけるのを見て、親方が言いました。

「小僧、食い道楽になったようだな。倹約しなきゃダメだぞ！」

一三七一年に、リムーザン出身のグレゴリウス十一世を名乗る法王が、アヴィニョンで位に就きました。この知らせに狂喜した郷里の人たちがお祝いに駆けつけます。法王は愛想よく引見し、それから退出させる前に、なにかしてほしいことはないかと尋ねます。

「法王さま、ご存知のようにリムーザンは貧しいのですから、小麦が年に二回収穫できるようにして下されば、大変ありがたいです。」

法王が答えます。

「聞き届けてあげよう。承知した。しかし一つ条件がある。その場合、一年を二十四ヶ月にする。」

(『プロヴァンス年鑑』一八七〇年)

ペニエのけちん坊

ペニエのケチは有名です。ここの守銭奴がある日、ピュイルービエ(1)に自分よりケチなのがいると耳にします。そこで考えました。

「バカもん！　会いに行かんとな。倹約というのは究め尽くせない科学なんやで。」

ロバにまたがり、ピュイルービエにやって来ます。

「コンチハ。」

「コンチハ。」

「わしはあっちの方、ペニエから来たんじゃが、話によれば、あんた少しケチらしいな。できることなら少し習いたいと思うて会いに来たんや。」

「しかし、ペニエじゃ、全然無駄使いせんそうやないか。まあ、それでも、ロバを片づけて、軽い食事といきましょうや。」

そう言うと、ブドウの茎を取って、まな板に置くと、小さなナタ鎌で真ん中を切り分けます。

「これでどないするおつもりでっか?」と、ペニエの男が尋ねます。

「茎の半分はロバ用やで。残りの半分は、うちに泊まりはるのなら、明日の分にしまっさ。」

それから二人は食事の席に着きます。ピュイルービエの男が、ひどく汚れた引き出しから縁の欠けた皿を取り出しました。オリーブの実がいくつか載っていますが、乾いていて――いやはや!――ヤギの糞そっくりです。そのあいだに、ペニエの男は半ズボンのボタンを外し、あけすけにしゃべりながら、むき出しの尻を椅子に乗せます。相手が叫びます。

「しかし、あんた、なにをしやはる? 豚小屋にでもいるおつもりでっか?」

ペニエの男が答えます。

「ああ、こんな風にしていなかったら、四十年前にこの半ズボンはすり切れていたで。」

「そんなことまでして、なんの御利益があるんでっか!」と、相手のケチが四つのオリーブの実を汚れた引き出しにしまいこみながら言いました。「わしが教えることなんかなにもアラヘン。わしよりずっと上手じゃ。」

(『プロヴァンス年鑑』一八七四年)

原注

(1) ペニエとピュイルービエは、どちらもブーシュ゠デュ゠ローヌ県の村で、エクス゠アン゠プロヴァンスの東にある。

神の子ヒツジ

「ジョゼフ」と、グレス[1]の司祭が羊飼いの少年に言いました。「せめて、神さまにお祈りをしているのか？」

「お祈りなんて知りません、司祭さま。」

「よくお聞き、ジョゼフ、一つ教えてあげるから。」

「でも、俺、頭悪いから。」

「そうかい、子ヒツジを持っていないのかい？」

「いるよ、司祭さま、鼻面が黒く、毛が褐色のがいて、群れを先導するのに必要だ。しかしもし乳を飲むところを見たら、やたら頭突きするし、いずれろくでなしになりそう。もう柵を跳び越えるしね。」

「よし、聞きなさい、ジョゼフ。朝、お祈りとしてこう言いなさい。《神の子ヒツジ、世の罪を除きたもう主よ、われを憐れみたまえ》覚えられるだろうな？」

「ああ、司祭さま、難しくないよ。《神の子ヒツジ、世の罪を除きたもう主よ、われを憐れみたまえ》きれいなお祈りだな。《神の子ヒツジ……》」

「うん、ジョゼフ、よろしい。いい子にしていれば、来年、最初の聖体拝領をしてあげよう。」

翌年、司祭はまたジョゼフと会い、こう言います。

「さて、ジョゼフ、おまえの祈りをいつも唱えているか?」

「いつもやってます。」

「まだ覚えているか、少し試してみたいな。」

「《神のヒツジ、世の罪を除きたもう主よ、われを憐れみたまえ》」

「おいおい、ジョゼフ。困った奴だ。なにを言ってる? ちゃんと《神の子ヒツジ》と教えたはずだぞ。」

「へえ、しかし」と、ジョゼフが答えます。「まだ乳を飲んでるとお考えで? 去年は子ヒツジだった、それは否定できない。しかし今ではご覧になれば、きれいなヒツジに、角を生やしたヒツジになっていますよ、司祭さま。」

(『プロヴァンス年鑑』一八八一年)

原注

(1) グレス　サン゠テチエンヌ・デュ・グレスのこと。タラスコンとサン゠レミ゠ド゠プロヴァンスの間。

先祖

　実のところ、わたしたちの先祖は今ほど白いパンを食べてはいませんでした。二十歳になるまで、帽子も靴も靴下もネクタイも身に着けず、また安っぽいウールの服を、四十年間も着続けたものです。時おり飢饉があり、皮膚病やしらくもや疱瘡にはしじゅう感染し、たまにはペストも……要するに、ありとあらゆる種類の災厄が降りかかって来たのです。しかしながら、一つ認めておくべき事柄があります。わたしたちは豊かさに文句をつけたりしますが、あの人たちは貧しさを陽気に耐えたのです。よく言われるように、ランプの陰で笑っていたのです。寒さを防ぐために冬の間じゅう踊っていましたし、シャンソンを覚えて青春を過ごし、老人はお伽話を話して聞かせたものです。それに何か不幸が起きると、急いで！　諺やら冗談を持ち出して、憂うつを払いのけたのです。ほとんど手間がかからないし、どんなに気難しい人でも明るくなったものです。もし若い娘が日光を浴びながら表を歩けば、そばかすだらけになるとおびえたら、仲間がみんなして言ったものです。

　そばかすは

女の子
棒打ちの罰は
男の子
夕食になって、父親がたとえばこれはレンリソウの料理だと見抜き、子どもたちの一人がふくれ面をしたりすれば、一家の主婦は言ったものです。
レンリソウ
欲しくなければ、食べないで。
こう言われると、みんな一皿分を大急ぎで平らげました。もし小麦のなかに飼料用のベッチが混ざっていても、取り除いたりはしません。父親が言うからです。
ベッチは
パンの生地を分厚くする
もしパンが灰まみれで、それに気づいてナイフでかき落とそうとすれば、厳しく咎められる。
よいキリスト教徒でないな
年にほんのわずかな灰も食べないようでは
堅すぎるパンに文句を言ったら、
堅いパンは

家を堅固にする
もしパンにカビが生えていたら、みんなが叫びます。
カビを取るな、お金を見つけなさい
もし台所が煙っていて、息が詰まりそうになったら、みんなが笑いながら歌ってくれます。
煙りよ、煙り、暖炉の煙りよ
いつも一番美しいところへ行け
そしてベッドがあまりふわふわしていないと思ったら、たちまち次の返事が返ってきます。
硬いベッドは背筋を伸ばす

百年前、いや五十年前でさえ、民衆の教育はこんな風に行われました。だからといって、わたしたちの父や祖父が二十五年のあいだ、全ヨーロッパに敢然と立ち向かい、あらゆる首都の鐘塔にわが国の旗を立てる妨げにはならなかったのです。

先祖をバカにしてはいけません。

（『プロヴァンス年鑑』一八八二年）

第七部　コルシカ島の民話

——J・B・フレデリック・オルトリ編（林健太郎訳）

羊飼いと三月

むかし、一人の羊飼いが雄雌たくさんのヒツジを飼っていました。海岸の砂粒にも負けないほどの数でした。それなのにこの男はヒツジを失うことをおそれていて、冬の間ずっと、どの月にもどうかよろしくと祈っていました。月たちは自分たちへの祈りを聞いてやりました。おかげで羊飼いのヒツジは雄も雌もみな無事でした。とりわけ三月は雨も雹も降らせませんし、群れをだめにしてしまう病も一切もたらしませんでした。さて、その三月も最後の日になり、もはやおそれることがなくなった羊飼いは笑って三月を罵り始めました。

「三月よ、三月よ、ヒツジのことではずいぶんおまえをおそれたが、もう怖くはないぞ。さらばだ、病よ。三月よ、三月よ、春がやって来たらもうわたしにどんな悪さもできまい。」

これほどの恩知らずにすっかり腹を立てた三月は、兄弟の四月を探して言いました。

「おお四月よ、わが兄弟、
わたしに三日貸してくれ

こらしめてやるぞ羊飼い
やつには後悔させてやれ」*1

兄弟想いの四月はそのとおりにしました。するとすぐに三月は、ありとあらゆる場所をかけ巡り、あっという間に風と病とすさまじい嵐を集めました。そのすべてがいちどきに、哀れな群れに解き放たれたのです。最初の日、ヒツジたちが調子を崩したと思ったら雄雌ともに死んでしまいました。二日目は子ヒツジの番でした。そして三日目、とうとうすべてが死に絶えました。

オルミクシア（コルス＝デュ＝シュド県サルテーヌ郡、タラーノ・スコパメーヌ小郡の村）のＡ・ジョゼフ・オルトリが一八八二年に語った話。

訳注

＊１　原著ではコルシカ語とフランス語の併記。

三匹のヒキガエル

ある女が若い頃、きわめて破廉恥な喜びにふけっていました。身ごもるたびにその女は子を堕ろしていました。そんなことが三度起こりました。歳を重ね、この女は後悔しました。

「情けない、なんてことをしてしまったの」と、絶えず繰り返しては思い詰め、すっかりまいってしまいました。苦しみにさいなまれ、もはや耐えられなくなった哀れな女は、告解をして罪の許しを受けようと思いました。

「神父さま、大きな過ちを告白しにまいりました。」

「さて、なにをしたのです、ご婦人?」

「わたくしは三度、子を堕ろしました。」

「あなたは三つの大罪を犯したのです。現世であれ、地獄であれ、その報いを受けなくてはなりません。しかし、あなたが救われるよう努めてみましょう。」

「ああ、主なる神よ、聖母マリアよ!」

「あなたが子を堕ろしたときに着ていた肌着を探して来なさい。」

女は肌着をとりに行き、神父に渡しました。神父はそれを一枚一枚振りました。そこから三匹のヒキガエルが落ち、教会のなかを走り始めました。一匹のヒキガエルが祭壇に登り、別のヒキガエルは礼拝堂へ向かい、三匹目は外壁を這い上がりました。

「哀れな女よ、あれがあなたの犯した三つのおそろしい罪ですぞ！　祭壇に登ったヒキガエルは司教になるはずでした。礼拝堂へ行ったものは最も博識な司祭の一人に、外壁を這い上がったものは天才画家になるはずだったのです。さあ、この三つの大罪を償うための贖罪をあなたに課しましょう。あなたはこの杯を満たしに聖水のわく泉へ行くのです。行けばあなたを喰らおうとする七つ頭の龍に出くわすでしょう。ここに剣がありますから、これで龍に斬りかかるのです。龍の頭を一つはねることができればあなたは救われます。うまくいかなければそれは神があなたをお許しにならないということであり、あなたは喰われてしまいます。」

かわいそうな女は出かけて行きました。長い、実に長い旅を経て、女は聖水の泉へたどり着きました。そこで女が見たのは、目を輝かせ、女を喰らおうと近づいてくる七つ頭の大きなおそろしい龍でした。哀れな罪人は剣を握ると、震えることもなく、思い切り龍に幾太刀か浴びせました。しかしなんとも絶望的なことに、龍は一切傷ついておらず、常に三匹の巨大なヒキガエルが怪物と剣の間に割って入るのでした。それを見て女の体中の血が凍りました。女にはその三匹のヒキガエルがわが子であり、自分を許してくれないのだとわかったのです。それでも女はわずかながら力をこめ直し、思い切り斬りつけると一匹に当たり、ヒキガエルはばたりと死にました。続いて斬りつけると残りのヒキガエルにも致命傷となり、二匹とも哀れな女の足もとで息絶えました。龍はいっそう怒り狂って戦い続けました。不吉なシューシューという音が七つ聞こえました。不幸な女は精根尽き果てよろめくと、地面に倒れました。

女は龍に喰われました。

ポルト・ヴェッキオ（コルス゠デュ゠シュド県サルテーヌ郡の小郡、コルシカ島南東に位置する港）のマリーニ夫人が一八八二年に語った話。

七足の鉄の靴と三本の木の棒

カタリネッラとその二人の姉はインクーディネ山(1)の麓に薪拾いに行っていましたが、毎日ある声が末娘に語りかけて来るのでした。

「カタリネッラ、もっと上まで登っておいで。」

初め若い娘たちはたいそうこわがっていました。しかし声が呼びかけて来るのを何度も聞くうちに、カタリネッラはすっかり馴れてしまいました。ある日、彼女は姉たちに言いました。

「この声がどうしたいのか、登って確かめてみない?」

「まあ、ばかな子! わたしたち殺されてしまうわよ。」

「わたしになにをしてほしいのかどうしても知りたいの。」

「薪を拾い集めて家へ戻った方が身のためよ。」

しかし勇敢なこの若い娘は、聞く耳を持ちませんでした。姉たちを抱きしめると、声が聞こえてくるらしい方角へと向かいました。娘がインクーディネ山の頂へどんどん進んで行っても、声は相変わらず続いています。

「カタリネッラ、登っておいで、もっと上まで登っておいで。」

そしてカタリネッラは登り続けました。日中いっぱい道を続けると、若い娘は一人の庭師に出会いました。この男は娘を見るや言いました。

「ああ、かわいそうな子よ、なにしにここへ登って来た？　これから命じられることを果たせなければ、おまえは死んでしまうぞ。」

そして庭師はカタリネッラを、今まで見たこともない美しい城の、そのなかでも一番美しい部屋へと案内しました。この部屋にはぎっしりと彫像が置かれていました。彫像の番をしている男が娘に言いました。

「カタリネッラ、これからおまえに言うことを果たせなければ、永遠に言葉は唇でしおれ、目は光にも閉じたまま、生きながらにしておまえは死ぬことになる。」

「なんですって！　助かるにはどうすればいいのです？」

「こちらに来なさい。」

「来ましたわ。」

「これらの彫像が見えるか？　こうなっているのはわたしの命じた務めを果たせなかったからだ。だがおまえは美しく可愛らしい。おまえの務めは今までのものよりずっとやさしくしてやろう。」

「わたしはなにをしなくてはならないのですか？」

「もっとこっちに来なさい。」

カタリネッラは近づきました。

「見なさい。」

「男の人たちですね。みんな王子さまのような格好をしていますわ。一番身分が低い方は伯爵か侯爵かしら。」

「よろしい。ではあのくぼみにいるのが見えるか。」

「ええ。」

「あれは王の息子だ。まだ二十歳のこの者とおまえは結婚せねばならぬ。」

「あの方と結婚ですって？　ああ、わたしったらなんて不幸なの！　とにかくこの方を生き返らせなくては。」

「そうだ、それこそまさにおまえがしなくてはいけないことだ。うまくいかなければこの先ずっと彫像に変えられてしまうのだからな。だがこれからおまえに言うことをすべてすれば、きっとうまくいく。ここにある宝は皆おまえのものになるだろう。そうなれば婚礼の祝宴だって挙げられるぞ。」

「いったいなにをすればいいのです？」

「おまえはこの七足の鉄の靴と三本の木の棒を使い切らなくてはならん。城から城へ、村から村へと行くのだ。道を通ることもあろう、おまえが道を切り開くこともあろう。ただしここに戻って来ていいのは、七足の鉄の靴と三本の木の棒がすっかり使い果たされたときだけだ。国々を歩き回ってたくさん扉をたたいて来ることだな。」

カタリネッラは靴を履き、棒を握って出発しました。休むことなく三十日と三十晩、旅をしました。やっとある森へたどり着きました。入って行くと小さな明かりが見えます。

「あそこまでたどり着けたなら、そこで夜を過ごすことができそうだわ。」そう言って娘が歩を早めると、キズタとイバラに覆われたあばら家が見つかりました。

「トントン」

「だれだい?」

「開けて下さい、あわれな娘を今晩泊めていただけませんか。」

ひとりの老人が娘に戸を開けました。長く白いひげがひざまで届いていました。

「さあ入りなさい。ひとの顔を見るなんて百年ぶりだ。それにしてもいったいどこへ行くのだね?」

「この七足の鉄の靴と三本の木の棒がすっかりすり減るまで、世界中を巡っているのです。」カタリネッラは身の上に起きた話を聞かせました。翌日、若い娘は出発しようとしました。老人は娘に言いました。

「このナシをやろう。このナシを使うと、すばらしい音楽を奏でることができる。これを使いながら王さまの宮殿の前へ行くのだよ。そこで《ナシよナシ、わたしを忘れるな》と言ってごらん。すぐに地面から宮殿が飛び出して来るぞ。そのなかで王の息子が魔法にかかっているからね。」

カタリネッラは道を続けました。いくつもの川を渡り、山々を越えると、広大な平地で哀れな男が一人、小屋の近くを耕しているのが見えました。

「少しばかり休ませていただいてもいいですか？」

「おまえはだれだ？　俗世を離れてからというもの、いったい何年経ったことやら。」

「わたしは七足の鉄の靴と三本の木の棒を使い果たさなくてはならぬあわれな娘でございます。」

カタリネッラは身の上を語りました。

「そうか。ならばこのクルミをあげよう。このクルミを使うと、あらゆる歌を好きなだけ奏でることができるぞ。」

「ありがとうございます。」

「《クルミよクルミ、わたしを忘れるな》と言えば、地面から王さまの粉ひき車が飛び出して回り始めるからな。いくらでも粉をひいてくれるぞ。さあ、すぐに出かけなさい。道すがら隠者に出会うだろうが、この者もまたなにかくれるはずだ。」

実際、その一年後、カタリネッラは隠者に出会いました。この者は娘にアーモンドをくれました。それを使うと、たとえ死んだ者にでも話やダンスをさせることができるのでした。ずっと後になって、若い娘は王さまの都へ到着しました。そこで死者を送る葬列に出くわすと、娘はアーモンドを使ってみました。すぐさま死体は起き上がり、踊ってしゃべり始めました。その場にいた者たちは大驚きです。感激してみながカタリネッラを取り囲みました。埋葬されるのは王宮の高官でしたので、ちょうどその場に王さまもいました。王は若い娘に尋ねました。

「おまえのアーモンドはいくらかな?」

「金でも銀でもお売りするわけにはいきません。」

「わしの街と宮殿をおまえにあげよう。」

「たとえ王国とひきかえでもこれはお譲りできません。」

王さまはカタリネッラのもとを離れなくてはならなかったので、発つ前に言い残しました。

「わしのところへ来なさい。今晩待っているぞ。」

「参りましょう」と、娘は言いました。

夜になってカタリネッラは王宮の前に来てクルミを使いました。その音楽があまりにすばらしかったので、王はテーブルから立ち上がり、何事か見に行きました。王は目の前で自分の粉ひき車がずっと回っている様を見ました。

「ああ、なんと美しいのだ。カタリネッラ、カタリネッラよ、おまえのクルミを売ってくれ。」

「いいえ、お売りできません。」

「なにも売りたくないというのであれば、クルミを奏で続けてくれ。」

するとと続けてカタリネッラはナシを手にとり、今度はその調べでみなをうっとりさせました。この娘が奏でるにつれ、徐々に城がそびえ立ってきました。そこには王の息子が彫像に変えられているのです。ついに彫像の間が現われました。王さまは自分の子どもに気づくと、気が触れたようになりました。

「カタリネッラ、わしにおまえのナシを売るのじゃ。わしの財宝だろうが命だろうが、なんでも望むものを手にするがいい。だが、代わりにおまえのナシを渡してくれ。」

「だめです、ただ、もしあなたが息子を取り戻したいなら付いて来て下さい」と、若い娘は答えました。

「どこへ行くというのだ？　息子が魔法にかけられている宮殿はもう見えなくなってしまったぞ。」

確かに、ナシの奏でる最後の調べとともに宮殿は消えてしまっていました。

「再びご子息に会うためには、あなたは遠く、とても遠く、インクーディネ山まで探しに行かなくてはなりません。さあ、お車に乗って。出発して下さい。」

王はすぐさま自分のウマのなかでも選りすぐりを車につながせると、カタリネッラに言いました。

「わしの横に早く乗るのだ、道を急ぐぞ。」

「ああ、だめです。わたしは歩いて行かなくてはなりません。まだ一足、履きつぶさなくてはならない鉄の靴が残っているのです。ひたすら前へ進み、インクーディネ山が現われたら止まって下さい。もっと上へ登れと声が言ってきたら、とくに気をつけて進むのです。お子さまの魔法を解く前に、わたしのように七足の鉄の靴と三本の木の棒を使い切らねばならなくなりますよ。」

「ありがとう、カタリネッラ」と、王は言いました。

そして王は出発しました。とても長く旅をしてふと若い娘が気づくと、なんとも嬉しいことに七足の鉄の靴と三本の木の棒はすっかりすり減っていました。その時、インクーディネ山はさほど遠くありませんでしたので、娘は日が落ちる前に到着しました。山の麓で娘は王に出会いました。

「よかった、もう少しわたしを待っていて下さい。あなたを迎えに来ますから。」

カタリネッラが城のなかへ足を踏み入れると、森の木々が歌い、石は踊り、獣たちはしゃべり始めました。みなが言いました。

「こんにちは、カタリネッラ、こんにちは。」

カタリネッラもみなに言いました。

「こんにちは、こんにちは。」

番人が出迎えに来ました。

「靴と棒はもう使えなくなっているだろうね?」

「ええ、このとおり。」

「よろしい。」

「すぐに王の息子を生き返らせるわ。」

「いいや、もう少し待つのだ。その前に周りの者たちをみんな生き返らせるのだ。目覚めたときに一人きりだと思わせないようにしなくては。」

そこでカタリネッラは木の棒のひとかけを、城の番人にもらった水に浸すと、彫像に触れながら言いました。

「この水によってわたしはおまえに命を与える。」

このように娘が言ってまわると、彫像たちは魔法の城に入る前と同じように歩き、しゃべり始めました。ついに王の息子のもとに来ると、カタリネッラは王子を三つ小さくたたきながら言いました。

「この水によってわたしはおまえに命を与える。」

王子は目覚めました。

「父はどこです?」

「ここにおられますよ。すぐ近くです。」

そう言うと娘は王を迎えに行きました。息子を抱きしめる王の喜びはどれほどのものだったでしょう。息ができなくなるくらい、ぎゅっと王子を胸に抱きしめていました。それでもまもなくして王は言いました。

「わが子よ、この若いおひとが世界中駆け巡っておまえを救ってくれたのだ。この方と結婚してその恩に報いるのがもっともだろう。」

王の息子も望むところでした。カタリネッラはとても美しかったのです。そんなわけで、まさにその日に婚礼は執り行われることになりました。王子とともに捕われていた者はみな招かれました。彼らは生き返ったことを喜んで、大いに飲み、大いに食べ、それまでなにも飲み食いできなくされていた埋め合わせをしました。何日か後、カタリネッラとその夫は彼らの国へと出発しました。都に着くと、すべての鐘が喜びの音を鳴らし、三週間にわたって、思い描きうるかぎり最も美しい音楽が聞こえたのでした。国中に音楽を奏でたのはあのナシとクルミとアーモンドでした。

ポルト・ヴェッキオのマリーニ夫人が一八八二年に語った話。

原注

(1) インクーディネ山はコルシカ島南部の最高峰で、リッツァネーゼ川とトラヴォ川〔表記は原文ママ。ともにコルシカ島南西のヴァリンコ湾に注ぐ川〕の水源の上方に位置する。インクーディネ山は巨大な花崗岩の塊で、頂は灰色ですべすべして光沢のある石の台地になっており、巨大な鉄床に似た形をしている。山の名前は岩のこの独特な形に由来する〔インクーディネはイタリア語で「鉄床」の意〕。

二つの箱

ある偉大な王の息子が美しい炭焼き娘を愛していました。

男の両親はこの恋を知ってひどく腹を立て、息子をある金持ちのお姫さまと無理やり結婚させてしまいました。このお姫さまときたら、まだ若いのに今まで大勢の恋人がいました。

婚礼の夜、お姫さまは新郎が自分の品行の悪さに気づくのをおそれました。そんなわけで小間使いを街にやると、まだ処女で、しかも王の息子と一夜をともにしてもいいという女を探させました。

小間使いは宮殿から出るやいなや、あの炭焼き娘に出会いました。

「おまえは処女か？」

「ええ。」

「今夜王の息子と一夜をともにしてはもらえないだろうか？」

「いいでしょう。でも結婚されているのでは？」

「おまえには説明できないが、訳あって王女はおまえに身代わりになってもらわねばならないのだ。」

「王子はどう思われるでしょうか？」

「それは構うな。こちらで王子にはなにも見えないように手はずを整えよう。」

夜になって、この美しい炭焼き娘は恋人と結ばれに行きました。

日が昇る前、正体を見破られなかったこの若い娘は王の息子に言いました。

「今あなたが指にはめている指輪をわたしに下さい。わたしたちが愛を交わした初夜の変わらぬしるしがほしいのです。」

妻に不満を抱かせぬよう、王子は指輪を渡しました。美しい炭焼き娘は服を着ると出て行きました。

翌晩も王女に扮してこの女はまたやって来ました。今度は思い出にといって刺繍のほどこされた肩掛けを求めました。王の息子が婚礼の日に身につけていたものでした。

王子は今度も言うとおりにしました。同じように三度目の夜にはダイヤモンドのみごとな帯を与えました。

疑いはすべて晴れただろうということで、王女はいよいよ自分が夫と楽しむ番だと思いました。彼女に幸いしたことに、王子は疲れていてなにも勘づきませんでした。

そんなことが九ヶ月続きました。

するとどうでしょう、炭焼き娘が色白で血色のいい美しい男の子を産んだのです。まさに出産したその晩、炭焼き娘は王の息子に面会を求めました。

急いで駆けつけた王子に、美しい産婦は、すばらしい肩掛けにくるまれ、ダイヤモンドの輝く帯を締め、指にはみごとな指輪をはめた子どもを見せました。王の息子がすぐにそれとわかるものばかりです。

「この肩掛け、この帯、そしてこの指輪、いったいどういうわけでここにあるのだ？」と、若者は尋ねました。

こうして美しい炭焼き娘は、男にことの顚末を語りました。恋する男は、今後はもうこの娘以外を妻にすることはないと誓いました。

その後、王の息子は装飾品店へ駆けこんで言いました。

「二つ箱を作ってくれ。一つは金製だが、雑な仕事でいい。もう一つは銀製で丹誠込めて粋を極めたものにしてくれ。」

望みどおりに二つの箱ができあがると、若き王子は父である王に見せて言いました。

「この二つの品のうち、どちらがより賞賛に値するとお思いですか？」

「ああ、こちらの金製の箱ははるかに高価だが、このようなひどい仕上がりではわが王国の職人はみな銀製の箱を好むであろう。これは洗練された美と彫金の真の傑作だ」と、王は言いました。

「では父上は、二つの箱のどちらをお好みですか?」
「申したであろうが。わしの好むのは銀製のものだ。」
「そうでしょう、この二つの箱はよく表しているのです。すなわち金製のものは父上がわたしに結婚させた女です。そして銀製のものは貧しくともわたしが愛していて魅力ある千の長所を備えた一人の若い娘です。」

そして同時に、王の息子は妻である姫が送っていたいかがわしい生活、その破廉恥な放蕩ぶり、はては婚礼初夜の手管までを父に語って聞かせました。

こうしたすべてを知って、王は耳を疑わずにはいられませんでした。ついには激怒して王女を呼んで来させると、さすがに王女も悪い行いに関してなに一つ否定しませんでした。

王女は不名誉なことに両親のもとへ送り返されました。両親も娘の行いを申し訳なく思い、当然の罰に文句を言うことはできませんでした。

若き王子はといえば、まもなく素敵な炭焼き娘と結婚し、妻との暮らしはいつまでも幸せでした。

ポッジオ・ディ・タラーノ(コルス゠デュ゠シュド県サルテーヌ郡の村)の地主ジョゼフ・キリチーニが一八八一年に語った話。

バラ水の泉

アレリア(1)のある男は王さまと同じくらい金持ちでした。不幸にもこの男は晩年に差しかかり失明してしまいました。そこで男は三人の息子を呼んで言いました。

「おまえたちのなかで、わたしを治してくれる者に全財産を譲ろう。」

三人の息子たちは出かけて行って、世の名医たちを探して来ましたが、だれもこの老人の目を治すことはできませんでした。ついに、なかでも一番博識の医者が男に言いました。

「人間の力では決してあなたを治すことはできません。ただ、バラ水の泉で汲んだ瓶であれば治すことができるでしょう。あなたの目に光が戻るのに、このすばらしい水が数滴あれば足りるでしょう。」

三人の子どもたちはすぐに泉へ行こうと買って出たものの、彼らのだれも泉がどこにあるのか知りませんでした。それでもいつか見つかるだろうと出発し、めいめい違う道をたどりました。旅を続けてだいぶ経ったとき、一番上の兄が道すがら、腕に子どもを抱いた若い女に出会いました。

「どこへ行くのです?」

「おまえには関係ない。説明しなくてはならんというのか。」

「いいでしょう、あなたの運命が導くところへ行きなさい。」

上の兄は道を続け、泉にたどり着いたものの、そこで泉を守るライオンとヘビに喰われてしまいました。二番目の兄も道すがら、同じ女に出会いました。

「どこへ行くのです?」

「立ち入ったことを聞きたがる女だ。人に構わない方がずっと身のためだぞ。」

「いいでしょう、口出しはやめにしましょう。」

この者も道を続け、上の兄と同じように、泉を守る獰猛な獣たちに喰われてしまいました。末の弟もやはり、若い女とその子どもに出会いました。実はその者たちは聖母マリアと幼児イエスにほかなりません。

「どこへ行くのです?」

「バラ水の泉へこの小瓶を満たしに行くのです。目の見えない父を治すためです。」

「その泉がどこにあるのか知っていますか?」

「いいえ、でも病気の父の思い出がわたしに勇気をくれます。これだけ探していればきっといつか奇跡の泉を見つけることができるでしょう。」

「よいことですね、わたしにはあなたの優しい心がわかります。探している泉へ行くには、ひたすらこの道をたどるだけです。ただし、この蠟《ろう》のかけらを持っていなさい。獰猛な獣たちがあなたに襲いかかってきたら、それを少し獣たちにくれてやりなさい。それだけで獣を殺すことができますよ。瓶をひとたび満たしたら、戻って水を大切にとっておくのです。死者に数滴たらせばその者は生き返るのですから。」

若者は出発すると、とうとうバラ水の泉を見つけました。恐ろしいほえ声やシューシューという鋭い音を耳にすると、恐怖に髪が逆立ちました。若者を見るや巨大なヘビが飛びかかろうとしましたが、わずかな蠟がすぐにこの龍の息の根を止めてしまいました。他の怪物たちも次々と同じ運命をたどりました。こうして末弟は泉に近づくことができたのです。瓶を一杯にすると、この者はアレリアに戻りました。しかし、なんということか、その数日前に父親は亡くなっていたのです。かわいそうな子どもは幸い、聖母マリアの言葉を思い出しました。そうして彼は死者の墓を開かせると奇跡の水を使いました。なんとも幸せなことに、死者がだんだん生き返り、起き上がって話す姿が見られました。皆の喜びと驚きといったらどれほどだったことでしょう。だれもが奇跡だと叫び、違うと言い張ってもこの善良な息子は聖人扱いされました。実際、彼が生きている間は、アレリアでだれも死ぬことはありませんでした。貴重な水のわずか一滴で瀕死の者を治してしまったのですから。不幸なことにいざ自分に必要になった時、小瓶はもう空っぽでした。もっとも、この良き息子はもうすっかり歳をとっていて、人生になにも悔いはなかったのです。

ポルト・ヴェッキオのマリーニ夫人が一八八二年に語った話。

原注

(1) アレリアはローマ時代全般および中世の一時期にコルシカの首都であった。今日ではこの古代都市の名残は、栗林に覆われた丘の頂にそびえるいくつかの遺跡ばかりである。

古来、ペラスギ人からピサ人やリグリア人に至るまで、アレリアはティレニア海の支配者たちならびにこの海が岸を洗う国々を治める帝国が連綿と続くのを見て来た。やがてペルシア人のくびきを逃れようとフォキス人がこの地に流れた〔紀元前五六五年頃〕。当時キュロス大王を戴くペルシアは西アジアの覇者となっていた。その後アレリアはエトルリア人とカルタゴ人の支配するところとなるが〔同盟軍が紀元前五三五年の海戦でフォキス人を破る〕、執政官ルキウス・コルネリウス・スキピオ率いるローマ人によって破壊される〔紀元前二五九年〕。後にスッラ〔ルキウス・コルネリウス・スッラ　紀元前一三八〜紀元前七八年〕はこの地を植民地化し〔紀元前八一年〕、コルシカにおけるマリウス〔ガイウス・マリウス　紀元前一五七〜紀元前八六年〕支持派の勢力に対抗せんとした。マリウスはゴロ川の河口付近のマリアナ〔コルシカ島北東の沿岸部に紀元前一〇一年頃築かれた都市〕を拠点としていた。

王の娘マリー

ある王さまに二人の娘と一人の息子がいました。老いを感じたこの王は、子どもたちを呼んで言いました。

「今日おまえたちにわが王国とわが財産すべてを分け与えようと思う。だがその前におまえたち皆がどのようにわたしを愛しているのか申してみよ。」

上の娘が進み出て言いました。

「わたしは自分の命や魂よりも父上を愛しています。父上のためならばイエス・キリストが再び十字架にかけられようと構いません。」

「よろしい、娘よ、こっちへ来て抱きしめておくれ。」

今度は息子が言いました。

「父よ、わたしに下さるという王国よりも父上を愛しています。父上が少しの間でも心地よくなるのなら、燃え盛る火にも飛びこみましょう。」

「おまえもこちらへ来て抱きしめておくれ。父はおまえのことを忘れまい。」

名をマリーという末の娘が最後に父親の前に来て言いました。

「わたしは、逆らわず尽くす娘があなたのような父親を愛さなくてはならないのと同じように、父上を愛しております。」

この言葉に年老いた王は青くなりました。王は娘が自分を愛していないと思い、ひどく腹をたてました。

「出て行け、出て行け、だれを愛することもない親不孝娘が。」

不幸な娘は従うほかありませんでした。そうしなければ父親に殺されていたことでしょう。発つ前にマリーは自分の部屋に上がり、もう一度そこで泣きました。しかし時が迫り、マリーは金銀で刺繍された美しいドレスのすべてをまとめ、大きな風呂敷に詰め込みました。そうして彼女は出発すると、最初に自分の前に現われた道をたどりました。一晩中移動した後、かわいそうな娘はある農場に出ました。戸をたたこうとしたそのとき、娘はこの家の若者たちに飛びきりの美女と思われてなにかあってはと考え、道を引き返し、広い森をさまよいました。そこでかわいそうなこの子は野になる果物しか食べず、小川の水しか飲みませんでした。

こうして何週間もさまよい、ついに娘は森を抜けました。道端でロバが死んでいました。お姫さまはナイフでロバの皮をはぐと、それを乾かし、自分がただの召使いだと思われるよう、それを着込みました。こうしておかしな格好で、若い娘はさらに長い間旅をしました。しかし金の刺繍をほどこした美しいドレスを包んだ風呂敷は片時も離しませんでした。やっとのことで娘は美しい城のそばに着きました。

「召使いがご入り用ではないですか?」

「ああ、ヤギたちの世話をする女を探している。」

こうして王の娘は領主のもとで働き始めました。毎朝マリーはヤギたちを山へと連れて行きました。しかし身にまとうロバの皮のせいでみすぼらしく見えたので、だれもわざわざ彼女のことを見ませんでした。でも本当は、このかわいそうな娘っこはとても小ぎれいにしていました。これほど悲しい境遇に陥ってしまっては、マリーが楽しむことなどほとんどなかったのは当然でしょう。父の思い出、面前から追い出されたとはいえ彼女がとても愛していた父、もはや会うことも叶わない姉や兄、彼らの思い出がマリーの心を悲しみで満たしました。

ある日、山羊飼いの若い娘は祖国を、父を、子どもの頃の美しい日々を夢に見、もう一度金銀の錦織がほどこされた美しいドレスを着てみたくなりました。彼女はヤギたちを小川のそばへ連れて行き、山々に囲まれたその場所で髪をきれいになで付け、手足をよく洗い、父の邸宅でしていたように服を身につけました。悲しきマリーがこれほど美しく見えたことはありませんでした。

やがて祖国の歌を歌いたいという思いにかられて彼女が歌い始めると、その甘い歌声にヤギたちも草を食み水を飲むのをやめてしまいました。

それでも夜はふけて来ます。若い娘は再び古いロバの皮を身につけました。しかしそのとき、一人の若者が現われました。狩りで道に迷った若者はなんとこの国の王の息子でした。

男はすべてを見、すべてを聞いていました。もはやその後では、これほど素敵な娘を愛さずにいられるはずなどありません。だれかに気づかれたことがわかり、このかわいい山羊飼いは手足を震わせ始めました。するともはやヤギたちのことなど考えもせず、娘は主人の城へと逃げてしまいました。運悪く、慌てていたマリーは小さな美しい靴を片方忘れてしまいました。それはとてもとても小さく、同じようなものをだれも目にしたことはありませんでした。

その日以来、王の息子はあの美しかった娘、あれほど甘美な声で歌っていた山羊飼いの娘にすっかり恋におちてしまいました。男はあらゆる方面から娘を捜させましたがすべて無駄でした。どこにも見つけることができなかったのです。そこで国中にラッパの音高らかに知らせることにしたのです。王の息子は見つかった靴を履くことができた者を妻とすると。

女たちの殺到ぶりときたらどれほどだったでしょう。みな自分の足は小さく、必ず王子と結婚できると考えたようですが、だれも指先を入れることすらままならなかったのです。王の息子はすっかり落胆してしまい、恋に命絶えんばかりでした。そのときです、隣の城の山羊飼いの娘は来なかったと知らされました。すぐさま迎えの者が、まだロバの皮を頭にかぶったマリーのもとに駆けつけ、王子の前に連れて行きました。なんという驚きでしょう。娘の足は靴にぴったり入ったのです。

「女王万歳！」と、廷臣たちは叫びましたが、そう言ったのは娘をばかにしてのことでした。

若き王子の両親は、どのような者に息子の白羽の矢がたったのか知るやすっかり怒ってしまい、息子がそのような汚らわしい山羊飼いの娘と結婚するなど絶対に許すまいと誓いました。

しかしマリーの方も、これまた王の娘です、そこで彼らに言いました。

「今でこそヤギの番をしてはいますが、幼き頃よりこの仕事をしてきたなどとお考えにならないで下さい。なぜならわたしの父は、民を統べる力ある王なのです。」

廷臣たちはみな、娘がそのように話すのを聞いて笑い始めました。しかしこの若い娘はかつてのように服をまとうことを求めました。まもなくしてみな、金銀の刺繍をほどこした美しいドレスとともに現われる娘の姿を目の当たりにしました。だれもがうっとりと見ほれ、叫ばずにはいられませんでした。

「ああ、なんと美しいのだ！　ああ、なんと美しいのだ！」

すっかり喜んだ若き王子はその日のうちに結婚したがりましたが、マリーは王子に言いました。

「わたしがあなたと結婚するのは、父がわたしに関するまちがいを正し、結婚式に出席してくれるときが来てからです。」

そういったわけで年老いた王のもとへ使者が送られましたが、残念なことに、まもなく戻って来た者たちは悲しみに暮れていました。

「使いの方々、なぜそんなにも悲しんでいるのですか？」と、マリーは尋ねました。

「王妃さま、父君であらせられる王は気が触れていらっしゃいます。王の息子と娘は、その財産すべてを剝ぎ取ってしまうと、王が必要なものにも事欠くまでにしてしまったのです。王が不満を訴えると、彼らはぞっとするような独房へ王を閉じこめさせました。そこにはだれも入りこむことができません。」

心優しく善良なマリーはその悲しい知らせに泣き始めました。

「落ち着きなさい、誓って王の恨みを晴らしてみせましょう。」婚約者はそう言って、彼女をなぐさめようとしました。

「わたしがあなたと結婚するのは、父が王位に戻り、心身ともに健康で結婚式に出席できるときだけです」と、かわいそうな娘はあらためて言いました。

この決意を知らされた若き王子の両親は、年老いた父をそのようにだました恩知らずな子たちに宣戦布告しました。やがて王の子どもたちは打ち負かされ、不幸な老人が王位に返り咲きました。

残念なことにマリーの父は本当に気が触れてしまっていました。このやさしい娘は一年の間ずっと王にやさしく触れ続け、かぎりない献身をもってやっと王を正気に戻すことができました。

王子とすばらしい王女の結婚を妨げるものはもうなにもありません。結婚は見たこともないほど盛大に祝われました。いたるところから参列者がやって来て、式とその後開かれた宴席に出席しました。街のすべての広場で音楽が奏でられ、鐘が勢いよく鳴り響きました。

わたしはというと、お姫さまでも侯爵夫人でもありませんから、テーブルの下に陣取ってそこでご馳走のおこぼれにたっぷりあずかったというわけです。

ポルト・ヴェッキオのアデライード・デ・アルマ嬢が一八八一年に語った話。

七人の泥棒の宝

ある男が二人の息子を残して死にました。上の子はフランチェスコといって、とても金持ちでした。もう一人はステヴァヌといって、まったくなにも持っていませんでした。

さて、弟の方がある日考えました。

「ひと財産稼ぎに行ってみようか？　なにが起ころうと、今よりずっと悪くなるなんてことはないだろう。」

こうして出かけて行きました。

一日中旅した後、男は大きな森へたどり着き、そこへ入って夜を過ごすことにしました。なかに入ってまもなくのことです。四方八方からオオカミとライオンのうなり声が聞こえて来ました。怖くなってステヴァヌはすぐに木の上に登りました。わたしが保証しますが、そこで男はじっと静かにしていました。まもなくして、なにやら声が男のところまで聞こえて来ました。七人の泥棒が木の根元で話をしていたのです。男がいた木の横の木でした。何歩か先に洞窟があって、ステヴァヌははっきり耳にしました。

「セルキア、開け。」

扉が開きました。そして泥棒たちは洞窟のなかへ入るや、すぐに言いました。

「セルキア、閉まれ。」

翌朝になって山賊たちは出かけて行きました。賊たちがかなり遠くまで行ってしまうと、一攫千金を夢見る哀れな男は、それまでいた木の上からゆっくりと降りました。今度はこの男が洞窟の扉に触れながら言いました。

「セルキア、開け。」

扉は命令に従い、男は七人の泥棒の隠れ家に入りこむことができました。岩の隙間から光が入るだけのこの洞窟のなかで、哀れなステヴァヌが目にしたのはなんと高価な品々だったでしょう。そこにはゼッキーノ金貨〔かつてヴェネチアで鋳造された金貨で、その名は造幣局を意味するイタリア語「ゼッカ」に由来する〕の詰まった袋や巨大なダイヤモンドで飾られた首飾りや腕輪があり、山のようなガーネットやトパーズ、サファイアの真ん中にルビーやエメラルドがどっさり埋もれていました。

ステヴァヌほど目がくらんだ人間など、今まで決して、決していませんでした。彼はそのままそこで、一時間以上も高価な品々のすべてを眺めていました。すると突然長い夢から覚めたようにはっとしました。

「もうすぐ泥棒たちが戻って来るんじゃないか?」

男は急いで金貨や宝石を袋一杯つめてその場を離れましたが、扉に命令することは忘れませんでした。

「セルキア、閉まれ。」

家に帰ると、ステヴァヌは妻に言いました。

「これからは喜べ、楽しめ。もう俺たちは金持ちなんだからな。俺の荷物を見てみろ。」

すぐに男が袋を開けると、ゼッキーノ金貨が輝き、その横にはたくさんの宝石がありました。

「マリアさま!　このすべてがわたしたちのものなの?」と、妻は尋ねました。

「そうだ、このすべてが俺たちのものだ。この金も、このルビーもトパーズもダイヤモンドも俺たちのものだ。」

「なんて幸せなの!　わたしたち食べたいだけ食べられるわ、数えきれないほどの財産があるんですもの。」

「妻よ、兄のところへ行って枡を借りて来てくれ。この全部をはかってみよう。ただしどうして借りるのかは絶対言うんじゃないぞ。」

ステヴァヌの妻は出かけました。

「トントン」

「だれだ？」

「わたしです。開けて下さい。」

扉が開き、フランチェスコは尋ねました。

「なんの用だね？」

「枡をお借りしたいのです。」

「枡を？　いったいなんのために？」

「少しばかり小麦をはからなくてはならないのです。」

「ほら、持って行きなさい。」

一人になってフランチェスコはふと思いました。「どうも怪しいぞ。弟の奴ははかるほど小麦があったためしがない。枡の底に少し松脂を付けておいて良かったぞ。こうしておけばなにに使ったかわ

かるからな。」

なにも疑わずステヴァヌが金貨をはかってみると、たっぷり七枡分ありました。それに加えて宝石は三枡あります。

その後でフランチェスコのところへ枡を返しに行くと、この男は松脂にピカピカの美しいゼッキーノ金貨が張り付いているのに気づきました。男は思いました。

「おやおや、弟は金貨を持っているぞ。それもわたしが見たところ相当な量だ。いったいどこで手に入れたのか突き止めなくては。」

「トントン」すぐにステヴァヌの家の戸をたたきました。

「だれです?」

「開けろ、わたしだ。」

「どうしたんです?」

「いいか、いったいわたしの枡でなにをはかったのだ?」

「なにも。少しの麦ですよ。」

「そんなわけない。嘘をつくにはおよばないぞ。ゼッキーノ金貨を見つけたのだよ。」

「誓って言います。小麦をはかったんですよ。」

「おまえがその金貨をどこで手に入れたのか、すぐ言わなければ今にもおまえを捕まえさせるぞ。」

こう脅されて、ステヴァヌはすべて兄に話しました。そこで今度は二人一緒に洞窟へ行こうと決めました。

ところが悪賢いフランチェスコは抜け駆けをしました。夜になると二頭のラバを連れ、七人の泥棒の宝を独り占めしようと出かけて行きました。見つかるのをおそれて男は二頭を岩陰に隠し、自分は木の上に登りました。いくらか時間が過ぎて泥棒たちがやって来ました。そして再び出かけて行きました。そこでフランチェスコは木から降り、「セルキア、開け」と言うのを聞いていましたから、同じ言葉を繰り返しました。すると扉が開きました。たくさんの高価な品々を目にした彼の喜びが思い浮かびます。彼もまた時間を無駄にしまいとすぐさまゼッキーノ金貨を二頭のラバに背負わせました。すべてを持ち出せないのが残念ですが、ポケットにも宝石を一杯に詰めこみました。ところが男が帰ろうとしたそのときです。泥棒たちが扉を閉めるためになんと言っていたか思い出せなくなりました。いくら繰り返してみてもだめでした。

「扉よ、閉まれ！　戸よ、閉まれ！　お願いだ、美しい扉よ、閉まれ」

扉はぴくりともせず、どうやっても従いませんでした。

こうしている間に山賊がやって来ました。賊たちはフランチェスコを見つけるや、瞬きする間に切り刻んでしまいました。頭も足も腕もすべて洞窟の片隅に捨てられました。

「こうなってはもう盗むこともできんな」と、一人の泥棒が言いました。そして皆夕飯に取りかかりました。

翌日、ステヴァヌは兄に会いに行きました。ところが驚いたことに、フランチェスコはずっと前に出発したきり、まだ戻って来ていないというのです。

「きっと兄に悪いことが起こったにちがいない」と考えたステヴァヌは、兄を探しに走りました。洞窟に着くと、いつものようにステヴァヌは隠れました。泥棒たちが出かけてしまうと、魔法の言葉「セルキア、開け」のおかげで難なく洞窟に入りました。

いたるところを探し、とうとう不幸な兄のばらばらの亡きがらを見つけました。

男はできるかぎりそれを拾い集め、袋に詰めると村へ戻りました。でもいったいどうやってフランチェスコの死を説明したものでしょうか。手足を切り落とされた姿を見たら、田舎の者たちはなんと言うことでしょう？　ステヴァヌはなんとか思いついたようでした。その晩、アヴェ・マリアの祈りの後、男は靴屋へ行きました。

「この皮を使って二時間で袋を作ってくれれば二十エキュ出そう。」

「いったいどうしてです？」

「しっ、引き受けるかい？」

「いったいわたしが断るなんてお思いですか？　でも……」

「静かに！　だれも知ってはならない秘密なんだ。」

袋はできあがり、哀れなフランチェスコの亡きがらはそのなかに入れられ、まだ夜のうちに庭に埋められました。翌朝、ステヴァヌは噂を流して、初めは兄が病気、ついで病状が悪化し、最後には死んだということにしました。危篤の病人のベッドにはだれも近づけさせなかったので、策略を疑う者はありませんでした。そんなわけで立派な葬儀では、みごとな棺に小石を一杯詰めて埋葬しました。墓地に人が集う間、死者を弔う鐘が鳴りました。

ドーン、ドーン、ドーン、ドーン、ドーン。

山賊たちが戻って来ると、フランチェスコが見当たりません。賊の頭が言いました。

「なんということだ！　俺たちの秘密を知っている奴がいる。手を打たなければ、盗まれるのは俺たちだぞ。そんなことがあってはならん。すべての国を手分けして、俺たちから盗んだ奴をあぶり出すんだ。」

「そのとおりだ」と、山賊たちは繰り返すと、さっそく出かけて行きました。

方々旅をしているうちに、泥棒の一人が靴屋のもとにたどり着きました。

「どうだい、この国でなにか変わったことはないかい？」

「いいえ、わたしの知るかぎりではね。でもどうしてです？」

「なぜって、この村で急に金持ちになった奴がいたら、それがだれだか教えてくれた者に金貨の一杯詰まった財布をやろうってわけさ。」

「だれもいませんよ、あ！　いえ、ステヴァヌだ。よくパンをひと切れやっていたというのに、このところすっかり調子が良くって。召使いや女中を雇っているし、聞いた話じゃでっかいオリーブ畑を買ったって。教会近くの畑ですよ。」

「ほかにもなにか知らないか？」

「いいえ。」

「それじゃあ俺の財布は渡せないな。」

泥棒は仲間たちを見つけに駆け出すと、今しがた聞いたことを話しました。

「まちがいない、俺たちから盗んだのはそのステヴァヌだ。奴の家に入り込んで仕返しできんものかな？」

「そんなの簡単だ。俺たちがバラニンキ[1]だと偽るのさ。最初の方のラバには油を積んどくが、残りが運ぶ革袋のなかには俺たちのうち六人が隠れるってわけだ。お頭がうまく引っ張ってくれるから、家のなかに入っちまえばあとは皆殺しだ。」

「そりゃいい筋立てだな。」

翌日は、前日に決めたとおりに進みました。山賊の頭はうまく変装して村々を回って叫びます。

「バラーニュの者だよ、バラーニュの者だよ、だれか油はいらんかね[2]？」

長いこと歩いた後、宵の口に山賊たちはステヴァヌの家にやって来ました。

「バラーニュの者だよ、バラーニュの者だよ、だれか泊めてくれんかね？[3]」

「おまえさん、こちらへ入りなさい。旅人はいつでも歓迎しますよ。」

山賊の頭は家に上がりました。家の主人はラバの荷下ろしまで手伝ってやりました。しかしこの力仕事をしていて、ある疑いが心に浮かびました。革袋は油が入っているという割にすごく固いぞ。泥棒なんじゃないか？　それでも家主はなにも気づかなかった振りをして、革袋を炉の近くに置きました。しばらく経って、

「どうです、あなたの油は良いものですか？」

「いつだって変わりません、それはすばらしいですよ。」

「明日の朝、ひとソーマ分〔ひと荷〕の油をあなたから買いましょう。今はゆっくり食べましょう。お疲れになったら寝に行って下さい。」

山賊の頭があてがわれた寝室へ行ってしまうと、ステヴァヌは召使いたちを呼んで言いました。

「大至急大鍋に油を熱しなさい。とにかく急ぐんですよ、でも音をたてるんじゃありませんよ。」

あたりに音一つ聞こえなくなり、革袋のなかにいた山賊たちはみな寝静まったものと思って、外へ出ようとしました。ところが最初の者がナイフでひと突きし、革袋を裂いて頭を出してみると、顔面に煮え立った大量の油を喰らわされたのです。その叫び声といったら。そのとき、ほかの泥棒たちは革袋のなかにはもういたくなかったことでしょう。しかし今度は彼らが煮え立った油まみれになる番

でした。そして最初の賊のように死んでしまいました。
仲間たちの叫び声を聞いて、泥棒の頭はすぐにこれはまずいと感じました。見つかったと思ってなんとか逃げようとしました。幸いこの者も捕まり、裁判所に引き渡されると死刑を宣告されました。
ある金曜日、この男は松脂のついたシャツを着せられました。わたしが若かった頃はね、広場でこのおそろしい山賊が焼かれるのをだれでも見ることができたのです。

ポルト・ヴェッキオのマリーニ夫人が一八八一年に語った話。

原注

（1）バラーニュ〔コルシカ島北西部の地方〕の住人のこと。コルシカのこの地方ではオリーブ栽培が盛んで成功している。
（2）コルシカ語による原文は次のとおり。I balaninchi! I balaninchi! Chi piglia oliu?
（3）コルシカ語による原文は次のとおり。I balaninchi! I balaninchi! Chi da alloghiu?

悪賢い泥棒

一人の悪賢い泥棒がある日、司祭の家の戸をたたきました。

「なんの用かね、君?」

「使用人としてあなたのお宅に入りたいのですが。」

「間に合っているよ、雌ウシの世話を除けばだが。」

「ちょうどわたしは羊飼いをしていました。もしわたしを受け入れて下さるなら、務めを立派に果たしてみせましょう。」

「いくらほしいのだ?」

「食事と寝床のほかにはなにもいりません。お金に関してはまったく必要ありません。」

「よろしい、君を引き受けよう」と、司祭は言い、このような使用人が見つかったことを喜びました。

最初の頃、この男はとてもよく雌ウシとウマたちの世話をしました。それに早い時間に寝て祈りも欠かしませんでした。とてもよく働き、とても敬虔な姿を見て、司祭は男に尋ねました。

「おまえの名はなんというのだ？」

「ああ、司祭さま、お答えしなくてもよいでしょうか。」

「いったい、どういうわけだい？」

「どうかお願いです。」

「しかしなあ、名前ぐらいわたしに言ってくれてもいいだろう。」

「あまりにみっともない名ですから、あえて口に出さないのです。」

「とにかく言ってごらん。」

「では。わたしの名は《目に毛が三本入った》[1]です。」

「確かにおかしな名だな」と、司祭は言いました。

しばらく後、今度はピエヴァノ[2]の妹が言いました。

「あなたがここにいらして一週間経ちますが、まだお名前を知りません。なんとおっしゃるのです？」

「今まで言いませんでしたのは、あえて言いたくなかったからなのです、お嬢さま。」

「なんですって、おっしゃってくれませんの？」

「ええ。」

「でもどうして？」

「あまりにおかしな名だからです。」

「とにかくおっしゃいなさい。」

「わたしの名は《体がむずがゆい》(3)です。」

今度は司祭の母が尋ねました。

「ねえあなた、名をなんというのです?」

「わたしの名は《主が汝らとともにあらんことを》です。」

「もっといい名前はなかったのかね。」

「どうしようもないですよ、名付けるときに相談などしてもらえませんでしたからね。」

まさにその晩、悪賢い泥棒は家畜小屋へ降りて行って三頭の雌ウシを盗み、次に馬小屋へ行くと、二頭の美しいウマを奪って逃げて行ってしまいました。翌日、泥棒はちょうど市の開かれていた村にやって来ると、二頭の雌ウシを売りました。次に金持ちの地主を見つけると、ウマを一頭買わないかと持ちかけました。

「いくらで売りたいんだい?」

「五百フラン。」

「なんだって、そんなにいいウマなのか?」

「その点に関しては請け負いますよ。」

「いいだろう、こういうのはどうだ。もし三時間でおまえのウマがプロプリアーノ(4)に着くことができればウマはわたしが買い取ろう。できなかったときはおまえがわたしに百フラン払うのだ。」

「いいでしょう。」

泥棒と客はすぐにウマに乗り、一行は出発しました。二時間も行くと、彼らは例の司祭の村に到着しました。ちょうどミサに人が集まって来ていました。客はとても信心深かったので、連れに言いました。

「ミサを聞きに入りたいのだが。」

「ではわれわれの賭けは?」

「おまえのウマが良いことはわかったからわたしが買おう。でも商談成立となる前に一緒に来てくれ。」

「この村でのんびりするのはごめんです。だれもかれも頭がおかしいかおかしくなりそうか、ときてるんですから。」

「とにかく入ろうじゃないか。」

泥棒は拒みきれませんでした。それでも隅にいるように気をつけて、だれの目にもとまらないようにしました。これだけ用心したにも関わらず、悪賢い泥棒はやがて司祭の妹に見つかってしまいました。

「お母さま、お母さま、《体がむずがゆい》ですわ！」と、彼女は低い声で言いました。

「かきなさい。」

娘は黙ってしまいました。でもいてもたってもいられなくなってもう一度言いました。

「お母さま、お母さま、《体がむずがゆい》ですわ！」

「静かにしていなさい、体がむずがゆいならかきなさい。」

かわいそうな娘は赤くなって、もうなにも言いませんでした。ところが今度は、司祭の母がかつての使用人を見つけたのです。息子に助けを求めて言いました。

「《主が汝らとともにあらんことを》！　《主が汝らとともにあらんことを》！」

「黙って下さい、お母さま。ミサを挙げているのはわたしです。」

「《主が汝らとともにあらんことを》ですよ！」

「お母さま、ひんしゅくを買うような真似をなさらないで。黙ってくれと言ったでしょう。」

今度はかわいそうな女が黙ってしまう番でした。少し経って、司祭も悪賢い泥棒を見つけました。かっとなった司祭は、祭壇の上から叫ばずにはいられませんでした。

「《目に毛が三本入った》！　《目に毛が三本入った》！」

だれもがどっと笑いました。かわいそうな司祭がおかしくなってしまったと思ったのです。みなで不幸な司祭を取り囲みましたが、叫びは止まりません。

「《目に毛が三本入った》！」

騒ぎに乗じて賢い泥棒は連れと逃げおおせました。この連れは泥棒に言いました。

「確かにおまえの言うとおりだ。この地方の人間ほどばかなのは今まで見たことがない。」

ウマも売れ、悪賢い使用人はよその土地へ行ってしまいました。もちろんそこでもまた人をかつぐのです。この男、いつだって抜け目がないのですから。だれもがだまされ、だれもこの男を捕まえることはできませんでした。司祭の方はと言えば、しまいには教区の信徒たちに《目に毛が三本入った》は雇っていた召使いのことだと説明までしたのですが、だれにも信じてはもらえず、長い間狂人扱いされたのでした。


ゾザ（コルス゠デュ゠シュド県サルテーヌ郡、タラーノ・スコパメーヌ小郡の村、前出のオルミクシアの北隣）の地主マッテイ夫人が一八八二年に語った話。

原注

（1）Aghiu-Tre-Pila-In-Occhi. コルシカ語表記
（2）ピエーヴ〔中央・北イタリアでの教区の呼び名で、コルシカ島では最初の行政区画でもある〕を預かる司祭。
（3）Mi-sentu-Gratta. コルシカ語表記
（4）ヴァリンコ湾の港で、この民話が語られた村（ゾザ・ディ・タラーノ）から約二十八キロ離れている。

わが袋に飛びこめ！

ニオロ(1)の寂しく乾いた山々のなかで、ずっとむかし、一人の父親と十二人の子どもが暮らしていました。この地方に飢饉がやって来て、哀れな父は子どもたちに言いました。

「子どもたちよ、おまえたちにあげられるパンはもうない。行って世界を巡ってみなさい。きっとなんとか暮らす術が見つかるだろう。」

この言葉を聞いて、一番末の足の不自由な弟が泣き出して言いました。

「わたしは足が不自由なのです。どうやって暮らしをたてて行けばいいのです？」

「涙を拭きなさい。愛しい我が子よ、もう泣くんじゃない。おまえの兄たちが一緒に連れて行ってくれるだろう。一切れのパンを見つけられたなら、絶対おまえもみそっかすにはされないよ。」

翌日、十二人の兄弟たちは、互いに決して離れまいと約束して出発しました。しかし、何日か歩くと、一番上の兄が他の十人に言いました。

「弟のフランチェスコには困ったな。途中で置いて行こう。だれか通りがかりの慈悲深い人に哀れんでもらえるさ。」

といったわけで意地悪な兄たちは足の不自由なフランチェスコを置き去りにすると、その後も旅を続け、出会う人すべてに施しを求めました。そうして彼らはボニファーチオ[*1]に着きました。その地で岸につながれた小舟を見つけたので、すぐさま奪ってサルデーニャ[*2]へ渡ろうとしました。飢饉が少しはましだと考えたのです。ところが海峡の真ん中で大きな嵐が起きたため、小舟は岩に当たって砕け、十一人の兄弟は溺れ死んでしまいました。

一方、足の不自由なフランチェスコは苦痛と疲れにうちひしがれて、置き去りにされたのと同じ場所で眠りこんでしまいました。その土地の妖精はすべてを見ていました。そして体の不自由なこの不幸な者を助けたいと思ったのです。

妖精は、フランチェスコが眠っている間に足を治してまっすぐにしてやりました。ついで老婆の姿に変身すると、木の重い荷物に腰かけ、休憩でもしているかのように見せました。フランチェスコは目覚めると、みなと同じように歩けることにたいそう驚きました。隣の老婆に気づくとフランチェスコは尋ねました。

「おばあさん、ここを立派な医者が通ったか知りませんか?」

「どうしてだね?」

「眠っている間に足を治してもらったようなので、そのご好意にお礼したいのです。」

「本当かい？　いいかい、その医者というのはわたしだよ。ここにわたしだけしか知らない薬草がいくらかあってね、それをおまえの悪い方の足にこすりつけただけさ。すぐにすっかり治ったねえ。」

フランチェスコは喜びを抑えきれません。おばあさんの首に飛びつくと我を忘れて抱きしめました。次に感謝のしるしと言って重い荷を担ごうとしました。ところがびっくり仰天！　老婆だと思っていたのは、思い描きうるかぎり最高の、美しく若い娘だったのです。娘はダイヤモンドできらきら輝いていました。長いブロンドの髪がその肩を覆っていました。ドレスは金の刺繍のほどこされた青いシルクで、小さな靴は二つの大きな星形の宝石の下に隠れていました。すっかり感嘆したフランチェスコはその足もとへ倒れ込みました。しかし妖精は言いました。

「立ちなさい。おまえが恩知らずではないとわかって嬉しいわ。願いごとを二つ考えて。そうすればすぐにわたしが叶えてあげましょう。わたしはクレノ湖[2]の妖精の女王ですからね。」

若い男はちょっと考えてから答えました。

「なんでもほしいものがすぐ入ってくる袋をもらいたいのですが。」

「わかりました。もう一つ残っていますよ。」

「ではわたしの命令ならなんでもしてくれる杖を下さい。」

「いいでしょう。」

そして妖精は消え、フランチェスコの足もとには袋と杖が残されました。今しがた自分に起きたことが嬉しくて、若者は袋と杖を試してみたくなりました。お腹が空いていたのでこう叫んでみました。

「ヤマウズラのローストがわが袋に入りますように。」

すぐそのとおりになりました。

有頂天になってフランチェスコはパンやワイン、立派な食事に必要なものすべてをお願いしました。それがすむと、彼は次の日にはマリアナ[3]に到着できるよう旅を続けました。そこにはコルシカとイタリアのすぐれた勝負師たちがみな集まって来ていました。

お金を持っていなかったので、フランチェスコは命じます。

「十万エキュ〔楯の紋章の入った金銀貨〕よ、わが袋に！」

するともう袋に入っているのでした。ところでその頃、悪魔がマリアナの街をたいそう気に入っていました。美しい青年の姿になって、カードですべての人を負かしていました。そうして若者たちに賭けるものが無くなると、彼らの魂を買い取っておぞましい行いをさせていました。街では聖フランチェスコの王子が莫大な金を持って到着したようだという噂がすぐに広まりました。

すぐに悪魔は変装し、男に会いに来て言いました。

「王子さま、突然の訪問失礼いたします。勝負師としてあまりに名高いあなたにお会いしたい、その気持ちに勝てなかったのです。」

「ずいぶん口が上手なようですね。わたしは勝負師ではありませんよ。しかしながらあなたと何回か勝負ができるなら嬉しいことです。ここは一つあなたのやり方に学ばせてもらいましょう」と、フランチェスコは言いました。訪問に満足して悪魔は立ち去りましたが、少し経って、うまく隠せていなかった悪魔の雄ヤギの足にフランチェスコは目を留めました。

「ああ、わたしを訪ねて来たのはサタンか。これはいい。わたしにだけは声をかけなければ良かったとすぐに思い知らせてやろう。」

そして大喜びでまた自分のご馳走を命じました。何日か後、フランチェスコはカジノを訪れました。そこで彼は一人の若い男が財産を失って絶望し、ナイフで自殺したばかりだと知らされました。この悲しい出来事にだれもが腹を立てていました。ただ悪魔だけは、この出来事にほくそえんでいたのでした。フランチェスコはそれを見逃しませんでした。

それでもこの不幸な男が埋葬されると、賭けは続けられました。王子はやり方を知りません。最初の日は大負けしました。だれもが王子は破産したと思いましたが、そんなわけがありません。ただ自分の袋に命じさえすれば、いくらでも必要な金貨が手に入るのですから。二日目も、そして三日目も同じ調子でした。悪魔はいよいよ王子は破産だと思いました。そして同情する風を装って助言しました。

「王子さま、この三日で相当財産を食いつぶしたのではないですか。しかし、わたしがなんとかしましょう。もしお望みなら、あなたは半分を取り戻すことができますよ。もちろん一つ条件はありますがね。」

「どんな条件です？」

「これからわたしが言う若い娘を犯してくるのです。金持ちであなたのように育った娘ですから、きっと長くは抵抗しませんよ。」

「ああ、サタンよ、おまえはそんな助言をするのか！　いいか、わが袋に飛びこめ！」

正体がばれて悪魔は顔をしかめました。それでも従うほかありません。

閉じこめてしまうと、フランチェスコは杖に言いました。

「上からたたけ。」

杖はすさまじい勢いで実に強くたたいたので、悪魔は叫び、罵りました。

「出してくれ！　出してくれ！」

しかしまだまだ杖はたたきます。

「出してくれ、やめてくれ、死んでしまう！」

「どうだ、まだ足りないか！」

そして杖はたたき続けます。結局、三時間たたき続け、フランチェスコは言いました。

「もういい、今日のところは十分だろう。」

「どうすれば自由にしてくれる？」と、悪魔は尋ねました。

「よく聞け。まず一つ目におまえのせいでカジノで自殺した者みんなをすぐに生き返らせなさい。二つ目は例の若い娘を決して煩わせないとわたしに誓いなさい。おまえが辱めたいくらいだからきっと賢く善良な娘なのだろう。」

「誓うぞ！」と、悪魔は言いました。

「ならば出ろ。でも忘れるなよ、わたしはいつだってまたおまえを捕まえることができるからな。」

悪魔は約束に背かないよう気をつけたようです。悪魔が地面に消えてしまうと、フランチェスコの前に大勢の若者が現われました。みんな青ざめた顔をして目を血走らせています。フランチェスコはこの者たちに言いました。

「みなさん、あなたたちは賭けにさんざん負け、絶望のあまり自ら命を絶ったのです。しかし、今日わたしはあなたたちを生き返らせる力を得ました。きっと明日にはもうできなくなるでしょう。どうです、もう賭けをしないとわたしに約束しませんか？　約束するならこのまま命を助けましょう。」

「ええ、誓いますとも！」

「結構。ここに一人千エキュあります。さあ行きなさい。働いて日々の糧を稼ぐのですよ。」

若者たちは幸せそうに去って行きました。ある者は喪に服す家族のもとへ。過去の悪行がたたって両親を失っていた者たちはどこか遠くへと。

ことが済むと、フランチェスコは故郷の村へ戻りたくなりました。そこではきっと父親が不幸に暮らしているはずです。戻る途中、彼は絶望して手を握りしめている大きな男の子に出会いました。

「おやおや、若いの、しかめっ面を生業にでもしてるのかい？　そうだとしたら、一ダースいくらで売ってるのかな？」

「笑う気分じゃありません。」

「なぜだい？」

「わたしたちの唯一の支えである父が、栗の木の上から落ちて腕を折ったのです。わたしは街へ走って医者を迎えに行きました。しかしわたしたちが貧しいのを知っていて、足を運ぼうとしてくれなかったのです。」

「それだけかい？　落ち着きなさい。」

しかし子どもは泣き続けました。

「落ち着きなさいと言っているだろう。おまえの父親は医者に診てもらえるからね。おまえが呼びに行った医者の名はなんという？」

「パンクラーチェ先生です。」

「よし、パンクラーチェ医師よ、わが袋に飛びこめ！」

するとすぐさま一人の男が魔法の袋に飛びこんできました。主人の命令に従って杖が再び舞いました。医者の叫び声におびえた子どもがその場を逃げ出そうとしたそのとき、フランチェスコは杖を止めました。

「学者さん、手足をさするくらいの時間はあげましょう。だってあなたは体がばらばらになるまでこの袋から出られませんからね。」

「どうかお慈悲を！　こんな罰を受けるなんていったいわたしがなにをしたというのですか？」

「情けない、厚かましくもわたしにそれを尋ねるとは！　おまえはこの子がわからないというのか？」

「どうかお許しを！」

「おまえは他人を気の毒に思わなかったのだから、わたしもおまえに情けをかけまい。杖よ、たたけ。」

意地悪な医者はおびえて泣き叫びます。その時フランチェスコは言いました。

「杖よ、止まれ。さあ、お医者さま、この不幸な者の父の手当てをすると約束するか？　そうすれば出して差し上げよう。」

「ええ、もちろん。治療はもちろん、薬も金もなんでもあげますから！」

「結構。出なさい。」

不幸な男は外に出ました。しかし自分の足で立つこともままなりません。それほど打ちつけられていました。フランチェスコはそれでも無理やり歩かせました。村に到着すると、医者はいそいそとけが人のもとへ向かいました。治療はうまくいくにちがいないと思ってフランチェスコは旅を続けることにし、年老いた父に再び会うべく急ぎました。

何日か歩いた後、彼は故郷に着きましたが、そこでは飢饉が猛威を振るっていました。すぐにフランチェスコは食堂を開きました。そこではだれでも食卓につくことができるようにし、お代ももらいませんでした。彼の袋は相変わらずおいしい料理とすばらしいワインを出してくれました。食料不足が続くかぎりそうしていました。

豊かさが戻ると、フランチェスコはもうなにも与えようとしませんでした。怠け者を助長して、ニオロの住人にかえって迷惑をかけるのでは、とおそれたのです。フランチェスコは幸せだとみなさんお思いじゃないですか？　とんでもない、それはまちがいです。それどころか彼は兄弟たちに再会できずとても不幸だったのです。受けた仕打ちだって恨んでなどいませんでした。哀れな男は十一度も言ったのです。

「ジョバンニ兄さん、わが袋に飛びこめ！」

「パオロ兄さん、わが袋に飛びこめ！」

その都度、悲しいかな、袋のなかには半ばぼろぼろになった骨の山があるだけでした。もう疑う余地などなく、兄弟たちは死んでしまったのです。そのことでフランチェスコはすっかり悲しくなっていました。

今度はフランチェスコの父親が亡くなりました。そして彼自身もすっかり歳をとりました。それでもいまわの際にもう一度だけ、クレノ湖の妖精に会いたくなりました。彼は出かけて行って、初めて妖精と出会ったのと同じ場所にやって来ました。そこで男は待ちました。しかし妖精はまったく現われませんでした。男はどうかもう一度姿を見せてくれるよう女王に願いましたがすべて無駄でした。しかし、男は再び妖精に会うことなしに死にたくはありませんでした。

そのとき、《死神》がやって来ました。《死神》は片手に黒い旗、もう一方の手には鋭利な鎌を持っていました。フランチェスコの側にやって来ると、《死神》は彼に言いました。

「どうだ、老人よ、人生に疲れたか？　もう十分山谷を巡ったか？　みなと同じようにしてわたしについてくる時間ではないか？」

老フランチェスコが応じます。

「ああ、《死神》よ！　おまえを祝福しよう。わたしは十分世界を見た、それがどういうものかもわかった。わたしはすべて堪能した。でも、おまえに身をゆだねる前に、わたしにとって大切な人に別れを言わなくてはならぬ。もう一日の時間をわたしにくれ。」

「老人よ、準備はいいか？　さあ、祈るんだ。おまえの魂がサラセン人〔イスラム教徒〕のように死ぬのがいやならな。そうしたら気をつけてわたしについて来い。」

「お願いだ、半日だけでもいい。」

「だめだ。」

「せめて一時間。」

「一秒たりともだめだ。」

「おまえがこうも冷酷だとは。わが袋に飛びこめ！」

《死神》は身震いし、すべての骨が互いにぶつかり合いました。それでも従うほかありませんでした。

同じとき、クレノ湖の妖精の女王がフランチェスコの前に現われました。初めて会ったときと変わらぬ輝きと若さでした。妖精に気づくと老人は足もとへ倒れこみました。しかし妖精は言いました。

「おまえはわたしの授けた力を悪用しませんでしたね。おまえの袋と杖は良きことをなすためだけに用いられました。おまえに褒美を与えようと思います。なにが望みです？」

「もうなにも望みはしません。」

「カポラル(4)になりたくはないか？　王になるのはどうか？」

「もうなにも望みはしません。」

「老人よ、富が、健康が、若さがほしいか？」

「いいえ、わたしが望むのはただコルシカが幸福で、これからはもうサラセン人に荒らされないことだけです。」

「そのすべてが叶えられるでしょう。」

クレノ湖の妖精は答えるとすぐに消えてしまいました。フランチェスコは大きな火をともし、少しの間凍てついた手足を温めました。そして《死神》を解放すると、燃え盛る火に自分の袋と杖を投げこんで、ほかの者が悪用できないようにしました。このとき、悪魔が茂みの陰であざ笑いました。しかし哀れなフランチェスコには聞こえませんでした。歳のせいで耳が聞こえなくなっていたのです。

コケッコッコー！　コケコッコー！

「オンドリだ！」《死神》はそう言うと、おのれの鎌を老人に振り下ろし、そのしかばねを持って消えてしまいました。

ポルト・ヴェッキオのマリーニ夫人が一八八一年に語った話。

原注

（１）ニオロはコルシカの最も高い山々に囲まれた盆地で、まさにこの島の砦である。険しい山々に四方を閉ざされ、今日なお「サンタ・レジーナ」〔ゴロ川沿いの隘路〕を除いてほかに道がない。ニオロでの冬は非常に厳しく、そのため羊飼いは冬になるとより暖かい谷へと群れを連れて移り住まなくてはならない。その期間、女たちは留守を預かり、素朴な「ペローニ」という、すばらしい山の住人に特有の衣服を作っている。

（2）クレノ湖はタビニャーノ川の水源〔ニノ湖〕から三キロの場所、コルシカの中央山脈の西斜面に位置する。周りを囲む森の神秘的な影に水面全体が覆われた姿を見せている。今日ではオオバンやアヒルの夏の飛来地である。

（3）ゴロ川が海に注ぎ込む場所の近く、寂しくなにもない平原に、かつてマリアナの街が栄えていた。この名はおそろしい創設者に由来する〔ガイウス・マリウス〕。今日この古代都市の形跡はほとんど残っておらず、考古学者でさえもそのはっきりとした位置を突き止めていない。かつてエトルリア人がニカイアを建設したのはマリアナにほど近い場所であった〔紀元前五四〇年頃〕。これは世界で五番目にニカイアの名を冠した都市である。

（4）カポラルとはなんだったのか、その起源はいつの時代にあるのか、正確にはわかっていない。しかし、おそらくその創始期では、カポラルとはその財産なり、多数の手下や支持者なりによって、民衆のなかで突出した個人のことであった。島のさまざまな「ピエーヴ」〔行政区画の一種〕がそれぞれ選出する指導者もおそらくは同じ様な存在であり、彼らは混乱や無政府の時代になれば国を荒らす多くの暴君まがいのやからから農民たちを守る務めがあった。

「イ・カポラリ」〔現地語でカポラルの意〕はその後、島の第二身分となって権力を持つようになり、今度は立場が変わって自分たちが貧しい者から略奪し、金を巻き上げ始めるようになった。十六世紀の歴史家であるフィリッピーニはカポラルをコルシカの膿の一つのように話しており、彼の時代では大半のカポラルが社会に害をなす首謀者として非難されていたと言っている。*3

訳注

＊１　ボニファーチオ　コルス＝デュ＝シュド県サルテーヌ郡の小郡。コルシカ島の南端部に位置し、ボニファーチオ海峡を挟んでサルデーニャ島と向かい合う。ヨーロッパのフランス領のなかでも最南端。

＊２　サルデーニャ　コルシカ島の南に位置する島で面積はコルシカ島の三倍近い。現イタリア領。

＊３　十九世紀のフランスの作家、プロスペール・メリメにはコルシカ島を舞台にした作品がいくつかあるが、代表作『マテオ・ファルコネ』ではカポラルに関する記述を読むことができる。

聖ペテロの母

聖ペテロの母は生前とても意地悪だったので、神さまは死んでも天国へ行かせてくれませんでした。聖ペテロはそのことでひどく悲しみ、食べ物も喉を通らず、見る見るうちに痩せてしまいました。

主イエス・キリストはそのことに気づいて言いました。

「ペテロ、なぜそんなに悲しんでいるのか？」

ペテロは答えました。

「主よ、わたしの母が地獄で耐え忍ぶ責め苦のすべてを、あなたはご覧になっていないのですか？」

「そのことは残念に思うが、自業自得というものだ。さあペテロよ、おまえの母は生きている間に一つでも善行をしたのか？　探してみなさい。もし一つでも見つかれば、たとえそれがどれだけ些細なことであっても、おまえの母を天に行かせると約束しよう。」

聖ペテロはすぐに母の人生すべてが記された本に目を通し始めました。ページをめくれどもめくれども、少しも善行はありません。探しに探しとうとう見つけたのが、母がポロネギの葉を一枚、ひどく腹を空かせた不幸な者に与えていたことです。得意げに、喜び勇んで聖ペテロは主のもとへ走りました。

「主よ、主よ、母はポロネギの葉を一枚与えていました。」

「そうか、ではおまえの母を救うのはそのポロネギの葉としよう。」

すぐに聖ペテロがポロネギの葉を一枚手にすると、その葉は伸びて伸びてついには地獄にまで届きました。聖ペテロの母はすぐさま葉にぶら下がりました。

天に昇っていくこの姿を見て、地獄に落とされていた者が一人、女にしがみつきました。二人目も続き、三人目、四人目……ポロネギの葉は全員を引き上げていました。

途中、意地悪な女は後ろに続く者たちに気づきました。かんかんになって女は思い切り蹴飛ばします。

「放すんだよ！　おまえたちのために息子がこの葉をよこしたわけじゃないんだよ。」

「お母さん、彼らにものぼらせてあげなさい。恩をあだで返してはだめですよ」と、聖ペテロは言いました。

しかしその母は聞く耳を持たず、不幸な者たちがだれも一緒に助からないように思い切り蹴り続けていました。

「ではペテロ、これをどう思う?」と、主イエス・キリストがそのとき言いました。
ペテロは悲しげに頭を垂れました。そしてポロネギの葉を放すと、再び地獄の一番深い底へと母を落としたのでした。

オルミクシアのA・ジョゼフ・オルトリが一八八一年に語った話。

ペディレストゥとムスタチーナ(1)

雄の子ネコが雌の子ネコに言いました。

「屋根裏においでよ。そこで、立派なクルミと立派なアーモンドを食べようよ。」

そして子ネコたちは一緒に屋根裏に登りました。

「ムスタチーナ、アーモンドは割ってからじゃなきゃ食べちゃだめだよ」と、雄の子ネコは言いました。

「ええ」と、雌の子ネコは返事をしました。それなのにこのネコは気をつけませんでした。まもなくアーモンドが喉に詰まってしまいました。

かわいそうなムスタチーナは、もし友だちがブタの脂を少しとりに行って、喉の滑りをよくしてくれなければ死んでしまいます。

ペディレストゥはすぐに戸棚へ走って行きました。そこにブタ脂がしまわれていたのです。ところが戸棚は閉まっていました。

「戸棚よ、戸棚、開いてくれ。そうすればブタ脂を持って行って、ムスタチーナの喉の滑りをよくできるんだ。ムスタチーナはアーモンドで息を詰まらせているんだよ。」

「錠前屋に鍵を作ってもらいに行きな」と、戸棚は言いました。

ペディレストゥは錠前屋に行きました。

「錠前屋さん、錠前屋さん、鍵を作ってくれ。そうすれば戸棚を開けてなかにあるブタ脂でムスタチーナの喉の滑りをよくできるんだ。ムスタチーナはアーモンドで息を詰まらせているんだよ。」

「お金を払ってくれよ。もしないなら、チーズ売りのところにもらいに行きな」と、錠前屋は言いました。

「チーズ屋さん、チーズ屋さん、お金をおくれ。そうすれば錠前屋にお金を払って鍵を作ってもらって、その鍵で戸棚を開けて、なかにはブタ脂があるから、それでムスタチーナの喉の滑りをよくできるんだ。」

「雌ウシたちにたくさん牛乳をくれるように言っとくれ。」

雌ウシたちはそう遠くないところにいました。雄の子ネコは雌ウシたちに言いました。

「雌ウシさん、どうか、チーズ屋にたくさん牛乳をあげておくれ。そうすればチーズ屋はぼくにお金をくれて、それで鍵のお代を払って、その鍵で戸棚を開けて、なかにあるブタ脂でムスタチーナの喉の滑りをよくできるんだ。」

「草地にたくさん草をくれるよう言っとくれ」と、雌ウシたちは答えました。

「草地だって！　ああ、草地さん、雌ウシたちにたくさん草をあげておくれ。そうすれば雌ウシたちはチーズ屋にたくさん牛乳をくれて、チーズ屋はぼくに錠前屋に払うお金をくれて、それで戸棚の鍵を作ってもらって、戸棚のなかにはブタ脂があるから、それでムスタチーナの喉の滑りをよくできるんだ。ムスタチーナはアーモンドで息を詰まらせているんだよ。」

「神さまに雨を降らせてくれるように言っとくれ」と、草地は答えました。

「ああ、神さま！　雨を降らせて下さい。そうすれば川が草地に水を運び、草地にはたくさん草が生え、その草があれば雌ウシたちはチーズ屋にたくさん牛乳をあげられて、チーズ屋はぼくにお金をくれて、そのお金で錠前屋にお代を払って鍵を作ってもらって、その鍵で戸棚が開いて、そこにブタ脂がしまわれていて、そのブタ脂でムスタチーナの喉の滑りをよくできるのです。ムスタチーナはアーモンドで息を詰まらせているのです。」

神はかわいそうな雄ネコを哀れに思いました。

神は雨を降らせ、すぐに川が水を運び、水は草を育てて雌ウシたちを肥えさせ、雌ウシたちは牛乳をチーズ屋にあげ、チーズ屋はお金をペディレストゥに渡し、ペディレストゥは錠前屋へ走ってお金を払い、錠前屋はすぐに鍵を作り、その鍵で戸棚が開きました。

雄ネコはブタ脂をつかむと屋根裏へ飛んで行きました。しかしその間にムスタチーナは死んでいました。

ペディレストゥは友だちの死に深く絶望し、長い間、とても長い間、泣きました。

そして復讐するために、錠前屋の家にいたネズミをもう捕まえないことにしました。ネズミたちはどんどん増えて、一夜の間に錠前屋をむさぼり食べてしまいました。

錠前屋が死んで、チーズをもう買わなくなったので、チーズ屋は破産してしまいました。雌ウシたちは世話をしてもらえなくなってやせ細り、雨はもう草地を潤さず、その日以来、草地に草は生えませんでした。

ゾザ・ディ・タラーノの地主ロザリンダ・マッテイ夫人が一八八一年に語った話。

原注

（1） ペディレストゥは「軽い足」の意。この名はイタリア語の「ピエデ・レスト」に由来する〔フランス語で「軽い足」は「ピエ・レジェ」〕。ムスタチーナは「小さいヒゲ」の意〔フランス語で「プティット・ムスターシュ」〕。この名はコルシカではしばしばネコ、とりわけ雌ネコを指すのに用いられる。

バステリカッチは巨人族を求めて

かつて、サラセン人のいた頃よりもずっと前のこと、バステリカ(1)の住人であるバステリカッチたちは、今日ほど背が高くも強くもありませんでした。この地方の流産の子ばかりが村に集まったのだと言われるほどです。さて、彼らが劣っているのは見た目にも明らかですが、バステリカの人々はからかわれると平気でいられず、バステリカと近隣の村々の間では容赦のない戦いになっていました。

いつも打ち負かされてばかりで、バステリカの民は敗北から立ち直ることをあきらめていました。

そんなある日、集落の長老が鐘を鳴らさせ、広場に全住人を集めました。

「仲間たちよ、勝利だ！」

「なんだ、なんだ」と、四方から声が上がりました。

「勝つ方法、いやそれどころか憎らしい敵を皆殺しにする方法を見つけたのだ。」

「いいぞ、ブラヴォー[*1]、それでどうやって？」

「こうだ。アジャクシオの街に巨人族が住んでいるのは知っているな。そこでだ、われわれの妻や娘、姉妹を送りこんで子種を手に入れてくるのだよ。これでわれらは無敵だぞ。」

「そのとおりだ、よく言った。」

というわけですっかり興奮したバステリカの人々は、立派な装具をつけたラバにそっと座った女たちを連れ、すぐにアジャクシオへと赴きました。

巨人たちは日なたで寝ていました。みんないびきをかいて、バステリカの民がすっかり感激して自分たちを見ているなどとは思いもよりませんでした。

ついに巨人たちを起こすと、村長は自分たちの旅の目的を説明しました。

「なんの埋め合わせもなしにわれらの血筋を分け与えることはできぬ。おまえたちの頼みを聞いてほしいなら、これからわれらが孕ませる女が乗って来たラバをもらうことにしよう」と、巨人たちが答えました。

「確かにそれはそうだ。では、今度はこちらの番だが、ことを済ませる間、われらにもその場にいさせてもらいたい。あなたたちがだましていないか確かめなくてはならないからな」と、村人たちが言いました。

「それも至極もっともだ。」

「ならばいいか?」

「承知した。」

こうして巨人はめいめい一人の女を家へ連れて行くと、その夫なり兄弟なりの見ている前で貴重な子種を授けました。

取り決めどおりに万事行われると、再び広場にみんなが集まりました。

「これでいいか？　なにかとがめたてることはないか？」と、巨人たちが言いました。

「いいや。あなたたちは隠し立てもなく、気前も良かった。」

「ではラバはいただいたぞ。だがこれだけは忘れるな。もし道中おまえたちの女がおしっこをしてしまったらすべて台無しだからな。われらはなんの責任もとれぬぞ。」

バステリカの民はかつてなく幸せな気持ちで歩いて旅立ちました。これからは憎き敵たちをたたきのめせるのだと確信していました。

何時間か歩くと、一人の若い娘が訴え始めました。

「お兄さま、おしっこをしたいの。」

「黙れ、黙れ。困った女だ。われわれが敵の奴隷のままでいいというのか？」

「もう我慢できません。」

「こらえろ。」

しかし若い娘はおしっこをしました。

バステリカの民は怒り狂いました。確かに一大事です。村にとっては巨人を一人失ったことになります。

それゆえ彼らは哀れな若い娘に飛びかかり、半殺しの目にあわせました。

このおそろしい報復はほかの女たちを怖じ気づかせました。しかしすぐ後、そのうちの一人が激しい尿意に耐えることができませんでした。

よく考えもせず、女の夫が言いました。

「殺してしまおう。こいつは自分の故郷を愛していない見下げた女だ。」

けれどもほかの女たちも、もうこらえきれなくなっていました。ある者たちは歩きながら靴下のなかにおしっこをしました。別の者たちもあらゆる手管をろうして、差し迫った尿意をすっきりさせました。

しかしそんなことをした者はだれ一人罰を免れませんでした。

バステリカの民には、村の名誉に身を捧げられないなんて許せなかったのです。

バステリカに着く前に、女たちはみんなおしっこをしてしまっていました。

夫や兄弟たちの絶望はどれほどだったでしょう。巨人たちの血筋が哀れなバステリカを奮い立たせることは決してないでしょう。バステリカはいつかそのうち容赦ない敵たちに乗っ取られ略奪されてしまうのです。

すべての女たちが死んでしまっているか、少なくとも大けがを負っていたのですから、そうなることはなおさら避けられないでしょう。
男たちはひげを伸ばして喪のしるしとしました。そしてたいへん長い間、男たちは敵たちの揶揄とあざけりに黙って耐えるしかありませんでした。
哀れな、哀れなバステリカ！

アルタジェーヌ（コルス゠デュ゠シュド県サルテーヌ郡、サンテ・ルチエ・ディ・タラーノ小郡）のジャン・パオロ・パンツァーニが一八八二年に語った話。

原注

（1）バステリカはコルス゠デュ゠シュド県アジャクシオ郡の小郡。コルシカ島の内陸部に位置し、西海岸のアジャクシオまでは直線でも三〇キロ程はある。今日では三千人が住む大きな村。なぜこの伝説が生まれたのかは不明である。バステリカの住人はみんな美しく、背が高く、並外れた力の持ち主である。

訳注

＊1　アジャクシオ　コルス゠デュ゠シュド県の郡庁所在地で、島の西海岸に位置する港。ナポレオン・ボナパルト（一七六九年八月十五日生まれ）の生地。

バステリカの男

バステリカに住む一人の男には妻と粉ひき小屋がありました。粉ひき小屋はまったく稼ぎになりませんでした。妻はいつも男の肩を持ってくれました（なかなかそんな妻は見つからないものです）。

ある日、粉ひきは言いました。

「この粉ひき小屋を売ろうと思う。これでは食べていけやしない。でも雌ウシを飼えば自分たちで飲む牛乳も手に入るし、毎年子ウシが産まれれば金にもなるだろう。」

「そのとおりですわ。粉ひき小屋を売りましょう」と、妻は答えました。

粉ひきは六百フランで小屋を売り、そのお金で近くの市に雌ウシを買いに行きました。ちょうど市が立っていたのです。

男は家路につきましたが、すでに疲れ始めていました。そのとき思ったのです。

「雌ウシを買ってしまうなんて俺はバカだな。角でひと突きされて、俺の腹が裂けてしまうかもしれん。ウマならずっとうまく仕事をしてくれるだろうに。そうは言わないまでも、乗って行けば疲れないし、金も使わず旅ができただろう。少し干し草をやればいいだけだからな。」

ちょうどそのとき、一人の男がウマで通りかかりました。

「おまえのウマをわたしの雌ウシと交換してくれないか？」

「もちろんいいですよ。」

こうして粉ひきはウマに乗りました。

「こいつは一級品というわけではないな。でもまあ、そんなに文句を言うほどでもあるまい」と、男は思いました。

何時間か後、男はよく考えてみました。

「しかしいつもウマに乗っているわけにもいかないぞ。もう旅をしなくなったら、このウマはいったいなんの役に立つだろう。やっぱり雌ヤギの方がずっと役に立つだろうな。毎朝、毎晩、乳が手に入るし、ときどき子ヤギも産まれるだろう。なにより腹を満たしてやるのにほんのわずかのもので済む。道端に生えているイバラをいくらか、それでおしまいだからな。」

そこに一人の山羊飼いが通りかかったので、粉ひきは叫びました。

「おまえの雌ヤギをわたしのウマと交換してくれないか？」

「ええ、喜んで。」

「わたしに選ばせてくれるね？」

「どうぞ好きなのを持って行って下さい。」

バステリカの男は一番太ったのを選び、道を続けました。やがて粉ひきは思いました。

「まったく！　いったい雌ヤギでどうするというのだ。こいつらときたら気まぐれで、このヤギもいつかどこかの岩から落ちて首でも折るに決まってる。正直、これを売ったからといってそんなにあくどい取引にはならないよな。」

一人の男が通りかかりました。

「わたしの雌ヤギを買わないか？」

「喜んで。」

「代わりにいくらもらえるかな？」

「二十フラン。」

「決まりだ。」

そしてかつての粉ひきは歩き始めました。しばらく歩いて男は考えました。

「いったいどうしてだ？　粉ひき小屋を売って二十フランだなんて。これじゃメンドリをヒヨコと一緒に買った方がずっとよかった。そうだ、それだ。毎日新鮮で美しい卵が手に入るし、何度かオンドリのご馳走を楽しめそうだ。」

そんなことを言っていると、男はある農場に着いていました。

「やあ、農場のおばさんや！　メンドリ一羽とそいつが産んだヒヨコ全部、いくらで売ってくれるかい？」

「二十フランですね、旦那。」

「これは運がいい、ちょうどあるぞ。」

そして粉ひきは持っていたお金を全部渡しました。

道中、たくさんの小さなヒヨコを連れて行くのはたいへん骨が折れました。

「悪魔よ持って行っていいぞ！　意地の悪いヒヨコたちとその母親ときたら、俺のことをばかにしてやがる。でも、少し待て。おまえたちを厄介払いできそうだぞ。」

ある田舎宿に着くと、かわいそうな男は宿の主人に申し出て、メンドリとヒヨコを売ろうとしました。主人は言いました。

「もちろんいいとも。でもこのあたりは大勢ひとが通りかかるものでもないし、わたしもお金がないんでね。ジャガイモの入った大袋を交換にあげましょう。」

「まあ、その袋にしておこう。これなら逃げ出すことはないからな。」

背中に袋をかついで、粉ひきは道を続けました。

本当にジャガイモは運ぶには重かったのでしょう。かわいそうな男は重さにまいってしまって、すぐにひどく腹を立てました。かんかんに怒って罵り散らすと、男はそこを流れていた川に丸ごと袋を放り投げてしまいました。

バステリカの男はやっと自分の家に着きました。

「それで雌ウシはどこです?」と、妻が尋ねました。

「そうだ、雌ウシは立派なウマと交換したのだ。」

「じゃあウマはどこへつないだの?」

「ウマはいつも大いに役立つわけではないだろうから、雌ヤギの方がいいと次に思ったのだ。太って立派で、たくさん乳が出るだろうし。」

「それで雌ヤギはどうしたの?　見当たらないけれど。」

「売ってしまったよ。いつかきっと首を折ってしまうだろうからね。」

「そのとおりだわ。ところでそのお金はどうしたの?」

「よく聞いてくれた!　新鮮な卵は嫌いじゃないだろう?　おまえのためにメンドリをヒヨコと一緒に買ったのだ。」

「なんですって、あなたここまで運んで来られたの?」

「いや、そうじゃない。うまくいかなかったよ。そんなわけで全部まとめて立派なジャガイモ一袋と交換したのだ。」

「じゃあ、それは地下に置いて来てくれたの?」

「妻よ、おまえはもっと賢いと思っていたよ。ジャガイモが重いことぐらい知らないのか? 重くてわたしは潰れそうだったんだぞ。なんとか力を振り絞って川に放り投げたんだよ。」

「本当によくやったわ。きっと筋肉痛になってしまうところだったわ。」

そうして粉ひきとその妻は夕飯ぬきで寝に行きました。

「子どもたちよ、皆が後々こんな宝のような妻を娶ることができますように。でも若い娘たちよ、どうかバステリカの男と結婚しないよう神のご加護があらんことを。」


ポルト・ヴェッキオのマリーニ氏が一八八二年に語った話。

婚約者の幽霊

そうむかしでもありません、金持ちの美男子がマリウッチャという名の若い娘を愛していました。この娘は貧しかったのですが、熱烈に求められても長い間貞操を守っていました。それでも結局は自分の命よりも愛していた男の欲望に身を任せました。

マリウッチャとその恋人は永遠の愛を誓い合いました。たとえ死んでも決して離れないと互いに約束し合ったのです。

しばらく経って、カルロ——これが若い娘の恋人の名でした——の父が息子に言いました。

「おまえもそろそろ結婚する歳だ。もう三十なのだから、これ以上待つのはあまり賢明ではあるまい。おまえにはわたしが金持ちで美しく、おまえの望むあらゆる長所を備えた女を選んだから、この者と結婚してはどうだい。」

「父上、わたしはマリウッチャのものだと誓ったのをご存知でしょう。」

しかし父親は息子の言うことなど意に介さず続け、もうこの若い娘には会わないと決心させました。

マリウッチャは恋人の決断を知ると、重い鬱になってしまいました。だんだん衰弱して行く姿が目につき、あまりに痩せてしまって同じ人間には見えないくらいでした。

ある日、女はカルロに出会いました。

「本当にわたしを忘れてしまったの？　あなたの誓いは？　それももう忘れてしまったの？」

しかしカルロは聞こえない振りをして歩き続けたのでした。

数日後、マリウッチャは死にました。墓地に穴が掘られましたが、女はなにも持っていなかったので、木の十字架すらありませんでした。

まもなくカルロは結婚しました。男は幸せでした。妻は美しく金持ちで、男のことをあんなに愛していたかわいそうなマリウッチャのことなどすぐに忘れさせてくれました。

ある晩この夫婦が眠っていると、真夜中頃に凍えるような手が二人を目覚めさせました。

「だれだ、だれだ？」

叫ぶ二人の前に、死装束に身を包んだ幽霊が見えました。

「わたしよ。」

カルロはぎょっとしました。声でわかったのです。それでも男はあえて言いました。

「おまえはだれだ？　おまえのことなど知らないぞ。」

すると冷笑が聞こえ、幽霊は死装束を脱ぐと夫婦の真ん中に横たわりました。二人とも凍るように冷たいこの骸骨に触れると身震いしました。

「どうしたいの？　なぜわたしたちの眠りを妨げに来るの？」と、新婦が言いました。

「わたしの夫が欲しいのよ。この人、一生自分はわたしのものだと誓ったの。それにわたしが死んだら自分も死ぬってね。でもこの人わたしのところに来るのを忘れてしまっているからわたしが来たのよ。」

この言葉はかわいそうな妻を恐怖で一杯にしました。女は幽霊に触れまいと隅にうずくまりました。

マリウッチャは朝まで横になったままでしたが、オンドリが鳴くと去らなくてはなりませんでした。カルロは司祭のもとへ走り、自分の身に起こったことを話しました。

「ベッドを清めなくてはなるまい。」

司祭は答えると、すぐに教会の方へ向かいました。そこで大量の聖水を汲み、その水を家中にまきました。

夜になりました。司祭に大丈夫と言われたものの、カルロも妻も十一時前に目を閉じることができませんでした。真夜中ちょうど、骸骨の手が二人を起こしました。

「場所を空けなさい！　寒くて仕方ないの。」

「ああ幽霊よ！　わたしがあなたになにをしたというの？　ずっとわたしを恐怖で凍りつかせに来るの？」と、かわいそうな妻が叫びました。

「毎晩同じ時間に来るわ。あなたたちがどこにいようとも、わたしの夫を手に入れるまではね。この人、自分はわたしのものだと誓ったのですもの。」

そしてこの夜もマリウッチャはオンドリが鳴くまでずっと横になっていたのです。

次の夜もまた幽霊はやって来て、前の日と同じようにうめくのでした。

「狭いわ！　場所を空けて、寒くて仕方ないの！」

この時も屍は二人の生者の間に横たわると、肉の落ちた腕にカルロを抱きしめて言いました。

「とうとう、あなたはわたしのものよ。愛しい人、あなたはずっとわたしのもの。わたしたちはもう決して離れないわ！」

カルロの返事はありません。死んでいました。

カルロはマリウッチャの墓に埋葬されました。

その時以来、真夜中になってももう幽霊は戻って来ませんでした。


ゾザ・ディ・タラーノの地主ロザリンダ・マッテイ夫人が一八八二年に語った話。

あとがき

『フランス民話集』を二〇一二年二月から毎年一冊ずつ初春に公刊してきた。全五巻を予定しており、今回の出版が四巻目になる。本書ではフランスの七地方、つまりバスク、オーヴェルニュ、ブルゴーニュ、アルデンヌ、ノルマンディー、プロヴァンス、コルシカ島の民話が扱われている。抄訳の底本にしたのは、以下の書である。訳者の氏名は、それぞれ担当した書名の末尾に記してある。

一、J.-F. Cerquand, *Légendes et récits populaires du pays basque*, 1874–1883. Rééd. Aubéron, 2006.

Ｊ・Ｆ・セルカン編『バスク地方の伝説と民話』、初版一八七四～一八八三年、再版二〇〇六年。本田貴久訳。

二、M.-A. Méraville, *Contes d'Auvergne*, Erasme, 1956（または *Contes populaires de l'Auvergne*, G.-P. Maisonneuve et Larose, 1982.）

Ｍ・Ａ・メラヴィル編『オーヴェルニュ地方の民話』、一九五六年。金光仁三郎訳。

三、E. Beauvois, *Contes populaires de la Norvège, la Finlande et de la Bourgogne*, E. Dantu, 1862.

Ｅ・ボーヴォワ編『ノルウェー、フィンランド、ブルゴーニュ地方の民話』、一八六二年。

P. Delarue, *L'Amour des trois oranges*, Hier et Aujourd'hui, 1941.

Ｐ・ドラリュ編『三つのオレンジの愛』、一九四一年。

A. Millien, Les textes en manuscript d'Achille Millien parus dans *Paris-Centre* au cours de l'année 1909.

アシル・ミリアンの手稿、『パリ＝サントル』誌、一九〇九年に寄稿。

邦訳には主に上記三点を使った。なおクロード・セニョル編『ブルゴーニュ地方の民話と伝説』、一九七七年（Claude Seignolle, *Contes populaires et légendes de Bourgogne*, Presses de la Renaissance, 1977）とミシェル・エリュベル編『ブルゴーニュ地方の民話』、二〇〇〇年（Michel Hérubel, *Contes populaires de Bourgogne*, Ouest-France, 2000）も参考にした。金光仁三郎訳。

四、A. Meyrac, *Traditions, coutumes, légendes et contes des Ardennes*, Charlesville, 1890.

Ａ・メラック編『アルデンヌ地方の慣習、習俗、伝説、民話』、一八九〇年。渡邉浩司訳。

五、J. Fleury, *Littérature orale de la Basse-Normandie*, Maisonneuve, 1884.

Ｊ・フルリ編『バス＝ノルマンディー地方の口承文学』、一八八四年。渡邉浩司訳。

六、F. Mistral, *Prose d'Almanach*, traduction de Pierre Devoluy, Grasset, 1926.

Ｆ・ミストラル編『年鑑散文集』、一九二六年。

F. Mistral, *Nouvelle prose d'Almanach*, traduction de Pierre Devoluy, Grasset, 1927.

F・ミストラル編『新年鑑散文集』、一九二七年。
邦訳には上記二点を使った。なおF・ミストラル編『プロヴァンス地方の民話』、二〇〇九年（F. Mistral, *Contes de Provence*, Ouest-France, 2009）も参考にした。山辺雅彦訳。

七、J. B. F. Ortori, *Contes populaires de l'Ile de Corse*, Maisonneuve, 1883.
J・B・F・オルトリ編『コルシカ島の民話』、一八八三年。林健太郎訳。

第一部では、バスク地方の民話を訳出した。この地方はピレネー山脈を南北から挟んでフランスとスペインの両国にまたがる地域である。現在、南バスクはスペイン側にあって、二つの自治州（バスクとナバラ）で構成されている。北バスクはフランス領の最南西に位置し、ピレネー＝アトランティック県の一部を含んで大西洋に接している。南北バスクとも公用語としては、フランス語、スペイン語以外に少数言語のバスク語が使われている。民話はもともと少数言語や方言を通して今日まで伝承されてきた。バスク地方の言語状況は、その点で公用語としてブレイス語を併用してきたブルターニュ地方、オック語を使用してきたプロヴァンス地方やオーヴェルニュ地方、またドイツ語方言のアレマン語（アルザス語）を使っていたアルザス地方と、少数言語の使用頻度に違いはあれ、それほどの変わりはない。

バスク地方の民話を採取したジャン・フランソワ・セルカンは、一八一六年に生まれ、一八八八年に死去した神話・民俗学者である。十九世紀後半から二十世紀初頭の時代は民話蒐集と研究の第一次黄金時代といわれている。セルカンに限らず、『フランス民話Ⅳ』の底本を編纂したノーベル賞作家のフレデリック・ミストラル（一八三〇～一九一四年、プロヴァンス地方）やアシル・ミリアン（一八三九～一九二七年、ブルゴーニュ地方）、アルベール・メラック（一八四七～一九二二年、アルデンヌ地方）、ジャン・フルリ（一八一六～一八九四年、ノルマンディー地方）、J・B・フレデリック・オルトリ（一八六一～一九〇六年、コルシカ島）は、黄金時代にそれぞれの民話集を上梓した人たちである。

それだけでなく『フランス民話集Ⅰ』で採り上げ、ブルターニュ地方の民話を集めたポール・セビヨ（一八四三～一九一八年）、フランソワ・マリー・リュゼル（一八二六～九五年）、アドルフ・オラン（一八三四～一九一八年）も黄金時代の人たちである。

また『フランス民話集Ⅱ』で採り上げ、ガスコーニュ地方の民話を蒐集したジャン・フランソワ・ブラデ（一八二七～一九〇〇年）、ロレーヌ地方の民話を集めたエマニュエル・コスカン（一八四一～一九一九年）もこの時代の人たちである。

さらに『フランス民話集Ⅲ』で採り上げ、ピカルディー地方の民話を集めたアンリ・カルノワ（一八六一～一九三〇年）や『アルザスの伝説と口伝』（全三巻）を一九〇九～一〇年に出版したジャン・ヴァリオも同時代の人たちである。もちろん、黄金時代の民俗学者たちを意図的に選んだからそうなったわけではなく、民話の蒐集がフランスでこの時代に最も盛んであった結果、そうなっただけのことである。

ジャン・フランソワ・セルカンは、一八五三年に博士論文『神話時代におけるギリシアの相互歓待の掟』を書いた後、マコン、ニース、アミアン、アヴィニョンなどで監察官を歴任した。その間、ギリシア神話の研究を続け、『オデュッセウスとキルケ』や『セイレン』を発表。またタラニス神などガリア神話の研究を行う一方で、地元（ポー市）の定期刊行物にバスク地方の伝説と民話を一八七四年から八三年まで連載、二〇〇六年にそれらをまとめて公刊したのが本書の底本である。W・ヴェブステル神父も前年の二〇〇五年に『バスク地方の伝説』を発表しており、現在、この二冊がバスク民話の最も権威ある書といわれている。

フランス南西部のバスク地方から地中海沿岸に沿って地図で南東部へ移動すればプロヴァンス地方やコルシカ島が目に入る。本書では第六部、第七部で採り上げられている。プロヴァンス地方は、西はローヌ川、東はイタリア、南は地中海に面した旧州で、現在はほぼプロヴァンス゠アルプ゠コート・ダジュール広域行政地域圏と呼ばれる一帯を指す。地中海性気候の温暖な風土だが、冬から春にかけて冷たく乾燥したミストラル（北風）が突風となって一帯を吹き抜ける。歴史的にこの地方ではオック語の一方言であるプロヴァンス語が話され、現在でもイタリア、スペインの一部を加えると、オック語の話者は一千万人を優に超える。プロヴァンスに隣接するラングドック地方（Langue d'oc）

も、フランス語ではオック語を意味し、南仏ではこの言葉が広範囲に使用されていた。

北風（ミストラル）の名を持つフレデリック・ミストラルは、郷土のプロヴァンス地方とは切っても切れない詩人である。一九〇四年にノーベル賞を受賞した。悲恋の大叙事詩『ミレイユ』（一八五九年）、一介の漁師をプロヴァンス地方のヘラクレスに仕上げた英雄叙事詩『カランダル』（一八六七年）、抒情詩『ローヌ川』（一八九七年）など代表的な詩集を多数残しただけでなく、三〇余年を費やして完成させたプロヴァンス語大辞典『フェリブリージュ宝典』を一八八〇年から一八八六年にかけて刊行した。一九〇六年には『青春の思い出』を発表、一九一〇年には聖書の『創世記』をプロヴァンス語に翻訳する一方で、アルル美術館を設立してプロヴァンス地方の民芸・民俗の保存に尽力した。また、十五歳のときにオック語詩人ルーマニーユと知り合い、七人の詩人・作家らと協力してフェリブリージュ（プロヴァンス語再興運動の会）を一八五四年に創設、南フランスの文学や民族意識の発揚に生涯を捧げた。ミストラルは詩集『刈入れ』を十八歳で発表したとき、親友のルーマニーユに宛てて自分の生涯の仕事を集約するようなこんな言葉を手紙に書いている。

「ぼくの意図したことは、プロヴァンス人の習俗をあるがままに写し出すこと、刈り取りをする人たちのなかに割って入ってぼくが見聞きした喧嘩、嫉妬、恋愛、冗談など、要はあらゆる情景、一言でいえば、自然を事実に即して描き出すことです……。一ヶ月間、炎天下であれ、農作業中であれ、ヤナギの木陰であれ……どこであろうと彼らについて行き、生彩のないぼくの詩句に少しでも生気を吹き込む表現を拾い集めるようにしていました。」

晩年になってもミストラルは刈り取りをする農民を詩作の師と呼んでいる。郷土の自然に魂を寄り添わせ、その風土を生きる農民や民衆と一つになって、大地から言葉を紡ぎだすこと、この手紙には詩人の発想の根底に焼き付けられた青春時代の覚悟、揺るぎない生涯の信念へ成長していく萌芽のようなものがすでに感じ取れる。

ミストラルの母はプロヴァンス語しか話せず、フランス語を理解することができなかったと、ミストラルの同郷人で友人であったアルフォンス・ドーデは語っている。母に溺愛されて育ったミストラルは、母なる大地の言葉プロヴァンス語を使って詩作を行った。また、プロヴァンス人の口から耳へ、耳から口へ語り継がれてきた伝説や歌謡や俗諺を早くも小学生時代のノートに書き留め始める。詩人は母なる言葉、プロヴァンス語という言語そのものが民衆のかけがえのない伝承、生理的ともいえる民衆の自己表出の道具であることを理解していた。ここから民話に関心を寄せ、民話の蒐集に向かうのは自然の成り行きだろう。民話も民衆の「喧嘩、嫉妬、恋愛、冗談など自然を事実に即して描き出した」母なる大地の歌だからである。

『プロヴァンス年鑑』(プロヴァンス語で *Armana Prouvençau*、フランス語で *Armanach provençal*)は、一八五四年にルーマニーユとミストラルが創設したフェリブリージュの機関誌である。またたくまに五百部から一万部に増刷され、一八六〇年以降、プロヴァンス地方だけでなく、南フランス全域に読者層を拡大させたという。ミストラルはこの『プロヴァンス年鑑』に数年間、プロヴァンス語で民話や歌謡などを寄稿した。それらをまとめたものが本書の底本となった上記二冊の『(プロヴァンス)年鑑散文集』である。個々の物語にはプロヴァンス語とフランス語が併記され、フランス語への翻訳を最初の『年鑑散文集』ではミストラル自身、『新年鑑散文集』ではピエール・ドゥヴォリュイ(一八六二〜一九三二年)が担当している。

『年鑑散文集』には、「雌ウシのジャン」という表題の民話が集録されている。この話は、フランスはもとより広範囲に渡ってユーラシア大陸に散見される「クマのジャン」(『フランス民話集Ⅱ』第一部第一章を参照。また『民話集Ⅱ』第三部第一章の「五百リーヴルの杖」、『民話集Ⅲ』第三部第一章の「ちび助十四世」も類話)のプロヴァンス版で、雄クマが雌ウシに代わった類話である。「クマのジャン」ではジャンの母親が森のなかでクマにさらわれて身ごもり息子を産む。クマの息子ジャンは、ヘラクレス風の屈強な若者に成長する。ミストラルの代表作『ミレイユ』第四歌では、この「雌ウシのジャン」を下敷きにして詩作が行われている。民話から詩へいたる創作の回路はこれだけではない。『カランドル』では、いかにも民話に出てきそうな貧しい漁師が乙女に恋をして、クマのジャンのような、あるいはヘラクレスの十二の功業のような数々の超人的な行為を重ねて行く英雄叙事詩である。たとえば、この若い漁師は金持ちを夢見て途方もない釣り具を発明し、海中の魚をすべて釣り上げる。あるいは岩山にある木こりさえ近づこうとしないヒマラヤスギの深い森に三十日間入り、残らず木を切り倒す等々、数々の難行を重ねる。このホメロス的な叙事詩はプロヴァンス地方の海と山を背景に描きながら、民話から神話へのさらなる飛翔を、神話のないフランスに創出しようとした壮大な企てといっても過言ではなかろう。

第七部では、Ｊ・Ｂ・フレデリック・オルトリの編纂したコルシカ島の民話が訳されている。ナポレオン皇帝の生地で名高いコルシカ島は、フランス南部のコート＝ダジュールから十七キロ、イタリア半島中西部のトスカナから八五キロメートルに位置するフランス領の島である。地中海ではシチリア島、サルデーニャ島、キプロス島に次ぐ四番目に大きな島である。島のほとんどは森林で覆われた山岳地帯になっている。サント山、ロンド山など三千メートル弱の山々が連なり、南海岸は断崖絶壁が続く。住民の公用語はフランス語だが、コルシカ語も残っている。

この島がコルシカ島と呼ばれるようになったのは、主に三つの起源神話が絡んでいる。最初の神話はヘラクレスの息子キルノスがコルシカ島を植民地にして、この島にキルノスという名前を与えたというものである。ギリシア人は今でもこの島をキルノスと呼んでいる。

次の神話によると、イタリア北部のリグリア州にコルシカという名前の女がいた。彼女は美しい島にウシが泳いで渡ろうとしたので、その後を追って行った。みごとな放牧地を発見して定住し、この島にコルシカという自分の名前を付けた。これが島の名称の起源神話になっている。

もうひとつの神話はアイネイアスにコルソまたはコルという名前の甥がいて、彼がディドの姪にあたるシカという女を拉致して島に連れ去り、コルシカという名前を付けて島の名親になり、諸都市を建設して息子たちの名前を諸都市に付けたとされる。

最初の神話は言うまでもないが、二番目の起源神話もおそらくギリシア神話の影響を受けていよう。英雄カドモスがウシの後を追ってギリシアにたどり着き、都市国家を建設したテーバイの起源神話の女性版のようなところがあるからである。

アイネイアスといえばローマの詩人ウェルギリウスが書いた『アエネイス』の主人公である。ウェルギリウスが叙事詩を書いた動機には、当時のローマの起源に対する関心が高まりを見せたことが背景にあったと言われている。叙事詩の前半ではホメロスの『オデュッセイア』にならって、トロイアの英雄であった主人公アイネイアスが滅亡したトロイアを脱出して、イタリアに到着するまでの放浪の旅が描かれている。この旅の途中で出会ったのがフェニキアのテュロスの王女ディドである。彼女はカルタゴの建設者とされている。叙事詩のなかで二人は恋に落ちるが、後にその恋は破綻しディドは自殺する。

コルシカという名称には、こうした島の神話と歴史が重層的に映し出されている。紀元前三世紀、ローマはコルシカ島の覇権を握っていたカルタゴをポエニ戦役で破り、島の支配権を掌握する。ローマの建国者アイネイアスとカルタゴの建設者ディドの悲恋の物語を二人の甥と姪の恋物語に移してコルシカ島の起源神話に位置づけようとしたのは、島の支配権をめぐるポエニ戦役での勝者と敗者の明暗を歴史的背景として描き出したかったからだろう。ローマ帝国が東西に分裂すると、ゲルマン人がコルシカ島に侵入し六世紀から十一世紀まで暗黒時代が続く。中世になると、イタリアの都市国家ピサとジェノヴァがコルシカ島を植民地にする。とくにジェノヴァ共和国の統合は四世紀半続くが、一七二九年にコルシカ運動が起き、ジェノヴァはこれを抑えられず、その間隙をぬってフランスが派兵する。そして一七六八年にヴェルサイユ条約が締結され、ジェノヴァはコルシカ島の統治権をフランスに譲り、現在に至っている。

以上、コルシカ島の神話と歴史をざっと述べた。古来、この島は地中海に浮かぶ独自の地理的状況からエトルリア、カルタゴ、ギリシア、ローマ、ゲルマン、アラブ、中世イタリアの都市国家、フランスなどさまざまな外部勢力と死闘を繰り返しながら、同時に多様な文化の影響を受けてきた。それが神話だけでなく、口承文化としての民話にどう反映され、どんな民話が紡ぎ出されていたのか。

ヨーロッパの民話の成り立ちを考えた場合、インドの『パンチャタントラ』あたりを出発点としてアラブ（『千夜一夜物語』）、シリア、イタリア（バジーレ、ストラパローラなど）を通り、ヨーロッパ全域に北上・伝播していった経路が誕生の可能性のひとつとして考えられる。イタリアに併合され、多民族の交流の場であったコルシカ島が神話と同様、民話においても多民族からどういう伝承を受容し、いかなる伝播の役割を果たしてきたのか。その点でこの島への興味もまた尽きない。

第四部では、アルデンヌの民話が訳出されている。現在、アルデンヌ県は四県あるシャンパーニュ

＝アルデンヌ地方の一県で、フランス北東部に位置している。もともとアルデンヌというのはベルギー、ルクセンブルク、ドイツの一部を加えた広い地域を指している。ガリア（ケルト）神話にアルドゥインナというクマ女神がいる。ジャン・マルカル著『ケルト文化事典』（大修館書店）によると、地名のアルデンヌ（Ardenne）と女神のアルドゥインナ（Arduinna）はどうやら語源が同じらしい（この女神の項目を参照）。Arden はガリア語で「暗い森」を意味している。実際、北部は自然の要塞といわれるほど深い森林地帯である。住民は林業や酪農で生計を立てていた。またこの地方では十九世紀初頭から石炭の採掘が行われていたので、冶金工業や製鉄業が隆盛を誇っていた。現在、石炭産業は跡形もない。

アルベール・メラックは、リヨン北西部にあるボジョレー・ワインの集散地ヴィルフランシュ＝シュール＝ソーヌ市で生まれた。父親は市の民事裁判所長、母親は中学校の教師をしていた。一八七二年にボルドー大学法学部を卒業後、ジャーナリズムの世界に入り、ボルドー、ランド、アンジェ、カンヌなどで地方新聞の記者を歴任、その後、アルデンヌ地方の日刊紙『プティ・アルドネ』の編集長として三十年間、辣腕をふるった。著作は三十冊を超える。大半はアルデンヌに関連したものである。

ところでブルターニュ半島出身の民俗学者ポール・セビヨがメラック編『アルデンヌ地方の慣習、習俗、伝説、民話』に序文を寄せている。それによれば、メラックが民俗学の書を執筆したのは、

『フランス民話集Ｉ』の底本であるセビヨ、リュゼルらの民話集を始め、彼らの先駆者に当たるスーヴェストルなどブルターニュ半島出身のこれまでの仕事に触発された結果だという。メラックは三年間、村々を回り、各地で小学校の先生らの協力を得て、アルデンヌ地方の伝説や習俗、とくに結婚、誕生、妖術、葬儀などの調査を詳細に行い、今回邦訳した多くの民話を蒐集した。メラックは本書の底本以外に『祖先の民話』（一八九七年）や『アルデンヌの黄金伝説』（一九〇八年）といった民話集も残している。

第五部では、ノルマンディー地方の民話が扱われている。この地方はフランス領のオート゠ノルマンディーとバス゠ノルマンディー、イギリス領のノルマンディー公領（ジャージー島とガーンジー島）で構成されている。もともとノルマン（Norman）は、「北の人」を指すノルド語 nordmaðr から派生している。ノルマンディー（Normandie）とは「北の人々の国」という意味である。実際、フランク王国はシャルルマーニュ大帝（七四二〜八一四年）の時代、度々、ヴァイキングの侵攻に悩まされた。九一一年、西フランク国王シャルル単純王は、ヴァイキングの首長ロロンと協定を結び、首長がキリスト教徒に改宗することを条件に、ほぼ現在のオート゠ノルマンディーに当たるルーアン伯領を割譲する。続いて九三三年に北の人々は、バス゠ノルマンディーにあるコタンタン半島や現在のイギリス領の島々にも進出した。フランス北西部に位置するノルマンディー地方は、六〇〇キロメートルに渡って英仏海峡に接している。このためル・アーヴル、ルーアン、シェルブール、カーン、ディエップといった屈指の湾港都市をかかえる。また内陸部でもイール＝ド＝フランスと隣接し、英仏海峡に流れこむセーヌ川によってパリと結ばれており、首都の文化が流入しやすい。この地からコルネイユ、モーパッサン、フロベールなど多くの文豪が輩出した。

ジャン・フランソワ・ボナヴァンチュール・フルリは、大西洋に面したヴァストヴィルという寒村で生まれた。イギリスに近いコタンタン半島の湾港都市シェルブールで教育を受け、数ヶ国語を独学で習得した後、『シェルブール紙』の記者を経て、十六年間、パリで教師生活を送った。一八五七年にロシアへ渡り、サンクトペテルブルグのカレッジでしばらく教職に就いた後、ロシア帝国大学で二十年間フランス文学を講じた。その間、ラブレーやマリヴォーの批評書、フランス語の文法書などを出版した。また『サンクトペテルブルグ紙』で劇評を担当、『フィガロ紙』の特派員も兼ねていた。終生、故郷のノルマンディーへの愛着を保ち続け、民俗学の分野でも弱冠二十四歳のときに『シェルブール近郊の民間伝承』を出版、またコタンタン半島先端の『ラ・アーグ岬の方言試論』（一八八六年）や本書の底本である『バス＝ノルマンディー地方の口承文学』（一八八九年）を矢継ぎ早に世に出した。『口承文学』の序文では、フランスの民話が存亡の機にあることを憂い、早くも十九世紀後半に警鐘を鳴らしている。その他、公刊された著作は二十二冊に及ぶ。

第二部では、オーヴェルニュ地方の民話を邦訳した。この地方はフランス中南部の山地群、中央山地（マッシフ・サントラル）に位置し、北のアリエ県、中央のピュイ＝ド＝ドーム県、南西のカンタル県、南東のオート＝ロワール県の四県で構成されている。首府はクレルモン＝フェランである。フランス語以外に大半の地域で現地語としてオック語、アリエ県で方言のオイル語が話されている。

オーヴェルニュ（Auvergne）という地名は、この地方に住んでいたガリア人の一族アルウェルニ族（Arvernes）から派生している。ウェルキンゲトリクスが諸部族を統合して一族の王位に就いたのは紀元前五二年、それ以前に父親のケルティロスも王に選ばれているが処刑されている。ウェルキンゲトリクスは、諸部族の王の息子や娘を人質に捕って一族の同盟を強化した。現在のクレルモン＝フェランから十二キロほどのところにあるゲルゴウィアのそばに首都を構え、首都だけで十五万人、全体でも四十万人以上の人口を擁していたという。ウェルキンゲトリクスは、紀元前五二年、ここゲルゴウィアでガリア軍を率いてローマ軍と対峙、カエサルに勝利をおさめる。しかし、アレシア（現在のアリーズ。ブルゴーニュ地方にある）の戦いで敗北し、ウェルキンゲトリクスはローマに幽閉され、オーヴェルニュ一帯はローマの支配下に落ちた。カエサルは『ガリア戦記』でこの戦いを詳細に語っている。こうしたガリアの遺産をオーヴェルニュの民話がどう継承してきたのか、一考に値しよう。

オーヴェルニュ地方は中央山地に位置するだけに、フランスではどちらかというと後進地帯といってよいが、牧草地に恵まれ食肉や牛乳、チーズの名産地として名高い。また近年では水質の良さからヴォルヴィックなどのミネラルウォーター、ミシュランなどのタイヤ産業も盛んである。

マリー・エーメ・メラヴィルは、ピュイ゠ド゠ドーム県とカンタル県の境にあるガレ・ド・コンダという寒村で牧畜兼業の農家の娘として生まれた。自身で書いた年表によれば、四歳の頃から修道女で小学校の教師をしていた叔母から家で特別の幼児教育を受けたという。カンタル県のオーリヤック師範学校を卒業後、サン゠フルールの女子校で教師生活を定年（一九五九年）まで送った。二十一歳のときオーヴェルニュ地方の民話を蒐集して民話集の出版を企画、一九二六年（二十四歳）には『オーヴェルニュ文学誌』に自作の詩を寄稿、他の地方誌にも文学評論を載せるようになった。そうした評論を通してアンリ・プーラやマルセル・エーメ、マルセル・アルラン、ジャン・ポーランとも親交を結び、中央の出版社と接触する機会を得た。とくにオーヴェルニュ地方の民話・伝説集『民話宝巻』（全十二巻、一部邦訳）や小説『山のガスパール』（全四巻）を書いたアンリ・プーラを師と仰ぎ、二人の交流はプーラが死去する一九五九年までほぼ三十年近くに及んでいる。メラヴィルの民話集『オーヴェルニュ地方の民話』（初版一九五六年）はプーラの業績を継承・補填するもので、その後たびたび再版（一九七〇年、一九八二年、一九九六年）されている。一九四一年には小説『塩の箱』を出版、三版まで重ねている。マルセル・エーメはこの小説を「私が読んだ最も美しい作品の一作」と絶賛、また一九四八年には『雌牛、この高貴な下女』を発表、女流作家コレットは「このような作品を書ける人がいると思うと、心が引き立

ちます」と述べている。小説でも民話集でも方言を多用し、地方色豊かな文体を創った。評論集『言語と方言に関する覚書』（一九七〇年）も公刊され、本書の底本に収録されている。

第三部では、ブルゴーニュ地方の民話が邦訳されている。この地方はフランス中央部より少し東側に位置し、コート＝ドール県、ニエーヴル県、ソーヌ＝エ＝ロワール県、ヨンヌ県の四県で構成されている。首府はディジョンである。ブルゴーニュという地名は、ゲルマン民族の一派であるブルグンド族に由来している。ライン川流域に住んでいたブルグンド族は、四三七年、フン族に王国を滅ぼされてガリア東部に移動し、西ローマ帝国の崩壊を利用してブルグンド王国を五世紀後半に築いた。これがブルゴーニュ王国になった。後にこの王国はブルゴーニュ伯爵領とブルゴーニュ公爵領に分かれる。伯爵領が現在のフランシュ＝コンテ地方、公爵領（公国）が現在のブルゴーニュ地方である。

ブルゴーニュ地方のコート＝ドール県（Côte d'or）は、フランス語で「黄金の斜面（丘）」を意味する。ディジョン市南方のニュイやボーヌの斜面に広がるブドウ畑が一面、秋になると黄金に染まる風景からそう呼ばれるようになった。いうまでもなくブルゴーニュワインやチーズの名産地として世界的に広く知られる。

この地方は民俗学者として著名なポール・ドラリュを輩出した。彼は一八八九年にニエーヴル県サン＝ディディエで生まれ、長い教員生活の後、一九五六年にソーヌ＝エ＝ロワール県オータンで死去した生粋のブルゴーニュ人である。冒頭で述べたように十九世紀後半から二十世紀初頭はフランスの民話蒐集と研究が隆盛をきわめた第一次黄金時代に当たる。ドラリュとメラヴィルは、この黄金時代を継承した第二世代の民俗学者といってよい。とくにドラリュは『フランスならびに海外フランス語圏諸国の体型的な類話目録』（全四巻、一九五七年）によって名声を得た。この著作はアールネ＝トンプソンの分類目録をモデルにしながら、フランス本国、ならびに海外フランス語圏諸国、カナダ、ルイジアナ、フランス領アンティル諸島、ハイチ、モーリシャス島、レユニオン島などの多種多彩な民話を、類話に沿って体系的かつ精緻に分類したものである。単著は第一巻だけで、第二巻から第四巻までは、後継者のマリー・ルイーズ・トゥネーズとの共著になっている。

ドラリュはこうした分類目録以外に『ニヴェルネとモルヴァンの民話』（一九五三年、アシル・ミリアンとの共著）、『三つのオレンジの愛』（一九四七年）というブルゴーニュ民話集を二冊出版している。

共著者のアシル・ミリアンは、ドラリュより前の世代の黄金時代の人である。詩人として『刈入れ』（一八六〇年）ほか十編近い詩集を世に出し、民俗学者として一八七七年以降、ニヴェルネの民話、伝説、歌謡を体系的かつ厖大に蒐集した。『ニヴェルネとモルヴァンの民話』で、ドラリュはミリアンの蒐集した豊富な民話からほぼ三分の二近い十七話を採用している。しかし、ミリアンの採取した民話は、手稿のまま今なお残されているものも少なくない。

ブルゴーニュ地方全体の民話を考えた場合、アシル・ミリアンの業績を無視することはできない。

また、黄金時代より少し前に生まれ、いち早くブルゴーニュ地方の民話に着目したウジェーヌ・ボーヴォワ（一八三五～？）の存在も忘れてはなるまい。本書の底本として使われているボーヴォワ編『ノルウェー、フィンランド、ブルゴーニュ地方の民話』（一八六二年）は、表題の示すとおり、北欧の民話に大半のページを割き、残り四話はブルゴーニュ民話で構成されている。本書では四話のうち「水差し小僧」一話だけを選んで訳出した。したがって本書第三部では、ドラリュ、ミリアン、ボーヴォワの民話集や手稿から良質の物語を適宜選出し、さらに『ブルゴーニュ誌』と『フランス民俗学誌』に掲載された三つの民話も加えて、アンソロジーの様式を採っている。

終わりに『フランス民話集Ⅰ』から『フランス民話Ⅳ』まで一貫してわれわれを支えて下さった中央大学研究所合同事務室（『フランス民話集Ⅲ』からは人文研担当の清水範子さん）、ならびに中央大学出版部の方々には、いつもながらのことではあるがこの場を借りて改めて謝意を表したい。

二〇一五年一月三十一日

研究会チーム「比較神話学研究」

金光仁三郎

Le conte populaire français, tome IV
traduit en japonais
par J. Kanemitsu, K.Watanabe, T. Honda, K. Hayashi
et M. Yamabe
(Chuo University Press, mars 2015)

Chap. I Miracles

Chap. II Traditions chrétiennes

Chap. III Contes d'Animaux

Chap. IV Contes plaisants

訳者紹介

金光仁三郎《かねみつじんさぶろう》　客員研究員・中央大学名誉教授

渡邉《わたなべ》浩司《こうじ》　研究員・中央大学教授

本田《ほんだ》貴久《たかひさ》　研究員・中央大学准教授

林《はやし》 健太郎《けんたろう》　客員研究員・中央大学兼任講師

山辺《やまべ》雅彦《まさひこ》　客員研究員・白百合女子大学元教授

フランス民話集Ⅳ

中央大学人文科学研究所　翻訳叢書14

2015年3月25日　第1刷発行

編　者	中央大学人文科学研究所
訳　者	金光仁三郎　渡邉浩司 本田貴久　林 健太郎 山辺雅彦
発行者	中央大学出版部 代表者 神﨑茂治

〒192-0393
東京都八王子市東中野742-1
発行所　中央大学出版部
電話 042(674)2351・FAX 042(674)2354
http://www2.chuo-u.ac.jp/up/

㈱千秋社

ISBN978-4-8057-5413-9

中央大学人文科学研究所翻訳叢書

1 スコットランド西方諸島の旅
一八世紀英文壇の巨人がスコットランド奥地を訪ねて氏族制の崩壊、アメリカ移民、貨幣経済の到来などの問題に考察を加える紀行の古典。
四六判　三六八頁
定価　二五〇〇円

2 ヘブリディーズ諸島旅日記
一八世紀英文壇の巨人がスコットランド奥地を訪ねて氏族制の崩壊、アメリカ移民、貨幣経済の到来などの問題に考察を加える紀行の古典。
四六判　五八四頁
定価　四〇〇〇円

3 フランス十七世紀演劇集　喜劇
フランス十七世紀演劇の隠れた傑作喜劇4編を収録。喜劇の流れを理解するために「十七世紀フランス喜劇概観」を付した。
四六判　六五六頁
定価　四六〇〇円

4 フランス十七世紀演劇集　悲劇
フランス十七世紀演劇の隠れた名作悲劇4編を収録。本邦初訳。悲劇の流れを理解するために「十七世紀フランス悲劇概観」を付した。
四六判　六〇二頁
定価　四二〇〇円

5 フランス民話集Ⅰ
子供から大人まで誰からも愛されてきた昔話。フランスの文化を分かり易く伝える語りの書。ケルトの香りが漂うブルターニュ民話を集録。
四六判　六四〇頁
定価　四四〇〇円

中央大学人文科学研究所翻訳叢書

6 ウィーンとウィーン人

多くの「ウィーン本」で言及されながらも正体不明であった幻の名著。手垢にまみれたウィーン像を一掃し、民衆の素顔を克明に描写。

四六判　一三〇二頁
定価　七二〇〇円

7 フランス民話集Ⅱ

フランスの文化を分かり易く伝える民話集。ドーフィネ、ガスコーニュ、ロレーヌ、ブルターニュなど四つの地方の豊饒な昔話を収録。

四六判　七八六頁
定価　五五〇〇円

8 ケルティック・テクストを巡る

原典および基本文献の翻訳・解説を通して、島嶼ケルトの事蹟と心性を読み解くという、我が国ではこれまで類例のない試み。

四六判　四八〇頁
定価　三三〇〇円

9 異端者を処罰すべからざるを論ず

誰かが誰かの異端であった宗教改革期、火刑をもって異端者を裁いた改革派指導者ベーズを激しく弾劾した寛容の徒カステリヨンの名著。

四六判　五七八頁
定価　四〇〇〇円

10 フランス民話集Ⅲ

ヨーロッパで語り継がれる伝統的な口承文化を伝える貴重な書。ピカルディー、アルザス、ギュイエンヌ、ドーフィネ地方の昔話を収録。

四六判　七三六頁
定価　五二〇〇円

中央大学人文科学研究所翻訳叢書

11
十七世紀英詩の鉱脈
激動の時代十七世紀英国において、詩人たちはいかなる詩を作ったか。その多様な世界を渉猟するための、本邦初訳中心の新しい詩選集。
四六判　七〇四頁
定価　四九〇〇円

12
フランス十七世紀演劇集　悲喜劇・田園劇
フランス17世紀演劇の全体像を理解するためには、悲劇、喜劇ばかりでなく、悲喜劇、田園劇も欠かせない。本邦初訳の四篇を収録。
四六判　六三四頁
定価　四五〇〇円

13
死にたる民を呼び覚ませ　人種とアメリカ文学の生成　上巻
サンドクイスト著。アメリカ文学の生成は、奴隷制問題と切りはなして語れない。アメリカ文学と人種の問題を深く剔抉した研究書。
四六判　五九四頁
定価　四一〇〇円

＊価格は本体価格です。別途消費税が必要です。